KNAUR

Über die Autorin:

Dagmar Holler wurde durch begeistertes Lesen in der Kindheit dazu inspiriert, selbst zur Feder zu greifen. Bevor sie sich jedoch ganz dem Schreiben widmete, arbeitete sie lange Jahre bei der Justiz. Die Erfahrungen in diesem Beruf ließen sie mehrere Kurzkrimis verfassen. Ihre literarische Vorliebe gilt dem historischen Roman und der Fantasy. 1998 wurden ihre ersten Texte veröffentlicht, später regelmäßig Kurzgeschichten. Sie ist Mitglied bei DeLia, Vereinigung deutschsprachiger Liebesromanautoren. Mit Mann und Katze lebt sie in Augsburg, liebt Paris und Irland, und befasst sich mit Astrologie.

Dagmar Holler

Das Geheimnis der Heilerin

Historischer Roman

KNAUR

FSC
www.fsc.org
MIX
Papier aus verantwortungsvollen Quellen
FSC® C083411

Dieses Werk wurde vermittelt durch die Agentur Editio Dialog, Dr. Michael Wenzel
Redaktion: Sandra Lode
Covergestaltung: ZERO Werbeagentur, München
Coverabbildung: © FinePic®, München
Druck und Bindung: CPI books GmbH, Leck
ISBN 978-3-426-21526-5

Prolog

Tübingen, Anno Domini 1525.

In einem der Badhäuser, kurz vor Mitternacht …

Krimmel wetzte mit einem bösen Lächeln sein Messer. Die Münzen gingen zur Neige, und im Schlauch befand sich nur noch ein kläglicher Rest Wein. Es wurde Zeit für einen neuen Raubzug. Als die Klinge scharf genug war, schob er die Waffe hinter den Hosenbund. Den kurzen Knüppel verstaute er in einer eingenähten Schlinge unterm Hemd. Ein letztes Mal setzte er den Weinschlauch an die Lippen und leerte ihn. Hinter sich hörte er Katharina ins Gewölbe kommen. Mit dem dreckigen Ärmel wischte er sich über den Mund und drehte sich zu ihr um.

Seine Schwester war schon ein hübsches Frauenzimmer mit ihren blonden Flechten, die ihr bis über die weißen, sich über dem knappen Mieder hervorwölbenden Brüste fielen, und dem rundlichen, beinahe noch kindlichen Gesicht mit dem herzförmigen Mund. Katharina, das Allermannsliebchen, war vom Abtritt gekommen und hatte sich wieder mit der Nadel in die Lippen gestochen. Sie hatte die ausgetretenen Blutstropfen verrieben und darüber eine Spur Honig gelegt. Jetzt glänzte ihr Mund verheißungsvoll. Aber wenn ein Freier Interesse an ihr zeigte, lächelte sie nur verhalten, weil ihr ein paar Zähne fehlten.

Krimmel warf den Schlauch auf einen der beiden fauligen Strohhaufen, die ihnen als Nachtlager dienten. Hier in dem Keller hinter Lagerräumen und Badstuben durften sie unterschlüpfen, wenn sie wieder für ein paar Tage in der Stadt bleiben wollten. Schon seit Langem hatte er darüber ein Abkommen mit dem Bader Meckle, dem das Anwesen gehörte. Gegen ein paar ordentliche Münzen, verstand sich. Am Tag verhielten sie sich unauffällig in der Stadt, schnitten nur ab und zu einem der reichen Pfeffersäcke die pralle Geldkatze vom Gürtel, wenn dieser im Markttreiben abgelenkt war, und in der Nacht diente sich Katharina Freiern als Lustdirne an.

Während die Mannsbilder mit ihr beschäftigt waren, schlich er sich hinter die wollüstigen Böcke und schlug sie nieder, um sie zu berauben. Hin und wieder wendete er jedoch zu wenig Kraft auf, und dann gab es ein Gebrüll, weil dem Buhlen der blutig geschlagene Schädel brummte und ihm der mit Münzen gefüllte Beutel unterm Wams herausgerissen wurde. Dann mussten er und Katharina zusehen, dass sie rasch in die Nacht entkamen und nicht den Stadtknechten in die Arme liefen, die die Gassen durchstreiften. Doch ein paar Mal hatten sie den verfluchten Häschern nur mit Mühe entkommen und Zuflucht in ihrem Kellerloch im Badhaus finden können.

Es war ein einträgliches Geschäft ohne größere Beschwerlichkeit, die brünstigen und dadurch unaufmerksam gewordenen Freier zu überfallen, ging es Krimmel durch den Kopf. Und jetzt im Frühling, wenn das Eis brach und die Kälte an Kraft verlor und sie nach Monaten zurück in Tübingen waren, konnte es endlich wieder hinaus auf die nächtlichen Gassen gehen. Gedankenverloren machte er ein paar Schritte über den schmutzigen Boden. Es war höchste Zeit, dass er wieder selbst ein Auge auf Katharina haben konnte.

Im Winter hatte sich die kleine Hure in der benachbarten Stadt in den Häusern der Hübschlerinnen Männern angeboten. Alleine in ihrem Zimmer mit ständig wechselnden Freiern, hatte er ihr durchaus zugetraut, einen von ihnen dank ihres anmutigen Gesichtes und ihres anschmiegsamen Leibes dazu bringen zu können, sie aus dem Haus zu schaffen, ohne dass er es bemerkte. Um ein freies Leben ohne ihn führen zu können und ihren schäbigen Hurenlohn für sich alleine zu behalten. Aber er, Krimmel, der Beutelschneider und Galgenstrick, war eben ein ausgefuchster Kerl. Er hätte sich nicht hinters Licht führen lassen von seiner Schwester oder einem ihrer gierigen Türkratzer. Jäh stieß er ein heiseres Lachen aus.

Durch Drohungen und hin und wieder Münzen hatte er eine der anderen Dirnen im Frauenhaus dazu gebracht, Katharina und ihr Schaffen auszuspionieren und ihm zuzutragen, was diese trieb. Doch da gab es nichts, was Misstrauen in ihm erweckt hätte. Katharina verschwand nicht, obwohl er wusste, dass sie dieses erbärmliche Leben hasste. Dass sie *ihn* hasste, weil er eine Buhlerin aus ihr gemacht hatte.

Rasch hob er den Kopf und fing sogleich ihren Blick auf. Das kleine Miststück sah ihn mit brennend dunklen Augen an, als könnte sie seine Gedanken lesen.

In der Tat hatte Katharina ihren Bruder beobachtet. Hatte in dieses schmutzige, verschlagene Gesicht gesehen, das sie anwiderte. Über den letzten Winter war sein struppiges Haar grau geworden, obwohl er noch nicht einmal fünfundzwanzig Lenze zählte. Da war er noch ein Stück mehr zu ihrem Vater geworden, den sie selbst als kleines Mädchen nur mit grauem Haar gekannt hatte. Der nach durchzechter Nacht mit unzähligen Runzeln im Gesicht in den Tag geblinzelt und nach saurem Schweiß und Urin gestunken hatte. Der geraume Zeit auf der Erde herumgekrochen war, bis er sich mühevoll hatte auf die Beine ziehen können. Der schließlich nach ihnen gebrüllt und sie beide verflucht hatte, weil sie irgendwann davongelaufen waren.

Immer mehr wurde Krimmel wie ihr Vater, den sie gehasst und nicht mehr ausgehalten hatten und der sicher längst in der Hölle schmorte. Ihr Bruder war nicht nur zu einem dreisten Beutelschneider geworden, sondern auch zu einem Mörder. Katharina graute es vor ihm. Krimmel starrte sie unaufhörlich lauernd an. Das dunkle Blitzen in seinen Augen ließ sie vorsichtiger werden, und sie wandte den Blick ab. Langsam ging sie zu ihrem Strohhaufen, als wollte sie sich hinlegen, blieb aber davor stehen.

Hinter der von Flechten und Schimmel überzogenen Mauer ihres Gewölbes rauschte der Fluss vorbei. Lauter als sonst und bedrohlicher, denn es hatte seit Tagen geregnet. Ihr Bruder aber wollte wieder in die Nacht hinaus. Deutlich hatte er ihr zu verstehen gegeben, dass der Weinschlauch und seine Geldkatze leer waren. Katharinas Atem ging schnell, aber sie drehte sich entschlossen um und suchte Krimmels Blick. »Das Wasser ist wild«, stieß sie beinahe heftig aus. »Da wird so manche Gasse überschwemmt sein. Müssen wir denn heute Nacht hinaus?«

Ein Schatten verdüsterte Krimmels Gesicht. »Ach, wär's der feinen Dame lieber, ich besorgte ihr süße Backwaren und sie streckte sich derweil bequem im Stroh aus?«, zischte er verächtlich.

»Nein, natürlich nicht«, antwortete Katharina eilfertig. »Ich dachte nur, dass bei dem Wetter kaum einer von den reichen Herren auf der Gasse sein wird.«

Krimmel spuckte auf den Boden. »Dummes Luder, vorhin hat es aufgehört zu regnen. Da ist sicher einer der Pfeffersäcke unterwegs, den längst die stramme Rute drückt und der ein Weibsstück braucht, das ihm bei seiner Leidenschaft hilft.« Er funkelte sie wütend an.

Katharina biss die Zähne zusammen, so sehr rangen Zorn und Furcht miteinander. Noch ein einziges Wort, das dem Bruder nicht gefiel, und er würde sie schlagen oder ihr gar die kräftigen Hände um den Hals legen. *Wie oft er damit schon anderen Menschen den Garaus gemacht hat,* durchfuhr es sie. Rasch nickte sie, um ihn milde zu stimmen, und griff nach ihrem wärmenden Schultertuch.

Als die Kirchenglocken bald darauf zur Mitternacht schlugen, warf Krimmel seiner Schwester einen spöttischen Blick zu. »Auf, feines Liebchen, lass uns ein paar Münzen verdienen gehen!«

Katharina senkte den Kopf, um nicht zu zeigen, wie abgestoßen sie von seinen Worten war. Als er den Keller verließ, zog sie fröstelnd das Tuch enger um sich und folgte ihm durch den schmalen Gang hinter den Badstuben, der außer ihnen nur dem Bader und seinem Weib zugänglich war. Aus einem der Räume kam das Grölen eines Mannes mit tiefer, weinseliger Stimme und kurz danach das Aufkreischen einer Frau. Unvermittelt blieb ihr Bruder stehen und drückte das Ohr an die kalte Mauer. Im fahlen Licht der Laterne, die er trug, erkannte sie sein stilles, dreckiges Lachen.

Wieder schrie die Frau auf, ehe die dröhnend befehlende Stimme des Mannes den Schrei überlagerte und ein kurzes heftiges Platschen zu hören war. »Jetzt hat er sie zu sich in den Badzuber gezogen«, stieß Krimmel heiser aus. Kurz danach waren dumpfe Laute zu hören, die sein Lachen noch dreckiger machten. »Das ist sicher die Liese, die dralle Badhure. Die besorgt's dem Pfeffersack jetzt so richtig.« Er versetzte Katharina einen Stoß. »Die ist die Münzen wert, die ihr der brünstige Kerl dalassen wird.«

Bald danach zwängte sich Krimmel durch eine versteckte

Tür hinaus ins Freie in einen schmalen Durchgang zwischen dem Badhaus und dem benachbarten Haus, der nach einigen Schritten an einem Seitenarm des Neckars endete. Es war keine von jedermann genutzte Gasse, aber den Mägden im Badhaus diente sie dazu, Abfall in den Fluss zu schaffen. Krimmel nahm die andere Richtung hin zur Brunnengasse, über der Dunkelheit lag. Lediglich aus der schief hängenden Laterne am Badhaus drang schwacher Lichtschein.

Die Luft war kühl vom Regen der letzten Tage. Endlich hatte er aufgehört, wenn es auch noch vereinzelt von den Dächern tropfte. Katharina zuckte zusammen, als das kalte Wasser sie im Nacken traf. Krimmel packte sie am Arm und zerrte sie mit sich über das Pflaster voller Unrat. Ein starker Schauer hatte ihn vor sich hergeschwemmt und an manchen Hauswänden als stinkenden Berg aufgetürmt.

Nahe einer zwielichtigen Schenke ging es unter einem Torbogen hindurch zu einer der Gassen in der Stadt, in der sich Dirnen und Freier ein Stelldichein gaben. Krimmel und Katharina gingen leicht bergan, bis sich der Weg nach einer Biegung in vollkommener Finsternis verlor. Nicht ein einziges winziges Licht schien auf Höhe des Pflasters aus einer der vielen Mauernischen, was Katharina nicht erstaunte. Es war erst März, und die meisten der Hübschlerinnen, die hier unterm Jahr ihren Körper anboten, blieben mit ihren Liebhabern vorerst noch in den warmen Betten.

Katharina kam es vor, als wäre es hier oben noch kälter. Sie begann zu frieren. Mittlerweile fühlte sich ihre nackte Haut an wie die einer gerupften Gans. Als Krimmel die Laterne hob, sah sie, wie ihnen der Atem als Hauch vor dem Mund stand. »Hast freie Auswahl zwischen den Nischen, Schwesterchen, und jeder der läufigen Kerle, die den Weg hierherauf finden, gehört dir«, spottete er.

Angeekelt schluckte sie die Wut auf ihn hinunter. Ohne etwas zu sagen, stellte sie sich in einen der Einschnitte in der groben Mauer und achtete darauf, dass sich ihr Rock und das Schultertuch nicht mit der Nässe in den Mauerritzen vollsogen. Die Laterne, die ihr Krimmel dagelassen hatte, schob sie mit der Stiefelspitze noch ein wenig weiter hinaus aufs Pflaster. Ihr Bruder war verschwunden, wie immer, wenn sie auf Männer wartete. Er war vollkommen mit der ihn umgebenden Dunkelheit verschmolzen wie ein unheilvoller Schatten.

Obwohl Katharina fror, empfand sie die Luft als wohltuend. Sie roch rein wie selten in einer Stadt. Beinahe so, wie wenn sie und ihr Bruder in ihrem Karren über Land fuhren und die nächste Ansiedlung weit entfernt lag. Wie zwischen blühenden Wiesen und umgeben von mächtigen Bäumen in rauschenden Wäldern. Dort war sie glücklich und empfand einen Frieden wie nirgendwo. Dort fühlte sie sich geborgen und konnte endlich sie selbst sein. Katharina hing ihren Gedanken nach und Erinnerungen und manchen Träumen, denen sie ein stilles, schmerzliches Lächeln schenkte.

Sie trug derbe, wärmende Stiefel, die sie einem ihrer großzügigeren Freier abgeschwatzt hatte, dennoch begann die Kälte an ihr hochzukriechen. Mit klammen Fingern zog sie das Tuch enger um ihre Schultern und bis vor den Mund, worauf ihr der Atem warm ins Gesicht wehte. Endlich, als sie spürte, dass sie sich doch gegen die Mauer in ihrem Rücken gelehnt hatte und die Nässe bereits unangenehm durch den Stoff drang, flammte plötzlich unterm Torbogen ein Licht auf wie ein Funke in der Nacht. Es wurde immer größer, je näher es zu ihr herangetragen wurde.

Katharina hoffte, dass es einer war, der nach einer Dirne Ausschau hielt, damit sie bald wieder in den zwar fauligen, aber doch um einiges wärmeren Keller zurückkonnte. Ihre Lippen zitterten. Jedenfalls kam da einer, den sein feister Leib nicht geschwind vorwärtsbrachte und dem sein Ächzen über den Aufstieg vorauseilte. Einer ohne die Begleitung und den Schutz eines Knechts und mit einer quietschenden Laterne in der Hand, die er immer mal wieder anhob, um in die ersten Mauernischen zu glotzen. Katharina hatte Glück. Es war wirklich einer, den seine Begierde in diese Gasse getrieben hatte. Mit geübten Fingern begann sie, die Schnüre ihres Mieders zu lösen.

Im Licht der schwankenden, näher kommenden Laterne sah Katharina das aufgeschwemmte Gesicht eines alten Mannes. Prächtige Kleider umhüllten einen fetten Leib auf kurzen, krummen Beinen. Die Luft schien dem weißhaarigen Galan immer noch zu fehlen, so beschwerlich schnaufte er und stieß dicke Atemwolken aus. Als er Katharina entdeckte, verzogen sich seine fleischigen Lippen jedoch zu einem gierigen Lächeln. Bereits sein zweiter Blick fiel auf ihre entblößten Brüste, und er gab ein wohliges Grunzen von sich. Ermunternd winkte sie ihn zu sich heran.

»Ein reicher Pfeffersack also«, flüsterte Krimmel zufrieden, denn der Freier trug eine weite, wadenlange Schaube aus edlem Stoff und eine Mütze mit Pelzverbrämung. Langsam zog Krimmel den Knüppel unter seinem Wams hervor und schlich über den Weg und in den Rücken des Beleibten, der die Mauernische und Katharina darin mühelos verbarg. Zwischen Wortfetzen vernahm er das Keuchen des Mannes, der an seinen Hosen herumzufingern schien, und das leise, schamlose Lachen seiner Schwester, die ihm scheinbar dabei zur Hand ging.

Es würde ablaufen, wie es immer ablief, dachte sich Krimmel gleichgültig. Ein kräftiger Schlag auf den Schädel, und die meisten der Kerle rührten sich am Boden nicht mehr. Manchmal schrie einer, und er musste nochmals zuschlagen, bis endlich Ruhe war. Ohne ein Geräusch zu verursachen, hatte er sich hinter dem reichen Kerl aufgebaut, der um einiges kleiner als er war. Dann holte er mit dem Knüppel aus.

Als er auf den Pfeffersack einschlug, platzte dessen Schädel wie ein Kohlkopf. Mit einem dumpfen Geräusch fiel der schwere Körper aufs Pflaster. Krimmel stieß einen erstaunten Laut aus und fluchte. *Dieser fette Kaufherr in seinen feinen Kleidern hat aber nicht viel vertragen,* schoss es ihm höhnisch durch den Kopf. Sein scharfer Blick fiel auf Katharina, die gegen die Mauer gedrängt stand und ihn entsetzt anstarrte. Wahrscheinlich kam es von den Blutspritzern in ihrem Gesicht und auf ihrem nackten Oberkörper, die von dem brünstigen Kerl stammten und vor denen sie sich ekelte.

Ohne weiter auf seine Schwester zu achten, beugte sich Krimmel über den Toten und suchte am Gürtel und unter dem Wams nach dessen Münzbeutel. Als seine entschlossenen Finger eine Ausbuchtung ertasteten, durchschnitt er den Stoff und zerrte ein prall gefülltes Säcklein hervor. Er riss es auf, und erste Münzen rollten in seine Hand. Freudetrunken lachte er auf. »Ha, Gulden um Gulden.« Er drehte den Kopf zu Katharina. »Hörst du, Trine, lauter Gulden!«

Im selben Moment vernahm Krimmel einen herrischen Ruf, der ihn erschrocken herumfahren und rasch nach dem beiseitegelegten Messer greifen ließ. Ungläubig erkannte er am oberen Ende der Gasse im Licht einer Fackel die Umrisse eines überaus großen und breitschultrigen Kerls. Das rote Wams, die roten Hosen und der Hut mit der Hahnenfeder waren unverkennbar. Sie leuchteten wie Blut. Es war der Henker!

Der Schreck fuhr Krimmel in die Glieder. *Verdammt, was macht dieser elende Hundsfott hier?* Eilig kam er auf die Beine und verstaute seine Beute unterm Hemd. Tübingens Scharfrichter rief ihm mit befehlsgewohnter Stimme zu, an Ort und Stelle zu bleiben. Krimmel fluchte, packte Katharina an der Hand und riss sie mit sich auf die Gasse. Die Schwester stöhnte unter seinem schmerzhaften Griff und schaffte es unter Anstrengung, mit ihm Schritt zu halten.

Einmal jedoch rutschte sie auf dem glitschigen Pflaster aus und prallte hart gegen ihren Bruder. Er musste stehen bleiben, sonst wäre auch er gestürzt, und zerrte Katharina grob wieder auf die Beine. Als er es dabei wagte, über ihre Schulter nach hinten zu sehen, packten ihn Zorn und Entsetzen gleichermaßen. Der Henker war trotz seiner hünenhaften, kräftigen Gestalt ungeheuer schnell. Krimmel war klar, dass sie es zurück ins Badhaus nicht mehr schaffen würden. Seine Gedanken überschlugen sich. *Die Neckarpforte!*

Katharina stand heftig atmend neben ihm und blickte sich immer wieder gehetzt um. Die Laterne war zurückgeblieben, und die Fackel des Henkers leuchtete noch nicht bis zu ihnen. »Zur Neckarpforte!«, stieß Krimmel heiser hervor und zerrte seine Schwester weiter in eine wenig genutzte und schlammige Gasse, die zur Stadtmauer hinführte und so eng war, dass sie hintereinanderlaufen mussten. Krimmel trieb Katharina schließlich unerbittlich vor sich her, bis sie das schmale Törchen in der Mauer vor sich sahen.

In der rostigen Halterung im Stein daneben brannte eine einsame Fackel. Ein anderes Licht zuckte in der Laterne neben den Füßen des wachhabenden Stadtknechts. Krimmel machte

Katharina gegenüber eine eindeutige Gebärde zu dem Büttel hin, dann versetzte er ihr einen Stoß, der sie nach vorne stolpern ließ. Ungeschickt raffte sie das offene Mieder vor ihren Brüsten zusammen und lief geradewegs auf den Mann zu, der müde an der Mauer lehnte und dem der Kopf immer wieder auf die Brust sank.

Als Schritte laut auf dem nächtlichen Pflaster hallten, riss der Stadtknecht augenblicklich den Kopf hoch, und ein Ruck ging durch seinen Körper. Im schwachen Licht sah er eine Frau mit gelöstem Haar auf sich zukommen und umfasste die Hellebarde entschlossener, rührte sich aber nicht von der Stelle. Offensichtlich war sie ohne Begleitung und kam alleine aus der Nacht. Als sie bei ihm war, ließ sie das Mieder fahren, und feste Brüste quollen dazwischen hervor. Verwirrt gab der Büttel einen erstickten Laut von sich, während er wie trunken auf die rosige Blöße des jungen Weibes starrte.

»Ihr seid allein, junger Herr, und ich bin es auch«, lockte Katharina mit süßer Stimme und drehte sich leicht um ihn und er sich mit ihr, aber der Ekel über den geplatzten Schädel des Alten, der jetzt im Dreck und seinem Blut in der Hurengasse lag, wollte ihr wieder sauer aufstoßen. Sie hielt eine Hand vor den Mund, weil sie würgen musste, die andere hatte sie in den Falten ihres Rocks und schwang ihn hin und her. Der Stadtknecht war noch keiner der erfahrenen, wüsten Kerle, denen man besser nicht in der Nacht begegnete, stellte sie fest. Der war gerade erst ein Bursche, hoch aufgeschossen und mager, dem Wams und Hosen deutlich zu groß waren. Den da sollte ihr Bruder nicht kaltmachen, gelobte sich Katharina. Der war so jung, dem stand noch der Flaum auf der Oberlippe.

Da starrte der Büttel sie plötzlich an, als blicke er in das Gesicht einer Verrückten. Starrte sie mit geweiteten, entsetzten Augen an und wich sogar einen Schritt vor ihr zurück. »Das ganze Blut da ...« Er zeigte mit dem Finger auf sie. »Schaust aus wie der Hölle entsprungen.« Stockend kamen ihm die Worte über die Lippen.

Jäh fiel ihr ein, wie sie aussehen musste. Dass sie das verspritzte Blut des Pfeffersacks überall im Gesicht und auf dem Oberkörper hatte. Getrocknet und dunkler jetzt freilich, aber immer noch eindeutig als Blut zu erkennen. Hastig wischte sie sich mit der Hand übers Gesicht und zog schließlich wieder das Mieder vor ihrem Busen zusammen, als würde er dadurch vergessen, was er gesehen hatte. Im selben Moment kam ein Schatten aus der Nacht und wurde hinter dem Jungen größer.

Als der Knüppel auf den Helm sauste, sackte der Wächter mit einem dumpfen Ächzen zusammen und stürzte auf die Pflastersteine. Diesmal spritzte kein Blut, aber der Kerl blieb auch nicht ruhig liegen. Jammernd krümmte er sich zusammen. Ein weiteres Mal hob Krimmel den Knüppel, um nochmals zuzuschlagen, aber da packte Katharina entschlossen den Arm ihres Bruders und funkelte ihn wild an. »Wir müssen fort! Oder willst du, dass uns der Henker erwischt und aufs Rad bindet?«

Ihre Stimme war hart wie selten. Überrascht starrte Krimmel in die dunkel gewordenen Augen seiner Schwester. Verflucht, stellte sie sich jetzt gegen ihn? Gerade wollte er ihr scharf antworten, aber da dröhnte erneut die gewaltige Stimme des Scharfrichters durch die Nacht. Und sie klang sehr nahe. Zornig wischte Krimmel Katharinas Hand von seinem Arm und blickte sich rasch um. Der rote Teufel war noch nicht zu sehen, aber der Widerschein seines Fackellichts jagte über die schmale Gasse heran.

Krimmel zögerte nicht länger und rannte zur Neckarpforte.

Mit einem einzigen entschlossenen Griff hob er den schweren Riegel an und warf ihn zurück. Er öffnete das Tor und war schon draußen, als er hinter sich Katharina im Rücken spürte, die ihn nach vorne drängte. Kalte Luft schlug ihm entgegen, die nach Freiheit roch und jeder Menge Schlupfwinkel, die dieser Sauhund von Henker nicht kennen konnte. Ohne Laterne und unter dem spärlichen Schein eines beinahe wolkenverhangenen Mondes machte er die ersten Schritte in die Dunkelheit.

Er tastete sich auf dem Weg vorwärts, der steil zum Neckar hinabführte und deshalb nur von Wanderern, aber nicht von Reitern oder Fuhrwerken eingeschlagen werden konnte. Katharina und er waren ihn schon oft heraufgestiegen, um nicht mit Bauern, Händlern und Reisenden durch das große Tor in die Stadt kommen zu müssen, von denen sie später im Gedränge des Markttreibens so manchen bestohlen hatten.

Krimmels Schritte wurden sicherer. Bald dachte er, die gefährlichen Mulden von den früheren Aufstiegen her zu kennen und ihnen sicher ausweichen zu können. Er wurde kühner und setzte schneller die Füße voran. Dann aber trat er ins Leere, verlor den Halt und grub rasch die Hände in die schlammige Erde, um nicht in die Tiefe zu stürzen. Katharina war nahe hinter ihm. Er hörte ihren aufgeregten, schnellen Atem und das Rascheln ihres Rocks. Sie hielt sich an ihm fest, als er sich fluchend wieder aufrichtete und zur Stadt zurücksah.

Die Fackel des Henkers brannte ein flammendes Loch in die Nacht, das rasch größer zu werden schien. Aber das lag nur daran, dass der Scharfrichter verteufelt schnell hinter ihnen herkam. Krimmel spuckte aus. »Der Sauhund … verrecken soll er.« Er packte Katharina und begann, sie rücksichtslos vor sich herzutreiben. Es kam einem Wunder gleich, dass sie nicht ausrutschten oder den Weg verfehlten und sich den Hals brachen. Als der Weg breiter wurde und weniger steil abfiel, stolperte Katharina und überschlug sich. Ein gutes Stück rollte sie den Hang hinab und schrie jämmerlich auf.

Sie war noch immer nicht auf den Beinen, als Krimmel sie erreichte und brutal hochriss. »Beweg dich, oder willst du vom Henker erwischt werden?«, zischte er.

Schluchzend humpelte sie weiter, denn ihr rechtes Bein schmerzte immer noch vom Sturz aufs harte Pflaster oben in der Stadt, und sie schaffte es kaum noch aufzutreten. Unablässig liefen ihr Tränen übers Gesicht. Als sich am Fuß des Berges ihr Rock in einem stacheligen Gebüsch verfing, zückte ihr Bruder das Messer und durchschnitt den widerspenstigen Stoff. Längst hatte sie ihr Schultertuch verloren und hielt sich mit einer Hand das notdürftig geschnürte Mieder. Die Kälte hatte sie mit ihrem eisigen Atem umhüllt, gleichzeitig aber jagten Furcht und körperliche Qual das Blut in ihr hoch, dass sie zu verbrennen glaubte.

Als Katharina erneut in ein dorniges Gebüsch geriet und sich Hände und Arme zerkratzte, schrie sie voller Schmerzen auf, und Krimmel versetzte ihr einen heftigen Schlag ins Gesicht. »Halt endlich das Maul, du verrätst uns noch!«, presste er böse hervor. In dem Moment wünschte er sich, sie hätte sich beim Sturz am Hang den Hals gebrochen, weil sie dabei war, dem Henker zu verraten, wo sie steckten. Der war schon so nahe, dass sie sein Keuchen hören konnten. Krimmel dampfte von der Jagd. Sein grobes Hemd klebte ihm schweißdurchtränkt am Körper.

Wieder brüllte der Scharfrichter, der das Wild in dunklen Umrissen vor sich ausmachen konnte, und Krimmel packte seine Schwester und drängte sie durchs Gestrüpp, das wie ein

Bollwerk zwischen den Wiesen und dem Fluss stand. Als sie das dumpfe Rauschen des Neckars vor sich hörten, waren sie schon nahe am Ufer, und der Untergrund wurde weicher. Immer tiefer drangen sie durch Gras und Schilf, und als sie schmatzend einsanken, begann Katharina, hemmungslos zu weinen. Wütend versetzte ihr Krimmel einen weiteren Schlag, der sie beinahe stürzen ließ.

Wie benommen schüttelte sie den Kopf, und die wirren langen Haare flogen. Ihr Bruder zerrte an ihr und zog sie aus dem sumpfigen Erdreich. Er bekam sie frei, ihre Stiefel aber blieben im Schlamm stecken. Grob schleifte Krimmel sie auf festeren Grund, wo er sie liegen ließ. Breitbeinig stellte er sich vor sie. Der Henker würde sie erwischen. Das war ihm mit einem Mal klar. Aber er sah nicht ein, dass sie beide dem Sauhund in die Hände fallen sollten.

Unbewegt sah er zu, wie sich Katharina mühsam auf die nackten Füße quälte. Das war nicht mehr seine anmutige Schwester, das Allermannsliebchen mit lockenden Lippen und lockendem Leib. Das da im dürftigen Mondlicht war nur noch ein schmutziges Weibsstück mit zerzaustem Haar und Fetzen am Körper, die einst ein Hemd, Mieder und ein langer Rock gewesen waren. *Hier also trennen sich unsere Wege, geht jeder seinem eigenen Schicksal entgegen,* dachte er gleichmütig. Vielleicht schaffte sie es ja, und der Dreckskerl von Henker entdeckte sie nicht zwischen Binsen und Ried. »Los, Trine, versteck dich am Fluss!«, befahl er.

Katharina gehorchte und ging taumelnd hinein ins Schilf, aus dem er bald ihr Schluchzen hörte. Er aber schlich so geräuschlos wie möglich in die andere Richtung. Immer tiefer schob er sich in den Uferbewuchs, bis er bis zu den Waden versank, und kauerte sich nieder. Nur wenige Schritte von ihm entfernt donnerte der angeschwollene Fluss vorbei. Er kniff die Augen zusammen, in denen Schweiß und Dreck brannten, und versuchte, ruhiger zu atmen. Kaum spürte er die schlammige Nässe durch die Hose kriechen, da konnte er durch die geschlossenen Lider auch schon den Widerschein von Fackellicht wahrnehmen. Der Hund von Henker war da!

Gewaltsam brach Schilfrohr. Ihr Jäger arbeitete sich mit aller Kraft durch die Wildnis am Neckar, um seine Beute ja nicht entkommen zu lassen. Krimmel drückte sich noch tiefer in den weichen Grund, bis die Schmerzen wie Feuer über seinen gekrümmten Rücken heraufjagten. Er hörte den keuchenden Atem des Scharfrichters und öffnete die Augen einen Spaltbreit. Der Teufel war so nahe hinter den hohen Binsen, dass er ihn mit einem Sprung hätte erreichen können, wenn er sich ihm Mann gegen Mann hätte stellen wollen. Aber das hatte er ohnehin nicht vor bei diesem Riesen, der ihm mit einer seiner Pranken den Hals hätte zerquetschen können.

Als die Fackel gefährlich nahe an ihm vorbeigetragen wurde, brach Krimmel erneut der Schweiß aus. Blut lief ihm von der Unterlippe, die er vor Anspannung zerbissen hatte. Aber dann entfernte sich die zuckende Flamme immer weiter in die Nacht und mit ihr das Brechen von Röhricht. Langsam ließ Krimmel den angehaltenen Atem entweichen, der ihm die Brust zerreißen wollte, fluchte innerlich und ballte die Hände zu Fäusten. Bei allen Teufeln, der Tod hatte ihm seine höllische Fratze gezeigt, aber nicht die Klauen nach ihm ausgestreckt. Erschöpft, aber zuversichtlich legte er sich auf den schlammigen Boden, damit die Schmerzen in seinem gekrümmten Körper endlich nachließen.

Katharina hatte sich derweil immer weiter durch den Uferbewuchs bis zum Neckar durchgequält. Warme Flüssigkeit rann ihr von den Händen. Es war ihr Blut, das zu dem des toten Pfeffersacks hinzukam, wenn sie sich übers Gesicht wischte. Die Schläge ihres Bruders hatten sie halb betäubt. Die Nässe hatte die Fetzen ihres Rocks schwer gemacht. Obwohl sie zitterte, spürte sie die Kälte nicht mehr. Immer wieder strich sie sich das lange Haar aus dem Gesicht, als würde sie dadurch in dieser tiefschwarz gewordenen Nacht endlich etwas sehen können.

Eine namenlose Angst trieb sie vorwärts und ließ sie die Schmerzen im Körper vergessen. Einmal aber durchfuhr sie ein einziger klarer Gedanke, der auch nur Grauen für sie bedeutete: *Der Henker jagt mich, und wenn ich ihm in die Hände falle, werde ich auf grausamste Weise mein Ende auf dem Rad oder am Galgen finden!* Mit letzter Kraft brach sie durch zum dröhnend rauschenden Fluss. Ihr nächster Schritt ließ sie bis über die Waden in eisiges Wasser eintauchen. Keuchend rang sie nach Luft.

Ausläufer schwerer Wogen schleuderten schäumendes Wasser gegen sie und durchnässten sie bis auf die Haut. Jäh wurde ihr bewusst, dass sie verloren war. Hinter ihr war der Scharfrichter, und im Neckar wartete der Tod. Ihr kurzes, frevelhaftes Leben war vorbei. Da war ein Ruf hinter ihr und ein Fetzen an Helligkeit, als ein gewaltiges Donnern auf sie zurollte. Es war der Fluss mit einer seiner mächtigen Wellen, der weit über die Ufer hinausschoss. Verzweifelt schlug Katharina die Hände vors Gesicht und schrie all ihre Angst und Qual in die Nacht. Dann riss der Fluss sie mit sich fort.

Krimmel hörte diesen entsetzlichen Schrei weit vor sich, der ihn, obwohl er ein gewissenloser Schurke war, für einen Lidschlag erstarren ließ. Er hielt den Atem an, als erwarte er einen weiteren Schrei, aber dann legte sich eine Stille über die mondlos gewordene Nacht und den Neckar, die nichts Gutes an sich hatte.

*

Einige Tage verkroch sich Krimmel vorsichtshalber und blieb wie ein Schatten in den Wäldern nahe Tübingen und bei seinem Karren am Fluss, bis die ausgeschwärmten Büttel die Suche nach einem Mordbuben aufgaben, dessen Gesicht sie gar nicht kannten. Obwohl er gefahrlos hätte davonkommen können, musste er wissen, ob Katharina dem Henker entkommen war. Ihr Schrei hatte zwar nach Verderben geklungen, aber wenn der Scharfrichter sie erwischt und ihr nicht gleich den Garaus gemacht hatte, würde er es in Erfahrung bringen. In den Gassen der Stadt wussten die Leute, wer im Kerker faulte und bald an den Galgen kam.

Wenn Katharina gar davongekommen war, harrte sie vielleicht im Versteck im Badhaus aus oder suchte inzwischen auf den Märkten nach ihm. Und sie konnte es sogar gefahrlos tun. Meister Hans war zwar Zeuge ihrer Mordtat in der Nacht gewesen, hatte aber nicht ihre Gesichter gesehen. Lediglich einen Mann und eine Frau, wie es tausend andere Männer und Frauen in Tübingen gab. Wie es genügend Lumpenkerle und Huren in den nächtlichen Gassen der Stadt gab, die sich, auch ohne Meuchler sein zu müssen, vor dem Scharfrichter davonmachen würden.

Endlich, als Krimmel schon glaubte, es gäbe keine Sonne mehr, kam sie blass und zögernd wieder hinter helleren Wolken hervor. In der Absicht, mit den ersten Bauern und Händlern durch das große Tor in die Stadt zu kommen, hatte er sich wie einer, der es gewohnt war, übers Land zu wandern, einen massiven Ast als Wanderstock zurechtgeschnitzt und ein gut gefülltes Bündel geschultert. Unter der breiten Kappe, die er weit in die Stirn geschoben hatte, waren seine Augen nicht zu sehen.

Mit ausholenden Schritten ging Krimmel am Fluss entlang, der von einem dunklen Grün war und an manchen Stellen weit über die Ufer getreten. In der Ferne sah er Fuhrwerke und Buckelkorbhändler über die Handelsstraße auf die Stadt zukommen. Nach der nächsten Biegung kniff er misstrauisch die Augen zusammen. An der Uferböschung stand eine Gruppe Bauern beieinander. Als er näher kam, hörte er ihre aufgeregten Stimmen. Eine darunter kam ihm auf düstere Weise bekannt vor, und argwöhnisch verharrte er in einigem Abstand hinter den Männern.

Als diese plötzlich auseinandertraten, erkannte er zwischen ihnen auf der Erde kniend den Henker. Den Riesen im blutroten Gewand mit der Hahnenfeder am Hut. Jäh packte Krimmel der Hass, und er musste sich auf die verkrusteten Lippen beißen, um nicht loszubrüllen. Als wäre er ein weiterer neugieriger Gaffer, kam er näher und stellte sich hinter einen Bauern, der kleiner als er war, um über dessen Schulter spähen zu können. Im selben Moment richtete sich der Scharfrichter auf, und sein Gewand erschien Krimmel wie hochleckende Feuerzungen.

Der Hüne hielt etwas in den Armen, das Krimmel auf den ersten Blick nicht erkennen konnte. Dann aber starrte er fassungslos auf einen schlammverdreckten, unförmigen Körper. Nicht alles Haar am wachsbleichen Schädel war dunkel von getrockneter Erde; einige der langen Flechten hingen blond über des Henkers Arm herab. Das Gesicht war unkenntlich, war von Ratten zerfressen. Von Rock und Hemd waren nur

Fetzen geblieben. Wind und Wetter und Ungeziefer hatten es zu dem gemacht, was kaum noch die Blöße der Frau bedeckte.

Es geschah zwar selten genug in seinem verkommenen Leben, aber ein Schauder ergriff Krimmel bei diesem Anblick. Als er den Scharfrichter unmenschlich brüllen und den Namen seiner Tochter herausschreien hörte, erfüllte ihn das mit böser Genugtuung. Hass paarte sich mit Hohn, und mit aller Gewalt erstickte er ein teuflisches Auflachen in der Armbeuge. Der Henker drückte den Körper der Toten immer wieder an sich; dieses aufgedunsene, wächserne Fleisch. Er brüllte wie ein Tier, das geschlachtet werden sollte, brüllte, dass ihm der Herrgott nach seinem kürzlich verstorbenen Weib nun auch die Tochter genommen hätte.

Wie einer, den der Wahn gepackt hatte, wollte der Rotgewandete plötzlich fort. Rasch machten ihm die Bauern Platz, um nicht mit ihm, dem Unreinen, in Berührung zu kommen oder diesem zerschlagenen Körper in seinen Armen. Als der Henker an Krimmel vorbeikam, starrte dieser selbst wie ein vom Wahn Gepackter auf den klumpigen Fuß der Toten. Die schwammige Haut war nicht überall von getrockneter Erde überzogen. Am Knöchel war sie frei geblieben; gerade dort, wo sich aneinandergereihte Leberflecken bis zur Sohle hinabzogen.

Krimmel schaffte es nicht völlig, ein tiefes Ächzen zu unterdrücken, aber der Scharfrichter schien es nicht gehört zu haben. Ihm war es, als müsste er würgen, als läge ihm die Zunge wie faulendes Fleisch im Mund. Er wusste, was er gesehen hatte: Die Tote war nie und nimmer die Henkerstochter, die Tote war seine Schwester Katharina! In Krimmels Kopf dröhnte es. Er kannte die Henkerstochter und wusste, dass sie und Katharina sich ähnlich sahen. Beide hatten blondes, langes Haar, waren schlank, und besaßen ein blassblaues Kleid.

Krimmel graute es wieder, dann aber lachte er leise. *Meister Hans ist ein verdammter Schwachkopf*, dachte er. Brachte eine tote Hure heim statt seiner eigenen unreinen Brut. Er ballte die Hände zu Fäusten. Katharina war also tot, hatte sich endgültig aus dem Staub gemacht. Mit vor Zorn brennenden Augen beobachtete er, wie die Bauern langsam auf ihre Felder zurückkehrten und der Henker mit seiner verwesenden Last um die nächste Wegbiegung verschwand.

Was war am Neckar geschehen, als er Katharinas entsetzlichen Schrei vernommen hatte? Hatte dieser Hüne sie erwischt und sogleich wie eine Ratte im Fluss ersäuft, oder war sie auf der Flucht vor ihm im reißenden Wasser umgekommen? In seinem Schädel hämmerte es wie in einer Schmiede. In der Tat galt auch die Henkerstochter als verschwunden. Seit mehr als einer Woche war sie nicht mehr gesehen worden, und der verachtete Vater hatte in den Schenken, in den verruchten Vierteln und sogar in den Frauenhäusern nach ihr gesucht.

Hinter seinem Rücken hatte man gespottet, dass das schöne Weibsstück nach einer Liebesnacht mit einem reichen Buhlen von diesem weggeworfen worden war. Und manches der Lästermäuler hatte auch gemeint, dass sich die Henkersdirne vielleicht gar in ihren vornehmen Liebhaber verguckt und sich mehr für sich erhofft hatte. Da konnte es schon sein, dass sie mit gebrochenem Herzen ins Wasser gegangen war.

Krimmel fand aus seinen Gedanken zurück an den Fluss, wo er jetzt alleine stand und mit den Stiefeln im Dreck rieb. Er hatte einen bitteren Geschmack im Mund und spuckte aus. Mochte dieser Teufel von Scharfrichter auch glauben, mit der Toten seine Tochter aus dem Wasser gezogen zu haben, er,

Krimmel, wusste es jedenfalls besser! Dennoch blieb eine Unruhe, die er sich nicht erklären konnte, und ein innerer Zwang trieb ihn dazu, dem Henker auf den Gottesacker zu folgen.

An der Friedhofsmauer verbarg er sich dort, wo ein vom Blitz gefällter Baum eine Bresche in die Steinmauer geschlagen hatte. Mit brennenden Augen glotzte er durch den breiten Durchschlupf und beobachtete, wie Meister Hans über den Leichenacker ganz nach hinten ging, wo die Unreinen und Gesetzlosen, die Selbstmörder und die Kindlein, die vor der Taufe gestorben waren, in unheiliger Erde verscharrt wurden.

Der Scharfrichter ließ sich Zeit, als könnte er sich von dem einzigen Balg, das ihm sein Weib geboren hatte, nicht trennen.

Ohne jegliche Regung stand er neben dem Bündel, das einmal ein lebendiger Mensch gewesen war, und starrte in die heraufziehende Dämmerung. Irgendwann, als Krimmel übellaunig spürte, wie sich wieder Schmerzen in seinem gekrümmten Rücken breitmachten, verschwand der Henker, um bald darauf mit einer Schaufel zurückzukehren und ein Loch auszuheben. Mit einer Zärtlichkeit, die ihm Krimmel niemals zugetraut hätte, legte der Riese schließlich die Tote hinein und bedeckte sie mit Erde.

Noch einmal verließ der Henker den Friedhof, um nach kurzer Zeit mit einer Handvoll Blumen zurückzukehren und sie auf den frischen Hügel zu legen. Eine Weile verharrte er, den Blick nach unten gerichtet, ehe er sich endgültig entfernte und Krimmel in seinem Rücken durch die Mauernische schlüpfte. Lautlos schlich der Schurke über den Leichenacker, kniete sich neben das frische Grab und begann, mit bloßen Händen die Erde fortzuschaufeln.

Als er auf den Körper stieß, tasteten sich seine Finger bis zum linken Bein vor. Entschlossen zog er es aus dem Hügel und hielt es so, dass er im letzten Licht der Dämmerung auf den Fuß sehen konnte. Von Erde bedeckt, konnte er nicht viel erkennen, und so spuckte er kräftig auf die Stelle zwischen Knöchel und Sohle und rieb ein paar Mal mit dem Ärmel seines Hemdes darüber. Endlich konnte er die kleinen rundlichen Leberflecke sehen und spürte sie auch deutlich unter seinen Fingerkuppen.

Es waren eindeutig die Muttermale der kleinen Dirne, die ihm zu einem ganz einträglichen Dasein verholfen hatte. Katharina! Sie hatte ihm nicht viel bedeutet, aber immerhin war in ihrem Leib dasselbe Blut geflossen, wie es noch in seinem floss. Und dass sie jetzt tot war, verdankte sie dem Dreckskerl von Henker. Unwillkürlich griff Krimmel nach seinem Messer. Die Klinge blitzte auf. Eines Tages würde der Scharfrichter von Tübingen dafür büßen, schwor er sich und packte die Waffe so, als würde er jeden Moment zustoßen wollen.

Kapitel 1

Ostersonntag, der 12. April, Anno Domini 1528 in Augsburg

Die Schneeschmelze in den Bergen hatte den Lech reißend gemacht. In den vielen Kanälen, in denen er im Handwerkerviertel zu den Mühlen geführt wurde, gebärdete er sich wie ein zorniges Geschöpf. Am mittleren Lech an der Kresslesmühle warf er sich schäumend gegen das gewaltige Mühlrad und ließ das Holz schwer ächzen. Das Mühlrad stand still, wie selten im Jahr, stand still wie all die anderen Mühlen, deren große Wasserräder sich sonst Tag und Nacht drehten. Aber an solch hohen Festtagen wie dem Ostersonntag wurde nicht gearbeitet.

Auch die Hammerwerke schwiegen, und in den Schmieden, Schlossereien und Schleifmühlen brannte nur ein stilles Feuer in den Essen. Der Lech stank weniger als sonst und behielt seine dunkelgrüne Farbe, die er aus den Bergen mitbrachte, weil weder die Färber die Auswaschungen der behandelten Stoffe oder scharfe Beize noch die Gerber Tierhaar, Fette und faulendes Fleisch in ihn kippten. Selbst Kadaver wurden weniger angeschwemmt, schien es Amelinde, als sie von einer Brücke aufs schnell vorbeijagende Wasser sah.

Von der Barfüßerkirche und dem Kloster Maria Stern erhob sich Glockengeläut, und wie zur ersten Messe jagte es Amelinde, der Tochter des Geschützgießermeisters Simpert Gessel, Schauer über den Rücken. Seit Gründonnerstag hatten die Glocken geschwiegen, aber am kalten, klaren Ostermorgen waren sie wie ein Sturm über die Stadt gekommen. Jauchzend hell oder schwer wie Donner über den Dächern und in den Gassen hatten sie mit aller Macht davon gekündet, dass der Sohn Gottes den Tod überwunden hatte. Jesu Christ war auferstanden!

Amelindes Füße flogen über das Pflaster. In einer Hand hielt sie einen Osterbuschen für ihre Freundin Marie, in der anderen einen Korb mit in der Messe geweihten, rot und grün bemalten Eiern. Amelindes Herz schlug heftig. Nicht nur in der wohlhabenden Oberstadt der Patrizier und Bürger, auch hier unten im Lechviertel, dem Viertel der Handwerker und einfachen Leute, war das Fest des Lebens angebrochen und mit ihm Freude und Hoffnung.

Amelinde nahm den vertrauten Weg an einem der Lechkanäle und mehrgeschossigen Handwerkerhäusern mit ihren nackten, schäbigen Fassaden vorbei. Vor manchen Haustüren standen mit bunten Bändern umwickelte und mit gefärbten Eiern geschmückte Osterbäumchen. Schleifen daran tanzten im leichten Wind. Hühner, die in Stroh und Dung mitten auf der Gasse scharrten, liefen gackernd auseinander, als Amelinde sie übermütig vor sich herzujagen begann. Entlang der alten Befestigung kamen ihr ein paar Frauen mit Wassereimern vom Brunnen entgegen und erwiderten ihren Gruß. Vorfreude packte Amelinde, ließ sie schneller laufen. Bis zu Maries Haus war es nicht mehr weit.

Plötzlich erscholl Lärm aus der Schleifergasse, und kurz darauf stürzten Stadtknechte um die Biegung. Einer der Büttel rannte mit nach vorne gestreckter Hellebarde direkt auf Amelinde zu. Entsetzt stockte sie, wollte aufschreien, aber der Schreck lähmte ihre Zunge. Da war der Stadtknecht schon heran und schob sie mit dem Schaft der Hellebarde grob gegen die nächste Hausmauer. Als sie Schreie hörte, riss Amelinde unweigerlich den Kopf zur Seite. Auch die anderen Frauen waren an die Hausmauern gedrängt worden, um den Weg frei zu machen. Aus den fallen gelassenen Eimern sickerte das Wasser in den Unrat auf der Gasse.

Der Büttel hatte sich so hingestellt, dass er zur Schleifergasse sehen konnte. Sein Kopf aber fuhr immer wieder herum, um Amelinde hinter sich schamlos anzuglotzen. Eine Jungfer mit hüftlangem schwarzem Haar und weißen Bändern darin. Das auffallend hübsche Gesicht war von keiner Narbe entstellt. Auch die Nase war nicht krumm. In den braunen Augen stand Verwirrung, der Mund mit seinen vollen Lippen aber war trotzig verzogen.

»Was soll das, lass mich sofort gehen!« Mit aller Kraft

stemmte sich Amelinde gegen den Spieß, aber augenblicklich verstärkte der Büttel seinen Griff. Sein massiger Schädel fuhr herum.

»Halt still, Weibsbild, die Sach' geht dich nix an.« Funkelnd jagten seine Äuglein zwischen fetten Lidern über ihr Gesicht und ihre Brüste hinterm Mieder. Er stank nach Schweiß und anderen Ausdünstungen. So nah bei ihr, dass sie deutlich die bräunlichen Flecken an Wams und Hose ausmachen konnte, würgte es sie.

Zum Glück wurde sie abgelenkt, aber auch der Häscher, dessen Kopf wieder zur Gasse hinruckte, weil im selben Moment weitere Stadtknechte aus der Schleifergasse kamen und zwischen ihnen ein schier unaufhörlicher Strom an Männern und Frauen. Ein Raunen innig gesprochener Gebete hing über ihnen. Fassungslos starrte Amelinde auf die wogende Masse aneinandergedrängter Leiber. Das Brüllen der Wächter und der Einsatz der Hellebarden trieben die Leute mitleidslos voran. Das Laufen und Hämmern der unzähligen Schuhe auf dem Pflaster schwoll an. Es klang unheilvoll und schaurig.

Amelindes Herz raste. Was würde mit all diesen Menschen geschehen? Was hatten sie denn für ein Unrecht getan, dass sie heute am Ostersonntag verhaftet und in die Eisen gebracht wurden? Amelinde packte das Grauen. Ein paar der Frauen weinten. Manch eine konnte nicht Schritt halten und bekam mit dem Schaft der Hellebarde einen Stoß in den Rücken. Der Zug ging rasch dahin zwischen den Häschern mit ihren geputzten Helmen, den blitzenden Spießen und den Wämsern und Hosen in den Stadtfarben Rot, Grün und Weiß.

Ungläubig erkannte Amelinde die Frau des bekannten Bildhauers Hans Daucher unter ihnen. Fassungslosigkeit stand in Susanna Dauchers schönem Gesicht und eine entsetzliche Mühe, in ihrem schwangeren Zustand mit den anderen Schritt halten zu können. Und da war auch der Leupold Hans, seines Zeichens Schneider, von dem Amelindes Vater sich für die Zunftversammlung ein prächtiges Gewand hatte anfertigen lassen.

Amelinde hatte den Schaft der Hellebarde gepackt und nicht mehr losgelassen. Mit aller Kraft pressten sich ihre Finger darum. »Was haben sie denn gemacht?«, fragte sie rau. Ihr Mund war vollkommen trocken.

»Teufelspack sind's«, spie der Büttel vor ihr aus. »Zur Sekte der Wiedertäufer gehören's.«

Amelinde war, als habe man ihr einen furchtbaren Schlag versetzt. Wiedertäufer? Von denen hatte sie schon gehört, und auch dass der Rat sie in der Stadt nimmer dulden wollte. Schon im letzten Jahr hatte es einen Erlass gegeben, dass sie ihren unseligen Glauben nicht mehr ausüben und sich nicht mehr versammeln durften.

»Zeit ist's g'worden, die Sektenbrut einzuholen. Im Haus des Dauchers waren's alle, um ihren teuflischen Riten nachzugehen.« Der Büttel grunzte und spuckte aus. »Aber jetzt … jetzt müssen's vor den Hohen Rat.«

Als die Marie kam, mitten unter den herrisch vorangetriebenen Menschen, inmitten von Weinen und Wimmern, von Gebeten und angsterfüllten Schreien, bohrte sich eine schmerzhafte Faust in Amelindes Leib. Die Luft blieb ihr weg. Ungläubig riss sie die Augen auf und biss sich so fest auf die Unterlippe, dass sie Blut schmeckte. Gequält ächzte sie.

»Hast etwa Mitleid mit dem Pack, oder bist gar selbst eine von denen?«, fuhr der Stadtknecht sie misstrauisch an. Rasch drängte er sie stärker gegen die Mauer in ihrem Rücken.

»Nein, um Gottes willen nein!« Wild schüttelte Amelinde

den Kopf. Immer und immer wieder. Sie schrie, schrie erneut ein *Nein* heraus, bevor ihr die unfassliche Entdeckung um Maries verborgen gehaltenen Glauben das Herz zerriss. *Marie eine Wiedertäuferin!,* hämmerte es in ihrem Kopf. Vor Enttäuschung und Wut schossen ihr Tränen in die Augen. Sie starrte auf ihre Freundin, die im Strom der Gefangenen an ihr vorübergetrieben wurde.

Amelinde erkannte, wie Marie nach oben sah, wie ihre großen, klaren Augen den Himmel nicht mehr losließen, während sie sich an einem Mann an ihrer Seite festklammerte, den Amelinde nicht kannte. Strähnen von Maries Haar hatten sich unter der weißen Haube hervorgeschoben und schimmerten goldblond. Ihr Gesicht aber war totenbleich.

Die Menschen waren vorbei, das Hämmern der unzähligen Schuhe fast schlagartig verklungen. Ihnen folgten in drückender Enge ein paar Stadtknechte. Der Büttel, der Amelinde immer noch mit seiner Hellebarde zurückhielt, warf einen letzten anstößigen Blick auf sie. »Vielleicht sieht man sich ja wieder, Täuble.« Er leckte sich über die Lippen und grinste ihr mit einem Mund voll brauner Zahnstummel zu. Dann riss er den Spieß hoch und rannte hinter seinen Kumpanen her.

Amelinde lehnte wie betäubt an der kalten Mauer. Die Frauen in der Nähe griffen nach ihren im Unrat liegenden Eimern. Einige gingen zum Brunnen zurück, andere blieben und schwatzten aufgeregt mit denjenigen, die aus den umliegenden Häusern gekommen waren. Die Leute waren durcheinander. Ein paar Männer schimpften derb. Wer hätte auch ahnen können, dass einige der fleißigen, rechtschaffenen Handwerker in der Nachbarschaft diesen Ketzern angehörten, und gar die sittsame Susanna Daucher. Manch einer auf der Gasse bekreuzigte sich. Ganz so, als sei man größter Gefahr entronnen.

Amelinde war übel. Sie hatte die Hand auf den Mund gepresst und sich das Blut von der Lippe gewischt. Obgleich ihr eiskalt war, glühte ihr Gesicht. Sie fühlte sich verraten und wund, als wäre ein Stück zuckendes Fleisch aus ihrem Herzen gerissen worden. *Marie eine Wiedertäuferin!* Mühsam schluckte sie. Das hatte sie nicht gewusst. Grob zwängte sie sich durch die Leute auf der Gasse, die nicht Platz machen wollten. Wüst schimpfte man hinter ihr her, aber das war ihr gleich. Sie wollte nur endlich fort.

Mit dem geknickten Osterbuschen in der Hand kehrte Amelinde in die Geschützgießerei am Katzenstadel zurück. Ihr Gesicht brannte vom schnellen Laufen. Ihre Brust schmerzte. Sie rang nach Luft. Die Stille über der Gießerei war gespenstisch. Im größten Gebäude auf dem weiten Gelände, in der Geschützgießerei, schlugen keine schweren Hämmer bei den Essen. Kein Rumoren der an Ketten herabgesenkten Kanonen ließ das Pflaster im Hof oder die Böden in den Hallen erbeben. Die gewaltigen, verrußten Öfen schwiegen. Da war keine Höllenglut in ihnen, und stieg kein schwarzer Rauch auf, der sich auf die Häuser, die Gärten, die Gassen und die Menschen und Tiere im Viertel legte. Es schien so friedlich hier in der Oberstadt weit hinter der Domkirche und weit weg vom Lechviertel und der Schleifergasse.

Einige der Gesellen und Lehrbuben ihres Vaters kamen Amelinde im Hof entgegen. Alle im besten Gewand, das sie fürs Osterfest gewaschen hatten. An manchen Stellen allerdings war der Stoff dünn geworden, und Haut schimmerte durch. Spät waren sie dran, um mit ihren Familien zu feiern, aber stille Vorfreude lag in den Mienen der Männer und Burschen. Ohne Ruß und Schmutz erschienen sie Amelinde alle gleich. Alle jungenhaft mit ihren rosigen, beinahe wund gescheuerten Gesichtern.

»Hast du den Meister gesehen?«, rief Amelinde den ersten der Gesellen an.

Der deutete mit dem Kopf hinüber zum Wohnhaus. »In der Stube ist er mit den anderen.«

Amelinde ließ ihn ohne ein weiteres Wort stehen und lief zu dem großen, mehrgeschossigen Haus, an dem die schwere Holztür halb offen stand. Stimmengemurmel drang heraus und munteres Lachen. Amelinde drückte die Tür vollends auf. Der Vater saß an der Stirnseite des langen Tisches und alle anderen um die üppig gedeckte Tafel herum. Die anderen, das waren die Gießergesellen und Former, Heizer und Helfer und die Lehrjungen, von denen der jüngste dem Meister noch nicht mal bis zur Schulter reichte.

Geschützgießermeister Simpert Gessel war kein großer Mann, aber breitschultrig mit mächtigem Brustkorb, starken Armen und Beinen und einem wuchtigen Schädel. Sein Haar war wie die wilde Mähne eines Löwen, wenn auch grau geworden. Scharfe Falten hatten sich ihm durch eine Handvoll Schicksalsschläge ins Gesicht gegraben. Buschige Brauen schoben sich über energisch funkelnde Augen, denen allerdings ein zuversichtliches Leuchten geblieben war. Jetzt kam Übermut hinzu und die Wirkung des trüben, süßlichen Dünnbiers in dem mächtigen Humpen, den er vor sich stehen hatte.

Krüge mit Bier und Wein standen zur Genüge auf dem Tisch und gut gefüllte Becher vor jedem der Männer und Jungen, die das Osterfest in der Gießerei feiern würden. Zusammen mit dem Meister und seiner Tochter und der Elsbeth, der Magd, vor der sich selbst die gestandenen Männer der Gießerei in Sicherheit brachten, wenn sie böse wurde. Dann gerbte sie einem, wenn man nicht schnell genug weg war, mit dem Weidenbesen den Rücken, dass die Knochen knackten.

Auf der anderen Seite legte sie auch da entschlossen Hand an, wo es nötig war. Verletzungen im Gusshaus gab es zur Genüge. So sah sie auch Blut, rohes Fleisch oder üble Verbrennungen reichlich. Alles in allem war man sich einig, dass es ohne Elsbeths ruppige Behandlungsmethoden bei den Verbrennungen, Verstauchungen, Quetschungen und schweren Stößen gegen den Körper auch hätte übler ausgehen können.

Elsbeth brachte den riesigen Topf vom Feuer und stellte ihn vor dem Meister auf den Tisch. Über dem kochend heißen Eintopf duftete es in verlockenden Wölkchen nach Gemüse und fettem Speck. Endlich durften wieder Fleisch und Eier gegessen werden. Frisches Salbeibrot und Butter standen neben den Krügen. Pfannkuchen schimmerten goldgelb unter einem sauberen Leinen hervor, und neben ihnen Goldene Ritter aus süßem Brotbrei, Nüssen, Milch und Honig und anderen Leckereien.

»Vater«, rief Amelinde ernst. Ihr Gesicht glühte, ihre Augen funkelten. Simpert Gessels Kopf fuhr hoch, und er sah seine Tochter in der Tür stehen. Mit einem Blick erkannte er, dass etwas geschehen war.

»Im Lechviertel wurde eine große Schar Leute verhaftet«, stieß Amelinde erregt hervor. Sie sah zu ihrem Vater, dann zu Elsbeth.

»Verhaftet sagst?«, rief Simpert Gessel ungläubig. »Heute am Ostersonntag?« Er schüttelte den Kopf mit der Löwenmähne. In seinem guten Gewand, dem für die Zunftversammlungen, sah er würdevoll aus. Der eng anliegende strahlend weiße Kragen und das in korrekten Falten gehaltene Wams polsterten seinen ohnehin starken Oberkörper und verschafften ihm ungeheure Stattlichkeit. Die schwungvollen Tressen an den Ärmeln wirkten elegant, wenn auch am Gewand des Geschützgießermeisters etwas zu verspielt.

»Bald hundert Leute, Vater. Und die Büttel sagten, es wären Wiedertäufer.«

Amelinde kam zum Tisch und legte beide Hände auf die Platte, als müsste sie sich daran festhalten.

»Wiedertäufer?«, wiederholte Gessel überrascht.

Am Tisch wurden Stimmen laut. Bald redeten alle durcheinander, bis Gessel dröhnte: »Herrgott, seid ruhig, man versteht sein eigenes Wort nimmer!« Er schob Amelinde seinen Bierkrug hin. »Da, trink, bist blass wie der Tod.«

Amelinde hatte sich einen Schemel herangezogen. Ihr war schwindlig, und in ihrem Kopf hämmerte es, als hätte sie den ganzen Tag an kleinerem Stückgut gearbeitet. Obwohl sie Bier nicht mochte, nahm sie einen großen Schluck. Es tat gut, wie die süßliche Flüssigkeit durch ihre trockene Kehle rann.

»Der Leupold Hans war darunter und die Daucher Susanna«, sagte sie leise. Entschlossen trank sie nochmals vom Bier. Der weitere Name, der von Marie, wollte nicht mehr über ihre Lippen. Schon gar nicht, weil alle Augen auf sie gerichtet waren und es außer dem Vater und der Elsbeth niemanden was anging, dass ihre beste Freundin zu den verschrienen Teufeln gehörte.

Die Elsbeth unterdrückte einen Schrei, als sie die bekannten Namen hörte. »Die Daucher«, flüsterte sie und stellte, kreideweiß geworden, die Schüssel mit den Osterhörnlein weg. »Die trägt ihr drittes Kind unterm Herzen. Und mit dem winzigen Leben jetzt im kalten und nassen Kerker …« Sie brach abrupt ab.

»Sie lassen die Kinder nach der Geburt nicht taufen, sondern geben sie der Hölle anheim, wenn sie sterben«, brummte Simpert Gessel unwillig in seinen dichten Bart, als wollte er die Elsbeth darauf hinweisen, dass es dem Kind nach der Geburt nicht besser ginge als jetzt mit seiner Mutter in den Eisen. Wütend starrte er in die Runde.

»Wie ich gehört hab, warten sie mit der Taufe, bis sie groß sind. Dann können sie selbst entscheiden, ob sie den Glauben annehmen oder nicht«, mischte sich der Jackl ein. Der Blondschopf mit hitzigen Wangen und aufgeweckten Augen war der kleinste der Lehrjungen in der Gießerei. Das Fliegengewicht hatte sich mühelos zwischen zwei gestandenen Formern hindurchgequetscht, um mitreden zu können. Jetzt strahlte er, weil er was gewusst hatte.

Der Meister drehte sich ruckartig in seine Richtung. »Was soll der Unfug, Bub? Verboten sind's, diese Ketzer. Der Rat hat nicht dulden können, dass sich diese Täufer keiner Obrigkeit mehr beugen wollen«, fuhr er mit lauter Stimme fort. »Was wäre, wenn der Rat die Leute zu den Waffen ruft, und ein jeder tät sich hinstellen wie die Täufer und die Arme vor der Brust verschränken und Maulaffen feilhalten. Und sagen, kämpfen täte man nicht mehr, weil es so in der Bibel steht«, murrte Gessel.

Alle in der Stube schwiegen, nur das Herdfeuer knackte leise in Elsbeths Rücken.

»Das weiß ich noch, wie die Büttel im letzten Jahr Tag und Nacht unterwegs waren, um die Ketzer zu erwischen. Nimmer auf die Gass' hat man sich getraut, weil's so unruhig g'worden ist«, rief einer der Heizer und machte eine wegwerfende Handbewegung.

»In den Gassen ist's immer unruhig, vor allem wenn der Wilbrecht unterwegs ist. Da braucht man nicht die Täufer oder die Büttel dazu«, frotzelte einer der Former, und alle bis auf die beiden Frauen brachen in schallendes Gelächter aus.

Wilbrecht, der gemeint war, sagte nichts dazu. Der Gießergeselle lehnte bequem mit dem Rücken an der Wand. Ein paar Finger hatte er lässig hinter den breiten Gürtel um den Bauch gesteckt. Er war der größte von Gessels Leuten. Und er hatte die meiste Kraft. Konnte manches Geschütz alleine stemmen, wo andere zu zweit hinlangen mussten, um es nur anheben, geschweige denn an andere Stelle bringen zu können.

Und heute, wo alle ihre gute Kleidung trugen und sich sorgsam rasiert und gewaschen hatten, wo Haut und Haar nicht mehr von Ruß und Schmutz verklebt waren, sah man erst, wie gut der Wilbrecht aussah. Mit schwarzem gewelltem Haar, das bis auf die starken Schultern fiel, und vollständigen weißen Zähnen, die er mit jedem spöttischen Lächeln zeigte. Sein Gesicht besaß regelmäßige Züge, aber die Nase bog sich scharf nach unten wie bei einem Raubvogel.

»Na ja, Meister, die Täufer wollen halt ganz und gar nach der Bibel leben. Und da steht halt drin, was der Herrgott gesagt hat. Dass man einem anderen keinen Schaden zufügen soll«, sagte Wilbrecht ruhig. »Und das geht halt nicht, wenn die hohen Herren die Leute zu den Waffen rufen. Da bleiben Gewalt und Tod nicht aus. Aber wenn die hohen Herren, ob die vom Rat oder die kirchlichen Kuttenträger, anfangen, selbst streng nach der Bibel zu leben, haben sie bald keine Macht mehr über die kleinen Leute.« Ein feines Lächeln spielte um Wilbrechts Lippen, als wisse er nur zu gut, wie anrüchig das Gesagte war.

»Ein böses Mundwerk hast, Veit«, knurrte Simpert Gessel und sah ihn dabei durchdringend an. »Manchmal wundere ich mich, dass du überhaupt einen Glauben hast. Egal welchen.«

Wilbrecht blickte ihm gelassen entgegen.

»Aber gut bist an den Öfen und beim Schmelzen und auch sonst, wo es beim Guss drauf ankommt.« Die kurz einsetzende Stille wog schwer. Gessel lächelte spöttisch. »Dumm bist auch nicht. Verstehst schon, was da abgeht im Rathaus und den Kirchen.«

»Ist nicht der Pfeiler auch einer, der nichts mit der Obrigkeit zu tun haben will und in keine Mess' geht und der die Kanonen und Katzen im Gusshaus immer anschaut, als wären es Teufel, die die Höll' ausg'spuckt hat?«, fragte der Beck misstrauisch. »Meinst nicht, Meister, dass des ein Wiedertäufer ist?« Der Beck war ein gedrungener Kerl, der sich nachts den Weg zur Gießerei zurück mühelos freiprügelte, wenn es sein musste. Mochte er auch die Kraft eines Wilbrecht haben, aber dessen Verstand hatte er beileibe nicht.

Mit einem einzigen gewaltigen Schluck leerte der Geschützgießermeister den Humpen, erhob sich und begann zu schnauben, als würde ihm die Luft knapp. »Der ist kein Wiedertäufer!«, bellte Gessel, der gerade in der rechten Stimmung war und dem die Wut langsam das Blut unter der Haut dunkel machte. Mit einem Satz war er beim Beck und packte ihn am Hemd. »Du Depp, der Pfeiler ist kein Täufer, der ist ein verdammter Katholik, der dabei war, als sein Bruder unter eine der Kanonen geriet.«

Er zog Beck näher am Hemd zu seinem grimmigen Gesicht heran. »Die Ketten an der Hebevorrichtung der Metze hatten sich gelöst, und der Pfeiler Elias war der Einzige, der unter der Kanone nicht mehr wegkam.« Durchbohrend wanderte sein Blick über alle am Tisch. »Falls irgendeiner hier glaubt, dass der Pfeiler Josef ein Wiedertäufer ist, dem sei gesagt, dass der das Pflaster noch in der dreckigsten Gasse als geheiligten Boden ansieht, wenn vorher ein Kuttenträger aus der Bischofsstadt drüber gegangen ist.«

Der Beck war merklich blass geworden so nah am Meister und der wenigen Luft, die der ihm ließ.

»Falls sich noch einmal einer von euch das Maul über den Josef zerreißt ...«, knurrte Gessel dem Beck ins Gesicht, meinte aber auch alle anderen rund um den Tisch, »wird er mich kennenlernen.«

Böse funkelnd betrachtete er der Reihe nach seine Leute aus der Gießerei. Im Weiß seiner Augen wurden die roten Adern deutlich. »Und noch eins: Wenn ich auch nur einen Einzigen unter euch erwische, der zu diesen Wiedertäufern gehört, den röste ich höchstselbst auf dem Eisen.«

Der Elsbeth reichte es. Krachend stellte sie die kalt gewordenen Hörnlein auf den Tisch und füllte gleich darauf mit solchem Schwung den leeren Humpen des Meisters, dass das kostbare Bier schäumend überlief.

»Zum Donner, was soll das, Elsbeth?«, wetterte Gessel, aber Elsbeth funkelte ihn zornig an.

»Ostern ist, und es soll g'feiert werden und nicht gebrüllt wie a Ochs!«

Unterdrücktes Gelächter stieg auf, und nur der Jackl lachte laut schallend. Gessel fuhr herum und sah ihn scharf an. Man sah deutlich, wie er einen Fluch hinunterschluckte. Endlich aber ging er zu seinem Hocker und ließ sich schwer darauf fallen. Übellaunig langte er nach dem Humpen.

Elsbeth nutzte den Augenblick und beugte sich zu Amelinde. »Draußen ist es besser für dich«, flüsterte sie, aber Simpert Gessel hatte es trotzdem gehört. Mochte er auch herumbrüllen oder ungeschlacht die Luft zertrampeln, seine Tochter war sein Augenstern, über den sich kein Schatten legen durfte.

Argwöhnisch betrachtete er Amelinde, die immer noch bleich war. Entschlossen stemmte er sich wieder hoch und packte sie am Arm. »Komm mit!«

Vor einer der verschlossenen Werkstätten im Hof blieb Gessel stehen. Das Gelände lag verlassen, nur ein kalter Wind jagte über die Mauern. Amelinde zog sich das Tuch enger um die Schultern.

»Kruzitürken, was ist noch passiert?«, grollte Simpert Gessel, obwohl es ihm schier die Kehle abschnürte, weil er seine Tochter so elend sah.

Amelinde stieß den Atem aus, als hätte sie ihn seit Langem angehalten. »Die Marie haben sie auch verhaftet.«

»Die Marie?«, presste Gessel heiser hervor. Fassungslos fuhr er sich mit einer der gewaltigen Hände durch seine graue Mähne.

»Sie hat mir nie was gesagt, Vater.« Amelinde krallte ihre Hände in seinen Arm. »Ich wusste nicht, dass sie zu den Wiedertäufern gehört. Die Marie und der Josef haben die Kinder doch taufen lassen.«

»Vielleicht ist sie keine Wiedertäuferin«, meinte Gessel, dessen Zweifel ihm diese Aussage selbst wie eine Lüge erscheinen ließen.

»Dass sie unschuldig verhaftet wurde?«

»Ich weiß es nicht, Amelinde.« Er nahm seine Tochter in die Arme und drückte sie an die starke Brust. »Ich hab halt gehört, dass der Josef immer in die Messe zu den Barfüßern kommen soll. Da kann es doch nicht sein, dass er ein Wiedertäufer ist.« Er stockte. »Die Marie sei schon lang nicht mehr dabei. Ich dachte aber, das wäre wegen der kleinen Kinder.«

»Was soll ich denn tun, Vater?«, schluchzte Amelinde ins

Wams aus seidig glänzendem Tuch. Sie atmete den vertrauten Geruch ein, der etwas Herbes an sich hatte.

Gessel strich ihr mit einer seiner schwieligen Hände über den Kopf. »Nichts kannst du tun. Die Marie hätte wissen müssen, was kommt«, brummte er beinahe unwillig.

»Aber die Kinder und der Josef?«

»Wenn er nicht zu den Täufern gehört, bleiben die Kinder ja nicht allein.«

»Aber wenn sie doch nicht zu den Täufern gehört und man glaubt ihr nicht?«, entfuhr es Amelinde plötzlich, und sie nahm den Kopf zurück, damit sie ihrem Vater ins Gesicht sehen konnte.

»Herrgott«, entfuhr es dem, »die Büttel werden niemanden verhaften, der nicht zu den Ketzern gehört. Und wenn sie doch unschuldig ist, werden es die Gerichtsherren herausfinden.«

Der Vater ging ins Haus zurück, aber Amelinde packte höchster Widerwillen bei dem Gedanken, jetzt bei den anderen sein zu müssen. So durcheinander, wie sie noch war, wollte sie alleine bleiben. Langsam ging sie zur Gießerei. Als sie durch das riesige Giebeltor des Gusshauses trat, schlug ihr kalte, rußschwere Luft entgegen. In der weiten, hohen Halle empfingen sie im beschatteten Hintergrund die beiden mächtigen Schmelzöfen. Jetzt schwiegen sie, wummerten nicht, fraßen sich nicht gierig durch das Holz, das sie unaufhörlich fütterte.

Amelinde fröstelte. Vor Jahren, als sie noch ein kleines Mädchen gewesen war und sich das erste Mal diesem verbotenen Reich aus Schwärze und Höllenlärm genähert hatte, war sie nach wenigen Schritten wie vor einem Abgrund gestanden. Steil hinab war es gegangen zum deutlich tiefer liegenden Boden aus festem Lehm. Angst hatte sie gehabt, aber zurück zum Eingang, durch den Helligkeit fiel, wollte sie auch nicht, seit sie den Vater hinten in der Halle gesehen hatte. Zu dem wollte sie und setzte langsam einen Fuß vor den anderen, bis einer der Arbeiter auf sie aufmerksam geworden war. Der wollte sie oben halten, zurückschicken, aber da hatte sie wie im Zorn geschrien.

Zum Vater hatte sie gewollt, nichts anderes. Da hatte sie der Gießer gepackt und zu sich auf den tieferen Boden herabgehoben und zugesehen, wie sie mit flinken Beinen über die Erde geflogen war. Vorbei an den gewaltigen, wummernden Öfen über ihr, die dem Kind hatten wie Monster erscheinen müssen. Vorbei an einer Vielzahl von Geräuschen, die sich in der Halle verstärkten und zu tosendem Lärm wurden. Vorbei an den hochschlagenden Feuern in den Essen und schwarzen, ölig glänzenden Männern, die mit gewaltigen Hämmern Eisen bearbeiteten. Bis hin zu dem stämmigen, aber vor Kraft strotzenden Mann in dickem Wams und Hosen, der bei den aufgereihten Geschützen stand und sie begutachtete.

Die riesigen Hände in die Seiten gestemmt, war ihr Vater wie nach einem Wink herumgefahren und hatte ihr entgegengestarrt. Das Gesicht rußig dunkel, die Augen darin groß und schrecklich weiß. Ölig die Haut und das schwarz gelockte Haar, das wild unter der breiten Mütze hervorquoll. Amelinde war ihm schwungvoll in die Arme gesprungen, die sie sicher aufgefangen und an die breite Brust gedrückt hatten. »Bist närrisch, Amelinde! Was willst hier?«, hatte er mit seiner tiefen Stimme gedonnert. Befehlsgewohnt und doch mit der Spur von Sorge, die immer in ihr lag, wenn Amelinde mit klopfendem Herzen an seiner Brust hing.

Sie hatte sich in seine Arme gepresst, ihr Gesicht tief in dem ledernen Hemd. Diese Mischung aus Ruß, Schweiß und Metall hatte sie beinahe erstickt, obwohl sie ihr längst vertraut war von den Abenden, wenn ihr Vater wieder unversehrt aus dieser flammenden, spuckenden Hölle herausgekommen war und an ihr Bett in Elsbeths Zimmer, um zu sehen, ob sie schlief. Noch vom Qualm aus der Gießerei umwölkt, schmutzig und schmierig das dunkel glänzende Gesicht, aber mit dem Leuchten in den Augen und dem sanften Lächeln, das nur ihr galt.

Irgendwann hatte das Grobe des Metallgusses sie selbst eingenommen. Mit allem, was dazugehörte. Lärm, Gestank und Dreck. Von da an hatte Amelinde unbedingt das Handwerk des Gießers ausüben wollen. Nicht den Geschützguss, nicht die Fertigung der kleinen Kanonenkugeln, der Katzen oder gar der großen Geschosse, aber das Gießen des kleineren Stückguts wie Kandelaber und alle Arten von Gebrauchsgeräten fürs Haus. Feinste Riegel aus Bronze für Türen oder wuchtige Schließen für die großen Tore der Patrizierhäuser oder für die schweren hölzernen Pforten in den Seitengängen der Domkirche, die nach Amelindes Vorstellung in verborgen gehaltene Welten führten.

Als sie dem Vater von ihrem Vorhaben erzählt hatte, hatte er gebrüllt und geflucht. Drastisch hatte er ihr, was sie oft genug mitbekommen hatte, das Metalldampffieber oder Gießerfieber beschrieben, das ihn selbst immer wieder befiel und alle anderen Männer oder Burschen in der Gusshütte. Beschrieb die üblen Folgen der gefährlichen Dämpfe in der Schmelzerei, aber sie hatte nicht davon gelassen, und irgendwann hatte der Vater sogar mit einem stolzen Lächeln zu ihr hingesehen, als sähe er auf einen seiner Söhne, die ihm allesamt die Pest genommen hatte.

Licht fiel auf einmal durch die vielen kleinen Fenster der Gießerei, die knapp unter den massiven rußschwarzen Deckenbalken begannen. Anscheinend war der Himmel aufgerissen. Es war Ostern, Jesu Christi war auferstanden, und die niederträchtigen Wiedertäufer hatte man in die Eisen gesteckt.

Amelinde merkte nicht, wie ihr die Tränen herabliefen. Diese dünnen, unablässigen Rinnsale an Verbitterung und Enttäuschung. Bis sie plötzlich ihren Namen hörte und erschrocken zusammenfuhr. Veit Wilbrecht stand vor ihr und nahm ein wenig von dem Licht, das zum Tor hereinfiel und den Lehmboden glänzen ließ.

»Hab dich schon gesucht, Amelinde. Bist nicht zurückgekommen ins Haus, als der Meister wiederkam.« Er trat näher und betrachtete sie genau. »Bist noch ganz verstört von der Sache unten im Lechviertel, was?«, wähnte er. »Es ist doch vorbei. Das ketzerische Gesindel sitzt im Kerker, und im Lechviertel ist wieder Ruhe. Und wer sich sonst noch von den Täufern in der Stadt herumtreibt, wird wohl schnellstens verschwinden.«

Amelinde sah ihn fassungslos an. Er ahnte nicht im Mindesten, dass eine von diesem Gesindel ihre beste Freundin war. Sie glaubte auch nicht, dass er die Marie kannte. Ihre Freundin war selten herauf zum Katzenstadel gekommen, und wenn, war sie ja ins Haus und nicht in die Gießerei gegangen.

»Magst du nicht wieder ins Haus kommen?«, fragte Wilbrecht ruhig. »Fehlst doch drin bei den anderen.«

Sie schenkte ihm ein Lächeln, von dem sie ahnte, dass es missglückt war. »Mir ist nicht nach Feiern und Essen, Veit. Auch wenn es Leute von der verbotenen Sekte waren, aber heute ist Ostern.« Sie wusste nicht, ob er sie verstanden hatte. Ein Kerl wie ein Baum, der den Hammer wie kein Zweiter in der Gießerei schwang und mit dem Feuer und den gewaltigen Schmelzöfen gut umgehen konnte. Der von alldem im Gusshaus verstand, aber nichts von dem, was das Erlebnis im Lechviertel in ihr ausgelöst hatte.

»Geh du wieder rein und feiere mit den anderen«, beschwor sie ihn.

Der Gießer rührte sich nicht von der Stelle. Als überlege er, senkte er etwas den Kopf, sah Amelinde dabei aber durchdringend an. »Du weißt doch, dass ich dir schon lange gut bin. Wenn du was auf dem Herzen hast, kannst du es mir sagen.«

Daran hast du schon lange keinen Zweifel mehr gelassen, schoss es Amelinde unangenehm durch den Kopf. Das ganze letzte Jahr über hatte er immer ihre Nähe gesucht, wenn es seine spärliche freie Zeit zugelassen hatte. Sie musste ja zugeben, dass er gut aussah und eine Ausstrahlung besaß, die bei den Frauen und Mädchen in den Gassen für Verwirrung sorgte. Während die rot wurden und kicherten und sich offenbar danach drängten, von ihm angebalzt zu werden, mied Amelinde ihn.

Es waren nicht seine derben, ja schlüpfrigen Reden oder Gesten in der Gießerei. Die meisten Männer dort benahmen sich so. Spott, Kollern, grunzendes Gelächter, angedeutete oder unverhohlen anstößige Gesten. Nicht wegen Amelinde. Sie war ja beinahe schon immer bei den Männern in der Gießerei gewesen. In den gleichen groben Kleidern wie sie. Mit demselben Dreck behaftet. Ölig, verschwitzt und erschöpft. Nein. Amelinde störte sich nicht daran, wenn sich die Männer gaben, als wären sie in einer der Badstuben im Lechviertel.

Das musste wohl so sein, bevor einem in der höllischen Umgebung der Schädel platzte oder wenn einer unter dem Qualm, der Atemnot und Hitze völlig erschöpft war. Wenn Hände und Körper plötzlich wie unter größtem Fieber zitterten. Das war das verfluchte Gießerfieber, das heimtückisch langsam, aber verlässlich an Gesundheit und Leben fraß.

Da ist Veit Wilbrecht nicht anders als die anderen Männer in der Gießerei, dachte Amelinde. Aber *in* ihm war mehr. Etwas, das sie nie offen erkannt hatte. Es war da und schlummerte in ihm wie etwas Tückisches, das nur nachts aus den Schatten kroch.

Manchmal war es spürbar zwischen ihnen gestanden, und sie hatte Unbehagen, beinahe Furcht verspürt. Aber sein charmantes Lachen und das dunkle Glühen in den Augen hatten sie wieder zugänglicher gestimmt. Aber nie so weit, dass er ihr einen Kuss hatte stehlen dürfen.

Plötzlich nahm er ihre Hand. »Du musst keine Angst haben. Es wird keine Unruhe mehr in der Stadt geben.«

»Ich hab keine Angst, Veit. Nicht vor einer Unruhe und auch nicht vor dir.« Sie sah ihn fest an. »Lass mich los!« Sie versuchte, ihre Hand freizubekommen, aber gerade dadurch verstärkte er den Druck.

»Du willst gar nicht, dass ich dich loslasse, Amelinde.« Auf einmal legte er den Arm um sie und zog sie nahe zu sich heran. So nahe, dass sie, als sie aufsah, sein Gesicht und seine wohlgeformten Lippen vor Augen hatte. Sanft drückte sich sein Kinn an ihre Schläfe. »Du willst bei mir sein. Ganz nah, Amelinde.«

»Lass mich sofort los, Veit!«, stieß sie wütend hervor. »Ich mag nicht festgehalten werden. Weder von dir noch von einem anderen.«

»Ich spüre doch, dass du noch aufgeregt bist wegen der Täufer. Ich will dich nur beruhigen. Dein Herzschlag an meinem. So nah bei mir wirst du keine Angst mehr haben.« Seine dunklen Augen loderten wie auf der Jagd.

Er flüsterte, ließ sie um keinen Zoll los, und seine Nähe hatte plötzlich etwas ungemein Bezwingendes. Fast vergaß sie, dass sie bisher nichts für ihn empfunden hatte. Seine Lippen berührten ihr Haar, glitten zu ihrer Stirn. Fuhren leicht und warm darüber. »Vergiss, was geschehen ist. Heute ist ein froher Tag, ein heiliger Tag. Heute soll gelebt werden und gefeiert. Und jeder Mensch soll glücklich sein.« Seine Stimme konnte gefährlich verlockend sein.

Beinahe wäre sie wieder in Tränen ausgebrochen, weil sie an Marie im Kerker dachte und an die anderen Menschen, die an diesem Tag der Hoffnung und des Lebens die hässliche Fratze der Unfreiheit erlebten. Auch wenn sie Verbotenes getan hatten, sie liebten doch ihre ungetauften Kinder, lebten nach der Bibel, wie es der Herr wollte, und waren zu jedermann in der Stadt freundlich. Von ihnen hatte sie nie ein böses Wort gehört oder abschätzige Blicke erfahren. Und dennoch schimpften der Rat und die Geistlichen, die protestantischen und katholischen, sie Ketzer.

Ihr schauderte, und sie bekam Angst. An Veits warmer Brust fühlte sie sich für Augenblicke sicher und geborgen. Wieder liefen ihr Tränen übers Gesicht, und sie presste sich enger an ihn. Lange standen sie so und schwiegen. Irgendwann hob sie den Kopf, um ihn ansehen zu können. Veit lächelte sanft, und sie musste aufpassen, sich nicht in den Tiefen seiner Augen zu verlieren.

»Geht's dir besser?«, fragte er leise.

Sie nickte, lächelte zaghaft. Da strich er ihr ein paar Strähnen aus der Stirn. Ihr Herz schlug, obwohl sie nichts für ihn empfand. Plötzlich beugte er sich über sie und küsste sie. Anfangs sanft, dann herrisch und fordernd. Amelinde stand wie erstarrt. So rasch, wie er ihren Mund in Besitz genommen hatte, gab er ihn auch wieder frei. Ernst sah er sie an. »Du sollst doch glücklich sein. Eine hübsche Jungfer wie du.«

Als er wieder die Hand hob, um ihr Gesicht zu berühren, wich sie zurück. Sie hatte den Kuss nicht gewollt, hatte seine Umarmung nicht gewollt, aber seine lockenden Worte hatten sie überrumpelt. Plötzlich fühlte sie sich beschämt. Wut auf sich selbst, aber auch auf Wilbrecht stieg in ihr hoch. Mit einem Mal war er ihr widerwärtig. Energisch stieß sie ihn von sich, aber er gab sie ohnehin frei.

Wie entschuldigend hob er die Hände, lächelte reumütig. Beinahe hätte sie ihm geglaubt. Beinahe! Wenn nicht dieser gewisse Ausdruck in seinen Augen gelegen hätte. Brennend sah sie ihn an. Sah es fast, *spürte* es. Da war es wieder in ihm, dieses Heuchlerische.

Sie sah nicht einmal mehr zu ihm hin, als sie ihn in der Halle stehen ließ, um ins Freie zu laufen.

Kapitel 2

Donnerstag, der 16. April, Anno Domini 1528

Seit sie Maries Verhaftung miterlebt hatte, ließ es Amelinde keine Ruhe. Nachts lag sie stundenlang wach und dachte an die gefangene Freundin. Wenn sie in der Gießerei war, konnte sie sich nur noch unter größter Mühe auf die Arbeit konzentrieren. Als ihr dann doch die Lehmform für ein kleineres Werkstück misslang, schleuderte sie das unförmige Gebilde auf den Boden und stürzte mit einem wütenden Schrei auf den Hof.

Es musste vorbei sein, so konnte sie nicht weitermachen! Zornige Tränen zogen glänzende Bahnen durch ihr schmutziges Gesicht. Zornige Tränen hatte sie inzwischen genügend geheult und sich den Kopf darüber zermartert, was Marie dazu getrieben hatte, eine Wiedertäuferin zu werden. Inzwischen glaubte sie nämlich nicht mehr, dass ihre Freundin unschuldig im Verlies saß. Das tat wohl keiner von all jenen, die man am Ostersonntag im Hause des Hans Daucher bei einer geheimen Versammlung verhaftet hatte. Und Marie war eine von ihnen gewesen.

Verzweifelt drückte Amelinde ihr Gesicht gegen die kalte Mauer des Gusshauses. Es wurde Zeit, selbst mit Marie zu sprechen und nicht noch mehr Tage damit zuzubringen, ihre Freundin verstehen zu wollen. Entschlossen lief sie ins Haus, packte Brot und Schmalz und einen Krug mit frischem Wasser in einen Korb und malte sich aus, wie sie Marie von ihrer Enttäuschung erzählen würde. Und sie fragen, warum sie sie belogen hatte. Aber als sich Amelinde auf den Weg machte, dachte sie nur noch daran, dass sie Marie endlich wiedersehen würde. Vielleicht konnte sie auch deren Hand halten. Zwischen Gitterstäben oder durch ein Loch hindurch. Und dann würde sie ihr einfach nur zuhören.

Marie … warum hast du denn nichts gesagt?, marterten die Gedanken sie auf dem Weg zum Eisenberg, wo die Kerker lagen. *Weil du gedacht hast, ich würde glauben, dass der Teufel in dich gefahren ist,* gab sie sich selbst zur Antwort. Unaufhaltsam rannen Tränen über ihre Wangen und verschleierten ihren Blick. Aber dann war sie auf den Märkten vor dem Rathaus und dem Pärle, dem mächtigen Turm daneben, und überall herrschte reges Treiben.

Auf dem weitläufigen Platz hatten Händler ihre Stände aufgebaut und Bauern ihre Waren in Körben um sich stehen. Hühner und Gänse gackerten in kleinen hölzernen Pferchen, und Schweine wurden zur Stadtmetzg hingetrieben. Ihr Grunzen und Quieken übertönte hin und wieder das Lärmen der sich drängenden Menschen. Nahe am Rathaus beim Brotmarkt schindeten sich Männer damit, schwere Kornsäcke auf ein Fuhrwerk zu verfrachten. Patrizier ritten im Sattel edler Rösser über das Gelände, während andere hohe Herren in langer Schaube und Barett sich gemächlich im Geschehen mittreiben ließen.

Neben dem Rathaus, einem gotischen Bau mit aufwendigen Fresken an der Außenfassade und kunstvollem Erker, von dem aus Erlasse und Urteile verkündet wurden und manch hochgestellte Persönlichkeit gewürdigt, ging es über grobes Pflaster den kurzen, steilen Eisenberg hinunter zu den Kerkern. Als der saure Geruch vom Fischmarkt herüberwehte, wurde es Amelinde beinahe schlecht. Die Faust, die ohnehin seit Tagen in ihren Eingeweiden grub, bereitete ihr plötzlich Schmerzen. *Marie …*

Amelinde stellte erstaunt fest, dass sie nicht die Einzige war, die sich zum Gefängnis aufgemacht hatte. Vor dem wuchtigen, abweisenden Steinbau im Rücken des Rathauses warteten bereits einige Frauen mit ihren Kindern, von denen manches ungeduldig wurde und zu quengeln begann. Sie alle schienen darauf zu hoffen, in die Verliese zu ihren Angehörigen gelassen zu werden. Tatsächlich öffnete sich auch nach einiger Zeit die schwere, eisenbeschlagene Tür, und ein fetter Büttel stellte sich mitten in den Türstock, den er mühelos mit seinem gewaltigen Bauch ausfüllte.

»He, du …« Er winkte der nächsten der Frauen mit zwei kleinen Kindern, die wie übermütige Katzen an ihrem Rock hingen. »Jetzt du, Weib, mit deinen beiden Bälgern. Sind wahrscheinlich noch gar nicht getauft, wie es eure böse Lehre predigt.«

Die Frau schob sich mit erhobenem Kopf an ihm vorbei. Hinter der Schwelle drehte sie sich zu ihm um. »Ich bin keine Wiedertäuferin, sondern eine Katholische vor dem Herrn und der gesegneten Gottesmutter. Und die Kinder sind getauft vom ehrwürdigen Kanonikus Schopper. Und du, Brunsfelder, solltest lieber auf deine Bälger sehen, die den Domherren nachsteigen und ihnen im Gedränge die Geldkatzen vom Gürtel schneiden.« Ihre Stimme war messerscharf. Dabei war die Frau kleiner als er, funkelte ihn aber an wie der Adler den Hasen.

Der Stadtknecht hatte jäh die Farbe verloren. Trotz des noch vor Kurzem genossenen Branntweins begriff er in den Windungen seines Gehirns und seines Leibes, dass es besser war, jetzt das Maul zu halten. Und endlich nahm die Frau ihren durchdringenden Blick von ihm und rauschte mit ihren Kindern davon.

Als Amelinde an der Reihe war, grüßte sie den feisten Büttel nur mit einem angedeuteten Lächeln, so zuwider war er ihr. »Wäre es möglich, zur Hafner Marie gelassen zu werden?«

Der schmierige Kerl musterte sie unwillig. »Was willst denn bei der Brut da drin? Gehörst auch dazu?« Langsam schob er die Hände hinter den breiten Gürtel, als hätte er alle Zeit der Welt.

»Ich bin eine Katholische, aber ich muss unbedingt mit der Marie reden«, erklärte Amelinde bestimmt.

»Die Marie? Wer soll das sein?«, schnauzte er übellaunig.

»Die Frau des Schlossers Josef Hafner. Sie ist so groß wie

ich und hat goldblondes Haar.« Sie hoffte, dass er jetzt begriff, von wem sie sprach.

»Ach, der blonde Engel.« Sein aufgeschwemmtes Gesicht lächelte beinahe versonnen. Plötzlich aber begann er zu grinsen, als wäre ihm ein lustiger Einfall gekommen. »Herrgott, dann steig halt runter zu der Ketzersdirn, wenn du meinst, dass es sein muss.« Er lachte meckernd und machte eine einladende Geste. Als sich Amelinde an seinem Schmerbauch vorbei ins Innere schob, wanderten seine Finger flink über ihre Hüften. Wütend fuhr sie herum, um ihm eine Ohrfeige zu versetzen, beherrschte sich aber im letzten Moment. So wie sie den Kerl einschätzte, würde sie sich in Gefahr bringen, selbst im Kerker zu landen, wenn sie die Hand gegen ihn erhob.

Mit flammenden Wangen wandte sie sich ab und ging einen langen Gang hinunter. Zu beiden Seiten sah sie schwere Holztüren mit eisernen Riegeln und wollte sich nicht vorstellen, was dahinter war. Ihr Herz klopfte wie wild, als sie begann, eine steile Treppe hinabzusteigen. Der Gestank von Fäulnis und Urin schlug ihr entgegen, worauf sie umgehend einen Teil ihres Schultertuchs vor den Mund zog und durch den Stoff atmete. Im Licht der Fackeln in rostigen Wandhalterungen entdeckte sie überall grünliche und bräunliche Flecken an der Mauer. Je tiefer Amelinde kam, desto schärfer und säuerlicher roch es nach Unrat und Verwesung, menschlichen Auswürfen und verfaultem Stroh.

In der Tiefe angekommen, achtete sie darauf, den Mulden im Steinboden auszuweichen, in denen sich schmutzige Flüssigkeit gesammelt hatte. Sie kam an weiteren Holztüren und starken Schlössern vorbei, und wieder graute ihr. Einzelne Kerker waren nur durch Gitterstäbe vom Gang getrennt. Als sie aufgeregt daran vorüberhuschte, gab es ein schabendes Geräusch in der Dunkelheit dahinter. Bei den letzten Verliesen standen zwei wüst aussehende Stadtknechte wie Saufbrüder beisammen und schlürften abwechselnd aus einem großen Krug. Amelindes Herz raste.

Krummbiegel, Kerkermeister und Befehlshaber über die Büttel, die in den Verliesen Dienst taten, lehnte an der Mauer und nahm einen tiefen Schluck von dem Bier, das ihm sein erster Aufseher und Kumpan Schwegler mitgebracht hatte. Das schäumende Getränk lief ihm die Mundwinkel herunter und tropfte vom Kinn. »Verdammt gutes Gesöff …«, grunzte er und streckte Schwegler den Humpen hin. Der nahm ihn, setzte an und nahm ein paar kräftige Schlucke, die seinen Adamsapfel munter auf und ab springen ließen.

Plötzlich aber stieß sich Schwegler von der Wand ab, drückte dem Kerkermeister den Krug in die Hand und gaffte durch die Gitterstäbe in das gegenüberliegende Verlies, in dem sich eine Handvoll der Ketzerinnen befand. Eine von ihnen war krank, lag auf der Seite und hatte den langen Rock und das Untergewand hochgeschlagen. Auf dem milchigen Oberschenkel erhob sich eine flammend rote, beulenartige Geschwulst. Neben ihr kniete ein junges Weib in den Kleidern einer Bürgersfrau, das man ins Verlies gelassen hatte und das behutsam die böse Schwellung der Gefangenen begutachtete.

Schwegler spürte Krummbiegels Hand auf seiner Schulter, dann bekam er dessen biergeschwängerten Atem ins Gesicht. »Der Bader wollte nicht kommen, und der Medicus hat zu meinem Büttel g'meint, der soll sich zum Teufel scheren, weil er nicht zu den Wiedertäufern gehen tät. Nachher ist halt wieder die Eggenbergerin gekommen.« Der Kerkermeister gab jetzt schmatzende Geräusche von sich und nach einer kurzen Pause einen donnernden Rülpser. Schwegler nickte beiläufig, aber seine Augen stierten auf Elisa Eggenberger, die jetzt sorgsam den Inhalt eines Korbes auf sauberem Tuch ausbreitete.

Amelinde hatte die beiden Männer erreicht, die sie für Aufseher hielt und die sie nicht bemerkten, weil sie am Gitter zu dem großen Verlies lehnten und wie gebannt hineinglotzten. Sie beschloss, sie nicht dabei zu stören. Irgendwann würden sie sie ja bemerken. Eine Zeit lang kämpfte sie dagegen an, es den neugierigen Kerlen gleichzutun und die Gefangenen zu beobachten, aber dann drehte sie doch den Kopf und starrte in den Kerker. Augenblicklich erfasste sie schaurige Faszination.

Elisa Eggenberger trug ein graublaues Kleid und eine strenge, eng sitzende Haube über dem Haar. Schwegler konnte nur ihren Rücken sehen und für Augenblicke ihr makellos geschnittenes Profil wie das einer edlen Frau. Nur ihre Lippen waren ein wenig lebhafter, ja leidenschaftlicher geschwungen. Auf eines der mitgebrachten Tücher träufelte die junge Bürgersfrau von der Tinktur und fuhr damit vorsichtig über die Geschwulst der kranken Wiedertäuferin. Ihre Bewegungen waren ruhig und sicher, als hätte sie sie schon Hunderte Male ausgeführt. Geduldig hielt sie eine Nadel in die Kerze der Laterne, die sie mit ins Gefängnis bekommen hatte.

Leise sprach sie mit der Kranken, die den Kopf auf den Arm gebettet hatte. Die Frau nickte und zog den Arm vors Gesicht. Schwegler stierte derart, dass ihm die Augen zu brennen begannen. Die Eggenbergerin beugte sich mit der Nadel über das Bein der Täuferin und ritzte damit vorsichtig die Geschwulst. Augenblicklich platzte sie auf. Eiter schoss hervor und lief in einem klebrigen Strom über das weiße Fleisch. Wieder gab die Eggenbergerin von dem Absud auf das Tuch und strich sorgsam über den offenen Auswuchs. Noch mehr Eiter kam und jetzt erst der durchdringende Gestank von Fäulnis.

»Wie die Beulenpest, nur nicht so stinkend und schwarz wie im Arsch des Teufels …«, stieß Krummbiegel beeindruckt aus.

Die Eggenbergerin reinigte die Wunde aufs Neue. Immer wieder gab sie etwas von der Tinktur darauf, auch direkt in die Öffnung, bis der Eiterfluss versiegt war. Anschließend verband sie die Wunde mit einem sauberen Tuch und flüsterte mit der Kranken, von der die ganze Zeit über nur ein unterdrücktes Ächzen, aber kein Schmerzenslaut zu hören gewesen war. Ihre Wohltäterin legte ihr die Hand auf den Arm und stellte ein kleines verschlossenes Gefäß vor ihr ab. Dann richtete sie sich auf.

Als Schwegler plötzlich eine leichte Bewegung neben sich wahrnahm, fuhr er hastig herum. Misstrauisch funkelte er die junge Frau an, die ganz in seiner Nähe stand. »Verflucht, wer bist du denn?«, herrschte er Amelinde an.

»Einer der Büttel hat mich heruntergelassen, damit ich zur Hafner Marie kann«, sagte Amelinde mit fester Stimme, obwohl ihr das Herz bis zum Hals schlug.

»Wirklich? Ein Besuch für die kleine Frau des Schlossers?« Unverhohlen musterte er Amelinde. »Bist auch nicht viel älter als die schöne Marie.«

Amelinde sagte nichts, merkte aber, wie die Aufregung ihre Wangen erhitzte.

»Bist auch nicht weniger hübsch als sie«, stellte Schwegler mit leichtem Grinsen fest, das sein vernarbtes Gesicht nicht vertrauenerweckender machte.

»Kann ich zu ihr?«, fragte Amelinde nachdrücklich und presste die Finger um den Korb, als wollte sie ihn gegen jedermann verteidigen.

Krummbiegel schob sich an seinem ersten Aufseher vorbei und betrachtete das fremde Mädchen abschätzig. »Die ist nicht mehr da«, brummte er. »Die ist heute Morgen mit anderen ketzerischen Weibern aus der Stadt gejagt worden.«

»Aus der Stadt gejagt?«, stieß Amelinde entsetzt aus. Ihr war es, als hätte ihr der ältere der beiden Büttel einen Schlag versetzt. Sie verlor alle Farbe, und ihre Lippen begannen zu zittern.

»Besser fortgejagt als mit dem Eisen gebrannt oder die Zunge herausgerissen«, sagte Schwegler mit rauer Stimme.

Amelinde schossen Tränen in die Augen. *Meine Marie fortgejagt …* Wie betäubt drehte sie sich um und nahm nichts mehr um sich herum wahr, bis sie ans Tageslicht zurückkam.

Schwegler ließ Elisa Eggenberger aus dem Verlies. Die junge Frau war etwas kleiner als er, schlank, stark und stolz. Mit leicht gesenktem Kopf ging sie an ihm vorüber. Als sie jedoch aufsah, trafen sich ihre Blicke und verschmolzen zu einer Einheit des Verstehens. Immer wieder begegneten sie sich in den feuchten Mauern des Gefängnisses und schwiegen.

Heiliger, durchfuhr es Schwegler. Im Licht der Fackeln an den Kerkerwänden hatte die Eggenbergerin das Madonnengesicht aus der Domkirch', aber noch feiner geschnitzt, mit noch mehr Glanz auf den sanften Zügen, der aus dem Inneren kam.

Elisa Eggenberger sagte kein Wort. Der Atem blieb ruhig zwischen ihr und dem ersten Aufseher. Als sie sich abwandte und fortging, glitt der Stoff ihres Kleides leise über die Steine.

Schwegler fuhr sich durchs struppige, graue Haar. Sie begab sich immer in Gefahr, wenn sie hierherkam. In der Oberstadt zerriss man sich schon das Maul über sie. Eine Bürgersfrau, die sich unter Galgenstricke und Habenichtse mischte. Eine, die nicht auf ihren Ruf achtete. Aber er bewunderte sie. *Bei Gott, sie sollte nicht so viel Aufmerksamkeit auf sich ziehen!*, schoss es Schwegler durch den Kopf. Er schluckte, seine Kehle war wie ausgetrocknet. Gierig langte er nach dem Krug in Krummbiegels Händen und goss sich zwischen die Lippen, was dieser noch hergab.

Fortgejagt aus der Stadt … die Worte hallten höhnisch in Amelinde nach. Gerade an dem Tag, an dem sie sich endlich zu Marie aufgemacht hatte. Ihr war, als würde ihr die Kehle abgeschnürt. Fort war Marie, fort aus ihrem Leben! Sie taumelte die Außenmauer des Gefängnisses entlang. Auf einmal wurden ihre Beine weich. Wo sie stand, sackte sie auf das schmutzige Pflaster. Der Korb klatschte in eine stinkende Pfütze. Sie konnte nicht mehr weinen, aber ein schmerzhafter Druck war in ihrem Kopf und ihrem Herzen. Stimmen waren um sie und hämisches Lachen, aber das war ihr gleich.

»Kann ich dir helfen?«, fragte eine sanfte Stimme plötzlich neben ihr. Wie benommen wandte Amelinde den Kopf und sah eine Frau. Das schöne Gesicht war von einem straffen, weißen Gebende umschlossen. Eine Locke des Haares allerdings hatte sich hervorgestohlen und an die Wange geschmiegt. Es erschien Amelinde wie pures Gold. Die Augen der Frau waren von einem tiefen, reinen Blau. Wenn im Winter die Sonne schien, hatte es manches Mal über den von Schnee und Eis überzogenen Dächern einen Himmel von solcher Farbe gegeben. Amelinde kannte diese Frau, erkannte sie aus dem Verlies wieder.

»Hast du jemanden im Kerker?«, fragte Elisa Eggenberger.

Amelinde nickte. Als würde sie sich erst jetzt bewusst, dass sie auf schmierigen Steinen saß, kam sie mithilfe der Frau langsam wieder auf die Beine. »Meine Freundin Marie ist heute

Morgen aus der Stadt gejagt worden.« Sie sagte es, als würde sie es einer Vertrauten sagen. Ohne Scheu, ohne den Gedanken daran, selbst als Wiedertäuferin gelten zu können.

Elisa Eggenberger nickte, als würde sie es bereits wissen. Mit einem mitfühlenden Lächeln nahm sie die Hand des Mädchens, das augenscheinlich nur wenige Jahre jünger als sie selbst war, und ging mit ihr ein Stück weit bis zum Sternkloster. Dort stellte sie sich mit ihr unter den Torbogen. »Hast du deine Freundin noch sehen können?«

Amelinde schüttelte den Kopf.

»Bist du auch eine von den Wiedertäufern?«, fragte Elisa Eggenberger freimütig.

Amelinde riss den Kopf hoch. »Nein, ich halte es mit dem alten Glauben. Ich bin eine Katholische.« Sie musterte die feinen Züge der Heilerin, für die sie sie ansah, und bewunderte ihren Mut, als angesehene Frau zu den Gefangenen in die Verliese zu gehen. »Ich habe Euch gesehen, Ihr habt die kranke Frau im Kerker behandelt.«

Elisa Eggenberger hob leicht die zart geschwungenen Augenbrauen. »Manche von den Frauen sind krank oder durch die Stadtknechte und ihre Hellebarden verletzt worden. Da keiner sonst gekommen ist, hat man mich geholt«, erklärte sie ruhig. Zufrieden erkannte sie, dass das Blut in die Wangen des Mädchens zurückgekehrt war. »Fühlst du dich jetzt besser?«

Amelinde atmete tief durch und nickte. »Ich wollte mit der Marie reden. Wollte wissen, warum sie mir nicht gesagt hat, dass sie …« Sie stockte, schluckte mühsam. »Sie hat mir nie gesagt, dass sie zu der verbotenen Sekte gehört. Wir waren Freundinnen, seit wir Kinder waren.« Sie merkte, wie alles in ihr danach drängte, über Marie und sich zu reden, gleichzeitig aber schnürte ihr der Gedanke daran die Kehle zu. Schwer lehnte sie sich gegen die kalte Mauer in ihrem Rücken. »Scheut Ihr Euch nicht, zu den Wiedertäufern in den Kerker zu gehen?«, fragte sie plötzlich mit unverhohlener Neugier.

Elisa Eggenberger sah sie fest an. »Es sind Menschen, die Gott achten und ihren Nächsten und von denen ich nie gehört habe, dass sich unter ihnen Betrüger oder Halsabschneider befinden.« Ein wenig wurden ihre Augen jetzt dunkler. »Aber ich gehe auch zu den Schurken, die an den Galgen kommen oder aufs Rad.«

»Zu Meuchlern?«, stieß Amelinde fassungslos hervor.

»Ja.« Elisa Eggenberger sah an der Jungfer vorbei auf die Gasse, auf der Menschen an ihnen vorbeihasteten, die den heraufziehenden Sturm und Regen fürchteten, aber sie schien durch diese hindurchzusehen. »Wenn's der Kerkermeister zulässt, gebe ich den Verurteilten einen Trank, damit es ihnen in den letzten Stunden vor ihrer Hinrichtung nicht vor Angst die Seele auffrisst.«

Amelinde wich das Blut aus dem Gesicht.

»Ich tue es, weil der Herrgott will, dass ich den Leuten helfe. Selbst den Mordbuben. Dem Herrgott ist es gleich, dass ich eine Bürgersfrau bin. Also muss es mir erst recht gleich sein.« Sie legte Amelinde die Hand auf den Arm. »Ich bin die Elisa Eggenberger, und wenn du mich besuchen willst, komm ins Georgsviertel hinter die Kirche. Unser Haus ist das mit dem wilden Wein an der Tür.«

Amelinde schwieg atemlos. Das also war die Elisa Eggenberger, von der in der Stadt gesprochen wurde. Die junge Frau eines Patriziers, die als tugendhaft galt und bei den Männern als ein schönes Weib, das auch das schroffe Gebende nicht entstellen konnte. Manche aber zerrissen sich auch das Maul über sie, weil sie zu den Habenichtsen ins Lechviertel ging oder gar zu den Eingekerkerten am Eisenberg. »Ich würde Euch gern besuchen«, sagte sie ernst. »Ich bin die Amelinde Gessel, Tochter vom Geschützgießermeister oben am Katzenstadel.« Amelinde lächelte zaghaft.

Auch Elisa Eggenberger lächelte. »Dann kommst, sobald du Zeit dazu findest. Und wenn dir das mit der Marie zu arg wird im Herzen, kommst halt bald. Ich weiß ein gutes Kräutlein für dich, eine Seelenspeise.« Sie sah unterm steinernen Vorbau hinaus in die Wolken, die schwer und dunkel geworden waren. Erste Regentropfen fielen. »Aber jetzt muss ich weiter, Amelinde.« Sie streckte ihr den eigenen Korb hin. »Und den vergiss nicht.«

Amelinde kehrte nicht sogleich in die Gießerei zurück. Ihr schlechtes Gewissen führte sie zum Hinteren Lech, wo die Marie mit ihrer Familie wohnte. Obwohl die Wiedertäufer als Ketzer galten und in der Stadt verboten waren, war Marie schließlich die einzige Freundin, die sie je gehabt hatte. Eine junge Frau mit Liebe im Herzen. Sie hatte doch oft genug gesehen, wie Marie mit den Kindern umgegangen war. Oder wie sie dem Josef das Essen in die Werkstatt gebracht hatte. Und wie sich beide dabei angesehen und miteinander geredet hatten. Da war nichts Teuflisches an Marie gewesen. Amelinde konnte und wollte in ihr nicht eine Frau sehen, die der Hohe Rat und die verschiedenen Kirchen in der Stadt wegen ihres Glaubens verdammt hatten. Keiner dieser hohen Herren kannte Maries Sanftheit und Güte.

Amelinde lief durchs Lechviertel, und der Regen mit ihr. *Ausgetrieben … meine Marie …* Ihr Herz begann zu klopfen, je näher sie der Schleifergasse kam. Das Pflaster war nass und schmierig vom Dreck. Sie rutschte aus und konnte sich gerade noch an einem der Brückengeländer festhalten, bevor sie stürzte. Kurz darauf drückte sie sich schwer atmend in eine Hausnische, als böte die ihr Schutz. Sie schloss die Augen. Sie durfte sich nicht länger von ihrem schlechten Gewissen vorwärtstreiben lassen. Aber sie konnte an nichts anderes denken, als dass sie längst nach dem Josef und den Kindern hätte sehen können. Und fragen, wie es der Marie im Kerker ging.

Kinder in den Gassen, deren Kleider längst durchnässt waren, sprangen laut lärmend ein Stück mit Amelinde mit, bis es ihnen langweilig wurde. Tief im Lechviertel hastete sie durch ein Labyrinth von Wegen, über unzählige Brücken, an Papiermühlen mit ihren lärmenden Stampfwerken und dem Rumoren im Inneren vorbei und an der großen Mahlmühle, bei der der Boden der nahen Brücke unter ihren Füßen zitterte. Das wild über die Mühlenräder rauschende Wasser spritzte bis zu ihr herüber. Es war egal. Zwischenzeitlich hing ihr Kleid ohnehin nass und schwer an ihrem Körper. Wie ernüchtert raffte sie wieder den Rock ein Stück hoch und rannte weiter.

Endlich erreichte sie den Hinteren Lech und die ersten der schmalen, eng beieinanderstehenden Handwerkerhäuser. Es waren Giebelbauten mit drei Stockwerken und tief liegenden Erdgeschossen, die an den Lechkanal reichten. Marie lebte mit ihrer Familie in einem der letzten Häuser. In jenem, an dem der grobe Putz nicht so abgebröckelt war wie bei den anderen. Ein welker Osterstrauß lag in einem umgestoßenen Krug an der Tür, an der der Wind rüttelte. Amelinde öffnete sie und rief ins Haus. Es blieb still. Entschlossen ging sie hinein.

Kalte, muffige Luft schlug ihr entgegen. Die große Wohnstube mit dem steinernen Ofen lag im Halbdunkel. Sie kannte ihn nur von Leben erfüllt. Tisch und Stühle waren zerhackt. Krüge, Töpfe und Schalen aus den Regalen gerissen und zerschlagen. In Josefs Schlosserwerkstatt sah es nicht besser aus.

Wahllos war hier Werkzeug auf dem Amboss zerstört worden. Andere Gerätschaften wie Zirkel, Winkel und Feilen, die sorgsam an der Wand aufgereiht gewesen waren, waren verschwunden.

Als Amelinde die steile Stiege unters Dach hinaufstieg, trat sie auf Tonscherben. In Maries und Josefs Schlafstube war das Bett mit Äxten zertrümmert worden, die Kinderbetten aber verschwunden. Von dem wenigen, das noch vorhanden war, war nichts mehr zu gebrauchen. Im ganzen Haus hatte aufgebrachtes, plünderndes Volk gewütet. Selbst in den Stuben der Gesellen und Lehrjungen ganz oben unterm Dach, in denen ohnehin wenig zu holen gewesen war.

Amelinde hob ein zerrissenes, verschmutztes Tuch vom Boden auf, über das viele Schuhe gelaufen waren. Maries Haube! Sie drückte sie innig wie ein Kind ihre Puppe an sich. Als sie das Haus verließ, wurde gegenüber eines der oberen Fenster aufgerissen, und eine mürrische Frau sah heraus.

»Wisst Ihr, wo der Schlossermeister Hafner ist und seine Kinder?«, rief ihr Amelinde aufgewühlt zu.

Die Frau machte eine verächtliche Handbewegung. »Fort, alle fort. Die ganze Bande dieser Sekte ausgetrieben«, keifte sie. »Schon recht so, die haben hier nichts verloren, wenn sie Unruhe stiften wollen!« Eilig zog sie sich zurück, als hätte sie schon zu viel gesagt, oder als störe sie der Regen, der frisch und duftig zu ihr hereinspritzte.

Das kleine Tor, durch das es ums Haus herum zu Maries winzigem Garten ging, stand offen. Amelinde schloss es, während ihr Tränen, vermischt mit dem Regen, ungehemmt übers Gesicht liefen. *Herrgott, hilf …* flehte sie, *wenn sie nur beieinander waren, die Marie, der Josef und die Kinder!*

Amelinde fühlte sich elend. Durchnässt bis auf die Haut ließ sie sich auf der Stufe vor der Haustür nieder. Kälte kroch in ihren Körper. Sie begann zu frieren. Erschöpft lehnte sie den Kopf an den Türrahmen. Als es fast schmerzhaft in ihren Ohren rauschte, schloss sie die Augen. Aus der Ferne hörte sie, wie jemand ihren Namen rief. Ihr kam es vor wie im Traum. Als sie wenig später gepackt und hochgezogen wurde, ließ sie es kraftlos mit sich geschehen. Ein Arm hatte sich um ihren Rücken gelegt, dennoch schwankte sie. Eingehüllt in eine Wolke aus Rauch, Schweiß und nasser Haut, wurde sie plötzlich hochgehoben.

Ihr Kopf sank gegen eine starke Schulter. Amelinde zwang sich, die Augen zu öffnen. Das eckige Kinn kannte sie, die harten Wangen. Wo die Haut bartlos war, schimmerte sie bläulich. Veit Wilbrecht beugte sich über ihr Gesicht und begann, leicht herablassend zu lächeln. Sein Haar, dunkel vor Nässe, fiel ihm verwegen in die Stirn. Um sie herum begann der Regen stärker aufs Pflaster zu prasseln.

»Was machst du für Sachen, Amelinde. Dein Vater hat den Jackl ausgeschickt, dich zu suchen, aber der Tölpel kam ohne dich heim. Da bin ich los. Mir war schon klar, wo du hin bist.« Er lachte leise. »Siehst elend aus, Amelinde, durchnässt bis auf die Knochen und die Haare wirr wie bei einer Windsbraut. Da stehen dir Ruß und Rauch besser.«

Sie wollte fort aus seinen Armen, fort von seiner unterschwelligen Aufgeblasenheit, aber Schwäche und Kälte nahmen zu, und jäh wurde ihr schwarz vor Augen.

*

Amelinde schob die Beine aus dem Bett und stellte ihre Füße

auf den Holzboden. Es war kalt, und sie fror. Sie musste endlich das nasse Hemd an ihrem Körper loswerden. Es stank nach Schweiß, Fieberglut und Schuld. Nach Gewissensbissen, die in ihren Träumen böse und unnachgiebig in ihrem Kopf genagt und sie gequält hatten. *Marie* … die aus der Stadt gejagt wurde, aber immerhin nicht auf die Backen gebrannt. Der man nicht die Zunge herausgerissen hatte wie anderen gotteslästerlichen Frauen. Und die ihr, als sie als Kind an der Pest litt, in ihren halb toten Nächten beigestanden hatte. Draußen vor dem Haus auf dem alten Fass, das sich Marie damals hingerollt hatte, um durch das kleine Fenster in Amelindes Schlafstube sehen zu können.

Zwei Tage später konnte sich Amelinde endlich auf den Beinen halten und das Bett und ihr Zimmer verlassen. Elsbeths Pflege und deren gute Suppen hatten ihr wieder Kraft verschafft. Endlich war auch wieder ein Lebensfunke in sie zurückgekehrt, und sie hatte die elende Mattheit verloren. Ohne ein Wort war sie in der Gießerei aufgetaucht und hatte sich an die Arbeit gemacht. Ein Kandelaber musste noch gefertigt werden, und ein schwerer Bronzeriegel für eine Grablege im Liebfrauendom gegossen.

Wortlos arbeitete sie, bis sie merkte, dass sie kaum noch atmen konnte. Sie musste hinaus ins Freie und die Lungen freibekommen. Wie immer ging sie dafür in ihren kleinen Garten, setzte sich auf die Steinbank und zog die Mütze vom Kopf. Das zu einem Zopf gebundene schwarze Haar rutschte darunter hervor. Amelinde schloss die Augen. Als sie Schritte kommen hörte, erkannte sie sogleich die ihres Vaters. Aber erst, als sie seine unmittelbare Nähe spürte, den Geruch von Ruß und sauren Dünsten in die Nase bekam, öffnete sie die Augen.

Simpert Gessel wischte sich ein paar Mal mit der Hand übers ölig verschmierte Gesicht. Hörbar schnaufte er. »Ich bin froh, dass es dir wieder besser geht, Amelinde.«

»Ja, Vater«, sie lächelte ihm verhalten zu. »Die Marie war halt meine Freundin …« Mehr brachte sie nicht heraus.

Gessel nickte. Seinem mit einer Dreckschicht bedeckten Gesicht war ein bitterer Zug anzusehen.

»Meinst du, dass es ihr gut geht und dem Josef und den Kindern?«, fragte Amelinde.

Gessel zuckte mit den Schultern. »Wenn sie davongekommen sind. Die Truppen des Schwäbischen Bundes sind ausgeschwärmt und machen überall Jagd auf die Täufer. Viele Städte haben inzwischen ihren ketzerischen Glauben verboten«, sagte er hart.

Amelinde schluckte schwer. Ihr Vater war immer ein Mann des offenen Wortes gewesen. Warum hätte er jetzt anders reden sollen, wo er doch wusste, dass sie die Wahrheit hören wollte und nicht einen schäbigen Trost. Sie presste die Mütze in den Händen zusammen. »Ich habe gehört, dass diese Soldaten gnadenlos sind. Wenn sie eine Spur haben, lassen sie nicht ab von ihr, bis sie den haben, den sie fangen wollen.«

»Wenn sie schlau sind, und der Josef ist kein dummer Kerl, dann verbergen sie ihren Glauben und suchen sich eine neue Bleibe. Und wenn es in der Ferne ist und nicht mehr in deutschen Landen.« Er kratzte sich im wirren, verschwitzten Haar. »Ein Zunftbruder, der erst aus Nürnberg gekommen ist, hat einige der Augsburger Ketzer dort in den Gassen gesehen.« Er warf Amelinde einen scharfen Blick zu. »Aber auch dort werden sie verfolgt, und auf dem Weg dahin halten sich auch die Soldaten auf.« *Hetzer sind's, die Reiter des Schwäbischen Bundes,* schoss es Gessel durch den Kopf. *Solche, die die Menschen wie das Wild vor den Hufen ihrer Pferde hertreiben und keine Gnade kennen.*

»Ich hoffe, dass sie es geschafft haben, Vater, dass sie entkommen sind. Vielleicht sind sie durch ihre Reihen geschlüpft und längst in einer fremden Stadt oder einem Dorf in Sicherheit, wo man nicht weiß, wer sie sind«, sagte Amelinde leise. »Vielleicht haben sie auch Menschen gefunden, die ihnen helfen.«

Gessel sah sie zweifelnd an. »Wenn einer weiß, dass sie Wiedertäufer sind, wird der kaum den Finger für sie rühren.« Er hatte den Josef und die Marie gerngehabt und die beiden lebhaften Kinder. Immer wieder strich er sich durch das Gestrüpp seines Bartes. Trotzdem hatte er es bald satt, sich um die zu scheren, die der Rat schon seit dem vergangenen Jahr unter Strafe gestellt hatte, wenn sie ihren abtrünnigen Glauben weiter ausübten.

Gessel spuckte aus. Auch zwei Mitglieder der Glocken- und Geschützgießerzunft waren unter den Ketzern. Mit einem von denen war er gut befreundet gewesen, hatte nichts gewusst von dessen Täufertum. Gessel sah auf Amelinde, die in Gedanken versunken auf der Bank saß und zu den Rauchschwaden sah, die über der Gießerei aufstiegen.

Der Zunftbruder war längst fort. War mit Frau und Kindern aus der Stadt verschwunden, noch bevor sich die Ketzer beim Daucher im Haus heimlich versammelt hatten. Als hätte er geahnt, dass es bald für ihresgleichen in Augsburg gefährlich werden würde. Als Gessel davon erfahren hatte, hatte er geflucht und dem Zunftbruder alles Mögliche an den Hals gewünscht. Aber hin und wieder dachte er daran, dass der ein feiner Kerl gewesen war. Einer, der das Herz auf dem rechten Fleck gehabt hatte.

Gessel schrak auf. Amelinde zupfte ihn heftig am Ärmel. »Hörst mir ja gar nicht zu, Vater. Was ist denn?«

»Nichts ist, nachgedacht hab ich«, brummte Gessel und scharrte mit dem Schuh in der Erde.

»Es gibt schon jemanden, der sich um die Wiedertäufer schert, obwohl er weiß, dass sie zu der verbotenen Sekte gehören«, wiederholte Amelinde und ließ ihren Vater dabei nicht aus den Augen.

»Wer?«, stieß Gessel überrascht aus.

»Die Elisa Eggenberger aus dem Georgsviertel.«

Gessel schnaufte schwer, als stecke ihm noch zu viel Dreck in den Nasenlöchern. »Die, die auch zu den Bettlern in die Unterstadt geht?«

Amelinde nickte. »Ich hab sie getroffen vor dem Gefängnis, als ich zur Marie wollte.« Sie fuhr nachdenklich mit der Hand über die schmutzige Hose, als wollte sie eine der schweren Falten fortstreichen. »Mir ging es nicht gut, und sie hat sich um mich gekümmert.« Sie lächelte bei dieser Erinnerung. »Da hab ich erfahren, dass sie zu allen im Kerker geht, nicht nur zu den gefangenen Täufern.« Entschlossen sah sie zu ihrem Vater auf. »Sie ist wirklich eine feine Bürgersfrau, aber weil sie sich gut mit den Heilkräutern auskennt und meint, dass der Herrgott will, dass sie allen hilft, geht sie auch zu den Mordbuben in den Verliesen.« Eine stille, aber erkennbare Begeisterung glänzte in Amelindes Augen.

»Das kann gefährlich sein …«, murmelte Gessel.

»Warum?«

»Weil es nicht billig ist, dass eine Bürgersfrau zum Gesindel in die Verliese oder in Gassen im Lechviertel geht, wo keine anständige Frau hingehen würde.«

»Aber wenn keiner zu denen geht, für die sich selbst der Bader zu schade ist?«

»Dann ist es halt so. Der Bader wird seinen Grund haben, da nicht hinzugehen«, knurrte Gessel.

»Recht habt Ihr, Meister«, scholl es plötzlich von dem Törchen her, das Amelindes Garten vom Hof der Gießerei abgrenzte. Veit Wilbrecht lehnte lächelnd daran. »Eine rechtschaffene Frau treibt sich nicht bei Lumpenpack herum. Aber wer weiß ... es heißt ja, die Eggenbergerin sei ein ungemein hübsches Weib. Vielleicht verrichtet sie ja bei denen, die ihre Hilfe brauchen, ein anderes Tagwerk als das einer heilkundigen Frau.« Er lachte abfällig.

Amelinde sprang entrüstet auf. »Halt den Mund, Veit, du weißt gar nichts von der Elisa Eggenberger. Schamlos daherreden kannst wie mancher in der Gosse, sonst nichts.« Ihre Augen blitzten böse.

»Was machst du hier, Veit, ist die Arbeit ausgegangen?«, donnerte Gessel ungehalten über die Störung.

»Der Former für die Falkaunen sucht Euch dringend, Meister«, entschuldigte sich Wilbrecht. »Der kann nicht weitermachen, bevor er Euch nicht gesprochen hat.«

Gessel spuckte erneut aus, knapp neben die Blumen seiner Tochter, die ihm einen wütenden Blick zuwarf. »Herrgott, nicht mal kurz über den Hof kann man gehen, schon sind sie unfähig in der Gießerei!« Gessel stapfte unwillig auf Wilbrecht zu, der ihm das Törchen aufhielt.

Bevor dieser dem Geschützgießermeister folgte, wandte er sich rasch Amelinde zu. Wie ein Herr verbeugte er sich vor ihr und schenkte ihr ein breites Lächeln.

Kapitel 3

Dienstag, der 21. April, Anno Domini 1528

Die fremden Täufer vertrieb man alsbald aus der Stadt, die anderen blieben in den moderigen, kalten Mauern der Kerker am Eisenberg, bis über ihr Schicksal entschieden worden war. Der Dorothea Fröhlich und der Scholastika Stierpaur brannte man die Backen mit glühenden Eisen durch, bevor man sie aus der Stadt jagte. Der Hegenmüller schnitt man die Zunge heraus, da sie gegen den Schöpfer abscheuliche Reden geführt hätte.

Der Leupold Hans, das Haupt der Augsburger Wiedertäufer, den man des Aufruhrs bezichtigte und der bereits im Oktober des Vorjahres aus der Stadt verwiesen worden war, wurde erst gütlichen Verhören unterworfen, dann gefoltert. Schließlich nannte er Namen und gab zu, Menschen getauft zu haben, wies aber bis zuletzt die Beschuldigung des Rats von sich, er habe bei heimlichen Versammlungen der Täufer Unruhe und Aufruhr in der Stadt entfachen wollen. Da er selbst unter schmerzvollster Folter nicht von seinem Glauben lassen wollte, sah sich der Rat veranlasst, das Todesurteil über ihn auszusprechen.

Reges Treiben herrschte auf dem Rathausplatz. Unter dem Rathauserker auf dem erhöht an der Mauer angebrachten Pranger mit seinem heruntergeklappten Holzboden stand die hochschwangere Susanna Daucher in Schließeisen. Gaffendes und grölendes Volk weidete sich an ihrem traurigen Anblick. Bleich und schweißnass war ihr Gesicht. Die ihr auferlegte Strafe, mit dem Kind im Leib an diesem Schandplatz stehen zu müssen, raubte ihr beinahe die letzten Kräfte. Üble

Schmährufe und Hohngelächter schallten zu ihr herauf. Faules Gemüse, das auf sie geworfen wurde, wehrten die Büttel nur halbherzig ab.

Die Haft im Kerker hatte Susanna Daucher alles abverlangt. Wahrscheinlich ließen sie nur die Gedanken an das unschuldige Kind in ihr nicht zusammenbrechen. Mit ihrem schmutzigen, gelösten Haar, den verdreckten Kleidern und dem entsetzlich verlorenen Ausdruck in den Augen rief sie dennoch bei den wenigsten der Schaulustigen Mitleid hervor. Sie war eine Wiedertäuferin, ein Weib der üblen Sekte, die der Rat in der Stadt verboten hatte. Am liebsten hätte das Volk sie auf dem Richtblock gesehen oder auf dem Scheiterhaufen wie eine, der man den Unglauben aus dem Leib brennen musste.

Eine Woge aus Fieber und Zorn ging durch die Menschenreihen, weil die Leute noch nicht wussten, was der Ratsdiener verkünden würde. Freilich ein Urteil, das die Schande tilgen sollte, die die Daucher über die Stadt und ihren Mann, den angesehenen Bildhauer Hans Adolf Daucher, sich selbst und ihre Kinder gebracht hatte. Der Himmel war grau und schwer, als wollten jeden Moment seine Schleusen aufgehen und Regen herabstürzen. Ein kalter Wind kam von den Bergen und trieb die Menge vor dem Rathaus noch enger zusammen.

Elisa Eggenberger stand nahe am Pranger und presste einen Weidenkorb an sich. Immer wieder drängten die Menschen hinter ihr nach vorne, aber da waren die Büttel, die sie mit blitzenden Hellebarden zurückhielten. Absichtlich stand Elisa in der ersten Reihe, auch wenn ihr das Blut wie Feuer durch den Körper schoss, aber sie musste bleiben, um der bedauernswerten Frau und Mutter über ihr zu helfen. Das konnte sie zwar nicht mittels ihrer Salben und Tinkturen und auch nicht mit ihren heilsamen Händen, aber sie hatte ihre Gedanken und Empfindungen, die sie bündeln konnte, um die Gepeinigte wie mit einem Schutzmantel zu umhüllen.

Es war eine Gabe, mittels der sie bei manchem Kranken sanfte Wirkungen erzielte wie ein Nachlassen der Schmerzen oder eine leichte Besserung des Gebrechens. Und manchmal auch vermochte sie es, in den matten Augen der Menschen einen Funken Hoffnung oder Freude zu entzünden. Wenn sie nur mithalf, die hochschwangere Frau, wenn sie nur nicht zusammenbrach und durchhielt, bis das Urteil gesprochen war. Dann würde sie von hier wegkommen, von diesem in Zorn und Verachtung getauchten Platz, den Elisa nie dunkler erlebt hatte.

Der Büttel vor ihr glotzte sie in einem fort wie trunken an. Wie von ihrem sanften Antlitz und den himmelblauen Augen gelenkt, begann er, den drängelnden Pöbel um sie grob zurückzuschieben, als das Stimmengewirr auf dem Platz jäh abbrach. Endlich erschien eine Gestalt im Erker. Es war einer der Gerichtsherren der gefangenen Wiedertäufer höchstselbst und nicht lediglich einer der Ratsdiener, der kurz eine Hand auf die steinerne Brüstung legte. Obgleich von lediglich mittelgroßer Gestalt, war sein Auftreten eindrucksvoll.

Herausgeputzt in einer kostbaren, pelzverbrämten Schaube in dunklem Braun und einem goldfarbenen Wams, stellte er sich sehr aufrecht hin. Auf dem grauen, eher kurz gehaltenen Haar trug er über einer schlichten Haube ein samtenes, dunkelbraunes Barett. Konrad Peutinger war ein massiger Mensch an Leib und Gesicht mit nach unten hängenden Backen und einem schwammigen Doppelkinn.

Noch schwieg der Stadtschreiber und ehemals kaiserliche Berater und ließ seine Blicke langsam über die Menschenmenge auf dem Platz wandern.

Ausdruckslos erschienen seine Miene und seine Augen unter den schweren Lidern denjenigen, die ganz vorn in der Reihe standen, aber sie konnten sich täuschen. Geduldig, beinahe nachsichtig sah er von seinem erhöhten Standpunkt herab, hob schließlich die Hände und entrollte das Papier darin. Es war das Urteil gegen die Frau, die unter ihm am Pranger stand. Seine Stimme war schwer wie seine Wangen, aber man folgte ihr sogleich, weil sich auch ein Klang darin befand, der aufhorchen ließ.

»Susanna Daucher, genannt Adolfin von Augsburg, hat gegen die getreue Warnung, die der ehrbare Rat der Stadt Augsburg hat verkünden und anschlagen lassen und die besagt, dass niemand die Wiedertaufe annehmen sollte, dass das Zusammenkommen und sich Versammeln von Wiedertäufern verboten ist und mit Leibes- oder Lebensstrafen bestraft wird, die Wiedertaufe angenommen.«

Susanna Daucher hob den Kopf und sah mit klaren Augen in die Menge.

»Sie hat Wiedertäufer mit Speis und Trank versorgt, in ihrer Wohnung hat sie eine verbotene Versammlung zugelassen und Versammlungen an anderen Orten besucht …«

Die Schwangere drückte die Hände gegen ihren Leib, als würde sich das Kind in ihr rühren.

»Darum hat dieser Rat beschlossen, dass sie mit dem Brand auf ihren Backen bezeichnet werden sollte.«

Schlagartig ging ein tiefes, zufriedenes Raunen durch die Menge. Susanna Daucher jedoch zuckte zusammen und senkte den Kopf.

»Da sie aber schwanger ist, wurde sie begnadigt, damit sie aus der Stadt geführt werde.«

Es sah so aus, als wollte die Kraft Susanna Daucher verlassen; dieser elende Rest, der ihr noch verblieben war. Man sah, wie sie sich mühsam wieder aufrichtete und noch einmal die Knie unter dem schweren Leib durchdrückte.

»Ihr Leben lang darf sie nicht mehr in dasselbe Gebiet kommen, auch nicht in einen Umkreis von sechs Meilen. Danach habe sich jedermann zu richten. Gegeben am 21. April anno 1528«, endete der Stadtschreiber und rollte das Papier sorgsam wieder zusammen. Er ließ etwas Zeit verstreichen, dann gab er den Bütteln zu Füßen der Verurteilten ein Zeichen.

Susanna Daucher stand da wie erstarrt. Eisig war es in ihrem Inneren, eisig wie der Wind, der durch ihr löchriges Gewand und den Mantel blies, der auch nur noch ein Fetzen war. Die Stille über dem Rathausplatz hielt sich wie ein Netz, das alle verschlungen hatte. Die Stadtknechte stiegen zu der Verurteilten hinauf und lösten sie aus den Eisen. Erst schien es, als breche sie unter ihren Händen zusammen, aber dann raffte sie sich erneut auf und stieg zwischen ihnen mühsam und umständlich die grobe Leiter hinab, die wieder hingestellt worden war.

Im selben Moment hob das Verhöhnen wieder an. Schimpfworte wurden laut, Brüllen und ein bedrohliches Auffahren, als wollten die Leute in einer Welle über die Daucher kommen. Die Büttel beschleunigten ihre Schritte und rissen die Hochschwangere mit sich, während die vordersten Schergen den Weg mit ihren Hellebarden freistießen.

»Das Kind …«, flüsterte Elisa und dachte an das kleine Menschenwesen, das Susanna Daucher unterm Herzen trug. Selbst aber legte sie sich verborgen die Hand auf den Leib, da auch sie seit einiger Zeit wieder guter Hoffnung war.

»Jetzt treiben sie die Daucher zur Stadt ’naus … kommt’s, Leut!« Hinter Elisa wurde geschrien und kam Bewegung in die Menge, als hätten alle nur auf diesen Ausruf gewartet. »Auf zum Gögginger Tor!«, rief einer, und die Masse johlte.

»Na, es geht sicher zum Alten Einlass«, ereiferte sich ein anderer, und in den Pöbel kam Verwirrung. Aber die, die hinter den Häschern liefen, die mit der schwangeren, entkräfteten Frau nicht so schnell vorwärtskamen, johlten zurück, und so schloss sich ihnen der Hauptstrom an. Obwohl sich viel Volk versammelt hatte, war der Platz vor dem Rathaus in kürzester Zeit wie leer gefegt.

Die Stille um Elisa war befremdend, und in der Luft schwang unendliche Traurigkeit. In der Ferne verklang der Tumult. Elisa schloss die Augen und atmete tief durch. Langsam setzte sie sich in Bewegung, bis ein entschlossenes Lächeln um ihre Lippen spielte und sie rasch den Weg hin zum Gögginger Tor nahm.

In den Wertachauen roch die Luft scharf, so frisch und unverbraucht war sie im Vergleich zum Gestank der Stadt, der hinter den Mauern zurückblieb. Aber hier draußen war es kälter als zwischen den eng stehenden Häusern, aus denen die Wärme der Herdfeuer strömte. Ein paar Männer und Frauen trieben hinter den Bütteln noch ihren Spott mit der Daucher, die mühsam einen Fuß vor den anderen setzte. Mit der nächsten Flussbiegung hörten die Schmäh??rufe jedoch schlagartig auf, als die Stadtknechte entschlossen kehrtmachten und die Lästerer es vorzogen, mit diesen in die Stadt zurückzukehren.

Die hochschwangere Frau machte noch ein paar Schritte, dann schleppte sie sich zu einem der mächtigen Bäume am Flussufer. Die Kraft schien sie endgültig verlassen zu haben und alle Hoffnung, denn ein gequälter Laut drang über ihre Lippen, und sie sank in sich zusammen. Ihr Atem, von dem sie kaum noch haben konnte, ging schwer. Elisa hörte es, als sie näher kam. Um die Frau nicht zu erschrecken, sagte sie leise ihren Namen. Anfangs regte sich Susanna Daucher nicht, als hätte sie nichts gehört, endlich aber hob sie mühsam den Kopf.

Augen, in denen sich tiefe Hoffnungslosigkeit spiegelte, blickten Elisa an, als hätte sich Susanna Daucher in ihr Schicksal ergeben. Sich selbst und das Kind, das bald ins Leben kommen wollte.

Elisa setzte sich neben sie. Was auch immer sie jetzt sagen würde, würde die andere nicht erfassen können. Erschöpfung und Schwermut hüllten diese in einen Mantel, durch den keine Wärme dringen konnte. Aber sie musste nicht reden. Was stets wichtiger gewesen war, wenn sie den Menschen hatte helfen wollen, war das Handeln selbst.

Elisa riss vom Brot im Korb ein Stück ab, nahm die Hand der Frau und schloss deren Finger darum. Behutsam berührte sie ihren Arm. »Das Kind«, sagte sie ruhig.

Die Augen Susanna Dauchers blieben starr. Wenigstens der Atem ging etwas ruhiger. Elisa nahm die freie Hand der Schwangeren und legte sie ihr auf ihren Leib. »Das Kind in Euch lebt, Adolfin.« Absichtlich verwendete sie den Namen, unter dem sie in der Stadt bekannter war als unter ihrem eigenen Vornamen.

Die Adolfin von Augsburg, Ehefrau des weit über die Mauern der Stadt hinaus bekannten Bildhauers und Schnitzers Hans Adolf Daucher. Von bemerkenswerter Ausdruckskraft waren seine Chorgestühle und Epitaphien, bezaubernd die Putten auf der Brüstung, als blickten sie voll Schelmerei vom Himmel auf die irdischen Beschwerlichkeiten herab. Staunend und ergriffen machte aber vor allem der in seinem schmerzvollen Tod von den Frauen beweinte Herr Jesus Christus in der Fronleichnamsgruppe, die Daucher für die Kirche der Heiligen Anna erschaffen hatte.

Susanna Daucher weinte. Die Tränen liefen ihr über die fahlen Wangen und tropften auf die Hände auf ihrem Leib. Plötzlich krümmte sie sich wie unter Schmerzen zusammen und schrie. Endlich nach all den Tagen der Angst und Schmach und der Kälte, die beinahe ihr Herz hatte erfrieren lassen, ließ sie ihrer innerlichen Qual freien Lauf. »All die gepeinigten Menschen …«, stieß sie immer wieder mit heißem Atem aus. Ihre Augen glänzten wie im Fieber. »Dieses Leiden … dieses Klagen … alles im Namen des Herrn, der doch auch unser Herr ist.«

Ihre Augen wurden groß und dunkel, und Elisa erkannte das Grauen darin. Sie ahnte, was die Frau jetzt trotz heftigen Widerwillens sah und hörte. Einen steinernen Kerker und kein erbarmender Lichtstreif, fauliges, stinkendes Stroh und die fernen markerschütternden Schreie der gefolterten Glaubensschwestern und -brüder.

»Euer Kind will leben, Susanna Daucher!«, beschwor Elisa die Frau und legte ihr den eigenen wärmenden Mantel um die nackten Schultern, die weiß und knochig aus dem zerrissenen Kleid hervorstachen. Dann nahm sie deren Hand mit dem Stück Brot darin und schob sie der Frau vor die aufgesprungenen Lippen. »Esst!«, befahl Elisa mit scharfem Tonfall. »Esst, das Kind wird bald kommen.«

Widerwillen lag in den elenden Gesichtszügen der Daucher. Wie abwehrend begann sie, den Kopf zu schütteln.

»Soll Euch das Kind im Leib sterben, Adolfin? Es ist unschuldig!«, setzte Elisa mit beschwörender Stimme hinzu.

Da leuchtete es endlich sanft in den matten Augen der Daucher auf. Elisa legte ihre Hand auf die gespreizten Finger der

Frau, die diese so gegen ihren Bauch presste, als wolle sie das Kind darin festhalten. Elisa konnte das Kind spüren, wie es sich in diesem Augenblick heftig bewegte, als kämpfe es verbissen um sein winziges Leben. Still lächelte sie.

Susanna Daucher hatte die Lippen staunend geöffnet. Ihr Kind, das war ihr Kind, dieses kraftvolle Leben in ihr! Bis zum Herzen hinauf spürte sie die festen Tritte. Beinahe wundersam überzog der Wille dieses noch ungeborenen Wesens die Augen der Mutter mit tiefem Glanz.

»Unser Kind …«, hauchte Susanna Daucher, ließ das Brotstück fallen und presste auch die andere Hand auf den Leib. Wieder liefen ihr Tränen übers Gesicht. Auf einmal aber griff sie nach dem fallen gelassenen Stück Brot und begann, es langsam zu essen. Vielleicht zwang sie sich sogar um des Kindes willen dazu, aber immerhin aß sie etwas. Elisa brach ihr ein größeres Stück Brot ab, welches sie ebenfalls verzehrte. Dann winkte sie ab.

Stunden vergingen, in denen es Susanna Daucher schaffte, noch ein Stück Brot zu essen. Ein Karren mit Plane kam auf dem Weg entlang der Wertach. Auf dem Kutschbock saß ein Bauer in entspannter Haltung, während das angeschirrte Pferd gemächlich im Schritt ging. Ein Gedanke durchzuckte Elisa. Entschlossen begann sie, ihr Gebende zu lösen und es um die wirren, strähnigen Haare der Daucher zu wickeln, die sich nicht dagegen wehrte. Sie half der Frau, die ihr völlig zu vertrauen schien, sich aufzurichten, und hüllte sie fester in den warmen, dicken Wollmantel, den sie ihr überlassen wollte.

»Susanna, fahrt mit dem Bauern, solange er Euch auf dem Karren lässt. Ihr müsst fort von Augsburg!«, drängte Elisa sie.

Susanna Daucher sah sie verwirrt an, nickte aber dann ergeben, als bliebe ihr in ihrem Zustand ohnehin nur dieser Ausweg. Verbannt auf Lebenszeit aus Augsburg, stand sie davor, unter freiem Himmel ihr drittes Kind zu gebären. Die anderen beiden Kleinen hatte sie zurücklassen müssen. Hart biss sie sich auf die Lippen. Immerhin hatten die Kinder noch den Vater. Der Hans war ja am Ostersonntag nicht im Haus am Hinteren Lech gewesen, das die Büttel gestürmt hatten. Da war er gar nicht in Augsburg gewesen. Der Hans war kein Wiedertäufer, den würden sie nicht in die Eisen legen. Den würden sie doch bei Gott nicht aus der Stadt jagen. *Gott hilf!*, flehte Susanna Daucher still.

Elisa ging mit ihr auf den Weg, über den die meisten Fuhrwerke nach Westen gingen. Bevor der Karren sie ganz erreicht hatte, drückte Elisa der Frau eine Münze in die Hand. »Nehmt das, die andere kriegt der Bauer, wenn er Euch mitnimmt«, sagte sie entschlossen und winkte dem Mann auf dem Kutschbock, der den Frauen misstrauisch entgegensah.

»Grüß dich Gott, Meister Landmann«, sagte Elisa mit unbeschwerter Stimme und legte die Hand auf den Wagen.

Der Bauer brummte etwas, das ein Gruß sein konnte.

»Wie weit fährst du denn heute noch?«, fragte Elisa geradeheraus.

»Ins Schwarzachtal …«, bekam sie mürrisch zur Antwort.

»Kriegst einen halben Heller, wenn du meine Schwester mitnimmst«, sagte sie forsch und schenkte ihm ein kleines Lächeln.

Der Mann zog die Augenbrauen zusammen, während seine Blicke über die andere Frau wanderten, unter deren Gewand sich eindeutig ein geschwollener Leib abzeichnete.

»Die Last is' schwer g'worden, was?« Er deutete mit dem Kopf auf ihren Bauch.

Susanna Daucher nickte und zog unweigerlich den Mantel

enger um sich. Der Mann murmelte etwas, dann streckte er Elisa ohne ein weiteres Wort die offene Hand hin. Als die kleine Münze aus Silberblech darin landete, schlossen sich schnell die Finger darum. Beinahe gleichzeitig aber sprang er überraschend eilfertig vom Kutschbock, um der schwangeren Frau auf den Wagen zu helfen. Die fand Platz zwischen Gemüse und gackernden Hühnern im Korb. Aber sie saß unter einer Wagendecke und konnte sich sogar hinlegen, wenn sie wollte.

Elisa stand hinter dem Karren und hielt die Hand der Daucher, die nicht loslassen wollte. »Susanna, im Schwarzachtal gibt es ein Kloster. Sucht dort Zuflucht bei den Nonnen. Rettet Euch und das Kind. Geht nicht in die Städte, da habt Ihr keinen Frieden«, beschwor Elisa sie leise.

»Gott segne Euch für alles«, flüsterte Susanna Daucher, damit der Mann in ihrem Rücken es nicht verstehen konnte.

»Gott gebe es, Adolfin«, antwortete Elisa und drückte noch einmal ihre Hand.

Dann ruckte das Fuhrwerk an, und der Landmann ließ die Peitsche knallen.

*

Bald eine volle Woche ging Amelinde ihre Begegnung mit der erstaunlichen Elisa Eggenberger nicht mehr aus dem Kopf. An einem Freitag schließlich wickelte sie ein Glöckchen in ein Tuch und legte es in einen Korb, aus dem die frischen Hörnlein dufteten, die Elsbeth gebacken hatte. Es sollte das Geschenk für Elisa Eggenberger sein, die sie heute besuchen wollte. Die Neugier trieb Amelinde hin, aber auch eine stille Freude, die junge Heilerin wiederzusehen.

Vom Katzenstadel zur Georgskirche war es nicht weit durch die Gassen mit den herausgeputzten Bürgerhäusern oder den mehrgeschossigen Handwerkerhäusern, die weit ansehnlicher waren als die ärmlichen Behausungen der Arbeiter im Lechviertel. Als Amelinde das weinumrankte Haus hinter der Kirche erreichte, klopfte sie entschlossen an die Tür. Eine junge, pausbäckige Magd öffnete und sah ihr mit aufgeweckten Augen entgegen.

»Grüß dich Gott«, sagte Amelinde, »ist deine Herrin zu Hause?«

»Grüß dich Gott«, antwortete die andere und musterte sie neugierig. »Aha, zur Herrin willst. Wo drückt denn das Zipperlein?«

Amelinde hätte beinahe aufgelacht. »Mich drückt kein Zipperlein, aber ich möchte trotzdem gerne zu deiner Herrin.«

»Ist doch immer dasselbe«, kam es unverblümt, »ob ein Gliederreißen schmerzt oder ein Rat erbeten wird, alle wollen sie zur Herrin und keiner zum Herrn des Hauses.« Sie kicherte munter. »Also komm mit!« Sie machte eine einladende Geste und fuhr schwungvoll herum. Amelinde folgte ihr durch einen kühlen, nach Kräutern duftenden Gang in den Garten. »Ich bin übrigens die Agnes, die Magd im Haus«, rief ihr das Mädchen über den Rücken zu.

Agnes schlug ihr vor, auf einer Bank unter einem stattlichen Apfelbaum Platz zu nehmen, über dem ein zauberhafter Schleier aus unzähligen weißen Blüten lag. »Ich sag gleich der Herrin Bescheid«, rief das quirlige Mädchen und kehrte rasch ins Haus zurück. Amelinde war begeistert über den weitläufigen Garten, der um ein Vielfaches größer als ihr eigener war. Bienen summten und schwirrten zwischen den vielen Gänseblümchen und Schlüsselblumen umher, die sich wie duftige weiße und gelbe Teppiche über das Gras legten.

Nahe am Haus stand ein mächtiger Fliederbaum, der die bereits violett schimmernden Rispen noch nicht geöffnet hatte. Ein großer Teil des Gartens allerdings bestand aus Kräuterbeeten mit Reihen von Brennnesseln, Löwenzahn und Labkraut und dahinter Sauerampfer, Fenchel, Wegerich und Bärlauch und anderen Kräutern, die Amelinde nicht kannte.

»Amelinde, das ist schön, dass du mich besuchst«, rief ihr Elisa Eggenberger zu, die aus dem Haus gelaufen kam und sie herzlich umarmte. Die junge Frau trug ein Kleid aus braunem Barchent mit zarten, grünen Tressen an den Ärmeln, jedoch kein strenges Gebende. In ihrem eigenen Haus und Garten genoss es die Bürgersfrau offenbar, dass ihr Haar offen und in leichten Locken und Wellen über ihren Rücken fiel. Goldfarben schimmerte es in der Sonne.

»Ich hoffe, ich komme nicht ungelegen«, sagte Amelinde leicht besorgt.

»Weiß Gott nicht. Das Nasenbluten einer Nachbarin ist versorgt, und mein Kindlein schläft.« Ein Strahlen ging über ihr Gesicht, als sie Amelindes Hand ergriff und sie mit sich zur Bank zog. »Agnes bringt uns gleich was zu trinken.«

Amelinde griff in ihren Korb, zog das blitzsaubere Tüchlein mit Inhalt hervor und begann, es sorgsam auszuwickeln. »Das möchte ich Eurem Kind schenken.« Sie legte Elisa das Glöckchen in die Hand, worauf es einen zarten Klang gab. Wie verzaubert starrte Elisa auf die kleine, äußerst kunstfertige Arbeit, die wie flüssiges Silber zwischen ihren Fingern schimmerte. »Das ist ja wunderschön!«, stieß sie begeistert aus. »Du hast das Glöckchen selbst gegossen, stimmt's?«

Amelinde nickte, und ein stolzes Leuchten legte sich auf ihr

Gesicht. »Ein wenig von dem Feuer fürs Gießen, das in meinem Vater brennt, brennt auch in mir. Deshalb hab ich, als es Zeit war, wie ein Lehrjunge bei ihm in der Gießerei gelernt. Allerdings nur den Guss von kleinerem Stückgut. Die Geschütze sind nicht meine Sache, das ist Männerhandwerk«, stellte Amelinde rasch klar. »Und wenn mein Vater eine Glocke gießt, helfe ich ihm, wenn mich die Elsbeth nicht nötig im Haus braucht.«

Elisa hatte ihr staunend zugehört. So jung das Mädchen war, so ungewöhnlich war ihr bisheriges Leben verlaufen, dachte sie. »Ich danke dir, Amelinde, es ist ein wunderschönes Geschenk. Unser Johannes wird den ganzen Tag damit herumsausen und das Glöckchen klingen lassen«, lachte sie, als könnte sie jetzt schon ihren kleinen Jungen sehen, der überall auf seinen abenteuerlichen Erkundungen in Haus und Garten von einem zarten Klingen begleitet sein würde.

Agnes kam mit einem Krug aus dem Haus, in dem Minzeblätter schwammen. Mit einer fröhlichen Weise auf den Lippen schenkte sie ihrer Herrin und deren Gast zwei Becher voll und verschwand wieder.

»Lass es dir schmecken, Amelinde«, meinte Elisa und hob einen der Becher wie zum Gruß. Auch Amelinde hob den Becher, prostete Elisa zu und trank dann beinahe gierig, denn sie hatte Durst und liebte den frischen Geschmack von Minze auf der Zunge. Auch sie hatte das Kräutlein in ihrem Garten, denn Elsbeth verwendete es gern in den Speisen.

»Habt Ihr die Gabe des Heilens von Eurer Mutter?«, fragte Amelinde offen heraus.

»Ja«, antwortete Elisa leise, begann dann aber zu schmunzeln. »Sag einfach du zu mir, Amelinde, das ist mir lieber, und ich bin ja nicht herrschaftlich.«

»Aber Euer …« Amelinde stockte, Röte stieg in ihren Wangen auf. »Ich meine … dein Mann ist doch ein hoher Herr.«

Elisa neigte etwas den Kopf. »Ja, mein Matthias ist ein Patrizier und war als Kaufmann im Gewerbe seines Vaters tätig. Aber er tritt in seinem Stand nicht mehr so auf, wie er es früher in der Gesellschaft tat.« Ein wenig flammte es jetzt auch in ihren Wangen auf, bevor sie weitersprach. »Weißt du, Amelinde, er hat sich dereinst mit seinem Vater überworfen, und der hat ihm darauf das Erbe verweigert, und so steht er jetzt bei einem Handelsherrn in Diensten, um seine Familie durchzubringen.«

Ihr aufblitzendes Lächeln war nicht bitter, sondern zärtlich. »Er ist sich nicht zu schade dafür, jetzt selbst der Gehilfe eines Herrn zu sein.« Sie nahm einen Schluck aus dem Becher und sah belustigt auf Amelinde. »Aber das alles hast du sicher schon gewusst. Was auch immer die Leute hören oder glauben, gehört zu haben, geht schneller in den Gassen herum, als es der Sturm durchjagen könnte.«

Amelinde zuckte mit den Schultern. »Ja, das hab ich schon gehört, dass dein Mann beim reichen Rehlinger im Handelshaus arbeitet. Manche der Leute lästern drüber, wie halt immer gelästert wird in den Schenken und Gassen und vor den Häusern, wenn sich die Tratschweiber treffen und eifrig ihr Gift verspritzen.« Muntere Funken sprangen in ihren Augen. »Was meinst du, wie über mich im Viertel hergezogen wird, weil ich als Mädchen in einer Gießerei arbeite. Ein Weibsbild tut so etwas nicht, also schimpft man mich verdorben oder verrückt.«

Schallend lachte sie auf. »Wenn es immer nach den Leuten ginge, gerade nach diesen Schandmäulern, käme keiner zu seinem Glück.« Sie sah Elisa beinahe herausfordernd an. »Du als tugendhafte Bürgersfrau darfst doch auch nicht zu dem unreinen Gesindel in den Kerker, schon zerreißen sich die ehrbaren Weiber und Mannsbilder das Maul darüber.«

In Elisas Blick funkelte es geheimnisvoll. »Im Leben würde ich nichts anderes tun wollen. Den Menschen helfen, denn Not und Leid gibt's wie Sterne am Himmel.« Sie legte die Hände ineinander, wurde ernster. »Aber wenn der lange Schlaf kommen will, dann sehe und fühle ich es bei dem Kranken. Dann ist es, als ob er mir sagen will, lass mich, ich mag jetzt fort und schlafen in der kühlen Erde. Und kein Schinder, kein Unwetter und keine Not trifft mich mehr hart. Da kann doch das Warten auf den Herrgott nur ein Trost sein. Und dann versuche ich, ihm das Ende zu lindern.«

Unwillkürlich schwiegen die beiden jungen Frauen. Eine sanfte Traurigkeit breitete sich aus, die nachdenklich machte, aber nicht ohne Hoffnung war. Schließlich schien die Sonne warm, und im Fliederbaum schetterte und balzte ein Star, der sich wohl nach einem Weibchen sehnte.

»Wie geht es dir wegen Marie?«, fragte Elisa ruhig.

Ein Schatten fiel über Amelindes Gesicht. Immer noch pochte und schmerzte es an manchen Tagen oder in den Nächten wegen ihrer verlorenen Freundin. »Zuweilen tut es noch sehr weh, dass ich nicht mehr mit ihr reden konnte«, antwortete Amelinde leise. »Seit wir Kinder waren, haben wir uns alles gesagt. Als ich die Pest hatte, ist sie zu mir ans Fenster gekommen, obwohl es gefährlich und verboten war, auf die Gassen zu gehen.« Mit flackerndem Blick sah sie Elisa an. »Das ist doch kein Abschied, wie sie an mir vorbeigetrieben wurde.«

Plötzlich rannen ihr Tränen übers Gesicht. »Aus lauter Wut und Enttäuschung, dass sie zu diesen Ketzern gehört und mir nichts gesagt hat, bin ich nicht zu ihr in den Kerker gegangen. Als ich es dann tat, war es zu spät«, stieß sie bitter aus.

»Ich glaube, die Marie hat dir deshalb nichts gesagt, weil sie dich schützen wollte, Amelinde. Wenn jemand erfahren hätte, dass du mit einer Wiedertäuferin befreundet bist, hättest du vielleicht kein ruhiges Leben mehr gehabt«, sagte Elisa ruhig.

Mit brennenden Augen sah Amelinde die junge Frau an, deren Umgang mit Ausgestoßenen aus der Gesellschaft zu ihrem Leben gehörte und die ihr deshalb so viel erfahrener als sie selbst schien. »Es tut so weh, dass sie nicht mehr da ist und ich ihr nicht mehr sagen kann, wie gern ich sie noch habe.« Ihre Lippen zitterten. »Ich bete jeden Tag, dass sie und der Josef und die Kinder in Sicherheit sind!«

Elisa legte einen Arm um Amelindes Schulter. »Manchmal ist es schwerer, wenn man nichts sagt, und wenn es einem schier das Herz bricht. Die Marie wollte dich schützen, und du darfst dich nicht länger selbst strafen, Amelinde. Sie ist dir sicher nicht böse, dass du nicht in den Kerker gekommen bist. So, wie du von ihr gesprochen hast, wird sie niemals aufhören, deine Freundin zu sein.«

Amelinde presste eine Hand auf den Mund, konnte ein Schluchzen aber nicht ganz unterdrücken.

»Ich bin mir sicher, sie hätte ohne ihren Glauben nicht leben können. Wenn es so brennt im Herzen und im Kopf und man Tag und Nacht daran denken muss, dass man seinen Glauben haben und leben will, wird es nicht anders gehen, als dass man sich gegen alle anderen stellt. Dass man zum Ausgestoßenen wird.« Elisa sprach mit solcher Überzeugung, dass Amelinde sie erstaunt zu betrachten begann.

»Es ist Maries Liebe zu Gott, die ihr keinen anderen Weg ließ, und ihre Liebe zu den Menschen, Amelinde.«

Ein lauer Wind kam auf und brachte den Duft von Honig und Süße mit sich, und etwas wie Hoffnung schwang darin mit.

Kapitel 4

Freitag, der 24. April, Anno Domini 1528

Es war früher Morgen, als ein einsamer Wanderer eine Anhöhe weit vor Augsburg hinaufstieg und sein Bündel und seinen Wanderstock auf die Erde warf. Den wärmenden, wollenen Mantel warf er hinterher. Es war ein Geschützgießergeselle, ein großer, breitschultriger junger Mann, der sich streckte und herzhaft gähnte. Genussvoll atmete er die frische Luft ein. Er langte wieder nach dem Wanderstock und stützte sich darauf. Wie glühende Lanzenspitzen schoben sich die Strahlen der aufgehenden Sonne über das Land, und über Augsburgs Stadtmauern kroch ein erster heller Schein.

Mit brennenden Augen starrte Eckehard auf seine Heimatstadt. Hinter diesen Mauern hatte er seine ersten Schreie getan, als er der sterbenden Mutter aus dem blutigen Schoß gerutscht war. Hier hatte er als Waise eine harte Kindheit verbracht, aber weder dieses Los noch die Pest oder das Unglück in der Gießerei hatten sein Leben auslöschen können. Von hier aus war er vor sechs Jahren aufgebrochen, um als Gießergeselle auf Wanderschaft zu gehen, und heute kehrte er zurück, um ein neues Leben zu beginnen.

Langsam erreichte die Sonne die Augsburger Oberstadt mit dem Ulrichsviertel und den Patrizierhäusern. Hob die hoch gelegene Bischofsstadt, das Rathaus und die zahlreichen Kirchen und Türme aus der Masse des Häusermeeres. Unten im Lechviertel und Jakobsviertel aber, direkt hinter den östlichen Mauern, durch die er bald seine Heimatstadt betreten würde, lag die Stadt der Handwerker, der Tagelöhner und der Bettler.

Zwischen den Wiesen und Feldern flirrte das silberne Band eines gewaltigen Flusses. Es war der Lech, der aus den Bergen kam und sich reißend auf die Stadt zuwälzte. Dort schob sich der Hauptstrom schwer und dunkelgrün an der wuchtigen Stadtmauer vorbei, während ein abgeleiteter Flussarm und Bäche aus der Au in unzähligen Kanälen durch das Handwerkerviertel geführt wurden. Eckehard erkannte, dass auf dem Lech ein gewaltiges Floß herankam. Auf breiter Fläche war seine Ladung an Säcken, Ballen, Fässern und Kisten aufgetürmt und mit starken Seilen gesichert.

Der Gießergeselle starrte wie gebannt. Solche riesigen Gefährte hatte er schon an der Floßlände in Füssen gesehen, auf die unterschiedlichste Handelsgüter aus Venedig geladen worden waren, die man auf Maultieren oder Fuhrwerken über die Berge befördert hatte. Die reichen Städte entlang des Lechs und der Donau hatten einen großen Bedarf an diesen kostbaren Waren und einen riesigen Bedarf an Holz und Steinen. So wurden die in den waldreichen Gebieten gefällten Bäume zum Fluss geschafft, zu regelrechten Feldern zusammengebunden, und trieben schließlich mit bedrohlicher Macht hinter den Flößen her.

Unvermittelt schnalzte Eckehard mit der Zunge. In den dicken Fässern war sicher venetischer Wein, der ihm in Tiroler Schankstuben vorzüglich geschmeckt hatte. Ein wenig nach Erde und reifen Beeren und einer Sonne, die die Länder hinter den Bergen mehr zu lieben schien als seine nördliche Heimat.

In den aufeinandergestapelten Ballen unter ihrer schützenden Abdeckung vermutete Eckehard die so nötige Baumwolle für die Augsburger Weber, um den bekannten und kostbaren Barchent herstellen zu können.

Gespannt beobachtete er, wie die Flößer mit ihren Floßhaken, langen Stangen mit eiserner Spitze und an der Seite gekrümmtem Haken, das eigene Geschick und die Kraft des Lechs nutzten, um das gewaltige Gefährt von den felsigen Ufern fernzuhalten und durch Strudel und Untiefen zu steuern. Im letzten Abschnitt vor der Floßlände beim Hohen Ablass wurde der Fluss ruhiger und breiter, und die Männer lenkten das Wasserfahrzeug immer weiter aus seiner Mitte heraus. Trotz seiner beeindruckenden Masse landete das Floß schließlich sanft am Ufer an.

Eckehard nickte anerkennend. Das waren gestandene Kerle da drüben; der Floßherr und jeder Einzelne seiner Flößer. Vorerst hatten sie den gefahrvollen Wasserweg von Füssen über Lechbruck und Schongau bis nach Augsburg geschafft, aber viel Zeit an Land würden die Männer nicht haben. Die Waren für die Reichsstadt mussten rasch entladen und neue an Bord genommen werden. Und dann würden diese Haudegen das Gefährt wieder mitten auf den Fluss lenken, um auf ihm durch reißende Strömungen, scharfes Gefälle oder unter Felsüberhängen hindurch bis hinab zur Donau und zu anderen Floßländen zu kommen. Die meisten der anlandenden Flöße waren jedoch kleiner und drifteten vom westlichen Ufer aus, wo ein Seitenarm des Lechs vom Hauptstrom abzweigte, mit ihren Waren direkt in die Stadt.

Entschlossen warf sich Eckehard den Mantel um und griff nach seinem Bündel. Auf weicher Erde stieg er den Hügel hinab und stapfte quer durch die Wiesen auf den breiten Weg, über den die Reisenden, Bauern mit ihren Fuhrwerken aus dem Umland und allerlei Handelsgütern aus ganz Bayern in die Stadt kamen. Als Eckehard die Brücke vor dem Jakobertor erreichte, wartete bereits einiges Volk auf Einlass. Landmänner mit vollgepackten Buckelkörben und Kleinhändler auf schwer beladenen Karren, die auf den Märkten den besten Platz ergattern wollten.

Jedem, der hineinwollte, schlugen mit dem morgendlichen Öffnen des großen Tores die scharfen, faulen Dünste der Stadt entgegen. Der Gestank von den liegen gebliebenen Abfällen in den Gassen, der beißende Rauch aus den eng stehenden Häusern und von den Kanälen und vom Wind herangetragen die üblen Gerüche aus dem fernen Gerber- und Färberviertel und der nahen Bleiche. Es nahm einem schier den Atem. Die Stadtwachen hoben schläfrig die Köpfe und winkten mürrisch die Leute hindurch.

Als keiner mehr über die Brücke kam, kniete sich Eckehard im Vorbau des Jakobertors auf die kalten, feuchten Steine. Dort war ein Kruzifix auf die grobe Mauer gemalt, vor dem er sich bekreuzigte. Sein Gesicht blieb im Schatten, und auch die einzelnen Tränen, die er nicht zurückhalten konnte. Als er sich wieder erhob, wischte er sich mit dem Handrücken über die Augen. Er packte seine Habe und betrat die Stadt. Sein Herz schlug heftig. Modergeruch empfing Eckehard, dazwischen ein leichter, kühler Wind, der ihn tief einatmen ließ.

Auf seinem Weg durchs Jakobsviertel ging er an den schmucklosen, hochgeschossigen Handwerkerhäusern entlang, deren Rückseiten direkt an den Lechkanälen lagen, um das Wasser für die Arbeit nutzen zu können. Aus manchen von ihnen drang das gleichmäßige Schlagen der Feilenhauer an ihren wassergetriebenen Schleifsteinen. Aus anderen Handwerkerhäusern vernahm er das dumpfe Rumoren der Webstühle in den Kellern, durch die das Lechwasser rauschte, um Kette und Schuss feucht zu halten.

An mancher Biegung war der Lärm ohrenbetäubend, und im ersten Moment sehnte sich Eckehard nach den weiten, stillen Landschaften fernab von jeder Stadt oder Ansiedlung. In den Gassen der Bleicher schlug ihm der beißende Gestank aus den dortigen Werkstätten entgegen, und unvermittelt hielt er die Luft an.

Am unteren Stadtgraben sah Eckehard mit wehmütigem Ziehen im Herzen über den Lecharm auf das andere Ufer. Dort in einiger Höhe erstreckte sich hinter der weitaus älteren, gewaltigen Mauer die eigentliche Stadt, zu der das Jakobsviertel über Jahrhunderte herangewachsen und ebenfalls ummauert worden war. Eine Zeit lang beobachtete Eckehard von der Brücke aus die Fischer in ihren Booten. Der morgendliche Fang schien bisher gesegnet verlaufen zu sein, denn in den zahllosen zur Hälfte ins Wasser gesenkten Fischkästen am Ufer zappelten reichlich Fische.

Am Ende der Brücke kam Eckehard an der großen Walkmühle und am Pulverturm vorbei und nahm den steilen, befestigten Anstieg hinauf zur Mauer, die Augsburgs älteste Stadtviertel umschloss. Durch ein schmales Tor gelangte er in die Oberstadt und beschleunigte seine Schritte. Die Handwerkerhäuser, an denen er hier und bald in den Gassen des Georgsviertels vorbeikam, waren sichtlich ansehnlicher als jene im Jakobs- oder Lechviertel. Dazwischen erhoben sich prachtvolle Bürgerhäuser, hinter deren Fenstern sich erstes Leben regte. Als Eckehard schließlich ins Kreuzerviertel kam, presste es ihm das Herz zusammen. Zur Gießerei war es nun nicht mehr weit.

*

Amelinde fühlte sich von einer dunklen Last befreit, als sie Elisa verließ und in die Gießerei zurückkehrte. Als sie jedoch durchs große Tor trat, sah sie mitten im Hof einen Fremden stehen. Misstrauisch verlangsamte sie ihren Schritt. Der hochgewachsene, blonde Mann stand auf seinen Wanderstock gestützt und ließ seine Blicke in aller Ruhe über das Gelände schweifen. Er besaß ein wenig vertrauenerweckendes Äußeres, denn er trug auf einer Seite hässliche Narben im Gesicht, und etwas, das einmal ein Ohr gewesen sein mochte, lugte als verkümmerter Fleischlappen unter dem Haar hervor.

»Was willst du hier, Fremder? Hier ist für dich nichts zu holen!«, fuhr ihn Amelinde scharf an.

»Meinst du nicht, Jungfer? Für das Auge ein hübsches Frauenzimmer, wie du eines bist, und im Haus des Meisters ein gutes Essen auf dem Tisch. Damit wäre ich schon zufrieden.« Eckehard lachte heiter.

Amelinde wurde wütend. »Du bist wohl nicht recht gescheit, Kerl. Verschwinde lieber!«

Der Kerl gab sich einen Ruck, aber nicht um zu verschwinden, sondern um näher zu kommen. Die wulstigen Narben in seinem Gesicht zogen unwillkürlich wieder Amelindes Blicke auf sich. Seine Augen aber waren unverletzt. Klar und blau und mit einem stillen Lachen darin, das Amelinde wie Lebenslust vorkam.

»Wenn es mir hier aber gut gefällt und der Meister sich freut, dass ich wieder da bin, könnte ich dann nicht bleiben?«

Amelinde stutzte, da der Fremde den Vater zu kennen schien, aber ihr gefiel ganz und gar nicht, wie er sich benahm. »Herrgottzeiten, wir sind doch keine Herberge! Musst schon woanders schauen, wo du bleiben kannst«, antwortete sie barsch.

Eckehard lachte vergnügt auf. »Ein bissiges Mundwerk hast, Jungfer. Da hat der Meister keinen leichten Stand.«

Amelinde stemmte zornig die Hände in die Hüften. »Wenn du nicht bald abhaust, hast *du* keinen leichten Stand mehr bei meinem Vater und liegst schneller draußen in der Gasse, als dich umschauen kannst!« Jetzt würde sich der Kerl doch wohl vom Acker machen, dachte Amelinde, aber der riss plötzlich die Augen auf und starrte sie mit offenem Mund von oben bis unten an.

»Amelinde?« Eckehard war wie vor den Kopf geschlagen, denn all die vergangenen Jahre hatte er nicht mehr an den mageren, blassen Schössling des Meisters gedacht.

»Ja, wenn's beliebt, Meister Gessels Tochter«, antwortete Amelinde schnippisch.

Eckehard pfiff bewundernd durch die Zähne. »Donnerwetter, hast du dich aber sauber rausgemacht. Eine verdammt hübsche Jungfer bist du geworden.«

Amelinde glühten die Wangen über die schmeichelnden Worte des Fremden, gleichzeitig aber kochte zornig das Blut in ihr. Der Mann redete, als würden sie sich kennen. Aber wen kannte sie aus der Vergangenheit, den sie lange nicht gesehen hatte? Sie begann, ihn anzustarren. Die entstellte Gesichtshälfte, die abstoßend rohen und flammenden Narben. Auf einmal wurde ihr heiß. *Eckehard!* An den Augen erkannte sie ihn. An dieser aufleuchtenden Lebensfreude in den blauen Augen, wie der Lehrbub Eckehard sie besessen hatte. Ihr Herz schlug schneller. Bei Gott, was für ein stattliches Mannsbild er geworden war!

»Eckehard …«, rief sie bewegt. Ohne Scheu ging sie zu ihm hin und legte die Hand auf sein zerrissenes Fleisch. »Gott sei Dank bist wieder da!« Mit beiden Händen umfasste sie sein Gesicht. Ungläubig schüttelte sie den Kopf, und ihr langes, schwarzes Haar fiel wie ein Schleier über ihre Schultern. Ihre braunen Augen schimmerten warm. »Bist ja ein Riese geworden, größer noch als der Wilbrecht.«

Eckehards Gesicht begann, sich jäh zu verdunkeln.

»Letztes Jahr kam er zurück. Fünf Jahre war er fort. Er arbeitet gut, arbeitet für zwei Männer und möchte bald die Meisterprüfung machen«, sagte Amelinde.

Eckehards Lippen pressten sich widerwillig aufeinander. Amelinde wusste, warum. Veit Wilbrecht und er waren nie Freunde gewesen. Sie legte den Kopf leicht in den Nacken und betrachtete den Gesellen neugierig. Seine rechte Gesichtshälfte und sein Mund waren beim Unfall in der Gießerei unverletzt geblieben. Und wenn man nur diese sah, sah Eckehard recht gut aus.

»Bildhübsch bist du geworden, Amelinde«, sagte er wieder fröhlicher. Kurzerhand legte er beide Hände um ihre Taille und hob sie hoch. Sie trug ein grünes Mieder. Das blütenweiße Hemd darunter bauschte sich leicht über kleinen, festen Brüsten. Der lange braune Rock flatterte in der Luft, als er sich stürmisch mit ihr drehte. »Und flachbrüstig bist du schon gar nicht.«

Dunkle Blitze zuckten in Amelindes Augen auf. »Lass mich sofort los!« Wütend wand sie sich in seinem festen Griff.

»Wieso, hast du schon einen Verehrer?«

»Ich mag es nicht, wenn man mich anlangt und so dumm daherredet«, rief sie zornig.

»Bist immer noch so hitzköpfig wie früher. Gleich tot niederfahren müsst ich jetzt unter deinen Blicken, wenn sie Spieße wären.« Er lachte übermütig und stellte sie wieder auf die Füße.

Amelinde stieß ihn ärgerlich zurück und zog sich das Mieder zurecht, das ihr über dem Hemd verrutscht war. »Tölpel! Ich dachte, wenn du zurückkehrst, bist du vernünftiger geworden.«

»Die Streiche haben dir früher viel Freude gemacht«, erinnerte er sie spitzbübisch, bekam dann aber einen reumütigen Blick. »Sieh's mir nach, Amelinde, es überkam mich einfach. Sechs Jahre war ich fort. Habe fremde Dörfer gesehen, armselig und dreckig, da ist's unten im Lechviertel noch reinlicher. Und stolze Städte, in denen die reichen Weibsleut mit langen, goldfarbenen Schleppen die Gassen kehren.« Er schob die Hände hinter den Hosenbund. »Und Gießereien wie die deines Vaters und ganz gewaltige mit Schmelzöfen so groß wie manches Haus im Lechviertel. Und Kanonenbohrtürme, die wie Kirchtürme in den Himmel ragen. Und Leut hab ich kennengelernt …« Er lachte jäh auf, aber dann schien ihm das Lachen im Hals stecken zu bleiben. »Handwerksgesellen wie ich … und Kaufmannsleute und noch ganz andere in den Schankstuben und auf einsamen Wegen.« Er schwieg plötzlich, als habe er auf einmal Bilder vor Augen, über die er nicht leicht sprechen mochte.

Die Wut in Amelindes Augen war verraucht und hatte wieder einem sanften Braun Platz gemacht. »Jetzt bist du wieder daheim, Eckehard. Der Vater wird froh darüber sein. Er braucht dringend einen weiteren tüchtigen Gesellen in der

Gießerei.« Sie legte ihm eine Hand auf den Arm und sah ihn ernst an. »Und auf dich hat er mit brennender Ungeduld gewartet.«

Ihre herzlichen Worte ließen Eckehard schwer schlucken. Verdammt, jetzt fehlte noch, dass ihm die aufsteigende Hitze die Narben feuerrot machte! Das war so abstoßend, dass manches Frauenzimmer auf die andere Wegseite gegangen war, um nicht nahe an ihm vorbeigehen zu müssen. Unwillkürlich senkte er den Kopf. *Herrgott, die Amelinde ist aber auch zu einer ungemein hübschen Jungfer herangewachsen,* dachte er. So eine hatte er selten getroffen in den letzten Jahren. Mit Haaren, beinahe schwarz wie Rabengefieder. Und dunklen, stolzen Augen.

Da erschallten die Glocken in der Oberstadt. Ein Stich fuhr Eckehard ins Herz, als wäre ihm erst jetzt bewusst geworden, dass er nach langen Jahren tatsächlich wieder nach Hause zurückgekehrt war. Er kannte die Glocken von St. Georg und der Heilig-Kreuz-Kirche, und darüber erhoben sich andere, mächtigere, die ihm eisige Schauer über den Rücken jagten. Es waren die gewaltigen Glocken der Domkirche, die die Luft erzittern ließen.

»Endlich bist du wieder daheim, Eckehard«, sagte Amelinde glücklich, griff nach seiner Hand und zog ihn mit sich.

Daheim war Eckehard wieder. Aber zuvor hatte er einige Jahre ein Leben außerhalb Augsburgs Stadtmauern geführt. Ein freieres, aber auch gefährlicheres Leben inmitten rauer Landschaften und rauer Menschen, die offenbar zusammengehörten. Schnell hatte er die Erkenntnis gewonnen, dass es einem das Leben retten konnte, wenn man mit dem Messer flink war und sich Schlafplätze suchte, wie sie Maulwürfe oder Eichhörnchen bevorzugten.

Bis nach Nürnberg und Straßburg war er gegangen und hatte in den dortigen Gießereien gearbeitet. Hatte neue Verfahrensweisen kennengelernt und im Büchsen-, Glocken-, und Geschützguss beträchtliche Fertigkeiten entwickelt. Am meisten aber hatte er in der Gießerei des Löfflers in Mühlau bei Innsbruck gelernt, dessen Sohn Gregor seit einigen Jahren in Diensten der Augsburger stand. Dem selbst Simpert Gessel unterstand, obwohl der der eigentliche Meister in der Gießerei am Katzenstadel war. Aber die Augsburger Ratsherren hatten den besten Büchsenmeister seiner Zeit für die kaiserlichen Auftragsarbeiten gewollt und den Gregor Löffler für sich gewonnen.

Eckehard hatte im Tirolischen eine andere Bauweise von Kanonen kennengelernt. Löfflerkanonen, die besten ihrer Art in Europa. Allerdings, so gingen Gerüchte um, wollte der Gregor Löffler ganz weg von den plumpen Geschützen, wollte beweglichere Kanonen gießen. Unten schmaler, zur Öffnung hin breiter. Ein schmaleres Rohr hieße weniger Gewicht, hieße schnellere Transportierbarkeit auf dem Schlachtfeld. Und die Pulverladungen sollten größer werden. Gleich mehr vom Feind wegputzen als mit der bisherigen Abfeuerung.

Sosehr Eckehard den beiden Büchsenmeistern in Mühlau und Augsburg auch höchsten Respekt für ihre Arbeit zollte, aber endlich musste es damit aufhören, dass Augsburg fremde Gießer in die Stadt holte und mit üppigen Gulden Sold für Jahre hielt, hatte er damals gedacht. Sollte die freie Reichsstadt doch endlich aus den Reihen der eigenen Gießer und Former jene fordern, die das Feuer zum Geschützguss hatten. Ein kühner Gedanke hatte ihn dabei durchjagt: Vielleicht war er ja eines Tages selbst so weit, Büchsen von außerordentlicher

Beschaffenheit gießen zu können, die die Augsburger Ratsherren begeistern und die Augen des Kaisers leuchten ließen!

Wirklich heimgekommen nach Augsburg war Eckehard erst einige Tage nach seiner Ankunft am Katzenstadel. Da war ihm das Herz ruhiger geworden und das Arbeiten in der Gießerei und das Leben im Haus bei der Elsbeth wieder vertraut. Und auch Augsburg war ihm vertraut, die blühende Stadt, deren Reichtum man sehen, schmecken und auf manchen Märkten sogar riechen konnte. Aber nur, wenn man in der Oberstadt blieb und sich nicht in die stinkenden, lärmenden Handwerkerviertel aufmachte, in denen das Leben noch genauso hart und genauso schäbig war wie bei seinem Fortgang.

In der Gießerei hatte sich wenig verändert. Der Löffler weilte seit Ausklang des Winters wieder in Innsbruck, um dort seine Tiroler Feldsäuberer zu gießen. Zwei Gießer und zwei Former waren im Gusshaus, die Eckehard noch nicht kannte, und der Jackl, ein Lehrbub. Meister Gessel, der wieder ganz Herr am Katzenstadel war, war etwas rundlicher geworden, aber auch hitzköpfiger. Um die Augen hatten sich ihm weitere Furchen in die Haut gegraben, und der ohnehin wilde Bart schien noch borstiger geworden zu sein. Widerspenstig wie der ganze Mann, der gerne seine Finger im Gestrüpp um sein Kinn vergrub, hatte sich Eckehard gedacht, als er ihm nach Jahren wieder gegenübergestanden hatte.

Vor allem aber war Amelinde da. Stolz hatte sie ihm erzählt, dass sie beim Vater das Gießerhandwerk für kleines Stückgut hatte erlernen dürfen. Eckehard hatte es die Sprache verschlagen, er hatte geschwiegen und sie einfach nur angestarrt. An Amelindes schlanken Armen und am Oberkörper hatte kein Gran Fett unter der Haut gewalkt, aber als sie ihm voller Freude erzählt und ihn an den Schultern gepackt hatte, hatten sich ihre Sehnen und Muskeln an den Armen sofort angespannt, so sehr hatte sie an Kraft gewonnen.

Und groß war Amelinde geworden. Mit ihren frischen, nach Frühling duftenden sechzehn Jahren reichte sie ihm bis zum Kinn, und er war ein großer Kerl. Amelinde war etwas, das es eigentlich nicht gab, hatte er gedacht. Ein Mädchen in einer Gießerei, gar in einer Geschützgießerei zwischen Kanonen und Katzen. Zwischen Flammen, Feuerlohen und brennenden Rinnen. Donnerwetter, ein Weibsbild, ein junges dazu, das Stückgut goss! Manchmal noch, wenn Eckehard daran dachte, schüttelte er staunend den Kopf.

Offenbar waren nur er und Veit Wilbrecht auf Gesellenwanderung gegangen, denn es fehlte keiner von den Männern, die bei seinem Weggang in der Gießerei gearbeitet hatten. Die Gießer, Former und Heizer, die Helfer und Handlanger und natürlich dieser herzerwärmend vorlaute Jackl hatten Eckehard wieder freundlich aufgenommen. Der Wilbrecht aber hatte ihm bei seiner Rückkehr ebenso grimmig entgegengesehen, wie er ihm beim Fortgehen nachgeblickt hatte. Der hatte ihm auch bald schon deutlich gemacht, was er von seiner Rückkehr hielt. Nichts! Ums Verrecken nichts.

Verhöhnt hatte ihn Veit schon, als sie noch Lehrbuben gewesen waren. Eckehard, der Herumlungerer aus der Gosse, dessen Mutter tot im Kindbett und der Vater schwarz und stinkend auf dem Pestacker geblieben waren. Der bei Nonnen aufgewachsen war, weil ihn keiner der Verwandten hatte aufnehmen wollen. Eben einer, der hier nichts verloren hatte unter rechtschaffenen, gestandenen Kerlen, zu denen beide herangewachsen waren.

In der Gießerei konnten sie sich nicht aus dem Weg gehen, aber wenn's Feierabend war, mieden sie sich wie der Teufel das

Weihwasser. Einen Grund gab es nicht, weswegen ihn der Wilbrecht hasste. Nie hatte er ihm einen Anlass dazu gegeben. Es war ja auch normal, dass man sich mit dem einen Kumpan besser, mit dem anderen weniger gut verstand. Aber der Veit sah auf ihn wie auf eine Missgeburt, die ins Jakobsviertel zu den Unreinen gehörte.

*

Der Boden der großen Halle in der Gießerei bebte. Unter der rußigen Decke und über den Köpfen Meister Gessels und einiger seiner Helfer wurde eine der Kartaunen herangebracht. Das Geschütz hing an starken Ketten und schwebte mithilfe der Zug- und Hebevorrichtung am Dachbalken heran. Eckehard und Veit waren am Kettenzug und bewegten die Kartaune über die bereitstehenden Böcke, über die sie langsam abgesenkt und mit einem dumpfen Erzittern niedergelassen wurde. Neben ihr lagen weitere Vorderlader-Geschütze mit langem und kürzerem Rohr. Sogenannte Singerinnen und Nachtigallen, deren Stimmen allerdings misstönend und vor allem furchterregend waren, wenn zwanzig Kilo schwere Kugeln aus ihnen abgeschossen wurden.

Als sich die Sonne durch die Kreuzfenster und die Eisengitter davor schob, legte sich ein Schein dunklen Goldes über die Geschütze in der Halle. Es war die Bronze, aus denen sie gegossen waren und die sie im Sonnenlicht wie glänzende Schätze aus den Tiefen der Erde schimmern ließ. Gegossen aus einem großen Anteil von Kupfer und geringeren Teilen Zinn, Messing und Blei, waren die Geschütze härter als das Material für eine Glocke.

Einer Kartaune gleichend, aber mit deutlich größerem Kaliber und Gewicht lag auf massiven Böcken ein Ungetüm, eine Scharfmetze. Das Bronzegeschütz war das schwerste und größte Geschütz in dieser Zeit. Sie wog beinahe drei Tonnen und wurde mit Eisenkugeln mit einem Gewicht von fünfundzwanzig bis fünfunddreißig Kilo gefüttert. Auf dem Rohr waren kunstvoll der Name des Kaisers und sein Wappen zu sehen, welches vorher mit Wachs auf dem trockenen Lehmrohr sein Aussehen erhalten hatte. Und über der dunkel drohenden Mündung, die zum Glück jetzt stiller war als ein laues Lüftchen, standen der Name des Geschützgießers und ein Vers zur Erinnerung an dessen Werk:

Bin der Sturm, und wehe dem, den ich fand,
ich zerschmettere ihn, ob zu Wasser oder zu Land.
Dessen Namen trag ich, der mich schuf,
Simpert Gessel, mit gutem Ruf.

In einer weiteren Darstellung war Cisa, Göttin der fruchtbaren Erde, des Getreides und der Ernte, vor allem aber Stadtgöttin Augsburgs, kunstvoll in das Eisen gebracht. Sie stand auf Augsburgs Wahrzeichen, der Zirbelnuss, und Ährenkränze umschlangen sie.

»Bei der Heiligen Barbara, auf dass dieses Prachtstück dem Kaiser und seinen Truppen alle Ehre mache!«, donnerte Meister Gessel mit einer von Rauch gefärbten Stimme. Das Gesicht und die Arme schwarz vor Ruß, lächelte er still. Zufrieden legte er die großen Hände vor den Bauch, den gutes Essen und Trinken in den letzten Jahren gesegnet hatten wachsen lassen.

Es würden mehr als fünfzehn Pferde nötig sein, um die Scharfmetze auf einem Karren ins Zeughaus zu bringen, dachte Simpert Gessel, riss sich die Mütze herunter und kratzte sich ausgiebig am Kopf. Die Herren Räte würden schon dafür sorgen, dass er die Pferde zur Verfügung gestellt bekam. Die Scharfmetze und die kleineren Kartaunen waren schließlich deren Auftragsarbeit oder die des Kaisers, der seit sieben Jahren nicht mehr deutschen Boden betreten hatte, aber die Geschützgießereien in seinem Reich ausgiebig beschäftigte.

Gessel legte die schwielige Hand auf die Scharfmetze und fuhr über ihr glänzendes Rohr. Worüber er nachsann, machte seine Gesichtszüge ernst. Der Bau dieser Gießerei vor bald dreißig Jahren, die ihm, seiner Tochter und den Männern, die für ihn arbeiteten, Brot und Lohn sicherte, war noch auf Befehl des vorherigen Kaisers, Maximilian I., erfolgt. Zum Glück waren damals in Augsburg die Steuergelder reichlich geflossen. Deshalb war es der Stadt überhaupt möglich gewesen, die befohlenen Bauten in Auftrag zu geben.

So war auf dem Gelände des Katzenstadels anstelle der vorherigen armseligen Schmelzhütte dieses große und prächtige Gießhaus aus Holz errichtet worden, in dem seither alle Aufträge der Stadt an Gussarbeiten samt Glockenguss ausgeführt wurden. Der Gießerei gegenüber hatte man zweckmäßigerweise das Zeughaus gebaut, die Rüstkammer der Stadt, in der die Geschütze, Handfeuerwaffen und Kanonenkugeln gelagert wurden.

Von Anfang an war Simpert Gessel der Meister in der städtischen Geschützgießerei gewesen. Ein geachteter Büchsenmeister und Gießer und bis heute der einzige Geschützgießermeister in der Stadt. Außer Gregor Löffler natürlich, dem Tiroler, dem besten Geschützgießer seiner Zeit, den die hohen Ratsherren vor vier Jahren für lange Jahre für Augsburg gewonnen hatten. Für die kaiserlichen Kanonen und aus anderen Gründen, die Gessel widerwärtig waren, weil da von Diplomatie, üppigen Gulden im Stadtsäckel und eitlen Maulhelden in kostbaren Schauben die Rede gewesen war.

Gregor Löffler war wirklich nach Augsburg gekommen, und gegen großzügigen Sold. Zum tiefen Verdruss Meister Gessels, dem der fremde Gießer vor die Nase gesetzt worden war. Getobt hatte er und Amelinde, Elsbeth und sich selbst bittere Tage beschert in dem Haus, das nicht das seine war, und hatte durch seine anhaltende Missstimmung seinen Leuten im Gusshaus zur dortigen Hölle noch ein weiteres Feuer angefacht.

»Zwei Meister in der Gießerei, das geht nicht«, hatte Gessel verbittert zu Amelinde und Elsbeth und seinen Zunftkameraden gemeint und erwogen, mit der Tochter und der Magd die Stadt zu verlassen. Gute Geschützgießer wurden schließlich in den ganzen deutschen Landen, ja in ganz Europa gesucht. »Zwei Meister am Katzenstadel geht nicht«, hatte er sich auch dem alten Freund gegenüber ereifert, der ein einflussreicher Ratsherr und reicher Handelsherr war und der den bärbeißigen Gessel verstanden hatte. Der aber auch die Verpflichtung des Löffler verstanden hatte, dessen Kanonen einzigartig waren.

»Du bist ein guter Geschützgießer, Gessel«, hatte der Freund ihm gesagt. »Aber schau dir das Handwerk des Löffler an. Forsche aus, was er anders macht. Nimm von seinem Wissen, was dir noch fehlt«, hatte der schließlich gedrängt und dem alten Freund versucht, den Dickschädel zurechtzurücken. »Alt bist, bald fünfundfünfzig Jahr. Da geht man nicht mehr mit dem Säckel und der ledigen Tochter aus der Stadt, wo man sein Leben, sein Bürgerrecht und seine Freunde hat.«

Scharf und unverhohlen waren die Worte des Freundes gewesen, und angeblitzt hatte der den Gessel mit einer Glut in den Augen, als wollte er ihm die Seele entzünden.

»Für den Rest meiner Lebtag soll ich einem Jüngeren nachstehen, der ein Fremder, ein Dahergereister ist?«, hatte Gessel gegrollt. »Der die Achtung der Leute im Gusshaus hat, aber dabei hier nicht tiefer kommt als bis zur ersten Schicht von Ruß und Schmiere.« Gessel hatte bei seinen Worten mit der gewaltigen Hand dort auf die Brust getrommelt, wo sein Herz schlug.

»Wenn's Zurückstehen nicht geht, denk doch, dass der Löffler einzig für die Büchsen für den Kaiser zuständig ist und nicht für alle anderen Gussarbeiten für die Stadt«, hatte ihm der Ratsherr gesagt, der ein machtvolles Wort im Rat führte. Er hatte Gessel die Hand schwer auf die Schulter gelegt. »Geht es denn, wenn du weißt, dass der Löffler bald öfter im Tirolischen nach dem Rechten sehen muss, weil nichts mehr übrig ist von der Gesundheit des alten Löffler, seines Vaters? Und dass es Wochen oder Monate dauern kann, bis der Löffler wieder nach Augsburg kommt. Dass du dann wieder der Herr am Katzenstadel bist, natürlich auch über die kaiserlichen Kanonen!«

Gessel hatte geschluckt. Wut, Verwirrung und Widerwillen hatten ihm bitter geschmeckt im Mund. Geantwortet hatte er nichts und war sich immer wieder zweifelnd durch den wilden Schopf und das Bartgestrüpp gefahren.

»Geht es denn«, hatte der Freund ein letztes Mal und besonders eindringlich gefragt, »wenn der Löffler eines Tages ganz zurückgeht nach Innsbruck, dass dann derjenige Meister wird in der Gießerei, der die Amelinde zur Frau nimmt?« Der Ratsherr hatte ihn ernsthaft angesehen. »Du wirst bis dahin zu alt sein, Gessel, und zu krank. Das Feuer und die metallischen

Dämpfe fressen seit Jahren an deiner Gesundheit.« Er machte eine kurze Pause, in der er das schwere Schnaufen des Freundes wie eine grimmige Bestätigung vernahm. »Aber dein Eidam, der könnte dir nachfolgen, Gessel. Da ist doch sicher einer unter den jungen Gießern, der das Zeug zum Meister hat. Einer, der vielleicht sogar ein wenig vom Löffler'schen Teufelswissen hat.«

Gessel war hochgeruckt, als hätte ihm der Leibhaftige höchstselbst gerade ein Feuer unter dem Allerwertesten entzündet. »Ist es denn gewiss, dass mein Eidam mein Nachfolger in der Gießerei wird, und nur der und kein anderer?! Auf Ehr und Gewissen und geltend für alle, die im Hohen Rat ihren Sitz haben und nicht nur für dich?«, hatte Gessel den Freund mit dunkler, fast drohender Stimme gefragt. Der andere hatte nichts gesagt, aber geschmunzelt, als besäße der Rat wahrlich nur eine Stimme, und zwar die seine. Dann hatte er doch geredet und dem Gessel den Kopf hingestreckt, als wären sie zwei Verschwörer.

»Es gilt, Gessel, mein Wort hast du! Und von den anderen im Rat weiß ich, dass die Löffler'sche Arbeit hoch geachtet ist, aber dass sie irgendwann wieder einen reichsstädtischen Geschützgießer, am besten den Gessel oder dessen Eidam, als einzigen Meister oben am Katzenstadel haben wollen.« Auf einmal war es der Ratsherr gewesen, der schwer geatmet hatte. »Und du weißt, dass die Mehrheit von uns die Absicht hat, das hohe Amt im Rat noch weitere Jahre zu bekleiden.«

Gessel hatte sich nach der Unterredung mit seinem alten Freund mit seinen bald fünfundfünfzig Jahren also nicht aus seiner Heimatstadt fortgemacht. Der Amelinde hatte er gesagt, was er vom schlauen und durchtriebenen Ratsherrn gehört hatte, und die Elsbeth hatte es ohnehin mitbekommen, weil sie wie so oft ihr Ohr am Türstock gehabt hatte. Und endlich war doch wieder ein gewisser Frieden am Katzenstadel eingekehrt.

»Da ist Euch ein Prachtstück gelungen, Meister«, riss ihn Wilbrecht aus seinen Gedanken.

Gessel wischte sich mit dem Ärmel über das verschwitzte Gesicht, und der Ruß verteilte sich weiter und ließ die hellen Augäpfel leuchten. Die Scharfmetze war wirklich ein Prachtstück geworden, über die der Kaiser mit Achtung urteilen würde, vermutete Gessel. Auch Eckehard, dem ein Leuchten übers Gesicht flutete und der immer wieder rasche Blicke zwischen ihm und der gewaltigen Kanone hin- und herwarf, schien stolz.

»Der Eckehard hat bei der Metze gute Arbeit geleistet«, sagte Gessel mit durchdringender Stimme und sah direkt zu dem Gießer, dem das Lob die Wangen glühen ließ. »Zeit ist es geworden, dass er wieder heimgekehrt ist. Weil er genug gelernt hat und ein hervorragender Gießer geworden ist und die Kanonen jetzt hier gießen soll und nicht mehr für fremde Herren.«

Eckehard sah längst zu Boden, weil ihm die hochschätzenden Worte schon zu viel wurden. Der Wilbrecht aber, der ein Stück abseitsstand, blickte hasserfüllt auf den Gesellen, den er nach seinem Aufbruch von Augsburg zum Teufel gewünscht hatte. Schließlich hatte er große Pläne, von denen er keinesfalls lassen wollte, und musste erbittert feststellen, dass der Meister immer noch große Stücke auf Eckehard hielt. In ihm schien Gessel immer noch einen seiner Söhne zu sehen, der ihm in der Gießerei in seiner Stellung hätte nachfolgen sollen, den aber die Pest dahingerafft hatte.

Gessel trieb seine Männer wieder an die Arbeit. Vor Eckehard aber blieb er kurz stehen und nickte gut gelaunt mit dem gewaltigen Schädel. Und es fehlte nicht viel, dass er ihm noch auf die Schulter geklopft hätte.

Wilbrecht schnaubte, als er das sah, und wandte sich rasch ab. Er wusste, seine Zeit würde kommen. Er schwor sich geradezu, dass es eine Gelegenheit geben würde, dem Meister sein Gefallen an dem Rückkehrer auszutreiben. Genau hier im Gusshaus sollte es sein, inmitten der höllisch dunklen Schwaden und des ohrenbetäubenden Lärms. Genau hier, von wo Eckehard endlich verschwinden sollte!

Kapitel 5

Montag, der 11. Mai, Anno Domini 1528

Bereits wenige Tage später tobte ein Donnerwetter in der Bild- und Hafengießerei, in der zwei Epitaphe aus den Gruben gehoben worden waren und auf schweren Holzböcken lagen. Gessel stand davor und starrte finster auf die bronzenen Bildtafeln, auf denen die deutlichen Risse nicht zu übersehen waren. »Zum Henker, was ist das für eine verfluchte Sauerei!«, schimpfte er. Die umstehenden Männer zogen die Köpfe ein, als würde sie sogleich ein todbringender Blitz aus seinen Augen treffen.

»Die Güsse sind unbrauchbar, die ganze Arbeit beim Teufel!« Der Meister fluchte, spuckte aus und griff sich einen der Former. »Adam, hast du den Lehm auch gut durchgearbeitet, damit er keine Batzen mehr geworfen hat?«

Der Mann wand sich im harten Griff seines Herrn, der ihn am Wams nahe zu sich heranzog. »Ich habe ihn lange gestampft, Herr, so lange, bis er glatt und geschmeidig war und sich bald selbst auf die Wachsform strich.«

»Und waren die Formen auch gut durchgetrocknet?«

Adam nickte eilfertig. »Ja, Herr.« Ihm trieb es den Schweiß aus den dunklen Poren. Gessel sah ihn durchdringend an und schnaufte vernehmlich, ließ ihn dann aber los. Adam war einer, der seit langen Jahren bei ihm arbeitete und verlässlich war. Und der es niemals wagen würde, ihn anzulügen.

»Wer von euch Taugenichtsen hatte Wache beim Brennen?«, stieß Gessel drohend aus und sah sich erneut um. Finster sah er aus mit seinem rußig schwarzen Schädel und den glühenden Augen.

Einer der Heizknechte trat vor. Einer, der schon in jungen Jahren gebeugt war, mit eingefallenem Gesicht und unruhigen Augen und einem mageren Leib, um den Wams und Hosen flatterten. Die harte Arbeit im Gusshaus fraß deutlich und schnell an ihm.

»Ich hatte Wache, Herr«, antwortete der Bertl und leckte sich über die trockenen Lippen.

»Hast du das rechte Holz verwendet, Bertl?«, fragte Gessel mit seltsam ruhigem Tonfall, und es klang drohender als sein Brüllen.

Bertl nickte schnell und wagte es nicht, auch nur für einen Lidschlag von Gessel fortzusehen. »Das rechte Holz, Herr, trocken und vom rechten Haufen.« Gessel fiel in sein Nicken ein, als glaube er ihm treuherzig, stellte sich aber so nahe vor ihn, dass er seinen schnellen, hitzigen Atem spüren konnte. »Und du hast die Temperatur langsam ansteigen lassen?«

Bertl schluckte schwer, was man an seinem ruckenden Adamsapfel sehen konnte. »Ganz langsam, Herr, damit es keine Unebenmäßigkeit im Brand gibt.«

»Bist du ein einziges Mal zum Abbrunsen gegangen, als die Formen brannten?«, fragte der Meister gefährlich leise.

Der Heizknecht riss entsetzt die Augen auf und beeilte sich, entschlossen den Kopf zu schütteln. »Nicht ein einziges Mal, Herr. Habe mir wie immer beim Brennen einen Hafen hingestellt. Der war voll, als der Melchior meinen Platz eingenommen hat.«

»Dann hast du das Feuer also nie aus den Augen gelassen?«

Bertl zögerte kurz, sah Gessel schließlich fest an. »Niemals, Herr.«

Der Meister fuhr sich durch sein Bartgestrüpp und bohrte seine Blicke noch einige Zeit in den Bertl, entließ den Heizknecht aber schließlich mit einem knappen Wink aus seiner Aufmerksamkeit. Dann schob er, als würde es ihm bei seinen weiteren Überlegungen helfen, die Hände hinter den Gürtel. »So, dann waren die Formen ja einwandfrei. Gut getrocknet und gut gebrannt.« Er hustete und spuckte etwas dunklen Schleim aus. »Dann muss der Schlamassel an etwas anderem liegen.« Für geraume Zeit starrte er schweigsam zu Boden, ehe er wieder den Kopf hob und den Blick ringsum wandern ließ, bis er auf Eckehard traf. »Das Gießen der Epitaphien war deine Sache, nicht?«

»Ja, Meister.« Eckehard nickte ruhig, hatte ohnehin schon seit Gessels Ausbruch einen tiefen Ernst im Gesicht. Längst war ihm höllisch heiß, weil er verantwortlich für die beiden Güsse war und zunehmend das Gefühl hatte, bei den verschiedenen Arbeitsschritten etwas übersehen zu haben.

»Die Formen sind fest in die Grube eingebaut worden. Das hab ich gesehen, als ich durch die Gießerei gekommen bin«, brummte Gessel. »Da wurde nicht gepfuscht.«

»Vielleicht liegt's ja an der Schmelze?«

Alle fuhren zu der schneidenden Stimme herum, die aus der hinteren Reihe der Männer kam und wie eine harsche Rüge klang. Immerhin für Eckehard, wie jedem der Männer bewusst war. Der Wilbrecht war es, der gesprochen hatte und mit den breiten Schultern zuckte und dem ein klein wenig der Spott in den Mundwinkeln lag.

»Die Schmelze?« Gessel fuhr ungläubig auf. »Das richtige Gemenge der Metalle sollte keine Mühe für einen guten Gießer sein.« Flink drehte er sich zu Eckehard und funkelte ihn an. »Ist es nicht so?«

»Es ist so, Meister«, antwortete Eckehard gelassen, aber seine Kiefer waren angespannt.

Gessels Blick blieb an ihm hängen, als wäre ihm noch ein Gedanke gekommen. »Hast du die gebrannten Formen auch geprüft?« Eckehard schluckte. Schweißperlen ließen sein Gesicht glänzen. Verdammt! Freilich hatte er sich die Formen angesehen. Sie schienen ihm gelungen, über die ganze Fläche gut durchgebrannt. In den vergangenen Jahren hatte er derart viele Formen hergestellt, getrocknet, gebrannt und geprüft, dass sich sein Blick für gelungene und missratene Arbeit geschult hatte. Inzwischen konnte er mit einem einzigen Blick erkennen, wenn eine Form misslungen war. Zumindest war er bis heute davon ausgegangen.

»Der Brand war doch in Ordnung?«, wiederholte Gessel seine Frage ruhig und betonte jedes Wort, als hätte derjenige, an den sie gerichtet war, nicht verstanden.

»Die Formen schienen mir gelungen, Meister …« Eckehards Stimme klang dumpf. Eis und Feuer jagten gleichzeitig über seinen Rücken. Ein wildes Rauschen erfüllte seinen Kopf, und für Augenblicke hörte er sich sprechen, als stünde er neben sich. »Ich habe sie geprüft … vielleicht aber zu wenig sorgsam,

Herr.« Sein Mund war so trocken, dass er glaubte, nur noch bitteren Ruß durch die Kehle zu drücken.

»Zu wenig *sorgsam?*« Unglaublicher Zorn hatte sich in Gessels Gesicht gefressen. Es schien, als schnappe er nach Luft und sein ohnehin mächtiger Brustkorb blähe sich noch weiter auf. »Hundsfott, für was hast du dich jahrelang in der Fremde in anderen Gießereien herumgetrieben, wenn du jetzt nicht mal eine bronzene Tafel gießen kannst?«

Wieder starrte er auf die Epitaphe. Als er mit den groben Fingern über die dunkel glänzenden Risse fuhr, stieß er ein tiefes Knurren aus. Schließlich kam er bullig auf Eckehard zu, der keinen Schritt zurückwich. Der Meister packte seinen Gesellen nicht an, sondern brüllte ihm seine gesamte Wut und Enttäuschung ins Gesicht. »Wo hast du denn deine Augen gehabt? Wenn die Formen nichts waren, hättest du das sehen müssen!«, donnerte er. »Hast alles bei mir gelernt und hoffentlich auch was bei den fremden Herren. Und jetzt? Bist nach all den Jahren zurückgekommen, damit erbärmliche Arbeit machst?« Herausfordernd funkelte er seinen Gesellen an.

»Meister, ich mach meine Arbeit ordentlich«, presste Eckehard aufgeregt hervor, »aber ich ...«, er stockte, die Brust wollte es ihm vor Scham und Ärger sprengen, »es ist meine Schuld, hab scheinbar nicht genügend aufgemerkt.«

»Himmelherrgott, du wirst halt die Formen überhaupt nicht angesehen haben!«, warf ihm Gessel vor und brüllte noch, als ihm sein Gießer, wie befohlen, längst aus den Augen gekommen war.

Noch lange nach Mitternacht lehnte Eckehard an der kalten Mauer des Gusshauses. Die Nacht hüllte ihn mit ihrer Stille und ihrem Frieden ein. Einem Frieden, der nur unmittelbar um ihn war und weder in manch finsterer Gasse der Stadt noch in ihm selbst, wo es gefährlich brannte. Der Meister hatte ihn geschmäht, aber er hatte alles Recht dazu gehabt. Die lobenden Worte Gessels über seine Mitarbeit an der Scharfmetze hatten ihn offenbar leichtsinnig, ja überheblich gemacht, und er hatte die gebrannten Formen nur flüchtig angesehen. Wäre er sorgsam vorgegangen, hätte er Fehler im Brand sicher erkannt, wenn es sie gegeben hatte. Und irgendwo hatte es Pfusch gegeben, sonst hätten die Bronzetafeln keine Risse! Ein leichter Wind fuhr ihm über das heiße Gesicht.

Das Licht einer schwachen Talglampe kam über den dunklen Hof. Eckehard kniff die Augen zusammen und erkannte schließlich den Jackl dahinter. Der kam immer näher, bis die Helligkeit auf die Gießerei traf und Eckehards Gestalt aus den Schatten riss.

»Ja, was, der Jackl. Bist auf dem Stroh nicht besser aufgehoben als hier draußen?«, knurrte Eckehard, der alleine sein wollte.

»Ich muss dir aber was Wichtiges sagen!«, beschwor ihn Jackl, bevor er das Licht in der Laterne löschte.

»Also, jetzt hast du mich gefunden, sag, was dich nicht schlafen lässt«, stieß Eckehard mürrisch aus.

Der Junge scharrte mit den Schuhen in der Erde. »Der Bertl hat gelogen!«, behauptete er mit fester Stimme. »Der hat nicht die ganze Zeit auf den Brand geachtet, wie er dem Meister gesagt hat.«

»Was?«, ächzte Eckehard und ruckte jäh von der Mauer fort, um den Jungen hart an den Schultern zu packen. Schmerzhaft schrie Jackl auf.

»Ich hab's nur gesehen, weil ich manchmal bei den Brennöfen vorbeikam. Da war der Bertl einmal weggesackt. Sein

Schnarchen war gut zu hören. Aber es hat nicht lange gedauert, da hat er sich wieder aufgerichtet und die Augen gerieben.«

Eckehard hatte ihn wieder losgelassen und starrte in die Nacht, die so vollkommen dunkel war, weil Mond und Sterne hinter dichten Wolken versteckt blieben. »Deshalb muss der Brand nicht misslungen sein. Der Bertl wird schon beizeiten die rechte Menge an Holz zugegeben haben, und die Temperatur wird auch nicht gleich abgefallen sein.«

»Ich war nicht der Einzige, der gesehen hat, wie dem Bertl die Augen zugefallen sind«, sagte der Junge entschlossen.

»Was meinst du damit?«, fuhr Eckehard ungeduldig auf.

»Na, da ist noch einer vorbeigekommen, der dann beim Ofen war und gesehen hat, dass der Bertl den Kopf auf der Brust hatte.«

»Wer?«, drängte Eckehard und stand kurz davor, Jackl an seinem Hemd zu packen.

»Der Wilbrecht«, flüsterte Jackl und sah sich rasch um, als säße der ihm im Nacken.

»Wilbrecht!«, presste Eckehard heiser hervor. Er drehte sich zur Mauer um und schlug mit der Faust dagegen.

»Und was hast du noch gesehen?«, fragte er mit so eisiger Stimme, dass Jackl vor ihm zurückwich.

»Er war nochmals da, hat nach dem Feuer gesehen und Holz in den Brennofen getan.«

Eckehard schlug das Herz hart in der Brust. »Dann hat er nur Bertls Arbeit getan«, brachte er angespannt hervor.

Jackl scharrte wieder mit den Schuhen in der Erde. Eckehard hörte es, sah es aber nicht. »Ja, aber er hat anderes Holz genommen, nicht das vom Haufen neben dem Ofen.« Die Stimme des Jungen wehte leise davon, und Eckehard schwoll die Ader am Hals.

Anderes Holz, nicht das vom Haufen neben dem Ofen … In Eckehards Kopf rauschte es so stark, dass er nichts mehr hörte. Ihm schwindelte, und er musste sich gegen die Wand in seinem Rücken lehnen.

»Eckehard?«, hörte er den Buben fragen.

Als es ihm besser ging, legte er ihm schwer die Hand auf die Schulter. »Hat dich der Wilbrecht gesehen?«

»Nein, der hatte die Augen nur auf dem Bertl, als er mit dem Holz zurückkam.«

»Hör, Jackl, du hast nichts gesehen und nichts gehört von der Sache. Egal, was der Wilbrecht gemacht und der Bertl nicht gemacht hat, halt's Maul, Bub, denn dem Wilbrecht trau ich nicht!«

Er spürte beinahe, wie Jackl kurz nachdachte und dann entschieden nickte.

Eckehard wartete am nächsten Morgen, bis der Wilbrecht die Gießerei verließ, um zum Abtritt zu gehen. Er folgte ihm, als hätte er denselben Drang. Wartete, bis der andere um die Lehmformerei verschwand, und beschleunigte seinen Schritt. Immer noch kochten Wut und Beschämung über die missratenen Güsse in ihm und dass er sich vor aller Augen als Gießer lächerlich gemacht hatte. Dabei war Gessel noch nachsichtig mit ihm umgegangen. Einen guten Teil seines Soldes würde er zwar für die zerstörten Epitaphien einbehalten, aber der Meister hätte ihn auch hinauswerfen können und dafür sorgen, dass er in keiner der anderen Schmelzhütten in der Stadt unterkam.

Als er um die hinterste Halle auf dem Gelände bog, stand der Wilbrecht mit dem Rücken zu ihm breitbeinig da und schoss einen warmen Strahl in die Grube.

»Wenn du fertig bist, hab ich was mit dir zu bereden«, sagte Eckehard ruhig und stellte sich bequem hin.

Völlig überrascht fuhr Wilbrecht herum und starrte ihn ungläubig an. Wütend verstaute er sein Gemächt in der Hose. »Verflucht, was soll das? Kannst du jetzt schon nicht mal mehr alleine zum Abtritt gehen?« Seine Miene verriet das aufkochende böse Blut in ihm, aber auch Argwohn.

Als Eckehard nichts darauf erwiderte, ihn weiter nur abschätzig ansah, färbte sich sein Gesicht rot. »Was willst du, Monstrum? Eine Abreibung, und danach dort hinein mit dir, wo du hingehörst?« Er deutete mit dem Kopf auf die stinkende Grube, die nur notdürftig abgedeckt war.

Eckehard gab ein leises, spöttisches Lachen von sich. »Weißt selbst am besten, wer von uns beiden da hineingehört.« Er blitzte ihn herausfordernd an, während Wilbrecht die Hände an seiner ohnehin schmutzigen Hose abwischte.

»Was mit den Formen für die Epitaphien passiert ist, weißt du auch am besten, nicht?«

Die Gesellen ließen sich nicht aus den Augen. Während Eckehard die Hände weiter lässig hinterm Gürtel hatte, fuhr Wilbrechts Hand jedoch langsam zum Hosenbund, hinter dem sein Messer steckte.

»Der Bertl hat sich wahrscheinlich nicht mehr wach halten können, und das hast du für dich zu nutzen gewusst, Veit. Hast ja gewusst, dass ich für den Guss verantwortlich bin und für die ganze Arbeit bis dahin. Da leistet Holz, das man nie und nimmer fürs Brennen verwenden würde, gute Dienste. Schmutzige Dienste!« Plötzlich wurde Eckehards Blick eiskalt, und er spuckte den angesammelten Speichel aus.

»Du Sauhund, was redest du denn daher! Bist jetzt auch

noch toll geworden«, brüllte Wilbrecht und ballte die gewaltigen Hände zu Fäusten.

»Wenn die Lehmformen nicht missraten wären oder ich den schlechten Brand bemerkt hätte, hättest du halt auf eine andere Gelegenheit gewartet, mir das Arbeiten in der Gießerei madigzumachen, nicht?«

Wilbrecht presste die Zähne aufeinander. Mühsam hielt er sich auf seinem Platz.

»Hab mir an jenem Abend nichts dabei gedacht gehabt, als ich dich mit den feuchten Holzscheiten im Arm gesehen hab. Gestern war's mir dann klar, welcher Arbeit du schließlich nachgegangen bist«, sagte er verächtlich. »Hast mich ja schon, als wir noch Lehrbuben waren, nicht in der Gießerei dulden wollen. Obwohl es nichts zwischen uns gegeben hat, war da immer dein Hass auf mich, als würde ich dir was nehmen.«

»Hast hier nichts verloren ... Missgestalt«, zischte Wilbrecht böse.

»Zur Missgestalt bin ich erst durch deine Hand geworden, Veit«, sagte Eckehard mit belegter Stimme.

Für einen kurzen Moment verzog sich Wilbrechts Miene höhnisch. »Du kannst nichts beweisen. War keiner sonst dabei. Und du hättest ja längst verschwinden können.«

»Und jetzt fängst du wieder damit an, mich vom Katzenstadel fortkriegen zu wollen. Das falsche Holz war nur der Anfang, was?«

Wilbrecht grinste überlegen. »Lügen, nichts als Lügen ... Zeit wird's, dass ich dir das Schandmaul zu Brei schlage!«

»Ja, wirklich?« Eckehard verschränkte die Arme vor der Brust. »Bei der Nacht, wenn der andere schon im Dreck liegt, dann ja, Veit, dann traust du dich. Aber sonst stellst du dich ungern im offenen Kampf«, forderte er ihn heraus.

Im Gesicht seines Gegenübers zuckte es wild, und Eckehard wappnete sich. Obwohl Wilbrecht es in der Tat vorzog, auf einen unterlegenen Gegner einzudreschen, war er oft genug in eine Schlägerei Mann gegen Mann verwickelt.

»Den Bertl werd ich nicht verraten, um den wäre es schad'«, sagte Eckehard ruhig. »Und dich häng ich nicht beim Meister hin, weil ich nichts beweisen kann. Aber ich lass dich nimmer aus den Augen, darauf hast du mein Wort!« Wieder spuckte er aus, und der andere, der gut aussehende Wilbrecht, war jetzt ein Ungeheuer mit teuflisch blitzenden Augen und einem schwarzen Gesicht aus Ruß und Boshaftigkeit.

»Beweisen kannst du nichts, da hast du recht, aber dir wird die Sach' irgendwann das Genick brechen!«, knurrte Wilbrecht. »Brauchst dir auch nichts wegen der Amelinde einzubilden. So was wie dich wird sie nie über ihre Schwelle lassen.«

Eckehard hatte sich lange beherrscht, aber jetzt kochte ihm das Blut hoch, und er warf sich auf Wilbrecht und stieß ihn auf die Erde. Die beiden wälzten sich im Dreck, als wüstes Gebrüll auf sie niederging.

»Ihr Saukerle, auseinander!« Eckehard wurde so heftig am Hemd zurückgerissen, dass Stoff riss. Wutentbrannt ächzte er und wollte seinen Widersacher nicht freigeben, bekam aber einen derben Schlag gegen die Schulter, der ihn von Wilbrecht herunterriss. Auch der andere Gießer bekam einen groben Hieb in den Rücken, als er seine Finger nicht von Eckehards Hals nehmen wollte. »Himmelherrgott, ich jag euch beide vom Hof, wenn nicht sofort Ruhe ist!«

Als sie Gessels zorniges Gesicht über sich sahen, ließen die Gesellen widerwillig voneinander ab. Schmutzig und mit Schrammen im Gesicht rappelten sie sich auf und atmeten schwer. Der Meister aber dampfte in der noch kühlen Morgenluft, weil er mitten aus der flammenden Hölle des Gusshauses gekommen war. Böse bleckte er die Zähne. »Ist wohl zu wenig zu tun in der Gießerei. Müsst euch die Schädel einschlagen, weil ihr nicht wisst, wohin mit der überzähligen Kraft, was?«, knurrte er. Seine lodernden Blicke schossen von einem zum anderen. »Wenn ich euch noch ein einziges Mal bei einer Prügelei erwische, werfe ich euch raus!« Er machte eine herrische Handbewegung zu Wilbrecht hin, der sie richtig deutete und umgehend verschwand.

Eckehard schob sich das verdreckte Hemd in die rußige Hose. Gessel sah ihn an, als wollte er ihn auf der Stelle erwürgen. »Was auch jetzt wieder zwischen euch beiden Saukerlen war …«, grollte er und packte Eckehard am Arm. Eisenhart drückte er zu. »Hör, Eckehard, leg dich nicht wieder mit dem Wilbrecht an!«

Eckehard knirschte mit den Zähnen, aber dann nickte er mühsam, als würde ihm ein anderer gewaltsam den Kopf niederdrücken.

»So groß und kräftig, wie du bist, so wenig gebrauchst du deinen Schädel, wo es nötig wäre«, brummte Gessel ärgerlich. »Ihr beiden seid meine besten Gießer, und die kaiserlichen Kanonen müssen noch zeitig in diesem Jahr fertig werden. Ich könnte es mir nicht leisten, auch nur einen von euch beiden rauszuwerfen, aber …« Wieder packte er Eckehard grob an den Schultern. »Bei Gott, ich tue es, wenn ihr nicht endlich die Fäuste voneinander lasst!«

»Das ist eine alte Geschichte zwischen dem Wilbrecht und mir, Meister«, stieß Eckehard kaum bezwungen hervor.

Gessel packte sogleich wieder die Wut. »Ja, eine ganz alte, aber da muss nicht noch was dazukommen. Oder willst du übers ganze Gesicht eine Fratze haben?!«, brüllte er und musterte absichtlich die hässlichen Narben seines Gesellen.

Erstaunt riss Eckehard die Augen auf. Verwirrt fuhr er sich mit einer Hand durch den struppigen Schopf. Wusste der Meister gar mehr über sein damaliges Unglück, bei dem Wilbrecht und er alleine bei der Schmelze gewesen waren? Ein Strudel von Bildern schoss ihm durch den Kopf, und manche waren so alt, dass es ihm wie ein früheres Leben vorkam. Eines, in dem sein Gesicht unverletzt war und Simpert Gessel schon damals ruppig und cholerisch, aber rechtschaffen. Und der Wilbrecht ein geschickter und starker, aber von Ehrgeiz zerfressener Junge.

Gessel sah ihn mit einem undeutbaren Blick an, ehe seine Hand entschlossen unters Wams fuhr und einen Schlüssel hervorzog. Mit geübten Fingern löste er ihn vom ledernen Band. »Hol die Arkebuse für den Rehlinger aus meiner Stube und bring sie ihm ins Handelshaus. Ich hab sie ihm für diese Tage zugesagt.«

»Was, ich dachte, der Keller hätte sie ihm bringen sollen?«, brach es überrascht aus Eckehard heraus.

»Ach, halt's Maul und mach, was ich dir gesagt habe«, sagte Gessel schroff und drückte Eckehard den Schlüssel in die Hand.

Als Amelinde erwachte, schien die Sonne warm durch das offen stehende Fenster. Dumpfes Rumoren drang aus der Werkstatt. Langsam schob sie die Beine aus dem Bett und stand auf. Während sie zu der Schüssel mit Wasser ging, streifte sie ihr Hemd ab. Als sie die Arme eintauchte, blieb ihr für Augenblicke die Luft weg, so eiskalt war das Nass. Immerhin vertrieb es die flammende Hitze des Vorabends; das Fieber und den

Schüttelfrost und die Übelkeit, die sie kaum noch auf den Beinen hatte halten können.

Wie bei den Männern in der Gießerei kam auch bei ihr das Metalldampffieber nicht heimlich und schleichend daher, sondern geradeheraus. Allerdings war es bei den meisten der Arbeiter zu einem wiederkehrenden bösen Leiden geworden, während es für sie das Maß der seltenen, aber lästigen Beschwerlichkeit noch nicht überschritten hatte. Dafür setzte sie sich im Gusshaus noch zu wenig dem verderblichen Tagwerk aus.

Der Gewürzwein, den ihr Elsbeth hingestellt hatte, floss warm und wohltuend durch ihre Kehle. Sie trank ihn bis auf den letzten Schluck. *Himmel!,* schoss es ihr plötzlich siedend heiß durch den Kopf, *der Bronzeriegel für das Haus des Brandstetters muss heute noch fertig werden.* Flink schlüpfte Amelinde in ihre groben Hosen und das dicke Wams und langte mit leicht zitternden Fingern nach ihrer Mütze. Als sie einen Blick aus dem Fenster warf, sah sie Eckehard über den Hof kommen und aufs Haus zugehen. Nicht lange danach hörte sie es zu ihrer großen Verwunderung in der Stube des Vaters poltern, und plötzlich war sie hellwach.

Eckehard suchte, aber eine kostbare Arkebuse für den Rehlinger fand er in Meister Gessels Stube nicht. Aber auf dem Tisch lagen Blätter lose durcheinander, als wäre der Wind durchgefahren. Neugierig beugte er sich darüber. Der Meister hatte eine schier unleserliche Schrift, aber seine Zeichnungen mit Blei oder Kohle und die Berechnungen waren mit größter Sorgfalt ausgeführt. Interessiert hob Eckehard ein Blatt an, auf dem der Meister die Metallmengen für große Geschütze für die beiden Flammöfen berechnet hatte.

Auf einem anderen Blatt hatte Simpert Gessel die Gusstechnik für ein Geschütz mit einem deutlich dickeren Kaliber festgehalten, das Eckehard unbekannt war. Er staunte über die vermuteten Zukunftspläne des Meisters und pfiff bewundernd durch die Zähne. Auf dem darunterliegenden Blatt standen wieder ganze Zahlenreihen, die durchaus Sinn ergaben. Ein Bogen, der über der Tischkante hing, zeigte, wie sich der Meister die Schichtung der Bronze vorstellte. Eckehard nahm ihn auf.

»Hast du jetzt genug gesehen?«, traf es ihn scharf im Rücken, und Eckehard fuhr herum. Amelinde stand mit erhitzten Wangen vor ihm. Herausfordernd hatte sie die Hände in die Seiten gestemmt und funkelte ihn an.

»Das Blatt wäre runtergefallen. Ich wollte es zurücklegen«, verteidigte er sich schnell.

»Ohne einen Blick darauf zu werfen?«

Ein wenig wurde er rot. Ein Kerl wie ein Baum, der plötzlich wie ein ertappter Junge den Kopf hängen ließ. Das Blatt wechselte von einer Hand in die andere, weil ihm selbst klar war, dass es in keine von beiden gehörte. Endlich legte er es auf den Tisch. »Na ja, ein bisserl habe ich schon gesehen. Die Gemenge für die verschiedenen Schmelzen halt.« Vorsichtig sah er wieder auf, blinzelte unter den ungebändigten Stirnhaaren hervor.

»Das war nicht für deine Augen bestimmt.« Ihre Stimme hatte an Heftigkeit noch nicht verloren. »Was suchst du hier überhaupt?«

»Dein Vater hat mich geschickt, den Vorderlader für den Rehlinger zu holen und ihm ins Handelshaus zu bringen«, antwortete er.

Amelinde schwieg. Wenn ihr Vater einem seiner Gesellen den Schlüssel zu seiner geheimen Stube gab, was er selten genug tat, hatte es seinen Grund. Schließlich lagen hier die Pläne für die gängigen verschiedenen Gussformen vom kleinsten Geschütz bis zur gewaltigen Scharfmetze. Und wenn seine kühne, aber strukturierte Fantasie neue, erstaunliche Kanonenformen entwickelte und er sie zu Papier brachte, geschah dies auch in diesen vier Wänden. Es waren alles Aufzeichnungen, die nur für den Meister selbst und allenfalls dessen Nachfolger bestimmt waren und sonst für keinen, der sie vielleicht zum eigenen unredlichen Nutzen oder für eine andere Schmelzhütte und deren wissbegierigen Meister verwendet hätte.

»Wie siehst du überhaupt aus?«, fragte sie verdutzt.

»Bin mit einem zusammengeraten …« Er machte eine geringschätzige Geste. »War aber nichts Bedeutsames.«

Sie glaubte ihm kein Wort, dafür wich er ihrem bohrenden Blick zu auffallend aus. Aber wenn er nicht darüber reden wollte, war es halt Männersache. »Wenn du meinst …« Sie zuckte mit den Schultern. »Dann nimm dir halt die Arkebuse und bring sie dem Patrizier.«

»Ich kann sie nicht finden«, meinte Eckehard wahrheitsgemäß.

Sie verstand und blickte sich im Raum um. Als sie das dicke, lederne Futteral im Schrank im untersten Regal entdeckte, packte sie es und sah nach, ob die Feuerwaffe auch in der Holzkassette lag. Unbemerkt war Eckehard hinter sie getreten. An ihrem Kopf vorbei fielen seine erstaunten Blicke auf den prachtvollen Vorderlader mit Luntenschloss. Die Arkebuse besaß einen glatten Lauf und konnte ohne Stützgabel eingesetzt werden. Er wusste, Konrad Rehlinger, der sie in Auftrag gegeben hatte, war ein leidenschaftlicher Jäger und für seine Treffsicherheit bekannt. Aber was er mit dieser Waffe wollte, deren Schlagkraft sie nur auf kurze Entfernungen geeignet erscheinen ließ, war ihm ein Rätsel.

»Eine gute Arbeit von deinem Vater«, sagte Eckehard anerkennend.

Amelinde schloss den Deckel und schob die Kassette ins Futteral zurück. »Ja, neben dem Kanonenguss gilt seine Vorliebe dem Schmieden von Arkebusen.« Sie drückte Eckehard den schweren Vorderlader in die Arme. »Kriegshandwerk halt«, stieß sie wenig begeistert aus. »Allerdings fertigt der Vater nur wenige, die bleiben eine Ausnahme im Gusshaus. Die für den Rehlinger ist die erste im Jahr.« Sie strich sich über die Stirn, auf der einzelne Schweißperlen zu sehen waren. Immer noch war sie blass und hatte dunkle Ringe unter den Augen. »Aber jetzt geh, der Patrizier wird schon darauf warten.«

Eckehard nickte stumm, warf ihr aber einen besorgten Blick zu. »Du siehst noch nicht gut aus, Amelinde. Leg dich besser wieder hin. Für die Werkstatt ist es noch zu früh.«

Neues Blut schoss in ihre Wangen. »Was geht's dich an!« Energisch schob sie sich an ihm vorbei und wollte nach draußen.

»Herrgott, sei doch nicht so stur. Ich seh doch, dass du noch Fieber hast. Und damit in Rauch und Höllenhitze. Bist du närrisch?!«, stieß Eckehard plötzlich verärgert aus. »Ist doch sowieso nichts für eine Frau, in der Gießerei zu arbeiten.«

Amelinde fuhr herum und funkelte ihn an. »Das geht dich überhaupt nichts an! Das ist ganz alleine meine Sache und die vom Vater, und der hat's mir irgendwann zugestanden.« Sie rang sichtlich nach Luft. »Sieh lieber zu, dass du machst, was dir der Meister aufgetragen hat.« Wütend verließ sie die Stube, war aber noch nicht weit gekommen, als Eckehard sie einholte und am Arm packte.

»So ein Gießerfieber ist nicht ungefährlich, Amelinde. Ich weiß es doch …«, sagte er leise.

»Was?«, rief sie gereizt und sah mit ihren wütenden, dunklen Augen und dem gelösten Haar wunderschön aus.

»Ich will doch, dass es dir gut geht!«

»Mir geht es wieder gut«, sagte sie schroffer, als sie beabsichtigt hatte.

»Ja, dann …« Er sah zu Boden, und wieder wusste er nicht, wohin mit den Händen.

Sie merkte, dass er noch etwas sagen wollte, aber dann warf er sich das lederne Futteral mit dem schweren Inhalt um und ging rasch davon.

Eckehards Stimmung konnte kaum schlechter sein. Erst Wilbrechts Hinterhältigkeit und dann noch sein ungeschicktes Verhalten Amelinde gegenüber. Wenn sie ihn jetzt für einen vorlauten Tölpel hielt, musste er sich nicht wundern. So ging er nicht direkt zum Handelshaus des Rehlinger, sondern machte einen kleinen Umweg hinab ins Lechviertel, um in der Schenke vom Grozkopf nahe bei der Kresslesmühle einzukehren.

Auf seinem zornigen Gang dorthin sah und kannte Eckehard keinen von denen, die ihn sahen und grüßten. Mit stierem Blick stapfte er den Berg am Perlach hinab, schimpfte vor sich hin und stieß, was ihm an Verfaultem vor die Schuhe kam, verdrießlich fort. Bei der Kresslesmühle griff er nach einem liegen gebliebenen Krautkopf und schleuderte ihn mit einem Fluch auf eines der großen Mühlräder. Davon wurde ihm aber auch nicht leichter.

Als Eckehard an der Schenke vom Grozkopf anlangte, kehrte er ein. Nach einem Krug Bier gesellten sich ein paar Fremde an seinen Tisch, die ihn über die Gepflogenheiten in der Reichsstadt aushorchten und ihm dafür ein weiteres Bier spendierten. Nach dem dritten Bier geriet er in Streit mit den Fremden, weil er sie nicht in das Lederfutteral sehen ließ. Entschlossen wuchtete er sich hinter dem schweren Tisch hoch und schlug dem ersten der Kerle das Lederfutteral samt Holzkassette gegen die Brust. Der wurde, wie von einer Ramme getroffen, nach hinten geworfen und ging neben dem festgeketteten Schemel des Henkers wie ein nasser Sack zu Boden.

Die anderen Kerle sprangen wütend auf ihn zu. Eckehard duckte sich ein wenig zur Seite und ließ den Schlag des Vordersten ins Leere laufen. Einem anderen aber gelang es, ihn mit der Faust hart im Gesicht zu treffen. Seine Wangenknochen knirschten, und als er sich mit der Zunge über die geplatzte Oberlippe fuhr, schmeckte es metallisch. Er schaffte es gerade noch, selbst einem der Streithähne die Faust auf den Schädel zu donnern, als sich die anderen, die noch auf den Beinen standen, plötzlich schwer an ihn und über seine Arme hängten.

Herrgott!, dachte Eckehard, *ich brauche Platz, um mich diesem Pack richtig widmen zu können!* Mit seinem menschlichen Ballast jagte er durch die Tür, die ihm der alte Grozkopf geistesgegenwärtig geöffnet hatte. Wie Eckehard es in solchen Situationen immer machte, warf er sich einfach auf die dreckige Gasse und wälzte sich hin und her. Ausgiebig tränkte er die Kerle in stinkenden Rinnsalen und kotverklebtem Stroh.

Als er eine Hand freibekam, drosch er sie dem Hundsfott vor seiner Brust gegen den Schädel, worauf dieser endlich sein Wams losließ und ächzend zur Seite rollte. Auf dem anderen Burschen lag Eckehard ohnehin und machte sich bewusst schwerer. Das aufsteigende Stöhnen in seinem Rücken ließ ihn böse grinsen.

Als Eckehard aufsprang, achtete er nicht auf den Mann in seinem Rücken, der aus der Schenke heraus auf ihn zugelaufen kam. Der wuchtige Aufprall schleuderte Eckehard nach vorne über die Böschung, und er überschlug sich und landete mit den Beinen im Lechkanal. *Die Arkebuse!*, schoss es ihm plötzlich durch den Kopf, als wäre seine augenblickliche Lage nicht schon misslich genug, und doch sorgte dieser aufjagende Gedanke dafür, seine verbliebenen Kräfte zu sammeln. Stück für Stück zog er sich die steile Böschung hinauf, während sein Schädel vom Bier und der Prügelei brummte.

Als er den Kopf über den Abhang schob, zerrte einer der Radaubrüder gerade an seinem halb benommen an der Mauer lehnenden Kumpan. Eckehard raffte sich ächzend auf und rannte in die Schenke zurück. Grozkopf zog ein mürrisches Gesicht, als er ihn sah. »Das nächste Mal kriegst draußen dein Bier. Da hast's net weit zum Fluss, um dich abzukühlen!«, schimpfte er.

»Hast meine Habe gesehen, die im ledernen Überzug?«, stieß Eckehard gehetzt aus.

»Liegt hinten bei dem Kerl, dem damit schöne Träume beschert hast«, brummte der Wirt und deutete mit seinem haarlosen Schädel in die Ecke, in der auch der Henker seinen einsamen Platz hatte.

Eckehard stapfte entschlossen in den entlegensten Winkel der Schenke und warf einen grimmigen Blick auf den Raufbold, der in der Betäubung die Arme um das Futteral mit dem Vorderlader des Rehlingers gelegt hatte, und entriss sie ihm wenig zartfühlend. »Saukerl …«

Als Eckehard wieder aus der Schenke kam, waren die anderen Halunken verschwunden. Hie und da schmerzte es ihm in den Gelenken, und als er sich streckte, knackte es auch unangenehm, aber mit verbissener Befriedigung stellte er fest, dass er sich nicht ernsthaft verletzt hatte. Er atmete tief durch. Am Himmel zog unter bauschigen Wolken ein Raubvogel seine Kreise. Die Luft war warm. Seine Hose würde bald wieder trocken sein, dachte Eckehard, aber seine Laune war immer noch nicht besser. Mit mürrischem Gesicht warf er sich den Riemen des Futterals über die Schulter und machte sich auf den Weg zurück in die Oberstadt.

Das Handelshaus der Grander-Rehlinger-Honold-Gesellschaft war ein mehrgeschossiges, stattliches Haus mit großem Innenhof und umlaufender Balustrade an jedem Stockwerk. In der herausgeputzten Fassade spiegelten sich im Sonnenlicht zahlreiche Fenster. Eckehard stellte sich vor, wie die Räume dahinter erfüllt waren von dem warmen Tageslicht. Durch das große Tor des Handelshauses rollte gerade ein schwer beladenes Fuhrwerk, dem sich Eckehard anschloss, um schließlich im weitläufigen Hof stehen zu bleiben und sich neugierig umzusehen.

An einem der Speichergeschosse stand das Giebeltor hinterm Kranbalken offen, und ein mächtiger Ballen wurde mit der Seilwinde hinaufgezogen. Ein grauhaariger Mann, dem das Hemd überm dicken Wanst spannte, stand im Hof und brüllte seine Befehle zu den Männern in der dunklen Öffnung hinauf. Der Ballen schwebte darauf schneller nach oben und wurde von den beiden Männern in luftiger Höhe rasch durch die Luke hineingezogen. Das Fuhrwerk hielt indessen vor einem der ebenerdigen Lagerräume, an dem beide Tore weit offen standen. Aus dem Halbdunkel dahinter kamen Knechte und machten sich an der Wagenladung zu schaffen.

Eckehards Staunen wuchs, als er seine Blicke über die hölzernen Brüstungen wandern ließ, die jedes der beiden Stockwerke besaß. Auch hier auf der Rückseite des Handelshauses versprachen zahlreiche Fenster eine treffliche Helligkeit im Inneren. Es war das erste Mal im Leben, dass Eckehard ein Handelshaus betrat oder dessen Innenhof, und er war sprachlos darüber, welche Weite und Pracht selbst hier zu finden war, wo es um bloße, wenn auch sicher wertvolle Waren ging.

Aus einer der vielen kleineren und größeren Tore rund um den Hof kam eine junge Magd, ging am Karren vorbei und stieß beinahe mit Eckehard zusammen, der reglos dastand und sich immer noch beeindruckt umsah. Vor Schreck entfuhr der Magd ein Schrei.

»Reg dich doch nicht auf, Mädle. Sag mir lieber, wo ich den Rehlinger finden kann«, sagte Eckehard ruhig, der die Magd am Arm gepackt hatte und dem es nicht in den Sinn kam, wie sein Aussehen auf die junge Frau wirken musste. Aus der Unterstadt und vom Lech brachte er in seinen zerrissenen Kleidern den elenden Gestank der Gerber- und Färberwerkstätten mit sich und im Gesicht verkrustetes Blut und Schmutz, als käme er aus einer der übelsten Gassen des Lechviertels, in der bereits am Tag gewalttätiges Gelichter aufeinandertraf.

Das Mädchen starrte ihn mit offenem Mund und großen Augen entsetzt an. »Lass mich los«, stieß es ängstlich aus und zerrte, damit es den Arm freibekam.

»Was hast du denn? Ich will doch nichts von dir«, wunderte sich Eckehard, ließ sie aber los.

Mit flatternden Röcken rannte die Magd über den Hof, worauf ihr ein paar der Knechte erstaunt hinterhersahen. Einer von ihnen lachte blöde auf, wandte dabei den Kopf und entdeckte Eckehard, der ein Stück von ihnen entfernt dastand. Einen Hünen von Mann mit Blut im Gesicht und auf dem zerschlissenen Hemd, der ganz danach aussah, als hätte er vor

Kurzem eine Schlägerei gehabt. Der Knecht stieß den Kerl neben sich an und deutete mit dem Kopf in Eckehards Richtung, und die Blicke der anderen Männer fraßen sich an dem Fremden fest. Auch der Grauhaarige hatte sich umgedreht und stierte jetzt misstrauisch zu Eckehard hinüber, der langsam die Arkebuse hervorgeholt hatte.

Bedeutungsvoll wog Eckehard den Vorderlader in seinen großen Händen. »Hört mal, Männer«, rief er, »wo find ich euren Herrn, den Konrad Rehlinger?«

»Siehst aus wie ein Galgenstrick und kommst mit einem solchen Prügel daher. Du willst wohl Ärger?!«, rief der Grauhaarige, der anscheinend etwas zu sagen hatte unter den anderen Männern, und stellte sich breitbeinig hin.

»So ein Schmarren«, knurrte Eckehard, »ich will dem Handelsherrn nur die Feuerwaffe bringen.« Eckehard war es leid, sie noch nicht losgeworden zu sein. »Sagt mir jetzt endlich einer, wo ich den Patrizier finden kann?« Seine kräftige Stimme reichte ohne Mühe bis über den Hof, wo sich ganz hinten ein paar Mägde in einen Türrahmen gequetscht hatten, um nichts vom Geschehen zu verpassen.

»He, Anton, hol rasch die Büttel! Da ist ein Kerl, der Ärger machen will«, brüllte der Grauhaarige plötzlich und machte ein paar Schritte auf Eckehard zu, die mannhaft erscheinen sollten. Die Männer im Hof folgten ihm und bildeten einen Halbkreis um den Fremden.

In Eckehard stieg langsam Zorn auf. Er merkte, wie sich seine Narben flammend rot verfärbten. Die Kerle waren blöd wie Bohnenstroh, fuhr es ihm durch den Kopf. Was sollte er denn noch sagen, damit sie es endlich in ihre Schädel kriegten, was er hier wollte. »Herrgottszeiten, ich bin ein Geselle aus der Geschützgießerei am Katzenstadel und will dem Rehlinger den Vorderlader bringen, den mein Meister für ihn geschmiedet hat«, donnerte er.

»Siehst aber grad nicht aus wie einer, der aus einer Gießerei stammt«, rief einer neben dem Fuhrwerk und spie aufs Pflaster.

»Verflucht, ich hab Ärger gehabt auf dem Weg hierher. Aber das geht euch nichts an.«

»Wenn's so ist, wie du sagst, dann leg den Vorderlader auf die Erde und verschwind. Den kriegt der Herr, und du hast ihn los«, rief der Grauhaarige bestimmt.

»Kann ich nicht, ich muss ihn dem Patrizier persönlich geben«, grollte Eckehard, der schon rote Blitze vor den Augen hatte.

»Dann wandert er mit dir in die Eisen, wenn die Büttel kommen. Das hast du dann davon«, johlte einer der Knechte ganz hinten, der sich am Wagen hochzog, damit er über die anderen hinwegsehen konnte.

Eckehard spürte, wie dunkles Rauschen über seinen Nacken heraufkroch und sich in seinen Hinterkopf fraß. Das Gefühl kannte er, und es war nicht gut. Es war gar nicht gut. »Sagt mir jetzt endlich einer, wo der Rehlinger ist?!«, presste er zwischen den Zähnen hervor.

Einer der Männer, die das Geschrei auf dem Hof vom offenen Fenster der Schreibstube aus gehört hatten und auf die Balustrade gegangen waren, rief den Grauhaarigen jetzt mit fester, befehlsgewohnter Stimme an. »He, Wimmer, lasst den Mann, ich komm gleich in den Hof!«

Cornelius Wimmer, verantwortlich für die ankommenden Waren im Handelshaus, bekam einen zornroten Kopf und drehte sich zu dem nächsten Knecht, der bei ihm stand. »Was mischt der feine Stutzer sich denn ein. Der soll in seiner Schreibstube bleiben und uns unsere Sache machen lassen!«

Der, von dem er gesprochen hatte, kam in der Tat wenig später durch die schmale Gasse, die ihm die Männer auf dem Hof frei gemacht hatten. Eckehard legte sich den Vorderlader in die Armbeuge und sah dem Neuankömmling gespannt entgegen. Wahrlich sah der Mann, den er etwas älter als sich selbst schätzte, wie ein Stutzer aus. Mit fein geschnittenen Gesichtszügen, einem gepflegten Oberlippenbart und kastanienbraunem Haar.

Die braunen Hosen und das dunkelgrüne Wams waren aus edlem Tuch. Das darunter getragene Hemd lag über dem Wamsausschnitt in derart sorgsamen Falten, als verwende der Mann am Morgen geraume Zeit für solchen Schnickschnack. Die Ärmel und der Bund freilich waren wenig verziert. Lediglich eine dünne goldfarbene Tresse zog sich über den samtenen Stoff. Verdutzt war Eckehard allerdings erst, als er die Stiefel des Mannes betrachtete, die so sauber waren, als würde ihr Träger es wirklich schaffen, jedem Dreck in den Gassen gekonnt auszuweichen.

»Ihr Männer, geht wieder an eure Arbeit! Die Angelegenheit hier kläre ich schon«, gebot Matthias Eggenberger mit lauter Stimme.

»Gebt acht, Herr Eggenberger, so ein Vorderlader reißt einem auf kurze Entfernung die Eingeweide aus dem Leib«, warnte Wimmer, der sich bisher nicht von der Stelle rührte.

»Das tut er ohne Zweifel, Wimmer, aber dieser Mann führt nur einen Auftrag aus und hegt nicht die Absicht, uns Löcher in den Leib zu feuern«, antwortete Eggenberger ruhig.

»Woher wollt Ihr das wissen, Herr Eggenberger?«, knurrte Wimmer, dessen misstrauische Blicke zwischen den beiden

Männern, von denen er nur von dem einen wusste, dass er kein Mordbube war, hin- und herwechselten.

»Der Mann hier hat es doch gesagt, Wimmer«, meinte Eggenberger und unterdrückte ein Schmunzeln. Das verkrustete Blut im Gesicht des großen Kerls und die schmutzigen, zerschlissenen Kleider schienen ihn nicht im Geringsten zu beunruhigen.

Wimmer schnaufte über solcherart Einfalt ärgerlich auf. Auch einige der Knechte begannen zu murren, und der am Wagen warf Eggenberger sogar vor, zu leichtsinnig zu sein, aber schließlich wandte sich Wimmer knurrend ab und brüllte den Helfern zu, wieder an die Arbeit zu gehen. »Ihr müsst wissen, was Ihr tut, Herr Eggenberger. Aber wenn der Bursche hier toll wird, haben wir nichts damit zu schaffen.« Unwillig drehte er sich um und stapfte mit schweren Schritten davon.

Eckehard betrachtete seinen Fürsprecher mit erstaunten Blicken. War das der Mann der Elisa Eggenberger, die man in der Stadt, vor allem aber in den Vierteln der Armen, als Heilerin kannte? Jener Eggenberger, von dem es hieß, er wäre ein Patriziersohn, der sich mit dem Vater überworfen hätte und jetzt als einfacher Handelsdiener für sein Auskommen arbeitete?

Matthias Eggenberger hingegen musterte höchst interessiert den Vorderlader und nickte anerkennend, als verstünde er etwas von meisterlicher Arbeit. »Grüß Euch Gott«, sagte er schließlich freundlich und deutete auf die Waffe. »Eine ausgezeichnete Schmiedearbeit, das muss ich sagen. Konrad Rehlinger wird zufrieden sein.«

Eckehard erwiderte den Gruß seines Gegenübers. »Das will ich meinen, dass der Handelsherr zufrieden sein kann. Es wird auch Zeit, dass er sie bekommt und ich endlich ihrer ledig werde.« Die Ungeduld in seinen Worten war nicht zu überhören.

»Leider muss ich Euch sagen, dass Konrad Rehlinger auf eines seiner Landgüter gereist ist und erst in einigen Tagen zurückkommt.«

Eckehard sog scharf die Luft ein. Dann nahm er die Arkebuse am Lauf, stellte sie langsam auf die Erde und lehnte sie an sein Bein. »Da hat es der hohe Herr so eilig mit dem Schießprügel, und dann macht er sich davon, obwohl er doch weiß, dass sie ihm zu der Zeit gebracht wird.«

Die Miene Eggenbergers blieb unergründlich. In seinen Augen jedoch blitzte es erheitert auf. »Ihr könntet mir den Vorderlader ja aushändigen, aber wie ich mitbekam, dürft Ihr ihn nur an den Auftraggeber selbst übergeben. So bleibt wohl nur, dass Ihr in ein paar Tagen wiederkommt.«

Eckehard sah sich im Hof um, während er überlegte. Also musste der verdammte Kasten mit seinem gewichtigen Inhalt wieder mit, um bald wieder hierhergeschafft zu werden. Er fluchte innerlich. »Ich bin Geselle in der Geschützgießerei oben am Katzenstadel«, sagte er plötzlich. »Ich heiße Eckehard«, kurz biss er sich auf die Lippen, »einfach nur Eckehard.«

Eggenberger nickte. »Ich bin Matthias Eggenberger, Schreiber hier im Handelshaus.«

Eckehard räusperte sich. »Ich möchte Euch danken. Ohne Euch hätte es anders ausgehen können. Wenn mit dem Vorderlader was geschehen wäre, hätte mich der Meister vor die Scharfmetze gebunden.« Sein Mund verzog sich zu einem schiefen Grinsen.

»Der Rehlinger hätte nichts davon gehabt und die Scharfmetze nur ein kurzes Vergnügen«, sagte Eggenberger so ruhig, als meine er es ernst. Seine munteren Augen sprachen jedoch eine andere Sprache. »Bevor Ihr wieder auf die Straße tretet, solltet Ihr Euch in einen anderen Zustand bringen«, riet er dem Gießergesellen. »Ihr wollt doch nicht wieder in den Verdacht kommen, ein Galgenstrick zu sein?« Eggenberger deutete mit dem Kopf auf den Brunnen im Hof. »Dort habt Ihr Gelegenheit dazu.«

Eckehard machte ein zweifelndes Gesicht, aber dann schien er von dem durchaus umsichtigen Vorschlag überzeugt zu sein. Ohne ein weiteres Wort ging er zum Brunnen, legte die Arkebuse in die Holzkassette, schob sie ins Futteral und zog sich sein blutbesudeltes Hemd herunter. Als er einen Eimer mit Wasser hochgezogen hatte, begann er, sich zu waschen. Trotz der Beule an der Stirn und der aufgeschlagenen Oberlippe sah er nach Kurzem wieder ganz passabel aus. Als er noch sein Hemd im Kübel tränkte und es schließlich mit kräftigen Händen auswrang, waren die Blutflecken darauf immerhin verblasst.

Zu den Mägden am Ende des Hofs hatten sich noch weitere gesellt. Einige füllten den Türrahmen aus, andere steckten die Köpfe aus den Fenstern. Als sich Eckehard das Hemd ausgezogen hatte, hatten sie die Augen beim Anblick des großen, gut gebauten Mannes weit aufgerissen.

»Kommt am Montag, da wollte Konrad Rehlinger wieder im Handelshaus sein«, sagte Eggenberger.

Eckehard schob einen Arm durch die Schlaufe des Futterals und hievte es sich auf die Schulter. Plötzlich begann er, böse zu grinsen, und deutete mit dem Kopf auf die Straße. »Wenn da draußen nicht längst die Büttel auf mich warten.«

Eggenberger fuhr sich übers Kinn, als müsste er nachdenken, schüttelte dann aber bestimmt den Kopf. »Das tun sie nicht. Der Mann, der sie holen sollte, ist längst zurückgeholt worden.«

In der Gießerei lief Eckehard geradewegs Amelinde in die Arme, die über den Hof kam und die Augen aufriss, als sie ihn sah. »Hast du schon wieder gerauft, Eckehard? Siehst ja noch schlimmer aus als am Morgen«, rief sie entsetzt, und die Sorge darin ließ sich nicht verbergen.

»Ach, ist nur eine Schramme …«, winkte Eckehard ab und biss sich versehentlich in die aufgeplatzte Oberlippe. Vor Schmerz zuckte er kurz zusammen.

»Ja, Männersache, ich weiß«, murrte Amelinde und begann, sich Eckehards Verletzungen anzusehen.

Zuerst war es ihm unangenehm, mitten im Hof vor möglichen Gaffern von zarten Mädchenhänden im Gesicht berührt zu werden, dann aber schloss er genießerisch die Augen.

»Wir sollten lieber ins Haus gehen«, kicherte Amelinde plötzlich. Entschlossen packte sie ihn am Arm und zog ihn mit sich.

In der großen Stube drückte sie ihn auf einen Schemel und verschwand rasch, um bald darauf mit Wasser, sauberen Tüchern und einer Tinktur in einem dunklen Fläschchen zurückzukehren. Vorsichtig säuberte sie sein beschmutztes Gesicht; auf die Wunden und die blutigen Krusten aber träufelte sie ein wenig von der streng riechenden Essenz. Auf seine Stirnbeule legte sie ein mit kühlem Wasser getränktes und ausgewrungenes Tuch und hieß ihn, es eine Zeit lang darauf gedrückt zu halten.

»Was ist denn geschehen?«, fragte Amelinde neugierig.

»Ein paar Kerle im Lechviertel waren auf Streit aus«, antwortete er beiläufig.

»Im Lechviertel?« Sie zog erstaunt die Augenbrauen hoch. »Ich dachte, der Rehlinger hat sein Handelshaus in der Oberstadt?«

Eckehard leckte sich unbehaglich über die verschorfte Lippe. »Na ja, ich musste einen Umweg machen.« Unvermittelt dachte er wieder an Wilbrecht, dessentwegen er diesen Umweg überhaupt erst gemacht hatte, und sein Gesicht verdunkelte sich.

»Und du konntest den Kerlen nicht aus dem Weg gehen?« Amelindes Augen funkelten spöttisch.

Eckehard musste sich beherrschen, sie nicht einfach in die Arme zu ziehen; so nahe, wie sie bei ihm stand und ihn umsorgte und ihre fürsorglichen Finger über sein Gesicht und die blau geschlagene Brust strichen. Amelinde merkte gar nicht, wie sie ihm immer mehr den Kopf verdrehte! Als sie mit dem Verband um seinen Brustkorb fertig war und ihm das Hemd hinstreckte, damit er es sich wieder überzog, verspürte er weder Schmerzen noch Zorn auf die Kerle, die ihm die Blessuren beigebracht hatten, noch nicht einmal auf den vermaledeiten Wilbrecht.

Bei allen Heiligen!, stellte er fest. *Ich bin über beide Ohren in diese wunderschöne Jungfer verliebt und kann keinen Blick mehr von ihr lassen!*

In der Tat ließ auch Amelinde nicht locker bei ihrem Schützling, von dem sie unbedingt erfahren wollte, was im Lechviertel und später in Rehlingers Handelshaus geschehen war. In seiner seligen Anwandlung erzählte ihr Eckehard schließlich von dem Streit mit den Fremden in der Schenke und seiner Begegnung mit dem Patrizier Eggenberger. Als dessen Name fiel, wurden Amelindes Augen groß, und sie packte Eckehard stürmisch am Arm. »Matthias Eggenberger, der Gemahl der heilkundigen Elisa?«

Er nickte. »Ja, wieso bist du so aufgeregt?«

»Die Elisa kenne ich …«, antwortete sie ernst und stockte. »Irgendwann erzähle ich dir von ihr.« Ein Schatten fiel über ihr Gesicht. »Und von der Marie.« Entschlossen zog sie ihm das Tuch aus den Fingern, tauchte es erneut in kühles Wasser und wrang es aus. Sanft legte sie es wieder auf seine Beule. Dann betrachtete sie ihn, wie sie es noch nie getan hatte, seit er zurückgekehrt war. Er war groß und stark, ohne einen Ansatz von Beleibtheit, denn seine Kraft zeigte sich in Muskeln und hervortretenden Sehnen.

Sein widersprüchliches Gesicht war das eines grausam Entstellten und eines Mannes von beinahe makelloser Schönheit. Zwei seelenvolle blaue Augen darin blickten sie an, in denen es kurz aufblitzte, bevor Eckehard ihre freie Hand nahm und an seine Wange legte.

»Weißt du noch, wie du mir unaufhörlich kühlendes Wasser aufs Gesicht gegeben hast, als ich glaubte, ich verbrenne?«, sagte er, und ein eisiger Schauer durchzuckte ihn. Die Erinnerung war grausam, weil er glaubte, wieder diese entsetzlichen Schmerzen zu verspüren. Aber da war auch das Mitgefühl Amelindes, die qualvolle Tage und Nächte an seiner Schlafstatt geblieben war, bis sicher war, dass er überleben würde.

Sie nickte traurig. »Du warst noch nicht lange Lehrbub beim Vater, als das Unglück geschah, und ich hatte entsetzliche Angst, dass dich der Herrgott genauso holt wie meine Brüder«, sagte sie leise.

Eckehard drückte ihre Hand an seiner glühenden Wange, und Amelindes Herz begann spürbar zu klopfen. Seine zerrissene Gesichtshälfte war nahe, aber auch seine Lippen, die zaghaft zu lächeln begannen. Sanft entzog sie ihm ihre Finger und fuhr ihm durchs Haar. Ihre plötzlichen Gefühle waren solcherart, wie sie sie bisher nicht gekannt hatte. Ohne weiteres Zögern beugte sie sich über ihn und drückte ihren Mund behutsam auf seine blutverkrusteten Lippen. Ein trunkener Schauer durchjagte sie, als sie Eckehard das erste Mal in ihrem Leben so berührte. Als sie sich bewusst wurde, was sie getan hatte, schoss ihr das Blut ins Gesicht, und sie lief wie ertappt davon.

Kapitel 6

Mittwoch, der 13. Mai, Anno Domini 1528

In einem der Räume des Handelshauses Grander-Rehlinger-Honold drang erstes Morgenlicht durch die Butzenscheiben und vermischte sich mit dem Licht der Öllampen und Kerzen, die Matthias Eggenberger entzündet hatte. Wie an vielen Tagen war er der Erste in der Schreibstube, um die Stille in dem großen Haus für schwierige Verträge oder Briefe, die er vorzubereiten hatte, zu nutzen. Und er genoss diese Stille.

Die braune Schaube hatte er über sein Schwert auf der Truhe gelegt. An seinem Schreibpult goss er Tinte ins Tintenhorn und spitzte sich Gänsekiele zurecht. Mit dem Daumen prüfte er vorsichtig die Schärfe der kleinen Messerchen zum Radieren. Neben dem Pult lagen auf einem niedrigeren Tischchen Scheren, Lineale und Zirkel bereit. Eggenberger hob die Schreibpultlade, entnahm Papier und legte es auf die abgeschrägte Schreibfläche.

Bevor es heller wurde und das Licht sich wie goldene Tropfen hinter den Butzenscheiben fing, nahm er sich jedoch eine der Öllampen und ging in einen der über dem Gang liegenden Räume. Es empfing ihn der Geruch von Gewürzen, der in den Stoffballen aus den Ländern jenseits der Berge herübergebracht worden war. Sorgsam eingeschlagen in schützendes Leinen, lagen die Tuche aufeinandergestapelt in Wandregalen. Ein Ballen Damast war über einer der großen Truhen ausgebreitet und glänzte im warmen Licht der Lampe wie mit Gold überzogen.

Auf einem anderen Tisch war ein Ballen schneeweißer Seide ein Stück weit entrollt, und Eggenberger beugte sich gespannt über das hauchdünne, schimmernde Gewebe. Achtsam ließ er es durch seine Finger gleiten, hob die Stoffbahn an und hielt sie in Richtung des Fensters, durch das immer stärker das Morgenlicht fiel. Das Tuch bestand aus gleichmäßigen, blendend weißen Fäden. Anerkennend nickte Eggenberger, der Seide der besten Qualität in Händen hielt und nicht minderwertige und dickere Schappe- oder Bouretteseide, die wenig Glanz besaß und aus Kokonresten und Seidenleim gewonnen wurde.

Er sog den Duft der Seide ein, den Geruch von Wind und Meer, den Zauber einer geheimnisvollen Stadt und schöner Frauen. Sein in die Ferne gerückter Blick drückte Begeisterung aus, denn diese Seide war über die Levante nach Venedig gekommen und dort in den Fondaco dei Tedeschi, das Handelshaus der deutschen Kaufleute, in dem auch Rehlinger und seine Teilhaber eine Warenkammer besaßen.

Matthias Eggenberger konnte und wollte nicht davon lassen; von Seide und Barchent und den anderen Tuchen, die ehemals sein Leben als Sohn eines Patriziers und Kaufmanns in Tübingen bestimmt hatten. Damals war er selbst ein Kaufmann gewesen und war viel gereist. Innerhalb der deutschen Lande, aber auch bis nach Venedig, wo das Leben ein völlig anderes gewesen war. Leicht und leichtsinnig, voller Würze und fremder Düfte und Frauen, denen an Gefallsucht so schnell kein Frauenzimmer in seiner Heimat das Wasser hatte reichen können.

In Venedig hatte er in seinem Namen, vor allem aber im Namen seines Vaters, über ganze Schiffsladungen an Stoffen und Gewürzen zum Kauf verhandelt. Damals war er noch der Überzeugung gewesen, eines Tages das Handelshaus seines Vaters übernehmen zu können. Aber es war anders gekommen, und manchmal schmeckten ihm die Geschehnisse der Vergangenheit bitter im Mund, aber nie im Herzen. Denn was er statt eines Wohllebens als Kaufmann und erfolgreicher Handelsherr errungen hatte, ließ sich mit dem dahingegangenen Glanz und Ansehen nicht messen.

Er hatte die Liebe gefunden, eine unglaublich tiefe und beglückende Empfindung, ohne die er glaubte, keinen Atemzug mehr machen zu können. Nie im Leben würde er wieder von ihr lassen. In diesem Leben nicht und in keinem anderen!

Gedankenverloren stand Eggenberger im Raum. Als er ferne Geräusche hörte, griff er nach der Lampe und kehrte in die Schreibstube zurück. Die entschlossenen Schritte auf dem Gang stammten nicht vom Telscher, dem Hauptbuchhalter und Vorsteher der Schreibstube. Der kam erst, wenn es wirklich hell war, aber noch vor allen anderen Schreibern und Kopisten, Buchhaltern und Kassierern. Eggenberger stand am Schreibpult und tauchte den Federkiel erneut ins Tintenhorn. Er kannte diesen festen Schritt, der selten zu dieser frühen Stunde, aber jeden Tag im Handelshaus zu hören war.

Im nächsten Moment wurde die Tür aufgerissen, und Konrad Rehlinger trat ein. Ein Mann von großer, aufrechter Statur. Kräftig, aber nicht beleibt unter dem grün-goldenen Wams, über dessen Halsausschnitt sich der Rand eines weißen Hemdes zeigte. Passend zu dem Wams trug er grüne Beinkleider und wadenhohe Stiefel aus weichem Leder. Schwungvoll riss sich der Patrizier die Schaube herunter und warf sie über den nächsten hochlehnigen Stuhl. Auf seinem braunen Haar mit dem kupfernen Schimmer saß ein Barett mit einer schillernden Fasanenfeder. Rehlingers dunkler Blick richtete sich auf Eggenberger, der zum Gruß den Kopf neigte. »Grüß Euch Gott, Herr Rehlinger.«

Der Patrizier zwirbelte seinen nach unten hin spitz zulaufenden Osmanenbart und erwiderte den Gruß des Schreibers. Aufmerksam sah er sich in der Schreibstube um, als sähe er sie das erste Mal. Prüfend glitt sein Blick über die Regale mit gewaltigen Folianten, Briefen, Pergamentrollen und Schatullen. Der Handelsherr schien zufrieden, obgleich der erboste Ausdruck in seinen Augen, mit dem er in den Raum gekommen war, blieb.

»Der Telscher wird nicht mehr kommen«, stieß er zornig aus. Wie üblich hielt sich Rehlinger nicht mit unnötiger Vorrede auf. »Er gehört zu dieser Sekte, die eingeholt worden ist. Aber wahrscheinlich habt Ihr ohnehin schon davon gehört, Eggenberger.«

Der schüttelte sprachlos den Kopf.

»Habt Ihr davon gewusst, dass er einer dieser Wiedertäufer ist?«, fragte der Patrizier streng.

Wieder schüttelte Eggenberger den Kopf. »Nein, Herr Rehlinger, das habe ich nicht.« Er hatte es tatsächlich nicht gewusst. Der Telscher ein Wiedertäufer? Der Hauptbuchhalter war ein ruhiger, eher verschlossener Mensch, der allerdings mit genügend Erfahrung und Sorgfalt seiner verantwortlichen Tätigkeit nachging oder … nachgegangen war, wie es jetzt wohl richtiger hieß, dachte Eggenberger mit gewisser Bitterkeit. Rehlinger sah ihn durchdringend an.

»Na, Ihr wusstet es wohl nicht, aber ich sage Euch, wenn Ihr auch dazugehört, dann packt Eure Sachen und verschwindet aus der Stadt. Einer von den Täufern reicht mir unter dem Dach.«

»Ich gehöre nicht zu den Wiedertäufern. Ich sage es offen, Herr, ich bin ein Katholischer. Aber was der Luther predigt und was in den Kirchen gesagt wird, hat mich ins Grübeln gebracht.«

»Ins Grübeln gebracht?« Rehlinger brach in schallendes Gelächter aus. Seine Stimme drang durch so manche Mauer, aber sein tiefes, dröhnendes Lachen musste bis auf die Gasse zu hören sein. »Schön, wenn Ihr grübelt. Wenn Ihr damit fertig seid, habt Ihr Euch vielleicht eine Meinung gebildet, worum es den katholischen Pfaffen geht und worauf die Eiferer bei den Lutheranern und Zwinglianern eigentlich hinauswollen. Denn wenn sich alle genügend in den Kirchen und auf den Plätzen das Hirn heißgeredet haben, wird es Zeit, dass der kühlende Wind durchsaust, um ein wenig der Vernunft Platz zu machen. Und was dabei herauskommt, sollte das Volk zu hören bekommen.«

Aus der Belustigung war Zorn geworden, und der Handelsherr strich sich aufreizend langsam über seinen Bart. Plötzlich aber griff er an die prall gefüllte Geldkatze an seinem Gürtel. Mit geübtem Griff löste er sie und wog sie in der Hand. Rasch sah er zu Eggenberger. »Kommt mit!«, befahl er und verließ mit eiligen Schritten die Schreibstube. Im noch nicht besetzten Kontor der Buchhalter, das er mit seinem Schlüssel öffnete, warf Rehlinger seine Geldkatze auf den Rechentisch. »Das sind die Münzen für die Seidenballen, die gestern verkauft wurden. Hier findet Ihr die Bücher, Eggenberger. Prüft mir, ob das Geschäft erfolgreich war.«

Eggenberger hob gelassen die Hände. »Ihr wisst, dass es erfolgreich war, Herr. Dieses Haus handelt mit Damast, Gewürzen und Metallen, bisher jedoch nicht mit Seide. Dass es nun aber in kürzester Zeit weitere Fuhren an Seidenballen aus Venedig und Lucca gegeben hat, hat sicherlich seinen Grund.«

Rehlinger verzog belustigt die Lippen. »Dann sagt mir, *wie* erfolgreich das Geschäft war.«

Eggenberger setzte sich an den Rechentisch, packte die Geldkatze und wog sie ab, als könne er auf diese Weise bereits nach seinen Erfahrungen als einstiger Kaufherr den Wert ihres Inhalts feststellen. Dann aber löste er das Lederband und schüttete die Geldstücke heraus, die in verschiedensten Prägungen klimpernd auf die Tischplatte sprangen. Er griff nach dem ihm am nächsten liegenden Taler, legte ihn auf die Münzwaage und bestimmte das Gewicht. So verfuhr er bis zur letzten Münze, um schließlich verschiedene Häufungen vor sich zu haben, mit denen er nacheinander auf dem Rechentisch zu hantieren begann.

Rehlinger staunte, wie sein Schreiber mit geübten Fingern die Dukaten, Taler, Batzen und Kreuzer über den Rechentisch schob und den entsprechenden Werten zuordnete und addierte. Dann wieder langte Eggenberger nach den Kontenbüchern, blätterte und orientierte sich darin, als hätte er nie etwas anderes gemacht. Immer wieder griff er nach Feder und Tintenfass und machte sich Notizen auf einem Papierbogen. Endlich sah er auf, und der ungeduldige Mann, der Konrad Rehlinger war, warf den Gänsekiel, mit dem er sich zunehmend gelangweilt beschäftigt hatte, auf den Tisch.

»Alles in allem, die Unkosten abgezogen samt dem beschädigten Ballen Seide, bleibt Euch ein stattlicher Gewinn, Herr Rehlinger. Ich denke, Ihr möchtet ihn bevorzugt in Goldgulden hören.« Jetzt war es Eggenberger, der sich mit unterdrückter Lebhaftigkeit über den Bart strich. »Es sind nahezu drei Goldgulden.« Er räusperte sich. »Oder zwei Pfund Safran.«

Ein zufriedener Zug lag auf Konrad Rehlingers Gesicht. Wie zur Selbstbestätigung nickte er und schob eine Hand unter sein Wams, um einen ledernen Beutel hervorzuziehen. Aus diesem nahm er verschiedene Schlüssel, die er entschlossen neben den Gänsekiel auf den Tisch warf. »Das sind die Schlüssel für die Stube des Hauptkassierers.«

Eggenberger verstand nicht, aber eine ungeheuerliche Ahnung stieg in ihm auf.

»Hört, Eggenberger, ich habe schon mit dem Grander und dem Honold gesprochen, und wir sind uns einig. Der Zaissenrieder wird die Posten vom Telscher übernehmen«, er machte eine kurze Pause, in der er Eggenberger prüfend musterte, »und Ihr übernehmt die Tätigkeit vom Zaissenrieder.«

»Ihr macht mich zum Hauptkassierer?«, stieß Eggenberger höchst überrascht aus.

»Vorerst ja. Ihr seid fleißig und versteht Euer Handwerk. Und am Rechentisch seid Ihr schneller als der Zaissenrieder.«

»Ihr wisst nicht, ob ich mich verrechnet habe, Herr«, sagte Eggenberger herausfordernd.

»Habt Ihr nicht! Ich habe dem Zaissenrieder vor Euch die Geldkatze gegeben. Er kam auf denselben Gewinn.« Sein Lächeln war mindestens so kämpferisch wie das des jungen Schreibers, der den Patrizierstand nie verloren hatte.

Als sich die Kontore im Haus vernehmlich mit weiterem Leben füllten, kehrte Rehlinger in die Stube der Schreiber zurück und griff sich seine Schaube. Draußen war es taghell. Die niederbrennenden Kerzen gingen ihrem Ende entgegen. »Eggenberger«, sagte Rehlinger in der offenen Tür, »seht zu, dass Ihr den letzten Ballen Seide aus dem Lager holt und ihn meiner Gemahlin bringen lasst. Sie hat mich schon ein paar Mal danach gefragt.«

Eggenberger nickte. »Ich werde es unverzüglich veranlassen.«

Rehlinger warf sich schwungvoll die Schaube über. »Den Ballen meerblauen Damast daneben, den nehmt Eurer Gattin mit, Eggenberger. Wenn ich mich recht erinnere, haben ihre Augen dieselbe Farbe.«

*

Der Maitag war von milder Wärme, in der alles leichter, alles duftiger wurde. Vor allem die Gewänder der vornehmen Damen in der Oberstadt, die sich jetzt in glänzende, schier durchscheinende Tuche hüllten. Als raschelten Blätter im Wind, strichen die Kleider über das trockene Pflaster. Die ausladenden farbenprächtigen Röcke waren sorgsam in Falten gelegt. Die teils tiefen Ausschnitte der eng anliegenden Oberteile gewährten neugierige Blicke auf manch üppige Weiblichkeit, die sich hervorwölbte und kaum von weißen Hemden oder verzierten Einsätzen verhüllt wurde.

Die Ärmel waren lang und eng und verschiedentlich am Arm geschlitzt, damit das helle Untergewand wolkig hervorbrechen konnte. Lediglich im Bereich von Schulter und Ellbogen war das Tuch großzügiger gearbeitet, damit sich die Frauen besser bewegen konnten. Auf hochgesteckten Frisuren saßen beinahe vermessen schräg Barette aus Samt und Seide. Oft hüllte dabei die Calotte, eine netzartige Haube aus seidenen Fäden, das Haar zu einem guten Teil ein. Feinste Stickereien veredelten die zarte Kappe, die die Anmut der jeweiligen Trägerin hervorhob, aber auch der dazu getragenen Kopfbedeckung einen sicheren Halt gab.

Aus den Gärten der Patrizierhäuser entlang des Weinmarktes wehte Fliederduft durch die nahe Prachtstraße. Am Rathaus schlug die Glocke und verkündete das Ende der Versammlung. Im Strom der Ratsherren verließ Konrad Rehlinger als einer der Letzten das stattliche Gebäude. Vor dem Perlachturm traf er auf Melchior Ilsung, wie er ein Patrizier, jedoch kleiner, stämmig und entschieden älter. Während sie des Weges gingen, unterhielten sie sich leise. An der Kornschranne nahe der Kirche des Heiligen Moritz begegneten ihnen zwei weitere Adelige, die als mögliche Käufer auf den Markt der Getreidehändler gekommen waren.

Wie zu einem munteren Gespräch fanden sich die vier Männer zusammen. Mit einem leisen Lächeln blickte man hin und wieder über den weiten Platz und das rege Markttreiben. Man machte Scherze, aber das Lachen trug nicht weit, denn Aufmerksamkeit wollte man nicht erregen. Rehlingers Hand fuhr in einen der offenen Kornsäcke. Als er sie wieder hervorzog, ließ er die Grannen wie prüfend über die Innenseite seiner Hand rollen. »Was weiß man von Langenmantel?«, fragte er rau.

Benedikt Hirschvogel schob sich näher zu Rehlinger, als interessiere auch er sich für die Qualität des Korns. »Mein Faktor kam heute in die Stadt zurück. Von ihm habe ich gehört, dass Reiter des Schwäbischen Bundes den Langenmantel samt Knecht und Magd in Leitershofen gefangen genommen haben.« Er stockte, als wollte das Weitere nicht über seine Zunge. »Sie wollten ihn nach Weißenhorn bringen.«

In den Gesichtern Rehlingers und Ilsungs spiegelte sich schlagartig Entsetzen.

»Weißenhorn?«, stieß Rehlinger hart aus. »Das ist sein Todesurteil!«

Dem alten Ilsung entrang sich ein Ächzen. Kaum merklich schwankte er. Als ihm Hirschvogel jedoch den Arm bot, lehnte der Patrizier beinahe schroff ab.

»Raymund Fugger ist Herr der Blutgerichtsbarkeit über Weißenhorn und seine Umgebung«, sagte Rehlinger mit dunkler, gedämpfter Stimme. »Er hasst den Langenmantel, und er hasst die Wiedertäufer. Und beides zusammen muss ihn jetzt mit böser Vorfreude erfüllen.« Den Adeligen befielen dunkelste Ahnungen. Raymund Fugger war der Neffe seiner Frau, der Neffe des toten Jakob Fugger. Er sah ihn vor sich, groß und kräftig mit vollem Gesicht und eckig geschnittenem Bart, wie ihn die Landsknechte trugen. Der Herr von Weißenhorn war ein temperamentvoller Mann, manchmal jähzornig und unberechenbar. Ganz so wie er!

Das Schreien der Getreidehändler, die allgemeine Stimmengewalt, um sich Gehör zu verschaffen, umgab die Patrizier wie eine wütende Menge. Rehlinger fuhr sich über das gefurchte Gesicht. »Wir werden uns für ihn verwenden, für sein Leben!«

»Wenn uns die Zeit reicht«, brach es heiser aus Ilsung hervor. Seine Blicke tasteten sich unruhig von einem Gesicht zum anderen. Anfangs nickten Hirschvogel und Amstetter nur schwerfällig, dann schienen sie entschlossener.

»Noch heute muss eine Botschaft an den Fugger nach Weißenhorn gehen!«, zischte Rehlinger mit unterdrücktem Zorn und warf die Grannen entschlossen in den Sack zurück.

Ilsung hob den Kopf. Seine wässrigen Augen schienen auf einmal von Eis überzogen. »Meine Herren, ich ersuche Euch, Euch bis in spätestens einer Stunde bei mir einzufinden.«

*

Lange, bevor der Nachtwächter sein Horn erklingen ließ, um den anbrechenden Tag anzukündigen, regte sich Matthias neben Elisa im Bett. Wie jeden Morgen legte er den Arm um sie und bettete seinen Kopf an ihre Schulter. Noch zu müde, um etwas zu sagen, streichelte er sanft ihre Haut und fuhr mit den Fingern durch ihr langes Haar. Als er merkte, dass sie wach war, beugte er sich über ihre Lippen und küsste sie.

Aus dem Kinderbett war leises Brabbeln zu hören. Johannes sprach im Schlaf. Elisa schmiegte sich enger an Matthias, suchte seine Hand und legte sie sich auf den Bauch. Die Wölbung war noch leicht, aber das Wissen, dass neues Leben darunter heranwuchs, machte Matthias' Stimme heiser vor Rührung. »Es wird ein Mädchen«, flüsterte er und streichelte die warme Haut unter seinen Fingern. »Eines mit blonden Locken und unendlich blauen Augen wie die ihrer Mutter«, sagte er und liebkoste Elisas Gesicht.

»Es wird ein Mädchen, aber sie hat das braune Haar und die braunen Augen ihres Vaters«, hauchte Elisa an seinem Ohr.

Draußen krähte der Hahn, den der Mesner von St. Georg nebst einer Schar Hühnern hielt. Als wäre dies ein Mahnruf, küsste Matthias seine Frau stürmisch und war im nächsten Moment aus dem Bett. Mit geübten Griffen entzündete er eine

Kerze am Tisch. »Heute soll ein großer Wagenzug aus Venedig eintreffen«, erklärte er Elisa, während er im Licht der zuckenden Flamme in seine Kleider zu schlüpfen begann.

»Das heißt, du wirst viel Arbeit haben«, kam es vom Nachtlager her.

»Mehr noch der Zaissenrieder. Der ist seit gestern etwas überreizt. Aber nicht wegen der Arbeit, sondern wegen der drei Handelsherren, die alle im Kontor sein wollen, um die Waren zu begutachten.«

»Das merken die Leute, als liege ein Gewitter in der Luft«, sagte Elisa, die ihre Beine aus dem Bett schob.

»Na ja, so eine Lieferung ist schon was Besonderes«, meinte Matthias ruhig, obwohl seiner Stimme eine gewisse Erregung anzuhören war. »Du musst wissen, die Herren, allen voran der Rehlinger, haben sich neben den üblichen Wollstoffen und dem feinen Damast und Brokat und den Säcken an fremdartigen Gewürzen auch noch ganz andere Waren aus der Levante kommen lassen. Und zwar für sich, nicht für den Handel.«

»Was denn?«, fragte Elisa, neugierig geworden.

»Kostbare Wandbehänge und Bodenteppiche aus Persien, auch Vasen, Lampen und Geschirr und einen orientalischen Vorhang über dem Alkoven, ein Baldachin.« In Matthias' Stimme schwang die Begeisterung, die seine Augen funkeln ließ.

Da war er wieder, der Kaufmann, der Handelsherr, der in Venedig gelebt und gearbeitet hatte, am Mittelmeer wie in Tübingen erfolgreich gewirtschaftet und der Erbe eines erfolgreichen Handelshauses hätte werden sollen. Dem das Herz glühte und Feuer in die Augen sprang, wenn er vom Fernhandel und den Ländern des Morgenlandes und feinen Stoffen aus Damast und Seide sprechen konnte. Elisa erkannte es schmerzlich. »Der Rehlinger scheint eine besondere Vorliebe für den Orient zu haben«, sagte sie mit einem stillen Lächeln. »Man sieht's an seinem Bart. Keiner sonst von den hohen Herren trägt ihn so herrisch.«

Endlich hatte sich Matthias in die Hose gezwängt. »Der Rehlinger ist halt ein ungewöhnlicher Mann.«

»Meinst, wegen seiner scharfen Nase und dem stolzen Blick über dem Türkenbart?«

Matthias schüttelte den Kopf. »Nein, nicht deswegen. Es ist…« Er schien nach den rechten Worten zu suchen, schlüpfte ins Wams und begann, es nachdenklich zu schließen. »Der Grander und der Honold sind ein anderer Schlag, auch die Männer, mit denen er im Rat sitzt.« Er sah Elisa geradewegs an, als wisse er endlich, wie er ihn treffend beschreiben konnte. »Der Rehlinger ist nahe daran, ein Heiliger oder ein Teufel zu sein.«

Erstaunt hob Elisa die Augenbrauen.

»Er ist stolz und starrköpfig wie die meisten Patrizier.« Ein spöttisches Lächeln umspielte seine Lippen, während er das Hemd unterm Wams am Halsausschnitt mit geübten Fingern gekonnt faltete und daran dachte, dass er trotz des völlig anderen Lebens, das er jetzt führte, selbst einer dieser stolzen und starrköpfigen Patrizier war. »Er ist laut und schnell gereizt, aber gerecht. Er schaut nicht auf die Leute herab wie viele andere der reichen Herren, und er schenkt einer armen Witwe mit den Kindern am Rockschoß schon mal ein paar Münzen, damit sie übers Jahr kommen.«

Matthias machte eine kurze Pause. »Es ist, als wüsste er genau, wer und was er ist, und stünde auf seiner eigenen Stufe, auf der kein anderer Platz hat. Wichtig ist ihm, dass einer offen und ehrlich ist und zuverlässig. Und kein falsches Spiel treibt.«

Die letzten Worte hallten in ihm nach. Schließlich war er es, der nichts anderes tat, als ein falsches Spiel zu treiben. Hatte er den Rehlinger, den Grander und den Honold nicht in so manchem, was er ihnen gesagt hatte, elend getäuscht?!

»Jetzt warst beim Heiligen, aber was ist mit dem Teufel?«, riss ihn Elisa aus seinen bitteren Gedanken.

Da war das Bild seiner feenhaften Frau doch ein anderes, dachte Matthias bewegt. Mit gelöstem lockigem Haar, das golden im Licht der schwachen Kerze schimmerte, saß Elisa auf der Schlafstatt, und ihre weißen, schmalen Füße rieben fröstelnd aneinander. »Der Rehlinger ist kein Teufel, aber ein wenig dämonisches Blut scheint schon in ihm zu fließen«, sagte er und strich sich gedankenvoll über den Bart. »Die Sybille, seine Frau, die hat er wohl schon begehrt, als sie noch gar nicht mit dem Jakob Fugger verheiratet war. Und während ihrer Ehe mit dem Fugger ließ er wohl auch nicht von ihr und sie nicht von ihm, obwohl auch er verheiratet war. Ich glaube, die Sybille ist der einzige Mensch, auf den er hört.«

»Der einzige Mensch mit ihm auf seiner eigenen Stufe?«

Matthias nickte und liebkoste Elisa mit seinen Blicken. »Sybille, die schöne Frau mit dem rötlichen Haar und dem blassen Teint. Sie hat sich mit dem Rehlinger sieben Wochen nach dem Tod ihres ersten Mannes vermählt.«

»War es dann nicht Liebe?«, fragte Elisa und zog die Flechten ihres Haares wie einen Schleier um sich.

Matthias war verblüfft, aber Elisa hatte mit tiefem Ernst gesprochen. Vor seinen Augen begann er, Konrad Rehlinger und die kleinere Frau an seiner Seite zu sehen, deren durchscheinende Schönheit ihrer Jugend jetzt in ihren reiferen Lebensjahren einem sanften Herbstlicht um sie Platz gemacht hatte.

»Wahrscheinlich hast du recht. Was sollte es anderes sein als Liebe.«

Matthias kam nicht weiter, denn wieder krähte der Hahn von St. Georg, und er schlang sich flink den ledernen Gürtel um. »Herrgott, für mich wird's Zeit!« Mit schwungvoller Geste griff er nach Schwert und Mantel und beugte sich über das Bett seines Sohnes, um voll Stolz und Liebe das entzückende, schlafende Kind zu betrachten. Im selben Moment fühlte er, wie Elisa die Arme um ihn schlang. Als er sich zu ihr drehte, sah er das Funkeln in ihren Augen. »Ich liebe dich, Matthis. Immer …«, sagte sie leise und küsste ihn.

Kapitel 7

Donnerstag, der 14. Mai, Anno Domini 1528

Amelinde!«, rief der Jackl aufgeregt und stürzte in einer Halle weit hinten in der Gießerei auf Amelinde zu. Die betrachtete prüfend die gegossene Maske für den Brunnen am Obstmarkt. Das Gesicht darauf mit den modellierten, wilden Locken zeigte einen Löwen, der seiner Beute nahe war. Das Raubtier hatte die Augen weit aufgerissen und das Maul, aus dem scharfe Reißzähne ragten. Der Jackl rief wieder, und Amelindes Kopf fuhr hoch.

»Komm schnell, Amelinde, den Meister hat der Hafer g'stochen. Der ist schon knallrot im G'sicht wie der Hintern eines gerupften Huhns«, überschlug sich die Stimme des Jungen, der nach Atem rang.

Amelinde legte vorsichtig die Brunnenmaske auf das hölzerne Regal und folgte Jackl, der schon wieder zurücklief. Über dem Hof sahen sie einen Geistlichen mit hochrotem Kopf und aufwehenden Rockschößen davoneilen. Der Jackl stockte plötzlich vor dem Wohnhaus, als hätte ihn Amelinde zurückgerissen. »Da geh lieber allein rein …«, rief er und machte keinen Schritt mehr, »dir wird der Meister keine Backpfeife verpassen.«

Amelinde verdrehte die Augen und stürzte ins Haus und damit in die große Stube, in der sich noch immer der kräftige Bass ihres Vaters hielt. »Vermaledeite Pfaffen!«

Meister Gessel schimpfte, was das Zeug hielt, und die Elsbeth am Herd kochte und drehte sich nicht einmal zu ihnen um. Amelinde stand eine Zeit lang mit verschränkten Armen im Raum, setzte sich dann aber an den langen Holztisch und stützte den Kopf in die Hand. Als ihr Vater nach einem mit Schimpfwörtern gespickten Wortschwall Luft holte, fuhr sie rasch dazwischen. »Vater, was ist geschehen?«

Den trieb es herum, als brenne ihm der Boden unter den Schuhen. Beide Hände hatte er am Gürtel um den mächtigen Bauch. »Besuch war da. Einer aus der Bischofsstadt!«, betonte er scharf.

Die Elsbeth am Herd zwischen ihren Pfannen, Sieben und Dreifußtöpfen kochte ungerührt, aber wie alles, was sich in diesem Haus im kleinsten Winkel ereignete, war ihr natürlich auch jetzt nicht entgangen, was den Meister so erregt hatte. Gerade nahm sie ein scharfes Messer und schnitt mit schneller, geübter Hand Speckstücke für den Eintopf und warf sie in den kochenden Sud. Kurz darauf stieg der Duft von Fett und Gemüse auf, und der Meister sah in ihre Richtung.

»Der hochwohlgeborene Herr von Frommholz, Domherr im Hochstift, hat mir von dem kleinen Kuttenträger eine

Nachricht überbringen lassen.« Schon wieder schoss die Röte in Gessels Wangen. »Nein«, fuhr er auf, »einen Befehl hat er mir überbringen lassen. Einen Befehl!« Er umgab dieses Wort mit so viel Abscheu, wie er aufbringen konnte. »Mir befehlen, dem Geschützgießermeister Simpert Gessel!« Er schnaufte vernehmlich, und die Elsbeth hackte mindestens so vernehmlich Kräuter. Als er gerade beim Tisch stand, donnerte er die Faust darauf. »Mir hat ein katholischer Pfaffe nichts zu sagen!«

»Was für Nachrichten hatte er denn für dich, Vater?«, fragte Amelinde geduldig.

Meister Gessel winkte mit verächtlicher Geste ab und nahm entschlossen den Gang über den knarrenden Boden wieder auf. Amelinde lief zu ihm hin und legte ihrem Vater die Hand auf den Arm. »Was wollte der kirchliche Abgesandte von dir, Vater?«

Gessel dampfte noch vor Zorn, aber endlich glättete sich ein wenig seine gefurchte Stirn. »Ich soll den Nonnen von Sankt Ursula eine Glocke gießen. Die alte bringt wohl keinen sauberen Ton mehr heraus und vertreibt die Leut, statt sie in die Messe zu locken.«

Seine Gleichgültigkeit konnte nicht verhindern, dass Amelindes Herz wild zu pochen begann. »Eine Glocke. Endlich wieder ein Friedensgeläut!«, rief sie laut und umarmte ihren Vater. Der Geruch nach Schweiß, Rauch und Bier stieg aus den Tiefen seines Wamses.

Einem blitzartigen Gedanken folgend, ließ Amelinde ihren Vater los und stürzte aus der Stube. Dabei warf sie beinahe den Jackl um, der das neugierige Ohr am Türstock gehabt hatte. Energisch packte sie den Jungen an der Schulter und drehte ihn mit dem Gesicht zum Hof. »Schnell, Jackl, schau, dass du den Boten erwischst, bevor er in der Bischofsstadt ist. Sag ihm,

Meister Gessel wird dem Domherrn Frommholz morgen einen Besuch abstatten.«

»Bist närrisch?«, brüllte ihr Vater. »Ich hab keinen einzigen Mann zu entbehren für eine katholische Glocke.«

Amelinde blickte ihn scharf an. »Hast du dem Geistlichen gesagt, dass du den Auftrag ablehnst?«

»Der war zu schnell fort«, murrte Gessel.

Plötzlich fuhr die Elsbeth vom Herd herum. »Dazu kam's gar nicht, Amelinde. Dein Vater ist gleich hoch wie von der Hornisse gestochen.« Sie warf Gessel einen bösen Blick zu. »Der brüllt erst wie ein Ochs, und dann steht er da und guckt, was für eine Bescherung er angerichtet hat.«

Die Elsbeth nahm sich viel heraus. Aber neben Amelinde war sie auch die Einzige, die sich das erlauben durfte. Die treue Elsbeth, die einst als Magd ins Haus gekommen war und die geholfen hatte, die Kinder großzuziehen. Ihr Haar war grau geworden, aber ihr Lächeln noch wärmer, seit sich Amelinde zu einer prachtvollen Jungfer herausgewachsen hatte. Die Elsbeth, die immer da war wie die wärmende Flamme im Herd.

Wieder brummte der Meister und stierte zu Boden, als lägen da die Worte, nach denen er verbissen suchte. »Nichts hab ich angerichtet, aber schleichen sollte er sich, der Kerl, und dem Domherrn einen Gruß bestellen, dass er seinen Kuttenträgern befehlen kann, aber nicht mir, dem Meister Geschützgießer, einem Zwinglianer!«

»Herrje, bist wieder wie ein Blasebalg vorgegangen und hast die Luft ohne Maß und Ziel verschleudert …«, stieß Amelinde ärgerlich aus.

»Ich lass mir nicht befehlen!«, donnerte Gessel. Blitze zuckten in seinen dunklen Augen.

Amelinde sah eisig zu ihm herüber und schwieg. Stolz hatte sie den Kopf erhoben.

»Die sollen sich die Glocke doch gießen lassen, von wem sie wollen. Nicht von mir!« Als Amelinde immer noch kein Wort sagte, wurde Gessel unruhig. Das Letzte, was er wollte, war ein Streit mit seiner Tochter. Störrisch wie ein Maultier konnte sie sein. Störrischer noch als er selbst, schoss es ihm unangenehm durch den Kopf. Unsicher sah er sie an. »Wen sollte ich von den Männern in der Gießerei auch entbehren? Wir sind hintendran mit den Geschützen für den Kaiser.«

Amelinde sagte immer noch nichts und blickte an seinem struppigen Kopf vorbei und zur offenen Stubentür hinaus auf den Hof, ob der Jackl endlich zurückkäme.

»So eine Glocke braucht eine genaue Vorbereitung und eine lange Zeit zur Fertigung. Da gehen Wochen ins Land.« Das Gewitter war vollkommen aus Gessels Stimme abgezogen. Wie zur Entschuldigung breitete er plötzlich die starken Arme aus. »In Sankt Ursula soll eine große Glocke hängen, keine für die schmale Geldkatze.«

Amelinde hielt die Lippen fest aufeinandergepresst. Meister Gessel ächzte etwas, wobei er sich im Bart kratzte und mal zu seiner Tochter, dann wieder zur Elsbeth schaute, die ihn mit wütenden Blicken bedachte.

Da kam der Jackl! Amelinde sah den Blondschopf, wie er durchs Tor kam und mit vor Anstrengung erhitztem Gesicht über den Hof lief. Als er ihren Blick auffing, nickte er und lächelte ein kurzes, gequältes Lächeln.

Amelinde fiel ein Stein vom Herzen. »Die Glocke wird gegossen, Vater! Hier in der einzigen Geschützgießerei in Augsburg. In der besten und größten Glockengießerei dieser Stadt, deren Meister einen hervorragenden Ruf weit über diese Stadtmauern hinaus hat«, sagte sie entschieden und verringerte damit seinen Widerstand beachtlich.

Gessel schnaufte und wand sich und breitete wieder wie ergeben die Arme aus. »Bei allen Heiligen, alle Gießer stecken bis zum Hals in ihren Arbeiten. Wir können die Glocke nicht gießen.«

»Gessel, der Herrgott hat's Vorrecht noch vor dem Kaiser!«, rief die Elsbeth gereizt, die sich nicht darum scherte, dass der Eintopf hinter ihrem Rücken bedrohlich zu blubbern begonnen hatte. »Einer der Gesellen kann die Glocke gießen. Wenn ihm die Amelinde dabei zur Hand geht, kann er auch bei den Kanonen mithelfen. Eine genaue Frist, wann's fertig sein soll, dürfen's halt nicht festlegen, die Geistlichen.«

Simpert Gessel überlegte. Das sah man seinem zuckenden, dunkel umwölkten Gesicht an. Mit schweren Schritten ging er über den Boden. Auf einmal jedoch verzogen sich die Mundwinkel unter dem Bartgestrüpp zu einem Grinsen, als wäre ihm ein großartiger Einfall gekommen. »Denen werde ich das Süpplein anständig salzen, diesen Kuttenträgern«, stieß er in böser Vorfreude aus. »Es gibt ja noch mehr Kräfte im Gusshaus, als sich die Pfaffen vorstellen können.« Er lachte leise. Dann schwieg er und wurde plötzlich ernst, als hätte er wieder Vernunft erlangt. »Himmelherrgott, wenn meine Tochter ein Friedensgeläut will und meine Magd meint, der Herrgott hat's Vorrecht, dann soll es so sein! Dann wird halt der Eckehard sein Meisterstück fertigen«, verkündete er mit einem Donnerschlag und machte beide Frauen sprachlos.

Tags darauf putzte sich Meister Gessel heraus wie ein Ratsherr mit dem noblen rostbraunen Wams, dem blütenweißen Hemd darunter, das eine gute Handbreit auf der Brust über dem

Wams hervorlugte, und den gebauschten Ärmeln. Dazu trug er bernsteinfarbene Hosen und Kuhmaulschuhe. Über seinen Schultern lag eine braune Schaube, die ihm bis zu den Oberschenkeln reichte. Auf dem Kopf saß leicht schräg ein braunes Barett, unter dem sich seine grauen, widerspenstigen Locken hervorschoben. Eine Feder daran tanzte bei jedem Schritt.

Amelinde, die ihn vor Neugier und Aufregung immerhin bis in die Domstadt begleiten wollte, trug ein grünes Kleid und darunter das bodenlange Hemd, das im eckigen Ausschnitt gekräuselt war und aus den langen, geschlitzten Ärmeln bauschte. In ihrem offenen Haar funkelte ein feiner goldfarbener Reif. Genauso golden wie das Medaillon mit dem Bildnis ihrer Mutter um den Hals, das in den zarten Falten des weißen Unterkleids lag.

Der Regen der letzten Nacht war weitergezogen und hatte einem gereinigten Blau am Himmel Platz gemacht, an dem einzelne weiße Wolken hingen. Die Sonne schien warm, ließ aber sogleich die Abfälle in den Gassen stinken. Amelinde und ihr Vater kamen durchs Heilig-Kreuz-Tor und nahmen den Weg, der zum Hafnerberglein hinabführte. Bei nächster Gelegenheit jedoch wandten sie sich nach links und gingen in Richtung der hinter hohen Mauern liegenden Residenz des Bischofs.

Beim Burggrafenturm, der wie eine kleine Festung in der Mauer der Domstadt saß und der Sitz des bischöflichen Vertreters in der Stadt war, standen Wachposten vor dem Zugang zum Hochstift. Wams und Hosen der Männer trugen dessen Farben, ein leuchtendes Rot und ein beinahe silbernes Grau. Die Büttel verharrten still auf ihren Plätzen, aber neben ihren stattlichen Gestalten flößten auch ihre großen Schwerter und Hellebarden zweifellos Respekt ein.

Ein Abgesandter des Domherrn stand unterm Torbogen und kam, als er die auffallende Erscheinung des Geschützgießermeisters erblickte, rasch auf Simpert Gessel zu. Man sah ihm an, dass er sich über die Jungfer an dessen Seite wunderte, aber er verlor kein Wort darüber. Nach einem knappen Gruß forderte er den Zunftmeister auf, ihm zu folgen, und eilte unter dem Torbogen hindurch. Unbehelligt von den Wachen, folgten ihm Amelinde und ihr Vater und betraten den Fronhof, auf dem die ritterlichen Turniere stattfanden, wenn der Kaiser oder die Fürsten zu Reichstagen in der Stadt weilten.

Amelinde stockte unweigerlich beim Anblick der Bischofspfalz. Obwohl sie regelmäßig die Messe in der Domkirche besuchte, hatte es für sie noch nie einen Anlass gegeben, das weitläufige Gelände des dahinterliegenden Fürstensitzes zu betreten. Beeindruckt starrte sie jetzt auf das Gebäudeensemble aus sich eng aneinanderschmiegenden prachtvollen Häusern unterschiedlicher Höhe. Manche besaßen im Erdgeschoss große Tore, durch die Reiter oder Fuhrwerke in einen Hof oder Lagerraum kommen konnten. Ein schmaler, hoch aufragender Turm verband den nördlichen Teil mit dem Hauptteil, auf dessen Spitze die rot-silberne Fahne des Fürstbistums Augsburg im Wind flatterte.

Zwischen der Residenz und der Kathedrale erhoben sich feudale Domherrenhäuser mit kleinen, gepflegten Gärten und reichem Baumbestand. Direkt an der Domkirche waren zwei weitere, allerdings deutlich kleinere Kirchen erbaut. Mitten auf dem Fronhof auf steinernem Sockel prangte im strahlenden Sonnenlicht das Wappen der Stadt Augsburg, die Zirbelnuss.

Simpert Gessel deutete auf das große Gebäude vor ihnen und das Fuhrwerk, von dem eben Fässer abgeladen wurden.

Männer rollten sie geübt über die schweren, offen stehenden Tore ins Innere. Der Gießermeister schnalzte mit der Zunge. »Ein herrliches Bier, viel zu gut für die Pfaffenmägen. Ich hab's schon mal gekostet. Es kommt aus ihrer Vogtei vor den Toren der Stadt.« Er schnäuzte sich vernehmlich. »Auch der Wein ist gut.« Er beugte sich so zu Amelinde, dass der Geistliche vor ihnen es nicht verstehen konnte. »Wenn sie beides aus den Schenken in der Stadt beziehen würden, müssten sie Ungeld bezahlen. Und hier im Domstift unterliegen sie ja nicht den Abgaben der Stadt.«

Einige Mönche kamen schweigend hintereinander über den breiten Weg, ohne sie zu beachten. Ein einsamer Reiter, offenbar ein Bote, lenkte sein Pferd hin zur Pfalz und sprang vor dem prächtigsten der Gebäude aus dem Sattel. In den Bäumen bei den Domherrenhäusern saßen ein paar Krähen und verständigten sich durch ihren krächzenden Ruf. Ein leichter Wind wehte.

Der Abgesandte verschwand in einem der letzten Häuser der Residenz, und Simpert Gessel folgte ihm. Dem Geschützgießermeister schlug in dem kühlen, halbdunklen Gang der Geruch erkalteten Wachses entgegen. Kurz darauf führte der Mann ihn in einen Raum, dessen Wände aus dunklem Holz gezimmert waren. In seiner Mitte erhob sich eine mächtige Säule, die die schwere Decke zu tragen schien.

Die Sonne drang kraftvoll durch die Butzenscheiben und tauchte das Zimmer in gedämpftes, warmes Licht. Überall an den Wänden standen hohe, schwere Regale, in denen sich eng aneinander in Leder gebundene Bücher reihten und eine Vielzahl von Schriftrollen mit roten, braunen und honigfarbenen Siegeln aufeinanderlagen. An einem wuchtigen Tisch stand ein Geistlicher mit dem Rücken zu ihnen und sah aus dem Fenster.

Der kleine Kuttenträger neben Gessel wagte es nicht, etwas zu sagen, aber dann wandte sich der Domherr ihm zu und gestattete ihm mit einer knappen Geste, zu sprechen.

»Hochwürdiger Herr, der Meister Glockengießer ist eingetroffen.«

Augen wie ein Raubvogel, schoss es Gessel durch den Kopf, als er den stolzen, kalten Blick des Mannes auffing, der in erster Linie seinem Lakaien und erst danach ihm galt. Wieder machte dieser ihm auf Anhieb unsympathische Mann eine herablassende Geste, worauf sich sein Untergebener verbeugte und lautlos zurückzog.

»Gott grüße Euch, Meister Glockengießer«, sagte der Domherr verhalten.

Simpert Gessel erwiderte den Gruß des Geistlichen. Seine Bassstimme allerdings füllte den Raum auf völlig andere Weise aus als die kraftlos klingende des Kanonikus.

Ungeachtet dessen war Clemens von Frommholz ein stattlicher Mann. In seiner schwarzen bodenlangen Soutane flößte er unweigerlich Respekt ein. Auf seiner Brust lag ein schweres Kreuz an einer goldenen Kette. Seine Hände verbarg er unter dunklen, seidig glänzenden Handschuhen, aber nicht den auffällig geschmiedeten Ring mit grünem Stein an einem seiner Finger.

Den Hals umschloss eine eng anliegende weiße Halskrause, auf die im Nacken graues, dünnes Haar fiel. Der Geistliche hatte ein kantiges, hartes Gesicht mit bleicher, ungesund wirkender Haut. Unter den abweisend blickenden Augen hingen schwere Tränensäcke. Seine Nase war knochig und lang und sein Mund zwei dünne Linien von Lippen, über denen ein grauer spärlicher Bart wuchs.

»Ihr seid also Meister Gessel, der Geschütz- und Glockengießermeister am Katzenstadel?«, fragte der Domherr und blickte Simpert Gessel mit einem Ausdruck an, als würde er sich dessen Anwesenheit unangenehm bewusst.

Simpert Gessel nickte, zog aber nicht das Barett vor dem hochwürdigen Kanonikus, dessen katholischer Glaubensgemeinschaft er schon lange nicht mehr angehörte.

»Der Glockengießer mit dem besten Ruf in Augsburg. Bekannt für ordentliche und rasche Ausführung der Auftragsarbeit«, setzte der Adelige unbeeindruckt fort.

Unwillkürlich streckte sich Gessel, der um gut einen Kopf kleiner als der Geistliche war. »Nun, Herr von Frommholz, Ihr habt mich bitten lassen, zu Euch zu kommen«, sagte er knapp und ließ den Kanonikus nicht aus den Augen.

Im Gesicht des Domherrn zuckte es verräterisch. *Von Bitte kann keine Rede sein, du respektloser, überheblicher Wicht!* So waren sie inzwischen aber alle, dachte er, diese aufrührerischen Handwerker, dieses rebellische Volk aus dem Kreuzer- und Lechviertel, und die Habenichtse in den Armenvierteln, seit sie sich diesen Ketzern Zwingli und Luther zugewandt hatten.

Frommholz spürte Beengung in der Brust und heiße Flammen darin, und es fiel ihm schwer, unter der fest anliegenden Halskrause zu schlucken und zu atmen. »St. Ursula im Lechviertel, das zum Hochstift gehört, braucht eine neue Glocke. Die alte ist schadhaft und ihr Klang mittlerweile ein Misstönen«, erklärte er mit unüberhörbarem Desinteresse.

Gessel nickte. »Das heißt, Ihr wollt mir den Auftrag für den Glockenguss anbieten?«

Der Geistliche hatte den Blick von ihm abgewandt und begann, in durcheinanderliegenden Schriftstücken auf dem Tisch zu blättern. Er sah nicht einmal zu Gessel auf, als er ihm antwortete. »Die Glocke muss bis zum heiligen Pfingstfest fertig sein.«

Simpert Gessel staunte über sich selbst. So kannte er sich gar nicht, dass er bei solch beleidigender Weise, mit der er behandelt wurde, nicht sofort in ein Donnerwetter ausbrach oder die Faust auf den glänzenden, sichtbar gepflegten Schreibtisch dieses hochnäsigen Kuttenträgers krachen ließ. Aber dann wurde ihm bewusst, dass es die höhnische Vorfreude war, diesem blutleeren Pfaffen endlich einmal eine gesunde Gesichtsfarbe zu verpassen. »Das ist ganz und gar unmöglich, Herr von Frommholz«, sagte er in einer Ruhe, die nichts Hinterhältiges an sich haben konnte.

Der Kopf des Domherrn schnellte hoch, als wäre er plötzlich um Jahre verjüngt.

»Wisst, hoher Herr, die Fertigung einer Glocke dauert Wochen, und es sind noch nicht alle Geschütze für den Kaiser gegossen, die dieser verlangt. Meine Männer und ich arbeiten bereits von Sonnenaufgang bis Sonnenuntergang. Mit einem Wort, ich kann diesen Auftrag nicht annehmen.«

Dem Kanonikus stockte der Atem, und die Farbe seiner Haut wechselte, als wäre schwarzes auf helles Blut gestoßen und das Gelb der Galle dazwischen. »Ihr lehnt den Auftrag ab?«

»Ich kann keinen der Gesellen entbehren, Herr.« Simpert Gessel legte wie entschuldigend die Hände ineinander. »Der Rat schickt wöchentlich den Weibel her, um zu sehen, wie weit wir mit den Geschützen sind.« Er gestattete sich eine kleine Verbeugung vor dem Domherrn, als wünschte er, ihn gütlich zu stimmen.

Frommholz fuhr mit nervösen Händen durch die ohnehin ungeordneten Blätter auf dem Tisch. Sein Blick wanderte bestürzt durch den Raum. »Das ist unmöglich, die Glocke muss bis zum heiligen Pfingstfest fertig sein«, ächzte er und griff sich an den Hals, den er durch die gebauschte Halskrause nicht erreichen konnte. Als brauchte er auf einmal Platz, kam er um den Tisch herum und machte ein paar ausholende Schritte durch den Raum.

»Nun gut, Herr, vielleicht ginge es, wenn ein Gießer die Hauptarbeit macht und ein anderer ihm zur Hand geht, wo es nötig ist.« Gessel fühlte sich wie ein Menschenfreund.

»Einen Gesellen könntet Ihr also doch erübrigen?« Der Kanonikus fuhr herum und starrte ihn an wie ein Dürstender den einzigen Tropfen aus dem Wasserschlauch.

»Den besten, Herr. Er ist erst von der Gesellenwanderschaft zurückgekehrt und steht davor, sein Meisterstück zu fertigen. Und den Gießer, der ihm helfen könnte, habe ich mitgebracht. Er steht vor Eurem Haus.«

Der Domherr ließ sich herab, ans Fenster zu treten und es zu öffnen. Kurz blickte er hinaus. Als er sich Gessel wieder zuwandte, lag jedoch Unverständnis in seinem Gesicht. »Da steht nur eine … eine Jungfer und zählt offenbar gelangweilt die Falten ihres Rocks.«

Gessel spürte, wie ihn der Stolz größer machte. »Das ist der Gießer, von dem ich sprach. Meine Tochter Amelinde! Sie beherrscht den Guss von kleinem Stückwerk wie kein anderer in der Gießerei. Überhaupt ist sie äußerst geschickt im Umgang mit den Metallen und im Wissen um deren genaue Zusammensetzung. Und im Glockenguss hat sie an meiner Seite großes Geschick bewiesen.«

Clemens von Frommholz nahm in keinster Weise Anteil am väterlichen Stolz. Mittlerweile hatte seine Gesichtsfarbe sogar einen grünlichen Ton angenommen. »Ein Weib als Gießer?« Seine Stimme stand kurz davor, sich zu überschlagen.

»Eine treue Katholikin, die sonntäglich in die Domkirch' zur Messe geht«, merkte Gessel ernsthaft an.

Als läge das edle Tuch des Talars schwer auf ihm, hörte man das röchelnde Atmen des Domherrn. Außerdem stand er starr wie einer, den der Blitz getroffen hatte. Wenn auch nur für einen kurzen Moment, dann zogen bedrohliche Gewitterwolken in seinen Augen auf. »Ein Weib?!«, spie er hervor, als habe er versehentlich faules Brot erwischt. »Ein Weib in einem Handwerk? Eine Glocke für eine Kirche des Hochstifts, an die ein Weib Hand angelegt hat? Seid Ihr wahnsinnig geworden, Gessel?« Seine Blicke glühten wie im Fieber. »Schickt das Weibsbild an den Herd zurück und habt nicht noch einmal die Frechheit, sie unbefohlen mit hierherzubringen!«, brüllte er und eilte mit raschen Schritten aus dem Raum.

Gessel fluchte. Er war ein Schafskopf, weil er das Maul nicht hatte halten können. Durch das hochmütige Gehabe des vermaledeiten Domherrn hatte er sich hinreißen lassen, von Amelinde zu erzählen und ihrer Fertigkeit im Gießerhandwerk. Und dass sie mit Hand anlegen würde bei der Glocke. Das hätte er zwar ohnehin stolz verlautbart, aber erst, wenn die Glocke im Turm von St. Ursula das erste Mal erschallen würde. Mitten hinein in die festliche Versammlung der katholischen Ordensfrauen aus dem Lechviertel und der hohen Kuttenträger aus der Bischofsstadt, die frömmelnd beieinanderstehen würden.

Auf dem Weg zurück zum Katzenstadel war der Meister Geschützgießer übellaunig und einsilbig, aber Amelinde ließ nicht locker. »Was war denn? Du machst ein Gesicht, als hättest gerade den Domherrn verschluckt«, hielt sie ihm ungeduldig vor.

»Da sei Gott vor!«, knurrte ihr Vater. »Bis zum Pfingstfest sollte die Glocke fertig sein, und nicht mal angesehen hat er mich, als wäre ich einer seiner Lakaien.« Gessel spuckte aus. »Den selbstgefälligen Hundsfott habe ich zappeln lassen und schier zum Schlagfluss getrieben, als ich ihm sagte, dass meine Tochter als tüchtige Gießerin bei der Glocke mithelfen würde.«

Unweigerlich stockte Amelinde. »Was hast du, Vater?«

»Dem Pfaffen gesagt, der Auftrag kann nur angenommen werden, wenn du einem meiner Gesellen beim Glockenguss hilfst, weil die Kanonen für den Kaiser nicht vernachlässigt werden dürfen.« Auch er war stehen geblieben und riss sich das Barett vom Kopf, weil ihm der Schweiß von der Stirn lief.

Ein heller Schein legte sich über Amelindes Gesicht. Stolz sah sie auf ihren Vater. »Recht so, Vater! Aus deinem Gusshaus stammen die besten Glocken der Stadt. Soll der eitle Domherr nur wissen, dass deine Tochter mit anpackt und eine gute Gießerin ist.« Sie umschlang seinen Arm und legte ihren Kopf an seine Schulter. »Wenn er jetzt den Auftrag einer anderen großen Schmelzhütte in der Stadt gibt, soll's halt so sein. Bis Pfingsten wäre sie ohnehin nie und nimmer fertig geworden.«

Da die Nacht kaum von der Tageswärme verloren hatte und Amelinde nicht schlafen konnte, ging sie über den Hof in ihren kleinen Garten und setzte sich auf die Bank. Eine Zeit lang saß sie nur da und beobachtete das silberne Funkeln der fernen Sterne am dunklen Himmel. Zum Glück, dachte sie, saß kein einziger Mann vom Schlag des Domherrn im Ausschuss der Zunft, vor der sie ihre Gesellenprüfung abgelegt hatte, sonst wäre sie ehedem niemals zur Prüfung zugelassen worden. Schließlich gab es in der Zunft und auch außerhalb genügend Männer, die Frauen für durchaus befähigt hielten, in einem Männerhandwerk bestehen und hervorragende Arbeit leisten zu können.

Es gab Dachdeckerinnen und Schmiedinnen im Lechviertel und Kürschnerinnen. Natürlich gab es auch die Handwerkerinnen, die sich auf feinere Metall- und Holzarbeiten verstanden und etwa Gürtelschnallen herstellten. Und jede Art von Nadeln und schlichte oder kunstvoll gestaltete Ringe. Auch Rosenkränze, fiel ihr ein, und sie dachte spöttisch an den hochwürdigen Herrn von Frommholz, der wohl auch diese Handwerkerinnen innigst an den Herd verwünscht hätte, würde er nur wissen, wer seine Rosenkränze und die seiner Untergebenen gemacht hatte.

Ach ja, da gab es auch zwei Bierbrauerinnen, von denen die eine die am besten besuchte Schankstube im Lechviertel betrieb, während die andere ihr Bier an den für den Pfaffenkeller im Kreuzerviertel verantwortlichen Cellarius aus der Domstadt verkaufte. Der war als Verwalter für die Schankstube bei St. Barbara zuständig, in der nur die in der Bischofspfalz Ansässigen zechen durften und das ausgezeichnete Bier der Brauerin genossen. Wie der Kanonikus Frommholz wohl das Kreuz beim Genuss des Bieres geschlagen hätte, würde er von einer weiblichen Brauerin wissen, aber nicht vom schäumenden Genuss lassen wollen! Wahrscheinlich war er aber ohnehin enthaltsam wie ein Fisch auf dem Trockenen, dachte Amelinde.

Sie hatte sich die Schuhe abgestreift und grub die Zehen in die kühle Erde. Der Karren des Nachtkönigs rumpelte am großen Tor des Anwesens vorbei. Sie kannte dieses knarrende, leicht schleifende Geräusch des mit Abfällen, Kot und Tierkadavern beladenen Wagens, der noch mehr Last aufnehmen würde, ehe der Mann auf dem Kutschbock bei den ausgehobenen Gruben vor der Stadt anlangte.

Wieder flammte das Gefühl von Stolz auf den Vater in ihr auf, der vor dem Domherrn zu ihr gestanden hatte und zu seinem Handwerk. Unwillkürlich lächelte sie. Wie oft hatte sie ihm über die Schulter gesehen und bisweilen auch geholfen, wenn er wieder eine der prächtigen Glocken geformt und schließlich gegossen hatte. Alle Arten von Glocken, die in einer Stadt benötigt wurden; deren Klänge wie die unterschiedlichsten Stimmen waren, die die Menschen riefen.

Kraftvolle zur Messe wie zum innigen Gebet. Warnende wie die Sturm- und Brandglocken oder harte, kalt klingende wie die Schand- und Bannglocken. Aber ihr Vater machte auch jene mit den lockenden, vergnügten Stimmen, die zum Feierabend riefen. Die Stimme der Sterbeglocke empfand sie als mahnend, vielleicht auch tröstend. Die letzte, die ihr Vater schon vor längerer Zeit gegossen hatte, hatte die Männer im Hof aufhorchen lassen. Der Klang der Ehrenglocke war besonders rein geworden, beinahe leuchtend.

Ein Stich fuhr ihr ins Herz. Die Glocke für St. Ursula, wie sie vom Hochstift gewünscht war, würde sicher mehr als dreitausend Pfund wiegen. Es wäre ein großes Bronzewerk geworden, bei dem sie alle Sorgfalt und Begeisterung aufgeboten hätte, um Eckehard dabei zur Hand zu gehen. Und der wusste noch nicht einmal, dass er nahe daran gewesen war, sein Meisterstück fertigen zu können. Heiß wurde ihr, als sie daran dachte, dass sie ihn geküsst hatte. Ohne zu überlegen, ohne jegliche Scheu. Und es war wunderbar gewesen! Still lächelte sie, fuhr sich mit einem Finger über die Lippen. Süß und verlockend hatte diese Berührung geschmeckt, und seine strahlend blauen Augen hatten sie auf seine Weise liebkost.

Bereits als Junge hatte er etwas an sich gehabt, das sie vom ersten Tag an für ihn eingenommen hatte. In seiner Zeit als Lehrbub war er ihr schließlich immer mehr ans Herz gewachsen, der aufgeweckte, scherzende Junge mit seinen wilden, flachsblonden Haaren. Der fleißig und ehrlich war und sich für keine Arbeit zu schade und der in ihr nie ein lästiges Balg im Schatten der Gießerei gesehen hatte. Inzwischen fühlte sie so deutlich mehr für ihn, dass es ihr, als sie an ihn dachte, wie im Fieber heiß über den Körper jagte.

Kapitel 8

Samstag, der 16. Mai, Anno Domini 1528

Meister Gessel verschluckte sich beinahe am Brot, als noch vor Tagesanbruch die Tür zur großen Stube aufgerissen wurde. Ein junger Geistlicher kam herein, grüßte mit seinen munteren Augen und einer klangvollen Stimme alle am Tisch und hieb schließlich dem Meister die Hand auf die Schulter. »Grüß Euch Gott, Oheim. Ich hoffe, Ihr habt einen Krug Bier für mich.« Ohne ein Willkommen abzuwarten, zog er sich einen Schemel heran.

»Herrgott, Anselm, von deiner Sorte brauch ich jetzt keinen!«, schimpfte Gessel und blitzte seinen Neffen böse an.

»Ich hab aber Durst, und Euer Bier schmeckt mir besonders gut, Oheim«, sagte der junge Kleriker forsch, dem die Kutte um den mageren Leib schlotterte. Freudig langte er nach dem Krug, den ihm Amelinde schmunzelnd reichte.

»Das kannst, schmausen und zechen und dem Herrn den Tag stehlen«, brummte Gessel und schmetterte seinen Humpen auf den Tisch, worauf vom Inhalt einiges herausschwappte.

»He, habt Ihr schon einen Schwung am Morgen, Oheim. Da schafft Ihr ja heute gleich drei Kanonen statt einer und spannt Euch selbst vor den Karren, um sie ins Zeughaus zu bringen«, spottete Anselm und lachte laut auf. Anselmus, Angehöriger der Domstadt, Mesner in der Kathedrale und der einzige Schwarzrock in der Gessel'schen Anverwandtschaft, war ein fröhlicher Mensch.

»Vermaledeiter Rotzlöffel, gleich schmeiß ich dich raus!«, brüllte Gessel und schlug mit der Faust auf den Tisch, dass alles, vom Gesellen bis zum Lehrbuben, den Kopf hob und das Grinsen hinter der Suppe oder dem Haferbrei verbarg. Es war immer eine rechte Gaudi, wenn die zwei aufeinandertrafen; der Kleriker mit dem frechen Mundwerk und dem lebhaften Geist und der grantige Meister, bei dem es nicht viel brauchte, damit ihn der heilige Zorn packte.

»Das geht nicht, Oheim«, presste Anselm zwischen Brot und Bier im Mund hervor. »Ich komm ja nicht vorbei, weil's mir im Hochstift langweilig ist.« Mehr sagte er nicht, aber kaute mit vollen Backen, dass es eine Lust war.

»Ja, Herrgott, weswegen bist denn da?«, maulte Gessel und warf ihm einen verdrießlichen Blick zu.

»Dein Bier schmeckt mir, Oheim, aber damit es dir auch wieder schmeckt nach dem gestrigen Spektakel, lies!« Während er das sagte, griff er in einen der beiden weiten Ärmel und zog ein zusammengerolltes Schriftstück hervor. Als er es schwungvoll seinem Oheim geben wollte, stieß er dessen Bierkrug um, und etwas von dem gelben Gebräu lief übers Papier.

»Saubub, kannst nicht aufpassen!«, rief Gessel, riss das Schriftstück an sich und rieb es so derb an seinen rauen Hosen trocken, dass es zerknitterte und das Siegel abfiel.

Amelinde bückte sich rasch und hob es auf, weil sie vor Neugier schier platzte. *Ein Siegel des Hochstifts!* Ihr Herz schlug schneller. Ihr Vetter war also ein Bote der Domstadt und nicht nur so des Weges gekommen.

Gessel starrte das Schriftstück an, als käme es direkt vom Kaiser. Der Atem in der mächtigen Brust ging heftig. Als er es aufreißen wollte, legte sich ihm entschlossen Anselms Hand auf den Arm. »Oheim, du bist nicht allein in der Stube!«

Schlagartig ruckte Gessels Kopf hoch. Dumm war er nicht, der Anselm. Ein schwindsüchtiger Kuttenträger zwar, aber nicht dumm. *Na ja, er ist halt ein Gessel!*, durchfuhr es ihn. Dann sah er von einem zum anderen an der Tafel. Da saßen sie, die Gesellen und Lehrbuben und sonstigen Helfer, und glotzten sich die Augen aus dem Kopf, und manche vergaßen sogar, den Brocken Brot, den sie im Hals oder in der Backe hatten, runterzuschlucken. Die plötzliche Stille bei so vielen Leuten in der großen Stube war erstaunlich. Dem Jackl stand der Mund offen, und ein Klumpen Brot rutschte ihm immer weiter heraus.

Plötzlich riss Gessel den Kopf herum und sah nach der Elsbeth. Tatsächlich, auch die stand erwartungsvoll am Herd, hatte die Schöpfkelle in der Hand und schaute begierig zu ihm herüber.

»Ja, Himmel, Arsch und Zwirn, gegessen wird und nicht geglotzt! Habt eh schon zu lang die Ohren aufgestellt. Seht zu, dass ihr an die Arbeit kommt. Alle!«, donnerte Gessel und sprang so schwungvoll auf, dass sein Hocker geräuschvoll umfiel. Einen nach dem anderen sah er an, als wollte er ihn fressen, und die Männer sahen zu, dass sie aus der Stube kamen. Als Gessel bei Elsbeth anlangte, fiel ihm nichts Besseres ein, als sie auf den Markt zu schicken.

»Was?«, fuhr sie auf. »Die Tore sind doch noch gar nicht auf. Oder habt Ihr die Glocke gehört, Gessel?!« Mit den Händen in den Hüften funkelte sie den Hausherrn an.

»Ach was, die Sonne geht gleich auf. Bis du hinkommst zum Obstmarkt, hat der Buckelkorbhändler schon seine halbe Ware verkauft«, knurrte Gessel und wischte ihren Einwand mit entschlossener Geste beiseite.

»Was soll ich auf dem Obstmarkt, Gessel? Mein Lebtag hab ich noch nicht g'sehen, dass Ihr einen Apfel esst!«, keifte Elsbeth.

»Sapperlot, jetzt schleich dich, Elsbeth! Gesagt ist gesagt«, brauste Gessel auf und hieb mit der flachen Hand auf den Tisch, dass es krachte.

Mit hochrotem Kopf verließ die Magd die Stube. Jetzt bekam sie nicht mit, was das für eine Nachricht aus der Domstadt war, und die Neugier fraß doch an ihr wie einen die Flöhe in schlechten Betten. Aber sie schwor sich, das würde der alte Grantler büßen. Einen schrumpeligen Herbstapfel würde der zur Nacht kriegen und Haferbrei mit getrockneten Pflaumen, und da war schon gleich gar nichts mit Bier und Speck!

Meister Gessel betrachtete eine Zeit lang das Schriftstück in seinen Händen, aber dann riss er es energisch auf und entfaltete es. Seine Blicke sprangen über die sorgsame Schrift, die kunstvollen Bögen und Aufschwünge, und die Hitze schoss ihm in Brust und Gesicht. Bevor er jedoch platzte, ließ er einen mächtigen Brüller los. »Ha, so ist's recht. Jetzt haben's die Hinterbacken zusammengekniffen, denn so springt man mit dem Augsburger Geschützgießermeister nicht um!« Mit kraftvollen Schritten durchmaß er die Stube. Immer wieder. Und Amelinde wurde es eng unter ihrem Hemd.

Siegessicher strahlten Gessels Augen, als er mit dem ausgestreckten Zeigefinger auf Anselm deutete. »Und dich haben sie geschickt, weil sie wussten, dich würde ich nicht gleich wie den anderen Kuttenträger aus dem Haus werfen.«

Anselm goss sich einen weiteren Becher voll und prostete seinem Oheim belustigt zu. »Ja, dumm sind sie nicht, auch wenn sie keine Gessel sind.«

Der Meister Geschützgießer lachte dröhnend auf, dann fuhr er herum und drückte seiner Tochter das Schreiben in die Hand. »Da, lies! Jetzt kannst du dich mit dem Eckehard bald aufmachen ins Lechviertel.«

Das Schreiben war feucht und zerknittert von Bier und unsanfter Behandlung, aber für Amelinde war es ein Schatz, den sie in Händen hielt. Die ersten Buchstaben schon hatten sie gefangen; sorgsam verfasste Zeilen, die von einem Secretarius des Hochstifts stammten. Es war gar ein Dekret der fürstlichen Residenz, wie sie höchst erstaunt an der Formulierung erkannte. Und darunter waren einige Namen hochwürdiger Domherren aufgeführt, von denen sie keinen einzigen kannte. Als sie las, dass Meister Gessel die Glocke gießen solle oder einer seiner Gesellen, der genügend Erfahrung darin hatte, hätte sie jubeln können. *Das ist nie und nimmer im Auftrag des Domherrn von Frommholz erfolgt!*, schoss es ihr durch den Kopf.

»Elsbeth, einen frischen Krug Bier, aber schnell«, rief Gessel laut und fuhr zum Herd herum, aber dann fiel ihm ein, dass er die Elsbeth ja zum Markt geschickt hatte und alle anderen an die Arbeit, deren Ohren am Tisch immer länger geworden waren.

»Ich hole es dir, Vater«, rief Amelinde, schob das Schreiben in ihren Ausschnitt und lief in den Keller.

»Sag schon, Anselm, wie ist es zugegangen, dass ich jetzt den Auftrag kriege?«, platzte Gessel ungeduldig heraus.

»Wissen tue ich's vom Mundschenk unseres ehrwürdigen Herrn Bischof. Der Sebald ist ein Freund von mir. Am Abend noch ist der Domherr von Frommholz zu seiner Exzellenz höchstselbst gekommen und hat unbedingt mit ihm reden wollen. Unser hochwürdigster Herr ist ja ein gutmütiger Mensch, wie Ihr wisst, Oheim. Der hat also gemeint, dem Domherrn noch eine Audienz geben zu müssen. Und dann hat der Sebald den beiden Herren einen Wein gebracht.« Anselm bekam ganz verklärte Augen. »Einen Wein, sag ich Euch, Oheim, da schnalzt Ihr mit der Zunge. So was habt Ihr Euer Lebtag noch nicht genossen.«

Die Augen des Meisters begannen, sich zu verdunkeln. »Himmelherrgott, der Wein interessiert mich keinen Deut. Sag schon, was ist da gesprochen worden?!«

»Na, der werte Herr Kanonikus war kaum im Saal, als er loslegte und sich ereiferte über eine Missachtung seines Standes und die unglaubliche Impertinenz des Meisters Geschützgießer, während er im Saal umherjagte, als brenne ihm das Höllenfeuer unter der Soutane. Es hat dann offenbar eine Weile gedauert, bis ihn seine bischöfliche Gnaden hat beruhigen können.« Anselm nahm einen kräftigen Schluck vom kühlen Bier, das ihnen Amelinde hingestellt hatte und das ihm leicht wie Quellwasser durch die Kehle rann. Mit dem Ärmel wischte er sich begeistert den Schaum vom Mund.

»Der Herr von Frommholz hat wohl schließlich entsetzt

geschildert, wie er nebst dem hergebetenen ketzerischen Geschützgießermeister vor dem Fenster seines Hauses auch dessen Tochter hat erblicken müssen. Eine Frauensperson! Als ihm dieser Simpert Gessel dann auch noch die Jungfer als den Gesellen angepriesen hatte, der dabei helfen würde, die Glocke für St. Ursula zu gießen, hätte ihn schier der Schlag getroffen.«

Gessel brummte etwas in seinen Bart, das Anselm kaum verstand, aber die Wortfetzen *... nicht schad' drum g'wesen* bekam er dann doch mit. Ungeniert holte er sich den Speck vom Teller des Oheims, den dieser offenbar aufgegeben hatte, und ließ ihn sich schmecken. Der Anverwandte schien ohnehin gerade tiefschürfenden Gedanken nachzuhängen, so, wie er in die Stube starrte und keinen Muckser tat.

»Als unser Herr Bischof dann mit seiner bekanntermaßen ruhigen Stimme fragte, ob dem Meister Gessel der Auftrag für den Glockenguss denn jetzt erteilt worden wäre, fuhr der Domherr anscheinend wieder in seinem Zorn auf, dass es unser ehrwürdiger Herr von Stadion beinahe schon wieder bereut hätte.« Anselm schob sich den letzten Brocken Speck in den Mund und kaute ausgiebig.

»Aber das hat wohl nicht lang gedauert, und der Herr Bischof hätte gemeint, es nütze jetzt nichts, wenn sich sein Kanonikus wieder so aufrege, dass ihm die Galle grün ins Gesicht schieße, es wäre halt sein Wunsch, dass die Glocke von der Gießerei am Katzenstadel gegossen werde, wo auch der Kaiser seine Kanonen gießen lasse. Außerdem müsse der Herr von Frommholz doch wissen, dass es mittlerweile zwischen Augsburg und Nürnberg keinen einzigen katholischen Glockengießer mehr gäbe.«

»Was, der Bischof selbst hat dem vermaledeiten Pfaffen gesagt, dass die Glocke bei mir gegossen werden muss?«

Anselm nickte, während er mit zwei Fingern im Mund war und den Speckknorpel zu lösen versuchte, der sich unangenehm zwischen seinen Zähnen verklemmt hatte.

»Bei der heiligen Barbara, das glaubt ja keiner in der Zunft, dass der Fürstbischof selbst mein Fürsprecher war«, stieß Gessel verblüfft aus.

»Doch, Oheim, genau so ist es. Seiner Exzellenz ist es wohl wichtig, dass die Glocke aus der einzigen Geschützgießerei in Augsburg stammt, deren Meister zudem Protestant ist.«

»Was soll denn das?«, stutzte Gessel misstrauisch und starrte seinen Neffen aus schmal gewordenen Augen an.

Anselm verzog kurz das Gesicht, weil ihm der Speck etwas im Magen drückte, aber dann schenkte er sich nochmals aus dem großen Krug nach und nahm ein paar kräftige Schlucke. Nach einem gewaltigen Rülpser war ihm wieder wohler, und er sah seinen Onkel verschwörerisch an. »Denkt doch, Oheim, unser Bischof will sichs ja nicht mit den Protestanten in Augsburg verscherzen und auch um Himmels willen nicht mit dem Heiligen Stuhl in Rom. Wisst Ihr nimmer, dass er die Bannbulle vom Papst gegen den Luther vor vielen Jahren bald vermessen lang in seiner Schatulle hat liegen lassen, bis er sie unter Druck dann doch hat verkünden lassen müssen?« Er holte kurz Luft und stellte ernüchtert fest, dass alle Teller auf dem Tisch leer waren.

»Ihm geht's halt um den Frieden in der Stadt, wo sich die Katholischen und die Protestanten jeden Tag sauer machen, wo sie nur können. Unser hochwürdigster Herr muss halt Rücksicht nehmen auf die Herren vom Rat und auf die Patrizier und natürlich auf die vermögenden Handelsherren, allen voran die katholischen Fugger. Und auf die Bürger muss er auch Rücksicht nehmen. Die sind eine Masse, die niemand aufhält, wenn sie losbricht.«

Jetzt saß Anselm richtig, um zum Herd hinüberschielen zu können. Aber da lag kein Speck mehr, und die Elsbeth hatte den Topf weggeräumt, der überm Feuer gehangen hatte. Er seufzte schwer. »Das ist auch der Grund, weswegen er bei Euch die Glocke gießen lassen will, Oheim. Wenn der katholische Kaiser, dem der Heilige Stuhl wohlgesinnt ist, bei einem Zwinglianer seine Kanonen gießen lässt, kann auch der Fürstbischof seine Glocke dort gießen lassen. Das Volk ist zufrieden, die Protestanten unter den Ratsherren sind geschmeichelt, und sollte der Papst nochmals ein Dekret schicken, hat unser hochwürdiger Herr von Stadion wieder für gewisse Zeit Platz in einer seiner Schatullen.«

»Saubub«, stieß Gessel stolz aus und schlug seinem Neffen so fest auf die magere Schulter, dass es den Anselm beinahe vom Hocker geworfen hätte. »Das war eine Nachricht wie ein Sack'l voll Taler in der Hand. Dafür hast du dir was Ordentliches verdient!« Der Gießermeister war schneller aufgestanden, als man bei seiner stämmigen Gestalt hätte vermuten können, und als er nach kurzer Zeit aus dem Keller zurückkam, hielt er ein gewaltiges Stück Speck in Händen.

Anselm bekam riesige Augen, und das Wasser lief ihm im Mund zusammen. »Heiliger Strohsack!«, entfuhr es ihm, bevor er gierig an dem Geräucherten roch, das ihm Gessel in die Arme drückte und das er gekonnt unterm weiten Gewand verstaute. »Wenn mich die Hunde anfallen, seid Ihr schuld, Oheim«, meinte er übermütig.

»Dann musst halt die Füße in die Hand nehmen, Bub. Bis zur Domstadt ist's nicht weit, und einmal am Tag wirst doch schneller laufen können als sonst geruhsam zum Gebet.«

Nach dem Abendbrot hielt der Meister Eckehard zurück. Während alle anderen die Stube verließen, winkte er den hünenhaften Gesellen zu sich heran, der sich neben ihn auf den Schemel hockte.

»Hör, Eckehard, der Bischof hat unserer Gießerei den Auftrag erteilt, eine Glocke für die Dominikanerinnen unten im Lechviertel zu gießen«, begann Gessel, bevor er vom Gewürzwein trank. Als er den Becher absetzte, tropften ihm blutrote Perlen durch den Bart.

»Ist aber eh schon eng mit den Kanonen, Meister. Und die Glocke für St. Ursula soll ja wohl eine angemessene Größe haben, wenn Seine katholische Exzellenz sie bei uns gießen lassen will«, vermutete Eckehard grüblerisch.

»Groß genug freilich, um auch den verkommensten Halunken im Lechviertel aus seinem Suff zu wecken«, bestätigte Gessel mit leichtem Grinsen. »Jedenfalls ist es nach Langem mal wieder eine kunstvolle Arbeit und ein Lobpreisen für unseren Herrn da oben.« Er deutete mit dem Kopf gen Himmel. »Neben den ganzen Todbringern im Gusshaus darf's ruhig mal wieder etwas für die Lebenden sein, meinst nicht?« Gessel kratzte sich im drahtigen Bart.

»Ja, Meister, die hat halt einen anderen Klang als die wummernden Haubitzen oder gar die Scharfmetze, die das Höllenfeuer anfacht.« In seinen Augen funkelte es, als gefiele ihm der Gedanke, dass bald wieder eine Kirchenglocke gegossen werden sollte.

»Kommt ganz drauf an, wie du die Glocke gießt«, sagte Gessel und fiel in das leichte Lächeln seines Gesellen ein, das bei diesem jetzt schlagartig endete.

»Ihr wollt mich als Gießer von den Kanonen abziehen, Meister?« Es war Eckehard, als hätte ihm Gessel einen heftigen

Schlag versetzt, so hatten ihn dessen Worte getroffen. Also misstraute ihm Gessel noch wegen der misslungenen Bronzetafeln, pochte es dumpf durch seinen Schädel.

»Die Glocke gießt du, zusammen mit der Amelinde. Aber wenn Not am Mann ist, musst du bei den Kanonen helfen.«

Eckehard stand die Enttäuschung deutlich im Gesicht. »Denkt Ihr, Meister, ich tauge nicht mehr als Gießer für die großen Büchsen?«, fragte er bitter.

Gessel sah ihn aus zusammengekniffenen Augen an. »Ein Schafskopf bist, Eckehard! Meinst wirklich, wenn ich so über dich denken würde, ließe ich dich eine Kirchenglocke gießen, die der Fürstbischof höchstpersönlich bei uns in Auftrag gegeben hat?«, fragte er hart.

»Aber …«, stotterte Eckehard, »warum gerade ich?« In seinen Augen glitzerte es immer noch zweifelnd.

»Na, weil …« Beinahe hätte Gessel auf den Boden gespuckt, besann sich aber im letzten Moment auf den Holzkübel neben dem Tisch, der dafür vorgesehen war, und zielte dorthin. »Herrgott, weil das dein Meisterstück werden soll!«

Eckehard riss, sprachlos geworden, die Augen auf. Mühsam schluckte er. »Mein Meisterstück?«, stieß er endlich stockend aus.

»Ja, wenn's dir so passt. Kannst natürlich auch eine Kanone gießen oder erst im folgenden Jahr an dein Meisterstück gehen. Aber du bist ja nicht auf Wanderjahre gegangen und hast in anderen Schmelzhütten gelernt, damit du mit der Meisterprüfung wartest, bis dich das Gießerfieber dahinrafft«, brummte Gessel.

Eckehard war kalkweiß im Gesicht geworden, obwohl ihm das Blut im Kopf rauschte. »Ich hab das Geld nicht, Meister. Nie und nimmer habe ich die nötigen Münzen für das Meisterstück oder das eigene noch so elende Haus oder das mehrgängige Mahl für alle Zunftmeister.« Er presste ein gequältes Lächeln hervor. »Das Geld im Säckel reicht gerade für die kostspieligen Wachskerzen für die Zunftkirche.«

Gessel schenkte sich vom Gewürzwein nach und leerte den Becher in einem Zug. Genüsslich wischte er sich über den Mund. »Darüber zerbrich dir nicht den Kopf. Das Geld kriegst du schon zusammen mit der Zeit. Wenn's nicht anders geht, streck ich dir was vor, wenn's auch nicht üblich ist.«

Fassungslos starrte Eckehard auf Gessel. War der närrisch geworden? Dass ein Meister seinem Gesellen mit dem nötigen Geld unter die Arme griff, damit dieser seine Meisterprüfung ablegen konnte, war ihm noch nie zu Ohren gekommen. Gemeinhin meldete sich ein Geselle bei der Zunft erst dann zur Prüfung, wenn er sicher war, allen Anforderungen genügen zu können. Und dazu gehörten neben Ausgaben für die Zunft eine eigene kostspielige Rüstung und ein Haus und weitere Spenden, die unaufhörlich Löcher in die ohnehin nur schwach gefüllte Geldkatze fressen würden.

»Freiheraus, Meister, ich will mich nicht mein Leben lang bei Euch verschulden oder bei dem, der Euch nachfolgt!«, sagte Eckehard entschlossen und stand auf. »Ihr wisst, Herr, die wenigsten Gesellen schaffen es, in ihrem Leben Meister zu werden. Entweder langt das Geld dafür nicht oder …« Beinahe herausfordernd blickte er zu Simpert Gessel, der ihm ruhig entgegensah. »Oder der Meister in der Werkstatt versucht zu verhindern, dass einer seiner Gesellen die Meisterprüfung macht. Warum sollte er sich einen Ebenbürtigen heranziehen, wenn er Gießer haben kann, die ihn weitaus weniger kosten und ihm zu gehorchen haben?!«

Die Ader an seiner Schläfe pochte sichtbar. »Manchen meiner Handwerksbrüder bleibt die Hoffnung, die Witwe eines Meisters ehelichen zu können und auf diese Weise zu der begehrten Stellung zu kommen. Aber das ist nicht jedermanns Sache, und meine Sache schon gar nicht!« Er hatte hart, aber wahr gesprochen, und in seinem Gesicht lag höchste Anspannung.

Auch der Geschützgießermeister erhob sich jetzt, stellte sich breitbeinig hin und schob die Hände hinter den Gürtel. Mit undeutbaren Blicken sah er auf seinen Gesellen, der mit seiner Meinung nicht hinter dem Berg gehalten hatte und den ein anderer an seiner Stelle augenblicklich wutentbrannt aus der Gießerei geworfen hätte. Gessel aber war von einem anderen Schlag. Er war einer, der es schätzte, wenn einer rechtschaffen war und das Maul aufmachte und mit gleicher Entschlossenheit in der Werkstatt zupackte und ordentliche Arbeit leistete. Seine Mundwinkel verzogen sich unter dem dichten Bartgestrüpp zu einem stillen, stolzen Lächeln. Nichts anderes hatte er von Eckehard erwartet. Hätte er anders reagiert, hätte er sich seit langen Jahren in ihm getäuscht.

Auch Gessel wollte geradeheraus sein und räusperte sich geräuschvoll. »Himmelherrgott, ist schon was Wahres dran an dem, was du gesagt hast, aber hör zu …!« Er kam näher und senkte verschwörerisch die Stimme. »Der Wilbrecht möchte heuer noch sein Meisterstück fertigen. Der hat's Geld anscheinend beisammen. Weiß Gott, wie der das geschafft hat«, stieß er unwillig aus. »Bist ein guter Gießer, Eckehard, und das mit den Bronzetafeln ist eine seltsame Geschichte, die mir nicht gefällt.« Er erkannte, dass sein Geselle etwas sagen wollte, riss aber sofort eine der beiden Pranken hoch. »Halt's Maul, Bub, und hör mir zu! Was damals zwischen euch war, als ihr Lehrjungen wart, war schon übel genug. Aber lass dich nicht auf mehr mit dem Wilbrecht ein. Halt dich fern von ihm, so gut du kannst. Der ist ein hervorragender Gießer, der beste, den ich je hatte. Besser noch als du, Eckehard«, sagte er hart. »Der kann's mit dem Metall und der Schmelze und dem Höllenfeuer, als wäre es ganz das, wodurch er leben würde. Der ist anders als du und anders als die Männer im Gusshaus.«

Seine Stimme wurde dunkel. »Das ist einer, der anderen kein Glück bringt.« Gessel schnaufte schwer und ließ den Blick erstmals unruhig durch die Stube schweifen. »Und sich selbst bringt er auch kein Glück. Da darfst gewiss sein!« Wieder spuckte er aus und ging langsam in der Stube herum. Als er zu Eckehard sah, hatte der einen tiefen Ernst im Gesicht. »Überleg es dir, ob die Glocke dein Meisterstück werden soll. Wenn du heuer nimmer magst, hast du noch das nächste Jahr dafür und wohl noch das übernächste. Aber dann …«

Gessel sah Eckehard scharf, beinahe drohend an. »Weißt, ich merk schon das verdammte Fieber, wie es in mir frisst und mir das Leben aussaugt. Lange Jahre geht es nimmer so, und dann braucht's einen anderen Herrn hier in der Gießerei, und zwar einen, den auch der Rat will.« Er sah seinen Gesellen durchdringend an. »Hier braucht es dann einen Meister, der die Männer hart, aber rechtschaffen lenkt und deshalb sein Gesicht jeden Tag und jede Nacht zum Herrgott heben kann.« Sein mächtiger Brustkorb hob sich unter einem langen Atemzug. »Und der dafür sorgt, dass die Gießerei bleibt, was sie seit langen Jahren ist: die beste in der Stadt!«

Gessel strich sich mit einer Hand über die Stirn, auf der leicht der Schweiß stand. Jäh sah er Eckehard an, als wollte er sich gleich auf ihn stürzen. »Und der, der die Gießerei eines Tages übernimmt, darf nie und nimmer der Wilbrecht sein!« Seine Worte klangen beschwörend. Mit wenigen Schritten kam er zu seinem Gesellen und legte ihm schwer die Hand auf den Arm. »Wenn du dein Meisterstück machen willst, wart nicht zu lange. Du musst noch härter als jetzt dafür arbeiten, und wenn die anderen Feierabend haben, geht's für dich noch ein gutes Stück weiter.« Plötzlich begann er grimmig zu lächeln. »Keine Sorge, Eckehard, du wirst nicht bei mir in der Schuld stehen … und keine Almosen von mir kriegen!«

In Eckehards Schädel summte es wie ein Bienenschwarm, aber da packte ihn Gessel noch einmal hart am Arm. »Und die Amelinde nimmt den Mann, den *sie* will. Keinen, von dem sie meint, der könnte dem Vater taugen, und keinen, der ihr das Arbeiten mit dem Stückgut in der Werkstatt verbieten will. Die weiß, was sie will. Die hat, wenn's drauf ankommt, funkelnde Augen und rasendes Blut und ein Mundwerk scharf wie eine Klinge.« Gessel warf Eckehard einen bedeutsamen Blick zu. »Aber das weißt du ja selbst!«

*

Im Osten krochen die ersten Sonnenstrahlen über die spitzen Dächer und zogen einen blauen Schleier hinter sich her. Über der Gießerei aber hing, seit die Gussöfen wieder brannten, dunkler Rauch. Er legte sich auf alles in der näheren und weiteren Umgebung, und so hatte Amelinde wenig von ihren Kräutlein oder den Blumen. Aber auf einige wollte sie nicht verzichten und bedeckte sie immer mit grobem Linnen, wenn die großen Öfen angefeuert worden waren.

Ein Auftrag aus der bischöflichen Pfalz, dachte sie immer noch staunend, als sie etwas Minze und Melisse pflückte und begierig daran roch. Eine Glocke für St. Ursula im Handwerkerviertel, mitten unter Schleifern und Schmieden, Hammerwerken und Mühlen. Es durfte kein zu heller Klang sein, aber auch kein dumpfer, um sich über das vielstimmige Lärmen der unzähligen Werkstätten erheben zu können, überlegte sie. Aber nicht nur das. Es sollte auch ein ehrwürdiger Ruf sein, der die Menschen für einen Augenblick innehalten lassen sollte, als würde sich der Himmel durch jeden Glockenschlag mit der Erde verbinden.

Plötzlich hörte sie das leise Quietschen des Gartentörchens hinter sich und kurz darauf bedachtsame Schritte, die sich ihr näherten, wandte sich aber nicht um. Längst sollte sie in der Gießerei sein, und der, der eben seine Hände über ihre Augen legte, erst recht, dachte sie mit einem Lächeln. Glücklich atmete sie Eckehards Nähe und Wärme in ihrem Rücken ein. Seine rauen Finger begannen, zart über ihr Gesicht zu streichen. »Solltest du nicht längst bei den Kartaunen sein?«, fragte sie schalkhaft.

»War ich ja, aber du bist nicht gekommen, und ich wollte sehen, was mit dir ist«, antwortete Eckehard und drehte sie sanft zu sich. Ihre tiefbraunen Augen funkelten ihn munter an. Das schwarze Haar fiel ihr gelöst über die Schultern und war noch zu keinem Zopf geflochten und unter die Mütze geschoben. Ihr Körper war schlank und biegsam und von verborgener Kraft, wie er gut wusste. Entschlossen legte er beide Arme um ihre Mitte und zog sie näher zu sich heran. »Strahlst wie unsere Cisa, aber mit glattem seidigem Haar statt mit wilden Locken. Ganz wie eine Göttin.«

»Ich fühle mich auch, als würde ich ein wenig über der Erde schweben«, lachte sie leise, wurde aber rasch ernst. »Hat der Vater mit dir schon wegen des Glockengusses geredet?«

Als Eckehard nickte, glomm höchste Ungeduld in ihren

Augen auf. »Und?« Sie hatte beinahe Angst vor seiner Antwort und begann, auf der Unterlippe zu kauen.

Ein Schatten zog über sein Gesicht, aber ein Lächeln verjagte ihn rasch. »Dein Vater hat mir manches klargemacht. Mit *seinen* Worten.« Eckehard grinste. »Kennst ihn ja.« Er bückte sich und zupfte eines der Gänseblümchen im Gras ab. Nachdenklich begann er, es zwischen den Fingern zu drehen. »Dein Vater weiß ja, dass ich das Geld für die Meisterprüfung noch nicht habe und so schnell nicht zusammenbekommen werde. Aber er will wohl unbedingt, dass ich ...«, er stockte, als fielen ihm die weiteren Worte schwer, »dass ich sein Nachfolger in der Gießerei werde.«

Amelinde hing wie gebannt an seinen Lippen. Ihr Herz schlug rasch, weil sie Eckehard von Herzen die Achtung und das Vertrauen ihres Vaters gönnte und Gessel, dem geliebten und dröhnenden Sturschädel, keinen anderen als Eckehard als seinen Nachfolger.

»Erst mache ich gute Arbeit bei der Scharfmetze, dann verpfusche ich zwei wertvolle Epitaphien, und dann soll ich die Glocke gießen, die sich der Bischof für St. Ursula wünscht«, sagte Eckehard leise und schüttelte ungläubig den Kopf. »Fürchtet dein Vater wirklich, dass ihm der Wilbrecht im Gusshaus nachfolgt?«

Amelindes Gesichtsausdruck verfinsterte sich schlagartig. *Bei Gott ja, natürlich macht sich der Vater bittere Gedanken, wenn er an Wilbrechts Durchtriebenheit denkt!* »Wenn dir der Vater gesagt hat, du sollst die Glocke als dein Meisterstück gießen, denkt er nicht nur an dich, Eckehard«, antwortete sie deshalb beinahe kalt. »Dann denkt er in erster Linie an die Gießerei, *seine* Gießerei!« Sie legte eine Hand auf seinen Arm.

»Aber wie ich den Vater kenne, hat er dir auch gesagt, dass du dich frei entscheiden kannst.«

»Das hat er in so mancher Hinsicht gemeint«, erklärte Eckehard geheimnisvoll und sah sie mit einem tiefen Blick an.

»Was meinst du damit?«, fragte Amelinde erstaunt.

Augenblicklich flammten seine Narben vor Verlegenheit rot auf, und er senkte den Kopf. Als er ihn wieder hob, hatte sein Gesicht einen entschlossenen Ausdruck angenommen. »Ich werde die Glocke gießen, Amelinde. Für uns beide!« Mit einem verwegenen Lächeln schob er das Gänseblümchen in den lockenden Ausschnitt ihres Mieders und zog sie nahe zu sich heran. »Ich gebe dir deinen Kuss nicht zurück, Liebste, ich hole mir nur einen neuen!«, sagte er und küsste sie leidenschaftlich.

Wilbrecht, der die Geschützgießerstochter und seinen Nebenbuhler von der Lehmformerei aus entdeckt hatte, ballte die Fäuste. Wut und Eifersucht fraßen in ihm und ließen ihn gerade noch hinter der Mauer Deckung nehmen, bevor der verhasste Gießer nahe an ihm vorbeikam. Der hatte eine muntere Weise auf den Lippen und einen vergnügten Schritt, als würde er zum Tanz gehen. Am liebsten hätte er ihn hinterrücks niedergeschlagen und dafür gesorgt, dass er nie wieder ans Tageslicht gekommen wäre.

Zum Feierabend kehrte Wilbrecht in die Schenke beim Wertachbrucker Tor ein, die nicht weit vom Katzenstadel entfernt lag, um sich, wie er es oft tat, Ruß und Rauch aus der Kehle zu spülen. Diesmal kam noch der Zorn hinzu, der ihn unberechenbar machte und ihn die Hand zum Messer hinterm Hosenbund fahren ließ. Die Schankstube war ein windschiefer Bretterverhau an der Stadtmauer, und sie war verrufen. Wer keinen Ärger wollte, machte einen großen Bogen darum; wer ihn suchte, fand ihn dort zuverlässig. Da die Räuberhöhle nahe des nördlichen Stadttores lag, kamen oft die Stadtknechte herüber, deren Wache beendet war, um bis in die Nacht zu zechen. Üppig flossen Dünnbier und Wein und schufen schnell den Nährboden für Lärmen und aufkommende Wutausbrüche in dem dreckigen Loch.

Veit Wilbrecht stellte sich streitsüchtig vor den fremden Kerl, der sich auf seinem Stammplatz auf der hintersten Bank breitgemacht hatte, und sah grimmig auf ihn herab. Der kam ihm in seiner Wut gerade recht; ein blassgesichtiger Hänfling, dem ein Daumen fehlte und den er mit einem wuchtigen Hieb gegen die Wand schleudern würde, weil er auf seiner Bank nichts zu suchen hatte. Böse Vorfreude ließ Wilbrecht die Zähne blecken, als der andere sich derart rasch um den schweren Tisch herumschob und unter seinen vorschnellenden Fäusten hindurchschoss, dass er ihn im Gedränge in der Stube zuerst aus den Augen verlor. Als er ihn erneut entdeckte, war er schon an der Tür ins Freie, stieß sie mit einem Fußtritt auf und war fort.

Der Wirt fluchte und spuckte dem schwindsüchtigen Kerl hinterher, weil er die schäbige Tür des schäbigen Holzverschlags erst vor Kurzem mühsam und notdürftig hatte flicken müssen und sie jetzt wieder zerschmettert in den rostigen Angeln hing. Wilbrecht aber schob sich auf seinen frei gewordenen Platz und winkte der Schankmagd. Noch bevor ihm die einen großen Humpen mit schäumendem Bier hinstellen konnte, zwängte sich ein blatternnarbiger Büttel durch das Gesindel in der Stube und ließ sich neben dem Gießergesellen auf die Bank fallen. Die beiden Männer grüßten sich knapp und stießen miteinander an, als sie mit Bier versorgt waren.

Der Büttel deutete mit dem struppigen Kopf auf die eingetretene Tür. »Der Michel war schnell draußen, hat mich schier über den Haufen gerannt. Wahrscheinlich hat er einen von dem Gelichter hier um sein Münzsäckel erleichtert. Wird eh nicht viel drin gewesen sein.« Er grinste boshaft.

Wilbrecht, der kaum zuhörte, drehte unwillig den Kopf zu ihm. »Was meinst?«

»Na, der hagere Bursche, der vorhin wie von Teufeln gehetzt raus ist. Er ist einer der flinksten Beutelschneider in der Stadt. Kennt alle Märkte und jeden Pfeffersack, der sich darauf herumtreibt. Wenn ich ihn mal mit der Hand an einer fremden Geldkatze erwische, wird sie ihm abgeschlagen, und dann bleibt er in den Eisen, bis er verrottet.« Er nahm einen kräftigen Schluck, rülpste lautstark und fuhr fort, das Ergreifen des Diebs wortreich zu schildern.

Wilbrecht hörte nicht mehr hin. Die dröhnende Stimme des Büttels rauschte an ihm vorbei. Er konnte es immer noch nicht fassen, dass Amelinde diesen hässlichen Bastard geküsst hatte. Was fand sie nur an ihm? Schon früher hatte sie sich eher von Eckehard als von ihm necken lassen. Und sie hatten als Kinder so manches Geheimnis gehabt, an dem er nicht hatte teilhaben dürfen. Wenn er ihr einen Blumenstrauß aus den Wertachauen gebracht hatte, hatte sie sich artig bei ihm bedankt und gelächelt, bei Eckehards spärlichen Gräsern war sie diesem um den Hals gefallen und hatte ihn angestrahlt.

Lange hatte er geglaubt, Eckehards Äußeres hätte es Amelinde angetan; die in der Sonne wie Gold glänzenden Haare und blaue Augen wie der Himmel. Und ein glattes Gesicht ohne Schrunden. Aber als er ihm dann die Abreibung verpasst hatte und ein böser Unfall daraus geworden war, musste er ungläubig feststellen, dass die Tochter des Meisters immer noch wie närrisch an dieser entstellten Fratze hing.

Ganz offenbar besaß der blonde Sauhund etwas, an dem Amelinde jetzt nach Jahren noch festhielt und an dem auch sein zerstörtes Gesicht nichts hatte ändern können, und das machte ihn unfassbar wütend!

Er nahm einen tiefen Schluck von dem schal gewordenen Bier und spuckte es angewidert gleich wieder auf die festgetretene Erde neben seinem Fuß. Seine Hoffnung, Eckehard würde von der Wanderschaft nicht zurückkehren, hatte sich nicht erfüllt. Als er selbst nach seinem letzten Wanderjahr nach Augsburg zurückgekehrt war, hatte er sich mit aller Inbrunst in die Arbeit in der Gießerei gestürzt, um dem Meister zu beweisen, dass er mit ihm keinen schlechten Griff tun würde, wenn er ihn eines Tages zu seinem Nachfolger machte. Im Einvernehmen mit den hohen Herren vom Rat natürlich, mit denen, zumindest mit einem von ihnen, der Meister einen vertrauten Umgang zu pflegen schien. Aber jetzt sah es so aus, als hätte der Meister schon wieder einen Narren an Eckehard gefressen …

»He, hast Ärger gehabt? Kriegst heut ja kaum das Maul auf«, knurrte der Büttel neben Wilbrecht und versetzte ihm einen groben Stoß.

Wütend fuhr der Gießer herum. »Rindvieh, mir geht anderes im Kopf herum!«

»Was denn, hast wirklich Ärger am Hals?« Der Blatternnarbige grunzte vor Lachen und hieb dem Gesellen erneut die Hand auf die Schulter. »Hast jede Schererei doch immer schnell gelöst. Wirst doch nicht schlapp werden.«

Wilbrecht warf ihm einen scharfen Blick zu. »Versoffener

Idiot«, zischte er, aber der andere kicherte nur belustigt. »Einer in der Gießerei will mir in die Suppe spucken.«

»Und dem hast du noch nicht klargemacht, wer das Sagen hat?«

»Einmal so richtig, aber das ist schon lange her«, antwortete Wilbrecht mit bösem Klang in der Stimme.

»Wenn er wieder aufmuckt, musst halt wieder deutlich werden«, spottete der Stadtknecht.

Wilbrecht stierte mit dunklem Blick auf die Tischplatte, auf der von einem länger zurückliegenden Mahl verschimmelte Brotreste lagen und in deren tiefen Rillen vergossenes Bier glänzte. »Bist du ein Freund oder nicht?«, fragte er den Büttel jäh.

Der riss überrascht die Augen unter den buschigen Brauen auf. »He, natürlich bin ich dein Freund. Beim Saufen, beim Huren und manchmal auch, wenn's darum geht, einem aufsässigen Kerl die Seele aus dem Leib zu prügeln.«

»Dann ist es ja gut. Irgendwann brauch ich dich und ein paar deiner Kumpane, um was zu bereinigen. Um endgültig eine Schererei zu beseitigen!« Arglist glitzerte in seinen Augen, und er brüllte nach der Schankmagd, damit sie ihm und seinem Kumpan die leeren Humpen ein weiteres Mal füllte.

*

Bienen summten am weinumrankten Haus im Georgsviertel, als Matthias heimkehrte und der Magd Schaube und Schwert in die Hand drückte. »Die Herrin und Johannes sind draußen im Garten«, sagte Agnes fröhlich und verschwand in einem der Räume. Matthias blieb an der offenen Tür zum Garten stehen und lehnte sich an den Rahmen. Das Herz wurde ihm leicht, als er Elisa sah, die im Gras saß und eine Stickarbeit im Schoß hatte und den Blick immer wieder auf ihr kleines Söhnchen richtete, das durch den Garten tollte. Johannes jauchzte bei jedem Vogel, der sich in einem der Bäume niederließ oder plötzlich zwischen den Zweigen hervorbrach und fortflog.

Auch im Flieder über Elisa saß ein Vogel und stimmte eine wehmütige Melodie an. Der leichte Wind spielte mit ihrem langen Haar und wehte ihr immer wieder zärtlich eine goldene Strähne ins Gesicht. Matthias konnte sich gar nicht von diesem Anblick lösen, so sehr genoss er ihn. So blieb er still in der Tür stehen und lehnte den Kopf gegen das Holz. Als er kurz die Augen schloss, durchflutete ihn die Erinnerung an ihre erste Begegnung wie ein wohliger Schauer. *Elisa …*

Auf dem Markt hatte er sie gesehen, zwischen ungeschlachten Bauernweibern und groben Fuhrknechten auf Karren, die sie mitten durch die aufschreienden Leute gelenkt hatten. Auf einmal hatte er sie entdeckt wie ein Juwel zwischen dunklen Steinen. Eine schöne junge Frau mit anmutigem Gang und einem Liebreiz, dass er den Blick nicht mehr hatte von ihr wenden können. Lange hatte er sie angegafft, als hätte er nie zuvor eine Frau gesehen. Jedes Lärmen um sich hatte er vergessen, jedes Fluchen und Schimpfen. Und lange hatten seine brennenden Augen an ihrer schlanken Gestalt gehangen, bis sie zwischen den Menschen verschwunden war.

Plötzlich schob sich eine Katze unter den Sträuchern am Ende des Gartens hervor, und die Bewegung genügte, seinen kleinen Sohn herumfahren zu lassen. »Ka–sse«, rief Johannes begeistert und streckte aufgeregt die Ärmchen nach ihr aus. Er lief auf flinken, sehr sicheren Beinchen los. Als das braun getigerte Tier ihn sah, blieb es sogar stehen, als kenne es das kleine Menschenwesen und wisse um seine Sanftmut. Jetzt legte es sich obendrein ins Gras und streckte sich. Johannes quiekte vor Vergnügen.

»Ka–sse«, schrie der kleine Junge immer wieder und ruderte mit den Ärmchen, um schneller vorwärtszukommen. Bei dem Tier angekommen, verhielt er sich plötzlich ganz still und begann vorsichtig, ihm über Kopf und Rücken zu streicheln, als hätte er es so gelernt. Die Katze drehte sich von der einen auf die andere Seite, als genieße sie die behutsame Liebkosung des kleinen Menschen. Irgendwann, als sie längst schnurrte, grub Johannes beide Händchen vorsichtig in ihr warmes Fell.

Als spürte sie seine Blicke, hob Elisa auf einmal den Kopf und sah Matthias an. Ein Strahlen ging über ihr Gesicht. Leise näherte er sich ihr, um seinen kleinen Sohn im Spiel mit der Katze nicht zu stören, und setzte sich neben Elisa ins Gras. Zärtlich legte er den Arm um sie und küsste sie. Aus dem hinteren Garten ertönte ein Quietschen. Die Katze hatte sich von der Zuneigung des Kindes gelöst und sprang vor Johannes her, der ihr mit glühenden Pausbacken nachlief. Das Tier verharrte kurz, sprang entschlossen auf die Mauer und verschwand.

Johannes streckte krähend die Arme nach ihr aus. »Ka–sse.« Sein Tonfall war voll Jammer. Er warf sich zu seiner Mutter herum, um zu sehen, ob sie die große Kümmernis bemerkt hatte, und erspähte dabei den Vater. Augenblicklich jubelte der kleine Bub auf und stürmte los, um sich Matthias in die ausgebreiteten Arme zu stürzen. Dabei lachte er vor Vergnügen und zeigte die Zähnchen, die er bereits hatte. Einige Zeit rollte er sich noch abwechselnd in den Armen seiner Eltern, bis er müde wurde und ihm die Augen zufielen und Agnes kam, die ihn ins Haus trug, um ihn zum Schlafen hinzulegen.

Mit einem tiefen Blick betrachtete Matthias seine junge

Frau, ehe er eine ihrer Hände nahm und sie zärtlich küsste. Elisa erkannte einen sorgenvollen Zug in seinen Augen. »Was ist geschehen?«, fragte sie leise.

Matthias setzte an, etwas zu sagen, schwieg dann aber. Ohne ihre Hand loszulassen, streifte sein Blick durch den Garten und über die Mauer hinweg auf die angrenzenden Häuser. »Es hat wieder Gerede gegeben, dass du im Jakobsviertel gesehen worden bist, wie du beim ...« Er stockte, sah zu Boden und hob beinahe widerwillig den Kopf. »Wie du beim Unratsammler warst und lange in seiner Hütte geblieben bist.«

Elisa entzog ihm ihre Hand nicht, sondern drückte seine Finger. Ihr Mund verzog sich zu einem schmerzlichen Lächeln. »Der hat einen zähen Schmerz in den Gliedern von seiner schweren Arbeit. Immer ist er draußen, und die Kälte und Nässe und schließlich der Winter haben ihm halt zu schaffen gemacht, und obwohl es längst wärmer ist, geht es ihm noch nicht gut.«

»Es ist mir nicht egal, wenn die Leute über mich reden oder spotten, weil meine junge Frau zu den Habenichtsen geht«, sagte Matthias ernst und wich ihrem flammenden Blick nicht aus. »Aber das halte ich aus, weil ich weiß, wie deine Seele danach brennt, helfen zu können.« Er atmete schwer, ehe ein sanftes Lächeln seine Mundwinkel umspielte. »Und ich weiß ja, dass du nur mir gut bist. So, wie es zwischen Mann und Frau sein sollte, wenn Liebe mit im Spiel ist.« Wieder küsste er ihre Finger und umschloss sie mit seinen Händen.

»Was auch die Leute sagen oder höhnen, es ist Gift, das auf sie zurückfällt und sich ihnen nur selbst wieder ins Leben mischt«, sagte er hart und presste so die Zähne aufeinander, dass sich die Wangen anspannten. »Aber es ist mir nicht egal, wenn du dich dadurch in Gefahr bringst! Ich könnte nicht ohne dich leben und auch nicht der Johannes und unser Kind, das du unterm Herzen trägst.« Seine Stimme wurde beinahe hart. »Unser Kind will leben, und du sollst es großziehen und nicht eine Amme, weil ...« Gedanken durchjagten ihn, die einen Schatten auf sein Gesicht legten und seine Augen matt machten.

»Matthis«, sagte Elisa zärtlich, »es zerreißt mich bald, weil ich doch weiß, wie viel Angst du um mich hast und um Johannes und unser noch ungeborenes Kind. Aber wenn jemand kommt und Hilfe braucht, kann ich nicht untätig sein. Und gerade im Lechviertel oder drüben bei St. Jakob gibt's so viel Arme und Siechende und so viele Kinder unter ihnen, denen der Hunger noch ärger ist als die Furcht vor ihrem elenden Leben.«

»Wenn dir was geschieht, ist das kein Leben mehr für mich«, stieß er aufgewühlt aus.

Elisas Augen waren plötzlich von einem dunklen Blau. »Mich bringt keiner ums Leben, Matthis, glaub mir! Ich bin bei dir, bis ich graues Haar habe.« Sie lächelte ihn an. Ihre Blicke glühten in diesem geheimnisvollen Wissen, das er nicht mit ihr teilen konnte, weil er nicht wie sie war. Liebevoll strich sie ihm eine braune Haarsträhne aus der Stirn. »Johannes wird wie du werden, Matthis. Ungestüm und verträumt und begeistert vom Meer.« Sie hob den Kopf. »Wirst sehen, eines Tages wird er wie du nach Venedig gehen, und dann machen ihm Meer und Wind die Haut braun wie den Händlern, die über die Berge kommen und von der goldenen Stadt und den großen Schiffen erzählen.«

Matthias schwieg, aber sein Mund war trocken, und sein Herz raste. Keinen Blick konnte er von seiner Zauberin wenden, für die er nicht nur ein Leben gegeben hätte.

»Ich werde noch vorsichtiger sein, Matthis. Ich verspreche es dir. Aber ich kann es nicht sein lassen, anderen zu helfen. Das würde mir die Seele aufzehren«, sagte Elisa mit fester Stimme und bettete den Kopf an seine Schulter.

Kapitel 9

Montag, der 18. Mai, Anno Domini 1528

Im Lechviertel am Schwall lagen das Kloster und die Kirche zu St. Ursula der Dominikanerinnen. Ihre Vorgängerinnen waren Beginen gewesen. Freie Frauen, die auf diesem Flecken Erde bereits vor Jahrhunderten ein Kloster und eine Kirche hatten errichten lassen, um ihre Gesinnung, ihre Kräfte und heilkundigen Fähigkeiten zur Ehre Gottes und zur Pflege der Armen und Kranken am Rande der Stadt einzusetzen. Irgendwann jedoch hatten sich die Beginen auf Anordnung des Rats und des Bischofs den Ordensregeln der Dominikaner unterwerfen müssen, die in ihrer Nachbarschaft lebten und wirkten.

Der Morgen war noch kühl gewesen, als Amelinde und Eckehard die Gießerei verlassen hatten, aber die Sonne tastete bereits mit warmen Fingern überall nach ihnen, wo sie aus den Schatten der Häuser oder Mauern traten. Angetrieben von der Vorfreude auf die vor ihnen liegende gemeinsame Arbeit, erreichten sie das Kloster, das auf einer von den grünen Wassern des Lechs umflossenen Insel lag. Mit schnellen Schritten gingen sie über eine der Brücken, die das Klosterareal mit dem gegenüberliegenden Handwerkerviertel verband. Vor ihnen rollte ein schwer beladenes Fuhrwerk, und mit wenigen Sprüngen waren sie an diesem vorbei.

Eine Dominikanerin im weißen Habit, weißem Überwurf und schwarzem Schleier empfing sie unterm Torbogen zum Kloster. »Die Äbtissin ist ganz angetan von der Nachricht, dass auch eine Frau am Guss der Glocke teilhaftig ist«, verriet ihnen die junge Nonne, die kaum älter als Amelinde sein konnte, so kindlich noch waren ihre Gesichtszüge.

»Dann ist die Äbtissin eine aufgeschlossene Frau«, freute sich Amelinde.

»Das ist sie unbedingt«, schmunzelte die Ordensfrau und führte Amelinde und Eckehard zur Kirche und dort durch die Sakristei zu einer schmalen Holztür im Turm. Vor dieser zog sie einen gewaltigen Schlüssel aus den Tiefen eines ihrer weiten Ärmel und steckte ihn ins Schloss. Als sie ihn umdrehte, quietschte es jämmerlich, aber die Tür ließ sich öffnen. »Ihr könnt Euch im Kirchturm umsehen, solange Ihr wollt. Wenn Ihr etwas braucht, ruft nach mir. Ihr könnt mich vom Turmfenster aus im Kräutergarten sehen, wo ich arbeite.« Sie lächelte und ließ die beiden allein.

Eckehard zog die knarrende Tür hinter sich und Amelinde zu. Beiden schien es ungewöhnlich hell im Kirchturm, denn warmes Licht fiel von weit über ihnen den Aufgang herab bis vor ihre Füße. Neugierig erklommen sie die hölzernen Stiegen, die beinahe sämtlich ausgetreten und glatt waren und verdächtig knarrten. Als sie auf der ersten Plattform standen, legte Eckehard den Kopf in den Nacken und sah nach oben. Über die Treppe und die weiteren Plattformen fiel in der Tat ungewöhnlich viel Licht zu ihnen herab. Langsam beschlich ihn eine Ahnung, was sie in der Glockenstube erwarten würde.

Als Ratten vor ihren Schuhen vorbeihuschten, warf er nur

einen scharfen Blick auf sie. Amelinde aber zog schnell den Fuß zurück, als ob sie gestreift worden wäre. Ein Schauder jedoch überfiel sie nicht. Ratten begegneten ihr immer wieder, wenn sie mit ihrem Vetter Anselm in der Domkirche in die hohen Türme hinaufstieg und die flinken Nager, aufgeschreckt durch die jähe Helligkeit, in dunklen Winkeln verschwanden. Wenn sie dann mit der Laterne in die Ecken leuchtete, hatte sie niemals einen noch so winzigen Durchschlupf entdecken können. Nicht umsonst hatte Amelinde manchmal den Eindruck, die kleinen braunen Augen würden sie spöttisch anfunkeln …

Auf der nächsten Plattform sah sie durch eine der steinernen Fensternischen, vor denen die Holzläden nicht geschlossen waren. Sofort fuhr ihr ein leichter Wind ins Gesicht. Fasziniert sah sie hinunter aufs Lechviertel. Mit der warmen Luft kamen das dumpfe Rauschen der Mühlenräder und das Wummern der Hammerwerke zu ihr herauf. Von hier aus sah sie erst, wie eng die Handwerkerhäuser beieinanderstanden; manche von ihnen klein wie verhuscht. Aber auch dort stieg Rauch aus dem Rauchfang und gab es Leben unter dem schmalen, spitzen Dach. Aus einer der anderen Nischen sah sie auf einen prächtigen Klostergarten mit ausgedehnten Kräuter- und Gemüsebeeten und mit einem Meer an gelben, roten und blauen Frühlingsblumen.

Als sie die Glockenstube erreichten, stellte Eckehard die Laterne auf den Boden und sah sich um. Obwohl es kräftig zog, lag starker Modergeruch in der Luft. Mit dem Blick nach oben bestätigte sich, was er befürchtet hatte. »Da, sieh, Amelinde, deshalb ist es so hell im Turm«, sagte er und deutete mit dem ausgestreckten Arm über sich. Das Tageslicht fiel ungehindert durchs Dachgebälk, weil dort mehrere verschieden große Öffnungen klafften. Vorsichtig schob sich der Gießer an den niedrigen Sparren vorbei, um besser aufs Balkenwerk und die Glocke sehen zu können.

Sturm und Hagel hatten hier ganz offensichtlich gewütet und faustgroße Löcher in die flachen Ziegel geschlagen. Leider jedoch hatte niemand dafür gesorgt, die Durchbrüche wieder zu verschließen. Es schmerzte beide zu sehen, in welch bedauernswertem Zustand die Glocke war. Wind und Wetter hatten an ihrer Bronzehaut gefressen, durch die sich ein tiefer Riss zog. Alles hatte gelitten samt dem Kopfholz, dem Holzjoch und der Aufhängung. Auch die schweren Streben hatten Schaden genommen.

Auf einmal flatterten Tauben herein und ließen sich über ihren Köpfen auf dem Gebälk nieder. Ihr Gurren erfüllte die Luft. Eine weiße war darunter, die ihr Köpfchen drehte und zu ihnen herabblickte.

»Willst uns wohl sagen, dass es Zeit wird, sich um die Glocke zu kümmern, was?« Amelinde fuhr mit der Hand über die dünn gewordene Bronzewand. »Den Herrgott wird's nicht freuen, wenn ihr Klang jammervoll ist, statt zu jubeln. Meinst du nicht auch, Eckehard?«

Der stellte sich neben sie und runzelte die Stirn. »Wenn sie so klingt, wie sie aussieht, ist es wirklich eine Schande.«

Wie man ihnen gesagt hatte, war die Glocke benannt nach der Heiligen Jungfrau Maria. Da sollte ihr Klang wirklich klar und erhaben sein. Zur Ehre der Muttergottes und zum Schutz und Segen der Menschen, die sich unter ihr zum Gottesdienst versammelten. Wahrscheinlich war sie nur deshalb nicht zerbrochen, weil sie der Gottesmutter gewidmet war, dachte Amelinde.

Sie griff nach der Laterne, stieg vorsichtig über eine Bohle auf dem Holzboden und schob sich langsam unter die Glockenhaube. Im Licht der Laterne konnte sie die Inschrift in der Bronze lesen, und sie las laut, sodass es auch Eckehard verstand. »Domherr Leonhard von Bobingen hat mich gießen lassen. Anno 1350.« Amelindes Finger strichen über die tiefe Einbuchtung, wo der Klöppel anschlug. »Die Bronzewand ist an der Anschlagstelle des Klöppels dünn geworden. Nach den Jahrhunderten kein Wunder.«

»Es ist schon ein Wunder, dass die Glocke nicht zerbrochen ist«, meinte Eckehard, der neben Amelinde unter die bronzene Haube gekommen war. Auf einmal legte er beide Arme um sie und betrachtete sie mit einem Funkeln in den Augen. »Mag ihr Klang auch misstönend sein, beschirmen tut sie hervorragend.« Er zog Amelinde näher zu sich heran. »Und hier oben sieht uns auch niemand.«

»Wir tun nichts Verbotenes«, stieß sie hervor. Ihre Augen waren groß geworden und im sanften Licht der Laterne geheimnisvoll. Leicht öffnete sie die Lippen, weil sie aufgeregt war und voller Erwartung und sich danach sehnte, dass er sie endlich küsste.

Eckehard spürte unter den Händen um ihre Mitte, wie ihr Atem rasch ging. Ihm wurde die Brust eng, so närrisch liebte er sie und wollte sie fühlen und atmen und ihr so nahe sein, dass kein Windhauch mehr zwischen sie passte. Voller Verlangen beugte er sich über sie und küsste ihren Mund, und es war köstlich, diese vollen, unsicheren und plötzlich neugierigen Lippen zu schmecken.

Amelinde hatte das Gefühl, von einem Rausch erfasst zu sein, der ihren Körper durchjagte und alle Sinne und Gedanken durcheinanderwarf. Eckehards erstem Kuss folgte ein weiterer, ein fordernder, und sie krallte ihre Finger in sein Hemd, als suche sie dringend nach Halt.

Als er sie freigab, schnappte sie nach Luft, und ihre Wangen waren glühend rot. »So ein Kuss in einer Kirche …« Ihre Augen funkelten fiebrig.

»Wenn man sich fürs Leben bindet und ewige Treue schwört, passiert das auch in einer Kirche«, sagte Eckehard ernst und spielte mit einer ihrer langen schwarzen Haarsträhnen, die sich aus dem Zopf gelöst hatte. »Weißt du, Amelinde, ich hab dich immer schon gerngehabt, sehr gern.« Er wurde rot, aber die verhüllenden Schatten der Glockenhaube gaben nicht das Glühen seiner hässlichen Narben preis. »Es ist jetzt anders, es ist tiefer geworden«, gestand er ihr.

Sie schlang ihre Hände um seinen Nacken und zog seinen Kopf wieder näher zu sich herunter. »Ich hab dich auch sehr gern, Eckehard.«

»Nur gern?«, stieß er enttäuscht aus.

Amelinde ließ ihn zappeln. Kleine Teufelchen tanzten in ihren Augen. »Na ja, der Rauchlin ist auch ganz nett. Wenn der sich fein macht, sieht er ganz ordentlich aus.« Sie sah verträumt in die Ferne. »Und der Weidner kann gut tanzen. Das habe ich letztes Jahr bei der Lustbarkeit in der Rosenau festgestellt.« Sie lächelte. »Die beiden hab ich auch gern, halt auf ihre Weise.«

Eckehard zog sie so nahe an sich heran, dass sie kaum noch atmen konnte, und hielt ihre Arme fest. »Ich spreche von Liebe, Amelinde, und dass es kaum noch eine Zeit gibt, in der ich nicht an dich denke. Und dass ich als Erstes nach dem Aufwachen dich vor Augen habe und mir's unruhig wird im Herzen, wenn du nicht in der Gießerei bist«, flüsterte er heiser an ihrem Ohr und sog gierig den Duft ihres Haares ein.

Sie biss sich auf die Lippen, weil sie vor Glück hätte auflachen wollen, aber es doch so ernst war, was ihr Eckehard gestanden hatte. »Also gut«, hauchte sie mit geschlossenen Augen, »wenn das Liebe ist, dass ich mir keinen anderen Mann fürs Leben vorstellen will, keinen anderen als dich, und ich nur dich sehe, wenn wir zwei im Gusshaus zwischen allen anderen sind, dann … liebe ich dich!« Sie öffnete die Augen wieder und strahlte ihn an und lachte jetzt ein leises, seliges Lachen.

Eckehard küsste sie, erst sanft, dann leidenschaftlich. Als sie nur noch beieinanderstanden und Amelinde den Kopf an seiner Schulter hatte, fragte er zaghaft: »Meinst du wirklich, dass du mich immer wirst … ansehen können?«

Da löste sie sich langsam von ihm und umfasste sein Gesicht mit beiden Händen. Liebevoll betrachtete sie erst seine entstellte, dann die ebenmäßige Seite. »Ich kenn dich doch schon so lange mit den Narben und Wulsten. Für mich ist da nichts, was mich erschrecken würde. Deswegen bist du doch immer noch das, was du schon immer warst. Offen und redlich, schelmisch und lebensfroh. Einer, auf den ich mich verlassen kann und der viel für mich empfindet.« Sie legte eine ihrer Hände auf seine Brust, wo sein Herz aufgeregt schlug. »Wie es scheint, ist da doch viel Liebe drin für mich.«

Er nickte bedeutsam. »Wie es scheint!«

Bald danach betraten sie durch die stille, in kalten Weihrauch gehüllte Sakristei ein weiteres Mal den Kirchenraum. Vor dem Bildnis der Jungfrau Maria entzündete Amelinde eine Kerze und kniete nieder. Das kleine goldene Licht wiegte sich leicht. In Gedanken war sie bei Marie und ihrer Familie und betete, wie so oft, dass sie unter dem Schutz der heiligen Gottesmutter standen und es ihnen gut gehe. Und sie betete für

Eckehard und sich, dass ein Segen auf ihrer Liebe lag und sie für alle Zeit beschützte.

Eckehard, der wie viele der Handwerker in der freien Reichsstadt dem protestantischen Glauben angehörte, hatte sich an eine der Kirchenbänke gelehnt und betrachtete nachdenklich die Heiligenfiguren auf ihren Sockeln. Wie vielen der Männer in den Zünften bescherte ihm die Ansicht der bildhaften Darstellungen des Gottessohnes oder mancher Märtyrer nicht mehr die Inbrunst des alten Glaubens. Längst erschienen ihm die verschiedenen Bildwerke oder prunkvollen Kreuze unnötig, um den reinen Glauben an Gott und seinen Sohn leben zu können. Es stieß ihn richtiggehend ab, wenn den Kirchen in der Hoffnung gestiftet wurde, sich dadurch Eintritt in den Himmel zu verschaffen, wenn einen der Tod dahinraffte.

Es klang ihm da ganz vernünftig, wie der Augustinermönch Luther geschrieben hatte, es würde der Herrgott von seinen Gläubigen doch weder Askese noch Pilgerfahrten erwarten noch kasteiende Bittgänge auf bloßen Sohlen, sondern lediglich den ehrlichen, tiefen Glauben an ihn.

Als die schwere Kirchentür krachend aufgeworfen wurde, wischte ein Luftstrom an seinem Gesicht vorbei. Eine dunkle Ahnung schwang darin mit, und er fuhr hastig herum, als würde ein Angriff bevorstehen. Eine Handvoll junger Männer stürmte ins Gotteshaus und mit ihnen übles Geschrei und Gejohle. Ohne jede Achtung warfen sie um, was ihnen in den Weg kam. Stießen die Kerzen von den Kandelabern, um die schweren Leuchter wie Spieße zu verwenden. Mit ihnen schlitzten sie Heiligenbilder auf und rissen Wappen, Holzschnitzereien und vergoldete Kreuze herunter.

Eine Nonne, die im Schatten einer Säule gesessen hatte, fuhr mit einem entsetzten Schrei hoch und warf sich einem der Wütenden entgegen. Der fegte sie wie ein lästiges Bündel von sich, wobei sie unglücklich fiel und vor Schmerz aufschrie. Als die Meute an ihr vorüber war, rappelte sie sich mühsam auf und wankte aus der Kirche.

Amelinde war aufgesprungen und zu Eckehard gerannt, der sich schützend vor sie stellte. Nicht zum ersten Mal erlebte er solche Unruhestifter, denen ihr Glaube das Blut kochen ließ, um in die Kirchen zu stürmen und sie von allem zu reinigen, was von der bloßen Anbetung des Herrn ablenkte. Mochten sie meinetwegen beseitigen, was ein Luther oder Zwingli in ihren Predigten oder Schriften geißelte, er würde sich nicht daran beteiligen. Allerdings würde er auch keinen Finger rühren, um ihr gewalttätiges Handeln zu unterbinden, entschloss er sich.

Amelinde erkannte entsetzt, wie Eckehards Gesichtszüge hart geworden waren. Wie er da stand und mit kalten Augen auf die Kerle starrte und nichts tat, um sie aufzuhalten. Als die blindwütigen Eiferer nach vorne zum Altar wollten, hin zum großen Kruzifix und den religiösen Gegenständen, wo sie und Eckehard waren, schlug ihr das Herz bis zum Hals. Den Vordersten kannte sie, schoss es ihr fassungslos durch den Kopf, den schmallippigen Fröschel mit der vorspringenden Stirn und den eng zusammenstehenden Augen, der ein Langfinger war. Und der, der hinter ihm kam, der Schaffner, den hatte ihr Vater vor Jahren aus der Gießerei geworfen, weil der ein unehrlicher, fauler Lehrbub gewesen war.

»Was wollt ihr?«, herrschte Amelinde die Kerle an, denen der Hinterste in den Rücken lief, weil sie abrupt stehen geblieben waren. Sie spürte, wie durch Eckehard ein Ruck ging, sah zu ihm hin und erkannte in seiner Miene den Unwillen über ihre Worte und ihr Aufbrausen.

»Lass!«, stieß er befehlend aus. »Halt dich da raus.« Seine Hand schnellte vor und packte entschlossen ihren Arm. »Das hier ist nicht deine und nicht meine Sache.«

Ein Kerl wie ein Baum und wollte nicht gegen dieses üble Pack vorgehen. Amelinde konnte es kaum glauben. Vor Wut zitterte sie. Wenn sie auch nicht mehr fortkonnte, aber den Mund wollte sie sich nicht von ihm verbieten lassen! »Was fällt euch ein, hier in der Kirche zu wüten?«, schrie sie die Strolche an, bedachte Eckehard aber mit keinem Blick mehr.

»Die Bilder und die goldenen Kreuze sind nicht rechtens«, stieß der Fröschel verunsichert aus.

»Wer sagt das?«, fragte Amelinde hart.

»Der Michael Keller.«

Sie nickte, weil sie wusste, von wem der Handwerksgeselle sprach. Von dem Zwinglianer, der vor wenigen Jahren nach Augsburg gekommen und in St. Anna Aushilfsprediger gewesen war. Der vor zwei Jahren geheiratet hatte und jetzt in der Barfüßerkirche predigte. Sie hatte ihn einmal erlebt, wie ihn Zorn mitgerissen und er jene aus dem Volk aufgehetzt hatte, denen die katholischen Kleriker schon lange ein Dorn im Auge waren.

»Und der hat euch aufgefordert, die Bilder und Kreuze zu zerschlagen, vor denen du gebetet und gedankt hast, Melchior, weil dich die Pest verschont hat? Dich und deine Leute!«

Die Kerle wussten nichts zu sagen, auch jene nicht, die von der Seite herangekommen waren und aussahen wie Galgenstricke und die Kerzenhalter gesenkt hatten, weil die langsam schwer wurden. Sie glotzten auf den Hünen, der ruhig blieb und das junge Weibsbild festhielt und der sie mit lodernden

Blicken bedachte, als wollte er sie jeden Moment in Flammen setzen.

Aber da er keine Regung zeigte, sie an ihren zerstörerischen Absichten hindern zu wollen, wagten sie sich weiter vor.

»Glaubt ihr, wenn ihr hier alles kaputt schlagt, freut sich der Herrgott über Euer Tun?«, sagte Amelinde scharf.

»Goldene Kruzifixe sind nichts, was wir für den Glauben brauchen. Und auch kein Abbild des Herrn oder der Heiligen«, stotterte der Fröschel und bekam vom Schaffner einen Stoß in den Rücken. »Der Keller hat auch gemeint, dass es falsch ist, die Muttergottes zu verehren, als wäre sie der Herr selbst.«

Amelinde nickte wieder und deutete auf die geschnitzte Madonna an ihrer Seite. Ein Lichtkranz der Kerzen umrahmte ihr zärtliches Gesicht und die sanften Augen darin. In ihrer meisterlich geschnitzten Haltung hatte sie die Hände vor dem Herzen leicht geöffnet, um einem jeden, der Trost suchend zu ihr kam, ein Stück ihrer reinen Liebe, ein Stück ihrer selbst zu schenken.

»Dann schlagt zu, Melchior und Jonas, und ihr anderen, wenn ihr glaubt, der Herrgott segne euch dafür, dass ihr seiner Mutter das Haupt abschlagt!«, rief Amelinde kalt und sah von dem Gesindel rasch zu Eckehard, der immer noch mit zusammengepressten Lippen dastand und auf die Männer dunkle Blicke wie auf Ratten warf. Ihr war flammend heiß, und sie hörte ihren Herzschlag bis ins Ohr, aber sie wusste, wenn nur einer dieser Kerle Hand an die Muttergottes legen würde, könnte Eckehard sie nicht mehr festhalten. Sie würde sich mit aller Gewalt losreißen und wie eine Furie dazwischenfahren.

»Kruzitürken«, zischte Eckehard neben ihr und verstärkte

den Druck auf ihren Arm. »Kannst du denn nicht den Mund halten!«

»Hast du etwa Angst vor diesem windigen Pack?«, stieß sie zornig aus.

»Haben sie nicht irgendwo recht? Sein Seelenheil erlangt man nicht durch Anbetung oder Stiftung von hölzernen Heiligen oder in Gold gefassten Kreuzen«, schimpfte er unterdrückt.

»Sturer Hammel … das Zerstören hier willst du zulassen, aber für den Kirchturm eine neue Glocke gießen.« Sie schüttelte wild den Kopf. »Ich versteh dich nicht.«

Eckehard erwiderte nichts, aber presste derart die Zähne aufeinander, dass die Wangenknochen hart hervortraten. Langsam stellte er sich so hin, dass die Kerle an ihm vorbeimussten, bevor sie seinem Mädchen etwas antun konnten. Er verstand es ja selbst nicht, warum er nichts tat oder noch nicht. Da gab es so viel in seiner Vergangenheit, was nichts mehr mit Menschenliebe zu tun hatte oder der Achtung vor dem Gut eines anderen. Aber da hatte Krieg geherrscht, und er war mittendrin gewesen, und es war so viel Blut geflossen, dass … Für einen Moment schloss er die Augen, riss sie aber rasch wieder auf, weil er nicht wissen konnte, ob sie schon da waren. Bei Gott und allen Heiligen, er würde nicht zulassen, dass sie Amelinde etwas taten!

Der Fröschel kam unsicher und mit flackernden Augen heran. Einige der Kerle waren hinter ihm. Mit blassem Gesicht, aber erhitzten Wangen starrte er auf die Madonna und hatte wohl noch die leidenschaftlichen Worte des Predigers im Ohr, als er die Hand mit dem Kandelaber hob. Hinter ihm ächzte der Schaffner auf, als hätte der Kumpan bereits zugeschlagen. Da riss der Fröschel den Arm nach unten und ließ den Kerzenhalter fallen, als hätte er sich daran verbrannt. Wie gehetzt lief er davon. Scheppernd schlug das Eisengestell auf den steinernen Boden neben der Madonna.

Der Schaffner wollte schon nach dem Leuchter greifen, als Amelindes Stimme eisig im Kirchenraum erhallte. »Jonas Schaffner, wenn dir das, was der Zwinglianer predigt, besser gefällt, ist das deine Sache. Aber wenn du Hand an die Madonna legst, musst du erst an mir vorbei!« Sie betrachtete ihn mit solcher Verachtung, dass er unschlüssig wurde.

»Bildest dir wohl ein, was Besseres zu sein, Gießerstochter«, zischte ihr der Schaffner zu und leckte sich über die trockenen Lippen.

»Gießerstochter?«, rief einer der anderen überrascht und stellte sich breitbeinig hin. »Eine Handwerkerstochter auf der Seite ausgefressener Pfaffen und Nonnen, die es sich gut gehen lassen, während wir hier im Lechviertel hungern?«

»Von dir weiß ich es nicht, Schafsgesicht«, rief sie zu dem, der gesprochen hatte, mit seinem wild gekräuselten Haar und den hervorquellenden Augen, »aber vom Schaffner weiß ich, dass der nicht hungern muss, wenn er am helllichten Tag aus dem Stroh kriecht, jeder Arbeit aus dem Weg geht und beim Vater und den Brüdern am Tisch sitzt, wenn das Mittagsläuten einsetzt.« Ihre Stimme hatte einen scharfen Nachhall. »Und der, wo er Gelegenheit hat, lange Finger macht, damit er leichter durch sein faules Leben kommt.«

Der Schaffner grunzte wütend, und dem fremden Kerl traten die Augen noch mehr aus dem Kopf. Zornig schnappte der nach Luft. »Was fällt dir ein, Weibsbild. Dich werd ich lehren, so frech und vorlaut zu sein!«

Er und die Kerle hinter ihm machten einige drohende Schritte auf Amelinde zu, als Eckehard seine kraftvolle Stimme ertönen ließ: »Jetzt reicht es! Ich sag's nur einmal. Verschwindet auf der Stelle, oder ich fahre zwischen euch Saukerle, dass ihr euch tagelang nicht mehr auf den Beinen halten könnt.«

Der Schaffner stockte. »Was mischst du dich auf einmal ein, groß geratenes Ungeheuer. Mit dir hat keiner geredet.«

Eckehard schnaufte hörbar, als wäre er es leid, immer und immer dasselbe Schimpfwort hören zu müssen. Mit aller Sorgfalt begann er, sich die Ärmel hochzukrempeln.

»Was soll das?«, fragte der Schaffner blöd.

»Bei gewissen Arbeiten brauche ich immer die Arme frei«, antwortete Eckehard geduldig. »Es lässt sich dann besser zupacken.«

Schaffner glotzte ihn misstrauisch an, riss dann plötzlich den Kandelaber vom steinernen Boden hoch und nahm eine Abwehrhaltung ein. Noch bevor er sich ausmalte, was von ihm übrig blieb, wenn ihn der Riese zwischen seine großen Pranken bekam, wurde es unruhig in seinem Rücken. Er wagte es, kurz nach hinten zu sehen, und erkannte erbost, dass sich seine Kumpane schon ein gutes Stück von ihm entfernt hatten und auf die Kirchentür zustürzten, in der eben ein paar Nonnen erschienen und ein schmalbrüstiger Pfaffe, den sie mühelos mit einem Schlag von den Beinen hätten holen können.

»Feiges Pack!«, rief er seinen Kumpanen hinterher, die unangetastet zwischen den Klosterfrauen durch die für sie gebildete Gasse entkamen. Schaffner fluchte und warf Eckehard einen bösen Blick zu. »Katholischer Lump«, knurrte er, »irgendwann erstickst du an deiner lächerlichen Frömmigkeit, wenn du glaubst, den Tand hier verteidigen zu müssen.« Zornig schleuderte er den Kandelaber in Eckehards Richtung, der dem eisernen Gestell mit einem schnellen Schritt zur Seite auswich, warf sich herum und rannte zum Ausgang, an dem auch er nicht aufgehalten wurde, um ins Freie zu kommen.

Auf dem Weg zurück zum Katzenstadel war Amelindes Gesicht immer noch rot vor Zorn. »Warum hast du dieses elende Pack so lange gewähren lassen?«, fuhr sie entrüstet auf und stellte sich Eckehard in den Weg.

»Das sind Männer gewesen, die es satt haben, von den dickbäuchigen Pfaffen gegängelt und geschröpft zu werden, die die Worte aus der Bibel predigen, sich aber selbst nicht daran halten«, antwortete Eckehard gereizt. Am liebsten hätte er den Saukerlen noch im Nachhinein eine Abreibung verpasst, weil sie die wunderbare Stimmung zwischen ihm und Amelinde verdorben hatten.

»Wie kannst du gutheißen, dass diese Lumpen in der Kirche gewütet haben?«, rief sie aufgebracht. »Sie haben eine Nonne geschlagen und Kreuze und Heilige heruntergerissen. Das ist, als würden sie auch den Glauben an den Herrgott mit ihren schmutzigen Schuhen treten.« Amelinde zitterte vor Erregung.

»Für unseren Glauben brauchen wir keine Götzenbilder und prunkvollen Kreuze. Jedenfalls wir Zwinglianer nicht. Der Herrgott lässt sich nicht kaufen, wenn man in die Gnade kommen will«, knurrte Eckehard.

»Dieses Gesindel hätte die Madonna zerstört, wenn ich nicht dazwischengegangen wäre«, warf sie ihm hin, und zornige Tränen schossen ihr in die Augen.

»Ich wäre dazwischengegangen, wenn es für dich gefährlich geworden wäre«, presste Eckehard mühsam hervor. Er fühlte sich erbärmlich, als hätte er seine Liebste verraten, obwohl es nicht so gewesen war.

»Dann gibst du also zu, dass es gemeine, unberechenbare Halunken waren!«, rief sie trotzig.

»Du hättest sie nicht herausfordern sollen, Amelinde.«

Jäh wurde ihr Gesicht dunkel vor Enttäuschung. »Wenn es dir auch gleich ist, was mit der Gottesmutter geschehen wäre. Mir war es nicht gleich, und in Grund und Boden müsste ich mich schämen, wenn ich dabei zugesehen hätte, wie ihr liebliches Gesicht zerhauen wird.« Sie sah ihn an, als hätte sie einen Fremden vor sich, und ihre Augen wurden nass. »Du bist ein Feigling, Eckehard!« Ohne ein weiteres Wort wandte sie sich um und lief davon.

Kapitel 10

Dienstag, der 19. Mai, Anno Domini 1528

Im Rathaus auf dem Perlachberg hatten sich am Morgen nach dem lauten, mahnenden Klang der Rathausglocke die Mitglieder des Kleinen Rats eingefunden. Es waren Männer unterschiedlichsten Alters; Angehörige des Stadtadels und Vertreter der Gilde und der Zünfte. Die Patrizier hatten es sich entlang der holzvertäfelten Wände auf gepolsterten Bänken bequem gemacht. In ihrem Rücken und hoch über ihnen hingen an der Wand die Wappen der alten Adelsgeschlechter, denen sie angehörten. Ihnen gegenüber saßen die aus den angesehensten Handwerksberufen stammenden und in den Rat entsandten Zunftmeister. Auch in ihren Rücken prangten Wappenschilder, allerdings mit den Zunftzeichen der Handwerksberufe, die in Augsburg hervorgehobene Bedeutung hatten, darunter die der Schmiede, Plattner, Tuchhändler, Weber, Lederer, Bäcker, Salzfertiger und der Kaufleute.

An der Längsseite des Saals vor den schmalen, hohen Fenstern hatten die beiden Stadtpfleger oder auch Bürgermeister, wie sie seltener genannt wurden, Platz genommen. Die Patrizier und Lutheraner Hieronymus Imhofer und Georg Vetter, die auch den Vorsitz innehatten. In ihrer Nähe in einer Fensternische brannte dem Ratsschreiber am Schreibpult die frühe Sonne auf den Rücken. Der Mann war bereits ein wenig rot im Gesicht, und kleine Schweißperlen standen auf seiner Stirn. Aus einer Holzschatulle entnahm er das frisch befüllte Tintenfässchen und die fein säuberlich in Tuch gehüllten Federkiele. Zuletzt zog er ein paar Bogen Papier hervor und legte den ersten davon auf das Pult. Beinahe andächtig tauchte er die Feder in die Tinte und hielt die Namen der anwesenden Ratsherren fest. Bis auf einen Vertreter der Gilde, der mit Leibschmerzen im Bett lag, hatten sich alle Ratsherren eingefunden.

Hieronymus Imhofer erhob sich von seinem Stuhl. Ein Mann von mittlerer Größe und sichtbarer Beleibtheit unter dem nur unzureichend kaschierenden Stoff. Seine stämmigen Beine steckten in eng anliegenden braunen Hosen. Wie die meisten Männer seiner Stellung trug er monströse und als vornehm geltende Kuhmaulschuhe. Noch hatte er dichtes braunes Haar, aber die ersten silbernen Fäden durchwirkten es bereits. Auch in seinem kurzen, sorgsam gepflegten Bart schimmerte es silbern. Er räusperte sich. »Ihr werten Herren …«, begann er, »leider gab es eine neuerliche Ausschreitung gegen einen katholischen Prediger und kam es zu Zerstörungen in der zur Bischofsstadt gehörenden Kirche St. Ursula. Aus diesem Grund fand sich gestern noch der Geheime Rat zusammen.«

Sein Blick streifte Konrad Rehlinger und Mang Seitz, in deren Nähe er stand und die beide zu den Mitgliedern des Dreizehnerausschusses gehörten, wie der Geheime Rat auch bezeichnet wurde. Zu denen er selbst gehörte und zwölf weitere Ratsherren, die über alle Vorkommnisse in der Stadt bestens unterrichtet waren wie sonst niemand. Die die politische Elite der Stadt darstellten und somit die Macht in Augsburg in Händen hielten. Zu denen gehörten auch Georg Vetter und die Einnehmer und Siegler, die Baumeister und drei weitere Ratsherren. Imhofer ließ seine Worte wirken. Einzelne empörte Stimmen erhoben sich, und Raunen wehte dumpf durch den Saal. Manche der Ratsherren wirkten gleichgültig, in anderen Mienen zeigte sich Entrüstung.

»Da sich die Unruhen in den Kirchen und auf den Straßen gegen katholische Prediger in letzter Zeit häufen …«, fuhr Imhofer fort, kam aber nicht weit, denn der alte Reimlinger, ein Katholischer bis tief in die schmerzenden Knochen, fuhr ihm mit schneidender Stimme dazwischen.

»Die häufen sich, seit dieser Luther begonnen hat, seine Lästerschriften wie giftiges Mutterkorn unter die Speise der Leute zu mischen!« Reimlinger war ein großer, hagerer Mann mit schlohweißem Haar und zerfurchtem Gesicht. Einer vom Stadtadel, ganz dem alten Glauben verschrieben wie die Fugger, zu deren wenigen Freunden er sich zählte. Verbittert und ganz in Schwarz gekleidet, als sehe er in allem, was sich dem protestantischen Bekenntnis unterworfen hatte, eine Verhöhnung seiner eigenen althergebrachten Werte, saß er inmitten farbenfroh gekleideter Patrizier.

Anton Bimmel, Weberzunftmeister und Großkaufmann, sprang auf. Wo sich ihm die Gelegenheit bot, machte er als Protestant deutlich, was er von den Anhängern des alten Glaubens hielt. So deutlich, wie er seine Weber gnadenlos spüren ließ, wenn sie sich bei ihm verschuldet hatten. Wutentbrannt stürmte er auf Reimlinger zu. Im ersten Moment glaubten alle, er wolle den Betagten von seinem Platz zerren. »Reimlinger, Ihr seid ein Schandmaul! Es kann nimmer lang dauern, dass Ihr vor dem Allerhöchsten steht und Euch für Euer lästerliches Gerede verantworten müsst. Sofern Ihr nicht vordem, was mir gegebener erscheint, Eure Seele im Fegefeuer reinigen müsst!«

Reimlinger wollte aufspringen, aber der Schmerz in seinen Knochen hielt ihn mit verzerrten Gesichtszügen auf seinem Platz. Was ihn aber nicht daran hinderte, dem in seinen Augen protestantischen Hundsfott gehörig herauszugeben. »Der Herrgott weiß einen aufrechten Verteidiger seines Glaubens, des wahren Glaubens, zu erkennen.« Die Wut machte sein Gesicht noch strenger, noch schärfer. »Der Herrgott verdammt Euren ketzerischen Mönch, Bimmel. Da hab ich keine Angst, mich vor ihn hinzustellen«, brüllte Reimlinger.

Hieronymus Imhofer ging eilig zu den beiden Streithähnen, aber auch Georg Vetter war von seinem Stuhl geschnellt und in die Mitte des Saals gekommen, um weiteren Aufruhr zu unterbinden. Imhofer bat den zornroten Bimmel und den blutleeren Reimlinger um Mäßigung und beschwichtigte sie mit den Händen. Sein flehender Gesichtsausdruck aber spornte den Spott des alten Reimlinger noch an. »Jetzt seht Ihr, was Ihr davon habt, dass Ihr den Luther damals aus Augsburg habt entwischen lassen. Seitdem ist keine Ruhe mehr in der Stadt und in den Kirchen, und überall predigen sie jetzt anders. Und totschlagen werden sich die Leute noch, wenn der eine nicht den Glauben vom anderen annehmen will!«

»Zum Donnerwetter, Ihr Herren, nehmt doch Vernunft

an!«, brüllte der hochgewachsene Georg Vetter, der sich zwischen Bimmel und Reimlinger gestellt hatte.

Bimmel aber war noch nicht fertig. »Das lasst Euch gesagt sein, Reimlinger, der Luther sagt nur, was längst überfällig ist. Eure Kirchenfürsten und Pfaffen haben es doch so weit kommen lassen mit ihrem liederlichen Lebenswandel, mit Protzerei und Prahlerei, dass keiner mehr ihren Predigten geglaubt hat«, spie er aus, ließ sich dann aber immerhin von Vetter in Richtung seines Platzes schieben.

»Der Bimmel hat schon recht. Manche Kleriker haben es halt zu weit getrieben. Führten nicht das einfache, gottgefällige Leben, sondern prassten vom Zehnt, der von jedem Mann zu entrichten ist. Ums Wohlergehen haben sie sich schon gekümmert. Halt um das eigene und nicht um das Seelenheil der Gläubigen«, drang eine befehlsgewohnte Stimme durch den Saal. Sie gehörte Konrad Rehlinger, der sich mit einem spöttischen Lächeln über seinen dunklen, kupfern glänzenden Bart strich. »Dass das Frauenhaus in der Domstadt besser geführt ist als die beiden anderen Hübschlerinnenhäuser in Augsburg, ist kein Geheimnis.«

Ein paar Lacher stiegen in den Reihen der Ratsmitglieder auf, die die Anhänger des alten Glaubens mit bösem Blick quittierten.

Der Burggraf, der Vertreter des Bischofs in der freien Reichsstadt, war blass geworden. Hartmann von Eberbach saß seinem Rang gemäß auf einem eigenen gepolsterten Stuhl. Auf den gegen die Lehnen gepressten Händen traten die Adern bläulich hervor. Seine schwarze Kleidung verstärkte noch den Eindruck, dass er neben seinem hohen Wuchs noch besonders knochig war. »Welch abscheuliche Häresie«, stieß er über die spröden Lippen hervor. Der Blick, den er Rehlinger zuwarf, war eiskalt.

»Keinesfalls, Herr von Eberbach«, entgegnete dieser ruhig, »nehmt doch katholische Ablassprediger wie Tetzel, die im Namen des Papstes und der Kirchenfürsten ausgesandt wurden, um mit Heilsbotschaften die Angst vor Fegefeuer und Hölle zu schüren und das Volk um sich zu versammeln, damit durch die Beichte und gegen entsprechende Münzen die Sünden erlassen werden. Und dem die Leute nachliefen, auch wenn es die Geschwulste im Leib oder der Klumpfuß kaum noch möglich machten, damit ja noch der letzte Pfennig in das aufgehaltene Säckel geworfen werden konnte.« Rehlinger lehnte den Kopf gegen die hölzerne Wand in seinem Rücken. »Wenn es nur einen Gott gibt, wovon ich ausgehe, hält er es wohl eher mit dem Luther, der der Ansicht ist, dass der Ablasshandel erstaunliche, aber leider keine gottgefälligen Auswüchse entfacht habe.«

Die Stille im Saal war wie gefroren. Den Burggrafen, dem es den letzten Rest an Blut aus den Wangen getrieben hatte, hielt die Anspannung fest in seinen Stuhl gepresst. Der Stadtvogt jedoch hatte sich wie lauernd nach vorne gebeugt. Unter wilden braunen Locken und dem goldfarbenen Barett hatte sich sein Blick bei dem Tumult im Saal verdunkelt. Sein bequemer Stuhl stand im Gegensatz zu dem des Burggrafen auf einem kleinen Podest und machte dadurch deutlich, dass der Kaiser Herr der freien Reichsstadt war, in dessen Diensten er stand, und nicht der Heilige Stuhl in Rom oder der Fürstbischof. Albrecht Stolzhirsch trug ein Wams aus mattem Gold und dem Wappen der Augsburger Stadtvogtei, in dessen Zentrum der Phyr auf dem kaiserlichen Adler ruhte.

Grimmig wuchtete er sich von seinem Sitz hoch und ließ

seine Stimme ertönen, die sich ohne Mühe über alle anderen im Saal erhob. »Zum Donnerwetter, das ist keine Ratsversammlung, das ist Schenkengezänk, das ich mir im Jakobsviertel in jeder verkommenen Ecke gönnen kann, wenn mir danach ist!«, schimpfte er und stemmte die Hände in die Seiten. »Ich lass die Büttel kommen und den nächsten der ehrwürdigen Ratsherren hier, dem das Blut hochkocht, in den Torturm bei Heilig-Kreuz bringen, dann kann er sich geruhsam Kühlung verschaffen!«

Er blickte scharf zu Reimlinger und Bimmel, denen die mühsame Zurückhaltung in den verärgerten Mienen anzusehen war, und zu Rehlinger, der ihm mit einem etwas herablassenden Lächeln zunickte. Augsburg war längst zu einer ketzerischen Stadt geworden, stieß es Stolzhirsch bitter auf, als er wieder Platz nahm. Was halfen kaiserliche Mandate oder erboste Schreiben aus der Bischofsstadt. Bei Gott, der Kaiser sollte längst in die deutschen Lande zurückkehren! Immer mehr entglitten Karl V. die freien Reichsstädte unter dem ketzerischen Glauben der Reformierten. Auch die protestantischen Fürsten entglitten ihm, die sich ihm nicht mehr fraglos unterordneten. Dennoch konnte er nicht mit Zorn und Schwert über sie kommen, denn er brauchte sie. Sie hatten das Geld, um Soldaten anwerben und Heere aufstellen zu können. Und die Türken drangen mit einem gewaltigen Kriegsvolk immer weiter gegen Wien vor!

Georg Vetter fasste sich als Erster wieder. »Werte Herren, wir Augsburger reden uns über den alten Glauben und den Protestantismus möglicherweise wie in keiner anderen Stadt die Köpfe heiß.« Er sah mit funkelnden Augen um sich. »Gerade deshalb sind wir aufgefordert, mit aller Besonnenheit diese Versammlung fortzuführen und unsere gemeinsame

Kraft dazu zu verwenden, den Frieden in dieser Stadt zu sichern und sie mit allem Weitblick zu regieren.« Seine Blicke jagten gespannt im Saal herum, aber es blieb ruhig.

»Unser werter Herr Stadtschreiber wird uns jetzt Bericht über die jüngsten missliebigen Vorfälle erstatten.« Georg Vetter nickte Konrad Peutinger respektvoll zu, der sich von seinem Platz nahe bei den Bürgermeistern und nahe beim Ratsschreiber erhob. Peutinger, im dreiundsechzigsten Lebensjahr stehend, und auch ein Mitglied der Dreizehner, trat langsam in die Mitte des Saals. Einst Ratgeber Kaiser Maximilians, genoss er höchstes Ansehen in der Stadt und über deren Mauern hinaus bis tief in die deutschen Lande hinein, deren Städte in juristischen Belangen nicht selten seinen Rat einholten. Schließlich war er der Einzige unter den Ratsherren, der die Juristerei studiert hatte.

In seinem Wesen eher zurückhaltend, besaß er höchstes rhetorisches Geschick, einen scharfen Verstand und erstaunliche diplomatische Fähigkeiten. Seine wachen Augen wanderten durch den Saal. »Werte Herren«, begann er mit gesetzter Stimme, »leider kam es gestern Morgen erneut zu einem Überfall auf einen Prediger in der Domkirche. Der Geistliche wurde beleidigt und geschlagen, wobei er an Kopf und Schulter verletzt wurde.« Er machte eine kurze Pause, bevor er zu weiteren, längeren Ausführungen ansetzte. Gottserbärmlich schwitzte er unter dem seidigen Wams, weil ein eifriger Ratsdiener die beiden großen Öfen im Raum geheizt hatte, obwohl es draußen warm war. Immer wieder wischte er sich mit der Hand, an deren Ringfinger der schwere Silberring steckte, den ihm einst der Kaiser zum Geschenk gemacht hatte, übers Gesicht.

»Ein weiterer schändlicher Vorfall ereignete sich in der katholischen Kirche St. Ursula in der Unterstadt. Frevler haben eine Nonne angegriffen und Heiligenbüsten und Bilder zerstört.« Auch hierzu erstattete er einen umfangreichen Bericht, bis er schließlich schwer ausatmete, als hätte er die ganze Zeit die Luft angehalten. »Geschätzte Herren Ratsmitglieder, mehr kann zu den Geschehnissen bislang nicht gesagt werden, und so überlasse ich das Wort wieder den Herren Stadtpflegern.« Respektvoll neigte er den Kopf hin zu Imhofer und Vetter und kehrte langsam an seinen Platz zurück.

Die beiden dankten dem Stadtschreiber und schenkten ihm ihrerseits ein leichtes Kopfnicken. Der neben dem alten Helmroth sitzende Ratsherr hatte diesem etwas ins Ohr geflüstert, worauf dieser plötzlich auffuhr. »Was, eine Jungfer hat sich zwischen die Muttergottes und die Unruhestifter gestellt?« Helmroth war ein altes, runzeliges Männlein in weiter Schaube, die eher wie ein Berg Kleider über ihm lag, und stieß jetzt ein vergnügtes Kichern aus, das durch den Saal hallte. Er klatschte ein paar Mal ergötzlich in die Hände. »Die hölzerne Jungfer täten sie also erschlagen, und vor der Jungfer aus Fleisch und Blut weichen sie zurück. Was waren denn das für erbärmliche Kerle!« Er musste husten, weil er sich an seiner Tollerei verschluckte, und einer der Diener sprang herbei und reichte ihm einen Becher mit verdünntem Wein, mit dem er geräuschvoll den Reiz aus seiner Kehle spülte.

»Soweit ich gehört habe, wurde das Gesindel offenbar wirklich durch eine junge Frau von weiterer Zerstörung abgehalten«, sagte Rehlinger mit lauter Stimme. »Eine in Kleid und Mieder und gelöstem schwarzem Haar. Eine, die es offenbar für ungehörig hält, wenn man die Muttergottes zerschlägt, vor der sie kurz zuvor noch gebetet hat.« Munter funkelten seine Augen.

»Was ist das für ein Weibsbild, das sich gegen Männer erhebt? Das wird eine liederliche Dirne und keine Jungfer gewesen sein«, zischte Reimlinger und lehnte sich so weit zurück, dass er an den Rücken der anderen Ratsherren vorbei mit unverhohlener Geringschätzung auf Rehlinger sehen konnte, der einige Plätze entfernt saß.

Konrad Rehlinger zog die Brauen über den dunkel glühenden Augen zusammen. Er wusste genau, was der alte Reimlinger mit seinen Worten sagen wollte. Was er immer meinte, wenn er gegen seine Frau Sybille spie. Und gegen ihre Eheschließung mit ihm nur wenige Wochen nach dem Tod ihres ersten Mannes, des reichen Jakob Fugger, der ein Freund Reimlingers gewesen war. »Immerhin habt Ihr es dann dieser Dirne zu verdanken, Reimlinger, dass es nur wenig Verwüstung in St. Ursula gab. In der Domkirche rührte sich nämlich keiner der rechtschaffenen Männer des alten Glaubens, die zur Messe kamen, als der Prediger von zwei Lutheranern verhöhnt und geschlagen wurde.« Nachdenklich strich er sich über seinen Osmanenbart. »Diese Jungfer in St. Ursula besaß den Mut, den die Männer, an denen Euer katholischer Prediger durch die Domkirche vorbeigetrieben wurde, vermissen ließen.«

»Ist es gestattet, dass ich ein paar Worte sage?«, fragte ehrerbietig Mang Seitz aus der Weberzunft rasch und erhob sich, als wollte er weiteren Aufruhr zwischen den verschiedenen Hitzköpfen im Rat verhindern. Nachdem ihm Vetter ein zustimmendes Zeichen gegeben hatte, trat Seitz in die Saalmitte. »Jedermann in der Stadt weiß, dass Aufruhr und Hetzereien bei strengsten Strafen verboten sind. Dass Zerschlagungen in der Kirche und Angriffe gegen katholische Prediger unnachgiebig verfolgt werden.« Er schwieg, ließ seine Blicke ringsum wandern. »Verehrte Kollegen, lassen wir also diese Aufwiegler jagen, in die Eisen werfen und hinrichten wie vor vier Jahren die beiden Weber.«

Unmittelbar brandeten empörte Rufe auf. Wie in Gedanken vertieft blickte Seitz auf die mit Maßwerk verzierten, dreiteiligen Fenster, durch die warmes Sonnenlicht fiel und die dunkle Holzvertäfelung im Saal wärmer erscheinen ließ. Als sich seine Stimme wieder erhob, war sie befehlend. »Lasst ihnen die Köpfe abschlagen, aber vorher die Stadtwache aufziehen und am besten noch ein paar Hundert Knechte sich bereithalten, sonst könnte es sein, dass sich vor dem Ratssaal erneut geharnischte und bewaffnete Aufständische zusammenrotten, die gutheißen, was die Unruhestifter getan haben, um deren Verschonen, wenn nötig auch mit Gewalt, durchzusetzen!« Seine Augen behielten ihre kühle graue Farbe bei.

Mang Seitz hatte in eine tiefe Wunde gestochen und in Erinnerung gerufen, was sich vor bald vier Jahren in Augsburg ereignet hatte. Johann Schilling, Lesemeister der Barfüßer, hatte mit seinen Predigten über das Lukas-Evangelium nichts weniger als die Herrschaft des Rats angezweifelt. Um den Frieden in der Stadt zu erhalten, hatte man schnellstens versucht, Schilling aus der Stadt zu bekommen. Großzügig abgefunden, verließ er diese schließlich auch, versäumte es aber nicht, vorher noch dem aufrührerischen Volk in den Gassen von der Entscheidung gegen ihn kundzutun. So fand sich nach kürzester Zeit eine vor Wut schäumende Menge vor dem Rathaus zusammen, die Schillings Rückkehr forderte. Nur unter äußersten Mühen und Zugeständnissen war es den Ratsherren damals gelungen, nicht aus der Stadt gejagt oder erschlagen zu werden und einen Aufstand zu verhindern.

Keiner der anwesenden hohen Herren hatte dieses Geschehen vergessen, den Lärm und das Waffengeklirr, das dumpfe

Heranmarschieren gewaltbereiter Menschen und die heraufbeschworene gefährliche Stimmung in der Stadt. Für Augenblicke herrschte Schweigen im Saal. Irgendwo schabte ein unruhiger Fuß über den Boden.

»Freilich muss versucht werden, der Übeltäter habhaft zu werden, die ihre gerechte Strafe erhalten sollen. Dennoch gilt es, mit aller Sorgfalt und Vernunft Ausschreitungen zu verhindern«, fuhr Seitz ruhig fort. »Erinnert Euch, werte Herren, dass beim damaligen Aufstand der alte Jakob Fugger aus der Stadt floh, nachdem er seine Geschäfte geschlossen, die Kontore geleert und sein Münzvermögen vergraben hatte. Was damals geschah, sorgte für höchstes Unverständnis und Spott in den für Augsburg so wichtigen Handelszentren wie Frankfurt, London und Venedig.« Seine Blicke forderten die Ratsherren heraus. »Ihr Herren, die größten und erfolgreichsten Handelshäuser unserer Zeit befinden sich hier in Augsburg, und wir müssen mit allem Bestreben daran interessiert sein, dass es dabei bleibt!«

Mang Seitz wandte sich an Bartholomäus Welser, der seine gelassene Haltung nicht aufgegeben hatte. »Ich rede nicht nur von den großen Handelshäusern wie dem Euren, Welser, ich rede vor allem von jenen, die dringend auf die Kredite angewiesen sind, die ihnen gegeben werden, um ihre Geschäfte führen zu können und sich ihre Existenzen zu erhalten. Darlehen, die gegeben werden, weil ihnen Augsburg als namhafte Handelsstadt bislang große Sicherheit bietet.« Erstmals loderte dunkle Leidenschaft in seinen Augen. »Wir müssen unsere Kaufleute schützen und den Leumund unserer Zünfte, deren hervorragende Arbeit weit über die Mauern dieser Stadt bekannt ist.«

Zielstrebig ging er auf einen der Zünftler zu, einen großen, kräftigen Mann in prächtiger Kleidung mit ovalem Schädel und dichtem lockigem Haar, das ihm dunkel und schwer wie dem Nürnberger Maler Albrecht Dürer bis auf die Brust fiel.

Entschlossen blickte er ihm in die Augen. »Glaubt Ihr, Meister Harnischmacher, der Kaiser lässt seine Rüstungen noch von Euch fertigen, wenn diese Stadt immer mehr die Wurzeln des alten Glaubens verliert? Wenn Ihr selbst deutlich zu erkennen gebt, dass Euch die üppigen Gulden des Kaisers und seine Anerkennung über Eure meisterliche Arbeit höchst willkommen sind, aber seinen Glauben missachtet und die Worte seiner Prediger in den Schmutz zieht?! Der Kaiser ist der Herr dieser Stadt.« Wie ergeben breitete er die Arme aus und blickte über die Reihen seiner Kollegen. »Und er ist, mögen wir betrübt oder erfreut darüber sein, unser *katholischer* Kaiser!«

Drückendes Schweigen lag in dem großen Saal, in dem die hereinfallende Sonne unzählige feinste Partikel in der Luft herumtanzen ließ.

»Künstler und Handwerker unterschiedlicher Bereiche beklagen längst den Rückgang der Aufträge. Die Kirchen des neuen Glaubens brauchen keine Heiligenbilder oder -statuen, keine Reliquienschreine, keine Altäre oder steinerne Putten in den Kapitellen. Und die Kirchen des alten Glaubens geben kaum noch welche in Auftrag, weil sie ihnen nicht nur immer öfter zerschlagen werden, sondern weil immer öfter ihre Kirchen und Klöster aufgelöst werden«, erklärte Mang Seitz mit gedämpfter Stimme, die allerdings einen aufrüttelnden Tonfall angenommen hatte.

»Das Gesindel, das in St. Ursula wütete und gegen Nonnen und einen Priester gewalttätig wurde, darf nicht wieder nur ermahnt werden und das entrüstete Domkapitel vertröstet.

Den Leuten in der Stadt muss deutlich gemacht werden, dass wir in Augsburg Recht und Gesetz kennen und dass es trotz unterschiedlicher Konfessionen möglich ist, auf solcher Grundlage friedlich zusammenzuleben. Gleichzeitig sollten wir aber noch weitere Predigerstellen mit evangelischen Priestern besetzen«, schlug Seitz vor. »Der beliebte Urbanus Rhegius wurde ja bereits vom Rat angestellt, auch evangelische Prediger bei St. Anna und den Barfüßern.«

Zustimmendes, anschwellendes Raunen erhob sich, und Mang Seitz senkte respektvoll den Kopf, bevor er wieder seinen Platz einnahm. Mittlerweile lag eine Vielfalt von Gerüchen aus warmem Holz und Schweiß und vergossenem Wein in der Luft, die in Bewegung geriet, als sich eine der schweren Holztüren öffnete und erneut Diener mit Krügen und Bechern eintraten, um Wein und Wasser auszuschenken. Was ein kluger, weitsichtiger Mang Seitz vorgebracht hatte, war gewissermaßen das, was der Geheime Rat am Vortag bereits wegen der Aufwiegler beschlossen hatte: Es sollte versucht werden, die Frevler zu ergreifen und sie streng zu bestrafen. Eine Abbitte an die Domstadt sollte erfolgen und katholische Predigerstellen geschaffen werden, im Gegenzug aber auch zwei neue evangelische Predigerstellen. Die katholischen Geistlichen sollten nochmals ermahnt werden, ausschließlich das Evangelium und das Gotteswort zu verkünden. Und das Verbot der Zusammenrottung und Aufruhr, solcherart Worte zu führen oder zu solchen anzustiften, sollte erneuert werden.

Da alle Ratsherren damit einig gingen, wurden die Maßnahmen als endgültig beschlossen. Zuvor aber musste der alte Helmroth geweckt werden, den Wärme und der schwere Wein im Magen in den Schlaf gerissen hatten.

Ein letztes Mal tauchte der Ratsschreiber die Feder ins Tintenfass, um sie anschließend übers Papier fliegen zu lassen. Der Rücken tat ihm weh, als er den letzten Federstrich tat und Peutinger sich über seine Schulter beugte. Dessen Aufgabe würde es sein, die Notizen des Ratsschreibers mit eigenen Bemerkungen zu versehen oder solche zu streichen, die ihm nicht relevant genug erscheinen würden, um letztlich einen Bericht für die Ratsvorsitzenden zu fertigen. Sorgsam schob der Ratsschreiber die beschriebenen Bogen Papier zusammen und legte sie in einen ledernen Einband, den er Peutinger reichte.

In den Kaminen knackten die letzten Buchenscheite, und draußen beim Perlachturm und über dem Markttreiben herrschte mittlerweile eine Hitze, die die Luft flimmern ließ.

*

Eckehard lehnte mit schweißnassem Hemd an der Rückwand der Gießerei. Sein Gesicht glänzte, als er den Kopf zurücklegte und in den Himmel sah. Schwer hängende graue Wolken kündigten Regen an und entsprachen genau seiner trüben Stimmung. Gereizt stieß er den Atem aus. Der Wind war frisch, als wollte er jetzt im Mai noch Schnee mit sich bringen, und bewegte mit Leichtigkeit das schwere, offen stehende Hoftor.

Eckehard schloss die Augen. Eigentlich hatte er die Gießerei nur kurz verlassen wollen, um unverbrauchte Luft in seine Brust zu pumpen und den Kopf freizubekommen, aber jetzt hatte er schon wieder diese verdrießlichen Bilder vor Augen.

Amelinde, mit der er sich wegen der Hundsfotte in der Kirche gestritten hatte. Im Turm noch hatten sie sich endlich gefunden, behütet von einer ehernen Glocke und mit ihren berauschenden Gefühlen unbeobachtet und allein. *Herrgott*, dachte er wütend, *wie närrisch ich Amelinde liebe. Und jetzt habe ich es verpfuscht!* Der Mund wurde ihm trocken. Er nahm ein paar Schlucke aus dem Wasserschlauch, goss sich auch einen kräftigen Strahl übers verschwitzte Gesicht und wischte mit der Hand darüber.

In ihm war eine flammende Stimmung, als stünde er an einem der großen Schmelzöfen. Die Kerle waren unberechenbar gewesen, damit hatte Amelinde durchaus recht gehabt. Schließlich kannte er solches Pack. Lange genug war er als Geselle unterwegs gewesen und hatte so manches erlebt, um längst durchschauen zu können, wenn einer nichts Gutes im Schilde führte. Diesen Lumpen war es nur um die bloße Zerstörung gegangen; um Verbreitung von Lärm, Gewalt und Angst, und alles unter dem Deckmantel des protestantischen Bekenntnisses, das frei war von Götzenbildern und falsch verstandener Anbetung und das ihnen im Grunde sicher völlig gleichgültig war.

Eckehard fühlte sich miserabel. Ein Feigling war er beileibe nicht, und gerade deshalb und weil es Halunken gewesen waren und er schließlich davorstand, eine Glocke für ausgerechnet diese Kirche zu gießen, hätte er den Nächstbesten der Unruhestifter am Kragen packen und aus der Kirche werfen sollen. Und die anderen gleich hinterher und nicht lange denken, es könnte den Frevlern tatsächlich um eine Reinigung der Kirche von allen Bildwerken und Heiligenfiguren getreu ihrer religiösen Gesinnung gehen.

Kein Wunder, dass Amelinde gedacht hatte, er wäre ein Hasenfuß! Eckehard drehte sich um und lehnte den Kopf an die kalte Mauer. *Amelinde!* Seit ihrem Streit ging sie ihm aus dem Weg und wich seinen Blicken bei den Mahlzeiten im Wohnhaus aus. Wenn sie in die Gießerei kam, vermied sie es, ihm zu begegnen. Dennoch spürte er ihre Anwesenheit durch die

Mauern, durch Rauch und Ruß und durch die höllische Hitze. Längst atmete er ihre Nähe gierig ein, wie die großen Öfen jedes Lüftchen auffraßen, das sich durch das Tor in die Gießerei verirrte.

Ein tiefes Ächzen drang über seine rauen Lippen. Nachts fand er keinen Schlaf mehr und wälzte sich unruhig auf dem harten Lager herum. Er wollte sie, und nur sie! Dass er mit ihrer Hand eines Tages vielleicht auch der Meister in der Gießerei werden würde, war ein höchst begehrliches Zubrot, aber, bei allen Heiligen, Amelinde war es, die ihn fast um den Verstand brachte.

»Eckehard!«

Wie unter einem Hieb fuhr er zusammen und schoss herum. Ungläubig starrten seine Augen Amelinde an, als wäre sie ein Nachtmahr.

»Ich wollte dich nicht erschrecken, Eckehard.« Ihre Blicke tasteten unsicher über sein erstauntes Gesicht.

Er schluckte. Amelindes erhitzte Wangen und ihr schweißverklebtes Haar, das jetzt zum Vorschein kam, als sie die Mütze vom Kopf zog, nahmen ihr nichts von ihrer Schönheit.

»Es tut mir leid, dass ich dich einen Feigling genannt habe. Das bist du nicht.« Sie stieß einen tiefen Atemzug aus. Endlich, nach Tagen der Gewissensbisse und schlaflosen Nächte, war es heraus! »Du hast halt deinen Glauben und ich den meinen, und den meisten anderen Leuten in der Stadt geht es auch so. Und irgendwie kommen sie doch miteinander aus. Dann sollten wir es doch auch schaffen können.« Sie kaute auf der Unterlippe.

»Nur auskommen können miteinander?«, entfuhr es ihm entsetzt.

Sie senkte den Kopf und sah auf ihre Finger, die sich ineinander verschränkten. Als sie wieder aufsah, stieß sie einen tiefen Seufzer aus. »Vermisst habe ich dich, auch wenn du in der Stube nah bei mir am Tisch gesessen oder an der Esse gearbeitet hast und ich ein paar Schritte hinter dir stand und meinen Blick nicht von dir lassen konnte.« Sie sah ihn unsicher an. »Ich mag dich immer noch so gern wie im Glockenturm von St. Ursula«, fügte sie leise hinzu, als durfte es niemand außer ihnen beiden hören.

Auf Eckehards Gesicht erschien ein erleichterter Ausdruck. »So *richtig* gern?«

Sie nickte entschlossen und lächelte. »So, dass ich weiß, ohne dich wäre es nichts für mich. Du dürftest nicht nochmals fortgehen auf Wanderschaft.«

»Das muss ich auch nimmer.« Unwillkürlich verdunkelte sich sein Gesicht. »Bei Gott, dann wüsste ich nicht, ob ich nochmals zurückkäme.« Unvermittelt war die sanfte Schwingung zwischen ihnen umgeschlagen in eine knisternde, die aus Eckehards Vergangenheit herrührte.

»Wie meinst du das?«, fragte Amelinde gespannt.

Ein tiefer Ernst hatte sich über Eckehards Gesicht gelegt. »Hab das Messer nicht nur einmal gut gebrauchen können. In den Wäldern und manchmal auf den Wegen, über die alles kommt, nicht nur ein Tross oder Fuhrwerk oder ein einzelner Reiter.« Er schwieg kurz. »Weißt du, so ein Schmelzofen in der Gießerei hat eine teuflische Glut und eine Gewalt, da kann der Mensch nimmer mit, wenn was passiert. Und das Gleiche kann da draußen am sonnigsten Tag losbrechen, wenn eine Meute Menschen einen einzigen dunklen Hass hat und wie ein Unwetter über die Dörfer kommt oder die Klöster oder die Burgen der hohen Herren.« Er sah sie durchdringend an. »Oder wenn erbitterte Menschen in Kirchen einfallen und glauben, sie müssten gleich noch mehr beseitigen als goldene Kreuze und wuchtige Statuen.«

»Meinst du die Bauernkriege vor ein paar Jahren?«, fragte sie mit einem leichten Schauder. Schließlich hatte auch Augsburg davorgestanden, in den Bauernkrieg mit hineingezogen zu werden, als beim nahen Leipheim die Soldaten des Schwäbischen Bundes unter den versammelten Bauernheeren ein grausames Gemetzel angerichtet hatten.

Er nickte. »Aus manchen Kirchen wurden die Kuttenträger fortgejagt und mit den Reisigbesen durchgegangen, als müsste man einen unseligen Stall ausmisten.« Er stopfte die Hände hinter den Hosenbund, als sollte Amelinde nicht sehen, dass sie sich zu Fäusten geballt hatten.

»Im Süden schlossen sich die Bauern zusammen und stellten Forderungen für ein besseres Leben, ein gerechteres Leben. Und die reichen Herren an den Fürstenhöfen oder auf den Burgen und die hohen Geistlichen in den Kirchen und Klöstern ließen sie reden und beschwichtigten oder drohten.« Plötzlich schwieg er, weil es kalt in ihm geworden war. Weil die Erinnerung ihm die Kehle zuschnürte. Gegen die kalte Mauer in seinem Rücken gepresst, stand er da und starrte über ihren Kopf hinweg in den regnerischen Himmel.

»Die Bauern erhoben sich überall im Land«, sagte er leise. »Scharenweise trafen sie zusammen und bildeten gewaltbereite Haufen.« Aufgewühlt wischte er sich über den Mund. »Und die Adeligen und die Kirchenfürsten und die Vertreter mancher Reichsstädte wollten sich ihre Herrschaft nicht nehmen lassen. Und so stellten sie Heere auf mit Schlächtern. Das war der Schwäbische Bund, der über das Land und über die aufrührerischen Bauern kommen sollte, und der auch kam.« Ein

Zittern lief durch seinen starken Körper. Er senkte den Kopf. Dennoch konnte sie seine Narben glühen sehen.

»Im April vor drei Jahren in Weinsberg war's«, begann er leise, als fürchte er sich davor weiterzusprechen, »da haben die Bauern den Grafen und seine Ritter durch die Spieße laufen lassen und auf sie eingestochen und geprügelt, bis sie elend umgekommen waren. Und die Gräfin haben sie nackt ausgezogen und auf einen Mistkarren gesetzt, um sie durch ihre Ländereien zu fahren. Das war der Funke in der Glut, der den Schmelzofen zum Bersten gebracht hat!«

In seinen Augen lag fiebriges Glühen, und in seinen dunklen Erinnerungen stand er jetzt auf den Feldern vor der Burg, und die Hölle war um ihn. »Was in Weinsberg geschah, brachte selbst die Bauern gegen jene aus ihren Reihen auf, die in Weinsberg gewütet hatten. Und in den Fürsten und den Kirchenoberen brannte unlöschbarer Hass. Selbst die Adeligen, die noch für die Sache der Bauern gewesen waren, stellten sich jetzt gegen sie. Da war's dann auch vorbei beim Luther mit seinem Verständnis für die Bauern, und er schrieb, man solle sie totschlagen wie tolle Hunde.«

Amelinde hatte längst nach Eckehards Hand gegriffen, was er in seinem aufgewühlten Zustand gar nicht bemerkt hatte. »Ich hab's erlebt, was aus Menschen wird, wenn sie in einem rasenden Haufen jagen und brüllen, um endlich das Wild vor sich einholen und erschlagen zu können. Und es war völlig gleich, ob es eine bäurische oder bündische Masse war. Beide waren sie wie Teufel der Hölle entsprungen.« Eckehard drückte ihre Hand so fest, dass sie beinahe aufgeschrien hätte.

»Die Bauernscharen zwangen so manchen, der ihnen über den Weg kam, in ihre Reihen. So ist's mir ergangen bei Weinsberg«, sagte er kalt, weil er jegliches Gefühl zurückpressen wollte. »Ein paar Tage kam ich nicht fort. Und als wüssten sie, wer mit ihrer Sache nicht einig ging, hatten sie besonders auf die ein Auge. Endlich aber konnte ich fliehen und den Haufen und das Morden hinter mir lassen.«

Bitter lachte er auf. »Hinter mir lassen ...« Er wischte immer wieder über sein Hemd. Sah auf seine Hand, die rußig und nicht blutig war, aber in seinem Gesicht lag tiefer Ekel. »Das kriegst du nicht mehr raus. Das Blut und die Schreie und den Geruch warmer, aufgeschlitzter Leiber.« Er presste wie unter starken Schmerzen die Augen zusammen.

»Eckehard«, rief Amelinde laut und legte beide Hände um sein Gesicht. »Eckehard, das ist vorbei, der Krieg ist vorbei!«

Tränen liefen über sein Gesicht und ließen es unter dem Ruß ölig glänzen. Mit dem Handrücken wischte er darüber. »Wie soll das heraus, wenn's das Erlebte ins Fleisch getrieben hat!« Er riss an seinem Hemd, als brenne es ihm auf der Haut.

»Eckehard!«, rief Amelinde wieder und hielt mit aller Kraft seine Hand fest. »Ich bin bei dir und helfe dir. Jetzt bist du doch wieder daheim.« Sie drängte sich an ihn, legte den Kopf an seine Brust und umschlang ihn mit den Armen. Sie spürte, wie sein starker Körper zitterte. Unterdrückt stöhnte er auf.

All das hatte sie nicht gewusst. Sie hatte ohnehin wenig von ihm gewusst. Mit vierzehn war er als Geselle von Augsburg fortgegangen. Jetzt war er ein Mann. Groß und kräftig und fleißig zupackend in der Gießerei des Meisters, in der die Männer kaum nachkamen mit den Kanonen für den Kaiser und den Epitaphien für die reichen Handelsherren, die sie sich für ihre gestifteten Kapellen in den Kirchen fertigen ließen. Sie empfand so tief für Eckehard, dass sie wünschte, sie könnte für alle Zeit jeglichen Schmerz von diesem Mann fernhalten, dessen Nähe sie keinen Tag mehr missen wollte.

Endlich öffnete Eckehard wieder die Augen. Der verschwitzte, dunkle Schopf Amelindes lehnte an seiner Brust, und ihre Arme hielten ihn fest, als wollten sie ihn nie wieder loslassen. Er war noch immer verwirrt von den grausigen Erlebnissen der Vergangenheit, aber dann wurde ihm bewusst, dass er wieder einmal sein Maul nicht hatte halten können und ihr von dem erzählt hatte, was ihn immer noch in teuflischen Träumen verfolgte und quälte. Er war wütend auf sich, wütend auf seine Unbeherrschtheit, aber er wagte nicht, sich zu bewegen, damit Amelinde ja nicht auch nur ein winziges Stück von seiner Brust wegrückte.

Amelinde war noch aufgewühlt, als Eckehard an seine Arbeit zurückgekehrt war und sie das dringende Verlangen hatte, mit dem Vater zu reden. Der sollte ihr endlich sagen, warum er Eckehard sein Meisterstück fertigen ließ und ihm, auch wenn er versuchte, es nicht deutlich zu zeigen, mehr Wohlwollen entgegenbrachte als anderen seiner Gesellen. Amelinde hatte einen Verdacht, der ihr so gar nicht gefiel, und sie musste endlich Klarheit haben!

Ungeduldig lief sie im Gusshaus an den aus Stein gemauerten Schmelzöfen mit ihren Durchmessern von mindestens dreißig Schuh vorbei. Höllische Hitze ließ die in ihnen aufgeschichtete Bronze knacken und schmelzen. Bullig und schwarz streckten sich die Öfen bis hinauf unters Dach, mitten hinein ins rußige Dachgebälk, wo sich die mächtigen Kamine erhoben, aus denen seit Tagen wieder dichter, beißender Rauch quoll.

Hoch über dem Hallenboden schoben Helfer gleichmäßig große Holzscheite in die Öffnungen der Flammöfen, neben denen sie auf Leitern standen, und zogen sich jeweils rasch zurück, um nicht von den herausstechenden Feuerlanzen getroffen zu werden. Seit Tagen bereits rumorten die Öfen wieder. Es war die Schmelze, die in ihnen wie ein gefangenes Monstrum grollte. Bald würde sie die richtige Zusammensetzung haben und fließen dürfen. Dann würden wieder neue Kartaunen und Haufnitzen für den Kaiser gegossen werden und einige für die Stadt selbst, und im Zeughaus würde neuer Platz geschaffen werden müssen.

Heizknechte kamen mit trockenem, letztjährigem Holz aus den Wäldern um die Reichsstadt ins Gusshaus gelaufen und stapelten es zu Füßen der Schmelzöfen. Brennende Fackeln in den Wandringen zuckten über die zahllosen Werkzeuge für die Gießerei, die an den Holzwänden an Nägeln hingen oder in Regalen aufgereiht waren. In einer Ecke lagerten Haufen von rötlicher Bronze und rötlichem Kupfer, die im Licht der Flammen wie Schätze aus den Tiefen der Erde zu glühen schienen. Daneben standen Fässer voll weißem, beinahe silbernem Zinn, Zinnerz und Blei.

Meister Gessel achtete nicht erst seit Gregor Löfflers Befehl darauf, Kupfer von guter Qualität zu erhalten. Es musste aus Erz sein, das siebenmal erhitzt worden war. Der Gießermeister ließ auch nicht darin nach, den Gussvorgang seinen Leuten immer wieder einmal mit leidenschaftlichen, für den Jackl sogar mit schreckensvollen Worten zu veranschaulichen.

Es durften nur gute Metalle gleich Juwelen aus der kühlen Erde verwandt werden. Das Trocknen der Lehmformen hatte mit vortrefflicher Geduld zu erfolgen, als würde ein gerade geborener Leib fürs irdische Leben bereitet. Das sich anschließende Brennen ging über lange Stunden bis tief in die Nacht hinein, und keiner seiner Leute durfte, auch wenn der Körper noch so schmerzhaft gekrümmt war und die Augen bald entzündet vom quälenden Starren, jemals im Beobachten des Brennvorgangs nachlassen. Holz musste regelmäßig nachgegeben und die Temperatur bedächtig erhöht werden. Der Guss selbst schließlich war der Abstieg in die Hölle. Der Gießer trat ein ins Dämonenreich mit einem einzigen gefährlichen, gewaltigen Ziel: die Hölle entflammen, um den Teufel selbst brennen zu lassen!

Amelinde hastete weiter zu den tiefen Gussgruben, in denen mehrere Männer dabei waren, die gebrannten Formen für neue Kartaunen sicher einzubauen. Ihr rascher Blick verriet ihr, dass ihr Vater nicht unter diesen Männern war. Auch in der Formerei, in der die Formen für die Geschütze und Glocken, aber auch Kandelaber, Schlösser und Tore hergestellt wurden und alles Mögliche an Stückwerk zum täglichen Gebrauch, entdeckte Amelinde den Geschützgießermeister nicht.

Im feuchten Grab, wie die Männer eine der Hallen höhnisch nannten, in der es immer nass war, weil hier die Lehmformen für die großen Geschütze entstanden, fiel Sonnenlicht durch die Kreuzfenster und beschlug sie. Eine dampfende, muffige Wärme hatte sich ausgebreitet und hüllte die Männer darin in einen leichten Nebel. Helfer waren dabei, lange Kernspindeln aus Holz, die mit Tauen umwickelt waren und in Böcken steckten, zu drehen, damit zwei weitere Helfer Schicht um Schicht Lehm auftragen konnten, bis die Lehmform für ein künftiges Kanonenrohr entstanden war.

Veit Wilbrecht, der die Arbeit beaufsichtigte, warf Amelinde einen funkelnden Blick zu. »Suchst du etwa mich, Amelinde?« Er lächelte herausfordernd.

»Ich suche den Vater. Hast du ihn gesehen?«, fragte sie barsch und überging seine Anspielung.

»Ist schon länger her, dass er zu den Brennöfen ging. Musst

halt da nachschauen.« Er lachte leise, und seine Zähne blitzten weiß aus dem rußigen Gesicht.

Die begehbaren Brennöfen waren aus Ziegeln und Kalkmörtel gebaut und mit fettem Lehm ausgestrichen, um dem heißen Atem des Feuers standhalten zu können. Als Amelinde in den vordersten der jetzt kalten, stillen Öfen sah, fand sie endlich ihren Vater. Simpert Gessel war eben dabei, mit drei Helfern eine Kartaunenform unterzubringen. Amelinde wartete, bis die Männer damit fertig waren und sich ihr Vater schwer atmend mit der Hand übers Gesicht fuhr.

»Vater, ich muss mit dir reden.«

Erstaunt drehte sich Gessel um. Als ahnte er heraufziehende Gewitterwolken, legte sich seine Stirn in Falten. »Hab jetzt keine Zeit. Der Ofen muss brennen.« Er wandte sich wieder ab.

»Es wird nicht lang dauern, Vater. Dann reden wir halt hier.« Amelindes Schritte im erkalteten Brennofen klangen dumpf.

Gessel knurrte etwas, ehe er herumfuhr und sie zornig anfunkelte. »Herrgott, der Ofen muss brennen! Da hab ich keine Zeit für Geschwätz.«

Als Amelinde unbeweglich an ihrem Platz blieb, brummte Gessel wieder etwas und schickte seine Männer schließlich mit einer schroffen Handbewegung fort. Die sahen zu, schnell aus der Reichweite des Meisters und seiner Tochter zu kommen.

»Was willst denn?«, raunzte Gessel grantig.

»Vater, was hast du mit dem Eckehard für Pläne?«, fragte Amelinde geradeheraus.

Gessel blies die Backen auf, atmete aus und sog die Luft wieder scharf ein. »Der Eckehard ist ein fleißiger Gießer und geschickt. Er ist klug und traut sich was. So einer ist ein Gewinn für jede Gießerei.« Geräuschvoll räusperte er sich und spuckte neben seine Stiefel. »Als er auf Wanderschaft ging, war er schon einer meiner besten Gesellen, und ich hab gehofft, dass ihn der Herrgott wieder gesund heimbringt.« Er vergrub einige Finger nachdenklich im dichten Bart. »Und, bei Gott, so war's auch. Und was ich bisher von seiner Arbeit gesehen hab, beweist mir, dass er in den vergangenen Jahren viel dazugelernt hat.«

Plötzlich schnalzte Gessel lebhaft mit der Zunge. »Und interessante Ideen für neue Geschütze hat er mitgebracht.« Ein leises Lächeln stahl sich um seine bärtigen Lippen. »Der Eckehard soll jetzt zusehen, dass er sein Meisterstück fertigbringt.« Er beugte sich zu ihr, weil keines der folgenden Worte für andere Ohren gedacht war. »Der Eckehard wird mal mein Nachfolger, wenn die Ratsherren zu ihrem Wort stehen!« Mit einem breiten Lächeln sah er zu Amelinde, aber die schien seine Freude nicht zu teilen. Sofort legte sich Gessels Stirn in Falten. »Warst doch selbst davon überzeugt, dass er mit der Glocke sein Meisterstück fertigen soll und du ihm dabei hilfst«, knurrte er.

»Bin ich auch immer noch. Ich hab nur nicht gewusst, dass du ihn zu deinem Nachfolger machen willst. Und ich glaube, er weiß es selbst noch nicht.«

Gessel sah sie fest an. »Er weiß es. Hab's ihm vor Kurzem gesagt.«

Amelinde schwieg überrascht und hoffte tief in ihrem Inneren, dass die Begeisterung ihres Vaters für Eckehard nicht mit dessen schrecklichem Unfall zusammenhing, für den er sich noch heute die Schuld gab. Ein dicker Kloß saß ihr im Hals, aber sie würde platzen, wenn sie nicht endlich den wahren Grund für die Absichten ihres Vaters erfuhr. »Denkst du, Vater, dass du es dem Eckehard schuldig bist, dass er irgendwann der Meister in der Gießerei wird?« Sie spürte richtiggehend, wie es den Vater jetzt durchjagte, als hätten ihn Funken aus der Glut erwischt.

»Etwas schuldig?«, brauste Gessel auf. Dunkel loderte es in seinen Augen, als hätte sie ihm einen Schlag versetzt. »Was sagst du da? Bist närrisch?« Er riss sich die Mütze herunter und schleuderte sie zu Boden. Vor Wut zitterten seine Lippen. »Ich übergebe die Gießerei doch nicht an einen, von dem ich meinen könnte, ihm Abbitte leisten zu müssen. Das ist eine alte Geschichte, die hier gar nichts zu suchen hat. Dem Jungen geht es gut. Das Unglück ist passiert, als alles Schlechte zusammenkam. Da konnte keiner was dafür.«

Aufgewühlt ging Gessel im Brennofen herum. Als er vor Amelinde stehen blieb, war sein Gesicht flammend rot. »Komm mir nie mehr mit Schuld, Amelinde! Wer einmal die Gießerei übernimmt, der kriegt sie, weil er was taugt und weil er was von dem harten und schwierigen Handwerk hier versteht.« Wild sah er sie an. »Merk dir, die Gießerei kriegt keiner, nur weil er mir täglich mit einem groben Narbengesicht vor die Augen kommt!«, donnerte er und war im Begriff hinauszustürmen, als ihn Amelinde hart am Arm packte. Erstaunt hielt er mitten im Schritt inne und funkelte seine Tochter an.

»Dann ist es ja gut, Vater, denn der Eckehard wird mein Mann! Ich wollte nur wissen, ob er auch in deinen Augen würdig genug ist, dir eines Tages als Meister nachzufolgen.«

Kapitel 11

Mittwoch, der 20. Mai, Anno Domini 1528

Ein weiteres Mal hatte Eckehard die Glockenstube im Turm zu St. Ursula besucht, um sich Aufzeichnungen über deren Größe und die Dicke des Mauerwerks zu machen. Es würde die einzige Glocke im Turm sein, und so war es Eckehard wichtig, dass sie über eine besondere Klangkraft verfügte. Beim Heraufziehen der Glocke auf den Turm musste diesmal darauf geachtet werden, dass sie bestmöglich angebracht wurde, was bei ihrem ersten Aufzug offenbar nicht geschehen war. Zuvor mussten Zimmerleute aber die schadhaften Balken austauschen und die löchrige Turmabdeckung ausbessern und einen oder gar mehrere Balken einziehen, da die neue Glocke um einiges größer und schwerer werden würde als die alte. Auch die vorhandenen, aber morschen Holzläden vor den Fenstern der Glockenstube mussten ersetzt werden, um das Bronzewerk vor Wind und Wetter zu schützen und die Schallausbreitung des Klangs zu verbessern.

Später saß Eckehard in der geheimen Stube des Meisters am Tisch über den Berechnungen. Die Domherren forderten neben einer größeren Glocke auch, dass die Bronze der alten zerschlagen und mit der frischen Glockenspeise vermengt werden sollte. Und der Klang sollte nicht zu hell sein, um das Lärmen der nahen Hammerwerke und Stampfwerke zu übertönen. Eckehard entwarf die Rippe, eine Schablone, die bereits die endgültige Gestalt der Glocke, deren Stimme und die Zeitspanne zwischen den Tönen festlegte. So kam er schließlich auf eine Form, die einen Klang erzeugen sollte, der sich mühelos und wohltuend über das Dröhnen im Handwerkerviertel nahe St. Ursula erheben würde.

Eckehard hatte sich für eine Stimmung in Cis entschieden. Wenn der Klöppel gegen die festeste Stelle der Glocke schlug, sollte er Schwingungen erzeugen, die über die gesamte Glocke liefen und sie obertonreich zum Erklingen bringen würden. Alle Vibrationen würden in der gewaltigen Bronzehülle zu einem gesamten wunderbaren Klang zusammenfließen, der den harten Alltag der Menschen tröstlich durchdringen sollte, um schließlich in einen blauen oder bewölkten oder gar finsteren Himmel zu steigen.

Als Eckehard seine Berechnungen fertig hatte, griff er nach einem der unterschiedlich langen und großen Zirkel an der Wand und begann, auf einem Buchenholz eine gerade verlaufende Längsseite und die Außenseite der Glocke aufzuzeichnen, um die Schablone dann sorgsam an der inneren Umrisslinie auszusägen. Mit dieser ging er ins Freie, wo über der Gießerei und der Stadt eine warme Sonne hinter langsam ziehenden hellen Wolken stand, und hielt sie an sich. So groß er auch war, aber sie reichte ihm beinahe vom Kopf bis zu den Waden. Mit dieser Rippe hatte er jetzt bereits die Form und Größe der Glocke, aber auch deren Klang festgelegt, wobei er noch darauf zu achten hatte, die richtige Metallmischung zu finden, um den Schall nicht wieder zu verändern.

Mit scharfem Auge prüfte er die gotische Rippenform mit ihrer geneigten gleichmäßigen Achse, einer flachen Haube, die im Durchmesser in etwa der Hälfte des unteren Glockenrandes entsprach, sowie dem bogenförmigen Untersatz. Es würde ein Klangkörper mit dem Gewicht von mehr als dreitausend

Pfund werden in einem warmen, aber sich Respekt verschaffenden Cis-Nominal. Mit zufriedenem Gesichtsausdruck legte er die Schablone schließlich in ein Regal.

Eckehard war sich bewusst wie selten im Leben, dass er bei diesem Guss noch mehr an Genauigkeit und Sorgfalt walten lassen würde als bei allen bisherigen, wobei er selten unachtsam gewesen war. Der Gedanke an die zerstörten Epitaphe allerdings schmälerte augenblicklich seine Begeisterung. Hier war er bei den gebrannten Formen ganz offenbar zu wenig aufmerksam gewesen, sonst hätten ihm die Schäden auffallen müssen. Aber dies sollte ihm nicht noch einmal passieren; nie mehr in seinem Leben als Gießer. Die Glocke für die Dominikanerinnen würde zweifellos ein Meisterstück werden, und zwar *seines!*

In einer der Hallen in der Gießerei, in der selten in den letzten Monaten eine Glocke gegossen worden war, ging er schließlich gemeinsam mit Amelinde daran, mit Ziegeln einen Kreis zu mauern, der ihm bis etwa zum Knie reichte und der innen ausgehöhlt blieb. Am nächsten Morgen beim ersten Licht begann er, auf den am Tag zuvor errichteten Formstand einen hohlen Kern aus Ziegeln entlang der Form der Rippe hochzumauern, die er an einer großen Spindel im Ziegelkern befestigt hatte. Die Innenform der Schablone entsprach dem Umriss des späteren Bronzewerks.

Als er damit fertig war, erhob sich eine Glockenform aus Ziegeln vor ihm. Auf diese trug er mit der Hand die erste grobe und feuchte Schicht aus Lehm, Ziegenmehl, Bienenwachs, Hanf, Talg, Mist und Haaren von Kälbern auf. In der folgenden Nacht trocknete sie gleichmäßig über brennendem Holz unterm Formenstand und wurde dabei fest. Erst dann konnte die weitere Lehmlage aufgebracht werden, über die Eckehard wiederum mit der langen Schablone fuhr, die sich um die große Spindel drehte.

Einige Male tat er diese Arbeit, dann aber musste er zu den Kanonen, und so machte Amelinde an seiner Stelle weiter. Schließlich ging es von den groben Lehmschichten zu den feiner aufgetragenen, und mit der sich um den Glockenkern gleitenden Schablone wurde der übrige Lehm abgestrichen. So würde es bald zwei Wochen gehen, und so würde der Glockenkern langsam, aber sichtbar der Rippe entgegenwachsen.

*

Im Handelshaus Konrad Rehlingers gab es einen leichten Tumult, als Melchior Ilsung mit aller Heftigkeit den Ratsherrn zu sprechen wünschte und dieser nicht gleich auffindbar war. Aber der Herr sei im Haus, versicherte man dem weißhaarigen, ehrwürdigen Patrizier und schwärmte aus, um den dringend erbetenen Herrn zu finden. In der Schreibstube schließlich stieß man auf Konrad Rehlinger, der den alten Freund unverzüglich zu sich führen ließ. Um unter vier Augen miteinander reden zu können, schob Rehlinger seinen Gast in den Nebenraum, in dem er sich mit diesem allein wähnte. Diskret schloss er die Türe hinter sich und Ilsung. Der sah sich kurz in der Stube um und riss schließlich ein Papier unter der Schaube hervor, das er Rehlinger hinstreckte. »Hier, Konrad, lest …« Der nahm es entgegen und entrollte es. Für Augenblicke war nichts zu hören.

Matthias Eggenberger, der ungesehen von den beiden Männern hinter einem der großen Regale stand, die zu beiden Seiten bestückt werden konnten, war im Begriff, ein wichtiges Schreiben aus einem der Bücher herauszusuchen. Bislang hatte er sich alleine im Kontor befunden, jetzt aber hörte er, dass mindestens zwei Männer eingetreten waren. Ein schweres Atmen folgte und raschelndes Papier in unruhigen Händen. Er wollte kein heimlicher Lauscher sein, wollte sich schon zu erkennen geben, da stieg ein dumpfer, beinahe erstickter Laut aus der Kehle eines der beiden Männer. Wie angewurzelt blieb Eggenberger dort, wo er war.

»Sie haben ihn hingerichtet!«, stieß Rehlinger erbittert aus.

»Obwohl er sich noch kurz vor dem Tod zu seinem alten Glauben bekehrt habe«, sagte der alte Ilsung.

»Dieser verdammte Fugger! Es muss ihm tiefste Befriedigung gewesen sein, einen Wiedertäufer und abtrünnigen Patrizier foltern und hinrichten zu lassen«, kam es wieder von Rehlinger. Dann zerriss er mit hartem, weiß gewordenem Gesicht das Papier und schleuderte es zu Boden.

»Wir haben alles versucht, um ihn zu retten«, erhob sich die unsichere, etwas kratzige Stimme des greisen Ilsung. »Der Hirschvogel muss wie der Teufel geritten sein, um alsbald Weißenhorn zu erreichen und unsere Bittschriften zu übergeben. Aber als er eintraf, war der Fugger für ihn nicht zu sprechen. Lange Stunden nicht, und als er ihm dann doch eine Zusammenkunft gewährte, erklärte er ihm bedauernd, dass er, was das Leben seines herrschaftlichen Gefangenen anbetraf, zu spät gekommen sei.« Wieder schnaufte er schwer, und der Schweiß rann ihm über das bleiche Gesicht. Rehlinger schenkte ihm einen Becher mit Wein ein und reichte ihn ihm, aber Ilsung trank nur wenig davon.

»Es gab nichts, was wir Raymund Fugger hätten anbieten können«, antwortete Rehlinger bitter. »Als Blutherr von Weißenhorn hätte er ihn niemals verschont.«

»Und wenn wir alle geritten wären, hätte es ihn nicht abgehalten.« Die Bitternis in Ilsungs Stimme färbte sie brüchig.

Ilsung legte dem Jüngeren die runzelige Hand auf den Arm. Aus wässrigen Augen sah er ihn an. »Kommt Ihr heute noch in die Herrenstube, Konrad?«

Der nickte und begleitete den Greis bis auf den Gang, bevor er mit harten, schweren Schritten ins Kontor zurückkam.

Matthias trat entschlossen hinter dem Regal hervor, worauf Rehlingers dunkler Kopf hochschoss und er mit überraschten, glühenden Blicken auf ihn sah. »Verflucht, Eggenberger, was macht Ihr hier?«

»Meine Arbeit. Ihr habt mich schließlich zum Hauptkassierer gemacht, und hier sind die Bücher, die ich dafür brauche«, antwortete Matthias ruhig.

»Und was habt Ihr gehört?«, knurrte Rehlinger.

»Alles!«

Rehlinger schnaubte und hieb mit der Faust auf den Tisch an seiner Seite. »Verdammt!«

»Wieso? Könnte dieses Wissen Euch und Melchior Ilsung in Gefahr bringen, Herr?«, fragte Eggenberger so offen, dass es Rehlinger für einen Moment den Atem nahm und er ihn anstarrte, als hätte er ihm einen Schlag versetzt. Dann flatterten die dunklen Wimpern über den schwarzen Augen, und er ballte die Hände zu Fäusten. »Nein. Es ist kein Geheimnis, dass einige vom alten Stadtadel und Ratsherren Freunde von ihm sind …«, er fuhr sich über die Stirn, »…es waren«, berichtigte er, und seine Gesichtszüge wurden hart. »Dass wir versucht haben, sein Leben zu retten.«

»Wessen Leben?« Matthias hatte keine Scheu, einer Angelegenheit, die ihn nicht das Geringste anging, auf den Grund zu gehen.

»Habe ich seinen Namen noch nicht genannt?« Ein schmerzlicher Zug fiel über das scharf geschnittene Gesicht des Handelsherrn. Als hielte es ihn nicht mehr auf seinem Platz, ging er einige Schritte durch die Stube. »Eitelhanns Langenmantel vom Sparren«, sagte er mit klangvoller Stimme, während er Eggenberger den Rücken zukehrte. Der kantige Kopf mit dem dichten dunklen Haar und dem kupfernen Ton darin blieb unbeweglich. »Ein Patrizier, einer aus altem Stadtadel wie meine Familie. Ein harter Mann und Kämpfer.«

»Ich hörte, er kämpfte lange Jahre als Landsknecht?«, ließ sich Matthias in seinem Rücken vernehmen.

Rehlinger nickte schweigend. »Ich sagte ja, er war ein Kämpfer. Aber dann verfiel er dem Glauben dieser Wiedertäufer. Dieser Sekte ...«, fügte er hart hinzu. Wieder verging Zeit, in der kein Laut die Stille durchbrach, dann drehte sich Rehlinger langsam wieder zu seinem Untergebenen. »Er hat sogar Schriften über deren Glauben verfasst, die gedruckt wurden.« Er lehnte sich mit dem Rücken gegen das Pult hinter ihm und verschränkte die Arme vor der Brust. »Habt Ihr vielleicht davon gehört?«

Eggenberger schüttelte den Kopf. »Nein.«

»Offenbar sprechen sie von tiefer Gläubigkeit«, stieß Rehlinger rau aus.

»Und dann soll er sich noch kurz vor seinem Tod zu seinem alten Glauben bekehrt haben?«

Erkennbar begann es, in Rehlingers Gesicht zu arbeiten. Die Gedanken, die ihm plötzlich durch den Kopf schossen, warfen einen Schatten darüber. Er stieß sich vom Pult ab, ging zu den Papierfetzen auf dem Boden und tippte mit der Stiefelspitze dagegen. »Da drin steht, ein paar Mönche hätten sich die letzten Tage vor seiner Hinrichtung unablässig bemüht, immerhin seine Seele zu retten.«

Matthias verriet durch kein Mienenspiel, was er dachte, aber er war angewidert. »Und der Mann, dem er ausgeliefert war, kannte offenbar keine Gnade.«

Hohn trat in Rehlingers Augen und färbte sein knappes Lachen bitter. »Aber ja doch! Raymund Fugger hat ihn mit dem Schwert hinrichten lassen, statt ihn zu ersäufen oder aufzuhängen.« Er hustete, als würde es ihn würgen. »Langenmantel wurde wie ein Verbrecher nach Weißenhorn geschafft, gefoltert und aus Barmherzigkeit mit dem Schwert hingerichtet. Auch sein Knecht wurde mit dem Schwert erschlagen, während man dessen Weib im Fluss ersäufte.«

Beide Männer schwiegen. Matthias hatte den Langenmantel nicht persönlich gekannt, aber durchaus von ihm gehört. Einen Wirrkopf hatten die einen ihn genannt, einen Verräter an seinem hohen Stand die anderen. Augsburg war für Matthias nach seinem Eindruck eine Wiege der Wiedertäufer geworden, für die er kein Verständnis, aber auch keinen Zorn empfinden konnte. Soweit er von ihnen wusste, lehnten sie die Obrigkeit und jegliche Gewalt ab und ließen ihre Kinder nicht taufen, ehe sie nicht selbst als Erwachsene willens und überzeugt davon waren.

»Unser erstes Gesuch muss Tage vor seiner Hinrichtung in Fuggers Hände gelangt sein«, sagte Rehlinger dumpf. »Aber der ehemalige Neffe meiner Frau ist Anhänger des alten Glaubens und einer der Bankiers des katholischen Kaisers und seines Bruders Ferdinand. Und beide Herrscher dürsten danach, das Blut aller Ketzer in ihrem Herrschaftsbereich fließen zu sehen. Alle Fugger hängen dem katholischen Glauben an, wenn sich nicht ein heimlicher Protestant unter ihnen verbirgt«, sagte Rehlinger mit einem zynischen Lächeln. Plötzlich winkte er beinahe müde ab. »Es mag viele Gründe geben, weswegen Raymund Fugger keine Gnade walten ließ. Einer davon genügte ihm jedenfalls.«

»Aber Ihr habt versucht, Langenmantels Leben zu retten, obwohl er ein Ketzer war«, stellte Matthias unverhohlen fest.

Rehlinger warf ihm einen scharfen Blick zu, machte dann aber eine barsche Handbewegung. »Ach, ist es nicht völlig gleich, ob man Lutheraner, Zwinglianer oder Katholik ist oder gar ein Wiedertäufer? Jeder mag von mir aus seinen Glauben in seinen vier Wänden leben, wie es ihm gefällt. Aber auf der Straße gelten andere Gesetze! Es kann nicht sein, sich gegen die Obrigkeit aufzulehnen«, presste er zwischen den Zähnen hervor.

Matthias nickte, als verstehe er erst jetzt. »Ihr meint, Herr Rehlinger, unverzeihlich ist, wenn man gegen die Gesetze des Rats oder der Kirche oder des Kaisers verstößt?« Es klang nicht nur herausfordernd, er meinte es auch so.

Rehlinger starrte ihn an, als wäre er verrückt geworden. Der aufsteigende Zorn raubte ihm schier den Atem. »Was fällt Euch ein, Eggenberger, sprecht Ihr dem Rat und anderen Obrigkeiten etwa das Recht auf Herrschaft und Gesetzgebung ab?«, donnerte er und stürzte auf Matthias zu, als wollte er ihn augenblicklich packen.

Der junge Patrizier verstand selbst nicht, wieso er sich seinem Dienstherrn gegenüber so unverschämt verhielt. Offenbar hatte er wieder einmal vergessen, dass er nur noch ein Befehlsempfänger war und kein Herr. »Beileibe nicht, Herr«, seine Zunge war ein ungestümes Geschöpf, das sich nicht im Zaum hielt, »aber Ihr wolltet den Langenmantel retten und habt bei dem Fugger alles versucht. Als hohes Mitglied des

Rats hättet Ihr allerdings über ihn richten müssen, wenn er als ein Aufwiegler der Wiedertäufer in der Stadt gefangen gesessen hätte. Es geht mich nichts an, dennoch frage ich mich, was Ihr getan hättet.« Seine Blicke loderten vor Aufregung, und seiner Stimme war deutlich Kampfbereitschaft anzuhören, dennoch durchjagten ihn eisige Schauer, als er erkannte, wozu er sich hatte hinreißen lassen. Augenblicklich beugte er kurz den Kopf. »Verzeiht, Herr, ich habe mich vergessen.«

Konrad Rehlinger stieß hart die Luft aus. Sein muskulöser Brustkorb sprengte schier sein Wams. »Verdammter Kerl!«, donnerte er. »Was glaubt Ihr, wer Ihr seid?« Plötzlich schossen Feuer und Galle in ihm hoch, und er begann zu toben. »Hundsfott, ich breche Euch den Hals, wenn Ihr noch ein einziges Wort über diese Sache verliert!«

Matthias wich seinen glühenden Blicken nicht aus. Diesmal lag tiefer Ernst in seiner Stimme. »Mit dem Hundsfott könntet Ihr recht haben, Herr. Ich sollte nie vergessen, wer ich bin und dass ich Frau und Kind habe, für die ich verantwortlich bin.« Er hatte etwas an Farbe verloren. »Verzeiht mir, Herr, wenn ich nicht das Maul gehalten habe zu Angelegenheiten, die mich beileibe nichts angehen!«

Rehlinger ließ seine Blicke abschätzig über ihn wandern, als sähe er sich selbst im Spiegel, als Mann in den Zwanzigern, verwegen und mit einer gefährlichen Offenheit auf den anmaßenden Lippen. Langsam wurde die Glut in seinen dunklen Augen milder. »Mann, an anderer Stelle würdet Ihr Euch um Kopf und Kragen reden mit Eurer Unverschämtheit!«, brauste er erneut auf.

Matthias schwieg, aber er hatte den Eindruck, dass er noch einmal außerordentliches Glück gehabt hatte.

»Meinetwegen könnt Ihr mir gegenüber weiter offen sein,

Eggenberger«, knurrte Rehlinger. »Ich empfehle es Euch sogar, denn nichts ist mir so verhasst wie Lüge oder Schmeichelei«, stieß er hart aus. Wie beiläufig legte er die Hand auf den Schwertgriff an seiner Seite. »Und ich befehle Euch, kein Wort über mein Gespräch mit Melchior Ilsung verlauten zu lassen!«

»Ihr habt mein Wort, Herr!« Wieder neigte Matthias den Kopf.

Rehlinger ging zur Tür und verharrte dort. Nach einigem Zögern drehte er sich noch einmal zu seinem Untergebenen um. »Langenmantel hatte vom Täufertum wieder abgelassen, noch ehe ihn die Reiter des Schwäbischen Bundes nach Weißenhorn gebracht haben«, sagte er mit rauer Stimme, dann riss er die Tür auf und war fort.

Kapitel 12

Freitag, der 22. Mai, Anno Domini 1528

Fahles Licht fiel durch das kleine Fenster in die Schlafstube, als sich Elisa über ihren halb wachen Jungen beugte, der die Ärmchen nach ihr ausstreckte. Klare, übermütige Augen sahen zu ihr auf. Immer wieder langte Johannes in die blonden Locken seiner Mutter, bis die Arme wieder müde wurden und auf seinen kleinen Körper zurückfielen. Als Elisa ihn zudeckte, streifte sein Atem ihr Gesicht. Der Junge roch warm und rosig wie der blühende Flieder im Garten.

Leise verließ sie die Schlafstube und stieg mit einer Laterne über steile Stufen nach oben bis unters Dach. In der Kammer empfing sie der kräftige Duft von Heu und Sommerwiesen.

Fein säuberlich hingen getrocknete Kräuterbuschen an den Holzbalken, und Elisas Hand fuhr leicht hindurch. Kaum eines der heilkräftigsten Kräutlein fehlte, aus denen sie Tinkturen, Tees oder Salben herstellte. Sie hatte sie aus ihrem Garten und von den Wiesen und Wäldern an Lech und Wertach, die mit ihren grünen Wassern die große Stadt umrauschten.

Freilich musste sie sich immer wieder vergewissern, den Bestand zu halten, denn die Nachfrage war groß. Bei den meisten ihrer Kranken, den Habenichtsen und Bettlern, hielten sich die Beschwerden wie die Flöhe im Stroh. Weder hatten sie ausreichend Essen noch genügend warme Kleidung. Besonders aber mangelte es an Hoffnung für die Seele, die eine ganz eigene Speise war, wie Elisa wusste. Mit der Verzweiflung der Menschen, aber auch ihrem Hass, den sie für die erbärmlichen Lebensumstände empfanden, zogen dunkle Schatten über die Seele, die sie zu ersticken drohten und verhinderten, dass die Menschen aus eigenem Antrieb wieder auf die Beine kamen. Es war ein Teufelskreis, in dem allerdings jeder noch so kleine Funke an Licht den Riss im Schatten vergrößern konnte.

Heftiger Wind schlug die Fliederzweige gegen das Haus und fuhr jaulend unter die Dachziegel. Überrascht spähte Elisa durch die kleine Fensterluke. Eben ging die Sonne an einem rosafarbenen Himmel auf. Aber egal, was für ein ungemütliches Wetter noch aufziehen würde, sie musste auf den Kräutermarkt, denn sie brauchte dringend frische Mistelzweige für die alte Mägelein. Bei der war nämlich wieder die Fallsucht aufgetreten und die Geschwulst im Leib größer geworden.

Herrisch jagte der Wind durch die Gassen des Georgs- und Kreuzerviertels und stürzte sich an den Mauern der Bischofsstadt vorbei hinunter in die großzügigen Straßen mit den

Prachthäusern der Patrizier und reichen Kaufherren, wo er sich austoben konnte. Elisa traf Amelinde wie verabredet am Heilig-Kreuz-Tor. Während sie ihr Haar unter einem straffen Gebende verbarg, trug Amelinde ihres zu einem Zopf geflochten. An beiden zerrte der Wind und an den wärmenden Tüchern um ihre Schultern. Mühsam hielten die beiden Frauen die bodenlangen Kleider unten und kicherten, auch wenn es kein angenehmer Gang ins Lechviertel war.

Die wenigen Worte, die Elisa und Amelinde zu wechseln versuchten, riss ihnen der stürmische Wind von den Lippen. Den steilen Berg hinab beim Perlachturm hatten sie wahrlich Mühe, nicht von den Beinen gefegt zu werden.

Auf dem Kräutermarkt vor der Metzg wehte es nur noch leicht, als hätte der Wind vorläufig seine Kraft verloren. Neugierig schauten sich Elisa und Amelinde an den Ständen der Händler um. Amelinde kaufte ein paar Kräuter, die der Elsbeth fürs Würzen der Speisen ausgegangen waren. Elisa aber ging mit suchenden Blicken von einem Stand zum anderen. Sie brauchte ganz bestimmte Kräuter, die sie bisher nicht gefunden hatte.

Reihe an Reihe lagen die unterschiedlichsten Kräuterbuschen und getrocknete rote und schwarze Beeren. Leider auch manche alte, mehlig gewordene Kräuter. An bald jedem Stand drängten sich dürre oder frische Wurzeln neben Rindenstücken und Samen. Zwiebeln von allerlei Braun- oder Violetttönen leuchteten den beiden Frauen entgegen, weil die Bauern nach dem Auslegen rasch mit einem Lumpen darübergegangen waren. Auch Nüsse gab es vom letzten Herbst und Moose und Flechten. Die gebräuchlichsten Kräutlein wurden dargeboten, jedoch kein einziger Mistelzweig.

Am letzten Stand, einem breiten, langen Holzbrett auf zwei

Holzböcken und einem armseligen Karren dahinter, entdeckte Elisa endlich zwischen Kräuterbuschen auch ein paar frische Mistelzweige. Offenbar hatte sich nur dieser eine Händler die Mühe gemacht, die dunkelgrünen, glänzenden Zweige aus den hohen Kronen der Bäume zu holen.

»Grüß Euch Gott, Ihr Frauen, was darf's denn für ein Kräutel sein?«, begrüßte sie ein schorfgesichtiger Bursche mit wässrigen Augen und laufender Nase. Seine Stimme hatte etwas Verschlagenes, aber seine Kräuter waren von der besten Qualität, wie Elisa mit einem Blick feststellte.

Die beiden Frauen erwiderten seinen Gruß, und Elisa deutete auf die gesuchte Baumpflanze. »Die Mistelzweige. Du bist der einzige Händler, der welche feilbietet«, sagte sie. Der schlaksige Bursche wirkte auf sie unangenehm, obwohl sein Aussehen eher mitleiderregend war.

Er stieß ein kurzes, raues Lachen aus. »Es ist keine Mühe für mich, in die Bäume zu klettern. Das faule Pack hier scheut es.« Er machte eine abfällige Geste in Richtung der anderen Händler. Mit flinken Fingern band er die Mistelzweige mit einem dünnen Strick zusammen und legte sie Elisa in den hingehaltenen Korb. Seine tief in den Höhlen liegenden Augen, die harten Furchen über der Nasenwurzel und die gelblich talgige Gesichtsfarbe verrieten ihr, dass es auch mit seiner Gesundheit nicht zum Besten stand. Wahrscheinlich, vermutete sie, hatte er immer wieder heftige Leibkrämpfe im Oberbauch, weil seine Galle übervoll war an Steinen und Zorn.

»Gib mir auch von der Zaubernussrinde«, forderte Elisa mit kundigem Blick.

Der Junge schichtete sie übereinander und legte sie neben den Misteln in Elisas Korb. Ein paar Windstöße erhoben sich wieder und wirbelten über den Metzgplatz und zwischen den

Ständen hindurch. Die Röcke der Frauen bauschten sich oder wurden hochgehoben, was zu spitzen Schreien führte und manchen Mann zu frechen Sprüchen verleitete. Die ganz Übermütigen brachen in schadenfrohes Gelächter aus, mussten dann aber plötzlich zusehen, dem eigenen heftig heruntergerissenen Barett hinterherzujagen. Auch unter den Händlern waren erschreckte und wütende Rufe zu hören, und sie versuchten, von ihrer Ware zu retten, was möglich war. Aber viele der federleichten Kräuterbuschen wurden von einem mächtigen Atem hoch über ihren Köpfen davongetragen.

Elisa und Amelinde standen so nahe am Ladentisch, dass sich ihre Kleider nicht weit hoben, und so halfen sie dem Kräuterer, die Buschen auf dem Ladentisch festzuhalten. Der hatte zwar übel über den neuerlichen Wind geflucht, war den fortgewehten Pflanzen aber nicht wie die anderen hinterhergerannt, sondern hatte seine Jacke ausgezogen und über einen Großteil seiner Kräuter geworfen.

»Ich dank Euch, werte Frauen«, presste er jetzt beinahe unwillig hervor, als die Windstöße schlagartig vorüber waren und Elisa und Amelinde ihre Hände zurückzogen.

»Es wär schade um die Kräutlein«, sagte Elisa. »Sie sind so heilkräftig und wichtig für die Menschen. Erst recht für dich, Kräuterhändler«, entschlüpfte es ihr. »Die Krämpfe in deinem Leib sind sicher stark und kommen oft.«

Der Bursche starrte sie fassungslos an. »Seid Ihr eine heilkundige Frau, Herrin?«, fragte er mit dunkler Stimme. Misstrauen glühte in seinen Augen. Dann schien er sich zu besinnen und deutete mit dem Kopf auf die anderen Frauen, die eilig über den Markt liefen, als würde der Wind sie immer noch vorwärtstreiben. »Oder seid Ihr eine von denen, die die Buschen zwar kaufen, aber nichts davon verstehen und darauf vertrauen, dass die Magd daheim was Rechtes damit anzufangen weiß?«

Elisa hatte sich auf die Zunge beißen wollen, um nichts über sich und ihre Gabe preiszugeben, aber da war es bereits zu spät. Und jetzt konnte sie nicht mehr zurück. »Mein Großvater hat genauso ausgesehen wie du, Händler. Bräunliche Ringe um die Augen und ein gelbliches Gesicht. Die schlechte Galle bescherte ihm üble Krämpfe. Manchmal ging ein Stein ab, ein grüner. Beinahe schön, wie er so glänzte.« Sie zuckte auf einmal mit den Schultern. »Er hat viel von den gestampften Mariendistelsamen genommen und von den Pfaffenkappen, als Tee und als Umschläge auf den Leib.« Sie hielt seinem durchdringenden Blick stand. »Die Krämpfe kamen nicht mehr so oft, und die Schmerzen wurden erträglich.«

Der Bursche kaute auf seiner Unterlippe, so angestrengt dachte er nach. Als er tief genug mit seinen Gedanken gekommen war, schoben sich seine buschigen Augenbrauen wie dunkle, breite Striche über der Nasenwurzel zusammen. »Und die Mistel in Eurem Korb, Herrin? Braucht Ihr die für Liebesschwüre, oder macht Ihr ein Heilkräutlein daraus?«

Es ging ihn überhaupt nichts an, was sie damit vorhatte, dachte Elisa. Seine Frage war sogar unverschämt, weil seinesgleichen nicht das Recht hatte, mit einer Bürgersfrau so zu reden. Aber sie war keine achtbare Frau, was er nicht wissen konnte. Trotzdem zuckten kleine Flammen in ihren Augen. »Die ist gut für die Fallsucht. Da mach ich einen Absud davon«, sagte sie offen, denn es war nichts Lügnerisches dabei.

Der Bursche nickte, als bestätige sich, was er längst vermutet hatte. Mit der schwieligen Hand fuhr er sich durchs struppige Haar. »Dann hab ich was für Euch, werte Frau. Wartet!« Er drehte sich um, ging zum Karren und kroch darunter.

»Sollen wir nicht besser gehen, Elisa? Das ist ein finsterer Kerl, der gefällt mir nicht«, flüsterte Amelinde ihr zu.

Elisa legte ihr rasch die Hand auf den Arm. »Der ist wohl finster, aber jetzt bin ich gespannt, was er mir zeigen will. Geh du aber besser rüber zu den anderen Ständen.« Sie blickte Amelinde durchdringend an. »Was er auch immer anpreisen wird, vielleicht ist es besser, du weißt nichts davon«, beschwor sie ihre Freundin in einem seltsamen Tonfall.

Amelinde war völlig überrascht. So hatte sie Elisa noch nicht erlebt, und ihr Gefühl dabei war höchst ungut. Aber dann machte sie sich klar, dass Elisa ja Umgang mit Lumpen und Bettlern hatte und sich sogar in Gassen wagte, die ein Mann schon am Tag mied. Ihre Freundin würde also wissen, warum sie ihr riet, sie jetzt alleine zu lassen. Mit einem leichten Seufzer nickte sie Elisa schließlich zu und schlenderte davon. Bei einem der nächsten Händler jedoch blieb sie bereits stehen, ohne auf dessen Ware zu achten. Denn freilich wandte sie immer wieder wie grüblerisch den Kopf, um Elisa und den fremden Kräuterer nicht aus den neugierigen Augen zu lassen.

Als der Bursche zu Elisa zurückkehrte, hielt er unter einem Tuch etwas in seinen großen Händen verborgen. Seinem Gesichtsausdruck nach schien es ihm gleichgültig zu sein, dass die andere Frau seinen Stand verlassen hatte. Verschwörerisch beugte er sich über den Ladentisch zu Elisa. Seine Nähe nahm ihr sogleich den Atem. Nicht allein durch den üblen Gestank, den sein Körper und seine verschlissenen Kleider ausdünsteten, sondern auch durch seine verschlagene Ausstrahlung, die ihr schier die Kehle zuschnürte. Der junge Kerl warf argwöhnische Blicke um sich, aber keiner der Marktbesucher schien Notiz von ihm oder dem zu nehmen, was er in den Händen verbarg.

Sie hätte längst gehen sollen, auf Amelinde hören sollen!, hämmerte es in Elisas Kopf. Die Münzen für die Kräuter aufs Holz legen und sich davonmachen. Aber sie fühlte sich wie gefesselt durch die dunkle Aura des Burschen, als müsste sie sich ganz bewusst einer Situation stellen, die nichts anderes als höchste Gefahr für sie bedeutete.

»Ich bin ja nicht der Händler, Frau, der schläft im Karren«, flüsterte der Junge und überraschte Elisa damit. »Ich helf dem Kräuterer halt beim Pflanzensammeln und hol die Misteln vom Baum. Und wenn ihn das Reißen und Brennen im Leib plagt, bin ich hier am Stand und mach die Geschäfte«, raunte er ihr zu, als wollte er sich gut mit ihr stellen. »Aber gerade, weil der Herr jetzt nicht da ist, kann ich Euch was anbieten, Frau. Schaut!« Eine der schmalen, knotigen Hände des Burschen hob das Tuch leicht an, und Elisa konnte sehen, was sich darunter verbarg.

Augenblicklich stockte ihr der Atem. Wie gebannt starrte sie auf das kleine Wurzelmännlein mit dem grünen Schopf und den blauen, glockenförmigen Blüten, als hätte er ein keckes Hütchen auf. Es war eine Wurzel, die längs gespalten war und wie ein Mensch einen Körper, Arme und Beine besaß.

Eine Alraune!, schoss es ihr höchst verblüfft durch den Kopf.

»Eine Alraune, die unterm Galgen wuchs, werte Frau. Ist keine zurechtgeschnitzte Wurzel vom Wegerich oder Knabenkraut.«

Teufelswurzel, böse Magie, Hexenzauber …, flüsterten Elisa die Gedanken zu, und ihr Mund wurde trocken. Hexen, hieß es, sollten daraus Flugsalbe machen oder Tinkturen für teuflische Taten. Selbst nach der heiligen Klosterfrau Hildegard von Bingen solle der Teufel in der Alraune wohnen. Elisa lächelte still. Manches davon mochte stimmen, denn die Mandragora, wie die Alraune auch hieß, besaß ein tödliches Gift. Unwillkürlich legte sie einen Finger auf die Wurzel und strich langsam darüber. Lange hatte sie keine mehr besessen. Hatte sie längst aufgebraucht für Hohlwangige und Gekrümmte, die an schweren Krankheiten gelitten hatten.

Die Galgenmännchen hatte sie einst selbst gesucht und ausgegraben und auch an Orten gefunden, an denen kein Mensch hingerichtet worden war. Denn auch so steckte der Tod in ihnen, wenn man zu viel davon verwendete. Elisa dachte an die schaurigen Geschichten, in denen es hieß, das grauenvolle Schreien der Alraune, wenn sie der Erde und der Nacht darin entrissen wurde, würde jenen, der Hand an sie legte, um den Verstand bringen. Aber, bei Gott und allen Heiligen, so etwas hatte sie zum Glück nie erlebt.

»Wollt Ihr sie, werte Frau?«, drängte die Stimme des Burschen, der das Tuch wieder über das Wurzelmännlein fallen ließ. »Ist ein guter Schutz gegen bösen Zauber.«

Elisa dachte weder an einen Schutz für sich noch für den Sohn vom Müller der Kresslesmühle, der gottesfürchtig genug war, um den himmlischen Beistand um sich zu wissen. Dem half eher der Saft aus der Alraunenwurzel gegen seine in den letzten Wochen schlimmer gewordene Schüttellähmung. »Was willst du für die Alraune?«, fragte sie leise.

»Gebt mir einen Gulden für alle Kräutel.«

Elisa zuckte zusammen. Das war mehr, als sie in der letzten Zeit in Händen gehabt hatte. Gleichwohl war der Bursche nicht einmal unverschämt, denn sie hatte schon von anderen Händlern gehört, die sechs oder sieben Gulden verlangt hatten. Aber da sie die nötigen Münzen nicht hatte, schüttelte sie entschlossen den Kopf. »Dafür bekomme ich ein paar Schafe oder Schweine, Händler. Verkauft sie jemand anderem.«

»Ist sie Euch das nicht wert, Frau?«

Deutlich spürte sie die Ungeduld in ihm, ja aufsteigenden Zorn. Aber sie erkannte auch, dass der Bursche sein Geschäft hinterm Rücken seines Herrn machen wollte, der im Karren schlief und nichts mitbekam und der ihm an seiner statt auch nicht den krummsten Pfennig davon abgeben würde. Und der Bursche wollte den Handel mit der Mandragora hier und heute in Augsburg machen!

»Ich brauch sie nicht als Amulett, Händler, sondern für einen, der die Schüttellähmung hat. Aber ich hab den Gulden nicht, und für die Krankheit gibt's auch andere Kräuter«, sagte Elisa bestimmt. »Was willst du also für die Mistel und die Zaubernuss?«

Böse funkelte der Junge sie an. In der Hand der Frau hatte er bereits einige Heller gesehen, aber an das richtige Weibsbild oder den richtigen Kerl gebracht, konnte die Alraune weit mehr Münzen bringen. Er schaute über die Frau hinweg, ob nicht ein anderer der Marktbesucher danach aussah, als wollte er für das Galgenmännchen einen oder mehrere Gulden aus seinem feinen Wams hervorzaubern. Da stolzierten nur ein paar Frauen in raschelnden Kleidern vorbei und hübsche dralle Mägde mit gut gefüllten Körben. Für die rotbackigen Mädchen interessierten sich die Knechte allerdings mehr als für seinen Stand, und er glaubte ihnen anzusehen, dass sie die wenigen Pfennige, die sie besaßen, lieber für Bier oder Wein ausgeben würden.

Es war sogar auffallend, dass keiner der Leute seinem schäbigen Ladentisch oder dem elenden Karren nahe kam, sondern dass alle einen großen Bogen um ihn machten. Der Bursche fluchte über dieses ganze hochmütige Stadtvolk und presste missmutig die Zunge gegen die gelblichen Zähne. »Wie viel Münzen habt Ihr denn, Frau?«, fragte er plötzlich unwillig, denn er hatte das Galgenmännchen schon einige Zeit und wollte endlich Münzen dafür in seiner Hand halten können.

»Acht Heller, Händler, mehr kann ich dir nicht geben«, sagte Elisa und hielt seinem bohrenden Blick stand.

»Verdammt!«, fluchte er. »Verdammt schäbiges Geld für eine Alraune.«

»Musst die Münzen ja nicht nehmen, Kräuterer. Ich suche mir die Alraune selbst und behalte mein schäbiges Geld«, sagte Elisa entschlossen und warf ihm einen Heller hin, der ohnehin zu viel für die Mistel und Zaubernuss in ihrem Korb war. Sie ließ ihn stehen und ging, hatte sich aber erst wenige Schritte entfernt, als sie den Burschen hinter sich leise, aber eindringlich rufen hörte. »Herrin, bleibt, Ihr kriegt sie!«

Als Elisa an den Ladentisch zurückkehrte, fiel ihr auf, dass sich der Bursche immer wieder wie gehetzt zum Karren umschaute. Offenbar hatte er wirklich Sorge, sein Herr könnte rechtzeitig aufwachen und die Münzen für die Mandragora selbst einstreichen.

»Gebt mir die acht Heller, dann kriegt Ihr das Galgenmännchen«, spie der Junge ärgerlich aus, gaffte aber bereits gierig auf die Münzen in ihrer Hand. Entschlossen legte sie die Geldstücke auf das raue Holz vor ihm. Blitzschnell strich er sie ein und gab ihr die Mandragora unterm Tuch.

Im selben Moment wurde die Plane am Karren zur Seite geschoben. Ein derart hässliches Gesicht erschien, wie Elisa es selten zuvor gesehen hatte. Ein mittelgroßer, stämmiger Körper folgte, der sich langsam vom Wagen hievte und an dem dreckige, zerschlissene Kleider hingen. Dem Kerl stand die

Durchtriebenheit ins Gesicht geschrieben. Gemeinsam mit den Narben, die beide Wangen und einen Teil der Stirn zerrissen hatten, der ehemals gebrochenen, schief gebliebenen Nase und braunen Zahnstummeln verschaffte sie dem Mann ein abstoßendes Äußeres. Obwohl er ein gutes Stück entfernt von Elisa stand, ließ sie das, was von ihm ausging, frösteln. Wie ein unsichtbarer Mantel lag diese Gesinnung um ihn, und sie kannte nur ein Wort dafür: Grausamkeit!

Krimmel, der Kräuterhändler, rieb sich die Augen und fuhr sich übers schmutzige Gesicht. Mürrisch glotzte er zum Stand und dem Jungen herüber und zog sich die Hosen hoch. Langsam kam er näher, hustete und spuckte aus. Als sein Blick auf die junge Frau am Ladentisch fiel, stockte er plötzlich. Irgendetwas kam ihm bekannt an ihr vor. Argwöhnisch gaffte er sie an und konnte schließlich seinen Blick nicht mehr von ihr wenden. Und auf einmal begann sein Herz zu rasen.

Das ist Teufelswerk!, durchjagte es Krimmel, und wie abwehrend schüttelte er den Kopf. Er hatte das Gefühl, der Schädel würde ihm platzen. Es konnte nicht sein, was er sah, aber gleichwohl stand sie sehr leibhaftig vor ihm, die schöne Elisa Dallmann aus Tübingen! Unter der ungeheuerlichen Erkenntnis ächzte er und musste sich endlich von ihrem tiefen, durchdringenden Blick abwenden, weil er sich von ihr nicht auf den Grund seiner finsteren Seele blicken lassen wollte. Langsam schlurfte er bis hin zum Stand und grub seine Finger zwischen die Kräuter. Und merkte nicht, wie er einen der Buschen zwischen seinen Fingern zermalmte.

Verflucht, die schöne Elisa ist doch tot!, schrie es in Krimmel. Die hatte sich im Neckar ertränkt, weil ihr Liebster sie verstoßen hatte. So hatte es auf den Plätzen Tübingens geheißen und in den Schenken, und die ganz lustigen Kerle hatten über diese unselige Liebelei gegrölt und gespottet, während sie sich nach eifrigem Zechen in den Gassen erleichtert hatten.

Elisa war, anstatt sich so schnell wie möglich zu entfernen, wie erstarrt an ihrem Platz geblieben, als der Grauhaarige an den Ladentisch gekommen war. Es war niemand anderes als Krimmel, ein Halsabschneider und Betrüger, den ihr Vater einst vergeblich versucht hatte zu erwischen und an den Galgen zu bringen. Eine eisige Hand griff nach Elisas Kehle, denn den dunklen, kalten Augen des vermeintlichen Händlers und seinem gefrorenen Lächeln war deutlich anzumerken, dass auch er sie erkannt hatte!

Plötzlich kam Krimmel um den Stand herum und ging entschlossen auf Elisa zu. Sein Mund war zu einem hämischen Grinsen verzogen. Triumphal leuchtete es in seinen unter hängenden Lidern halb verborgenen Augen. »Des Henkers Töchterlein, sieh an!«, spie er durch seine faulen Zähne. »Die liebreizende Elisa in feinen Kleidern hier in Augsburg.« Er lachte unterdrückt. Offenbar wollte er selbst nicht, dass Leute in der Nähe auf sie aufmerksam wurden.

»Krimmel, der Mörder und Beutelschneider, der seine eigene Schwester zur Hübschlerin gemacht hat!«, antwortete ihm Elisa mit wildem Funkeln in den Augen.

»Ich hab gedacht, du wärst tot. Verscharrt bei deiner Mutter im hintersten Winkel des Gottesackers«, stieß der Galgenstrick heiser aus.

»Kümmere dich um dein eigenes elendes Dasein, Krimmel, nicht um meines!«

Belustigt starrte er sie an. »Bist also hier untergekrochen, Elisa. Hast dir einen gesucht, der dich aushält?«

»Das geht dich nichts an. Dich schon gleich gar nicht!«

Krimmel betrachtete sie spöttisch, ließ seine Blicke begierig über ihren Körper wandern. »Meinst? Ich weiß nicht. Vielleicht zahlt es sich für mich ja aus, wenn ich ein bissel länger hier bleibe.«

»Verschwind von hier, Krimmel! Wenn dich mein Vater nicht gekriegt hat, packt dich vielleicht der Henker von Augsburg. Und dann hast du endlich dein Ende am Galgen.« Grausam leuchtete es in Elisas Augen.

Unwillkürlich lachte Krimmel meckernd wie ein Ziegenbock. *So weit bist du doch nicht von mir weg, Elisa, unreine Henkerstochter,* dachte er höhnisch. Ausgestoßen aus der Gesellschaft, wie ein Henker und seine Sippe war, war sie keinen Deut besser als er. Und wenn es so weit war, zappelte sie genauso mit blauem Gesicht am Galgen wie er selbst.

»Wenn's hier für die Tübinger Henkerstochter taugt, taugt's vielleicht auch für mich. Meinst du nicht?« Jäh packte er sie am Arm und zog sie zu sich. Sein nach billigem Fusel stinkender Atem schlug ihr ins Gesicht. »Hör zu, ich werd noch eine Weile hierbleiben. Die Weiber sind drall, und hier gibt's mehr Pfeffersäcke, als ich sonst wo gesehen habe.« In seinen dunklen Augen tanzten Dämonen. »Und ich werd ein Auge auf dich haben, Henkersdirn!«

»Wie du magst, Krimmel, aber die Ratsherren sind scharf hier, und der Henker versteht sein Handwerk.«

»Du vergisst, Henkersdirn, ich kenn mich gut aus in den nächtlichen Gassen. Und den Meister Hans lass meine Sorge sein.« Er schlug mit der Hand auf eine Stelle hinterm Gürtel, von der sie annahm, dass dort unterm dreckigen Hemd ein Messer steckte.

»Das wird dir nichts nützen, Krimmel, denn lass dir eines gesagt sein …«, sie hob leicht die Hand und deutete mit dem

Finger an ihm vorbei, »ich seh da drüben hinter deinem Karren einen stehen.« Sie lächelte still, ja sonderbar.

Krimmel riss den Kopf herum, aber da stand niemand am Karren, nur der schorfgesichtige Bursche am Stand, der dumm herüberglotzte. Wütend fuhr er wieder zu Elisa herum. »Da steht niemand, Weibsstück. Willst du etwa deinen Schabernack mit mir treiben?«

Elisa schüttelte ernst den Kopf. »Der da drüben steht, hat schon in Tübingen auf dich gewartet, Krimmel. Aber da hat er dich noch mal fortspringen lassen.«

Dunkel starrte er sie an. In seinem Nacken stellten sich die Härchen auf, denn er wusste, dass sie nicht verrückt war und dass sie mehr sah als die meisten anderen Leute.

»Krimmel«, begann Elisa leise, »da drüben steht der Tod und wartet auf dich. Und diesmal wirst du ihm nicht weglaufen können wie in Tübingen!«

Ein eisiger Schauer jagte Krimmel über den Rücken, und obwohl er das Blutgeschäft von klein auf kannte, ließ er sie los und zuckte zurück, als hätte sie ihm ins Gesicht geschlagen. »Du bist eine Hexe«, stieß er lauter aus, als er wollte. »Eine Henkersdirn und Hexe!« Voller Abscheu spuckte er auf die Erde vor ihre Schuhe. Böse funkelnd sah er sie an. »Und so was brennt irgendwann!«

Ein misstrauisches Augenpaar folgte den beiden jungen Frauen, die den Marktplatz beinahe wie gehetzt verließen. Das Augenpaar gehörte Schwegler, dem Aufseher im Kerker, der sich am Brunnen ein wassergetränktes Tuch um das schmerzende Bein geschlungen hatte. Zuvor war er beim Krummbiegel im Kerker gewesen und hatte einen Schlauch Bier mit ihm geteilt. Jetzt gärte das Gebräu in seinem Leib und stieß ihm heftig auf. Als Schwegler die schöne Eggenbergerin am

Stand des Kräuterhändlers entdeckt hatte, war er noch am Brunnen geblieben.

Den Händler kannte er nicht. Der war ihm an den Markttagen bisher nicht aufgefallen. Dessen vernarbtes Gesicht jedoch, das etwas Rohes an sich hatte, gefiel ihm ganz und gar nicht. Er kannte diese Sorte Galgenstrick aus den Bauernkriegen, die nur wenige Jahre zurücklagen und aus unterdrückten, gequälten Leibeigenen grausame Schlächter gemacht hatten. Nur zu gut wusste er um das Denken und brutale Handeln dieser Männer, die ihre Seele dem Teufel verkauft hatten. Schließlich war er selbst einer von ihnen gewesen.

Das Mienenspiel des Kräuterers, als er Elisa Eggenberger lange genug angestarrt hatte, hatte in Schwegler alle Alarmglocken anschlagen lassen. Der Kerl war wie vom Donner gerührt gewesen, und sein Gesicht hatte sich zusehends verfinstert, als er mit der jungen Frau gesprochen hatte. Zum Schluss hatte er beinahe ganz die Beherrschung verloren, und das Böse war durch seine schneidende Stimme und den teuflischen Ausdruck seiner dunklen Augen aus ihm herausgesprungen. Schwegler hatte unmittelbar gespürt, dass Elisa Eggenberger von diesem Halunken Gefahr drohte.

Entschlossen riss er sich das nasse Tuch vom Bein, wischte sich damit übers erhitzte Gesicht und stopfte es unter sein schmieriges Hemd. Er musste unbedingt mit dem Nachtkönig sprechen! Eilig entfernte er sich vom Platz und tauchte zwischen den Menschen in der Gasse unter. Sein steifes Bein hinderte ihn dabei in keinster Weise am schnellen Fortkommen, denn über die Jahre hatte er eine Technik entwickelt, die ihm ein rasches Gehen, ja ein Laufen, möglich gemacht hatte.

Elisa hatte Amelinde mit sich gezerrt. Nur fort vom Marktplatz, fort von Krimmel und dem Blut, das an ihm klebte. Fort von der Ausdünstung der Hölle, die ihn umgab. Elisa war gerannt und Amelinde neben ihr, und erst tief im Lechviertel zwischen den lauten Werkstätten der Handwerker und den rauschenden Lechkanälen waren die beiden Frauen stehen geblieben.

Atemlos suchte Amelinde jetzt den Blick ihrer nicht weniger atemlosen Freundin. »Wer war das?«, stieß sie, immer noch aufgewühlt, hervor.

»Frag nicht, Amelinde, ich kann's dir nicht sagen.« Elisa presste ihren Korb an sich wie einen Schutzschild. Sie hatte den Kopf gesenkt und starrte auf das grobe, dreckige Pflaster unter ihren Schuhen. Als sie den Kopf wieder hob, schimmerte Bestürzung in ihren Augen. »Ich kann's dir nicht sagen und darf's auch nicht. Bitte glaub mir!« Sie stellte den Korb ab und griff nach Amelindes Händen. »Es tut mir leid, aber das ist eine Geschichte aus meiner Vergangenheit. Wenn ich dir was sage, ist alles verloren …« Elisa war kalkweiß. Das Gebende war ihr durch den schnellen Lauf herabgerutscht, und ihre Haare lagen wild zerzaust um Gesicht und Schultern.

Amelinde wollte etwas sagen, aber Elisa schüttelte widerstrebend den Kopf. »Ich muss weiter, Amelinde, sei mir nicht böse. Wir sehen uns wieder.« Sie zog die Freundin an sich und küsste sie auf die Wange. Dann lief sie davon.

Eine Geschichte aus ihrer Vergangenheit … hatte Elisa gemeint und dabei eine tiefe Angst in den Augen gehabt, die Amelinde nicht entgangen war. Aber sie hatte nicht mit ihr reden wollen. Amelinde ging nachdenklich durch die Gassen im Lechviertel. Der junge Bursche am Kräuterstand war ihr schon widerwärtig gewesen, aber erst der hässliche Kräuterer, der nachher aus dem Karren geklettert war. Dem würde sie nicht noch mal begegnen wollen. Und wenn, dann wünschte sie, einen der Hämmer aus der Gießerei dabeizuhaben.

Elisa pflegte und heilte solches Gelichter, wie es der verkommene Händler war, dachte Amelinde. Sie schauderte. Wie beherzt ihre Freundin doch war! Aber Beherztheit allein war es nicht, was sie dazu brachte, zu diesen Menschen zu gehen. Elisa war warmherzig und empfand Mitleid mit ihnen. Und gerade deshalb war Amelinde das Verhalten des Händlers ihrer Freundin gegenüber ein Rätsel.

Endlich hatte sich der Sturm gelegt. Geblieben war ein Wind, der harmlos an den Kleidern und Schauben der Leute zupfte, die unterwegs waren. Amelinde kam durchs Barfüßertor und stieg langsam wieder zur Oberstadt hinauf. *Was ist auf dem Kräutermarkt genau geschehen?*, zermarterte sie sich abermals den Kopf. Untrüglich hatten sie sich gekannt, die Elisa und der Kräuterer. So untrüglich, wie der Händler für Amelinde ein Halunke, wahrscheinlich sogar ein Mordbube war. Allerdings war dieses Aufeinandertreffen ein ungewolltes gewesen. Amelinde hatte doch genau gesehen, wie beide erstarrten, wie Elisa gar entsetzt gewesen war, als sie sich erkannt hatten.

Amelinde schluckte schwer. Der Lump allerdings war es gewesen, der vor Elisa ausgespuckt hatte! Die Erinnerung daran bestürzte sie so, dass sie sich an die kalte Mauer der Domstadt lehnte, neben der sie bereits einige Zeit herging. *Eine Geschichte aus Elisas Vergangenheit …* Wieder musste sie daran denken. Hatte ihre Freundin dem Galgenstrick einst nicht geholfen oder ihm nicht helfen können? *Nun, er lebt doch!*, dachte Amelinde böse.

Langsam ging sie weiter. Ihre Hände pressten sich um den Korb, aus dem immer wieder Kräuterduft stieg.

Da geht es um Schuld und um Hass, vielleicht sogar um Rache!, hämmerte es in ihrem Kopf. Was sollte es denn anderes sein bei dem üblen Gehabe des Kräuterers? Viel hatte auf dem Markt nicht gefehlt, und sie hätte ihren Korb genommen und dem spuckenden Kerl in den Rücken geschlagen. Aber dann war er ohnehin davongestürzt, als hätte er den Leibhaftigen gesehen.

Aufgewühlt strich sich Amelinde die aus dem Zopf gerutschten Haare aus dem Gesicht. Vielleicht ging es ja gar nicht um den Kräuterer selbst, sondern um einen aus seiner Familie?, durchfuhr es sie plötzlich. Vielleicht hatte Elisa ja nicht helfen können, und die Frau des Kräuterers oder dessen Kind war tot auf der Schlafstatt geblieben? Sie bekam eisige Hände. *Lieber Herrgott,* dachte sie, *wie soll ich der Elisa denn helfen, wenn ich nicht weiß, was geschehen ist?!* Die hatte sich doch vorhin in der Gasse gewunden und zugesehen, dass sie fortkam.

Karren rumpelten laut durchs Frauentor und über die breite Straße, über die die Fuhrwerke mit Handelsgütern aus dem Norden nach Augsburg hereinkamen. Amelinde wischte knapp zwischen zwei Karren hindurch, um auf die andere Seite zu kommen, und zwang dadurch den Wagenlenker, seine Pferde flink zurückzuhalten. Der Mann auf dem Kutschbock fluchte und schimpfte wüst hinter ihr her, was ihr völlig gleichgültig war. Die rüden Kerle auf den Fuhrwerken und ihre Schandmäuler kannte sie zur Genüge.

Sie dachte schon wieder an Elisa, als sie in die nächste Gasse einbog, um den Weg zum Katzenstadel abzukürzen. Inzwischen war sie sich fast sicher, dass es Hass war, der in dem Kräuterer fraß. Dann war es gar nicht gut, dass die Elisa und er sich wiederbegegnet waren, dachte sie. Überhaupt nicht gut!

Elisa lief, als wären Teufel hinter ihr her. Einen davon kannte sie sogar mit Namen: Krimmel! Sein boshaftes, hässliches Gesicht konnte sie nicht schrecken. Nicht einmal seine Schandtaten, für die die Hölle auf ihn wartete, wie ihr Vater sagen würde. Ihre Füße flogen aber übers Pflaster, weil es, seit sie in Augsburg lebten, keine größere Gefahr für Matthias und sie gegeben hatte als das jetzige Auftauchen Krimmels.

Elisa hatte das Gebende verloren und sich stattdessen das Schultertuch ums Haar geschlungen. Einige blonde Strähnen blitzten hervor, aber ihre Erscheinung konnte durchaus als sittsam gelten. Als sie beim Handelshaus des Rehlinger den Pollner am vorderen Eingang fragte, ob sie zu ihrem Mann könne, nickte der ihr freundlich zu.

Eggenbergers Augenstern, dachte der Pollner schelmisch. Aber die Frau des Hauptkassierers war halt auch bildhübsch. Der Türhüter schmunzelte. Die Elisa Eggenberger hätte er lieber und öfter im Handelshaus gesehen als die herrische, stämmige Frau vom Zaissenrieder, die täglich kam und ihrem Mann das Essen brachte. Dabei war dem Pollner klar, dass diese nur ausforschen wollte, ob sich nur ja keine der hübschen Mägde vor den Kontoren aufhielt, um dem Gemahl schöne Augen zu machen.

Auf dem langen Gang im ersten Stock des Handelshauses war es so ruhig wie hinter den Türen zu den verschiedenen Räumen, in denen offenbar aufmerksam gearbeitet wurde. Als Elisa leise die Tür zur Stube ihres Mannes öffnete, sah sie Matthias am Tisch über Rechnungsbüchern sitzen.

Sobald dieser seine Frau im Türrahmen sah, zog er überrascht die Augenbrauen hoch. »Elisa?«, stieß Matthias ungläubig aus und erhob sich sogleich. Mit schnellen Schritten war er bei ihr und ergriff ihre Hände.

»Matthis«, sagte Elisa aufgeregt. »Kann ich mit dir reden?«

Matthias warf einen Blick durch den Raum, in dem die nächste Tür offen stand. »Nebenan ist einer der Buchhalter. Wir gehen lieber auf den Balkon«, sagte er leise und zog Elisa mit sich.

In der Tat waren sie im Augenblick die Einzigen auf der Balustrade. Unten im Hof allerdings herrschte geschäftiges Treiben, weil vor Kurzem Fuhrwerke eingetroffen waren, die gegenwärtig entladen wurden.

»Was ist passiert?«, fragte Matthias unruhig.

»Es ist einer in die Stadt gekommen, der mich kennt«, antwortete Elisa unumwunden.

Matthias erblasste. Wie vom Donner gerührt stand er da und starrte seine Frau an. »Einer aus Tübingen?«

Elisa nickte. Ihre Hände in den seinen waren eiskalt. »Ein Halsabschneider, der längst an den Galgen gehört.« Sie schloss die Augen und schmiegte sich an Matthias, der den Arm um sie legte. »Als Kräuterhändler ist er in die Stadt gekommen und hat mich auf dem Markt erkannt.« Die kaum zurückliegende Begegnung mit Krimmel machte Elisa immer noch das Blut hitzig. »Er hat gesagt, dass er ein Auge auf mich haben wird.«

Matthias drückte Elisa enger an sich. Drei Jahre waren ihnen geschenkt worden. Drei Jahre, in denen sie wie ein rechtschaffenes Ehepaar hatten miteinander leben können. Es musste nicht vorbei sein, durchfuhr es ihn hoffnungsvoll, als er sein Gesicht in Elisas Haar senkte. Sie roch nach Flieder und Kräutern, und er spürte ihren Herzschlag an seiner Brust. Im Hof gab es ein Geschrei, und einer der Fuhrleute fluchte. Matthias zog Elisa mit sich von der Brüstung fort bis zur Mauer in ihren Rücken.

»Der wird das Maul nicht halten, Matthis. Der nicht!«, stieß Elisa kalt hervor. »Mein Vater wollte den Krimmel an den Galgen bringen, aber der ist ihm immer entwischt.« Sie grub ihre Finger in sein Wams. »Der Krimmel will seine Rache, Matthis. Der ist wie ein Teufel, der nicht verschwindet, bevor er nicht eine Seele mitnehmen kann.«

Matthias jagte es einen Schauer über den Rücken. Er hatte zwar immer geahnt, dass eines Tages einer kommen würde, der von ihrem alten Leben wusste, aber dass es jetzt ein Lump war, dem es um den eigenen Hals gehen sollte, stieß ihm bitter auf. »Der Galgenstrick muss auch um sein Leben fürchten«, sagte er rau. »Wenn er uns beim Rat anschwärzen will, glaubt man dem doch nicht. Nicht, wenn das Wort eines Hauptkassierers gegen das seine steht!«

Elisa hob den Kopf und sah Matthias mit festem Blick an. »Den Leuten graut es vor den Ehrlosen und gar vor einer Henkerstochter. Da braucht nur einer zu kommen und von einer Hexe zu sprechen, selbst wenn's so ein Halunke ist wie der Krimmel, da sind die Leute schnell blindwütig.«

Tief ernüchtert musste sich Matthias eingestehen, wie recht seine junge Frau hatte. Die Leute hassten die Ehrlosen, die Unreinen. Hassten und verachteten sie. Und gar einen Henker und seine Sippe, die schnell mit dem Teufel in Verbindung gebracht wurden. »Dieser Lump soll sich vorsehen«, drohte Matthias plötzlich, »sonst geht es um keine andere Seele als um die seine, wenn ihm das räudige Leben ausgelöscht wird!«

»Beim Herrgott, leg nicht Hand an ihn, Matthis!«, stieß Elisa angstvoll aus. »Der Krimmel zieht sein Messer schneller einem anderen durch die Kehle, als der den Mund zum Schrei auftun kann.«

»Vielleicht verschwindet er ja wieder, weil ihm sein dreckiges Leben wichtiger ist.« Matthias' Gesicht war zornrot, aber in seinem Blick für Elisa lag tiefe Liebe. »Es muss ja nicht so weit kommen, dass er uns verrät«, fuhr er leise fort.

Elisa strich mit den Fingern zärtlich über sein Gesicht. Berührte den ritterlichen, sorgsam gepflegten Oberlippenbart. »Bist mein Leben, Matthis, du und der Johannes. Euch darf nichts geschehen!« In ihren Augen schimmerte es.

»Und dir darf auch nichts geschehen, Elisa!« Er nahm ihr Gesicht in beide Hände und küsste es zärtlich. Und es war ihm völlig gleich, ob einer der Männer aus dem Hof im selben Augenblick heraufgaffte.

*

Die Nacht lag wie ein undurchdringliches Tuch über der Stadt, denn vor dem Mond zogen immer wieder dichte Wolken vorbei und verhüllten sein Licht. Die Dunkelheit war Elisa höchst willkommen, die sich wiederholt zum Unratsammler ins Jakobsviertel aufgemacht hatte, um ihn zu pflegen. Von Schwegler im Kerker, der ein Kumpan von ihm war, hatte sie gehört, dass der Bartl schwer gestürzt war und nicht mehr auf die Beine kam. Mit der schlimmen Verletzung und dem schmerzenden Rücken würde er in seiner Behausung liegen und fürchten, seine stinkende und schauderhafte Arbeit nicht mehr tun zu können, die ihm ein erbärmliches Auskommen bescherte. Ihm und dem Gaul für seinen Karren, den er gut hielt.

So war Elisa bald nach Einbruch der Dunkelheit zu ihm in die ärmliche Hütte gekommen und hatte sich seine Verletzung angesehen. Ein klaffendes Loch im nässenden, rohen Fleisch in einem Bein voller geschwollener bläulicher Adern. Sie hatte mit sicheren, sanften Händen die Wunde gesäubert und versorgt und schließlich ein sauberes Tuch darum gebunden, das er nicht entfernen sollte, bis sie tags darauf wieder nach ihm sehen würde.

Bartl, der Nachtkönig, kannte Elisa Eggenberger und wusste schon lange, von wem der Schwegler mit einem bewundernden Funkeln in den Augen sprach, aber nie einen Namen nannte, wenn er ein paar Bierhumpen zu viel getrunken hatte. Bartl verstand ihn und wurde beinahe zornig, als er sich über den Leichtsinn der heilkundigen jungen Frau ausließ, ausgerechnet des Nachts in seine gefährliche Gegend gekommen zu sein. In dieses elende, stinkende Viertel mit elenden, hungrigen Menschen, die selten in die wohlhabende Oberstadt gingen, weil sie dort von den rüden Stadtknechten mit ihren scharfen Hellebarden vertrieben wurden und zu denen kaum jemals einer von dort zu ihnen herabstieg. Wozu auch?

Dazu hatte ihm Elisa Eggenberger mit einem leisen Lächeln erklärt, dass es auch am Tag gefährlich wäre, in diese Gassen ins Jakobsviertel zu kommen. Er hatte gebrummt und ein unruhiges Funkeln in den Augen gehabt, aber dankbar die Salbe für seine schmerzenden Gelenke festgehalten, die ihm Elisa in die Hand gedrückt hatte. Und sie hatte ihn wiederholt ermahnt, das wilde Saufen bleiben zu lassen, das ihn vom Kutschbock aufs harte Pflaster geworfen und ihm sein übel zugerichtetes Bein beschert hatte.

Wieder hatte er geknurrt und sie böse angesehen, aber dann gebeten, unter dem Schutz von Kumpanen, denen er trauen konnte, ins Georgsviertel zurückzukehren. Aber Elisa hatte entschieden abgelehnt. Sie war immer frei gewesen, tagsüber in den Wäldern rund um Tübingen und dort in den unruhigen Gassen und nicht anders bei Nacht, wenn sie wie ein Schatten von den unberechenbaren Bütteln oder anderen Schurken unentdeckt geblieben war.

Es war spät geworden, aber die Nacht war immer noch warm, und die Wolken waren so dicht geworden, dass sie nicht den geringsten Mondstrahl mehr hindurchließen. Elisa nickte dem Bartl auf seinem Strohlager kurz zu, dann war sie fort.

Seit der Galgenstrick Krimmel in der Stadt aufgetaucht war, schickte sie öfter als sonst Agnes auf die Märkte, um weniger in der Stadt unterwegs zu sein. Und auch wenn sie zu Kranken gerufen wurde, ging sie jetzt eher des Nachts zu ihnen, weil sie hoffte, so für Krimmel unentdeckt bleiben zu können.

Das tat sie dann nicht im hemmenden Gebende und im bodenlangen, eng sitzenden Kleid der Bürgersfrauen, sondern so, wie sie es als Henkerstochter in Tübingen getan hatte: mit leichter Haube und dem Mieder und Rock einer Magd, der dazu nur bis zu den Waden reichte und leicht geschürzt werden konnte, wenn das flinke Laufen nottat. Wer von jenen, die nachts noch in den Gassen unterwegs waren, würde sie denn so erkennen, würde ahnen, in dem Weib die Frau des Patriziers Matthias Eggenberger vor sich zu haben?!

Der Weg zurück ins Georgsviertel war weit, führte durch das zu Füßen der eigentlichen Stadt gelegene Jakobsviertel und über eine der großen Lechbrücken zur alten Stadtmauer hinauf und durch eine unbewachte Schlupfpforte, durch die auch die Männer herabstiegen, die eine quälende Leidenschaft spürten und ungesehen zu den Hübschlerinnen am Gallusbergle wollten.

Elisa erreichte das Kreuzerviertel, hielt sich im Rücken der Heilig-Kreuz-Kirche und nutzte die Pforte überm Kirchhof, die nur angelehnt war. Lautlos lief sie über den Hof, der ihr ein gutes Stück Weges ersparte. Draußen lag die Straße einsam, und sie huschte über diese in die nächste Gasse hinein zwischen schmale, hohe Bürgerhäuser. Hinter den Fenstern brannte Licht, und sie stellte sich vor, wie die Familie beim Essen zusammensaß. Ehrbare Leute, die in Augsburg das Bürgerrecht nebst Pflichten und Rechten erlangt hatten wie Matthias und sie selbst. Wobei ihr gestattet worden war, am Bürgerrecht ihres Mannes teilzuhaben, und sie kein eigenes erhalten hatte.

Ihre Augen brannten, weil sie unablässig hinauf zu dem warmen Licht sah. Immer noch war es ihr so fremd, dass sie eine Bürgersfrau sein sollte. *Sie!* Ihre Kehle wurde eng. Dicht an die Hausmauer gedrückt stand sie da und starrte in die Nacht. Wie ein Schatten huschte sie weiter an den nah beieinanderstehenden Häusern vorbei. Aus der Gasse, in die sie eben einbiegen wollte, hörte sie Lärm. Vorsichtig spähte sie um die Ecke des Hauses. Eine Schar patrouillierender Stadtknechte kam im Licht ihrer Fackeln mit laut hallenden Schritten über das Pflaster.

Nach Einbruch der Dunkelheit noch auf der Gasse zu sein, war gefährlich, doch es war ein Umstand, mit dem sie seit ihrer Kindheit lebte. Nicht nur wegen dieser Büttel, die manchmal schlimmer waren als die Beutelschneider und Aufschlitzer, die jetzt in der Nacht aus ihren Verstecken kamen. Auch späte Zecher konnten noch auf schwankenden Beinen unberechenbar sein. Vor allem aber jene Männer, die nach den Hübschlerinnen in den Gassen Ausschau hielten, weil ihnen die männliche Pracht hinterm feinen Tuch platzen wollte.

Elisa schob sich ums Hauseck zurück und schlich die Mauer entlang, bis sie auf eine Nische stieß, in die sie sich drückte.

Den Korb mit den Arzneien stellte sie zwischen ihre Füße. Die Büttel waren schnell heran, lärmend und johlend. Das Fackellicht umtanzte ihre rauen, bärtigen Gesichter. Eines zuckte in dem Moment über Elisa hinweg, als einer der kleinen Schar nahe an ihr vorüberging. Aber der Häscher sah zu seinen Kameraden auf der anderen Seite, und so entdeckte er sie nicht. Verächtlich sah Elisa ihnen hinterher und blieb noch einige Zeit reglos in ihrem Versteck.

Matthias würde wieder angespannt sein, bis er sie in der Sicherheit ihres Hauses wusste. Er würde nichts sagen, wenn sie zurückkehrte, aber diese Angst um sie würde wieder wie Fieberglut in seinen Augen flackern. Monate nach ihrer Ankunft in Augsburg hatte sie es nicht länger vermocht, dem Leiden und der Hilflosigkeit der Habenichtse tatenlos zuzusehen. Matthias hatte sie angefleht, ihr gemeinsames, sicheres Leben in Augsburg nicht in Gefahr zu bringen. Aber sie hatte seiner Verzweiflung nur die eigene ihrer Seele entgegenzusetzen gehabt, die sich danach verzehrte, ihr altes Leben als heilkundige Frau wiederaufnehmen zu können.

Als sie weiterlief, hörte sie am Ende der Straße den Nachtwächter mit dröhnender Stimme die Schlafenden vor Feuer und Dieben warnen, vor Mordgesindel und bösem Spuk. Im Licht seiner Laterne sah sie das Horn auf seiner Brust und das Eisen der Hellebarde aufblitzen. Als er die späte Stunde ansagte, war sie bereits im Georgsviertel nahe bei der Kirche, deren Glockenturm dunkel und mächtig in den Himmel ragte. Jetzt war es nicht mehr weit, dann konnte sie durch das Törchen in den Garten am Haus schlüpfen.

Matthias hat alles für mich aufgegeben!, jagte es ihr durch den Kopf, während das Pflaster unter ihren Schuhen dahinflog. Sein Wohlleben als Patrizier und erfolgreicher Kaufmann, sein Ansehen in seiner Heimatstadt und vor allem die Zuneigung seines Vaters. All das für sie, ein einfaches Mädchen, eine, die barfuß in Wald und Wiesen unterwegs war und nicht in feinen Kleidern in den sauberen Straßen der Stadt. *Sie*, von der er nicht mehr lassen konnte, wie sie nicht von ihm! Ihr Herz schlug so heftig, dass es schmerzte. Heimlich hatten sie Tübingen verlassen. Nicht einmal ihrem Vater hatte sie Lebewohl gesagt, wobei dieser geahnt haben würde, dass sie mit dem jungen Patrizier weggegangen war.

Als sie begonnen hatte, im Garten Kräuter anzusäen und in den Wäldern und Wiesen vor der Stadt zu sammeln, hatten seine Augen einen bitteren Ausdruck angenommen. Er hatte so verletzt gewirkt, wie sie es nie zuvor an ihm gesehen hatte. Aber dann hatte er die Entscheidung für sie beide getroffen. Er hatte sie in die Arme genommen und heftig an sich gedrückt. *Du bist mein Leben*, hatte er geflüstert. *Wenn sie dich entdecken, wenn sie erfahren, wer du wirklich bist, sind wir in den Augen aller ehrlos, sind Abschaum. Sie werden uns jagen, um Rache dafür zu nehmen, dass wir sie getäuscht haben. Wir werden keine Menschen mehr für sie sein. Sie werden aus dir eine Hexe machen und aus mir deinen offenbar vom Teufel besessenen Buhlen.*

Bald schon hatte sich in den Vierteln, die die Wohlhabenden mieden, ihr Ruf als heilkundige Frau verbreitet. Als eine, die sich nicht zu schade war, in die Gegend der Habenichtse zu kommen, in die selten ein Bader und nie ein Medicus kam.

Und bald auch wurde sie zum Eisenberg in die Kerker gerufen, wenn keiner der Heilkundigen zu den Lumpen wollte, die der Henker am nächsten Tag aufs Rad binden oder an den Galgen hängen würde, um manchem von ihnen, dem die Richter es zubilligten, eine Tinktur gegen übel geschlagene und schmerzhafte Wunden zu verabreichen.

Seit Krimmel jedoch in der Stadt aufgetaucht war, war sie zu ihrem Schutz und dem ihrer Familie zu einem der vielen Schatten in der Nacht geworden. Für die Stadtknechte mochte es der größer werdende einer Katze sein, die über das ferne Pflaster lief. Für die Kranken und Siechenden war sie der, der Hoffnung brachte. Eine Frau in einfachen Kleidern, wie Mägde sie trugen.

Endlich erreichte sie das schmale Tor zu ihrem Garten, schlüpfte hindurch und wich in der Dunkelheit gekonnt den Kräuterbeeten aus. Irgendwo auf der anderen Seite der Mauer balgten sich zwei Katzen um Abfall. Ihr hohes Geschrei durchschnitt jämmerlich die Stille über dem einsamen Pflaster.

Kapitel 13

Freitag, der 29. Mai, Anno Domini 1528

An Ostern hatte man die Wiedertäufer gefangen, in den Kerker geworfen und viele von ihnen aus der Stadt gejagt. An Pfingsten sollte nach den Prophezeiungen der verhassten Eiferer die Welt untergehen und ein neues Reich Gottes entstehen. Unter den Augsburgern ging die Angst um. Wenn die Täufer in ihren Erwartungen recht hatten, stand ihnen schließlich das nahe Ende bevor. Während die einen ihren Frieden mit ihrem baldigen Ableben zu machen versuchten und begannen, ein gottgefälligeres Leben zu führen, ließen sich die anderen ihre Begeisterung am Schießfest, zu dem der wohlhabende

Konrad Rehlinger geladen hatte, nicht nehmen. Boshafte Zungen behaupteten, der stolze Adelige begehre noch mit letzten Vergnügungen gegen sein irdisches Ende auf. Je näher Pfingsten rückte, desto mehr Augsburger wollten es ihm gleichtun und teilhaben an allerlei Art von Kurzweil, die es in Gottes Reich nicht mehr geben würde.

So nahte das Pfingstfest. Bisher waren keine bedrohlichen Anzeichen zu sehen. Die Sonne schien, der Himmel war blau mit luftigen, weißen Wolken, über den Stadtmauern wehten die kaiserlichen Fahnen und die der freien Reichsstadt mit der grünen Zirbelnuss auf rot-weißem Tuch im warmen Wind. Vor Tagen hatte das Schießfest begonnen, zu dem der großzügige Ratsherr geladen und beizeiten eine Einladung an die Schützengilde in Landsberg und die freien Schützen dort ausgesprochen hatte. Gut fünfzig Mann hatten sich schließlich auf den Weg gemacht, um sich mit den Augsburger Schießgesellen in den verschiedenen Wettbewerben zu messen, darunter auch der Gastgeber selbst, der im Ruf stand, ein ausgezeichneter Armbrustschütze zu sein.

Auf der Rosenau, einer ausgedehnten Niederung vor der westlichen Stadtmauer, erhob sich seit Beginn des Festes die bunte Zeltstadt der einheimischen und der angereisten Händler, der Spielleute und Gaukler, der Schauspieler, der fahrenden Wunderheiler und der Huren. Hinter Absperrungen lag die Schießstätte, auf der das Hauptschießen der Armbrust- und Büchsenschützen stattgefunden hatte. Übrig geblieben waren etwas mehr als fünfzig treffliche Schützen, denen im Nachschießen kostbare Preise winkten.

Zum Vergnügen aller auf dem Fest hatten sich nach altem Brauch die Teilnehmer auch im Laufen und Springen gemessen, um ihre Kraft und Geschicklichkeit unter Beweis zu stellen. Bei beiden Wettbewerben war es ein Landsberger Bäckergeselle gewesen, ein Hänfling mit federndem Schritt, der vor allen anderen Männern uneinholbar davongeschossen war und schließlich auch den weitesten Sprung getan hatte. Seine Siegespreise waren ein silberner Trinkbecher und ein feines Gewand wie für einen Herrn gewesen. Seine immer zu Scherzen bereiten Kameraden hatten ihm noch ein samtenes Barett mit ausladenden Straußenfedern auf den Kopf gesetzt, bevor sie ihn auf den Schultern lärmend vom Platz getragen hatten.

Eckehard und Wilbrecht hatten im Hauptschießen gut abgeschnitten, sich aber in den Wettbewerben dazwischen schwergetan. Ihre Größe und Kraft hatte sie beim Wettlauf und Springen eher behindert, als dass sie daraus Vorteile gezogen hätten. Den zweiten Platz im Laufen hatte freilich ein Augsburger errungen und die aufgeregte Menge in Jubel ausbrechen lassen, als hätte er den Sieg davongetragen. Matthias Eggenberger war knapp hinter dem Landsberger Bäckergesellen ins Ziel gekommen, Rehlinger hatte nicht schlecht über seinen Hauptkassierer gestaunt, hatte er selbst doch seinem fortgeschrittenen Alter Tribut zollen müssen und bei beiden Wettbewerben nicht gut abgeschnitten. In den Schießwettbewerben allerdings hatte er sich als äußerst treffsicher erwiesen, was die Augsburger, die ihren Patrizier als eifrigen Reiter, Jäger und Schützen kannten, nicht verwundert hatte.

So kannten sie ihn auch als einen Mann, der es zeigte, wenn er erbost war. Im Augenblick der Siegerehrung des besten Läufers und der lobenden Erwähnung des Zweitbesten hatte er so grimmig dreingesehen, als hätte ihm einer einen Schlag versetzt. Kurz darauf war er seinem Hauptkassierer durch die ihm Beifall klatschenden Leute gefolgt und hatte ihn nahe einer Tribüne gestellt. »Wer hätte das gedacht, Eggenberger, Ihr lauft ja bald schneller als ein Wiesel. Ich wusste gar nicht, dass Ihr so viel Schwung habt.«

Matthias war im ersten Moment verwirrt. Er fuhr sich mit der Hand über die schweißnasse Stirn. Sein Mund war so trocken, dass ihm die Zunge am Gaumen klebte. »Ich bin schon immer gern um die Wette gelaufen«, sagte er knapp mit belegter Stimme.

Rehlinger grinste ihn spöttisch an. »So kommt Ihr mir gar nicht vor.«

»Weil ich Euch im Handelshaus die Münzen in die Schatullen zähle, statt beritten und mit dem Schwert an der Seite Eure Handelszüge zu begleiten, Herr Rehlinger?«, entfuhr es ihm hitzig, weil er brennenden Durst verspürte und überrascht war, dass ihm sein Dienstherr sein gutes Abschneiden im Laufen offenbar missgönnte.

Natürlich hatte es Konrad Rehlinger geärgert, so viel schlechter als sein Untergebener abgeschnitten zu haben, aber diese Stimmung war so schnell verraucht, wie sie aufgeflammt war. »Herrgott, gehabt Euch nicht so gereizt, Eggenberger. Es ist ja erfreulich, dass wenigstens ein Augsburger bei den Wettbewerben was zu bestellen hatte.« Immer noch lief ihm der Schweiß über das kantige Gesicht in den glänzenden Osmanenbart.

Leute schoben sich an ihnen vorbei. Gaffer, die begierig etwas vom Gespräch der beiden Männer erhaschen wollten. Schließlich kannte beinahe jeder den mächtigen Ratsherrn, dem man selten so nahe kam wie auf solchen Festen, in denen sich für Tage oder Wochen alle Schichten der Gesellschaft mischten. Jetzt stand er wie nach getanem Tagwerk mitten unter ihnen. In einfachen Kleidern, verschwitzt und mit einer kratzigen Stimme, die ein Humpen Bier rasch mildern würde. Oder in seinem Fall eher ein süßer Malvasier.

»Lasst uns was trinken gehen, Eggenberger. Mir klebt die Zunge im Mund fest. Und sagt mir nicht, Ihr hättet anderes vor«, knurrte Rehlinger und legte seinem Hauptkassierer schwer die Hand auf die Schulter. Widerstrebend folgte ihm Matthias. Zweifellos dürstete es ihn nach einem Trunk, aber nicht nach der Gesellschaft seines Dienstherrn. Und nicht zuletzt wartete Elisa bei den Lebzeltereien auf ihn.

In der Tat vertrieb sich Elisa die Zeit zwischen den Zelten der Händler, die Honigkuchen, Met und feinste Kerzen anboten. Der Duft war überwältigend. Schwer und süß wie der reife Sommer. Während sie auf Matthias wartete, schaute sie den Leuten zu, wie sie sich um die Ladentische der Kleinhändler und Karren der Quacksalber drängten oder um die unterhaltsamen Gaukler und Feuerschlucker. Unweigerlich wippte ihr Fuß bei den Klängen der Schalmeien und Sackpfeifen der Spielleute überall auf dem weiten Gelände. Bereits am frühen Morgen war es warm gewesen, jetzt, kurz vor dem Zwölfuhrläuten, brannte die Sonne heiß vom Himmel. Über der Rosenau hing das Stimmengewirr der unzähligen Leute wie das Schwirren eines gewaltigen Bienenschwarms. Dünnbier und Wein flossen reichlich, und an den Feuern brieten Schweine und Hühner.

Matthias kam nicht. Nach seinem hervorragenden Platz im Laufwettbewerb war er jetzt wohl bei denen, die feierten, vermutete Elisa und lächelte still. Ihr Liebster sollte es genießen. Sie würde an der Schießstätte sein, wenn das Nachschießen der Stachelschützen begann. Matthias würde sie mit seinen Blicken in der Menge finden. Sie wartete nicht länger und schlenderte zwischen den Ständen und Karren hindurch. Während andere einen Bogen um die bunten Zelte der Wahrsagerinnen machten, ging sie nahe daran vorüber. Über den Eingängen mit den zugezogenen Vorhängen hingen Glöckchen, die den Frauen im Inneren verrieten, wenn einer zu ihnen wollte. Sie war nie bei einer dieser geheimnisvollen Frauen gewesen, auch wenn sie vielleicht tatsächlich einen Blick in die Zukunft tun konnten. Wozu auch? Sie besaß selbst die Gabe der Hellsichtigkeit, die wie ein eigenes Wesen in ihr lebte und manches Mal so unvermittelt über sie kam wie ein Blitz.

Am Karren des verhassten Krimmel ging sie wie die Tage zuvor mit großem Abstand vorbei. Natürlich war er hier und ließ sich die Geschäfte mit seinen Kräutern und Wurzeln nicht entgehen, und neuerdings auch mit mannigfachen Fläschchen mit angeblich heilenden Tinkturen. Diesmal erspähte sie den Lumpen nicht auf dem Kutschbock, von wo er neugierig auf das Geschehen auf der Rosenau stierte. Dafür aber entdeckte sie etwas anderes, das ihr im ersten Moment den Atem raubte. Als sie sicher war, sich nicht zu täuschen, zögerte sie keinen Augenblick länger und lief rasch hinüber zum Wagen des Tübinger Halsabschneiders.

An den zahlreichen, langen Tischen saßen die meisten der Wettbewerbsteilnehmer immer noch bei dem reichlich aufgetragenen Essen, bei gut gefüllten Humpen mit Bier und Welschwein, als die Trommler mit jauchzenden Wirbeln zu einer der Ausgelassenheiten aufriefen, die zwischen den Wettbewerben stattfanden. In das Gedränge der Leute kam Bewegung, denn alles wollte hin zu der Wiese, wohin Rufer einluden und Fähnlein geschwungen wurden und wo endlich auf einem Podest der Pritschenmeister gesichtet wurde. Der hielt den

Siegespreis, ein fein gewobenes Barchenttuch, über dem ausgestreckten Arm. Marktschreierisch lockte er zum Wettlauf der einfachen Frauen über zweihundert Schritt.

Der Pritschenmeister war einer, der seine Aufgabe mit Inbrunst versah und als eine Art Zeremonienmeister durch das Fest führte. Er war ein großer, sehniger Mann mit Feuer in den grauen Augen, grauem Haar und einer Raubvogelnase. Trutz Flexel, geladen zu zahlreichen Schießwettbewerben in Deutschland, war mittlerweile berühmt in seinem Amt. Gewandet in Wams und Hosen aus einem seidigen blassroten Stoff, stolzierte er mit seiner Pritsche, seinem mit Schlegeln ausstaffierten Zepter, daher und teilte kräftig damit aus, wenn es sein musste. Als Ordner, Spötter und Versschmied sorgte er für den reibungslosen, kurzweiligen Verlauf der Wettbewerbe. Unterstützt wurde er dabei von seinen Gehilfen, Pickelhäringe genannt, die ähnlich gekleidet waren wie er und ebenso munter, aber ihre Pritschen waren nur einfache Holzschwerter.

Aus den Zuschauern drängten Frauen unterschiedlichen Alters nach vorne und sammelten sich beim Podest, auf dem Flexel stand. Die meisten waren schlank, aber es gab auch ein paar dralle darunter, die sich wohl keine Hoffnung auf einen Sieg machten, aber sich den Spaß nicht entgehen lassen wollten. Trutz Flexel erklärte mit lauter Stimme über Geschwätz und Gelächter der zahlreichen Schaulustigen hinweg die Regeln. Er deutete auf das Ziel am Ende der nahen Wiese, die Helfer für den Wettlauf gesperrt hatten. Als sich die Frauen nach Weisung des Ordners in einer Reihe aufstellten und die Röcke bis zu den Waden anhoben, manche ungeniert noch höher, erhob sich schlagartig ein Johlen und Pfeifen unter den umstehenden Mannsbildern.

Mitten hinein ins Gelächter wurde ein Schuss mit dem Vorderlader abgegeben, und die enthüllten reinlichen oder schmutzigen Beine sprangen über das Gras davon. Das war ein Anblick von wehenden bunten Röcken, von fliegenden Haaren, hüpfenden Locken und weißen Hauben, die sich irgendwann lösten und über die Rücken herabfielen. Eine Dunkelhaarige preschte vor allen anderen Frauen auf leichten Füßen vorbei wie ein Fohlen, als wollte sie dem Wind zuvorkommen, der an der Fahne im Ziel zerrte. Ihr Vorsprung vergrößerte sich rasch. Ihre schlanken, milchfarbenen Beine flogen mehr, als dass sie liefen, auf einen der Pickelhäringe am Ende der Strecke zu. Mit raschelndem Rock schoss sie an ihm vorbei und musste, weil sie so viel Schwung hatte, bald wie das Füllen eingefangen werden, das manche in ihr gesehen haben mochten. Die Zuschauer lärmten und klatschten. Bewundernde Pfiffe ertönten. Mit glühenden Wangen und strahlenden Augen rang die hübsche Siegerin nach Luft. Triumphierend warf sie die Arme hoch.

Ganz vorne bei den Schaulustigen im Ziel standen auch der erste Kerkeraufseher und Bartl, der Nachtkönig. Reichlicher Biergenuss und das ihnen gebotene Schauspiel hielten sie bei bester Laune. Bartl, der als nächtlicher Unratsammler auf seinem Karren mit dem Gaul davor durch die Stadt zog und die weggeworfenen Abfälle und liegen gebliebenen Tierkadaver auflud, die er vor die Mauern zu bringen hatte, genoss die warmen Tage. An diesen schmerzten seine Knochen weitaus weniger als in den harten Wintermonaten. Er warf funkelnde Blicke auf die Margret, die gewonnen hatte und eine der Töchter der Bierbrauerin aus dem Lechviertel war. »Schau nur, Schwegler, das macht das süffige Gebräu ihrer Mutter«, brüllte er bei dem anhaltenden Lärm dem Kumpan ins Ohr. »Die ist gesprungen wie ein Reh.«

Schwegler nickte zustimmend. »Jetzt weißt auch, warum ich diesem Gesöff zugetan bin. Die Margret hat auf die Urkräfte im Bier gesetzt und gewonnen. Und ich schwör auch darauf.«

In Bartls Augen flackerte es übermütig. »Dann wird's ja nicht mehr lang dauern, dann springst wie ein junger Hirsch durch die grünen Wertachauen …«

Schwegler warf ihm einen bösen Blick zu. »Depp, saudummer.« Zu mehr kam er nicht, denn die Margret bekam ihr weißes Barchenttuch und warf es sich strahlend um die Schultern, während die Zuschauer klatschten und jubelten und ihr einige der Männer kecke Worte zuwarfen. Um noch einen guten Platz beim Steinstoßen zu ergattern, packte Schwegler den Unratsammler grob am Arm und zerrte ihn mit sich. Mitten durch das dichte Gewimmel der Leute, vorbei an einer Tribüne für die hohe Herrschaft. Schwatzend und kichernd saßen edle Damen jeden Alters auf den Bänken. Sie fächelten sich Luft zu. Es war eine Ansammlung von funkelndem Geschmeide und raschelnden Kleidern, von fein bestickten Hauben oder mit Goldfäden verzierten Käppchen.

»Herrgott, was für eitle Weiber …«, grunzte Bartl, blieb stehen und nahm einen kräftigen Schluck aus seinem Bierschlauch. Hernach tropfte ihm der Schaum von den Lippen. Mit Wonne gab er einen donnernden Rülpser von sich. Die Geräusche waren ohnedies so vielfältig wie die Menschen auf dem Gelände. Angezogen wie Motten vom Licht, hatten sich denn auch Beutelschneider unters Volk gemischt und andere zwielichtige Gestalten, bei denen nicht nur das Messer, sondern auch der Knüppel locker unterm Hemd saß. Bettler hockten an den Wegen zur Rosenau und in der Nähe der Händlerkarren. Sie hoben um Almosen flehend die Hände.

Viele von ihnen blieben gleich die Nacht über auf den Plätzen, die sich als einträglich erwiesen hatten, und verteidigten sie die Tage über fluchend und mit ausholenden Krücken gegen andere herandrängende Stadtstreicher. Tauchten allerdings Büttel auf, verschwanden sie allesamt rasch unter den Karren oder im nahen Gebüsch, bis die verfluchten Knechte mit ihren Spießen wieder verschwunden waren.

Ein hässlicher, krummer Kerl drängte sich an Schwegler heran, als wüsste er nicht, dass er einen der verhassten Schergen vor sich hatte. Der Schädel, den ein gewaltiger Buckel stark nach unten drückte, ruckte so weit herum, dass er zum Kerkermeister aufsehen konnte. Mühsam reckte der Bettler wie im Gebet die Hände nach oben. »Habt Erbarmen, Herr, ich bitt um eine milde Gabe«, krächzte er. Der Speichel tropfte ihm aus den Mundwinkeln.

Die Leute drängten ruppig an den drei Männern vorbei. Schwegler packte den armen Schlucker im Nacken, als wollte er ihn noch weiter nach unten drücken, beugte sich dabei aber zu ihm hinab. »Wo steckt der Kräuterer?«, fragte er leise.

»Bei den Huren«, antwortete der Buckelige ebenso leise.

Schwegler spuckte neben dem Kopf des Bettlers auf die Erde. »Und der Gossenengel?«

»Bei den Lebzeltern.«

»Gut, Johann.« Der Kerkeraufseher stieß den Mann plötzlich von sich, als hätte der ihn hinlänglich belästigt, worauf dieser zwischen die vorbeidrängenden Leute stürzte. »Scher dich zum Teufel, Dreckskerl!«

Der Buckelige zog erstaunlich rasch Arme und Beine an, als manche der Leute nach ihm treten wollten, rollte sich gekonnt auf die Knie und kam schwungvoll in die Höhe. Flugs verschwand er im Menschenauflauf, Schwegler und Bartl setzten ihren Weg fort. Der Nachtkönig war bester Laune, hatte ein Grinsen auf den Lippen und trug den Bierschlauch behütend wie ein Kind in der Armbeuge. Er genoss es, mitten am Tag unterwegs zu sein, denn keiner erkannte ihn. Sein widerliches Tagwerk verrichtete er schließlich durchweg nach Einbruch der Dunkelheit, ganz wie Johann, der gelenkiger war, als sein Äußeres erscheinen ließ, und der Nacht für Nacht den Huноldsgraben vom Abfall und den Fäkalien befreite.

Beide Männer und noch eine Handvoll an Leuten hatten ein Auge auf Elisa, wenn sie nachts zu Kranken gerufen wurde. Dass sie nicht viele waren, die dem Gossenengel wie Schatten durch die Nacht folgten und sich wie diese vor den umherstreifenden Stadtknechten verbargen, war von Schwegler beabsichtigt. Der alte Haudegen wusste nur zu gut, dass sie nicht auffallen durften. In den nicht lange zurückliegenden Bauernkriegen war jegliche Zusammenkunft von auch nur wenigen Bauern in den Augen der Obrigkeit bereits eine Verschwörung gegen sie gewesen.

Und beim geringsten Verdacht eines möglichen Aufruhrs würde der Rat oder Stolzhirsch auf dessen Befehl hin nicht zögern, die Gassenleute nach ihnen ausschwärmen zu lassen.

Mit frisch gefüllten Bierschläuchen schoben sich Schwegler und Bartl durch das Gedränge und erreichten endlich die Schießstätte, deren Zielstatt sich am Fuß der Stadtmauer erhob. Auf der abgesteckten Wiese daneben sollte das Steinstoßen ausgetragen werden, und die Leute balgten sich jetzt schon um die besten Plätze. In der Nähe standen die Zelte mit den Preisen für die besten Schützen und die Sieger bei den Wettbewerben der Bürger. Goldene und silberne Pokale, Schmuckstücke und kostbare seidige Tuche und Kleider schimmerten vor dem dunklen Hintergrund der Zeltwand wie Edelsteine im Berg.

Auch waren, wie auf solchen Festen üblich, Glückstöpfe mit kleinen Zetteln vor dem Rathaus aufgestellt worden. Wer für ein paar Pfennige ein Los erworben und den rechten Griff getan hatte, erhielt einen der hübsch verzierten Becher, einen hochwertigen Stoff oder sorgsam gearbeiteten Gürtel. Und alles vom großzügigen Rehlinger gestiftet. Sogar eine gute Büchse war darunter, die eine rechtschaffene Korbflechterin vom Schwallech gewonnen hatte, eine Witwe mit fünf Kindern am Rock und flammender Schamröte im Gesicht, weil das Gelächter und der Spott der Menge um sie anhielten, bis einer der Pickelhäringe herangeeilt kam, um munter seine Pritsche zu schwingen.

Amelinde hatte den unheimlichen Kräuterhändler nicht aus den Augen gelassen. Als er seinen Karren verlassen hatte, war sie ihm gefolgt. Sie hatte gesehen, wie er in einem der Hurenzelte verschwunden war. Ihr Vorhaben war verrückt, aber der Gedanke an diesen Kerl und sein schäbiges Verhalten Elisa gegenüber hatte sie seit dem Geschehen auf dem Markt nicht mehr losgelassen. Möglicherweise entdeckte sie ja etwas in seinen Sachen, das ihr mehr über diesen zwielichtigen Menschen verriet. Eilig lief sie zum Wagen zurück. Sie sah sich rasch um. Der junge Bursche, der mit dem Kräuterer herumzog, war nirgends zu entdecken. *Vielleicht schläft er ja auf der Ladefläche,* dachte sie. Vorsichtig hob sie die Plane an und spähte darunter. Sofort schlug ihr der herbe Duft getrockneter Kräuter entgegen. Eine beißende Schärfe wie von Urin war dahinter auszumachen. Sie verzog angewidert das Gesicht. In dem schmalen Lichtstreif, der ins Wageninnere fiel, entdeckte sie niemanden, auch nicht hinter einigen Kisten, die an die Wände gerückt waren. Ihr Herz machte einen Sprung. Der Zeitpunkt schien wirklich günstig zu sein. Ohne weiteres Zögern zog sie sich hinauf und kroch hinein.

Der Karren war dicht beladen mit einigen Kisten, Fässern und Jutesäcken. Dazwischen blieb gerade Platz für zwei Menschen, um sich in der Nacht ausstrecken zu können. Das zeigten auch die schmutzigen, grauen Decken dort. Auf den Truhen lagen leere und prall gefüllte Schläuche, stinkender Käse und faules Brot. Maden krochen darüber. Fliegen ließen sich kurz aufscheuchen, als Amelinde näher kam. Unterm Wagendach indessen hingen sorgsam aufgehängt Büschel unterschiedlichster Kräuter. Sie ging vor der ihr nächsten Truhe in die Knie und hob vorsichtig den Deckel an. Das Licht von draußen reichte kaum, um Genaueres sehen zu können, so tastete sie mit der Hand im Inneren. Sie fühlte Stoff, fuhr darunter und bekam eine kleine Holzschatulle zu fassen, die sie hervorzog. Ihr wurde heiß; sie atmete schneller. Erwartungsvoll öffnete sie das Kästchen. In dem Augenblick, als sie sich ein wenig dem Lichtstrahl zudrehte, um den Inhalt besser sehen zu können, blitzte es darin golden auf. Ihr Mund wurde vor Staunen trocken.

Auf einem samtenen blauen Tuch lag ein kleiner Dolch mit langer, spitzer Klinge. Im Griff schlängelten sich zwei hauchdünne Schlangen um dunkelgrüne Steine. Amelinde starrte fassungslos darauf. Es war eine wunderbare, zweifellos kostbare Waffe, aber wie kam ein ärmlicher Kerl wie der Kräuterer zu solch einem Stück?

Das kann niemals redlich zugegangen sein, durchzuckte es sie. Mit einem Finger fuhr sie beeindruckt über den Dolchgriff und verharrte länger auf einem der funkelnden Steine. Als sie von draußen ein Geräusch hörte, jagte ihr Herzschlag hoch. Flink legte sie die Waffe in die Schatulle zurück und schob sie wieder in ihr altes Versteck. Leise schloss sie die Truhe. Ihr Kleid raschelte, als sie sich aufrichtete. Sie unterdrückte einen Fluch. Ihr Blick fiel auf einen armdicken Holzprügel am Boden, der ihr als Knüppel tauglich schien, und sie griff danach.

Langsam ging sie zum Einstieg zurück, steckte den Fuß unter die Plane und hob sie leicht an, aber der Laut wiederholte sich nicht. Mutig griff sie zu, schob die Wagendecke weiter nach oben und blickte mit vor Aufregung glühendem Gesicht hinaus. Da war nichts. Keiner stand da und wartete mit dem gezückten Messer auf sie oder grinste ihr tückisch entgegen. Unwillkürlich atmete sie auf. Natürlich konnte sie rasch in die anderen Kisten sehen, aber sie hatte das Gefühl, sie sollte ihr Glück nicht ein weiteres Mal versuchen. Entschlossen legte sie den Holzstock an seine Stelle zurück und stieg wieder vom Wagen herunter. Im gleichen Moment spürte sie eine Hand auf ihrer Schulter. Mit Mühe unterdrückte sie einen Schrei. Der Schreck fuhr ihr durch alle Glieder. Als sie den Kopf herumriss, sah sie direkt in Elisas Gesicht.

»Rasch, fort, Krimmels Knecht kommt!«, drängte Elisa und riss Amelinde am Arm mit sich in Richtung der Wertachauen. So schnell sie konnten, liefen sie über die Wiese. Erst, als sie Deckung hinter hohen Büschen fanden, blieb Elisa stehen und gab die Freundin frei. »Bist du von allen guten Geistern verlassen, Amelinde?«

»Dieser abstoßende Kerl ging mir nicht aus dem Kopf, und wie er dich auf dem Markt behandelt hat. Er ist gewiss kein rechtschaffener Mann, das habe ich gesehen. Der ist eine Gefahr für dich, aber du willst mir ja nichts sagen«, verteidigte sich Amelinde mit funkelndem Blick und rieb sich die Stelle, an der die Finger der Freundin sie hart gepackt hatten. »Denk doch, ich möchte wissen, warum dieser Mann so einen Hass auf dich hat und warum er immer noch in der Stadt ist.« Ihre Gesten unterstrichen ihre eindringlichen Worte. »Ist es so schwer zu verstehen, dass ich Angst um dich habe, Elisa?«

Aller Zorn in Elisa war verflogen. »Und ich hatte schreckliche Angst um dich, Amelinde. Ich sah dich in den Karren steigen, und der Bursche des Kräuterers tauchte schon zwischen den Zelten auf.«

»Was ist der Kräuterhändler für ein Kerl?« Amelindes Lippen zitterten, so aufgeregt war sie noch. »Warum hast du Angst vor ihm?«

Alles in Elisa drängte danach, ihrer Freundin von Krimmel zu erzählen und ihr die Wahrheit über ihre schmachvolle Herkunft zu sagen, ohne Scham und Scheu, und sich von der Seele zu reden, was sie seit Beginn ihrer Freundschaft belastete. Aber wenn sie es tat, brachte sie Amelinde in höchste Gewissensnöte. Dass Matthias und sie miteinander lebten, war nicht nur schändlich, sondern vor allem ein großes Unrecht. Wenn sie auch nur ein Wort darüber verlor, zwang sie Amelinde unweigerlich dazu, entweder zu schweigen oder es dem Rat anzuzeigen. Beides würde der Freundin arge Gewissensbisse bereiten, und Elisa selbst mitsamt ihrer Familie würde in höchste Gefahr geraten. Das durfte nicht sein … und doch konnte sie nicht anders. Viel zu lange hatte sie ihre Freundin belogen.

Elisa ergriff Amelindes Hände. Sie sah sie fest an. »Der Kräuterhändler heißt Krimmel, er ist ein Mörder und ein Beutelschneider. Einer, der in Tübingen sein Unwesen getrieben hat.« Röte schoss ihr ins Gesicht. »Er überfiel mich und wollte mir Gewalt antun.« Amelindes Augen wurden immer größer. »Der Henker hat lange versucht, ihn zu fangen und an den

Galgen zu bringen, aber dieses Monstrum ist mit dem Teufel im Bund und konnte immer wieder entwischen.«

»Mein Gott …«, stieß Amelinde entsetzt aus. »Ein Mörder, der dich beinahe …« Sie stockte und schüttelte den Kopf. »Hat der Vogt nicht gleich die Büttel nach ihm ausgeschickt?«

Elisa presste kurz die Lippen aufeinander. »Ich war nicht beim Vogt«, sagte sie leise. »Der hätte wegen mir keinen Knecht ausschwärmen lassen.«

Amelinde starrte sie ungläubig an. »Wieso?«

Elisas Blick wurde beinahe herausfordernd. »Ich bin nur eine einfache Frau, Amelinde, eine Ehrlose. Oder warum meinst du, dass der Matthias von seinem Vater enterbt und aus dem Haus geworfen wurde?« In ihren Augen lag unendliche Traurigkeit.

»Ehrlos?« Amelinde war wie vor den Kopf gestoßen.

»Auf einer Stufe mit Lumpensammlern und Kesselflickern. Ein Weibsbild, das ein anderer Mann als Matthias in seinem Stand niemals angeschaut hätte. Wenn sich die Leute wundern, dass ich als Bürgersfrau zu den Eingekerkerten oder zu den Armen gehe, dann weißt du jetzt, warum es mir nicht schwerfällt.« Ihr Herz hämmerte, so nahe war sie der Wahrheit gekommen. Was sie preisgegeben hatte, war allerdings nicht das Verwerflichste gewesen.

Fassungslos starrte Amelinde die Freundin an, die ihre Hände losgelassen hatte. *Elisa steht außerhalb der Gesellschaft!* Sie konnte es nicht glauben. Der Ernst in Elisas Gesicht verriet ihr allerdings die bittere, schmähliche Wahrheit. »Und niemand hier weiß, wer du wirklich bist?«

»*Du* weißt es jetzt, Amelinde. Du und dieser Halsabschneider Krimmel.« Ihr Blick wurde dunkler und ging an Amelinde vorbei. »Matthias und ich sind von Tübingen fortgegangen, weil wir nicht voneinander lassen konnten. Wenn die Leute hier es wüssten, würden sie uns dafür verdammen.« Sie stieß einen tiefen Seufzer aus. »Aber es geht nicht, Amelinde. Und wenn wir mit Schimpf und Schande aus der Stadt getrieben werden oder der Rat uns in den Kerker werfen lässt, die Liebe lässt uns nicht aus. Niemals!« Sie zögerte, sah Amelinde flehend an. »Wenn du nicht mehr meine Freundin sein willst, kann ich dich verstehen. Bevor der Makel der Unehrlichkeit auch an dir haftet«, stieß sie bitter aus. »Aber ich bitte dich, liefere uns nicht dem Rat aus. Nicht um meinetwillen, aber Matthias und unser Kind … sie können doch nichts für das, was ich bin.« Tränen liefen ihr über das Gesicht. Sie wischte sie rasch mit dem Handrücken fort. »Du musst nicht lange darüber schweigen, Amelinde. Wir werden die Stadt schon bald verlassen, weil wir hier nicht mehr sicher sind.« Sie hob die Hände, aber dann ließ sie sie sinken, als hätte sie keine Kraft mehr. »Verzeih mir, Amelinde. Es tut mir so leid, dass ich dich getäuscht habe.« Sie drehte sich um und ging auf dem schmalen Pfad zum Fluss.

Amelinde stand wie erstarrt. Erstarrt unter ihrem Wissen und gleichzeitig unter dieser Bürde, es entweder für sich zu behalten oder weiterzutragen. Sie hob beide Hände und verbarg ihr Gesicht darin, als müsste sie endlich wieder zu sich kommen. Marie tauchte in ihren Gedanken auf, was sie als Kinder und junge Frauen zusammen erlebt hatten und wie sie auseinandergehen mussten. Die sanfte und doch so starke Marie hatte es nicht geschafft, ihr die Wahrheit zu sagen, obwohl ihr sicher beinahe das Herz darüber zerbrochen war. Und Elisa, die von den Bettlern als Engel verehrt wurde, war ihre Freundin geworden und hatte ihr aus Scham und Sorge um Mann und Kind verschwiegen, wer sie wirklich war. Amelindes Herz schlug schneller, schien verstehen zu wollen. Aber dann erfüllten sie jäh andere, dunklere Empfindungen.

Wenn es traurige und geheimnisvolle Geschichten von Frauen waren, die sie nicht kannte und die man ihr erzählte, hätte es ihr Mitleid oder ihre Bewunderung geweckt, ihr Herz hätte um Verständnis für das Handeln der unehrlichen Frauen gerungen. Aber sie war Amelinde, und es waren ihre Freundinnen! Und beide hatten *sie* belogen. Zornige, gemeine Gedanken blitzten auf. Aber nur einen Augenblick später verschwanden sie wieder, und schreckliche Scham überfiel sie. Weiß Gott, was würde das auch für einen Aufruhr in der Stadt geben, wenn bekannt würde, dass Konrad Rehlingers Hauptkassierer sich mit einer Frau aus dem unreinen Stand vermählt hatte. Die bloße Vorstellung über die ausbrechende Häme und Wut entsetzte sie. Und Rehlingers Vergeltung! Eine Faust grub sich ihr in den Leib.

Sie liebte Elisa längst wie eine Schwester. Wie eine der vertrauten, heiteren, zauberhaften Schwestern, die sie gehabt hatte, die mit ihr gelacht und manchmal geweint und so manches Geheimnis mit ihr geteilt hatten und die der Tod nacheinander geholt hatte. Diese Empfindung war wahrlich stärker als alle Vernunft, stärker als alles, was das Wissen über Elisas elende Herkunft von ihr als aufrechte Bürgersfrau verlangte. Nein, sie würde Elisa nicht verraten. Sie würde schweigen! Wie unter Schmerzen stöhnte sie plötzlich auf, als ihr bewusst wurde, dass sich Elisa durch ihr Geständnis ihr ausgeliefert hatte und damit auch Matthias und den kleinen Jungen. Und sie hatte es anscheinend nur aus einem einzigen Grund getan: weil sie ihr ganz und gar vertraute! Amelindes Augen brannten, als sie den Pfad nach Elisa absuchten. Aber die Freundin war längst aus ihrem Blickfeld verschwunden. Sie zögerte nicht länger und lief los. Lief hinunter zum Fluss.

Amelinde und Elisa hatten es wie durch ein Wunder geschafft, beim Steinstoßen der Schützen ganz vorne in den Reihen der Zuschauer zu stehen. Und nicht nur einmal hatten sie sich an den Händen gefasst und so fest gedrückt, dass es das Blut aus den Fingern getrieben hatte. Agnes war kurz darauf mit Johannes gekommen. Als der kleine Junge seinen Vater inmitten der wartenden Teilnehmerschar entdeckt hatte, hatte er begeistert gekräht und immer wieder die Hand nach ihm ausgestreckt. Im ersten Durchgang des beidhändigen Steinstoßens aus dem Stand blieb Matthias mit den anderen Wettkämpfern weit hinter Eckehard und Veit Wilbrecht und einem Landsberger Steinmetz, die die ersten Plätze unter sich ausgemacht hatten. Im zweiten gelang ihm eine deutlich bessere Weite. Er stieß den Stein nahe an die Stelle, an der sich der Wurf des Landsbergers in die Erde gegraben hatte. Konrad Rehlinger schaffte es immerhin, den gut hundert Pfund schweren Steinbrocken auf Brusthöhe zu heben, aber ihm brach augenblicklich der Schweiß aus, und er stieß ihn mit einem wilden Schrei von sich.

Bevor Veit Wilbrecht seinen zweiten Stoß tat, riss er sich sein Hemd herunter und machte den Schaulustigen deutlich, wie urwüchsige Kraft aussah. Brust und Rücken schienen aus reiner Muskelmasse zu bestehen. Bei der geringsten Bewegung lebte es unter der Haut auf, als rollten Steine darunter umher. Ein weiteres Mal stemmte er den gewaltigen Brocken mit einer Leichtigkeit, als hätte er keinerlei Gewicht für ihn, und hielt ihn eine Zeit lang über dem Kopf. Dann schleuderte er ihn mit einem harten Aufschrei von sich. Das Geschoss grub sich unter dem Jubel der Leute einen guten Schritt hinter dem Fähnchen des Landsbergers dumpf in die Erde. Wilbrecht riss mit einem siegessicheren Schrei eine Faust nach oben. Als er sich unter den Gaffern gleich hinter der Absperrung umsah, entdeckte er Amelinde. Sein funkelnder Blick blieb an ihr haften. Dann verzog sich sein Mund zu einem überlegenen Lächeln.

Amelinde hatte nur Augen für Eckehard. Der ließ sich Zeit, seinen Platz einzunehmen. Als er es tat, ging ein respektvolles Raunen durch die Leute. Schließlich war er ein riesiger Kerl und hatte einen hervorragenden ersten Stoß getan. Und nun war er der Letzte, der im entscheidenden Durchgang antrat. Geraume Zeit stand er mit starrem Blick unter halb geschlossenen Augen da, als hätte er vergessen, wo er war. Langsam begann sich Unruhe unter den Zuschauern breitzumachen, und einer, der seine Ungeduld nicht mehr zügeln konnte, feuerte den Gießer mit barschen Worten an. Flink eilte einer der Pickelhäringe heran und versetzte dem Schreihals mit dem Holzschwert einen derben Hieb auf den Rücken. Und schnellstens kehrte wieder Ruhe ein.

Eckehard atmete einige Male tief durch. Das Spiel seiner Muskeln auf dem zwischen dem offenen Hemd nackten Oberkörper mit den glitzernden Schweißperlen darauf war ein eigenes, das bei den Frauen in der ersten Reihe für einen beschleunigten Puls sorgte. Die gafften beileibe nicht in sein halb zerstörtes Gesicht, sondern fasziniert auf den mächtigen Brustkorb. Eckehard hob den Stein ein weiteres Mal schier mühelos an und wuchtete ihn mit einem grimmigen Lächeln über den Kopf. An der Stelle, an der sich der bisher weiteste Wurf im zweiten Durchgang in die Erde gegraben hatte, flatterte das gesteckte Fähnchen munter im Wind. Eckehards Blicke hingen wie gebannt daran. Schließlich lehnte er sich noch weiter als Veit oder der Steinmetz nach hinten und schleuderte den Brocken mit einem lauten Schrei von sich.

Der kantige Stein kam deutlich hinter Veit Wilbrechts Fähnchen auf, und die Menschen schrien wie aus einem einzigen Mund jubelnd auf und warfen die Arme hoch. Selbst Trutz Flexel gestattete sich eine respektvolle Verbeugung vor diesem unglaublichen Stoß. Nach einem sorgsamen Ausmessen verkündete der Pritschenmeister die erzielte Weite mit sechs und einem halben Schritt. Wieder erhob sich Jubel in den Reihen der Zuschauer, von denen keiner jemals einen solchen Wurf gesehen hatte. Über Eckehards Gesicht flammte Stolz. Seine Augen wanderten zu Amelinde, die neben Elisa Eggenberger in der ersten Reihe stand und ihn anstrahlte. Ihre Lippen formten einige Wörter, die er zu verstehen glaubte, und sein glückliches Lachen wurde beinahe scheu.

Hochrufe und Beifall brandeten erneut auf, als Eckehard auf der Tribüne durch einen Augsburger Ratsherrn den Siegerpreis überreicht bekam. Ausgerechnet der kleine, schmalbrüstige Ratsherr Helmroth hatte sich ausbedungen, den Siegerpreis im Steinstoßen übergeben zu dürfen. Jetzt blitzte es vergnügt in seinen Äuglein, als er zu Eckehard aufsah und seine Huldigungen kein Ende nehmen wollten. Neidvoll musterte er den Gießergesellen von Kopf bis Fuß und ließ es sich nicht nehmen, eine Hand auf dessen muskulösen Arm zu legen. »Bei meiner Seel' … du bist ein wahrer Herkules, Eckehard. Als ich so jung war wie du, verfügte ich auch über solche Kräfte.« Er seufzte, und sein Blick verlor sich kurzzeitig in die Ferne seiner Jugend. »Ach … das ist lange her.«

Endlich aber ließ er von seiner Rührseligkeit und winkte einem bereitstehenden Diener, der ihm auf einem Kissen ein winziges, fein gearbeitetes Holzkästchen hinhielt. Er griff danach, öffnete es und streckte das funkelnde Kleinod darin für die Schaulustigen kurz in die Höhe, ehe er es Eckehard reichte. »Hier, werter Gießergeselle, dein Siegespreis. Ein goldener Ring, ganz für eine zarte Hand gemacht.« Er kicherte und bedeutete dem Hünen, ihm sein Ohr zu leihen. Eckehard, der Mühe hatte, sich seine Belustigung über den drolligen Greis nicht anmerken zu lassen, beugte sich zu ihm hinab. Helmroth legte ihm erneut die Hand auf den Arm. »Hör, Geselle, wenn du ihn zu Geld machen willst, der ist gut seine fünf Gulden wert«, zischte er verschwörerisch.

In der Tat würde er sicher einige Gulden für den Ring erzielen können, was ein kleines Vermögen für ihn war, aber er hatte anderes damit vor, dachte Eckehard erregt, während er ihn samt Kästchen unters Hemd schob und dem Wunsch des gebrechlichen Ratsherrn folgte, diesem auf seinen dünnen, wankenden Beinen von der Tribüne zu helfen. Dann bahnte er sich beinahe grob seinen Weg durch die Menge, um zu Amelinde zu kommen, und zog sie mit sich bis hinter die Schießstätte, wo weniger Volk und Lärmen war als auf dem übrigen Gelände. Amelinde schlang die Arme um seinen Hals und zog ihn zu sich herunter. »Ich gratuliere dir zum Sieg, Eckehard.« Sie küsste ihn rasch und mit glühenden Wangen, weil ein paar Leute herübergafften, und er legte den Arm um ihre Mitte und drückte sie noch näher an sich.

»Weißt«, sagte er leise, »ich habe an dich gedacht, als ich den Stein stemmte, und dass ich für uns beide gewinnen muss.« Seine Finger glitten versonnen durch ihr offenes, dunkles Haar, auf dem ein goldener Schimmer lag. Dann küsste er sie, deutlich weniger rasch und verschämt, wie sie es zuvor getan hatte. Ihre Lippen waren zart und heiß, und er spürte, wie Hitze auch von ihrem Körper aufstieg. Sie erregte ihn derart, dass es ihm schwerfiel, sich von ihr zu lösen. Er gab sie nur mit einem widerwilligen Knurren frei. »Du bringst mich um den Verstand, Liebste.« Mit einer Hand fuhr er unter sein Hemd und zog das Kästchen hervor. Er öffnete es und legte ihr den Ring in die Hand. »Der gehört dir. Der funkelt beinahe so herrlich wie deine Augen.«

Amelinde starrte ihn fassungslos an. »Er ist wunderschön, aber …« Sie schüttelte den Kopf und wollte ihn Eckehard zurückgeben. »Wenn du ihn zu Geld machst, hast du schon einen schönen Batzen für die Meisterprüfung zusammen.«

»Ich werde das Geld schon zusammenkriegen, Liebste. Vielleicht habe ich ja noch ein wenig Glück auf dem Schießfest«, erklärte er grinsend, nahm entschlossen den Ring und steckte ihn Amelinde an den Finger.

Sie hob ein wenig die Hand. Das Sonnenlicht entfachte in dem Stein augenblicklich ein grünes Feuer. »Er ist wundervoll, Eckehard«, sagte sie und schmiegte sich glücklich an ihn.

Trutz Flexel rief mit dröhnender Stimme zum Nachschießen der Armbrustschützen auf, und beinahe jeglicher Lärm verstummte schlagartig. In einer einzigen gewaltigen Bewegung wogte die Menschenmenge auf der Rosenau herum und strebte wie ein breiter, immer länger werdender Wurm hin zur Schießstätte, an der sich die nach dem Hauptschießen und Stechen verbliebenen Schützen sammelten. Für die Augsburger Schießgesellen unter ihrem Schützenmeister Hans Buchner wurde auf dem Weg dorthin eine Gasse aus jubelnden Menschen gebildet. Wie beim Auftakt schwenkten sie ihre Fahnen mit dem Wappen ihrer Gilde und dem heiligen Sebastian als ihrem Schutzheiligen. Die Männer hatten die schweren Armbrüste geschultert, mit denen die Besten unter ihnen in der

Minute zwei Eisenbolzen abzuschießen vermochten und das Ziel über eine Strecke von dreihundert Fuß sicher trafen.

Am Ende der Schießstätte, einer langen Bahn hinter Schranken, erhob sich der Schießstand mit Dächlein, Spitztürmchen und Wimpeln. Davor hatten Helfer eine hölzerne Scheibe von eineinhalb Ellen Länge und Breite aufgestellt, die in den Wappenfarben der Rehlinger in Blau und Silber und einer strahlend gelben Mitte für die goldene Rose bemalt war. Ein Schütze nach dem anderen begab sich getreu seiner Auslosung in den Schützenstand, nahm dort seinen Platz ein und verhielt sich nach strenger Vorschrift schweigsam, bis er an der Reihe war. Jeder hatte zehn Schuss und musste stehend und freihändig schießen.

Einer der Landsberger Schießgesellen eröffnete das Stachelschießen, ein Schmied, wie es hieß. Zwar von geringer Größe, war er ein Mann, an dem alles gewaltig war. Brustkorb, Arme und Beine, sogar die Gesichtsmuskeln. Zähne hatte er wie ein Ackergaul, stark und gelblich, und er schenkte allen, die sein Antlitz sehen konnten, ein breites, siegessicheres Grinsen. In seinen mächtigen Händen verlor die furchtbare Waffe beinahe an beeindruckendem Schrecken. Als der Bolzen davonschoss und sich in die ferne Scheibe bohrte, brandete unter den dortigen Zuschauern Jubel auf, weil er gleich mit seinem ersten Schuss die gelbe Mitte getroffen hatte und mit einem seiner letzten auch den Zweck. So ging es Schuss um Schuss, und die Schützen wechselten. Die Leute klatschten Beifall, wenn ein Treffer erzielt war, aber war er eine Bolzenbreite an der Scheibe vorbeigegangen, erhielten die glücklosen Schießgesellen von den Pickelhäringen eine Züchtigung mit der Pritsche, wobei noch zu allem Überfluss Hohn und Gelächter aus den Reihen der Schaulustigen auf sie niedergingen.

Als Veit Wilbrecht an der Reihe war, wurde es auf der Rosenau schlagartig still, weil mit dem Gießergesellen wieder einer der Augsburger antrat. Von den Wertachauen konnte man sogar das Gezwitscher der Vögel hören. Wilbrecht spannte die Armbrust wie nur wenige Männer vor ihm ohne sichtlichen Kraftaufwand. Von seinen zehn Schüssen trafen vier die Mitte, allerdings nicht den Zweck, wie es zwei Landsbergern vor ihm gelungen war. Es war deutlich, dass er mehr erwartet hatte. Mit kaum unterdrückter Wut wuchtete er sich die Armbrust wieder auf die Schulter und ging vom Platz. Schließlich trat Matthias aus dem Stand und nahm gelassen die frei gewordene Stelle ein. Er war keiner der muskelbepackten Kerle vor ihm. So legte sich rasch Schweiß auf seine Stirn, als er den Spannhebel zurückschlug und den Bolzen an die Sehne legte. Dann bettete er sorgsam seine Wange an den Wangenschaft und zielte.

Die gelbe Rose der Rehlinger leuchtete ihm von der Scheibe entgegen. Der dunkle Nagel darin erschien ihm wie eine still sitzende Fliege. *Wahrscheinlich putzt sie sich,* dachte Matthias scherzhaft. Der sanfte Wind strich ihm wohltuend über das glühende Gesicht. Einen Lidschlag später ließ er den metallenen Stachel von der Armbrust jagen. Vorne an der Zielstatt glaubten einige der Zuschauer, gesehen zu haben, dass er genau den Zweck getroffen hatte. Als Flexel dann den großartigen Treffer bestätigte, jubelten die Stadtbewohner, als hätte einer von ihnen das Wettschießen bereits für sich entschieden. Immerhin war er der Erste der Augsburger Teilnehmer, der den Nagel auf den Kopf getroffen hatte. Während seiner weiteren Schüsse verlor Matthias nie die Ruhe und Sorgfalt. Aber bei den letzten Stacheln verließ ihn das Glück, und sie bohrten sich nur ins hölzerne Blau.

Wie ein einziger dumpfer Laut ging ein enttäuschtes Raunen durch die Menge, weil man sich viel von dem Hauptkassierer des Gastgebers erhofft hatte. Schließlich wusste jeder in der Stadt, was für ein hervorragender Armbrustschütze Konrad Rehlinger war. Und ein Stechen gerade zwischen diesen beiden Männern wäre höchst spannend gewesen. Nach dem letzten Schuss nahm Matthias die Armbrust unter einem tiefen Atemzug herunter. Er war enttäuscht, ein Sieg war wohl vertan, aber dennoch gestattete er sich ein leichtes Lächeln. Wie er Rehlinger kannte, der mit lodernden Blicken im Stand saß und den es kaum auf seinem Platz hielt, weil Geduld nicht seine Stärke war, hatte er dem mit seinem ersten trefflichen Schuss das Blut zum Kochen gebracht.

Erst aber durften noch zwei Landsberger und Eckehard ihr Glück versuchen. Alle drei platzierten die meisten ihrer Stachel im großflächigen Blau, nur Eckehard gelang es, zwei der Bolzen in die gelbe Mitte zu treiben, ohne dabei aber den Zweck zu treffen. Auch er hatte sich mehr erwartet und ging mit unzufriedener Miene vom Platz. Schließlich war der Gastgeber des Schießfestes selbst, Konrad Rehlinger, an der Reihe. Es stellte sich heraus, dass er seinem Ruf als Meisterschütze an der Armbrust alle Ehre machte. Sorgsam visierte er das Ziel an, hielt die schwere Waffe mit erstaunlich ruhigen Händen und feuerte schließlich den Bolzen ab. So ging es gleichmäßig Schuss auf Schuss, und mit jedem Treffer schwoll das Raunen in der Menge an.

Flexel verfolgte scharfäugig wie ein Raubvogel das Tun des Zielers, der mit dem Zirkel den genau in der Scheibenmitte sitzenden Zweck vermaß und die Abstände zu den einzelnen Stacheln. Diese waren von den Schützen kenntlich gemacht worden und wurden jetzt einer nach dem anderen aus der

Scheibe gezogen, während emsige Schreiber den jeweiligen Rang festhielten. So gab es viele, die ihre Bolzen nahe am Zweck ins Holz getrieben hatten, aber nur eine Handvoll Schützen, die ihn auch getroffen hatten. Und es gab in der Tat nur einen, der den Nagel gar drei Mal auf den Kopf getroffen hatte. Als der Pritschenmeister Rehlingers Namen mit huldvoller Geste, aber donnernder Stimme in die Menge rief, brach der Jubel los, auf den Tribünen der Herrschaft ebenso wie unter dem zahlreich versammelten Volk. Während der äußerst zufriedene Patrizier in diesem Lärmen eine knappe Verbeugung machte, hatte sich Sybille Rehlinger auf der Tribüne erhoben und spendete ihrem Gemahl Beifall. Zwar tat sie es beherrscht und mit einem verhaltenen Lächeln, aber in ihren hellblauen Augen glühte der Stolz.

Schließlich wurden die Bolzen der besten Schützen auf einem Kissen zum Schießhaus getragen, wo der Ehrenausschuss und eine Delegation der Augsburger Ratsherren sie in Empfang nahm. Nach Rehlinger hatten sich der Landsberger Schmied und einer seiner Schießgesellen als die Nächstbesten erwiesen und wurden in einer aufwendigen Zeremonie geehrt. Auch hier hatte sich der Patrizier bei den gestifteten Gewinnen nicht lumpen lassen. Wertvolle Preise wechselten ihren Besitzer. Die Trophäe des Siegers jedoch, einen prachtvollen Fuchs aus dem guten Stall des Knöpflin, behielt er ohne jegliche Scheu und mit einem beinahe wölfischen Lächeln selbst.

Bei manchen der Herren im Ehrenausschuss ließ er den Verdacht aufkommen, hier ein gewagtes Spiel betrieben zu haben. Eines, bei dem er sich als herausragender Armbrustschütze beinahe hatte sicher sein können, als Sieger vom Platz zu gehen und das edle Tier selbst zu erringen. Wenn, dann war es bei allem meisterlichen Können dennoch kühn gewesen.

Aber Konrad Rehlinger war ein Spieler. Oft genug mit seinen Geschicken und bei manchen Geschäften, allerdings reizte er sie nicht bis zum vernichtenden Leichtsinn aus. Dazu war er doch wieder durch und durch ein auf Erfolg und Gewinn bedachter Handelsherr.

*

Am Abend entflammten erneut die Feuer auf der Rosenau, und Schweine wurden an Spießen gebraten, Bier und Wein flossen in Strömen, und die Fackeln an den Hurenzelten brannten die ganze Nacht. Die Musikanten spielten auf. Zu ihren munteren Klängen tanzte das Volk. Und in der Stadt, am Weinmarkt im festlich geschmückten Tanzhaus bei erlesenen Speisen und Weinen, schwelgte die Oberschicht.

Am vorletzten Tag des Schießfestes, dem Tag, an dem das Büchsenschießen und für den Abend das Vogelschießen angesetzt waren, war der Morgen nach einem nächtlichen Regenguss kühl, und die feuchte Erde dampfte in der warmen Sonne. Kalter Rauch von den erloschenen Feuern hing in der Luft. Die schläfrigen Teilnehmer bemühten sich, auf die Beine zu kommen. Immerhin jene, bei denen am Vorabend Bier und Wein nicht im Übermaß geflossen waren. Die anderen schafften es kaum, die schweren Schädel von den Decken zu heben und ins warme Sonnenlicht zu blinzeln. Es hielt den Tag nicht davon ab zu erwachen. Bald regte sich immer mehr Leben in den Zelten, und es begann ein eiliges Austreten in die Wertachauen.

Mit dem einsetzenden Glockenläuten zogen immer mehr Menschen aus der Stadt, und wie an den Tagen zuvor wogte ein Meer von bunten Gewändern über der Rosenau. Noch auffallender gekleidet im rot-silbernen Wams und Hosen in den gleichen Farben war der Pritschenmeister. Ein Barett in leuchtendem Rot mit weißer Feder zierte sein graues Haupt. Würdevoll erklomm er die Tribüne und ließ seine scharfen Blicke ringsum schweifen. Von den unzähligen Stimmen lag ein Rauschen in der Luft, bis er die Hand hob.

Lärmen und Geschrei brachen ab, selbst das Raunen verstummte. Flexel begann das Schauspiel. Er deutete auf die entfernte Zielscheibe und erklärte in dramatischen Worten die Regeln, und dass er mit der Pritsche für Ordnung sorgen würde, sollten diese gebrochen werden. Er fasste manche Empfehlung und manche Mahnung in Versform. Prahlerisch erklärte er, über welch eindrucksvolle Entfernung von sechshundert Fuß die Schützen den Zweck treffen sollten, und genau diesen oder immerhin die Scheibe, und wenn keines von beiden, dann nicht den Zieler in der Nähe oder gar ihn selbst, wenn er sich auf den Weg dorthin machte.

Die Leute johlten, klatschten und folgten gebannt Flexels theatralischen Worten und Gesten. Schließlich deutete er mit weit ausholendem Arm und der Pritsche in der Hand auf die nach dem Hauptschießen übrig gebliebenen besten Schützen, die sich nun im Nachschießen messen sollten. Ein fiebriges Raunen ging durch die Reihen der Zuschauer. Die Spannung war greifbar. Mancher in der Schar der zum Wettkampf Angetretenen streckte sich und reckte den Hals und genoss das respektvolle Staunen der Leute. Vor allem das Funkeln der Frauen, weil sich manche Schöne darunter die Augen nach ihm ausguckte.

Hans Buchner, der Augsburger Schützenmeister, stand vor seinen Schießgesellen und betrachtete einen nach dem anderen mit einer Miene, als wollte er sie verschlingen. »Ich brat euch auf dem offenen Feuer, wenn ihr mir heute wieder Schande macht!«, drohte er grollend. »Einer von euch holt einen Sieg, oder ihr werdet nicht mehr froh mit mir!«

Er selbst würde nicht derjenige sein, dachte Eckehard. Schließlich befiel den Schützenmeister in letzter Zeit immer öfter ein leichtes Zittern, das es ihm für Augenblicke unmöglich machte, eine Büchse ruhig zu halten, geschweige denn zu zielen oder zu treffen. Eckehard, der als einer der wenigen Buchners hartem Blick nicht ausgewichen war, nahm mit den anderen seinen Platz im Schützenstand ein. Die Büchse vor sich, fuhr er mit einer beinahe zärtlichen Geste über das Metall. Wenn er einen guten Tag hatte, konnte er tatsächlich einer der erfolgreichsten Schützen werden. An der *Schnellen,* wie er seinen Vorderlader nannte, lag es nicht. Die war eine gute Waffe, wenn es darauf ankam. Die hatte er nämlich mit höchster Sorgfalt selbst geschmiedet, weil sie ihn durch sein Leben begleiten sollte.

Die Scheibe mit den Farben der Rehlinger leuchtete in der Sonne, als der erste Schütze antrat. Schuss auf Schuss ließ das Holz zersplittern und jagte Löcher in den äußeren blauen Kreis oder fraß sich in das Gelb in der Mitte. Endlich aber, ganz so, wie es Hans Buchner durch drohende Rede erzwungen hatte, bewährte sich einer seiner Schießgesellen. Es war ein Plattner aus dem Lechviertel, der die meisten Treffer in die Goldene Rose jagte und einen ganz nah am Nagel. Zwar wurde er nicht Sieger, belegte aber den vorzüglichen zweiten Platz. Den dritten ergatterte Konrad Rehlinger und versetzte ein weiteres Mal die Gäste, aber auch die Augsburger in Staunen über eine derart anhaltende Treffsicherheit und derart scharfe Augen in seinem Alter. Sieger allerdings wurde ein blutjunger Landsberger Schießgeselle, der als Einziger den Zweck getroffen hatte und dem die begeisterte Menge zujubelte, als wäre er einer von ihnen.

Der Pritschenmeister wusste wie schon beim Armbrustschießen den Wettkampf launig auszuschmücken. Aus dem Stand schmiedete er lobende Verse auf den Landsberger Meisterschützen und pries ihn den anwesenden Jungfern als ein gar schussfreudiges und treffsicheres Mannsbild an, auf den es zu schauen galt. Als dem Schießgesellen zur Genüge die Schamesröte ins Gesicht gekrochen war, wendete sich Flexel anderen zu und überzog lautstark jene der Schützen mit scharfem Spott, die überwiegend Fehlschüsse getan hatten.

Mittlerweile war es Nachmittag, und unter der heißen Sonne und den Feuern hatte sich eine bleierne Trägheit bei den zahlreichen Schaulustigen ausgebreitet. Auch unter den Schützen an ihren langen Tischen mit dem üppig gestifteten Essen, mit Bier und mit Wein gab es manchen, der von allem reichlich genossen hatte und nun wegen der sengenden Sonne mit einem roten Schädel dasaß. Während die meisten von ihnen eher maulfaul geworden waren, führte Wilbrecht ein großes Wort und begann, über jene zu spotten, die angesichts des letzten Wettschießens nur wenig aßen und lediglich Wasser tranken.

Einige der Geschmähten warfen ihm nur böse Blicke zu, einer aber gebot ihm knurrend, das Maul zu halten. Wilbrecht sprang wütend von der Bank auf und drosch den Krug auf die Tischplatte. »Was soll ich halten, du Lump?!«

Der andere, ein einfacher Mann aus der Weberzunft, der den Gießergesellen als unbeherrscht kannte, murrte kleinlaut und senkte den Kopf. Es schien Wilbrecht immerhin in der Weise zu besänftigen, dass er ihn nicht sogleich über dem Tisch packte. Er stand noch immer, hatte die Hände auf den Tisch gestemmt und sah sich mit lodernden Augen um. »Ich bleib dabei! Wer hier nur Wasser säuft, ist kein Mann. Der kann sich gleich zu den Schafen und Ziegen an die Tränke hocken.«

Matthias reichte es. An den langen Tischen saßen die Teilnehmer der Wettkämpfe, egal welchen Standes, untereinander, aber Matthias' Platz war gerade an der Tafel, an der der Gießer vom Katzenstadel einen Streit vom Zaun zu brechen drohte. Der große Kerl hatte zu viel und zu rasch getrunken, und bei der anhaltenden Wärme stach ihn jetzt der Hafer. Matthias erhob sich entschlossen. »Haltet endlich Ruhe, Wilbrecht«, fuhr er ihn scharf an. »Nicht jeder will sich bei dieser Hitze mit einer Menge Bier oder Wein berauschen. Wenn Ihr es tun wollt, ist das Eure Sache, aber gesteht den anderen zu, sich für das Vogelschießen einen klaren Kopf bewahren zu wollen!«

Alle Blicke am Tisch richteten sich auf ihn. Achtungsvolle und erstaunte, auch welche, die begierig auf eine Schlägerei zwischen dem hünenhaften Gießergesellen und dem um gut einen Kopf kleineren, normal gewachsenen Patrizier aus waren. Wilbrecht hatte es für Augenblicke die Sprache verschlagen. Auch wenn sein Gehirn unter dem reichlichen Genuss von Bier etwas langsamer als sonst arbeitete, verstand er doch, dass ihm hier am Tisch einer Gegenwehr bot. Der war ein *Herr* und ein Hänfling gegen ihn. Von so einem wollte er sich schon gar nicht das Maul verbieten lassen. Trotz des reichlichen Genusses von Bier und Wein verfügte sein Verstand noch über die Klarheit, dass er sich eine Unverschämtheit gegenüber einem Angehörigen von Stand nicht herausnehmen durfte. Allerdings ließen gerade die berauschenden Getränke seine Hemmschwelle enorm sinken. »Ihr habt mir gar nichts zu sagen. Ihr gehört nicht einmal zu uns Schießgesellen«, knurrte er mit etwas schwerer Zunge.

»Das ändert nichts daran, dass wir beide Teilnehmer dieser Wettkämpfe sind.« Matthias sah den Gesellen durchdringend an. »Wenn Euch das Vogelschießen gleichgültig ist, dann verschwindet und lasst die Leute hier in Ruhe.« Im Gegensatz zu seinen scharfen Worten blieb seine Haltung ruhig, aber er setzte sich auch nicht.

Am Nebentisch war die Auseinandersetzung zwischen den beiden Männern nicht unbemerkt geblieben. Auch das Wortgefecht nicht. Hans Buchner war aufgesprungen und kam rasch herüber. »Veit«, begann er drohend, »jetzt halt das Maul und setz dich, oder du bist beim letzten Schießen nicht mehr dabei!«

Wilbrecht war kurz davor, in die Luft zu gehen, das sah jeder, aber dann presste er so hart die Zähne aufeinander, dass seine Wangenknochen hervortraten. In seinen Augen loderte es. Er gab einen grollenden Laut von sich, aber nach einem weiteren kurzen Blick zum Schützenmeister ließ er sich schließlich schwer auf die Bank fallen. Buchner nickte, aber zufrieden war er nicht. Wilbrecht hatte mehr Bier als andere seiner Schießgesellen getrunken, das war deutlich. Der würde keinen Vogel mehr von der Stange holen, nicht einmal mehr die Stange selbst treffen, erkannte er missmutig. Den Mann, der Wilbrecht in die Schranken gewiesen hatte, bedachte er mit einem knappen, aber interessierten Blick. Der war kein Schießgeselle, sondern einer der Stutzer aus der Gilde. Na ja, der Rehlinger war auch einer der Stutzer, aber ohne dessen Großzügigkeit würde es dieses Fest nicht geben, dachte er, und sein Gesichtsausdruck wurde freundlicher. Er nickte Matthias knapp zu, ehe er sich wieder zu seinem Tisch begab.

Bald schon schlugen wieder die Trommeln und erschallten die Trompeten zum Vogelschießen, das noch mehr galt als das

Büchsenschießen, und viele der Leute drängten sich rücksichtslos nach vorne, um den Wettkampf sehen zu können. In einem fort wurde gestoßen und geflucht und der, der nicht Platz machte, ein Sauhund geheißen, als wäre nicht tags darauf das heilige Pfingstfest. Ein gutes Stück vor dem Schießstand hatten Gehilfen auf einer hohen Stange einen aus Holz geschnitzten, bunt bemalten Vogel angebracht. Mit seinen an Kopf und den Schwingen aufgemalten üppigen Federn sollte er einen Adler darstellen; Spötter wollten eher einen balzenden Auerhahn darin erkennen.

Der erste der Schützen, ein Landsberger, trat aus dem Stand und suchte seinen Platz. Als ihm das Zeichen zum Beginnen gegeben wurde, legte er sorgsam die Waffe an, zielte und hielt noch ein paar Augenblicke inne. Sein Schuss zerriss die anhaltende Stille. In der Tat hatte die Kugel das Holz unter dem Vogel getroffen und zersplittert. Die Augsburger jubelten, aber durch die Reihen der Landsberger ging ein enttäuschtes Raunen. Die nächsten Schützen trafen die Stange oder schossen an ihr und dem hehren Ziel vorbei, was die Spannung weiter steigerte. Veit Wilbrecht schließlich hatte sich recht gut in der Gewalt, obgleich ihm schweres Essen und das Bier sichtlich Unwohlsein bereiteten. Aber er wankte nicht einmal und hielt eine Zeit lang ruhig auf das Ziel, doch auch er verfehlte den Vogel und schoss dafür am Schießstand dahinter einen der Wimpel vom Dächlein.

Unter den vordersten Schaulustigen brach Hohngelächter aus, und einer brüllte, dass der Gießer doch auf den Vogel und nicht auf das Augsburger Fähnchen abfeuern solle, außer er stünde auf Seiten der Landsberger. Wieder brach schallendes Gelächter aus. Wütend riss Wilbrecht die Waffe herunter und ging mit einem bösen Grimm im Gesicht vom Platz. Er stellte sich nicht einmal zu den versammelten Schützen, als würde es ihn nicht mehr interessieren, wer den Adler von der Stange holte.

Ein Landsberger Patrizier schließlich fegte den Kopf des Vogels herunter. Unter seinen Leuten brandete Jubel auf, als hätte er den ganzen Vogel heruntergeholt. Ein kostbarer Preis war dem Schützen sicher, wie auch allen anderen, die einen der Vogelpfänder wie Rumpf, Flügel oder den Schwanz trafen. Ihnen winkten Siegespreise wie ein prächtiges Pferd, ein starker Widder oder silberne Becher und Schalen.

Bis Konrad Rehlinger an der Reihe war, gab es keinen weiteren Schützen, der ein Stück des Vogels oder diesen gar selbst abgeschossen hätte. Der Patrizier traf den Schwanz. Damit hatte er aus dem ehemaligen stolzen Adler eine seltsame Kreatur gemacht, mit Rumpf und klauenartigen Füßen. Aus dem Volk kamen begeisterte, aber auch spottende Rufe, ob man sich der armseligen Kreatur nicht endlich erbarmen könnte und sie zum Fliegen brächte. Der Sieger im Armbrustschießen schien über das Resultat seines Treffers eher belustigt zu sein, denn er deutete unter dem ihm zuteilwerdenden Jubel mit spöttischem Lächeln eine leichte Verbeugung an.

Die Unruhe unter den Tausenden von Zuschauern war wie eine Glut, die sich durch die Reihen fraß. Als Matthias schließlich antrat, schlug ihm das Herz hart in der Brust. Er übereilte nichts, versuchte, seinen Atem zu beruhigen, und legte die Büchse schließlich an. Scharf fasste er sein Ziel ins Auge und schoss. Eine unnatürliche Stille lag über dem weiten Platz, ehe Matthias mit brennenden Augen erfasste, dass er den Vogel zwar getroffen, aber nicht heruntergeschossen hatte. Verdreht hockte der auf der verbliebenen Klaue und neigte sich leicht zur Erde. Die Anspannung brach sich Bahn, die Zuschauer brüllten begeistert auf, auch wenn der Augsburger nicht den Zielschuss getan hatte. Feurige Erregung jagte auch in Matthias hoch. Er hatte es nicht geschafft. Die Enttäuschung nagte in ihm, aber er hatte einen eindeutigen und hervorragenden Treffer erzielt, und ihm wurde gebührender Beifall zuteil.

Hans Buchner musste es in den Eingeweiden brennen wie nach dem Genuss von saurem Wein. Keiner seiner Männer hatte den Vogel heruntergeholt. Es war nur noch Eckehard übrig. Und der musste hoffen, dass ihn die verbliebenen Landsberger Schießgesellen nicht um seinen letzten Schuss brachten. Aber auch die schien das Glück verlassen zu haben, denn dem einen stieß wohl der übermäßig genossene Wein auf und ließ ihn nicht ruhig stehen. Der andere schien zu aufgeregt zu sein, presste immer wieder hart die Lippen zusammen und schoss. Wohin der Treffer auch ging, war nicht festzustellen, aber den Rest des Vogels hatte er nicht erreicht. Die Augsburger atmeten hörbar auf. Hans Buchner seufzte schwer und ballte die Hände zu Fäusten. Und Eckehard biss sich auf die Unterlippe, während er seine *Schnelle* in die mächtigen Arme schloss. Also kam es jetzt auf ihn an, durchfuhr es ihn heiß.

Er ließ sich nicht viel Zeit, fand schnell seinen sicheren Stand. Er stellte sich so entspannt hin, als ginge es nicht darum, Sieger im legendären Königsschießen werden zu können. In der Tat war er innerlich so ruhig geworden, dass er weder die gaffenden Menschen noch einzelne ermunternde Rufe noch das Aufkreischen eines Weibes wahrnahm. In der heißen Luft lag die Anspannung Tausender Menschen. Kleider raschelten, irgendwo scharrten Füße unruhig über die Erde.

Ein leichter Wind kühlte Eckehards erhitztes Gesicht. Der Vorderlader lag ruhig in seinen Händen. Er zielte und schickte ein Stoßgebet zum Himmel. Als sein Schuss die atemlose Stille zerriss, zuckte Amelinde unweigerlich zusammen, obwohl dieses Geräusch nichts war im Vergleich zum höllischen Rumoren in der Geschützgießerei. Geschrei und Jauchzen brandeten auf. Der Vogel stürzte herunter! Eckehard stand wie erstarrt, als hätte er selbst nicht damit gerechnet. Für Augenblicke war er sogar bleich im Gesicht wie ein Toter. Fassungslos nahm er die Büchse herunter. Von den Mitstreitern gab es kein Halten mehr. Sie stürmten auf ihn zu, umringten ihn, gratulierten ihm und schüttelten ihn, als müsste er endlich erwachen.

»Groß wie ein Ochse und hässlich wie ein Kobold, aber mit der Büchse ein Meister«, brüllte ihm einer ins immer noch verdutzte Gesicht.

»Bei allen Heiligen, so einen Schuss macht Euch so schnell keiner nach, Eckehard«, rief ihm ein anderer zu, und er erkannte Matthias Eggenberger.

Er konnte noch nichts sagen, stand immer noch da und nahm die Glückwünsche und das anhaltende Schulterklopfen entgegen. Zwischen den unzähligen Armen und grinsenden Gesichtern hindurch sah er den bunt gewandeten Pritschenmeister auf sich zueilen, heranwirbelndes Rot und Silber, dahinter ein paar der vornehmen Herren des Ehrenausschusses. Er gab es vorerst auf, zu Amelinde an den Schranken durchkommen zu wollen. Die lachte ihm auch später noch entgegen, als die langwierige Zeremonie um ihn und die anderen Schützen der Vogelpfänder endlich beendet war. Festlich war es zugegangen mit Lobeshymnen auf sein Können und seine Nervenstärke. Die edlen Herren hatten ihn gerühmt und ihm ein gefälliges Lächeln geschenkt. Und Trutz Flexel hatte sein Können und seinen trefflichen Schuss in schmückende Worte gekleidet und damit schier kein Ende gefunden.

Als Eckehard dann endlich hindurch war durch die Leute

und unzähligen Arme, die sich nach ihm ausstreckten, sogar welche, die zu begehrlich funkelnden Frauengesichtern gehörten, empfing ihn Amelinde mit glühenden Wangen und einem Lächeln, das nur ihm galt. Sie strahlte ihm entgegen, als käme er als Bräutigam auf sie zu, dachte er kühn. Gleich, was die Leute um sie denken würden, legte Eckehard den Arm um sie und gab ihr einen schamlos heftigen Kuss. Manche um sie johlten, andere klatschten bei dem in manchen Augen sündhaften Spektakel. Unfassliche hundert Gulden hatte er als Sieger eingestrichen. Der Kopf rauschte ihm. Die Geldkatze mit den klingenden Münzen hatte er sich unters Hemd geschoben und spürte sie vor der Brust. *Ein verdammt gutes Gefühl,* dachte er.

Krimmel hockte auf dem Kutschbock seines Karrens. Er hielt einen Humpen Bier auf einem Knie. Mit seinen kleinen, verschlagenen Augen verfolgte er Matthias Eggenberger, der sich mühsam einen Weg durch das lärmende Volk bahnte. Nahe bei einer Gruppe Hirten, die ihre frechen Trink- und Wanderlieder sangen, traf er auf Elisa, zu der er sich vertraulich beugte. Krimmel lachte leise und verächtlich. Ei, wie schön die Henkersdirne immer noch war. Genüsslich leckte sich Krimmel über die rauen Lippen. Er dachte daran, dass er sie eines Nachts beinahe einmal besessen hätte. Aufgelauert hatte er ihr und sie in seinem harten Griff gehabt, aber das geschmeidige Weibsstück hatte entkommen können auf raschen, nackten Füßen, die den Weg durch die Nacht und die Gassen besser gekannt hatten als er. Unvermittelt grunzte er, als er daran dachte und glaubte, noch den Geruch ihrer bloßen rosigen Haut in der Nase zu haben.

Jetzt war die Elisa also die tugendhafte Gemahlin eines angesehenen Handelsdieners, der für den reichen Rehlinger arbeitete. In feinen Stoff gekleidet und mit hübscher weißer Haube, unter der das goldene Haar wie ein leuchtender Schatz verborgen lag. Krimmel gaffte über die Menge hinweg auf den ansehnlichen Eggenberger, der sein junges Weib am Arm nahm und den Weg für sie bahnte. Er versetzte dem hässlichen Burschen, der unter ihm am Karren lehnte, einen derben Fußtritt und befahl ihm, den beiden zu folgen. Mit dem Handrücken wischte er sich den Bierschaum vom Mund. »Mit der Kurzweil wird's für dich nicht vorbei sein, wenn das Schießfest zu Ende ist, Eggenberger.« Er kicherte böse. »Ich verschaff dir einen ganz eigenen Spaß, an dem dich messen kannst.« Mit einem gewaltigen Schluck leerte er den Humpen und stierte eine Zeit lang ins Leere. Als er jäh in schallendes Gelächter ausbrach, wie manch einer, der am Tag schon besoffen war, machten die Leute argwöhnisch einen Bogen um seinen Karren.

Die Nacht schritt voran, die Menschen feierten unter einem samtenen Sternenhimmel. Die Landsberger und die Augsburger Schützen saßen zusammen an den langen Tafeln, die man vor Beginn des Festes für sie aufgestellt und täglich mit reichhaltigen Mahlzeiten eingedeckt hatte. Eckehard setzte sich mitten unter sie. Er verspürte nach wie vor Durst und winkte einer Magd, die herbeieilte und ihm ein weiteres Mal den Bierkrug füllte. Gerade wollte er trinken, als er den aus den Büschen kommenden Eggenberger entdeckte, der an einer anderen Tafel saß. In bester Stimmung schnellte er von der Bank hoch, brüllte den Namen des Hauptkassierers und winkte ihm mit dem Krug zu, als der in seine Richtung sah.

»Ich sehe, Ihr habt noch mächtig Durst«, rief Matthias im Herankommen.

»Die Wettbewerbe haben doch jede Menge Kraft gekostet«, erklärte Eckehard munter und leicht berauscht.

An den schweren Tischen ging es fidel zu, die Männer rückten zusammen und machten Matthias Platz. Als ihm ein Humpen mit Bier gebracht wurde, merkte er erst, wie durstig er war. »Auf Euch, Eckehard, und auf Eure Siege!« Krachend stießen die Krüge zusammen.

»Wir sollten auch auf Euren hervorragenden Platz im Laufen anstoßen.« Eckehard warf ihm einen herausfordernden Blick zu. »Hätte man sowieso nicht vermuten können bei Eurer Tätigkeit für den Rehlinger.«

Matthias funkelte ihn spöttisch an. »Ihr meint also, ein Handelsdiener taugt nicht zu besonderen körperlichen Leistungen?«

Eckehard grinste. »Nichts für ungut, Herr Eggenberger, aber Ihr kommt doch den lieben langen Tag nicht aus Eurer Rechenstube. Dass Ihr dann alle Läufer bis auf einen hinter Euch lasst und ins Ziel jagt, hat mich sehr überrascht.«

Matthias lachte leise und strich sich das frische Bier aus dem Bart. »Na ja, ich war schon immer gern draußen unter freiem Himmel und bin gelaufen. Und natürlich auch mit anderen um die Wette. Bis vor wenigen Jahren war ich oft genug im Freien unterwegs, und das nicht immer auf einem Pferd oder in einem Wagen.«

Eckehard winkte erneut nach der Magd. »Wieso, was habt Ihr denn gemacht?«

»Es ist ja kein Geheimnis in der Stadt, dass ich früher selbst Handel getrieben habe. Und da kommt man natürlich durchs Land und bis ans Meer«, sagte er mit gesenkter Stimme, in die der Ernst zurückgekehrt war.

Das Lärmen und Musizieren der Spielleute ganz in der Nähe

wogte wie ein rauschendes Meer um sie, und sie mussten inzwischen brüllen, um sich verständlich zu machen. »Herrgott«, knurrte Eckehard schließlich missmutig, »man versteht ja sein eigenes Wort nicht mehr. Wollt Ihr mit auf die Seite kommen?«

Bei einem Karren mit Tand für Frauen trieben sich weniger Leute herum. In dessen Rücken war es möglich zu verstehen, was der andere sagte. In der Tat wussten sich die beiden Männer viel zu erzählen und stellten belustigt fest, dass sie die gleichen Städte besucht hatten. Schließlich waren sie beide über Jahre auf sicheren oder gefährlichen Wegen unterwegs gewesen, über die der Handel lief und auf denen ihnen alles vom rechtschaffenen Reisenden bis zum schlitzohrigen Lumpen begegnet war. Matthias spottete über flohverseuchte Betten in den Herbergen, die er mit anderen hatte teilen müssen, während Eckehard aufgrund der fehlenden Münzen vorwiegend im Heuschober genächtigt hatte. Ohne lästige, beißende Untermieter und mit einer großzügigen Schlafstatt für sich alleine.

»Ihr seid halt ein feiner Stutzer, der das einfache Lager nicht gewohnt ist«, frotzelte Eckehard grinsend.

Matthias erwiderte sein Grinsen. »Der feine Stutzer holt beim nächsten Schießfest den Vogel von der Stange. Ihr könnt froh sein, wenn ich Euch die Schwanzfedern lasse.«

»Seid gewiss, ich nehme Euch beim Wort, Herr Eggenberger!«

Sie lachten und prosteten sich zu. Sie übertrumpften sich gegenseitig damit, höchst vergnügliche Begebenheiten aus der Zeit ihrer Reisen zum Besten zu geben. Und stellten aufgekratzt fest, dass sie auch in gewisse Häuser mit sehr hübschen, sehr verruchten Frauen eingekehrt waren, von denen sie ihren Herzensdamen besser nichts erzählten.

Die Stunden verstrichen, auf dem Gelände wurde es aber kaum ruhiger. »Wie habt Ihr Euch des Raubgesindels auf den Wegen erwehrt?«, wollte Eckehard wissen, der mit dem Rücken am Karren lehnte und die Hände hinter den Gürtel geschoben hatte.

»Mit Schwert und Dolch«, entgegnete Matthias, »und ich hatte immer das Glück, mit guten Leuten unterwegs zu sein. Und wenn ich alleine reiste, konnte ich mich der Wegelagerer erwehren, was man durchaus als himmlische Fügung ansehen könnte.« Im Licht naher Fackeln verdunkelten Schatten sein Gesicht, denn so manche Erinnerung verursachte ihm noch heute eine Gänsehaut.

»Bei mir war es vor allem der Knüppel, der mir auf den Wegen gute Dienste leistete. Aber mein verlässlichstes Handwerkszeug war das hier.« Eckehard grinste breit und riss die Faust hoch. »Manchmal genügte es schon, die hier zu zeigen. Und wenn einer gar nicht verstehen wollte, bekam er sie zu spüren.« Er lachte herzhaft.

»Ihr erinnert mich an einen … alten Freund aus meiner Heimat«, verriet Matthias und merkte, wie ihm das Sprechen plötzlich Mühe bereitete. Schließlich erzählte er von dem wackeren Gergel, der dreingehauen hatte, wenn es nötig geworden war. »Ihr … müsst wissen, Eckehard, der hatte beinahe Eure Statur und Eure Kraft, und er ha… handelte nach Eurem Maß, eine … eine Sache unmittelbar anzupacken.« Matthias unterstrich seine Aussage mit entschiedener Geste.

»Unmittelbar?« Ein klein wenig wankte Eckehard und hielt sich mit einer Hand am Karren fest.

»Unmittelbar halt«, wiederholte Matthias. Er wunderte sich, dass der Geselle nicht gleich verstand. »Er hat nicht lange geredet, sondern seinen Gegner gepackt und verdroschen.«

»Ein Kerl also, der für eine offene Sprache war«, schloss Eckehard und stellte gleichsam erstaunt wie bestürzt fest, dass er kein Bier mehr im Humpen hatte. »Wartet kurz, Eggenberger, ich hole uns frisches Bier«, entschied er und ging mit erstaunlich sicheren Schritten davon. Dort allerdings, wo die Mägde emsig ausschenkten, schien unglücklicherweise eine Furche in der Erde zu sein, denn kurz knickte er in den Beinen ein, kam aber nicht zu Fall und richtete sich rasch wieder auf.

»Ich hoffe für Euch, Ihr habt Euch mit Wilbrecht keinen Feind gemacht«, sagte Eckehard, als er mit zwei Humpen zurückkam und einen davon Matthias hinstreckte.

»Weil ich den Unruhestifter zurechtgewiesen habe?«

»Ja.«

»Der brennt wie Zunder, glaubt mir, Eckehard. Der ... der hat ein zerstörendes Feuer in sich.« Matthias trank ausgiebig. Als er den Krug wieder absetzte, holte er erst einmal tief Luft. »Der weiß nicht, wohin mit seinen Kräften und seinem Grimm.«

»Davon rede ich«, stieß Eckehard lauter aus, als er wollte.

»Ach, macht Euch keine Gedanken. Ihr habt es doch gehört, schon mancher wollte mir ... ans Leben und hat es nicht geschafft ...« Matthias hob seinen Krug und prostete Eckehard zu. »Trinkt, Freund, so ... eine Nacht ist selten. Ihr habt überragend gesiegt und seid ein Herkules in der Stadt. Nach diesem Schießfest mehr denn je.« Ob es die gelöste Stimmung war oder die Erinnerung an seinen alten Freund Gergel, dem Eckehard in vielem ähnlich war, jedenfalls drängte es Matthias danach, dem Gießergesellen das Du anzubieten. »Es wäre doch eine Gelegenheit, endlich Du zu sagen.«

Trotz bleierner Müdigkeit verstand Eckehard ganz genau, was der Eggenberger ihm da antrug. Hatte der durch ein paar Bier den Verstand verloren? Schließlich war der ein Patrizier und er ein einfacher Geselle. Ihm brach der Schweiß aus, weil der Alkohol in ihm brodelte und er längst ins Gebüsch hätte verschwinden müssen und die warme Abendluft und die vielen Feuer auf dem Gelände ihm keinerlei Abkühlung verschafften. »Seid Ihr sicher?«, stieß er beinahe schroff hervor.

»Herrgott, seid nicht so zimperlich, Eckehard. Sagt Ja oder lasst es bleiben.« Matthias setzte an und leerte den halb vollen Krug in einem Zug.

Der Eggenberger war einer, der den rechten Mut beisammenhatte und auch das rechte Mundwerk, dachte Eckehard. Und er war ein brauchbarer und ehrlicher Kerl, wie er selten einen von dessen hochmütiger Sorte erlebt hatte. Eine interessante Freundschaft, dachte er mit schwerem Schädel. »Meinetwegen … Ihr … äh … du musst es ja wissen …«, antwortete er mühsam, »aber mit leeren Krügen sollten … sollten wir nicht darauf anstoßen.«

Kapitel 14

Sonntag, der 31. Mai, Anno Domini 1528

Es war Pfingstsonntag, das Fest des Heiligen Geistes. Die Glocken der Stadt ließen die Mauern unter ihren wummernden Klängen schier erbeben. Die Kirchen waren berstend voll, die Leute standen bis auf die Straßen und Gassen, sie beteten und hoben furchtsam den Blick in den strahlend blauen Himmel, als könnten doch noch jeden Augenblick die Flammen des Jüngsten Gerichts auf sie herabstürzen, wie die Wiedertäufer es geweissagt hatten. Aber es zeigte sich kein bedrohlicher Riss im Himmel, kein Grollen erschallte daraus, und kein Dunkel zog aus der Ferne heran, um mit Tod und Verdammnis über die Stadt hereinzubrechen. Die Gottesfürchtigen, die auch nicht an der Lustbarkeit des Schießfestes teilgenommen hatten, sanken vor Dankbarkeit auf die Knie und erkannten in der wärmenden Sonne und ihrem goldenen Gleißen Gottes Geschenk zum hohen Pfingstfest.

Auf dem hochgelegenen Lechfeld über der Rosenau erhob sich ein Meer an bunten Zelten mit wehenden Bannern. Zahlreiche Ritter mit ihrem Gefolge waren während des Schießfestes angereist und rüsteten sich nun für das bevorstehende Turnier. Schon früh am Morgen waren Turnierrufer über den Platz geritten. Sie hatten, wie es üblich war, zur Teilnahme an einer Messe aufgerufen, und so strömten aus bald jedem Zelt die Menschen zu der Zeremonie unter freiem Himmel. Dazu passte nur zu gut der atemberaubende Anblick der Berge am Horizont. Die Gebirgskette war so nahe gerückt, dass man mit bloßem Auge die tiefen Gesteinsrinnen unter den schroffen Gipfeln erkennen konnte. Auf der Spitze des höchsten Berges lag ewiger Schnee, silbern schimmernd wie die Edelsteine einer Krone.

Die Menschen staunten ehrfurchtsvoll, auch wenn die meisten von ihnen diesen grandiosen Anblick von Kindheit an kannten. Ein warmer Wind wehte und ließ bereits ahnen, wie heiß der Tag wieder werden würde. Kinder spielten in der Nähe der Zelte und trieben ihre hölzernen Steckenpferde an. Sie fühlten sich wie die stolzen Krieger in ihren funkelnden Rüstungen. Wenn sie den Zelten aber zu nahe kamen, jagten Knappen und Knechte sie laut schreiend fort. Nach der Messe herrschte auf dem Platz reges Treiben. Die Ritter in ihren schweren Harnischen bedurften der Hilfe ihrer Knappen, um in die Sättel ihrer Pferde zu kommen, die über den Krummen prächtige Schabracken trugen. Fanfaren ertönten, und in die Menge auf dem Turnierplatz kam Bewegung. Noch zwischen den Trompetenklängen versuchten Händler, ihre Geschäfte zu machen, Gaukler zeigten ihre drolligen oder frechen Späße, Spielleute mischten sich unter das Volk und heizten die ohnehin vorhandene Spannung mit schwungvollen Weisen ihrer Sackpfeifen und Schalmeien weiter an.

Auf einmal stieg Jubel auf, und die Menschen guckten sich die Augen nach den langsam heranreitenden Turnierkämpfern aus. Nacheinander ritten diese auf Pferdelänge aus der versammelten Schar. Mitten unter ihnen war der ritterbürtige Konrad Rehlinger, der einem alten bayrisch-salzburgischen Adelsgeschlecht entstammte. Der Herold überprüfte die Turnierfähigkeit der Teilnehmer anhand ihrer Wappen, stellte sie dem Publikum vor und pries ihre Taten. Achtungsvolles Raunen ging durch die Menge beim Anblick der prachtvollen Harnische, die in der Sonne glänzten, und der farbigen, buschigen Helmzier, die ein leichter Wind verspielt umherwehte. Nach der Präsentation des letzten Recken wurden die Turnierregeln kundgetan, und dass derjenige Sieger werden würde, der zuerst drei Punkte errang. Es würde ein welsches Stechen, ein Stechen über die Planken, von den beiden Männern ausgetragen werden, die die im nachfolgenden Turnier gegeneinander kämpfenden Ritter anführen würden. Erneut stieg

Jubel unter den zahlreichen Schaulustigen auf, denn einer dieser Anführer war Konrad Rehlinger.

Wieder erschallten Trompeten. Konrad Rehlinger und seinem Kontrahenten, einem Adeligen aus Nördlingen, wurden die Schranken geöffnet. Auf herrlichen Turnierrössern und mit aufrecht gehaltenen Lanzen ritten sie auf den Platz. Während Rehlinger ein blaues Waffenhemd mit dem Wappen seiner Familie trug, bedeckte ein rotes Hemd mit einem wilden Eber die Rüstung des Nördlingers. Die Kämpfer legten die Lanzen auf die am Brust- und Rückenstück des Stechzeugs befestigten Rüsthaken. Als den beiden Rittern das Zeichen zum Beginn des Stechens gegeben wurde, trieben Konrad Rehlinger und der Nördlinger ihre Pferde an und sprengten kurz darauf – durch die Planke getrennt – donnernd aufeinander zu.

Die mit Krönlein stumpf gemachten Lanzen zielten auf den auf der anderen Seite der Schranke heranjagenden Gegner. Wuchtig prallten sie aufeinander. Beide Männer wankten, beide hielten sich im Sattel. Während die Lanze des Nördlingers brach, schrammte die von Rehlinger über den Harnisch des Gegners, traf aber nicht die hölzerne Stechtartsche auf der linken Brustseite, was ihm einen Punkt eingebracht hätte. Die Ritter lenkten ihre Rösser zum Ausgangspunkt zurück, und ein Knappe brachte dem Nördlinger eine neue Lanze. Im nächsten Waffengang erwischte Rehlinger seinen Kontrahenten am Schild, die Lanze des Nördlingers aber schrammte brutal über dessen Schulter und traf den Patrizier am Hals, der sichtlich zur Seite geworfen wurde, als hätte ihn ein Hammer getroffen. Rehlinger konnte sich im letzten Moment im Sattel halten, wankte aber und trottete wie betäubt auf seinem Rappen über die sandige Erde.

Augenblicklich gab es entsetzte Schreie im Volk. Auf der Tribüne sprang Sybille Rehlinger von ihrem Platz auf und presste sich eine Hand auf den Mund. Konrad Rehlinger bewegte den Kopf unter dem Helm, wie um seine Benommenheit abzuschütteln. Dann gab es einen Ruck unter der schweren Rüstung. Er richtete sich im Sattel auf und lenkte seinen Rappen an den Ausgangspunkt zurück. Als einer seiner Knappen mit der ihm aus der Hand gerutschten Lanze herankam und sie ihm hinstreckte, packte er sie entschlossen. Unter den Leuten brach Jubel aus. Sybille Rehlinger aber stand immer noch reglos. Die Hand hatte sie vom Mund genommen, aber in ihrem blassen Gesicht waren die großen, hellblauen Augen erstarrt wie Eis.

Der Nördlinger saß ruhig im Sattel seines Fuchses und wartete. Als das Zeichen zum neuerlichen Waffengang gegeben wurde, ritten die Kämpfer an und sprengten schließlich durch die Schranke getrennt aufeinander zu. Offenbar versuchten beide Männer einen äußerst schwierigen Stoß, um den Kontrahenten am Hals zu treffen, denn beide Lanzen ruckten erst im letzten Moment vor dem Aufeinandertreffen hoch und suchten ihr Ziel über der Schulter. Rehlinger traf in der Tat mit dem Krönlein den Hals des Nördlingers, bekam aber gleichzeitig einen mörderischen Schlag gegen die Schulter, der ihn nach hinten riss und beinahe erneut aus dem Sattel hob. Aber wieder fing er sich, wendete rasch sein Pferd und erkannte durch den schmalen Sehschlitz, wie sein Kontrahent für einen Atemzug wie erstarrt im Sattel saß, langsam zur Seite kippte und schließlich auf die Erde stürzte.

Männer aus dem Gefolge des Nördlingers rannten zu ihrem Herrn und zogen ihm vorsichtig den Helm vom Kopf. Ein verschwitztes, leicht aufgedunsenes Gesicht mit nassen dunklen Haaren und Bart und mit blinzelnden Augen wurde erkennbar. Der Ritter hob einen Arm und machte eine herrische Bewegung. Ein erleichtertes Raunen ging durch die Menge. Der angeschlagene Recke wurde mühsam auf die Beine gestellt, konnte aber dann den Platz ohne Unterstützung verlassen.

Noch während der Nördlinger mit ungelenken Schritten unter dem schweren Harnisch seinem Zelt zustrebte, erklangen Fanfaren. Erst jetzt brach Jubel los, der beiden wackeren Kämpfern galt und insbesondere den Sieger hochleben ließ. Dessen Gemahlin stand immer noch bleich vor Schreck an ihrem Platz auf der Tribüne, selbst als Rehlinger den Helm vom Kopf zog, ihn seinem Knappen zuwarf und ihr mit rot verschwitztem Gesicht grimmig zulächelte.

Matthias hatte ein erwarteter hoher Geldeingang aus einem Geschäft im Handelshaus festgehalten. Er war dann aber auf seinem Pferd, so rasch er konnte, aufs Lechfeld geritten und hatte vom Rücken seines Braunen aus das Stechen verfolgt. Sein Standort der Sonne gegenüber, auf einer leichten Anhöhe, war wenig begehrt gewesen, hatte ihm aber nach einigem Suchen doch noch einen die Augen beschattenden Blick auf den Platz verschafft. Matthias hatte nicht schlecht gestaunt über Konrad Rehlinger, dessen Gewandtheit und körperliche Ausdauer und darüber, auf welch beeindruckende Weise er mit seinem Rappen wahrlich zu einer Einheit verschmolzen war. Er war sprachlos über den Mann, der zu den ältesten Turnierrittern auf dem Lechfeld zählte. Noch während sein Dienstherr von seiner Ehrung als Sieger des welschen Stechens erfuhr, lenkte er sein Pferd langsam zur Zeltstadt zurück.

Es dauerte eine ganze Weile, bis Konrad Rehlinger schließlich auf seinem temperamentvollen Rappen heranritt und er ihm mit der Hand unter dem eisernen Handschuh befehlend zuwinkte. »Her mit Euch, Eggenberger, kommt mit ins Zelt!« Kurz danach standen die beiden Männer im Zeltinneren. Zwei Knappen halfen dem Ritter aus seiner schweren Plattenrüstung. Sie befreiten ihn vom Brustpanzer und dem Armzeug, dem Bauchschurz, dem Beinzeug, den Eisenschuhen und von der Brayette, dem Schutz der Männlichkeit. Die jungen Burschen breiteten das Stechzeug, das in seiner Anfertigung ausschließlich in der Tjost getragen wurde, über der großen Truhe im Zelthintergrund aus. Der Plattenharnisch wog achtzig Pfund, er war damit schwerer als eine Rüstung für kriegerische Auseinandersetzungen, in der ein Ritter unerlässlich beweglicher sein musste. Im Brustbereich lief er spitz zu, um die Waffen im Stechen abrutschen zu lassen und die Gefahr einer ernsthaften Verletzung oder gar des Todes zu verringern. Auch der Helm war nach vorne zugespitzt und verfügte nur über einen schmalen Sehschlitz.

Mit erhitztem Gesicht stand Rehlinger da. Dunkel wie seine Rüstung glänzten seine Augen. Das Haar lag wirr und verschwitzt um seinen Kopf. Das unter der Rüstung getragene Hemd klebte ihm schweißdurchtränkt am Körper. »Herrgott, Eggenberger, das war ein Gang«, stieß er schwer atmend, aber begeistert aus. Er holte tief Luft. Dann fuhr er sich mit der Hand über die Stirn und verwischte den Dreck, worauf er aussah wie ein Wegelagerer. Die aber besaßen nicht die vollständigen und gar weißen Zähne, die der draufgängerische Mann mit einem wölfischen Grinsen zeigte. »Nichts für alle Tage, aber hin und wieder ein Turnier, das hält uns Kämpfern das Blut frisch.« Sein Blick wurde herausfordernd. »Oder seid

Ihr anderer Meinung, Eggenberger?« Er rieb sich die schmerzende Schulter. Am Hals klaffte eine blutige Wunde.

»Durchaus nicht, Herr Rehlinger. Vor allem, wenn man so zu kämpfen versteht wie Ihr. Meinen ehrlichen Respekt!« Wie er empfand, so brach es aus ihm heraus, und er merkte nicht, dass auch seine Augen funkelten.

»Ha, Eggenberger, warum nehmt Ihr dann nicht am Turnier teil?« Einer seiner Knappen reichte ihm ein Glas mit Wein. Er riss es an sich und trank gierig davon. Auf einen herrischen Wink schenkte ihm der Junge rasch wieder nach. Als Matthias immer noch schwieg, blitzte ihn Rehlinger herausfordernd an. »Habt Ihr Angst, ich könnte Euch aus dem Sattel werfen?«

»Das Gehalt, das Ihr mir bezahlt, reicht bei Weitem nicht, um mir Rüstung und Turnierpferd leisten zu können, Herr Rehlinger«, antwortete ihm Matthias unverhohlen.

Der Handelsherr starrte ihn sprachlos an, brach dann aber in schallendes Gelächter aus. »Bei meiner Seel', Eggenberger, es ist unendlich schade, Euch nicht auf dem Kampfplatz gegenüberstehen zu können.«

»Es ist ein Turnier, Herr Rehlinger, nur ein *Kampfspiel* …«, entgegnete Matthias und betonte das letzte Wort.

Rehlinger blickte ihn stechend an. »Ja … das ist es. Um Ruhm und Ehre, und darum, den stolzen Weibsleuten zu zeigen, was ein richtiger Mann ist.« Er grinste anzüglich und stieß ein leises Lachen aus. »Sagt, wollt Ihr auch Wein?«

»Nein, aber habt Dank.«

»Ach, dann bleibt durstig. Ist mir einerlei.« Rehlinger machte eine wegwerfende Handbewegung und begann wieder, gierig zu trinken. »Habt Ihr denn überhaupt jemals an einem Turnier teilgenommen?«, fragte er, kaum dass er das Glas abgesetzt hatte.

»In meiner Heimatstadt und in Würzburg und einige Male auch in Venedig.« Matthias biss sich auf die Lippen, was Rehlinger nicht verborgen blieb.

»Soso, sogar in Venedig«, meinte der Patrizier, dem die Überraschung anzumerken war. »Und? Habt Ihr gewonnen?«

In Matthias' Augen leuchtete es auf. Über eine offenbar beglückte Erinnerung senkte er kurz den Kopf. »Einmal in Würzburg. Da ritt ich als Sieger aus den Schranken.«

»Bei meiner Seel' …« Rehlinger betrachtete ihn mit einem undeutbaren Blick. »Ihr erstaunt mich immer wieder, Eggenberger.« Er fuhr sich mit der Hand über das schweißnasse Gesicht. »Wirklich schade, dass Ihr nicht beim Turnier antretet.«

»Wer weiß, vielleicht ist es besser so. Oder würde es Euch gefallen, wenn Euch Euer Hauptkassierer aus dem Sattel heben würde?«

Rehlinger gab einen überraschten Laut von sich. »Teufel auch, an Vermessenheit mangelt es Euch wahrlich nicht.«

»Nun, ich denke, ich weiß, was ich wert bin, Herr Rehlinger. Ob auf dem Turnierplatz, auf den gefährlichen Handelswegen in deutschen Landen oder über die Alpen nach Venedig. Raubgesindel, das es auf meine Waren abgesehen hatte, gab es genügend.«

Der Ritt in den Schranken und der gierig hinuntergestürzte Wein brachten das Blut des Handelsherrn zum Kochen. »Mann, dabei dachte ich, mit Eurem glänzend geputzten Schwert wedelt Ihr nur die Luft auf bei Eurem täglichen Gang zum Handelshaus.«

Matthias schoss augenblicklich die Zornesröte ins Gesicht. »Seid versichert, meine Klinge benutze ich nicht, um mir Kühlung zu verschaffen. Wenn es nötig ist, setze ich sie auch ein und habe das auch getan«, sagte er scharf und unterdrückte mühsam weitere, möglicherweise unbedachte Worte.

»Eggenberger, Ihr seid ein junger Hitzkopf.« Rehlinger winkte ab, aber in seinen Augen loderte es. »Wahrscheinlich habt Ihr Euch ja wirklich ganz wacker gehalten auf den Handelswegen und auch als Kaufherr in den geschäftigen Städten mit ihren Aasgeiern und Wölfen. Schließlich habt Ihr Euch auch als durchaus tüchtiger Schütze an der Armbrust und der Büchse erwiesen.«

»Es ist so, wie ich sagte«, presste Matthias über die trockenen Lippen und griff unweigerlich nach dem Schwert an seiner Seite. Stickigkeit und Hitze im Zelt ließen ihm ohnehin den Kopf schwirren, als hätte auch er von dem schweren Wein getrunken. Er wollte fort, hinaus ins Freie, und keinen weiteren Atemzug und Gedanken mehr mit dem Rehlinger teilen. Schließlich war auch er ein Jemand, wenn auch nicht mit einem wertvollen Harnisch gerüstet und einem prachtvollen Rappen vor dem Zelt. Vom Reichtum des Rehlingers war er ungefähr so weit entfernt wie von den Sternen am klaren Nachthimmel. »Im Übrigen sind die erwarteten Gelder des Melchior Denkwart eingegangen, wie Ihr gefordert habt. Pünktlich und auf den Gulden genau.« Matthias machte nur eine kleine Pause. »Wenn Ihr jetzt nicht mehr meiner Anwesenheit bedürft, würde ich mich gerne zurückziehen«, erklärte er knapp.

Konrad Rehlinger hatte sich sein Glas erneut füllen lassen. Breitbeinig stand er da und genoss den schweren Wein. Über den Becherrand erblickte er in Matthias Eggenberger sich selbst, wie er einst gewesen war. Aufsässig und manchmal kaum beherrscht, was auch dessen Tätigkeit als gewissenhafter Hauptkassierer nicht verbergen konnte. Dazu war dieser Heißsporn nicht berufen, durchfuhr es Rehlinger. Der junge

Patrizier besaß genügend Verstand und eine schlagfertige Zunge, um sich in den bedeutenden Handelsmetropolen den einflussreichen Leuten gegenüber Geltung oder einen Vorteil verschaffen zu können oder eine beabsichtigte Arglist zu durchschauen. In seiner Vorstellung sah er ihn geschäftig in den Hallen des Fondaco dei Tedeschi in Venedig, und noch nach Einbruch der Nacht seine eigenen Wege tun in dieser Stadt, die einen sehr schnell in Versuchung führen konnte.

Rehlinger hielt den Schluck Wein eine Zeit lang am Gaumen. Er schmeckte nach dunklen Beeren, herber Erde und dazwischen reifen Kirschen. Als er schluckte, stieß er ein genussvolles Grunzen aus. Nein, mit dem Schwert an seiner Seite fächerte sein Hauptkassierer sicher nicht die Luft auf, durchfuhr es ihn. Der war einer, den man nicht unterschätzen sollte. Den *er* nicht unterschätzen sollte. »Geht, Eggenberger, aber verpasst das Turnei nicht.« Er schenkte seinem beinahe finster dreinblickenden Hauptkassierer ein wölfisches Grinsen. »Und freut Euch darüber, dass Ihr nicht mein Gegner in den Schranken gewesen seid!«

Eine gute Stunde später erschallten ein weiteres Mal weithin hörbar die Fanfaren, und Trommelwirbel ließen das Blut aller in Wallung geraten. Der warme Wind aus den Bergen hatte an Kraft gewonnen und zerrte jetzt ungestüm an den zahlreichen Bannern rund um den Turnierplatz. Jeder, der noch keinen Platz hinter den Absperrungen ergattert hatte, hetzte vorwärts und stieß und drängte inmitten der Menschenmenge, um wenigstens ein Stück nach vorne zu kommen und immerhin einen Blick auf das erregende Schauspiel des Turneis werfen zu können. Auf den Tribünen der hochgestellten Damen und Herren ging es gesitteter zu, aber dort hatte auch jeder seinen für ihn vorgesehenen Platz.

Pferdegetrappel war das Erste, was die nur noch raunende Menge vernahm, und ein jeder riss den Kopf in dieselbe Richtung und staunte. Wie aus der Sonne kam die große Schar der Ritter auf ihren herrlichen Pferden heran. Die Tiere trugen prächtige Schabracken mit den Wappen ihrer Herren, und in ihren samtenen braunen Augen funkelte Erregung, als würde sich die Anspannung ihrer Reiter auf sie übertragen. Vor Verletzungen im Turnei schützten sie stählerne Ross-Stirne, vor der Brust trugen sie den Fürbug, einen Panzer. Ihre Reiter waren mit dunkel glänzenden oder silbernen Rüstungen angetan, wobei manche der Ritter sie unverhüllt zur Schau trugen, die anderen sie durch einen Waffenrock mit ihrem Wappenbild bedeckt hatten. Die Farbenpracht der bunten Helmbuschen und der Waffenhemden der angetretenen Kämpfer begeisterte die Leute.

Das Los bestimmte, welcher Ritter ein blaues Band und welcher ein gelbes tragen würde, um im Turnei gegeneinander anzutreten. Bald bildeten sich zwei Gruppen, und jene Ritter mit dem um den Oberarm geschlungenen blauen Band unterstellten sich ihrem Anführer Konrad Rehlinger, während sich die Träger der gelben Bänder um den Ritter aus Nördlingen sammelten, dessen Wunde versorgt worden war und der es sich nicht nehmen ließ, seine Gruppe im Turnei anzuführen. Die Pferde schnaubten unruhig und scharrten mit den Hufen in der staubtrockenen Erde. Die Menschen jubelten, als den Reitern die Schranken geöffnet wurden und diese auf den weiten Platz ritten.

Turnierknechte spannten ein Seil zwischen den beiden Gruppen und schlossen hinter den wackeren Männern wieder die Barrieren. Der Turniervogt, ein großer Mann mit arroganten Gesichtszügen und kaltem Blick, saß in prächtigen Kleidern im Sattel eines riesigen Pferdes und forderte mit scharfer Stimme die Teilnehmer zu ehrenhaftem Kampf auf. Mit schroffer Geste, als bedürfe sie für das ruhmvolle Turnei keiner Würde, legte er dar, dass jene Gruppe Sieger sein würde, die die meisten Kontrahenten aus dem Sattel geworfen hatte.

Unter den Zuschauern hatte Eckehard sich und seinen beiden Begleiterinnen beizeiten einen guten Platz an der Absperrung verschafft. Hinter ihm drängten maulend und fluchend Leute, die mehr sehen wollten und nicht an ihm vorbeikamen, denn er stand wie ein Fels im Rücken von Amelinde und Elisa. Elisa hielt Johannes auf dem Arm, der den Daumen in den Mund gesteckt hatte und unablässig an ihm lutschte. Seine Augen unter den langen Wimpern waren vor Staunen groß geworden. Der Himmel spiegelte sich darin wie in einem klaren, blauen See. Ab und zu gab der Junge einen verblüfften Laut von sich und gurrte wie eine Taube, wenn ihm etwas besonders gefiel. Die beiden Freundinnen kicherten.

Amelinde glühten die Wangen vor Begeisterung. Sie war glücklich. Ihr Liebster stand ganz nah hinter ihr, und mit ihrer Freundin lehnte sie Schulter an Schulter. Jeden Moment begann das Turnei. Immer wieder drehte sie sich zu Eckehard um und strahlte ihn an. »Sieh doch …«, sie deutete aufgeregt auf die große Anzahl Ritter, die Rehlingers Einladung gefolgt waren, »wie prächtig die Rüstungen sind und die Helmzier und die Decken der Pferde.« Sie wusste nicht, wohin sie zuerst sehen sollte, und fuhr sich wieder und wieder übers erhitzte Gesicht. Wenn der Wind Strähnen ihres langen, dunklen Haares unter dem schmalen goldenen Reif hervorgerissen hatte, strich sie sie energisch zurück.

Turnierknechte gingen daran, das gespannte Seil zwischen den beiden Reiterscharen zu zerschlagen. Kaum waren sie vom

Platz, bliesen die Trompeten zum Beginn des Turneis. Konrad Rehlinger stieß einen wilden Kampfschrei aus und sprengte mit eingelegter Lanze aufs Feld, gefolgt von seinen Männern. Der Nördlinger Ritter erwiderte seinen donnernden Ruf und jagte ihm mit seinen Männern entgegen. Die Erde bebte. Kämpfer prallten seitlich aufeinander, Lanzen brachen, Pferde stiegen hoch. Die ersten Geharnischten wurden aus den hohen Sätteln geschleudert. Ohne Rücksicht auf das eigene Leben stürmten Knechte heran, um die gefallenen Ritter vor den Hufen der Pferde zu retten. Wie bei der Tjost wurde mit stumpfen Waffen gekämpft, um die Verletzungsgefahr gering zu halten, dennoch war es ein hartes, brutales Gemenge, in dem sich Mensch und Pferd immer wieder ineinander verkeilten.

Aus kleinen Gruppen stachen die langen Lanzen wie hohe Schilfrohre hervor. Einzelne Ritter hatten das Kampfgeschehen kurz verlassen, um bald darauf mit neuer Wucht auf einen ausgesuchten Gegner einzudringen. Harnische klirrten, Männer ächzten dumpf unter den schweren Helmen. Zwei der Kämpfer mit blauem Band wurden brutal an der Tartsche getroffen, die Hals und die linke Schulter deckte, und aus dem Sattel geschleudert. Rehlinger war nicht darunter. Der hielt sich hervorragend, während sein Gegner im Sattel zusammensackte. Wieder dröhnte die Erde unter den Hufen der über sie hinwegjagenden Pferde. Begeisterte Rufe und Jubel stiegen aus der Menschenmenge. Stunden wogte der Kampf hin und her, in denen die Streiter sich immer wieder auf Sichtweite vom Platz zurückzogen, um neue Kraft zu schöpfen und anschließend wieder ins Turnei zurückzukehren. Die Erde wurde weiter aufgerissen, und dumpf prallten Pferdekörper gegeneinander.

Sybille Rehlinger hatte es nicht mehr auf ihrem Platz gehalten. Ganz vorne stand sie auf der herrschaftlichen Tribüne und presste ihre Hände aufs Geländer. In ihrem blassen Gesicht waren die Augen eisig grau vor Angst. Die eher dünnen Lippen waren schmale Striche. Ihre strenge Anmut wirkte beeindruckend, ließ sie aber nicht herzlich erscheinen. Bei jedem Gegner, den ihr Gemahl forderte, versteinerten ihre Züge. Aber Rehlinger blieb im Sattel, auch wenn ihm einmal die Lanze brach und ein Ritter ihn mit seiner Waffe hart vor die Brust getroffen hatte. Die Augsburger staunten wieder einmal über ihren ausdauernden und unbezwingbaren Ratsherrn.

Einer der Ritter der gelben Schar versetzte einem angeschlagenen Gegner einen heimtückischen Stoß in den Rücken. Die Zuschauer brüllten empört auf. Ein Kämpfer der blauen Gruppe schien die Missetat beobachtet zu haben, denn er riss sein Pferd herum und setzte dem feigen Streiter nach. Er stellte ihn nach einem wilden Galopp und zwang ihn zu einem offenen Kampf. Durch gekonntes Wenden seines prachtvollen Rosses wich er den schnellen Stößen des äußerst geschickten Gegners aus, bis ihm selbst ein wuchtiger Hieb gelang, der dem Ritter über den Helm schrammte und ihn rückwärts vom Pferd warf. Die Leute johlten, als hätten alle nur auf diesen einen Kampf geachtet.

»Die Blauen verlieren«, stieß Amelinde aufgeregt aus. Ihre Wangen glühten wie im Fieber.

Elisa nickte, deutete aber mit der freien Hand auf einen Reiter in einer Schar gegnerischer Ritter. »Aber der Rehlinger hält sich gut.« Amelindes Kopf fuhr herum. Sie hatte ein ganz anderes Geplänkel beobachtet als die Freundin. »Das ist Tollkühnheit! Der Patrizier treibt jetzt gar noch sein Pferd auf die Hinterhand.« Den kleinen Johannes hatten das bunte, wilde

Treiben und die Hitze längst ermüdet. Er lag schlafend und mit leicht zuckenden Wimpern im Arm seiner Mutter.

Eckehard hielt das Turnei in atemlosem Bann. Aber er nahm durchaus wahr, wie seine Liebste, die Schönste unter den Sternen, der Feuereifer gepackt hielt. Wie sie sich die Hände vors Gesicht riss und vor Anspannung lachte und sich ihm an die Brust warf, wenn sie es vor Aufregung nicht mehr aushalten konnte! Ganz anders ihre Freundin, Matthias' Frau, die seit Stunden beinahe schweigend neben Amelinde ausharrte, ihr Kind in den Armen hielt und seinen Schlaf bewachte, als wogte nicht die begeisterte Menge hinter ihr, die zu einem Sturm werden konnte und ihrer aller Verderben, wenn sie in einer einzigen, gewaltigen Bewegung durch die Schranken brechen wollte. Eckehard starrte auf den schmalen Rücken unter dem schlichten blauen Kleid.

Elisa Eggenberger war sanft und schön. Von ihr ging etwas aus, das er kaum beschreiben konnte.

Sie war etwas Besonderes. Wäre er ein Hauer im Berg, würde er wohl sagen, sie wäre wie ein funkelnder Stein aus den Tiefen der Erde. Etwas ganz Seltenes, vielleicht auch zu kostbar, um unter den Menschen zu sein. Ein wenig strahlte sie mit ihren weizenblonden Haaren und ihrer milchweißen Haut tatsächlich wie einer dieser edlen Steine, die aus sich selbst heraus funkelten. *Gossenengel nennt man sie wohl nicht umsonst,* durchfuhr es ihn. *Ein Engel der Gosse ist sie ja wohl. Geht zu denen, die dort leben, wo es immer stinkt und der Nachtkönig nicht hinterherkommt, Dreck und Kadaver fortzuschaffen.*

Eckehard fuhr sich über die verschwitzte Stirn. Er merkte, dass er immer noch auf Elisas Rücken starrte, nahm das leichte Wiegen ihres Körpers wahr, das den kleinen Jungen in ihren Armen weiter im Schlaf hielt wie einen pausbäckigen Putto.

Unwillkürlich schluckte er. Der Matthias hatte gewusst, warum er sie zur Frau genommen hatte. Die hatte an Herz so viel wie ein reicher Händler Gulden in der Truhe. Aber dass ihr Matthias durchgehen ließ, nicht nur zu armen Leuten, sondern auch zu Gesindel zu gehen, verstand er nicht. Wahrscheinlich hatte den Schafskopf die Liebe zu Elisa verblendet. Er blies die Backen auf. *Die Liebe halt …*, dachte er. Seine Blicke streiften funkelnd über Amelindes anmutige Gestalt und das offene schwarze Haar, in dem sich golden die Sonne verfing.

Wenn man die Geschützgießerstochter so sah, war es kaum zu glauben, dass sie in derber Männerkleidung harte Männerarbeit tat. Die Weiber in der Nachbarschaft am Katzenstadel zerrissen sich deswegen lästerlich die Mäuler über sie. In deren Augen war es ganz und gar nicht schicklich, was sie tat. Bei denen galt sie als mindestens so halsstarrig wie ihr Vater und zudem noch verderbt. Eckehard grinste entschlossen. Selbst wenn seine Liebste noch anfangen würde, Geschütze zu gießen, würde er nicht von ihr lassen. Augenblicklich streckte er die Hand aus und legte sie um Amelindes schlanke Mitte. Da traf ihn der Blitz der Erkenntnis, dass er ein ebensolcher Schafskopf wie Matthias war. Schließlich war auch seine Amelinde wie die Eggenbergerin kein braves junges Weib wie die anderen Frauenzimmer in der Stadt, die es immerhin von sich glaubten.

Konrad Rehlinger hatte es geschafft, einen seiner Gegner aus dem Sattel zu werfen, ehe er mit einem gewaltigen Sprung aus deren Kreis gesprengt war und sich Freiraum verschafft hatte. Wie er sich dann im Sattel herumwarf und entschlossen die Lanze nach vorne streckte, war es eine nahezu tollkühne Einladung an die verbliebenen Gegner, ihn erneut zu fordern. Jubel brandete unter den Zuschauern auf, auch auf der Tribüne, auf der die Augsburger Oberschicht die hervorragende Leistung eines ihrer Mitglieder mit Hochrufen und Beifall würdigte. Aber da ritt der Turniervogt auf seinem mächtigen Ross in die Schranken. Er hob stolz und zwingend den Arm. Seine Stimme erschallte laut und befehlend über den weiten Platz, erklärte das Turnei für beendet und die Schar der in Gelb auftretenden Ritter aus Nördlingen unter Roderich von Beyschlag als Sieger. Die Menschen jubelten, lachten und klatschten begeistert.

Vorbei waren die Gruppenkämpfe und die Zweikämpfe auf dem sandigen, aufgerissenen Platz. Die Rösser dampften. Die ersten Ritter zogen sich den Helm vom Kopf und atmeten gierig die Luft ein. In der anschließenden prunkvollen Zeremonie erhielten die siegreichen Kämpfer aus den Händen einer erwählten Dame Siegerkränze und Pokale mit klimpernden Gulden. Die aus dem Sattel geworfenen Ritter verloren Pferd, Harnisch und Waffen an ihre Bezwinger. Der Streiter aber, der unehrenhaft gekämpft hatte, musste auf die Schranke und wurde so lange unerbittlich geschlagen, bis ihm die Rüstung vom Körper fiel.

*

Als der Abend kam, wurde es zwischen den frisch entfachten Feuern nicht kühler, und auch nicht zwischen den Karren und Zelten der fahrenden Händler, Possenreißer und Huren, die gute Geschäfte machten. So blieb die Stimmung trunken wie viele der Mannsbilder, die nachts nicht mehr durchs Stadttor zurückfanden. Während für die hohen Leute im Tanzhaus am Weinmarkt ein nobles Bankett veranstaltet wurde, feierten die Bürger und einfachen Leute auf der Rosenau. Wieder, wie an den vorhergehenden Abenden, lag über dem Gelände der goldene Schein unzähliger Fackeln, Laternen und knisternder Feuerstellen. Musikanten spielten auf. Schalmeien, Fiedeln und Krummhörner erfüllten die Nacht mit heiteren Klängen wie die Vielfalt von Düften, die von gebratenem Fleisch kamen, um das sich hungrige Menschen scharten. Frisches Brot wurde herangeschafft, über dem noch die Hitze des Ofens hing. Bier und verdünnter Wein flossen in Strömen. Und es war Pfingsten, und die Welt war nicht untergegangen.

Amelinde trug ein krapprotes Kleid mit langen, schmal zulaufenden Ärmeln, die an den Oberarmen durchbrochen waren, wo sich ein goldfarbener Stoff hindurchbauschte. Das Kleid leuchtete wie ein Sonnenuntergang. Ein Reif von gleicher Farbe schimmerte in Amelindes nachtschwarzem Haar. Ihre braunen Augen glühten wie Kohlen. Am Arm von Eckehard war sie zu Feier und Tanz in die Wertachauen zurückgekehrt und saß mit dem Geschützgießermeister und den Gesellen, Formern und Helfern vom Katzenstadel und deren Frauen an den üppig mit Speisen beladenen Tischen. Später schlenderten Amelinde und Eckehard über das lebhafte Gelände und ließen sich von der heiteren Stimmung mitreißen.

Der Geselle war glücklich und platzte schier vor Stolz. Aus zwei Wettbewerben war er als Sieger hervorgegangen, obgleich es genügend Mitstreiter gegeben hatte, die ihm an Kraft und Schießfertigkeit durchaus das Wasser hatten reichen können, denen aber letztlich das Quäntchen Glück dazu gefehlt hatte, besser als er zu sein. Aus diesem Füllhorn hatte er reichlich kosten dürfen. Und im Arm hielt er seine Liebste. Die blitzsaubere Geschützgießerstochter. Seiner Hässlichkeit zum Trotz, dachte er und schluckte schwer, als säße ihm ein dicker Brocken im Hals. Sein Griff um ihre Schulter verstärkte sich.

Er stieß einen ächzenden Laut aus. Erstaunt blieb Amelinde stehen und sah ihn an. »Was ist?«

»Ich habe das schönste Mädchen in dieser Stadt und im ganzen Umland im Arm.« Er liebkoste sie mit Worten und Blicken. »Und ich weiß, sie ist mein!«

Statt einer Antwort packte sie ihn am Hemd und zog ihn zu sich herab. Sein heißes Gesicht war vor ihrem, als sie ihn scherzhaft in die Nasenspitze biss und mit einem kecken Lachen wieder freigab.

»Ein bildschönes Weibsbild mit scharfen Zähnen, wie mir scheint«, stieß er überrascht aus, aber ihre ungestüme Schelmerei erregte ihn, und heiße Flammen schlugen in ihm hoch.

»Wenn du ein sanftmütiges Frauenzimmer willst, musst du dir eine andere suchen, Liebster«, kicherte Amelinde, packte ihn energisch am Arm und zog ihn weiter.

Die laue Nachtluft trug das fröhliche Zupfen, Schlagen und Trommeln der Spielleute herüber. Amelindes Füße wurden unruhig. Sie wollte tanzen, sich unterm samtenen Himmel drehen und von Eckehards Armen festgehalten werden. »Komm, tanz mit mir!«, forderte sie ihn ungeduldig auf. Auf einer aus Holzbohlen errichteten Fläche vergnügten sich bereits viele Paare.

»Ich kann nicht tanzen«, murrte Eckehard.

»Dann fordere ich ein anderes Mannsbild auf. Es wird sich schon einer finden«, drohte Amelinde.

»Untersteh dich. Du tanzt mit mir und sonst keinem!« Mit plötzlichem Eifer begann er, sich vor Amelinde einen Weg durch die Menschen bis zur Tanzfläche zu bahnen. Als die Spielleute zu einer lustigen Weise ansetzten, legte Eckehard beide Hände um Amelindes Mitte und hob sie schwungvoll auf die Tanzfläche. Dort drehten sie sich mit anderen Paaren.

Sie stampften dabei auf die knarrenden Bretter, bis ihnen der Schweiß ausbrach und sie nach Atem rangen.

Tanz auf Tanz ging es so, bis die Sackpfeifen mitreißender wurden und Flötenklänge aufreizend in den blinkenden Nachthimmel stiegen. »Der Hoppadei …«, rief Amelinde erschrocken aus und wollte im ersten Moment fort, aber Eckehard hielt sie wie in einem Schraubstock. »Ich warne dich …«, stieß sie mit drohend funkelnden Augen aus. Gerade noch rechtzeitig, bevor Eckehard zur ersten Drehung ansetzte. Amelindes Hände krallten sich in seine Arme, weil er sie wild zu schwenken begann. Erste Schreie um sie ertönten, dann Kreischen. Männer, die an der Tanzfläche standen und gafften, schlugen sich johlend auf die Schenkel.

Kein Tanz war schwungvoller als der Hoppadei. Und keiner unzüchtiger. Bei jeder Drehung hob Eckehard Amelinde hoch in die Luft und schwang sie herum. Und jeder der Männer um ihn tat dasselbe mit seinem Frauenzimmer. Allerdings viele von ihnen noch höher, wobei es den Gattinnen oder Maiden die Röcke hochhob, sodass man ihre nackten Schenkel oder gar den Hintern sehen konnte. Wildes Jauchzen fegte über den Tanzplatz und vermischte sich mit den entsetzten Ausrufen der Herumgewirbelten. Als die letzten Wirbel des Hoppadei verklangen, stürzten manche der Frauen mit flammend roten Wangen davon, andere kicherten zwar verschämt, blieben aber auf den Holzbohlen. Amelindes Haar lag in dunklen Strähnen wirr um ihren Kopf. Noch nach Atem ringend, strich sie es zurück. »Ein Stück höher, und ich hätte mich die nächste Zeit nicht mehr unter die Leute getraut!«, zischte sie Eckehard erregt zu.

»Nie und nimmer hätte ich dich höher geworfen, Liebste. Was es da zu sehen gegeben hätte, geht nur mich was an«, knurrte er leise, und leidenschaftliche Flammen zuckten in seinen Augen.

Noch nahe vor Mitternacht saßen sie mit Meister Gessel und den Leuten aus der Gießerei zusammen, bis Bier und laute Geselligkeit eine bleierne Müdigkeit über Amelinde warfen. Sie drängte Eckehard zum Aufbruch, der nicht fortwollte, sich aber endlich erweichen ließ. Hand in Hand zwängten sie sich schließlich durch den zähen Menschenstrom zwischen den Zelten und Händlerkarren. Überall um sie herum ging es noch heiter her, und Schreien und Lachen erfüllten die warme Nacht. In der Ferne begann eine einzelne Schalmei, eine wehmütige Weise anzustimmen. Einige Hirten, die Trinklieder sangen, erkannten in Eckehard einen der siegreichen Augsburger Schützen und nahmen ihn begeistert in ihre Mitte. Immer wieder klopften sie ihm auf die Schulter und beglückwünschten ihn.

Sein Kopf rauschte vor Stolz, sein dröhnendes Lachen gab innerste Befriedigung und Freude wider. Die Männer drängten ihm einen Humpen frischen Bieres auf und stießen mit ihm an. Schluck für Schluck, bis sich Eckehard nach Amelinde umwandte, um sie aus dem Krug trinken zu lassen. Der nächste Lacher aber blieb ihm im Hals stecken: Amelinde war fort!

Hinter den Kerlen, die Eckehard in ihre Mitte genommen hatten, war Amelinde vom Strom der vorbeiziehenden Menschen mitgerissen worden. Die meisten wollten hinter die Stadtmauern zurück, andere aber wollten auf der Rosenau bleiben und weiter übers Gelände. Eingezwängt zwischen erhitzten Körpern, die nach Schweiß stanken wie sie selbst, schimpfte sie erst leise, dann laut und hatte immer größere Mühe, sich im Gedränge zu schützen, weil offenbar die halbe Stadt unterwegs war. Die Luft wurde ihr knapp. Schweiß rann ihr wie so oft an diesem Abend in Rinnsalen über Gesicht und Rücken. Das Kleid klebte spätestens seit dem Hoppadei an ihr und wog inzwischen schwer. Zornig versuchte sie, sich aus der Menge zu befreien, stieß, drängte und erntete Flüche. Endlich aber kam sie nahe der Uferböschung zur Wertach zwischen den Leuten hindurch und schnappte gierig nach Luft.

»Verdammtes Gewimmel!« Wütend strich sie sich das zerzauste Haar aus dem Gesicht. Mit müden, brennenden Augen starrte sie zu den fernen Feuern und hoffte, in den Umrissen der Kerle dort irgendwo Eckehard ausmachen zu können. Aber keiner von denen, die noch auf den Beinen standen, hatte seine Gestalt. *Elende Saufbolde,* dachte sie und grollte auch Eckehard, der mitten unter ihnen war und sich feiern und das Bier schmecken ließ, und … sie vergessen hatte. Ihre Stimmung war ins Bodenlose gesunken. Um lärmenden Nachtschwärmern auszuweichen, hielt sie sich auf einem Trampelpfad nahe der Wertach.

Der Mond war beinahe voll und tauchte die Rosenau in ein mildes Licht, dennoch trat sie immer wieder in die stinkenden Haufen der vielen, die hier seit Tagen ihre Notdurft verrichteten. Wütend raffte sie das Kleid noch ein Stück höher. Ein paar Betrunkene droschen wild aufeinander ein. Sie machte einen großen Bogen um sie. Die ersten Händlerkarren tauchten wie dunkle Bollwerke vor ihr auf. Unter mancher Plane rasselte und hustete es vernehmlich im Schlaf. Pferde schnaubten in ihren Pferchen. Ihr warmer Geruch wehte ihr entgegen.

Veit Wilbrecht lehnte mit einem Weinschlauch an einem der Karren und entdeckte die schlanke Gestalt. Obwohl er betrunken war, erkannte er sie sofort. *Amelinde, des Meisters Herzstück …,* schoss es ihm durch den schweren Kopf. Durch und durch ein herrliches Weibsbild mit ihren festen kleinen

Brüsten unterm eng anliegenden Stoff. Und im Gusshaus brachte sie das Eisen zum Glühen, dass es einen staunend machte. Mit rot geäderten Augen stierte er sie an. Allein der Gedanke an sie erregte ihn, aber sie alleine und so nahe vor sich zu sehen, entfachte den wahren Teufel in ihm. Herrgott, wie er sie begehrte, seit sie zu einem jungen Weib geworden war. Er ächzte, riss sich das Hemd vor der Brust auf, als bekäme er keine Luft mehr, und folgte ihr auf dem Trampelpfad.

Erschrocken schrie Amelinde auf, als sie hart an der Schulter gepackt wurde, aber da drückte sich schon grob eine Hand auf ihren Mund. Schweiß und Bierdunst umhüllten sie. Sie wurde eng an einen Körper gedrückt und hinter ein Zelt gezerrt. Mehr zornig als entsetzt trat sie mit den Beinen heftig nach hinten. Und legte eine Kraft hinein, die kaum eine andere Frau, die nicht in einem schweren Handwerk arbeitete, haben konnte. Bis sie fassungslos erkennen musste, dass sich die zwingenden Griffe nicht einmal lockerten.

»Miststück«, zischte es heiß an ihrem Ohr, als der Kerl sie noch stärker an sich presste. Die Hitze seines Körpers sprang wie ein böses Feuer auf sie über. Jetzt packte sie doch die Furcht. Angewidert wollte sie nur weg von ihm, aber seine Hände und Arme hielten sie wie in Fesseln. Wenigstens gab er ihren Mund frei. Augenblicklich schrie sie gellend auf und versuchte erneut, aus der Umklammerung zu kommen. Aber immer noch herrschte lautes Stimmengewirr auf der Rosenau, Lachen und auch lustvolle Schreie waren darunter, die hinter anderen Zelten hervorkamen. Ein paar Kerle in der Nähe, die herübergafften, johlten belustigt. »Jaja, die laue Nacht, da wollen wir freilich nicht stören.« Hohnlachend ruckten sie mit ihren Hüften und torkelten grölend weiter.

»So helft doch …«, rief Amelinde angsterfüllt. Der Kerl

zerrte an dem Stoff vor ihrer Brust, bis er riss und er seine Hand darunterschieben konnte. Sosehr sie sich auch wehrte und schrie und mit den Beinen nach hinten trat, der Saukerl schien völlig schmerzunempfindlich zu sein. Säuerlicher Bieratem schlug ihr über die Schulter entgegen. Ein Stöhnen entfuhr ihm, als er eine ihrer Brüste zu fassen bekam und sie grob knetete. »Bist doch meine, Amelinde. Ich werd's dir schon beweisen, dass ich mehr tauge als der Eckehard. Den hässlichen Bastard werde ich dich schnell vergessen machen.«

Ungläubiger Schrecken packte Amelinde. »Veit?«, stieß sie entsetzt aus und versuchte, den Kopf so weit zu drehen, dass sie einen Teil seines Gesichtes sehen konnte.

»Ja, Liebchen, ich bin's, Veit, den du verschmäht hast. Aber ich werde dir schon zeigen, was dir bis jetzt entgangen ist.« Er lachte höhnisch, nahm seine Hand von ihrer Brust und ließ sie über dem Kleid nach unten wandern.

Jetzt überkam Amelinde wirklich Verzweiflung. Sie würde ihm nicht entkommen können, durchfuhr es sie eiskalt. Kein Bitten und kein Flehen würde ihn davon abhalten, ihr Gewalt anzutun. Er war besoffen und zornig, und auf keine andere Weise würde er seine Rache an Eckehard und ihr niederträchtiger und unumkehrbarer vollziehen können. Sie schauderte. »Veit«, rief sie in höchster Angst, »bitte lass mich los!«

Grimmig lachte Wilbrecht auf. In dunkler Vorfreude auf das, was er sich jetzt gegen ihren Willen nehmen würde. Als er es schaffte, unter ihren langen Rock zu kommen, schrie sie wieder gellend auf und stieß mit den Beinen heftig nach hinten. Da schoss ein Schatten von der Seite auf sie zu, der Veit in ihrem Rücken mit solcher Wucht traf, dass sie mit auf die Erde stürzte. Aber endlich kam sie aus der elenden Umklammerung und schob sich rasch fort von dem Gesellen.

Als sie den Kopf hob, erkannte sie, dass zwei große Kerle auf der Erde miteinander rangen, ineinander verschlungen und schnaubend wie Stiere. Im zuckenden Licht einer Zeltfackel erkannte sie den Blondschopf Eckehards und begann vor Erleichterung, haltlos zu schluchzen.

»Ich schlag dich tot, du Sauhund!«, brüllte Eckehard, als er sich von dem anderen Gesellen lösen konnte und mit den Fäusten hemmungslos auf ihn eindrosch. Wilbrecht versuchte, sich zu wehren und zurückzuschlagen, der Suff aber machte ihn zu langsam. Ein Hieb nach dem anderen traf sein Gesicht und seinen Kopf. Das Blut schoss ihm aus Mund und Nase. Ehe Eckehard ein weiteres Mal zuschlagen konnte, fiel ihm Amelinde in den Arm.

»Hör auf, Eckehard, auch wenn er ein Dreckskerl ist.« Ihre Stimme zitterte aufgewühlt. »Wenn du ihn erschlägst, kommst du in die Eisen. Da zählt nicht, dass du mich beschützen wolltest.« Die Anspannung ließ sie am ganzen Körper wie im Fieber zittern. Eckehard hatte eine Hand immer noch in Wilbrechts Hemd gekrallt. Seine lodernden Blicke sprangen unschlüssig zwischen ihr und dem gewissenlosen Gesellen hin und her, der sich nicht mehr rührte.

Amelinde ließ sich neben Eckehard auf die Knie fallen und umfasste mit beiden Händen sein Gesicht. »Denk doch, so besoffen, wie er ist, ist er kein Gegner mehr. Und er hat es nicht geschafft, mich zu entehren.« Erneut schluchzte sie. Tränen liefen ihr über die Wangen. Mit einem Knurren stieß Eckehard den Bewusstlosen von sich und spuckte neben seinen Kopf. »Wenn er wieder auf zwei Beinen stehen kann, hole ich ihn mir.« Im Aufrichten legte er Amelinde den Arm um die Mitte und zog sie mit sich hoch. »Der wird dir nie wieder zu nahe kommen!« Sein grimmiger Gesichtsausdruck erschien ihr wie ein schauriges Versprechen, und es dauerte, bis er wie benommen den Kopf schüttelte und seine Züge weicher wurden. Besorgt betrachtete er sie. »Geht es dir gut?« Sanft strich er ihr mit den Fingern über Gesicht und Haar. Amelinde war sich sicher, wenn sie Eckehard jetzt etwas anderes sagte, würde Wilbrecht nie mehr vom Boden aufstehen.

Sie zwang sich zu einem kaum wahrnehmbaren Lächeln. »Es geht mir gut. Er hat es ja nicht geschafft, mich …« Sie stockte und schmiegte sich eng an Eckehard. In seinen Armen fühlte sie sich behütet. So standen sie eine Zeit lang und schwiegen, bis sie plötzlich ein wenig von Eckehard abrückte, um ihm ins Gesicht sehen zu können. »Ich hasse ihn … und ich fürchte ihn.«

Er wollte sie wieder an sich ziehen, aber sie stemmte sich mit einer Hand gegen seine Brust. »Der Wilbrecht ist keiner, der Frieden gibt«, sagte sie eindringlich. »Der kann es nicht verwinden, dass ich die Deine bin. Und dass du bei den Wettbewerben zweimal Sieger warst, er aber nicht ein einziges Mal.«

»Ich traue dem Mistkerl auch nicht«, grollte Eckehard. Er legte unwillkürlich eine Hand auf seine grob vernarbte Wange. »Der ist ein falscher Hund. Wenn er erst mal seinen Rausch ausgeschlafen hat, wird er sich was einfallen lassen, um es mir heimzuzahlen. Aber ich werde ihm zuvorkommen.«

*

Als Wilbrecht am Dienstag wieder in der Gießerei auftauchte, sah er immer noch übel aus. Das Gesicht aufgequollen wie von Bienenstichen, mit Resten von verkrustetem Blut um Mund und Nase. Unter den Männern in den Hallen wurde getuschelt und gefeixt, weil sie dachten, der Wilbrecht hätte den Falschen zu einer Schlägerei herausgefordert, aber sie hüteten sich davor, ihm ihre Schadenfreude zu zeigen. Rasch wandten sie sich ihren Arbeiten zu, wenn er vorüberging. Eckehard allerdings wich ihm nicht aus. Als er Wilbrecht bei den mächtigen Öfen entdeckte, die eben mit Holz gefüttert wurden und wummerten, als säße ein rasendes Ungeheuer darin, ging er geradewegs auf ihn zu. Wilbrechts Augen waren beinahe ganz zugeschwollen, aber was darunter hervorschoss, war blanker Hass, der ausschließlich ihm galt.

»Wir haben noch was unter uns auszumachen, Veit. Auf der Rosenau warst du zu besoffen dazu. Ich sage dir, du kommst heute Nacht zur elften Stunde zur Schenke beim Wertachbrucker Tor. Wenn nicht, steche ich dich in einer der nächsten Nächte ab wie ein Schwein!« Eckehards Stimme war mühsam beherrscht, seine Augen eisgrau.

»Bist du verrückt geworden?«, presste Wilbrecht nicht weniger mühsam beherrscht hervor.

»Ich kann dich hier vor allen Männern bloßstellen, was für ein Sauhund du bist. Was du mit Amelinde tun wolltest.« Seine Wangenknochen traten hart hervor. »Denkst du etwa, auch nur einer der Männer würde an meinen Worten zweifeln?«, zischte ihm Eckehard schneidend zu. »Oder der Meister?«

Wilbrecht wollte höhnisch den Mund verziehen, ließ es aber jäh bleiben, da es ihm sichtlich Schmerzen bereitete. Seine Blicke zwischen den geschwollenen Lidern gefroren, als ihm klar wurde, dass Eckehard es so ernst meinte wie bisher nichts in seinem Leben. »Du wirst es bereuen«, spuckte er wütend hervor.

Eckehard erkannte zwischen den schorfigen Lippen, dass

dem Gießer einige Zähne fehlten. »Das werden wir sehen«, sagte er knapp und ließ Wilbrecht stehen.

*

Die Nacht war warm und zog die späten Zecher an wie das Licht die Motten. In der Schenke beim Wertachbrucker Tor ging es hoch her. Wenn die Tür aufgerissen wurde, drang ein Schwall verbrauchter, biergeschwängerter Luft nach draußen. Als ein Dickbauchiger betrunken über die Schwelle ins Freie stolperte, hängten sich gleich zwei Hübschlerinnen an ihn. Sie zogen ihn lachend und gurrend mit sich. Das Scherzen der Weiber und die lallende Stimme des Mannes verloren sich bald schon in den Schatten der Stadtmauer. In diesen Schatten bewegte sich auch Eckehard, den die Wut auf Wilbrecht lange vor der ausgemachten Zeit auf die Gassen getrieben hatte. In zermürbenden Gedanken war er an der Stadtmauer entlanggeschlendert bis zum mächtigen, hoch aufragenden Luegins-landturm. Schon von Weitem war die starke Bewachung dort oben und ringsum auf dem Wehrgang im Licht des Vollmonds auszumachen. Gnade Gott dem Feind, der da an der nordöstlichen Stadtmauer durchbrechen wollte, der würde ins Verderben laufen, durchjagte es Eckehard bei dem kriegerischen Anblick.

Gnade Gott auch Wilbrecht, wenn er ihm jetzt bald gegenüberstand. Der Hundsfott hatte seine dreckigen Finger an Amelinde gehabt. Was, wenn er sie nicht zur rechten Zeit zwischen den Zelten gefunden hätte? Bei diesem Gedanken grub sich eine Faust in Eckehards Magen. Was Wilbrecht getan hatte, ließ ihn einen tieferen Hass auf den elenden Gesellen haben als durch sämtliche Demütigungen, die er jemals von ihm hatte erfahren müssen. Nicht einmal der niederträchtige Stoß in die Schmelze, als sie Jungen waren, hatte derartige Rachegedanken in ihm hervorgerufen, wie sie jetzt verzehrend in ihm brannten. Oft genug hatten sie sich geprügelt und vor dem Meister den Anschein gewahrt, es, wenn auch mehr schlecht als recht, miteinander zu können, aber wie froh war er schließlich gewesen, auf seinen Wanderjahren von Wilbrecht fortzukommen.

Als die Turmuhren von Sankt Georg und der Heilig-Kreuz-Kirche zur elften Stunde schlugen, lehnte sich Eckehard an die Mauer beim Wertachbrucker Tor und starrte mit unruhigen Augen auf die Gasse. Die trübe, fliegenverklebte Laterne der Schenke schaukelte im leichten Wind. Zeit verstrich, ehe vom Katzenstadel her endlich Schritte auf dem Pflaster zu hören waren. Unweigerlich fuhr Eckehards Hand zum Messer hinterm Gürtel, ehe er sich entschlossen mitten auf den Weg stellte. Es war tatsächlich Veit Wilbrecht, der um die Biegung kam, noch ein paar Schritte machte und schließlich herausfordernd die Hände in die Seiten stemmte. »Da bin ich, Schwachkopf, was willst jetzt von mir mitten in der Nacht? Hast es heute ja recht wichtig gehabt.«

»Ich will, dass du deine dreckigen Finger von der Amelinde lässt!«, sagte Eckehard kalt.

»Ich hab ihr nichts getan. Nichts, was ihr nicht gefallen hätte«, lachte Wilbrecht frech, dessen Erinnerung an die vorletzte Nacht offenbar nicht gänzlich verloschen war.

Eckehard zwang sich, nicht loszustürzen und dem Kerl sein unverschämtes Maul zu stopfen. »Du rührst Amelinde nie wieder an, oder ich vergesse, dass wir beide Gießer sind und dass kein Geselle den anderen verpfeift, auch wenn der ein Sauhund ist.« Das Schimpfwort hatte er buchstäblich hervorgespuckt, so sehr hatte ihn der Zorn auf Wilbrecht wieder gepackt. »Wenn der Meister erfährt, dass du deine dreckigen Hände an seiner Tochter gehabt hast, schmeißt er dich sofort hinaus!«

Für Augenblicke herrschte Schweigen. Offenbar wog Wilbrecht ab, wie weit Eckehard recht haben mochte, aber dann lachte er abfällig. »Einen Dreck wird er, der gute Simpert Gessel. Da muss schon mehr geschehen, als dass man mal ein wenig freundlicher zu seiner Tochter ist.« Er machte zwei Schritte auf Eckehard zu und drohte mit der Faust. »Der Gessel kann froh sein über jeden Gießer, den er hat. Der Löffler hat ihm beim Rat auch keine weiteren Männer besorgen können, und der schickt ihm auch keine aus Tirol. Der Kaiser will seine Kanonen bald haben. Wenn mich der Meister rauswirft, fehlt ihm einer, der für zwei Kerle hinlangen kann.« Jetzt trennten ihn nur noch wenige Schritte von Eckehard, der feststellte, dass Wilbrechts zerschlagene Fratze im gedämpften Licht auch nicht besser aussah als vor den grellen Feuern in der Gießerei. »Der große Geschützgießermeister Simpert Gessel …« Wilbrechts Stimme klang hämisch. »Ohne uns, Narbengesicht, ohne die Gießer, die Former und alle anderen Männer in den Hallen hat er ausgespielt beim Löffler … und beim Kaiser.«

Eckehard klopfte die Ader fingerdick an der Schläfe. Der Wilbrecht war ein Schwein, aber in allem, was er jetzt gesagt hatte, hatte er recht. Dennoch ergriff Eckehard Partei für den Meister, den er nicht nur hoch schätzte, sondern dem er auch das Leben verdankte. »Ohne Gessel müsstest du zusehen, wo du Arbeit als Gießer findest. Das weißt auch«, presste er zornig hervor. »Die anderen Schmelzhütten und größeren Gusshäuser in der Stadt haben ihre Leute. Die brauchen unsereins nicht.«

Wilbrecht funkelte ihn böse an und spuckte aufs Pflaster. »Ein guter Gießer hat überall sein Auskommen.«

»So? Dann verschwind doch und sieh zu, dass du woanders unterkommst.«

»Wozu? Ich fühle mich ganz wohl am Katzenstadel.« Ein dreckiges Lächeln spielte um Wilbrechts Lippen. »Es ging nur um einen Kuss, mehr wollte ich nicht von Amelinde.«

Eckehards Hände ballten sich zu Fäusten. »Du lügst, wenn du das Maul aufmachst, Veit! Das Kleid hat sie sich wohl selbst zerrissen, was? Habe es doch selbst gesehen, dass du Sauhund ihr Gewalt antun wolltest.« Seine Stimme zitterte vor mühsamer Beherrschung. »Wenn du sie noch einmal anlangst, wirst du deine Hände nie mehr gebrauchen können«, schwor er dem Gießer eisig, dessen Lächeln jäh verschwand.

»Aber von dir soll sie sich anfassen lassen, was? Du bildest dir wohl ein, dass sie deine Fratze ganz nahe vor sich sehen will, die schöne Amelinde.« Der Spott konnte nicht über den gefährlichen Unterton in Wilbrechts Stimme hinwegtäuschen.

In Eckehards Kopf rauschte es. Vorbei war es mit seiner Beherrschung. Unvermittelt holte er aus und drosch die Faust Richtung Wilbrechts Gesicht, traf ihn aber nur an der Schulter, weil dieser den Schlag erwartet und sich rasch weggedreht hatte. Mit eingezogenem Kopf stürzte sich Wilbrecht auf Eckehard, und die beiden großen Kerle begannen, wild aufeinander einzuprügeln. Dumpf hämmerten die Schläge in der Gasse. Eckehard schaffte es, seinen Gegner bis zur Stadtmauer zurückzudrängen und ihn wuchtig dagegen zu werfen. Wilbrecht blieb für Augenblicke die Luft weg, als er mit dem Rücken gegen die harten Steine prallte.

»Du wirst sie nicht noch einmal anlangen«, keuchte Eckehard grimmig.

»Und du kannst froh sein, wenn du sie überhaupt noch mal siehst«, schnaufte Wilbrecht. Es klang wie ein böses Versprechen.

»Wie meinst du das, du Sauhund?«, knurrte Eckehard misstrauisch.

Der drückte ein leises, böses Lachen durch die lückenhaften Zähne. »Wirst schon sehen, Missgeburt.«

Eckehard hörte es freilich früher, als er es sah. Harte, schnelle Schritte kamen über die Gasse und näherten sich der Schenke, begleitet vom metallischen Klirren von Schwertern und Hellebarden. *Verdammte Stadtknechte!*, durchfuhr es Eckehard, dem sich die Nackenhaare aufstellten.

»Hierher«, brüllte Wilbrecht plötzlich. Sein Ruf zerriss die Nacht. Der erste Schein von Fackellicht zuckte heran, dahinter eine Schar Büttel. »Wer sticht jetzt wen ab wie ein Schwein?«, höhnte Wilbrecht. »Gegen die Kerle hast du keine Chance, du Narr. Und dass du es weißt, da sind ein paar gute Freunde von mir dabei.«

Eckehard merkte, wie der Zorn in ihm aufflammte. Dieser Dreckskerl hatte ihm eine Falle gestellt. Johlend stürmte die Schar Häscher die Gasse herauf. Das Fackellicht tanzte wild über ihren Köpfen. Wilbrecht schien sich gegen einen Wutausbruch Eckehards zu wappnen, denn er hatte die Fäuste erhoben. »Gehab dich wohl, Eckehard. Und keine Sorge, ich werde die Amelinde trösten, wenn du nimmer da bist.«

Hau endlich ab!, peitschte es durch Eckehards Gehirn, aber dann stürzte er sich auf den elenden Verräter und schaffte es, seine Fäuste durch die Pranken Wilbrechts zu rammen und diesen am Kinn zu treffen. Hörbar knirschte es zwischen dessen Zähnen.

»Mit deiner zerschlagenen Fratze wirst kein hübsches Weibsbild mehr trösten, Dreckskerl. Bist jetzt genauso ansehnlich wie ich«, höhnte Eckehard, bevor er sich herumwarf und die Gasse hinauf in die Dunkelheit verschwand.

In der Nacht hallten seine Schritte laut und schwer auf dem Pflaster. Elend laut, fluchte er, während er die Stadtmauer entlang immer tiefer ins Georgsviertel lief und sich irgendwann bewusst wurde, dass am Ende kein Schlupfloch auf ihn wartete, sondern der Lueginslandturm mit seiner starken Bewachung. *Bei allen Heiligen, wo finde ich ein Versteck?* Zurück in die Gießerei konnte er es zwar schaffen, aber wie er Veit einschätzte, schickte der ein paar seiner Häscherfreunde geradewegs dorthin, um ihn vor dem großen Tor abzufangen. Einige Verfolger kamen immer näher. Die Kerle hatten schneller aufgeholt, als er befürchtet hatte. Hart knallten ihre Stiefel auf die Steine. Zu seiner linken Seite erhob sich die Stadtmauer mit dem Wehrgang, und rechts schmiegten sich die Häuser ohne Durchlass eng aneinander.

Eckehard fluchte. Sein Atem begann zu rasseln. Bald war er auf Höhe der Georgskirche und hastete die Kirchenmauer entlang, bis er auf das schmale Tor stieß, das tagsüber offen war und über dessen Innenhof er tiefer ins Viertel hineingekommen wäre. Hin und wieder stand es auch nachts offen, aber diesmal rüttelte er umsonst daran. Der winzige Funke Hoffnung zerbarst. Als er weiterstürzte, kratzte ihm der knappe Atem bereits schmerzhaft im Hals. Für einen Augenblick wagte er es, stehen zu bleiben und einen Blick hinter sich zu werfen. Die verdammten Büttel waren ihm gefährlich nahe gekommen. Gespenstisch zuckten die Fackeln, blitzten die

Spieße. Immer wieder wurden Schmähworte und Drohungen gebrüllt. Der Schweiß brach ihm aus. Auch wenn er es nicht wollte, er machte es seinen Jägern leicht. Der Vollmond bot ihm keinen Schutz, und auf dem Wehrgang hielten genügend Männer Wache. Geradewegs trieben ihn die Häscher auf das Fischertor und die dortigen Wächter zu, denen kaum verborgen bleiben würde, dass die Gasse herauf eine Hetzjagd veranstaltet wurde. Das Herz pochte wild in seiner Brust.

Plötzlich zuckten ein gutes Stück vor ihm schummrige Lichter an einem Karren, der wie aus dem Nichts aufgetaucht war. Knarrend holperte er über die Steine. Eckehard lief weiter und starrte auf das Gefährt, bis ihm die Augen brannten. Endlich erkannte er den einsamen Wagenlenker auf dem Kutschbock und die schaurige, aufgetürmte Fracht, mit der er durch die Gassen rumpelte. Es war der Unrat- und Kadaversammler. *Vielleicht kann ich mich ja ungesehen unter den Wagen schieben.* Und wenn er sich lange genug darunter festhalten konnte, würde er den Bütteln vielleicht doch noch entkommen können.

Der widerliche Geruch von Abfall und verwesenden Tierkörpern schlug ihm bereits vom Karren des Nachtkönigs entgegen. Es würgte ihn. Aber er musste rasch handeln, bevor seine Verfolger erkannten, was er vorhatte. Entschlossen lief er hinter den Wagen und kroch darunter, was ihm bei der Langsamkeit des Gefährts keine Mühe bereitete. Augenblicklich umhüllte ihn jedoch ein derart fauliger und beißender Gestank, dass er nahe daran war, sich zu übergeben. Er konnte gar nicht anders, als die Luft anzuhalten, und schob sich mühsam ein Stück weit unter die Mitteldeichsel, so weit, wie es sein großer, kräftiger Körper zuließ, und stieß die Arme hoch.

Seine Finger bohrten sich zwischen den Holzbohlen in eine

weiche, schleimige Masse, die an vielen Stellen zwischen den groben Ritzen hervorquoll. Er unterdrückte jeglichen Gedanken an das, was es sein konnte, das ihm stinkend ins Gesicht tropfte, und hielt sich, so gut er konnte, fest. Mit den Füßen fand er zuerst keinen Halt, bis er endlich auf etwas stieß, das ein gewaltiger Nagel oder ein Riegel sein konnte. Mit einem Fuß stemmte er sich dagegen und hoffte, der Gegenstand würde sein Gewicht aushalten. Und erst, als mit den Fackeln auch die Büttel heran waren und den Karren umringten, zog er auch das andere Bein vom Pflaster hoch und drückte es vorsichtig gegen den Unterboden.

»Wo ist der Kerl hin, der die Gasse heraufgesprungen ist?«, bellte einer befehlend. Was der alte Bartl auf dem Kutschbock antwortete, konnte Eckehard nicht verstehen. Zu sehr rauschte es in seinem Kopf und hämmerte sein Herz, als wollte es ihm aus der Brust springen. Allzu laut war die Stimme des Nachtkönigs ohnehin nicht. Eher heiser und störrisch.

»Über die Mauer?«, rief einer der Büttel ungläubig. Eckehard konnte selbst kaum glauben, was er hörte. Augenblicklich stellte er sich vor, was sich auch seine Verfolger vorstellen würden. Wie der von ihnen Gejagte vorspringendes Mauerwerk und klaffende Stellen in den ausgewaschenen Steinen genutzt haben mochte, um wie ein Eichkätzchen nach oben zu kommen. Und dann? Oben auf dem Wehrgang bleiben und dem nächsten der vielen Wächter in den vorgestreckten Spieß laufen?

»So ein großer Kerl kommt da nie und nimmer hinauf«, rief einer, worauf durcheinandergeschrien wurde. »Haltet das Maul«, brüllte ein anderer, der allem Anschein nach das Sagen hatte. »Wenn er da rauf ist und drüben wieder runter, liegt er längst mit zerschlagenen Gliedern im Fluss. Und wenn nicht, erwischen ihn die Wachen auf dem Wehrgang.«

Der Karren ruckte an. Offenbar durfte der Unratsammler seine Fahrt fortsetzen. Die Räder quietschten gottserbärmlich. Ihr schriller Klang schnitt Eckehard schmerzhaft in die Ohren. Ein gutes Stück noch waren die herrischen Rufe eines Stadtknechts zu hören, bis sie sich in der Ferne verloren. So stark er auch war, aber Eckehard merkte, dass er sich nicht mehr lange würde festhalten können. Die harte, holprige Fahrt des Karrens und das eigene Gewicht zerrten quälend und mit aller Macht an ihm. *Noch ein Stück,* schrie es in ihm. *Bloß nicht loslassen!* An seiner Stirn klopfte die Ader, als wollte sie jeden Moment platzen. Doch auf einmal blieb der Karren stehen, die Lichter an ihm verloschen.

Eckehard schaffte es nicht mehr, sich festzuhalten. Schwer krachten seine Beine aufs Pflaster. Mit zusammengepressten Lippen zog er die schmerzenden Finger aus den schleimigen Ritzen des Wagens und kroch unter diesem hervor. Als er sich aufrichtete, drehte sich die Gestalt auf dem Kutschbock um und ließ ein krächzendes Lachen hören. Im Mondlicht glaubte Eckehard, das Funkeln belustigter Augen zu erkennen. »Hast eine gute Fahrt gehabt, Gießergeselle? Bevor zu deinem Mädchen gehst, solltest dich aber ordentlich waschen, sonst ist's aus mit der Liebe.« Bartl lachte heiser, hustete und spuckte geräuschvoll auf die Gasse. Schließlich schnalzte er mit der Zunge und trieb seinen Gaul an. »Auf, Sturmwind, auf, bald geht's zur Stadt hinaus, dann wird die Last leichter.«

Kapitel 15

Mittwoch, der 3. Juni, Anno Domini 1528

Ein Regenschauer hatte die Luft erfrischt und manchen Dreck von den Steinen geschwemmt. Noch tropfte das Nass von den Dächern und glänzte wie ein dunkler Spiegel auf dem Pflaster. Matthias war nach getaner Arbeit auf dem Heimweg. In eine leichte Schaube gehüllt, trug er ein Barett mit Feder und Schuhwerk, das sich längst mit Wasser vollgesogen hatte. Es war einfach unmöglich, sämtlichen Pfützen zwischen dem Handelshaus und seinem Haus im Georgsviertel auszuweichen. Dennoch atmete er tief ein. Es roch herrlich rein und süß von den violetten Fliederblüten, die der Regen von den Zweigen gestreift hatte und die jetzt die Gasse lebhaft färbten. Nahe der Georgskirche merkte er, dass ihm jemand folgte. Seit Längerem schon hatte er das Gefühl gehabt, beobachtet zu werden, nun aber wurde es ihm zur Gewissheit. Unweigerlich fuhr seine Hand unter die Schaube und legte sich auf den Dolch hinterm Gürtel. Er ging ohne Eile und lauschte angestrengt. Auch die Schritte hinter ihm wurden langsamer. Und sie folgten ihm in die nächste Gasse.

Gewappnet nahm Matthias an der Kirche nicht den kürzesten Weg nach Hause, sondern ging über den Kirchhof. Er verharrte bei einer Baumgruppe, von der aus er eine gute Sicht auf das Tor hatte. In der Tat kam kurz darauf ein Mann von seiner Größe und annähernd seiner Statur durch den Durchlass, ließ seine Blicke über den stillen Hof schweifen und fixierte ihn schließlich damit. Es war ein hässlicher, schmutziger Kerl. Mit einem Mal war Matthias sich sicher, Krimmel, den Mörder und Beutelschneider aus Tübingen, vor sich zu haben.

Ohne jegliches Zögern kam der auf ihn zu. Unweigerlich packten Matthias' Finger den Dolchgriff fester. Der Kerl blieb in kurzem Abstand vor ihm stehen. Ein vergnügtes Lächeln lag auf seinem verschlagenen Galgengesicht.

»Der werte Herr Eggenberger«, begrüßte er Matthias mit leicht belegter Stimme. Er ließ den Blick aus seinen eng zusammenstehenden Augen mit dem hinterlistigen Ausdruck darin rasch über sein Gegenüber wandern. Sicherlich war er nicht so entspannt, wie er vorgab und wie seine hinter den breiten Gürtel geschobenen Finger glauben machen sollten, aber seine boshafte Freude über das beabsichtigte Zusammentreffen war offensichtlich. »Reden wir nicht lang herum, Eggenberger. Ihr habt von mir gehört, und ich kenn Euch. Ihr seid mit Eurem Liebchen damals aus Tübingen weg. Die Leute glaubten, die schöne Henkerstochter hätte sich wegen Euch im Fluss ertränkt.« Er lachte leise. Matthias verstand nicht, was er mit seinem letzten Satz meinte, sagte aber kein Wort. »Ihr steht hier in Diensten eines reichen Pfeffersacks und habt damit einen guten Schnitt getan.« Krimmels Blick glitzerte überlegen. »Gell, Eggenberger, keiner weiß, dass Euer Liebchen eine Henkerstochter ist?« Er machte eine kurze Pause, in der er mit seiner Zunge immer wieder über die spröden Lippen fuhr.

Matthias beherrschte sich nur mühsam. Die ganze Erscheinung des Lumpen und dessen herausforderndes Geschwätz entfachten in ihm rasenden Zorn. Unauffällig, wie er glaubte, sah er sich um. Da war keiner außer ihnen auf dem Kirchhof oder zwischen den Gräbern. Er und der Schurke waren alleine auf dem Platz. Warum zögerte er noch? Seine Finger um den Dolch brannten. Ein rascher Stich, und es wäre aus mit dem Dreckskerl, nach dem nirgendwo der Hahn krähen würde.

Sein Blick fiel wieder auf den Mann, der auf einmal einen Schritt zurück machte und die Finger tiefer hinter den Gürtel schob. Mit einem verächtlichen Grinsen sah er ihm entgegen.

»Lasst das Messer lieber stecken, Eggenberger«, spie Krimmel drohend aus, der das verräterische Flackern in den Augen seines Gegenübers bemerkt hatte. Er hatte es oft genug in den angstgeweiteten Augen der von ihm Überfallenen gesehen, die versucht hatten, durch lächerliche Gegenwehr ihr schäbiges Leben zu retten. Kampfbereit stellte er sich hin. »Tut, wie ich Euch sage, sonst ist Euer Weib schneller auf dem Scheiterhaufen, als Ihr beim Rat um Gnade für sie betteln könnt.«

»Was willst du Lump?«, brach es wütend aus Matthias heraus, der in der Tat den Dolch unter der Schaube hervorgerissen hatte.

Krimmels Blick jagte zu dem blitzenden Messer und wieder zu dem jungen Gecken zurück. »Wie Ihr meint …«, knurrte er belustigt wie einer, der gerne mit anderen aneinandergeriet. »Aber hört, es gibt da ein Schriftstück, das mir ein Schreiber auf dem Markt gegen ein paar Münzen aufgesetzt hat. Darin steht, wer Euer Weibsbild wirklich ist.« Er kicherte, als hätte er einen Scherz gemacht. Doch es war eine Lüge, denn ein solches Schreiben besaß er nicht. Noch nicht. »Der Rat würde höchst erstaunt sein über das, was da geschrieben steht. Eine Henkersdirn als Gattin eines Mannes, der für den hohen Ratsherrn Rehlinger arbeitet. Und dazu eine, die mit Kräutlein heilt oder gar anders wirkt mit bösen Wurzeln und dunklen Sprüchen! Vielleicht wie eine … Hex? Pfui …« Seine Stimme nahm flink einen betrüblichen Tonfall an. »Die schöne Elisa wäre rasch von den Bütteln eingeholt und in den Kerker gebracht. Und Ihr selbst womöglich auch. Es geziemt sich doch weiß Gott nicht, dass ein hoher Herr wie Ihr ein ehrloses Weib ehelicht.« Seine momentane Überlegenheit schien ihn zu berauschen. In seinen Augen flackerte es übermütig. »Ach ja, jetzt seht Ihr mich wahrlich böse an. Aber das Messer in Eurer Hand zittert etwas«, sagte er höhnend und steckte beide Hände herausfordernd hinter den Gürtel, als erwarte er von dem Stutzer keinen Angriff mehr.

Matthias platzte schier vor Wut über den unverschämten Mistkerl und war kaum mehr zu einem klaren Gedanken fähig. »Und was sollte mich daran hindern, dir hier und jetzt das Lebenslicht auszublasen und dir das Schriftstück abzunehmen, Kerl? Oder deinen Karren danach zu durchsuchen, wenn ich dich abgestochen habe?«, knurrte er und ruckte mit der Waffenhand ein Stück nach oben.

»Ihr haltet mich wohl für einen Schwachkopf?«, stieß Krimmel scharf aus, aber dann verzog er den Mund zu einem herablassenden Grinsen. »Lasst Euch sagen, das Schreiben ist in sicheren Händen. Sollte mir das Geringste geschehen und ich nicht zu meinem Karren zurückkehren, wird es schleunigst dem Rat übergeben.«

Matthias brach der Schweiß aus. Nicht vor Furcht, sondern weil er sich kaum noch zurückhalten konnte, sich auf den Hundsfott zu stürzen. Und zwar gleichgültig, ob er dabei sein Leben verlieren würde oder der Halunke. Aber in seinen hitzigen, dunklen Gedanken flammte immerhin ein winziger, mahnender Funke auf, weder Elisa noch Johannes durch Unbedachtheit zu gefährden. Seine Hand um den Dolch zitterte tatsächlich, jedoch vor Wut. »Sag endlich, was du von mir willst, Kerl!«, knurrte er.

Krimmel knetete die schmutzigen Finger und blickte ihn lauernd an. »Eine Geldkatze voll Gulden, Herr. Unsereins lebt schließlich von der Hand in den Mund. Und das Leben auf der Straße ist hart.«

Matthias spürte, wie er augenblicklich an Farbe verlor. Was der Kerl verlangte, war ein kleines Vermögen.

Als hätte Krimmel erkannt, wie es in dem jungen Patrizier auf sein Ansinnen hin aussah, beschwichtigte er gestikulierend. »Als Hauptkassierer werdet Ihr doch wohl einen ansehnlichen Lohn einstreichen. Und als ehemaliger Handelsherr habt Ihr die Jahre über sicher etwas auf die Seite gebracht.« Er lachte kurz und rau und legte wie mitfühlend die knotigen Finger auf die Brust. »Ich verlange ja nur eine Handvoll der Augsburger Gulden, die überall höchst begehrt sind. Ihr sollt schließlich leben können. Und auch die schöne Elisa und Euer kleiner Junge. Und Ihr sollt ja nicht mit abgerissenen Kleidern Euren Dienst beim wohlhabenden Rehlinger antreten müssen.« Still lächelnd verzog er das Gesicht, aber in seinem Blick lag eine grausame Härte.

»Denkst du Kerl wirklich, mit deinen Anschuldigungen kommst du beim Rat durch?«, stieß Matthias aufsässig aus, der kaum noch an sich halten konnte.

Die flinken, heimtückischen Augen Krimmels verschleierten sich etwas. »Glaubt Ihr nicht?« Er sah wie nachdenklich zu Boden und rieb sich dabei wieder die Hände. »Die Saat des Zweifels wäre sicher gesät. Euer Weib geht mit Kräutlein und Heilsprüchen zu den armen Schluckern in üble Gassen und zu den Lumpen in den Kerker.« Er hob den Kopf und schüttelte ihn langsam. »Das tut ein ehrbares Weib doch nie und nimmer. Aber eine Henkerstochter …«

Matthias' Herz klopfte hart in der Brust. Die einsetzende Stille war eisig. *Wahrlich, eine ehrbare Frau tut so etwas nie und nimmer.* Der Schurke hatte nur ausgesprochen, was viele in der Stadt seit Langem dachten und weswegen er seit Jahren in höchster Sorge um Elisa war. Unter den ehrbaren Leuten hieß es, die Eggenbergerin eifere wohl danach, durch ihr barmherziges Tun als eine Heilige gelten zu wollen. Mancher im Handelshaus, der seine schöne Frau kannte, bedauerte ihn, mit einer offenbar den irdischen Freuden entsagenden Frau leben zu müssen. Mancher aber auch spottete über ihn, dass er nicht Manns genug wäre, sie im Haus zu halten. Bitterkeit stieg in ihm auf, denn er ließ Elisa nur gewähren, weil er sie liebte und wusste, er würde sie verlieren, wenn er sie nicht mehr zu den Kranken gehen ließ.

»Bis wann willst du die Münzen, Kerl?«, stieß Matthias schließlich mit dunkler Stimme aus.

In den Augen Krimmels funkelte es gierig. »Kommt heute Nacht zur elften Stunde in die Armengasse beim Frauentor.« Er deutete mit einem der schmutzigen Finger auf ihn. »Und lasst Euch nicht überfallen und mir *mein* Geld rauben.« Er kicherte kurz wie über eine gute Schelmerei, wurde aber jäh wieder ernst. »Und ich rate Euch, kommt beizeiten, oder die hohen Herren vom Rat erfahren noch in dieser Nacht von Eurer Henkersdirn.« Als wolle er seine Drohung bekräftigen, spuckte er aus. Schließlich machte er sich in leicht gekrümmter Körperhaltung, ob dem Argwohn oder einem schmerzenden Rücken geschuldet, auf flinken, krummen Beinen davon und unterließ es nicht, immer wieder über die Schulter einen wachsamen Blick auf den jungen Patrizier zu werfen.

Wie fiebernd sah ihm Matthias hinterher. Sein Schädel wollte ihm vor Hass und Ohnmacht platzen. Sein sicheres Leben mit Elisa drohte entlarvt zu werden. Aufgewühlt griff er sich an die Stirn. Herrgott, er musste nachdenken und wieder zu Verstand kommen. Wie selbstverständlich lenkten ihn seine

Schritte hin zur Kirche, in der es kühl war und die Luft schwer von Weihrauch. Ein paar alte Frauen saßen mit Rosenkränzen zwischen den Fingern in den Bänken und murmelten Gebete. Demütig hielten sie den Kopf gesenkt. Matthias ließ sich auf einer Bank weit hinten in der Kirche nieder. Wie nach schwerer Krankheit hatte er das Gefühl, keine Kraft mehr zu haben. Lange starrte er nur in die Kerzenflammen, bis seine Augen brannten und er das Gesicht in beide Hände bettete. *Herr im Himmel, was soll ich nur tun? Wie kann ich Elisa und Johannes retten?* Seine Gedanken sprangen wild durcheinander.

Sollte er versuchen, Krimmel aus dem Weg zu räumen, um mit Elisa und ihrem Kind weiterhin unerkannt in Augsburg leben zu können? Wobei er sich weiß Gott nicht einbildete, diesem gefährlichen Mörder gewachsen zu sein und ihm das Lebenslicht ausblasen zu können. Aber wenn dieser Dreckskerl nicht log, gab es einen Mitwisser und Komplizen, der das verräterische Schreiben womöglich in Händen hatte und es bewahrte. Wer anderes sollte es sein als der Bursche, der mit Krimmel zog und von dem Elisa ihm erzählt hatte? Und was dann mit diesem tun? Um an das Schriftstück zu kommen, würde er ihn vielleicht auch töten müssen. Einen jungen Kerl, dessen Seele vielleicht noch nicht so verkommen war wie die Krimmels und der das Leben noch vor sich hatte.

Plötzlich schmeckte es Matthias bitter auf der Zunge. Nein, es musste einen anderen Weg geben. Mit rasendem Herzen blickte er hin zum Herrn am Kreuz in St. Georg. All die vergangenen Jahre hatte der Herrgott sie beschützt und ihnen sogar ein Kind geschenkt, obgleich ihre Verbindung in den Augen der Menschen schändlich war. Und Elisa war wieder guter Hoffnung und würde in einigen Monaten einem weiteren Kind das Leben schenken. Ein kühler Luftzug streifte ihn, als das Kirchenportal geöffnet wurde. Irgendwo draußen sang ein Vogel eine traurige Melodie. Lieber wollte er versuchen, das Haus zu verkaufen und mit seiner Familie die Stadt zu verlassen. Und alles rasch und im Geheimen, was ihm schier unmöglich erschien. Aber es war ein Weg. Ein anderer, als zum Mörder zu werden. Ein wenig Hoffnung war in ihm aufgekeimt, und er erhob sich, schlug ein Kreuz und verließ das Gebetshaus.

Nach dem Regen hatte sich die Luft rasch wieder erwärmt. Die Sonne brach hervor und ließ die letzten Tropfen, die noch an den Dächern hingen, glitzern wie Eiszapfen im Winter. Auch im dichten Efeu um das eggenbergerische Haus, in dem schon wieder die Bienen summten. Kaum im Inneren, streifte sich Matthias die Schaube ab und eilte in den Garten, wo er Elisa vermutete. In der Tat stand sie mit bloßen Füßen im nassen Gras und genoss den reinen, blauen Himmel über sich. Ihr Lächeln erstarb augenblicklich, als sie die Anspannung in Matthias' Gesicht erkannte. Der Schmerz darin verkrampfte ihr Herz. »Was ist geschehen?«, fragte sie voll dunkler Ahnung.

Matthias zog sie in die Arme und küsste sie flüchtig. Seine Lippen waren kalt. »Dieser Halunke Krimmel hat mich abgepasst«, sagte er bitter.

»Bei der Heiligen Jungfrau …«, entfuhr es Elisa. Eng an ihn gepresst, spürte sie seinen raschen Herzschlag unterm Wams.

»Der elende Hundsfott will einen Batzen Geld, sonst trägt er dem Rat zu, wer du bist.« Er hielt Elisa ein Stück von sich. Tiefer Ernst lag in seinen Augen, als er ihr mit knappen Worten die Begegnung mit Krimmel schilderte. »Ich traue dem Kerl zu, dass er bald noch mehr Münzen will.«

Elisa nickte. »Er hat uns in der Hand und wird herausschlagen, was möglich ist. Dann verrät er uns beim Rat«, sagte sie mit kühler Bestimmtheit, klammerte sich aber plötzlich an Matthias. Ihre Stimme wurde wieder weicher. »Wie hatten wir nur glauben und hoffen können, dass der Schurke vergisst, dass es mich gibt, und wieder aus der Stadt verschwindet?«

»Weil wir hier eine Heimat gefunden haben und es satt haben, erneut fliehen zu müssen«, entfuhr es Matthias bitter und ohne Zögern. Er legte eine Hand über ihren Kopf und streichelte sie sanft. »Gemeinsam werden wir es schaffen, Elisa. Ich lasse nicht zu, dass er unser Leben zerstört.« Er begann, rascher zu atmen. »Und wenn ich ihm den Garaus mache!«

Erschrocken ruckte Elisa von seiner Brust fort. »Niemals, Matthis, fordere ihn nicht heraus! Er ist teuflisch schnell mit dem Messer und mit beiden Händen gleich geschickt. Du würdest ihm unterliegen.« Ihre Augen waren vor Entsetzen geweitet.

Matthias starrte sie an. Nicht, weil er nicht glaubte, was sie über Krimmel gesagt hatte, sondern weil er solch ein Narr gewesen war zu denken, ihr Leben könnte immer so weitergehen. Unerkannt und unauffällig in ihrer stillen, erfüllten Zweisamkeit, die Gott sogar mit einem Kind gesegnet hatte. »Sorge dich nicht, ich werde dem Lump heute Nacht das Schweigegeld bringen«, versuchte er, sie mit einem mühsamen Lächeln zu beruhigen, »… und das Messer stecken lassen.«

In seinem Inneren herrschte nach wie vor keine Gelassenheit. Ein böser Wind hatte Krimmel in die Stadt gebracht, aber er hatte gezögert, sich mit seiner Familie von hier fortzumachen und sich mit jedem ruhig verlaufenen Tag seit dem Auftauchen des Mörders sicherer gefühlt. Er war ein Narr gewesen zu glauben, was sie sich in drei harten Jahren durch Fleiß und Ehrbarkeit aufgebaut hatten, würde nicht zerstört werden können. *Ehrbarkeit.* Unwillkürlich verzog er den Mund bei diesem Wort. Schließlich waren sein und Elisas Leben auf Lug und Trug aufgebaut, seit sie nach Augsburg gekommen waren. War dieser Hundsfott etwa ihr Schicksalsbringer, den sie mit ihrer geheimen, anstößigen Verbindung längst heraufbeschworen hatten? Er schrak aus seinen Gedanken, als er sich bewusst wurde, wie Elisa ihn an den Armen gepackt hatte.

»Was sollen wir tun, Matthis?« Seine junge Frau blickte ihn mit flammenden Augen an.

Müde fuhr er sich mit der Hand übers Gesicht. »Wir müssen aus Augsburg fort, und zwar rasch. Und wir brauchen Geld für unsere Flucht, um in der Ferne davon leben zu können. Ich muss versuchen, unser Haus zu verkaufen.«

Schatten legten sich über Elisas Blick. Ihretwegen würden sie wieder ohne Heimat sein. Diese Stadt war gut zu ihnen gewesen, aber ihre schändliche Herkunft hockte wie eine üble Krankheit in ihr, die nicht zu heilen war und die sie ihr Leben lang mit sich tragen würde. Gleichgültig, wohin sie flohen.

»Damit wir Zeit gewinnen, werde ich dem Schurken heute Nacht das Schweigegeld geben«, sagte Matthias entschlossen. »Der Galgenstrick wird die Münzen binnen weniger Tage verprasst haben und dann mehr wollen.« Wieder verfiel er in stilles Nachdenken und starrte an ihr vorbei zur hohen Gartenmauer und der einfachen Häuserzeile dahinter. Handwerkerhäuser, in deren Erdgeschossen und Kellern es rumpelte und den Webern das Wasser, das sie für ihre Arbeit brauchten, zugeleitet wurde. »Sollte ich in den nächsten Tagen keinen Käufer für das Haus gefunden haben, nehmen wir, was wir haben, und verschwinden aus der Stadt.« Ein Gedankenblitz hellte seine Miene auf. »Beim Knöpflin habe ich ein paar gute Pferde stehen sehen. Vielleicht verkauft er mir eines für dich und dazu ein Maultier, damit wir rasch fortkommen. Ich gehe heute Nacht noch zu ihm.«

»Meinst du, der öffnet dir so spät noch die Tür?«

Mit einem leichten Lächeln versuchte Matthias, sie aufzumuntern. »Der Knöpflin kennt mich, der Rehlinger kauft doch hin und wieder Pferde bei ihm. Und besser ist, ich gehe in der Nacht zu ihm. Falls mir dieser Krimmel seinen Knecht hinterherjagt, ist es leichter, ihn abzuschütteln.«

Als Matthias aufbrechen musste, versuchten sie, es für sich nicht schwerer zu machen, als es ohnehin war. »Mir wird nichts geschehen, Liebste. Du hast doch selbst gesagt, dass du mich noch mit grauen Haaren um dich haben wirst.« Er zog Elisa in seine Arme und küsste sie. Dann verließ er rasch das Haus. Er ging in die Dunkelheit davon. Wo ihm der Dolch im Gürtel saß, hing auch der gut gefüllte Münzbeutel. Eine Zeit lang hielt er die Hand darauf, als würde er ihn um nichts hergeben wollen. Dabei wusste er nur zu genau, dass ihm die pralle Börse mit einem guten Teil ihrer Ersparnisse die Zeit verschaffen würde, um seine Familie und sich in Sicherheit zu bringen. Das hoffte er freilich. Lieber noch wäre es ihm gewesen, in derselben Nacht aus der Stadt zu kommen, aber weder wollte er Hals über Kopf fliehen, ohne seine Angelegenheiten zu ordnen, noch es wagen, Krimmel zu unterschätzen. Womöglich rechnete dieser mit einer übereiligen Flucht und hatte ihnen eine Falle gestellt, von der er sich beileibe nicht vorstellen konnte, wie sie aussah. Ihm blieb nichts anderes, als darauf zu hoffen, dass er den Schurken richtig einschätzte, der sich die schmutzigen Finger nach den klingenden Münzen leckte und den erzwungenen Geldfluss doch wohl nicht sogleich wieder versiegen lassen würde.

Die Anspannung ließ Matthias eiligen Schrittes durch die

Gassen gehen. Das Pflaster lag einsam. Hinter den Fenstern der schmucken Häuser aber schliefen noch nicht alle. Es saßen noch Menschen bei den warmen, honigfarbenen Lichtern. Vor der vereinbarten Zeit erreichte Matthias die Armengasse beim Frauentor. In einer Hand schaukelte eine Laterne, die andere hatte er unter der Schaube am Dolch. Mit entschlossenen Schritten ging er an den kleinen, aneinandergeschmiegten Häusern vorbei, die nicht schäbiger als andere Behausungen im Lechviertel waren, in denen die Bewohner trotz ihrer harten, auszehrenden Arbeit nur wenig mehr zum Leben hatten als die Tagelöhner und Habenichtse hier in der Gasse. Und hier wie dort waren es zugige, feuchte Löcher, in denen es sich zuversichtlich sterben, aber kaum gut leben ließ. Am Ende der Straße sah er im hellen Mondlicht eine Gestalt an einer Hausmauer lehnen. Für einen Augenblick wurde Matthias langsamer. Seine Finger schlossen sich fester um den Messergriff. »Herr im Himmel«, murmelte er unter aufsteigendem Zorn, »bewahre mich vor einer unbedachten Tat …«

Elisa und Agnes saßen in der Wohnstube. Beide arbeiteten sie schweigend beim knisternden Herdfeuer an einer Stickerei. Im Kessel wurde eine Suppe für Matthias warm gehalten, wenn er aus der Nacht zurückkehrte. Als die Turmuhr der Georgskirche zur elften Stunde schlug, fuhr Elisa zusammen. Jetzt traf sich Matthias mit dem Halsabschneider. Wirre Gedanken und Gefühle durchfluteten sie und ließen sie erschauern. Unvermittelt schloss sie die Augen und begann, still zu beten. Nach einiger Zeit wurde sie wieder ruhiger und fuhr mit ihrer Stickarbeit fort. Als sie sich aber mit der Nadel in den Finger stach und Blut hervorquoll, schrak sie auf, als symbolisiere das wenn auch geringe Missgeschick bevorstehendes Unheil. *Herrgott, beschütze den Matthis*, flehte sie und starrte ins Feuer. Und zuckte ein weiteres Mal zusammen, als es plötzlich ans Fenster klopfte.

Agnes warf ihr einen erstaunten Blick zu, erhob sich dann aber rasch und verschwand aus der Stube. Als sie nach kurzer Zeit zurückkam, folgte ihr ein Junge in verschlissener, schmutziger Kleidung. Seine unruhigen Augen jagten zu Elisa und durch den Raum, hin zum Kessel über dem Feuer, aus dem es köstlich duftete. Elisa musterte ihn neugierig. Zögernd beugte er etwas den Kopf, während er eine Mütze zwischen den Händen knetete. »Hohe Frau, könnt Ihr zum Nachtkönig kommen und nach ihm sehen? Der liegt unter üblen Schmerzen da und jammert, als würden ihn die Maden von innen auffressen.«

Nein, ich kann nicht fort!, wollte Elisa aufschreien. *Ich muss auf Matthias warten …* Sie wusste ja nicht, was in der Armengasse geschehen war, und wollte ihre Ängste den beiden Menschen in der Stube entgegenschleudern. Agnes, die sie anstarrte und sich offenbar über ihr Zögern wunderte. Und dem Jungen mit seinem hungrigen Blick und den mahlenden Zähnen hinter den schrundigen Lippen. Aber dann legte sie ihr Stickzeug doch zur Seite und erhob sich vom Stuhl. Und stand einfach nur da und starrte ins Feuer, als hätte sie dort Ungewöhnliches entdeckt. Ihre Augen begannen, groß zu werden und schließlich zu funkeln. Ihre Lippen bewegten sich kaum merklich, als formten sie Worte. Matthias war nichts geschehen, wusste Elisa jäh. Sie blinzelte und zwang den Blick von den zuckenden Flammen fort. Mit einem leichten Lächeln sah sie zu Agnes, die sie immer noch anstarrte. Jetzt aber nicht mehr verunsichert, sondern neugierig.

»Ich schau nach dem Bartl«, sagte Elisa und dachte an den

widerborstigen Kerl mit dem schmerzvollen Blick zwischen den Flüchen, während sie aus einem Schränkchen zusammenzusuchen begann, was sie für die üblichen Beschwerden des Unratsammlers brauchen würde. Falls jetzt allerdings eine neue Blessur hinzukam, wollte sie gerüstet sein. »Hat der Bartl einen Unfall gehabt, oder machen ihm die Knochen wieder zu schaffen?«, fragte sie über die Schulter.

Der Junge zog grübelnd die Unterlippe zwischen die Zähne, ehe er den Mund auftat. »Ich weiß nicht. Aufstehen wollte er halt und an seine Arbeit gehen. Aber dann schimpfte er auf sein faules Bein und fiel auf sein Lager zurück. Und jetzt sagt er nichts mehr und stöhnt nur.«

Einem Gedanken folgend, ging Elisa mit der Laterne in den Garten und holte sich einige große Blätter vom Wegerich. »Wie heißt du eigentlich?«, wollte sie von dem Burschen wissen, als sie wieder im Haus war und die Blätter sorgsam in ein sauberes Tuch wickelte.

»Peter«, antwortete der aufgeschossene, dunkelhaarige Junge.

»Wer hat dich zu mir geschickt, Peter?«

Der Bursche zuckte mit den knochigen Schultern. »Einer aus der Gasse halt, der dem Nachtkönig Wasser gebracht hat.«

Einer der armen Leute also, dachte Elisa. *Immerhin halten sie zusammen, wenn einer von ihnen in höchster Not ist. Manchmal wenigstens tun sie es.* Sie verstaute weitere dunkle Fläschchen in ihrem Korb, gab etwas Essen dazu und deckte ein schützendes Tuch darüber. Sie streifte sich eine einfache Haube übers Haar und griff nach ihrem Schultertuch.

»Herrin, was soll ich Eurem Gatten sagen, wenn er zurück ist?«, fragte Agnes aufgeregt, obwohl sie es gewohnt war, dass ihre Herrin auch des Nachts zu Kranken gerufen wurde. Sonst um kein vorlautes Wort verlegen, stand die junge Magd mit glühenden Wangen da, knetete unsicher die Hände und musste wieder daran denken, wie der Herr heute aufgebracht ins Haus gestürzt war, als treibe ihn ein böser Geist vor sich her. Und der Herrin im Garten wohl etwas Schreckliches offenbart hatte, sodass beide schließlich eng beieinandergestanden waren, als müssten sie sich gegenseitig vor großem Unheil beschützen. Agnes schluckte mühsam. Sie war beileibe kein ängstliches Frauenzimmer, aber seit Wochen schon hatte sie das Gefühl, als brauten sich dunkle Wolken über dem Haus zusammen und würde bald ein heftiges Gewitter losbrechen.

»Agnes, hast du mir zugehört?«, fragte Elisa eindringlich.

Die junge Magd zuckte zusammen. »Entschuldigt, Herrin, was … was habt Ihr gesagt?«

»Ach, Agnes, hast mal wieder geträumt«, sagte Elisa, verzieh ihr aber augenblicklich und legte ihr die Hand auf den Arm. »Hör, es ist wichtig, dass du meinem Mann sagst, dass ich zum kranken Bartl gegangen bin. Und es kann dauern, bis ich heimkomme.«

Agnes nickte eilfertig. »Verlasst Euch auf mich, Herrin. Ich sag's dem Herrn und halte ihm die Suppe warm.«

Elisa warf ihr einen mahnenden Blick zu, ehe sie den Burschen vor sich aus der Tür schob. Ihr war das Herz schwer, weil sie nicht da sein würde, wenn Matthias von seinem gefährlichen Gang heimkehrte. Ihr schlechtes Gewissen quälte sie und wollte sie nicht über die Schwelle lassen, aber sie musste doch hinaus. Falls es um Bartl wirklich schlimm stand, war Hilfe dringend nötig. Es regnete wieder. Sie beugte schützend den Kopf und folgte Peter über das schmierig werdende Pflaster. Er trug eine quietschende Laterne mit einem dürftigen Licht darin, das nicht einmal ausreichte, um die nächsten

Schritte weit sehen zu können. Dennoch kamen sie unbeschadet bis zum Gallustörchen, durch das es über einen Hang steil zum Fluss hinabging. Der Junge half ihr mit dem Korb. Das bergab stürzende Wasser hatte ihre Schuhe in kürzester Zeit durchtränkt. Auf dem schmalen Weg hatten sie großes Glück, nicht auszurutschen. Unten aber liefen sie rasch über die Brücke, unter der das Wasser kräftig hindurchrauschte, tief ins Jakobsviertel hinein. Als das spärliche Licht in der Laterne erlosch und obwohl Elisa den Weg zum Nachtkönig kannte, nahm Peter sie einfach an der Hand und führte sie mit einer Sicherheit durch die Gassen, als wären sie ihm nachts weit weniger fremd als am Tage.

In einem winzigen, windschiefen Haus fristete der Nachtkönig sein Dasein. Eingepfercht zwischen größeren Häusern, die es zu erdrücken schienen, bot es vor allem bei Tag einen trostlosen Anblick. Ganz wie der halsstarrige Kerl, der es bewohnte. Und ob dieser dickköpfige, trinkfreudige Mensch noch einige Zeit des Schnaufens, Saufens und mühevollen Arbeitens vor sich hatte, lag vielleicht in ihren Händen, dachte sich Elisa ehrlich besorgt. Entschlossen drückte sie die sperrige Holztür nach innen und schob sich unter dem schiefen Türrahmen hindurch ins Haus. Modriger Gestank schlug ihnen entgegen. Der Junge folgte Elisa in die Stube. Im dürftigen Licht einer beinahe niedergebrannten Kerze lag Bartl stöhnend auf seiner Schlafstatt aus schmutzigen Decken. Elisa stellte den Korb auf die Erde und ließ sich neben ihm auf den Knien nieder. »Sieh zu, dass du mir mehr Licht verschaffst, Peter. So kann ich nicht genug sehen.«

Was Elisa immerhin schon erkannte, war Bartls glühendes Gesicht, in dem die Augen geschlossen waren. Seine grauen, widerspenstigen Haare hingen ihm verschwitzt in die Stirn.

Hitze und saure Ausdünstungen eines ungewaschenen Körpers umgaben ihn. Und der faule Geruch von Eiter. Entschlossen nahm Elisa die schmutzige Decke weg, unter der er in seinen Kleidern dalag, einem vor Schmutz starrenden, zerschlissenen Hemd und nicht minder dreckigen Hosen, deren Stoff so dünn war, dass die Haut hindurchschimmerte. Er war von leicht untersetzter Statur mit einem kugelrunden Bauch. Seine Arme waren übersät mit Narben, und im Gesicht saßen alte, tiefe Schrunden. Ein Schmuckstück war Bartl wahrlich nicht, aber wer dennoch einen aufmerksamen Blick in sein Gesicht tat, konnte wache, freundliche Augen entdecken. Und wenn der Unratsammler in der rechten Stimmung war, zeigte er mit einem schallenden Lachen, dass er trotz seines beschwerlichen Lebens die Freude daran nicht verloren hatte.

Peter entzündete Talglichter und stellte sie neben das Krankenlager. Auch in seiner Laterne brannten kurz darauf frische Kerzen. In der Stube gab es jetzt genügend Helligkeit, um Elisa ihre Arbeit tun zu lassen. Als sie den Nachtkönig vorsichtig an der Schulter berührte, hob er mühsam die Lider und starrte Elisa aus fiebernden Augen an. »Bei meiner Seel', was habt Ihr hier verloren?«, schnauzte Bartl.

»Na, was schon, nach dir sehen und dich wieder zusammenflicken«, antwortete Elisa gelassen. Nach einer raschen Musterung des Kranken verstärkte sich ihr Verdacht, dass einzig das notdürftig umwickelte Bein der Herd des Übels war. Vorsichtig begann sie, den braunen, verdreckten Lumpen von der rechten Wade zu lösen. Augenblicklich wurde der Geruch von Eiter und Blut durchdringender. »Was ist passiert, Bartl?«

Der Unratsammler ächzte, weil ihm jede Berührung des Unterschenkels große Schmerzen bereitete. Als Elisa die scheußliche Verletzung freigelegt hatte, stieß er die angehaltene Luft scharf durch die aufeinandergepressten Zähne. »Verdammte Fuhre … beim Abladen vor der Stadt ist es passiert. Blieb an einem der Kadaver hängen, als ich die Ladung in die Grube kippte. Ich wurde mitgerissen und schlug unten hart auf.« Er hustete und schnappte mühevoll nach Luft. »Am Bein habe ich geblutet wie ein abgestochenes Schwein. Aber ich hab's fest verbunden, wie ich es oft von Euch sah. Hab auch Salbe drauf getan …« Das Reden strengte ihn derart an, dass er erschöpft wieder die Augen schloss.

Vorsichtig tastete Elisa den Knochen unter dem vereiterten Fleisch ab. Bartl verkrampfte sich dabei, stöhnte unterdrückt und stieß einige heftige Flüche durch die trockenen Lippen aus. »Hast Glück gehabt, Bartl, das Bein ist nicht gebrochen, und die Wunde ist nicht bis auf den Knochen entzündet.«

»Ich merk es richtig, Gossenengel«, presste der Nachtkönig spöttisch hervor und stemmte das gesunde Bein immer noch in die Decken, um den Schmerz aushalten zu können.

Elisa legte ihm die Hand auf den Arm. »Was ich tun kann, werde ich für dich tun, Bartl. Aber danach musst du eine gute Weile liegen und das Bein schonen, hörst?«

»Kann ich nicht. Einer muss doch den Dreck wegschaffen. Und wenn der Rat sich einen anderen Unratsammler sucht, hab ich kein Auskommen mehr.« Ein zorniges Funkeln sprang in seine Augen und ließ ihn etwas den struppigen Kopf heben. »Beim Saufen hilft dir jeder, aber wenn's darum geht, Drecksarbeit zu verrichten, bleibst allein in den Gassen und vor der Stadt.«

»Jetzt bleibst erst mal ruhig liegen, Bartl. Ich muss das faule Fleisch herausschneiden«, bestimmte Elisa. *Damit vor allem das Blut nicht schwer und dunkel wird, den Knochen anfrisst und noch mehr an Fleisch faulen lässt,* dachte sie. Denn dann würde es dem Kranken neben dem Bein vielleicht auch das Leben kosten. Entschlossen langte sie nach dem Weinschlauch, der neben dem Nachtkönig auf dem festgestampften Lehmboden lag, und stellte erleichtert fest, dass er noch über die Hälfte gefüllt war. Sie zog den Pfropfen heraus, gab aus einem ihrer Fläschchen ein wenig Schlafmohn hinzu, schwenkte den Schlauch und schob schließlich eine Hand unter Bartls Kopf, um ihn beim Trinken zu stützen. Immer und immer wieder nahm der Kranke einen Schluck, was ihm zur sonstigen Freude jetzt ausschließlich Mühe bereitete.

Er hustete, er mühte sich und nahm noch ein paar Schlucke, dann winkte er kraftlos ab. »Lasst gut sein, Frau Eggenberger, mir reicht es. Entweder ich halte es aus, oder ich verrecke. Und wenn ich verrecke, dann doch lieber in Euren Händen als in dem Dreckloch vor der Stadt.« Er brachte sogar ein kurzes, böses Lachen zustande.

»Du wirst nicht verrecken, Bartl, du bist wie altes, zähes Leder. In die Jahre gekommen, aber robust.«

»Wenn Ihr meint, Gossenengel ...« Er war erschöpft und müde, und der Wein breitete sich warm in seinen Eingeweiden aus. Ihm fielen die Augen zu.

Während Elisa den Jungen zum Wasserholen schickte, legte sie auf einem sauberen Tuch alles zurecht, was sie für Bartls Behandlung brauchte. Auch ein kleines Messer war darunter, mit dem sie das verfaulte Fleisch vom gesunden schneiden wollte. Der graue Kopf des Nachtkönigs war zur Seite gesackt. Leichte Schnarchlaute ließen Elisa zufrieden nicken. *Du wirst nicht sterben, Bartl, jedenfalls nicht, bevor die Lutherischen ganz das Sagen in Augsburg haben.* Wieder einmal kam dieses unheimliche Wissen jäh über sie, und jäh verblasste es auch wieder. Sie hielt einige Augenblicke inne, um ihren Herzschlag zu beruhigen. Schließlich griff sie nach einer Pinzette und hielt sie so lange in die Kerzenflamme, bis sie ihr gereinigt erschien. Die Wunde, groß wie ein Gulden, roh und von gelbem Schleim überzogen, nässte und stank.

»Lege dich über seinen Brustkorb, Peter«, gebot Elisa dem Jungen, worauf dieser kurz zögerte, dann aber tat, wie ihm geheißen. Elisa selbst hockte sich ungeniert auf Bartls Oberschenkel, um das Bein ruhigzustellen, und begann, mit der Pinzette den Schmutz aus der Wunde zu entfernen. Augenblicklich stöhnte der Kranke auf und wollte sich aufrichten, aber Peter drückte ihn mit seinem Gewicht nach unten und machte sich so schwer er konnte. Der Nachtkönig wimmerte und fluchte, blieb aber in seiner Betäubung. Kurz darauf fuhr die Pinzette wieder zwischen Eiter und rohes Fleisch. Bartl blieb reglos. Zufrieden nickte Elisa dem Jungen über ihrem Rücken zu.

Als sie jedwede Spur von Schmutz aus der Wunde entfernt hatte, erwärmte sie die Klinge des kleinen Messers in der Kerzenflamme und schnitt das rund um die Verletzung dunkel gewordene Fleisch fort. Selbst tief in seiner Bewusstlosigkeit wimmerte Bartl vor Schmerz. Er drehte den Kopf hin und her, bewegte sich sonst aber kaum. Schließlich wusch Elisa die Stelle mit Wein aus und griff nach den frischen Spitzwegerichblättern im Korb. Zwischen den Händen knetete und zerdrückte sie einen Teil davon, bis Flüssigkeit austrat, die sie in die Wunde tropfen ließ. Die ganz gebliebenen Blätter legte sie darüber und verband die Wade mit einem sauberen Tuch.

Der Nachtkönig stank. Die Haut am Bein war dunkel und schorfig, wie sie wohl überall am lange nicht mehr gewaschenen Leib sein würde. Entschlossen entledigte Elisa ihn unter Mithilfe des Jungen seiner Kleider. Auch das schmierige Tuch verschwand, das er sich irgendwann einmal um den Hals geschlungen und dort offenbar vergessen hatte. Als Elisa es vorsichtig löste und zu Boden fallen ließ, erstarrte sie für einen Moment und verstand im selben Atemzug, weshalb er diesen Fetzen niemals ablegte. Eine fingerbreite, feurige Narbe umgab seinen Hals wie der Strick, der sich ihm einst unzweifelhaft tief ins Fleisch gegraben hatte. Der Unratsammler war ein Gehängter! Und war, wie ungeheuerlich es auch immer zugegangen sein mochte, dem Tod von der Schippe gesprungen. Peter stieß einen abgehackten Laut aus und senkte seinen Blick ungläubig auf den Bewusstlosen, als wäre der ein Geist, aber Elisa scheuchte ihn weg, um das erwärmte Wasser von der Herdstelle zu holen. Ohne ein Wort über Bartls Geheimnis zu verlieren, begann sie, ihn zu waschen.

Als sie fertig war, war sie in Schweiß gebadet. Der Kranke wand sich in einem unruhig gewordenen Schlaf. »Hat er noch ein anderes Gewand?«, fragte Elisa. Peter schien kurz nachzudenken und nickte schließlich. Viel besaß der Unratsammler nicht, aber neben einem einfachen Tisch und Hocker gab es immerhin eine alte Truhe, die seine geringen Habseligkeiten barg. Darunter auch ein grobes Hemd und Hosen, die um einiges reinlicher waren als jene, die er getragen hatte und die der Junge herauskramte. »Das ist sein gutes Gewand«, meinte Peter. »Das zieht er an, wenn er in die Schenke will oder es ein Fest in der Stadt gibt.«

»Dann kommt es gerade recht für seine Genesung«, entschied Elisa. Gemeinsam mit dem Jungen streifte sie Bartl die Sachen über und legte noch eine Decke über ihn. Die reichte nicht ganz bis zum Hals, und die Narbe dort leuchtete jetzt, nachdem der Schmutz fortgewaschen war, besonders scheußlich.

»Dass einer lebend vom Galgen kommt, hab ich noch nie gehört«, flüsterte Peter, der am Fußende von Bartls Lager stand.

»Kommt auch selten einer davon …«, sagte Elisa leise. »Der Nachtkönig will sicher nicht, dass jemand davon weiß. Also werden wir beide kein Wort darüber verlieren.« Sie sah den Jungen durchdringend an. »Kannst du schweigen?«

»Kein Wort werd ich sa… sagen.« Unter Elisas Blicken wurde er rot und verhaspelte sich. »Kein Wort, ich schwöre es!« Elisa fühlte, dass er es ernst meinte.

»Ich schwöre es auch, Peter.« Kurzerhand riss sie ein schmales Stück Stoff aus ihrem Unterkleid, kniete sich neben Bartl und begann, den Fetzen sanft um seinen Hals zu binden.

Völlig unerwartet schnellte seine Hand hoch und legte sich schmerzhaft um ihr Handgelenk. »Verdammt, lasst die Finger von dem Tuch …«, stieß er mühsam aus und versuchte, sich aufzurichten, fiel aber ächzend auf sein Lager zurück. Elisa zog ihm die Decke wieder ein wenig höher. Wie verbissen packte er sie und hielt sie, so fest er konnte. Eine Zeit lang lag er still, schlief offenbar auch, und als er das nächste Mal erwachte, warf er Elisa einen grimmigen Blick zu. »Warum habt Ihr nicht die Finger von dem Halstuch gelassen?«, knurrte er.

»Weil du gottserbärmlich gestunken hast und nur gesund wirst, wenn du aus den verdreckten Kleidern kommst«, antwortete sie ihm ruhig.

Er grunzte missmutig. In seinem Gesicht konnte sie seine Empfindungen zwischen Zorn und Unsicherheit erkennen. Mal sah er Elisa herausfordernd an, dann starrte er wieder an die Decke mit den Schimmelflecken. »Herrgott, ich bin kein Halunke, den sie einfach so aufgeknüpft haben.« Er schnaubte unwillig, fuhr sich über die schweißglänzende Stirn und legte schließlich die Finger um seinen Hals. »Hört meinethalben …«, begann er dumpf, »in den Bauernkriegen war's, da haben uns die Soldaten vor ihren Pferden hergetrieben wie Vieh. Dicht vor einem Waldstück haben sie uns erwischt und an die starken Äste der ersten Bäume gehängt. Einen nach dem anderen, damit die, die später dran waren, dabei zuschauen konnten, wie es denen vor ihnen erst die Augen und dann die Zunge raustrieb, wie sie unter der Fallsucht zappelten, am Strick tanzten und schließlich wie mit zerbrochenen Gliedern dran hingen.« Er schluckte mühsam und fuhr unentwegt mit den Fingern an seinem Hals entlang.

»Ich war der Letzte, den sie aufhängten. Aber da sonst keiner mehr lebte und die Soldaten die aufgerissenen Mäuler und hervorquellenden Zungen schon zur Genüge kannten, wendeten sie ihre Pferde und ritten davon. Und ich hing dort, und die Pisse lief mir die Beine herab. Und mein Schädel platzte, weil ich keine Luft mehr bekam. Dann war alles still.« Er hustete, sammelte den Speichel und spuckte zur Seite. »Bis mich einer wild schüttelte, mich anbrüllte und mir Wasser über den Kopf goss. Das war der, der mich abgeschnitten hatte und der mir so lange ins Gesicht schlug, bis ich selbst merkte, dass ich noch am Leben war.« Eine Zeit lang schwieg er, auch Elisa sagte kein Wort, und Peter, der in einer Ecke kauerte, wagte kaum zu atmen. »Glaubt mir, Gossenengel, ich war kein Schurke. Ich war ein Bauer und hatte ein hartes Leben, aber ich war ehrbar«, stieß er hitzig aus. »Aber jetzt klebt der Unrat aus den Häusern der Adeligen und Bürger an mir und der Dreck der Gosse, und ich wurde zu einem, für den es in der Gesellschaft keinen Platz gibt.« Er lächelte ein bitteres Lächeln. »Ich bin kein Lump, ich bin nur der schändliche Nachtkönig.«

Sein Fieber war wieder gestiegen. Elisa erkannte es an dem Funkeln in seinen Augen und der ungesunden Röte, die sich über sein Gesicht gelegt hatte. Als sie Bartl berührte, schien seine Haut zu brennen. Entschlossen langte sie nach einem der Fläschchen im Korb und gab ein paar Tropfen in einen Becher mit Wasser. »Hier, trink, das ist gegen das Fieber«, sagte sie. Sie stützte seinen Kopf und wartete, bis er alles geschluckt hatte. Erschöpft sank sein Kopf auf die Decken zurück. Leise stöhnte er. Und fiel in einen tiefen Schlaf, während dem ihm Elisa mit einem feuchten Tuch immer wieder das Gesicht und die Beine kühlte. Geraume Zeit später regte er sich erneut und hob die Lider. Erstaunt starrte er sie an.

»Ihr seid immer noch da?« Ein dunkler Gedanke schien ihm zu kommen. Er streckte eine Hand nach ihr aus. »Hört, Frau Eggenberger, hinter Euch ist einer her …«, er atmete mühsam, »ich soll's Maul halten, damit Ihr Euch nicht fürchtet, aber … das ist keiner vom Pack in der Stadt und keiner der Habnichtse, die ein Auge auf Euch haben.« Unter großer Anstrengung hob er den Kopf. »Es ist ein Fremder. Ein Kerl, dem der Teufel auf dem Fuß folgt. Er horcht die Leute nach Euch aus, Gossenengel. Hütet Euch!« Erschöpft fiel er wieder auf die Decken zurück und blieb mit geschlossenen Augen liegen.

Krimmel, schoss es Elisa durch den Kopf, *nur er kann gemeint sein! Geld für sein Schweigen von uns zu erpressen genügt ihm also nicht. Wenn er Erkundigungen über mich einzieht, verfolgt er einen Plan.* Elisa schauderte es. Sie ahnte, dass Matthias und sie nicht mehr viel Zeit hatten. Geduldig saß sie neben Bartls Lager, bis sich sein Atem beruhigt hatte und die Hitze auf seinem Gesicht zurückgegangen war. Aufgekommener Wind ließ die Tür in den rostigen Angeln knarren. Peter lehnte an der Mauer und kam näher, als ihn Elisa zu sich winkte.

»Du musst auf den Bartl aufpassen. Jetzt schläft er, aber wenn er wieder schlimmes Fieber bekommt, gib ihm etwas von der Tinktur hier.« Sie drückte ihm ein Fläschchen in die Hand und zeigte ihm, wie er sich anstellen sollte. »Aber nur wenige Tropfen«, schärfte sie ihm ein. »Morgen sehe ich wieder nach ihm.«

»Und wenn es ihm schlechter geht?«

»Dann hol mich. Du weißt ja, wo du mich finden kannst.« Sie holte Brot und Käse und zwei dicke Scheiben Speck aus dem Korb und legte alles auf den Tisch. Mit unterdrücktem Schmunzeln warf sie dem Jungen einen vielsagenden Blick zu. »Das ist für den Bartl … und für dich. Ich verlasse mich auf dich, dass du bei ihm bleibst und dich um ihn kümmerst.«

Peter beeilte sich zu nicken. Ihm lief bereits das Wasser im Mund zusammen. Sein Magenknurren war schon lange nicht mehr zu überhören. »Seid versichert, Herrin, ich passe auf den Nachtkönig auf.«

Wenigstens hat es aufgehört zu regnen, dachte Elisa, als sie das Haus verließ. Die Luft war klar und kühl. Die Schatten von zwei Menschen folgten ihr, huschten mit ihr durch die Gassen über den Lech zurück den Berg hinauf, außen die alte Stadtmauer entlang und dann durchs Gallus-Törchen hinein in die Oberstadt. Einmal, als ein Trupp Büttel in der Nähe war, drückten sich ihre auf Abstand bleibenden Begleiter ebenso gegen die Hauswände, wie sie es ein Stück vor ihnen tat. Es waren Habenichtse, wie Bartl gesagt hatte, die ihr folgten und über sie wachten, die ihr bereits in vielen Nächten gefolgt waren, die die nächtlichen Gassen ebenso kannten wie sie selbst und keine Fackel und keine Laterne brauchten, um sich zurechtzufinden. Jetzt, nahe bei ihrem Haus, waren sie zurückgeblieben und warteten, bis sie durch das Törchen zum Garten verschwunden war.

Im Haus fand sie nur ihre Magd bei ihrem schlafenden Kind vor, aber nicht Matthias. Agnes stemmte sich müde vom Schemel hoch und rieb sich gähnend die Augen. »Der Herr ist noch nicht zurückgekommen.«

»Geh schlafen, Agnes, hast lange genug gewartet«, sagte Elisa entschieden ruhiger, als sie war, und folgte ihrer Magd mit den Blicken, bis sie die Treppe zu ihrer Kammer hinaufgestiegen war. Kaum wurde oben die Türe geschlossen, verließ Elisa leise das Haus und ging auf die Gasse zurück. Mit bebendem Herzen starrte sie in die Richtung, aus der Matthias längst hätte kommen müssen. Ihr Verlangen, zur Armengasse hinterm Frauentor zu laufen, ließ sie kaum einen klaren Gedanken fassen. Aber es war ihm doch nichts geschehen, schalt sie sich im gleichen Moment selbst, als sie daran dachte, was sie im Feuer gesehen hatte. Ihre Augen brannten vor Erschöpfung über die letzten Stunden an Bartls Lager. Ihr Rücken schmerzte. Sie legte beide Hände auf ihren Leib und ihr Kind. *Du kleines Wurm weißt von nichts. Im Herbst liegst du in meinen Armen. Und in denen deines Vaters.* Sie schluckte. Die Unruhe blieb, weil Matthias noch nicht zurück war und es einen Grund dafür geben musste. Angestrengt dachte sie an ihn und hoffte, sie konnte *spüren,* was geschehen war, aber ihr innerer Aufruhr schenkte ihr nur verworrene Bilder.

Zurück im Haus, hatte sie das Gefühl, es in den engen Räumen nicht aushalten zu können. Unter freiem Himmel würde sie es wohl besser ertragen, auf Matthias zu warten. Aber dann kam ihr ein anderer Gedanke. Leise stieg sie in ihre und Matthias' Schlafkammer hoch. Sie trat ans Bett ihres kleinen Sohnes, dessen ruhige Atemzüge seinen wohligen Schlaf verrieten. Elisa fuhr ihm zärtlich durch die blonden Locken. Als hätte sie einen hauchfeinen Vorhang zurückgezogen, durchflutete sie plötzlich ein Gefühl, dass Johannes ein aufregendes Leben vor sich haben würde. Und einen guten Teil davon nicht auf festem Boden, sondern auf Schiffsplanken. Sie zuckte beinahe zurück über dieses kurze Eintauchen in ein anderes Leben, an dem sie nicht mehr teilhaben würde. Wie ein Geschenk hatte es sich ihr geöffnet und sie glücklich gemacht. Mit einem Lächeln sah sie auf Johannes, dann verließ sie leise die Stube.

In ihrer kleinen Kammer daneben entzündete sie zwei Kerzen und stellte sie auf den Tisch nahe am Fenster. Sie fieberte danach, *mehr* zu sehen als das, was sie manchmal mit einer Wucht überkam, die sie buchstäblich erschütterte. Entschlossen holte sie eine kleine Schatulle aus der schweren Holzkiste an der Wand und öffnete sie. Das Tarot darin hatte sie lange nicht mehr in Händen gehabt. Vielleicht konnte es ihr dort Hilfe bringen, wo ihre Aufregung wie eine Mauer wirkte und unbeantwortete Fragen ihren Blick verschleierten. Die Karten ließen sich nicht vereinnahmen und unterwarfen sich nicht ihren Wünschen. Was sie zeigten, zeigten sie schonungslos. Sie sprachen von der Vergangenheit und der Gegenwart und deuteten an, was die Zukunft bringen konnte, wenn man sein Leben so fortführte, wie man es gegenwärtig tat.

Eine ganze Weile saß Elisa nur am Tisch und versuchte, ihre Gedanken frei zu machen. Die warmen Lichter halfen ihr dabei. Als sie das Gefühl hatte, es wäre an der Zeit, hob sie beide Hände und legte sie kurz über den Kartenstapel. Als sie ihn aufnahm, überlief sie ein Schauer. Was sie in den Händen barg, kam ihr vor wie eine Brücke in eine andere Welt, in die sie nach diesem Leben gelangen würde. Eine ferne Welt, die manchmal so nahe sein konnte, dass sie ein Wispern daraus durch eines der geschlossenen Fenster vernahm. Entspannt schloss sie die Augen und sprach ein stilles Gebet. Dann mischte sie die Karten und richtete ihre Gedanken auf Matthias. Mit ruhigen Händen begann sie, die Karten aufzulegen.

Die Kerzen enthüllten eine Ansammlung aus Symbolen und Zahlen. Darstellungen, in denen Münzen und Kelche, Schwerter und Lanzen ihre Rolle spielten. In denen stolze Damen und Herren und ehrenhafte Ritter im leicht zuckenden Licht zu einem geheimnisvollen Leben erwachten. Manche der edlen Gestalten schienen sie direkt anzusehen. Geraume Zeit ließ Elisa ihre Blicke über das Bild wandern. Sie nahm die Eindrücke, die sie dabei erhielt, teils verwundert, teils beruhigt in sich auf. Mittendrin lag sie, sie selbst und Matthias als die Liebenden. Von Leidenschaft und Treue waren sie umgeben, von Lanzen und Schwertern, von schweren und dunklen Ereignissen, die begonnen hatten und die sie gemeinsam bewältigen mussten. Ihr Atem ging ruhig. Ihr Kind lag von glücklichen Karten umrahmt. Nichts war da in seiner Verbindung, von dem ihm ein Unheil drohte.

Die Mutter am Rande des Kartenspiels, die längst gestorben war und hoffentlich dort Frieden gefunden hatte, wo sie Spott und Schmähung nicht mehr ausgesetzt war. Und der Vater, umgeben von dem Dunkel, das er sich aufgrund seiner Herkunft selbst schuf. Und doch gab es einen Lichtstreif, wahrlich einen Kelch der Hoffnung, den er ergreifen sollte, erkannte Elisa erstaunt. *Tue es, Vater, beende das Töten und Quälen …*, flehte sie in Gedanken und brach in Tränen aus. In solcher Anspannung in dieser Nacht und alleine mit ihren Hoffnungen und Ängsten klammerte sie sich an das Tarot wie an die kleinen wärmenden Lichter der Kerzen. Über Matthias und ihr, über ihren Häuptern, waren dunkle Wolken aufgezogen; schwierige Ereignisse, die ihnen unmittelbar bevorstanden, Lanzen, und in direkter Verbindung die gehäuften Schwerter! *Krimmel, der unser sicheres Dasein in Augsburg unmöglich macht,* durchfuhr es sie.

Sie suchte nach den beiden Schicksalskarten im Spiel, die für Matthias und sie höchstes Gewicht hatten, und es überraschte sie nicht, dass eine der beiden die schlechteste Karte im Spiel war. Sie konnte die vollkommene Veränderung des bisherigen Lebens bedeuten, aber auch den Tod. Ihr Herz schlug schneller. Hinter Nebelfetzen entstanden Bilder vor Elisas Augen; dunkle Wasser, in denen Matthias gefangen war, die ihn nicht freigeben wollten, und sie selbst in den Händen eines Teufels! Der Schweiß brach ihr aus. *Aber ich habe Matthias doch an meiner Seite gesehen,* schrie es in ihr. Einen gealterten Mann mit grauen Haaren und immer noch der Liebe für sie in den zärtlichen, warmen Augen. Ihr Herz raste. Hatte sie diese Bilder nach ihren innigsten Wünschen nur selbst heraufbeschworen? Hatte sie denn die Macht, derart lebendige Szenen entstehen zu lassen?

Da blieb ihr Blick an der Karte hängen, die über ihr lag und daher von hervorgehobener Bedeutung war. Es war der Gehängte. Einer, der Verräter geheißen wurde. Vielleicht einer, der nicht mehr sein wollte, was er war. Aber was bedeutete er für sie? Sie versuchte, sich von verwirrenden Gedanken frei zu machen und ruhig zu werden. Sie ließ sich immer tiefer auf den Gehängten ein, bis sie die Präsenz des Unbekannten spürte, als würde er unmittelbar vor ihr stehen. *Er ist ein gefährlicher Mann,* durchfuhr es sie blitzartig, *einer der seine Umgebung zu täuschen versteht.* Elisa atmete schneller. Der Gehängte war einer, der im Dunkeln wandelte, und doch würde er sie vor großer Gefahr bewahren!

*

Am Ende der Armengasse lehnte Krimmel an einer Hausmauer und schnitzte an einem Stück Holz. Als Matthias näher kam, hob er etwas den Kopf und schob das Messer langsam hinter den Gürtel zurück. Zufrieden pfiff er durch die verbliebenen Zähne. »Gut so, Herr Eggenberger, Ihr seid zur rechten Zeit hier. Habt also verstanden, wie ernst mir mein Anliegen ist.«

Matthias zwang sich, dem Lumpen nicht gleich die Faust ins Gesicht zu schlagen. Mit der Hand nahe am Schwert entschied er sich, den anderen den ersten Schritt tun zu lassen.

»Habt Ihr mein Geld dabei?«, fragte Krimmel geradeheraus.

»Ja«, kam es knapp über Matthias' Lippen.

»Ganz hervorragend.« Krimmel lachte leise und schleuderte das Stück Holz, an dem er geschnitzt hatte, von sich. »Ich muss schon sagen, Augsburg gefällt mir. Eine reiche, schmucke Stadt mit Verlockungen, wie ich sie selten gesehen habe.« Er schnalzte mit der Zunge. »Die Weibsleute sind wie Zuckerwerk fürs Auge, und die Kaufherren schleppen sich mit prall gefüllten Börsen ab.« Im Licht der Laterne, die Matthias in eine Mauernische gestellt hatte, war Krimmels hämisches Grinsen zu erkennen. »Ein rascher Schnitt vom Gürtel, und die Last ist gleich leichter, findet Ihr nicht auch?«

»Das Rad wird dein Los sein, Kerl«, presste Matthias zwischen zusammengepressten Zähnen hervor.

Gelangweilt winkte Krimmel ab. »Leeres Gewäsch. Der Vater Eures Liebchens hat es lange versucht. Nicht mal einen

Hemdsfetzen hat er von mir erwischt. Da muss schon ein anderer kommen als dieser fußlahme Koloss.« Er grinste, wurde aber jäh ernst. »Und jetzt gebt mir mein Geld!« In seinen Augen glitzerte es gierig. Er streckte die offene Hand aus, aber nicht so weit, dass sein Gegner ihn packen und überwältigen konnte. Matthias starrte angewidert auf die gekrümmten Finger mit den dreckigen Nägeln. Er musste sich überwinden, die Hand zum Münzbeutel am Gürtel zu bewegen. Als er ihn umfasste, zögerte er.

»Nur zu, Herr Hauptkassierer, das Säckel wiegt doch nicht so schwer wie die Schatullen, die Ihr täglich mit Münzen für Euren Dienstherrn füllt.« Der Hohn sprang dem Lumpen aus dem hässlichen Gesicht.

Matthias löste die Börse und hielt sie abwägend zwischen den Fingern. »Falls du so etwas wie eine Halunkenehre hast, dann verschwindest du umgehend aus der Stadt«, sagte er finster. »Und wenn nicht, treibe es nicht zu weit. Mit einem Messer im Leib lässt sich Rache schwer auskosten.«

Ein gemeines Grinsen öffnete Krimmels Lippen und ließ den Speichel über den braunen Zahnstummeln glänzen. »Ihr redet von Ehre, Eggenberger, und habt selbst keine! Denn wahr ist, dass Ihr eine Henkersdirn gefreit habt und die Leute auf Euch spucken würden, wenn sie das wüssten.«

Der Spott des Schurken traf Matthias wie ein Schwerthieb. Hass und Hitze ließen das Blut in ihm hochkochen. Er streckte den prall gefüllten Lederbeutel seinem Widersacher hin, ließ ihn aber an dessen gierigen Fingern vorbei auf die Erde fallen. Es gab ein hell klingendes Geräusch, dann das wütende Schnauben des Bösewichts, der das Messer hervorgerissen hatte. Sein fauliger Atem schlug Matthias entgegen. »Hundsfott, was fällt Euch ein?«

»Aufheben kannst du die Münzen selber, Lump.« Auch Matthias' Hand fuhr zur Waffe, während die andere entschlossen die Laterne packte. Mit langsamen Schritten entfernte er sich rückwärts. Er ließ den Verbrecher dabei nicht aus den Augen, um zu sehen, ob der sein Messer werfen wollte. Aber der rührte sich nicht, als warte er auf den richtigen Moment. Als wäge er ab, ob er dem eitlen Stutzer hinterherspringen und ihn zu einem Kampf herausfordern sollte oder seine Wut gerade noch zurückhalten. In dem Moment, als sich Krimmel bückte, drehte sich Matthias um und ging rasch davon. Er löschte das Licht in der Laterne, um kein Ziel für einen Messerwurf aus sicherer Entfernung und aus erfahrener Hand zu bieten. Bei jeder Wegbiegung drückte er sich gegen die Hausmauern und spähte nach hinten, ob ihm ein Schatten folgte.

Auf seinem wachsamen Weg durchs Georgsviertel hin zum Knöpflin hatte Matthias das Gefühl, unter den Kleidern zu brennen. Mit dem Handrücken strich er sich über das verschwitzte Gesicht. Er war wütend und erregt. Es fehlte nicht viel, dass er kehrtmachte und den Schurken zu einem gefährlichen, unüberlegten Kampf herausforderte und Elisa damit in höchste Gefahr brachte. Wie er diesen verfluchten Kerl hasste! Er war sich sicher, der würde nie und nimmer aus Augsburg verschwinden, solange er noch Geld aus ihm herauspressen konnte!

Sein Mund war trocken; sein Herz raste. Erste Regentropfen klatschten herab. Wie befreit atmete er auf und streckte sein heißes Gesicht zum Himmel. Mit der Zunge leckte er das erfrischende Nass von den Lippen. Seine Zeit würde kommen, um sich und Elisa von diesem Halunken zu befreien, dachte und hoffte er mit hämmerndem Puls.

Bis zur Stadtmauer, wo der Händler seine Pferde stehen

hatte, machte sich Matthias Gedanken über Elisas und sein weiteres Leben. Zuerst mussten sie zusehen, ungehindert aus Augsburg hinauszukommen. Und dann, so Gott wollte, und ohne dass die Soldaten hinter ihnen her wären, unbeschadet weiter nach Nürnberg. Dort hatte er einen verlässlichen Freund aus seinen Tagen als Kaufmann, der ihnen sicherlich weiterhelfen würde. Wollte ihre Flucht gelingen, musste sie gut vorbereitet sein, durfte aber auch nicht zu lange hinausgezögert werden. Ein jäh aufkeimender Einfall ließ sein Herz schneller schlagen. Für das Vorhaben brauchte er allerdings die wohlwollende Unterstützung des Pferdehändlers, der zwar nicht sein Freund war, aber immerhin ein guter Bekannter seines Dienstherrn. Mochte ihm diese Verbindung hoffentlich von Nutzen sein, dachte Matthias und zog den Kopf unterm Barett ein, weil der Regen stärker geworden war.

Bis er beim Knöpflin ankam, hing auch die Schaube klamm an ihm. Er strich sich die Nässe aus dem Gesicht. Mehrmals musste er an die massive Tür des stattlichen Hauses klopfen, ehe ihm von einer verschlafenen Magd geöffnet wurde. Misstrauisch und unwillig keifte sie ihn an, bis sie in ihm den Hauptkassierer des Handelsherrn Rehlinger erkannte und ihn erschrocken und deutlich freundlicher zu warten bat, bis sie ihrem Herrn Bescheid gesagt hätte. Alsbald polterten schwere Schritte einen langen Gang entlang. Die Tür wurde erneut aufgerissen. Balthasar Knöpflin selbst stand im Rahmen, breit und fleischig und mit enormem Bauch, über den ein langes, grobes Nachtgewand wallte. Darunter sahen modische Kuhmaulschuhe hervor, in die er wohl in aller Eile geschlüpft war. In einer der gewaltigen Hände hielt der Mann, der wenig kleiner als Matthias war, ein Öllicht. Mit der anderen rieb er sich den Schlaf aus den rotgeränderten Augen.

»Bei allen Heiligen, Herr Eggenberger, was treibt Euch denn zu dieser Unzeit her?«, knurrte er, winkte Matthias aber gleichzeitig, ihm ins Haus zu folgen.

In der großen, prächtig ausgestatteten Wohnstube nahmen die beiden Männer an einer langen Tafel Platz. Der Hausherr schickte die Magd um Wein und Käse. Bis beides gebracht wurde, erzählte Matthias dem Hausherrn die Geschichte, die er sich auf dem Weg zu ihm ausgedacht hatte. Glaubwürdig kam sie daher, und der Anlass seines unerwarteten Besuchs erschien dadurch nachvollziehbar dramatisch, wobei Matthias seine Aufregung nicht spielen musste. Der Zwischenfall mit Krimmel saß ihm noch spürbar in den Knochen. Balthasar Knöpflin indessen hatte immer größere Augen gemacht und schließlich einen herzhaften Schluck aus dem Becher genommen, als müsste er seiner Überraschung endlich Herr werden. Beinahe belustigt wischte er sich mit dem Handrücken über die rötlich glänzenden Lippen.

»Hört, hört, eine wichtige Familiengeschichte in Nürnberg.« Der Pferdehändler kratzte sich ausgiebig am Kopf. »So eine Hinterlassenschaft eines wohlhabenden Verwandten ist schön, vor allem, wenn sie in den eigenen Taschen landet, nicht?« Verschwörerisch grinste er Matthias an.

»Ich bin der nächste Verwandte meines Oheims, aber aufseiten seiner zweiten Gemahlin, äh … seiner Witwe gibt es Angehörige, die ein gewisses Interesse an seinem Geschäft an den Tag zu legen scheinen, wie mir zu Ohren kam«, entfuhr es Matthias. Er räusperte sich und strich sich nachdenklich über den Bart, als wäre es ihm äußerst unangenehm, über diese persönliche Angelegenheit Aufschluss geben zu müssen.

»Verstehe, Herr Eggenberger, Ihr müsst nicht weiter ausholen. So eine Erbgeschichte kenne ich selbst. Da tut Eile not.«

Knöpflin winkte mit einer seiner großen Hände ab, aber dann schlug er sie jäh auf den Tisch, dass es krachte. »An mir soll es nicht liegen. Ihr kriegt Euer Pferd und das Maultier. Beide werden so lange bei Futter und Pflege in meinem Stall gehalten, bis Ihr Bedarf daran habt.« Er schenkte seinem Gast und sich selbst von dem kräftigen Wein nach und ließ die dunkelrote Flüssigkeit wie unter mächtigem Durst ungehemmt durch die Kehle laufen. Als er den Becher wieder absetzte, schnaufte er hörbar. »Und ich schicke für Euch einen meiner Knechte mit Eurer dringlichen Nachricht nach Nürnberg, auf dass Euch nicht die Felle davonschwimmen.« Schallend lachte er auf und schlug sich auf den fetten Schenkel unterm Hemd, dass es klatschte. »Und zwar noch vor Sonnenaufgang.«

»Noch bevor die Stadttore öffnen?«, fragte Matthias zweifelnd, denn nach Schließen der Tore gab es vor Tagesanbruch kein Hinaus oder Herein in die Stadt.

Knöpflin grinste breit und prostete Matthias vergnügt zu. »Ach, werter Herr Eggenberger, Ihr müsst die Wache nur überzeugen. Mit den richtigen Mitteln, versteht sich.« Der Pferdehändler beugte sich vor und stieß ihm ermunternd gegen die Brust. »Aber das wird Eure Aufgabe sein.« Spitzbübisch zog er die Augenbrauen hoch. »Und lasst Euch raten, die Kerle hier bei uns am Wertachbrucker Tor sind hin und wieder nachsichtiger als an anderen Stadttoren. Das ist mir so zugetragen worden.«

Nicht nur zugetragen, dachte sich Matthias. Er kannte den Pferdehändler als einen in der Stadt angesehenen Mann, was diesen nicht davon abhielt, in seinem Berufsstand ein gewiefter Kaufherr und hinter vorgehaltener Hand sogar ein ausgewiesenes Schlitzohr zu sein. Wahrscheinlich war er oder einer seiner Leute ein ums andere Mal bereits in ähnlicher Lage gewesen und hatten noch des Nachts die Stadt verlassen müssen. Allerdings war es dabei sicher um ein einträgliches Geschäft gegangen und nicht ums nackte Überleben. »Seid versichert, ich würde Euch nicht um einen Boten bitten und selbst reiten, aber die nächsten Tage bin ich im Handelshaus gebunden«, stieß Matthias beinahe scharf aus, weil er immerhin in diesem Punkt die Wahrheit sagte. Über die weiteren Einzelheiten seiner Geschichte, die er seinem Gastgeber aufgetischt hatte, nagte allerdings das schlechte Gewissen an ihm. Längst war ihm heiß.

Balthasar Knöpflin nickte. »Ja, die Geschäfte … wie sollte ich das nicht verstehen.« Er betrachtete den jungen Eggenberger neugierig. Der hatte auf einmal erhitzte Wangen und starrte immer öfter und immer länger auf die grobe Tischplatte. Der Hausherr begann zu schmunzeln, denn er schrieb den Zustand seines Gastes dem starken Wein zu, den er hatte auftragen lassen. Über dessen augenfällige Ungeübtheit im Trinken begann er, erheitert zu lachen, wurde dann aber wieder ernst. »Beruhigt Euch, Herr Eggenberger, der Rupp ist ein guter Reiter. Der ist in weniger als drei Tagen in Nürnberg und übergibt verlässlich Eure Botschaft.« Seine Augenbrauen hoben sich verschwörerisch. »Ihr wünscht doch sicher, dass die Geschichte unter uns bleibt?«

Matthias fuhr sich bedächtig über den Bart, als grüble er. »Ihr seid ein Mann ganz nach meinem Geschmack, Herr Knöpflin. Fürwahr muss sonst keiner in der Stadt wissen, dass mein leider verblichener Oheim in Nürnberg an seinen Neffen in Augsburg gedacht hat.«

»Ihr habt mein Wort, Herr Hauptkassierer«, bekräftigte Knöpflin, der sich ächzend vom Tisch hochstemmte. Mit beinahe befehlender Geste forderte er Matthias auf, ihm zu folgen. Auf dem Weg dorthin griff er sich eine Laterne, entzündete die Kerzen darin umständlich und fluchend und schlüpfte hinterm Haus mit seinen Schuhen in die dort abgestellten hölzernen Trippen, die auf den Wegen vor Schmutz und Nässe schützten. In seinem langen Unterhemd, dampfend vor Wein und Hitze, schlurfte er vor Matthias über den Hof zu den Stallungen. Als er das erste der hohen, breiten Tore öffnete, schlug den Männern der warme Geruch von Tierleibern und Heu entgegen.

Im Licht der Laterne erkannte Matthias wenig. Die Kerzenflammen rissen nur die Rösser, die nahe an den Trennwänden standen, aus ihren Schatten. Ihre eleganten Bewegungen, die edlen Köpfe. In den Unterständen schnaubten Pferde. Im dunkel liegenden Stroh raschelte es. Von früheren Besuchen wusste Matthias allerdings, dass der Knöpflin einer war, der seine Tiere genauso gut hielt wie sich selbst. Die Stuten und Hengste besaßen ein gesundes Fell und ordentliche Hufe. Bei manchen erkannte Matthias einen kleinen Heubauch. *Während ihr Herr gleich einen mächtigen Leib vor sich herträgt,* dachte er schmunzelnd. Ein Fuchs mit wachen Augen, der neugierig herankam und an seiner hingestreckten Hand roch, sagte Matthias auf Anhieb zu. Er schnaubte und warf den Kopf zurück, als würde auch er mit seinem neuen Herrn einverstanden sein. Auf ihn fiel Matthias' Wahl. Bei den Mauleseln aber war es der Pferdehändler, der die Eigenschaften der einzelnen Tiere nur zu gut kannte und ihm zu einem besonders ruhigen und ausdauernden Lasttier riet. Kurz darauf ließ Matthias im Hof ein weiteres Mal in dieser Nacht eine stattliche Anzahl an Münzen in fremden Händen und vereinbarte mit dem Händler, die Tiere in einigen Tagen abzuholen.

»Ihr werdet doch ein gutes Wort bei Eurem Dienstherrn für

mich einlegen, wenn der sich nach weiteren Pferden umsieht?«, fragte Knöpflin mit lauerndem Unterton in der Stimme.

»Gewiss werde ich das, Meister Knöpflin, Ihr habt ja schließlich die besten Rösser Augsburgs in Euren Ställen stehen«, meinte Matthias nach kurzem Zögern. Wieder log er, und es schmeckte gallig auf der Zunge.

»Dann bestärkt den hohen Herrn Rehlinger nur darin.« Knöpflin lachte dröhnend auf, dass es in die Nacht schallte.

Wenig später verließ Matthias das weitläufige Anwesen. Neben ihm ging Rupp mit einem ruhigen Braunen am Zügel. Der Knecht war ein breitschultriger Mann von mittlerer Statur, verschlossenem Gesichtsausdruck und ausdauerndem Schweigen den ganzen Weg über bis zum Wertachbrucker Tor. In der Weise, wie er mit dem Tier umging, machte er immerhin den Eindruck, wahrscheinlich nicht nur ein guter Reiter zu sein, wie es sein Herr von ihm behauptete, sondern auch etwas von Pferden zu verstehen. Als ihm Matthias die lederne Hülle mit der gesiegelten Botschaft an den befreundeten Nürnberger Kaufmann übergab, gebot er ihm mit zwingender Stimme, ausschließlich diesem persönlich den Brief auszuhändigen und niemandem gegenüber ein Wort darüber zu verlieren. Rupp nickte wortlos und schob das flache Futteral samt den Münzen, die ihm Matthias für seine Reise zugesteckt hatte, unters Hemd.

Am Wertachbrucker Tor, durch das der alte Handelsweg in den Norden führte, flackerten grell die Fackeln in ihren eisernen Halterungen. Die Wachen starrten den beiden Männern, die sich ihnen langsam näherten, misstrauisch entgegen. Ihre Halmbarten funkelten im Licht. Über dem Brustharnisch trugen sie einen groben Ring, in dem ein langes Beil steckte, und an der Seite ein Schwert. Matthias ging entschlossen auf einen der Männer zu und verlangte nach ihrem Hauptmann.

»Der ist da drinnen«, sagte der und deutete mit dem Kopf zum Torwächterhaus, einem kleinen hölzernen Anbau an der Stadtmauer. Matthias schlug gegen die niedrige Tür, worauf nach einem jähen Poltern das kleine Fenster über dem heruntergelassenen Laden aufschwang und im Rahmen ein mürrisches Gesicht erschien. »Saukerle, was wollt ihr?«

»Auch Euch Gottes Gruß zur Nacht, Meister Torwächter«, sagte Matthias ruhig. »Eine dringliche Angelegenheit erfordert es, dass mein Knecht sogleich aus der Stadt muss.«

Das Gesicht in der Öffnung verzog sich augenblicklich grimmig. »Was fällt Euch ein? Vor Tagesanbruch wird das Tor nicht aufgetan«, schnauzte der Mann, stutzte aber, als er Matthias jetzt näher ins Auge fasste und offenbar einen Mann von Stand erkannte, mit dem er nicht so umspringen konnte, wie er es mit einfachen Leuten tat. Er knurrte etwas Unverständliches, zog sich vom Durchlass zurück und schlug grob das Fenster zu.

Matthias glaubte schon, der Mann ließe sich nicht mehr sehen, als sich die Tür im Torwächterhaus auftat und ein beleibter Kerl heraustrat. In dem hässlichen Gesicht sprossen statt eines Bartes drahtige Borsten, und was sie an Haut frei ließen, war bleich und schwammig. Der Mann zog energisch die Hosen unter dem Wams herauf und richtete den breiten Gürtel. Flinke Blicke jagten von Matthias zu Rupp, der in einigem Abstand mit dem Pferd abwartend dastand, und wieder zu ihm zurück. »Es ist mitten in der Nacht, *Herr*«, knurrte der Torwächter, »Ihr müsst doch wissen, dass die Tore nicht vor Tagesanbruch geöffnet werden dürfen.«

»Das ist mir durchaus bekannt. Allerdings erfordern es gewisse Umstände, dass mein Knecht heute noch einen wichtigen Ritt tut«, erklärte Matthias mit leichter Schärfe in der Stimme.

»Habt Ihr einen Passierschein von einem unserer Bürgermeister oder vom Stadtvogt?«

»Nein.« Er machte eine überhebliche Geste. »Wären die Angelegenheiten nicht unaufschiebbar, würde ich Euch zu dieser späten Stunde in Eurem gewichtigen Dienst sicherlich nicht behelligen.« Matthias kamen die aufgeblasenen Worte schwer über die Zunge.

Wieder streiften die Blicke des Torwächters über ihn, bevor sie zu den Männern schnellten, die ihm unterstanden. »In unaufschiebbaren Angelegenheiten also …« In dem hässlichen Gesicht arbeitete es. Schließlich begann der Kerl, spöttisch zu schmunzeln. »Herr, versteht, ohne Passierschein könnte es *mir* größte Unannehmlichkeiten bringen, wenn ich Euch aus der Stadt ließe.«

Matthias blickte den Mann zwingend an. Schließlich räusperte er sich. »Versteht doch …« Er gestikulierte, als fände er nicht die richtigen Worte. Unvermittelt machte er einen Schritt auf den Wächter zu und beugte sich leicht zu ihm. »Der Tod eines mir nahestehenden Verwandten …«, fuhr er mit gesenkter Stimme fort. »Mein Knecht muss aus den Mauern, bevor es Tag wird. Es geht um die Hinterlassenschaft meines Oheims.« Wieder räusperte er sich. »Hört, ich würde Euch gerne für die Mühe und die Störung mitten in der Nacht entschädigen, Hauptmann, wenn Ihr mir ein wenig entgegenkommt.« Er legte die Hand auf die Stelle überm Wams, unter der er die Geldkatze trug.

Aus dem spöttischen Schmunzeln des Mannes wurde ein

breites Lächeln. Zugleich lebte ein gieriges Funkeln in den von schweren Brauen beschatteten Augen auf. »Ich verstehe, Herr. Euer Oheim war ein vermögender Mann. Da zählt jede Stunde, die man schneller vor Ort ist.«

Matthias fuhr sich wie unangenehm berührt durch den Bart. »Ja … so könnte man wohl sagen.«

Der Torhüter warf kurze Blicke auf seine Männer, die gleichgültig schienen. »Dann gebt mir rasch einen kleinen Obolus hier in die Hand. Aber so, dass die anderen Kerle nichts mitbekommen«, flüsterte er und fuhr sich aufgeregt mit der Zunge über die fleischigen Lippen. »Ich werde Eurem Knecht selbst das Tor öffnen, Herr.«

Matthias hatte ein paar Münzen hervorgezogen, die er in die hingestreckte Hand legte. Schnell schlossen sich die Finger des anderen darum und verschwanden unter dem wenig reinlichen Hemd. Der Wächter winkte Rupp herrisch zu und ging mit schlurfenden Schritten zur Pforte im gewaltigen Stadttor, die gerade groß genug war, um Reiter und Pferd hindurchzulassen. Er löste den schweren Riegel, legte ihn um und stieß den Durchlass auf. Augenblicklich drang kühle Nachtluft herein und mit ihr der frische Duft der vom Regen durchtränkten Wiesen und der Wertach, die an der Stadtmauer vorbeifloss. Rupp war mit dem Braunen herangekommen und bei Matthias stehen geblieben. Was auch immer in seinem Kopf vor sich ging, nichts in seinem Gesicht verriet es.

Matthias legte ihm die Hand auf den Arm. »Hab einen guten und sicheren Ritt, Rupp. Und denk daran, was ich dir aufgegeben habe. Gott schütze dich.«

»Danke Euch, Herr«, antwortete ihm Knöpflins Knecht mit einer tiefen, ruhigen Stimme, bevor er langsam mit dem Pferd zur Pforte ging. Hell klackten die Hufe des Braunen auf dem

Pflaster. Kaum waren sie unter dem niedrigen Torbogen hindurch, schloss der Wächter krachend den Durchlass hinter ihnen.

*

Elisa musste eingeschlafen sein, denn als sie benommen die Augen aufschlug, hielt Matthias sie in seinen Armen und trug sie in die Schlafstube. Sanft legte er sie aufs Bett. »Matthis«, seufzte sie erleichtert und strich ihm übers Gesicht. Frühes Morgenlicht fiel durch die kleinen Fenster und ließ seine Gesichtszüge erkennen. Harte Linien hatten sich darin eingegraben. Dunkle Ringe lagen unter seinen müden Augen. Er ließ sich neben ihr auf der Schlafstatt nieder und stützte sich auf einen Arm, um sie ansehen zu können. Mit knappen Worten schilderte er ihr sein Treffen mit Krimmel, seinen Besuch beim Knöpflin und dass er dessen Knecht nach Nürnberg entsenden konnte.

»Wenn mein alter Freund noch lebt, wird er uns helfen. Wir werden aber nicht länger als nötig in Nürnberg bleiben.« Ein Schatten fiel über sein Gesicht. »Der Augsburger Rat hat gute Verbindungen zu den Nürnberger Ratsherren. Und ich möchte den guten Wendelin nicht gefährden.« Sein Blick wurde flackernd. »Es könnte ja sein, dass mein Verschwinden einen der Ratsherren so sehr erbost, dass er uns Soldaten hinterherschickt.«

»Du sprichst von Konrad Rehlinger?«

»Ja«, sagte Matthias mit rauer Stimme und legte sich auf das Kissen zurück. Geraume Zeit starrte er schweigend an die Decke. »Sobald ich das Haus verkauft habe, sollten wir aus der Stadt verschwinden.«

»Und wohin sollen wir von Nürnberg aus gehen?«, fragte Elisa leise.

»Antwerpen«, antwortete Matthias geradeheraus. »In der Stadt habe ich gute Geschäfte gemacht.« Er lächelte, drehte den Kopf zu ihr. »Die Stadt könnte dir gefallen. Ich habe dort noch alte Verbindungen, die ich mir zunutze machen könnte.« Er schwieg erneut und zupfte nachdenklich an seinem Bart. »Vielleicht hätten wir ohnehin längst fortgehen sollen. Schon seit einiger Zeit treibt mich der Gedanke um, wir sollten anderswo unser Glück versuchen. Wenn dieser Lump nicht unser Leben bedrohen würde, würde ich sein Auftauchen beinahe für Schicksal halten.« Er sah wieder zur Decke. Zärtlich betrachtete Elisa sein ebenmäßiges Profil.

Matthias ist nicht glücklich in seiner Stellung im Handelshaus, dachte sie. Zu keiner Zeit, in der er für Konrad Rehlinger und seine beiden Mitgesellschafter arbeitete. Obwohl er seit Kurzem als Hauptkassierer eine höchst angesehene und verantwortungsvolle Stellung eingenommen hatte, hatte dies kein Feuer in ihm entfacht. Sie sah es ihm an, wenn er nach getaner Arbeit heimkam. Auch wenn er es zu verbergen versuchte. Diese warmen, braunen Augen glühten nicht, wenn er über die Tätigkeiten im Handelshaus sprach. Wie anders doch hatte früher ein begeisterter Klang in seiner Stimme gelegen, wenn er ihr von seinen erfolgreichen Geschäften oder den manchmal abenteuerlichen Geschehnissen auf seinen Handelsreisen erzählt hatte. Wie lebendig war da sein Auftreten gewesen und wie mitreißend seine Gestik. Dann nur, wenn im Handelshaus die Warentransporte aus deutschen Landen oder gar Venedig erwartet wurden, lebten sie in ihm auf wie Funken in der beinahe erloschenen Glut.

»Unser restliches erspartes Geld und das, was wir fürs Haus

bekommen können, sollte für den Neubeginn in einer anderen Stadt reichen«, flüsterte Elisa. Matthias antwortete nicht. Sie sah, dass er die Augen geschlossen hatte. Mehr noch, er war eingeschlafen. Elisa griff nach seiner Hand und hielt sie fest. »Weiß Gott, Matthias, du hast recht, Krimmel ist unser Schicksal.« Ihr Blick wurde starr. »Aber wir sind auch das seine.«

Kapitel 16

Freitag, der 5. Juni, Anno Domini 1528

Im Gusshaus in der Glockengrube strich Amelinde mit der bloßen Hand den letzten Talg auf den Glockenkern. Der hatte in den vergangenen Wochen seine beabsichtigte Größe erreicht und war gut getrocknet. Sie war eben dabei, sich die Hände an einem groben Tuch abzuwischen, als Eckehard durch die Halle kam. Er trug die zugeschnittene hölzerne Schablone für die falsche Glocke und stieg langsam zu ihr herab. Mit aller Sorgfalt befestigte er das Schablonenbrett an der Spindel im Formstand, prüfte seinen Sitz und drehte es leicht. »Passt so«, stieß er schließlich zufrieden aus.

»Natürlich passt es. Du bist ebenso gründlich wie mein Vater.« Amelinde lächelte ihn an. »Ich glaube, du sitzt noch länger über den Berechnungen als er. Besonders bei dieser Glocke.«

»Muss ich doch, sie wird ja auch mein Meisterstück!« Eckehard stellte sich nahe vor sie hin und funkelte sie an, als wollte er sie im nächsten Moment küssen.

Amelinde hob die Hand und fuhr ihm mit dem Zeigefinger sanft über die Wange. Sie hinterließ eine feine Spur an Talg. »Auch für mich ist sie eine ganz besondere Glocke.« Sie sehnte sich danach, seine Lippen zu schmecken, warf ihm dann aber nur eine Kusshand zu, weil sie selbst in der Gussgrube nicht vor allen Blicken geschützt waren. Sie hatte auch gut daran getan, denn noch ehe Eckehard begonnen hatte, die erste

Lehmschicht für die Falsche Glocke auf den Kern aufzutragen, erhob sich über ihnen eine scharfe Stimme.

Beide sahen nach oben. Wilbrecht stand am Rand der Gussgrube und hatte die Hände in die Hüften gestemmt. In seinen Augen funkelte ein böser Wahn. Herausfordernd deutete er mit dem Kopf auf Eckehard, dann auf Amelinde. »Ist es nun dein Meisterstück oder das ihre?«

»Was geht's dich an?«, fragte Eckehard zornig. »Weißt selbst, dass ich nicht lange fehlen kann bei den Kanonen. Also hilft sie mir halt beim Talg und Lehm.« Er spuckte auf die gestampfte Erde. »Wenn's beliebt.«

»So, wenn's beliebt?« Wilbrecht grinste spöttisch. »Du weißt aber schon, dass beim Meisterstück keiner helfen darf.«

»Was willst du denn damit sagen?« Eckehards Stimme bekam einen scharfen Unterton. Die vergangenen Tage waren er und der verhasste Geselle sich aus dem Weg gegangen, soweit dies in einer Gießerei überhaupt möglich war. Aber auf seiner offenen Rechnung mit Wilbrecht stand noch, dass dieser Lump seine dreckigen Hände an seinem Mädchen gehabt hatte, und die Falle, die er ihm am Wertachbrucker Tor gestellt hatte.

»Dass die Amelinde aus der Grube verschwinden soll, sonst weiß bald die Zunftversammlung davon, dass sie dir bei deinem Meisterstück zur Hand geht.«

Eckehard schoss das Blut in den Kopf. Seine Narben glühten. Mit wenigen Schritten war er aus der Grube herausgekommen und hatte sich vor dem anderen Gießer aufgebaut. Die Schrammen in Wilbrechts Gesicht waren noch kaum verheilt. Eckehard empfand Schadenfreude. Unweigerlich senkte er die Stimme. »Du Sauhund, dass du dich noch her traust?«

»Warum nicht? Dir geht es doch gut. Kannst ja prima dein Maul aufreißen«, höhnte Wilbrecht.

»Was ich nicht dir zu verdanken hab, Mistkerl.«

Der Hass zwischen ihnen loderte wie die Flammen in den Öfen. »Du lässt Amelinde und mich ein für alle Mal in Ruhe, oder …«

»Oder was?« Wilbrecht grinste verschlagen. Die frische Lücke in seinen Zahnreihen und die Schrammen im Gesicht verschlechterten sein bislang gutes Aussehen um ein Vielfaches.

»In den Wertachauen haben wir genügend Platz und keine Gaffer. Wenn du noch einen Rest von Ehre hast, kommst du endlich alleine und mit dem Messer. Dann machen wir aus, was nicht passt zwischen uns«, sagte Eckehard scharf.

»Da weiß ich aber was Besseres, Narbengesicht. Du verschwindest von hier und aus der Stadt, und zwar für immer, oder ich häng dich hin bei der Zunft. Dort findet es sicher keinen Gefallen, wenn ich sage, dass dir die Geschützgießerstochter beim Meisterstück geholfen hat.« Böse verzog er den Mund. »Dann kannst sehen, wo du bleibst.« Als er Amelinde herankommen sah, wurde sein Blick herablassend. »Ihr beiden passt wirklich zusammen. Eine Missgeburt und ein Frauenzimmer, das sich nicht zu schade für einen solchen Kerl ist.« Er machte eine abfällige Handbewegung. »Ein Weibsbild, das es gernhat, wenn man ihr unter den Rock langt, auch wenn sie es nicht zugibt.« Er lachte dreckig. Amelinde wurde blutrot.

Schnaubend vor Wut stürzte Eckehard vor, packte den Gießer mit beiden Händen am Hemd und schleuderte ihn von sich. Schwer krachte Wilbrecht auf die harte Erde und schrammte brüllend ein Stück darüber, bis er am Rand der Glockengrube liegen blieb. Aber rasch war er wieder auf den Beinen und stellte sich in einer Haltung hin, als wollte er sich auf Eckehard stürzen. In seinen Augen loderte blanker Hass. Seine Hand fuhr unter das lederne Hemd und zog ein Messer hervor.

»In den Wertachauen, habe ich gesagt, Wilbrecht, nicht hier …«, knurrte Eckehard, der seinen Gegner nicht aus den Augen ließ.

Amelinde keuchte entsetzt. »Hört sofort auf!« Sie wollte sich zwischen die beiden Männer werfen, aber Eckehard packte sie am Arm und riss sie schützend hinter sich. Sie wehrte sich, wollte nicht zulassen, dass die beiden Kerle in ihrer gefährlichen Wut aufeinander losgingen, kam aber nicht aus Eckehards stählernem Griff. Immerhin schaffte sie es, hinter seinem Rücken vorbeizusehen, und erkannte, wie Wilbrecht langsam näher kam, das Messer vorgestreckt und die Zähne gefletscht wie ein toller Hund. »Himmelherrgott, ihr Saukerle, hört auf, hab ich gesagt! Redet miteinander«, schrie sie bebend vor Angst um Eckehard. Längst waren alle Männer aus der Halle herangekommen. In den schmutzigen Gesichtern funkelten begierig die Augen, die einen Kampf sehen wollten.

Wilbrecht stieß einen Fluch aus, packte das Messer noch fester und machte einen Schritt auf seinen Gegner zu. »Was gibt's da noch zu reden, Amelinde? Dein Hurenbock will die Zunftleute betrügen. Du hilfst ihm dabei, und der Meister hält still, weil es ihm gerade in den Kram passt. Weil er dich Missgeburt als seinen Nachfolger in der Gießerei haben will, und seine Tochter …«, seine verächtlichen Blicke trafen Amelinde, »die läufige Hündin, gibt er ihm noch mit drein.«

Amelinde presste wütend die Zähne aufeinander. Gut, dass Eckehard sie festhielt, sonst wäre sie auf Wilbrecht losgegangen und hätte ihm ihre Fäuste in das widerliche Gesicht gerammt. *Ganz wie bei einer Furie und nicht wie bei einer läu-*

figen Hündin, dachte sie böse. Die Ader an ihrer Stirn pochte schmerzhaft.

Eckehard atmete schwer unter mühsamer Beherrschung, denn er dachte an Amelinde und was er damit auslösen würde, wenn er sich in der Gießerei auf eine Messerstecherei einließ. Aber wenn der wild gewordene Sauhund nicht davon abließ, würde er sich zu verteidigen wissen. Entschlossen langte er mit der freien Hand nach einem Hammer in seiner Nähe.

»Auseinander, ihr Raufbolde!«, brüllte Gessel, der sich grob zwischen den Männern hindurchzwängte. Sie hatten einen Halbkreis um die beiden Streithähne gebildet. Mit wütenden Schritten kam der Meister heran, blieb aber in einigem Abstand zu Wilbrecht, der mit dem Messer in der Hand zu ihm herumfuhr.

»Lass das Messer fallen, Veit, ich sag es kein zweites Mal!«, sagte Gessel mit dunkler Stimme und blickte ihn scharf an.

Wilbrechts Augen, die sich an Eckehard festgebrannt hatten, ruckten mit einem bösen Funkeln zu Gessel. »Das geht nicht mehr, dass Euer geschätzter Gießer hier seine Schurkerei treibt. Die Glocke ist nicht alleine sein Werk, und Ihr wisst das!«

»Und wenn ich es weiß, geht es dich nichts an, Wilbrecht, weil ich das Sagen hier hab und nicht du. Auch wenn es dir anders lieber wäre.« In seinem schmutzigen, faltigen Gesicht glühten die Augen. »Hab schon viel zu lange deinem Treiben zugesehen, weil ich immer dachte, aus dir wird noch was. Würdest ein anständiger Kerl werden, der seine Kräfte und seinen Verstand besser zu nutzen weiß als für dauernde Schlägereien und Niederträchtigkeiten. Jetzt bist du zu weit gegangen, Veit!« Er hob die Faust und richtete sie gegen Wilbrecht. »Hast dich längst selbst entehrt, nicht erst eben mit deinem schändlichen Maul gegenüber meiner Tochter.« Der Meister schien zu kauen, dann aber spuckte er aus und ließ Wilbrecht dabei nicht aus den Augen. »Verschwind und lass dich nie wieder hier sehen, oder ich jage dich eigenhändig zum Teufel!« Gessel dampfte, der Speichel hing ihm in Tröpfchen in den bärtigen Mundwinkeln. Sein Gesicht war eine entschlossene, grimmige Fratze.

Eine bleierne Stille lag über dem Gusshaus, die nur die Feuer in den Öfen und Feuerstellen und der heisere Atem eines der gaffenden Männer durchbrachen. Wilbrecht starrte auf den Geschützgießermeister, dann auf die anderen Kerle, die eng beieinanderstanden. Sie ballten wie Gessel die Fäuste, als wollten sie sich auf ihn stürzen, wenn er ihnen nur noch den geringsten Anlass dazu gab. In ihren Augen konnte er lesen, was sie von ihm hielten. Zu lange schon hatte er viele von ihnen schikaniert und sie für sich schuften lassen, wenn es Gessel nicht mitbekommen hatte, und ihnen mit Prügel gedroht, wenn sie das Maul darüber auftun würden.

Langsam zog er die Hand mit dem Messer zurück. Seine Zunge fuhr nachdenklich über die Unterlippe. »Ein verlogenes Pack, alle, wie ihr hier steht«, stieß er verächtlich hervor und machte die ersten Schritte nach hinten. Wie gehetzt flogen seine Blicke über die graue Masse der schmutzigen, feigen Kerle, mit denen er ab jetzt nichts mehr zu schaffen haben würde, und brannten sich an dem Narbengesicht Eckehards fest, das auf ewig seine Handschrift trug. Böse lächelte er. »Schade, wirklich schade um dein Meisterstück, Missgestalt, aber ich fürchte, es wird dir nicht viel Freude bereiten.« Er freute sich über das kurze schmerzhafte Aufzucken im Gesicht des verhassten Gießers und zog die Luft zischend durch die Zähne.

Gessel hatte sich vor seinen Männern aufgebaut. »Ein letztes

Mal, Veit, verschwind, oder du kommst uns nicht aus, und ich lass dich in den Abtritt werfen!« Sein Tonfall war gefährlich ruhig. »Da bleibst dann die nächsten Tage, bis ich dich vors Tor schaffen lasse.«

»Das …«, Wilbrecht stockte und wurde kalkweiß, »das könnt Ihr nicht machen, Meister, nach all den Jahren, die ich für Euch geschuftet habe. Ich bin doch …« Er brach ab. Seine Lippen zitterten etwas. Wieder sah er von einem zum anderen der wölfisch grinsenden Kerle, die sich wie eine Meute auf ihn stürzen würden, wenn ihnen Gessel das Zeichen dazu gab. Ihm dämmerte die Erkenntnis, dass sein gewagtes Spiel aus war, dass er verloren hatte. Er hatte es weder geschafft, den Meister entschieden gegen Eckehard aufzubringen, noch den Mistkerl durch die Büttel loszuwerden, die sich wie Idioten angestellt hatten. Was bedeutete, dass er nicht Nachfolger des Meisters in der Gießerei werden würde, wenn dieser endlich das Zeitliche segnete. Er suchte mit den Blicken dessen Tochter, die sich langsam hinter der breiten Schulter des Narbengesichts hervorschob. Konnte es wirklich sein, dass Amelinde diesem hässlichen Hundsfott Eckehard ehrlich zugetan war und ihn nicht nur reizte wie eine läufige Hündin den Rüden? Das Blut begann, in ihm zu kochen. Sein Gesicht verzerrte sich. *Nein, es ist noch nicht vorbei!*

»Ich gehe … aber meinen Schwur darauf, Meister: Das werdet Ihr noch bereuen!« Seine Stimme war kalt wie Eis. Keinen Moment zögerte er mehr, machte kehrt und ging mit entschlossenen Schritten davon.

*

Es war eine mondhelle Nacht, als Simpert Gessel die Gießerei verließ und gierig frische Luft in seine brennenden Lungen sog. Er hustete und spuckte dunklen Schleim auf die Erde. Mit schweren Schritten ging er über den Hof und spürte erst jetzt den Schmerz in den Knochen und das unangenehme Ziehen in den Armen, als hinge er an Ketten und nicht eine der Kanonen. Dennoch grunzte er zufrieden und spuckte erneut aus, denn er kam mit dem Guss der Feldschlangen zügig voran. Er hatte eben Männer, die zupacken konnten und verlässlich waren, dachte er stolz. Als er ein Geräusch hinter sich hörte, sah er sich um und starrte zu den Hallen zurück, aber in der matten Dunkelheit erkannte er nichts, was sein Misstrauen erweckt hätte. *Wahrscheinlich eine Ratte, die um die Hallen streicht.* Müde ging er weiter.

Als er eine Bewegung hinter sich wahrnahm, wollte er erneut herumfahren, aber da traf ihn ein hinterhältiger Stoß und warf ihn ein Stück nach vorne. Im ersten Moment riss der Geschützgießermeister ungläubig die Augen auf, aber gleichzeitig durchzuckte ihn ein brennender Schmerz, der ihn aufbrüllen ließ. Ächzend griff er sich an die Brust und schwankte. Als das Messer ein weiteres Mal tief in seinen Rücken stieß, übermannten ihn in einer dunklen Welle Qual und Schwäche, und er stürzte schwer auf die Erde.

Veit Wilbrecht verharrte kurz über dem reglos daliegenden Körper, als wollte er sichergehen, dass Gessel tot war. Sein Atem ging schnell, das Herz hämmerte bis zum Hals herauf, aber in sich fühlte er nichts. Weder den Hass, der ihn zu dieser heimtückischen Tat getrieben hatte, noch Erleichterung, dass es getan war. Diese Leere hatte etwas Gemeines an sich, dachte er bitter. Sie brachte ihn um die Genugtuung über die vollzogene Rache. Er leckte sich über die trockenen Lippen. Vielleicht war es zu einfach gegangen und zu schnell. Er bückte sich und wischte die blutige Klinge am Hemd seines Opfers ab. Sollte mit dem Tod des Mannes vor ihm alles vorüber sein, was sich an Wut auf ihn und auf Eckehard über all die Jahre aufgebaut hatte? Er starrte auf den reglos daliegenden Mann, dann in die Nacht, die keine Antwort hatte. Wieder fiel sein Blick auf den Geschützgießermeister. Der war hinüber, rührte sich nicht mehr, dieser dickwanstige Wichtigtuer, dem die Ratsherren den Löffler aus dem Tirolischen vor die Nase gesetzt hatten und der in seinem Zorn hierüber ihn und die anderen Männer in der Gießerei noch mehr angetrieben hatte.

Drüben in Gessels Haus gingen Lichter hinter den Fenstern an. Eines wurde geöffnet, und jemand sah heraus. Er konnte nicht erkennen, wer es war, aber er war sich sicher, es war Amelinde. Die schöne, unnahbare Amelinde. Amelinde, die nicht ihn gewählt hatte, sondern Eckehard, den hässlichen Bastard, als hätte sie eine absonderliche Schwäche für Missgestalten. Die jetzt eine Zeit lang um den toten Vater trauern würde und sich dann mit diesem Sauhund vermählen, der bald die Stelle Simpert Gessels einnehmen würde und Herr in der Gießerei wäre, solange der Löffler nicht aus Tirol zurückgekehrt war. Wilbrechts Lippen verzogen sich zu einem breiten, teuflischen Grinsen. *Ihr Schafe*, dachte er, *noch ist es nicht vorbei, noch bin ich nicht fertig mit der Gießerei. Ich werde mir noch etwas ganz Besonderes einfallen lassen!*

Der fürchterliche Schrei eines Menschen hatte Amelinde ans Fenster laufen lassen. Sie hatte es aufgerissen und auf den Hof gesehen, aber nichts erkennen können. Ihr Herz schlug heftig, als sie nach einer Laterne griff, rasch die Kerzen darin entzündete und aus dem Haus rannte. Mitten auf dem Hof sah sie im Mondlicht einen verkrümmten Körper auf den Steinen liegen. Entsetzen packte sie, als sie neben der reglosen Gestalt auf die

Knie ging und im schwachen Laternenlicht ihren Vater erkannte. Verzweifelt schrie sie auf, tastete über sein Gesicht und seine Schulter. »Vater«, rief sie angsterfüllt und schlang ihre Arme um den schweren Mann. Plötzlich hörte sie laut hallende Schritte übers Pflaster eilen, dann war Eckehard neben ihr.

»Um Gottes willen!«, brach es aus ihm hervor. Entschlossen suchten seine Finger die Ader am Hals des Meisters und blieben eine Zeit lang darauf liegen. Hörbar atmete er aus. »Er lebt, Amelinde, dein Vater lebt!« Eckehard hob die Laterne und leuchtete mit dem spärlichen Licht über den Meister, der auf dem Bauch lag. Die dunklen, nassen Flecken auf seinem Rücken entdeckten Amelinde und er gleichzeitig. Sie gab einen erstickten Laut von sich.

»Das … ist Blut.« Eckehard hob das schwere Wams mit einer Hand und hielt die Laterne über einen großen Blutfleck. Gerade dort, wo Gessel das Herz in der mächtigen Brust schlug. Amelinde stöhnte vor Schmerz auf. Ihre Augen funkelten im Tränenstrom, als sie zu Eckehard sah. »Bei der Heiligen Jungfrau, der Vater ist niedergestochen worden.« Sie presste sich die zitternde Hand auf den Mund.

Hinter ihnen erklangen Rufe. Andere waren hinzugekommen. Gesellen, Helfer und auch Elsbeth, die sich vor den Meister kniete und mit einem Teil ihres Rocks vorsichtig sein Gesicht zu säubern begann. Als würde es ihn retten, als würde sie nicht einfach still dastehen und untätig sein können. Amelindes Kopf schnellte herum. Der Jackl stand bei den Männern, und sie winkte ihn ungestüm zu sich heran. »Lauf zur Elisa Eggenberger. Sag, der Vater ist niedergestochen worden.« Sie krallte ihre Hände in sein Hemd. »Lauf, so schnell du kannst, Jackl!« Ihre Stimme überschlug sich beinahe. Wieder strich sie ihrem wie tot daliegenden Vater übers Gesicht und den wirren, drahtigen Schopf. Eckehard legte ihr tröstend die Hand auf die Schulter, aber dann gab er den Männern um sich Befehle. Gemeinsam hoben sie so achtsam wie möglich den Reglosen von den kalten Steinen auf und trugen ihn ins Haus.

Als Elisa in die Schlafstube des Geschützgießermeisters kam, hatte man dem Schwerverletzten bereits die Kleider ausgezogen und ihm stützende Kissen unter den Brustkorb geschoben. Er lag leicht auf der Seite und atmete schwer.

»Mein Vater wurde hinterrücks niedergestochen«, stieß Amelinde über die blutleeren Lippen. Sie hatte am Bett ihres Vaters gesessen und sprang auf. »Elisa, bitte hilf ihm …«, flehte sie, und ihre Augen füllten sich wieder mit Tränen.

Matthias, der seine Frau nachts zu den Kranken begleitete, seit Krimmel wie ein Alb in ihr Leben getreten war, stellte den Korb mit den Heilmitteln auf den Tisch, während Elisa die Freundin mitfühlend umarmte. »Lass mich deinen Vater gleich anschauen.«

Amelinde nickte und zog sie zum Krankenlager. Die ersten Blicke auf Gessel und seine Verletzungen verrieten Elisa seinen schlimmen Zustand. Sie legte die Finger an die Ader seines Halses, öffnete vorsichtig seine geschlossenen Augenlider, um die Pupillen zu begutachten, und schob die Hand auf sein Herz. Sie kniete sich neben ihn und öffnete leicht seinen Mund, aber weder hatte er Blut gespuckt noch im Mund gesammelt. Ein wenig war sie erleichtert. *Bei Gott, die Lunge ist wenigstens nicht getroffen,* dachte sie, während sie sich wieder aufrichtete.

Augenblicklich brannte sich Amelindes Blick an ihr fest. »Wie steht es um ihn?«

»Er ist sehr schwer verletzt, Amelinde.« Sie drückte die Hände ihrer Freundin. »Ich kann es nicht sagen, ob er überleben wird«, antwortete Elisa offen, die sehr genau wusste, was die weiten Pupillen und der kaum wahrnehmbare Herzschlag zu bedeuten hatten. »Aber ich werde tun, was ich kann. Sag, ist das Messer, oder was es auch war, mit dem dein Vater niedergestochen wurde, gefunden worden?«

Amelinde schüttelte verwirrt den Kopf. Eckehard, der reglos an der Wand gelehnt hatte, stieß sich davon ab. »Nein, das Mordwerkzeug hat der feige Lump nicht liegen lassen«, knurrte er angewidert.

Elisa ließ sich Hemd und Wams des Meisters geben und untersuchte die beiden Einstichstellen genau. Als sie den Kopf hob, blickte sie ringsum in erstaunte Gesichter. »Oft treibt die Klinge einen Stofffetzen in die Wunde. Wenn man ihn nicht herausbekommt, kann sie sich schlimm entzünden und den Tod bringen. Aber hier sind Stoff und Leder glatt durchtrennt, und es fehlt kein Stück davon. Es wurde offenbar eine glatte Klinge verwendet, wofür auch das Aussehen der Wunden spricht«, erklärte sie und ging daran, mit flinken Fingern auf dem kleinen Tisch auszubreiten, was sie im Korb mitgebracht hatte. Auch ein kleines Messer, eine Pinzette, Nadel und Faden waren darunter.

»Halte das Messer und die Pinzette in die Kerzenflamme, Amelinde. Und du, Eckehard, hältst den Meister fest, wenn ich es dir sage.«

»Zeit wird's, dass das Warten ein Ende hat«, sagte Eckehard rau und stellte sich neben seinen schwer verletzten Meister.

Elisa sah ihn ruhig an. »Täusch dich nicht, das Warten wird noch lang genug währen.«

Auch Elsbeth war mit im Raum. Die umsichtige Magd hatte vorausschauend Wasser erhitzt und saubere Tücher bereitgelegt. Sie hatte so viele Kerzen entzündet, dass genügend Licht in der Stube und vor allem um den Verletzten war. Aber sie schwieg eisern und warf scharfe Blicke auf die Eggenbergerin, der sie misstraute. Die ihren Ruf weg hatte in den Gassen. Wenigstens bei den Leuten, die nicht nach ihr, dem Gossenengel, riefen, wenn ein Gebrechen sie befallen hatte. Die ließen den Wundarzt kommen und nicht das junge, ansehnliche Weibsbild, das schon unter der Haube war und dennoch zu Mannsbildern ging, die wehklagend nach ihr riefen.

Dass Amelinde den Jackl nach der Eggenbergerin geschickt hatte und nicht nach dem Medicus, hatte sie entsetzt. Und erzürnt. Aber sie hatte nicht den Mund aufgetan und sie zur Besinnung gerufen, denn sie kannte Amelinde, die verstockt sein konnte wie ein Fisch, wenn sie sich was in den Kopf gesetzt hatte. Und die Zeit zum Streiten hätten sie auch nicht gehabt, denn Gessel war dem Tode nahe. Elsbeth warf einen ihrer harten Blicke auf Elisa. Dass diese da und ihre Amelinde im guten Einvernehmen zueinander standen, gefiel ihr ganz und gar nicht. Aber auch darüber hielt sie schon lange den Mund. Immerhin kam die Eggenbergerin selten herüber zum Katzenstadel.

»Jetzt halt ihn gut fest, Eckehard«, sagte Elisa. Der Gießer legte seine Pranken auf Gessels breite Schultern. Als ihm Elisa zunickte, verstärkte er den Druck. Wenn der Meister sich jetzt noch bewegen wollte, würde es gerade wie das schwache Zucken eines Fisches nach dem Schlag mit dem Holz sein, dachte Eckehard angespannt. Elisa ließ sich von Amelinde die Pinzette geben. Sie begann, die noch leicht blutenden Wunden zu untersuchen und daraus an winzigen Teilen zu entfernen, was nicht hineingehörte. Einmal benutzte sie dazu auch das Messer mit der langen, schmalen Klinge, um tiefer ins weiße Fleisch zu kommen. Der Verletzte regte sich nicht. Es lag nicht daran, dass ihn Eckehards Hände wie in Schraubzwingen hielten, sondern Gessel lag in solch tiefer Bewusstlosigkeit, dass nicht einmal der neuerliche heftige Schmerz diese zu durchdringen vermochte.

Elisas Finger arbeiteten ruhig und erfahren. Behutsam reinigte sie die Wunden mit Wein. Sie griff schließlich nach den mitgebrachten frischen Wegerichblättern im Korb. Diese rieb und quetschte sie wie beim Nachtkönig so lange zwischen den Händen, bis Saft austrat, und tropfte diesen in die Wunden. Die zurückbehaltenen ganzen Blätter legte sie darüber. »Das reinigt und stockt den Blutfluss. Und, so Gott will, verhindert der Wegerich eine Entzündung und schließt säuberlich wieder das Fleisch«, sagte Elisa, ohne den Kopf zu heben. In ihren Worten lag eine Hoffnung, die die betrübliche, angespannte Stimmung in der Stube erträglicher machte, die einen Strahl Licht in dunkle Nacht zauberte. Ohnehin wandelte sich das Staunen der anderen über Elisas sicheres Wirken zur stummen Bewunderung. Nur Elsbeth zeigte keine Bewunderung. Sie hatte sich durch die herbeigerufene Eggenbergerin in die Stellung einer Handlangerin fügen müssen, obgleich sie selbst einiges von der Heilkunst verstand. Als Gessels Wunden verbunden werden sollten, drückte sie Amelinde die sauberen Tücher in die Hände, half aber nicht mit.

»Der Vater rührt sich gar nicht …«, stieß Amelinde heiser aus, in der die Angst hochkroch.

»Er liegt in tiefer Bewusstlosigkeit, Amelinde. Aber im Augenblick besteht keine Gefahr für ihn.«

»Im Augenblick?« Amelinde riss verwirrt die Augen auf.

»Das Fieber wird kommen«, erklärte ihr Elisa ernst. »Aber nach dem, was du mir gesagt hast, hat er anscheinend ein starkes Herz und einen starken Willen.« Sie drückte Amelindes

Hände. »Und ich habe gute Kräuter, die ihm in seinem Kampf um sein Leben helfen werden.«

Einige davon wie Schafgarbe, Stephanskraut und Arnika wurden Gessel mit etwas Wasser verabreicht, als er kurz zu sich kam und mit flackerndem Blick um sich sah. Bald darauf fiel er in tiefen Schlaf. Die Frauen blieben bei ihm, die Männer aber gingen in den Hof zu den Leuten, die es immer noch aufgewühlt auf dem großen Gelände und in den Hallen und Häusern herumtrieb, als könnten sie den ehrlosen Gesellen doch noch irgendwo aus seinem Versteck ziehen. Selbst für den Abtritt, mit dem man Wilbrecht gedroht hatte, war sich einer der Männer nicht zu schade, mit einer Laterne hinabzusteigen und mit einer langen Stange in der Kloake zu stochern. Der Wilbrecht war schließlich ein durchtriebener Hund, er wäre durchaus in der Lage, sie alle an der Nase herumzuführen. Und gerade dort, wo er den Meister Geschützgießer niedergestochen hatte, würden die Stadtknechte doch nicht nach ihm suchen.

In der Wohnstube unter dem Raum, in dem Gessel um sein Leben kämpfte, stand Eckehard am Fenster und blickte schweigend in die Nacht. Als nichts mehr zu sehen war, weil der Mond hinter den Wolken verschwand, drehte er sich um und sah zu Matthias herüber, der auf der Bank saß und mit dem Rücken an der Wand lehnte. Elsbeth war irgendwann heruntergekommen, schweigend, mit sorgenvollem Blick, und hatte den Männern einen Krug Wein und zwei Becher hingestellt, aber keiner hatte bisher davon getrunken. Eckehard kam langsam zum Tisch und ließ sich auf einen Hocker fallen. Er goss Matthias und sich von dem Wein ein und nahm einen Schluck, der ihm nicht zu schmecken schien.

»Heute Morgen gab es einen bösen Streit zwischen dem

Meister und einem Gießer«, begann Eckehard mit rauer Stimme. »Gessel hat ihn vom Hof gejagt, und der andere schwor ihm, dass er das bereuen werde.« Er hob den Kopf. »Du kennst ihn.«

»Ich kenne ihn?«, fragte Matthias überrascht.

Eckehard nickte. Ein Schatten fiel über sein Gesicht. »Veit Wilbrecht.«

»Ah, der Mann, vor dem du mich gewarnt hast.« Matthias entdeckte eine beinahe grausame Entschlossenheit in Eckehards Gesicht. »Du denkst, dass dieser den Geschützgießermeister überfallen hat?«

»Ich kenne sonst keinen, der Grund hätte, dem Meister ans Leben zu wollen«, stieß Eckehard scharf aus. »Der Kerl ist ein feiger Sauhund, der aus dem Hinterhalt zuschlägt oder zuschlagen lässt. Ich weiß, wovon ich rede.« Mit finsterem Blick starrte er über den Tisch.

»Dennoch, hat jemand gesehen, was geschehen ist?«, fragte Matthias und war sich bewusst, dass er mit seiner Frage, die wie ein Zweifel an der Schuld des verdächtigten Gesellen anmuten musste, Eckehards Blut weiter erhitzen würde.

In der Tat sah ihn der Mann, der seit Kurzem sein Freund war, scharf an. »Herrgott, er war es! Der Wilbrecht hat noch nie eine Niederlage einstecken können.« Und rascher, als er es verhindern konnte, drängte ein alter Schmerz über seine Lippen. »Weißt du, Matthias, das da …«, er deutete auf seine entstellte Gesichtshälfte, »hab ich keinem anderen als diesem Sauhund zu verdanken!«

Matthias war derart verblüfft, dass es jetzt an ihm war, Eckehard durchdringend anzusehen. Bei dessen schrecklichen Narben hatte er an einen Unfall bei den Flammöfen oder bei den Rinnen mit ihrer glühenden Schmelze gedacht, aber hier steckte offenbar eine böse Absicht dahinter. »Herrgott, wenn dieser Wilbrecht damals die Hand im Spiel gehabt hat, wie konntest du dann all die Jahre neben ihm im Gusshaus deine Arbeit tun?«, stieß er erregt aus.

Eckehard verzog den Mund. »Die Arbeit, ja, aber da drin …«, er schlug sich auf die Brust, »da drin war ich nie im Frieden mit dem Wilbrecht.« Er nahm einen tiefen Schluck und wischte sich mit dem Handrücken über den Mund. »In den letzten Jahren ist mir der Hundsfott immerhin nie über den Weg gekommen. Da waren wir fern voneinander auf Wanderschaft. Aber davor …« Er stockte und stieß den Atem schwer aus. »Als Lehrbuben haben wir beide in der Gießerei angefangen. Ich war ein elender Rotzlöffel mit allerlei Flausen im Kopf und hab oft genug die harte Hand des Meisters genossen, der Wilbrecht aber war vom ersten Tag an so willfährig, wie er heuchlerisch war. Mich hat der Gessel schließlich unter seine Fittiche genommen und hat mir mit großer Geduld und aller Gründlichkeit das Gießerhandwerk beigebracht, wie er es wohl nur bei einem Spross von seinem eigenen Fleisch und Blut getan hätte.«

»Neid und gekränkte Eitelkeit als Motiv für eine Bluttat …«, murmelte Matthias und drehte den leeren Becher zwischen den Fingern. »Warum hat Gessel den Mann vom Hof gejagt?«, wollte er wissen.

Eckehard, der mit seinen Gedanken noch in der Vergangenheit geweilt hatte, starrte ihn verwirrt an. »Was?«

»Was ist geschehen, dass der Meister einen seiner stärksten Männer aus der Gießerei geworfen hat?«

In Eckehards Augen loderte es. »Da ist viel zusammengekommen über die Jahre.« Ungeduldig goss er sich wieder den Becher voll und stürzte den Inhalt in gierigen Schlucken hinunter. Dann hielt es ihn nicht mehr auf dem Hocker. Er sprang auf und lief erregt ein paar Schritte durch den Raum. »Seit wir Jungen waren, herrscht zwischen dem Wilbrecht und mir Unfrieden. Es ist schon so viel zwischen uns geschehen, nicht nur wegen der Amelinde.« Er machte eine müde Handbewegung. »Er hasst mich. Für ihn war ich von Anfang an ein …«, er stockte, verschluckte, was er auf der Zunge gehabt hatte, »jedenfalls unwürdig in seinen Augen. Mein Vater starb an der Pest, die Mutter blieb durch mich im Kindbett, und nahe Anverwandte gab es wohl nicht. So bin ich den Ordensfrauen als Säugling vor die Klosterpforte gelegt worden.«

Und zu einem Kerl von imposanter Gestalt herangewachsen, den vermeintlich so schnell nichts umhaut, dachte Matthias, der einer war, der den Menschen nicht gleichgültig begegnete und deshalb auch die Verletzlichkeit in Eckehards Augen erkannte, die einem gestandenen Geschützgießergesellen kaum zu eigen sein konnte, aber die dennoch vorhanden war und besonders dann auflebte, wenn die Rede auf seine Liebste kam.

Eckehard lehnte sich an den Türrahmen und verschränkte die Arme vor der mächtigen Brust. »Der Wilbrecht ist schon bald um die Amelinde herumscharwenzelt, als sie noch ein blasses, flachbrüstiges Ding war und noch keine, nach der sich ein Bursche die Augen ausglotzt.« Plötzlich starrte er angewidert auf den Tisch wie auf eine gespenstische Erscheinung aus seiner Vergangenheit. »Aber ich schwöre dir, der verdammte Kerl hatte damals schon den Plan, die Finger nach ihr auszustrecken, um einmal der Eidam vom Gessel zu werden. Der wollte dahin, wo der Meister heute ist, nämlich der Herr im Gusshaus sein. Aber bei ihm wäre es anders gewesen: Anschaffen und die Leute schinden und beim Rat gut dastehen.«

Sein Gesicht war zornrot geworden. »Aber die Amelinde ist mir gut, ist meine Liebste. Und wehe ihm, er kommt ihr noch einmal zu nahe!«

Offenbar hat der verschwundene Gießer es in der Vergangenheit genau daran nicht fehlen lassen, ging es Matthias durch den Kopf. Das passte zu dem Eindruck, den er auf dem Schießfest von diesem Wilbrecht als überhebliches Großmaul gewonnen hatte.

»Gestern Morgen bei unserem Streit hat der Wilbrecht die Amelinde wüst beschimpft, ihr Vater hat das mitbekommen. Und der Geselle hat gedroht, den Zunftmeistern reinen Wein über mein Meisterstück einzuschenken.« Eckehard stieß sich von der Tür ab und fuhr sich ein paar Mal hastig durchs struppige Haar. »Na ja, beim Meisterstück darfst du keine Hilfe haben, da musst du alles alleine machen. Aber die Amelinde hat mir halt bei einigen Arbeiten geholfen, damit ich nicht allzu oft bei den Kanonen fehle. Für den Gessel war das in Ordnung, für die anderen Männer im Gusshaus auch. Die können das Maul halten. Aber der Wilbrecht hat wohl endgültig erkannt, dass er nie Meister in der städtischen Geschützgießerei werden wird. Ich hab's ihm angesehen, dass es ihm gerade recht käme, wenn er mich bei den Zunftmeistern hinhängen könnte und den Gessel gleich mit.« Schweißperlen standen ihm auf der Stirn.

»Wenn man ihm geglaubt hätte …«, warf Matthias ein.

Eckehard stutzte und dachte kurz nach. »Ja, du hast recht. Wahrscheinlich hätten sie Gessel geglaubt, der sich nicht die Blöße gegeben hätte zuzugeben, mitsamt seinem Gießer gegen die Gebote der Zunft zu verstoßen.«

Matthias strich sich grüblerisch durch den Bart. »Zugegeben, es spricht vieles dafür, dass dieser Wilbrecht der Lump ist, aber ...«

»Er war es!«, fuhr Amelinde schneidend dazwischen, die eben in die Stube gekommen war und vom Gespräch der beiden Männer noch die letzten Sätze erhascht hatte. Bleich, aber mit glühenden Augen lehnte sie am Türrahmen. »Wilbrecht ist einer, der dem Vater immer nach dem Mund geredet hat und es ihm in allem recht machen wollte, aber er hat ihn nie geachtet.« Tränen ließen ihre Blicke verschwimmen. »Der Vater hat das gewusst. Er hat gespürt, dass der ihm nicht gutgesinnt war. Aber dass der Wilbrecht den Vater so gehasst hat, dass er ihm feige auflauert und ihn hinterrücks niedersticht ...« Ihr versagte die Stimme.

Eckehard ging rasch zu Amelinde und drückte sie an sich. Nach einer Weile war ihr Schluchzen verstummt, und sie fuhr sich übers Gesicht.

»Die Männer sind mit Laternen über den Hof gegangen, haben aber nichts gefunden«, sagte Eckehard leise. Amelinde nickte wortlos, als hätte sie nichts anderes erwartet.

In der Stube wurde es kurz still. Nur das Holz knackte im Kamin. »Der Vater schläft immer noch. Elisa und Elsbeth sind bei ihm«, sagte Amelinde und schlang sich das Tuch um die Schultern, das sie in Händen gehalten hatte. »Ich mache mich jetzt auf den Weg, damit ich zurück bin, bevor er wieder wach wird«, fuhr sie entschlossen fort und richtete ihren Blick auf Eckehard.

»Wohin?«, stieß der überrascht aus.

»Zum Stadtvogt. Der muss erfahren, was geschehen ist. Und

wenn der Sauhund noch nicht aus der Stadt hinaus ist, werden ihn die Gassenleute schon erwischen!«

*

Albrecht Stolzhirsch, Stadtvogt zu Augsburg, hob mühsam die Lider, als er geweckt wurde. Im Schein des schwachen Kerzenlichts blinzelte er verwirrt. Er wollte schon darüber auffahren, weshalb er mitten in der Nacht aus dem Schlaf gerissen wurde, als die hingemurmelten Worte des alten Dieners endlich in seinen schläfrigen Verstand drangen. Schlagartig wurde er glockenwach. Der Geschützgießermeister vom Katzenstadel kämpfte nach einem heimtückischen Mordanschlag auf ihn um sein Leben! Mit einem Ruck richtete er sich auf, sprang aus dem Bett und schlüpfte rasch in Hosen und Wams. Ungekämmt und mit zornrotem Kopf schritt er kurz darauf energisch über den hallenden Gang durch die ihm rasch geöffnete Tür in den Raum, in dem seine überraschenden Besucher auf ihn zu warten schienen. In der Tat standen da die hübsche Tochter des Geschützgießermeisters und ein Mann von beeindruckender Größe, den er als einen der Sieger vom Schießfest wiedererkannte.

»Ah, der wackere Geselle, der den Vogel von der Stange geholt hat«, rief Stolzhirsch und nickte Eckehard wohlwollend zu. »Das war ein sauberer Schuss, Mann, den macht Euch so schnell keiner nach.« Er ließ sich auf den hochlehnigen Stuhl hinter dem gewaltigen Tisch fallen, auf dem sorgsam mehrere Pergamentrollen neben Federkiel und Tintenfass angeordnet waren. Während er die Handflächen auf die Tischplatte legte, wurde sein Blick streng. »Stimmt es, dass Meister Gessel überfallen und beinahe ums Leben gebracht worden ist?«

Amelinde knickste erneut ehrerbietig vor dem Stadtvogt. »Ja, Herr. Als mein Vater heute Nacht aus dem Gusshaus kam, wurde er hinterrücks niedergestochen. Und jetzt liegt er mit zwei tiefen Wunden da und ist dem Tode nahe.« Ihre Stimme zitterte.

Im scharf geschnittenen, durchaus gut aussehenden Gesicht des kaiserlichen Vertreters arbeitete es. »Hat einer den Überfall gesehen? Weiß man, wer der Schurke ist?«

»Keiner hat gesehen, was geschehen ist, Herr. Es war sonst keiner unserer Männer auf dem Hof, außer dem Meister, der als Letzter aus dem Gusshaus kam«, mischte sich Eckehard ein und zog sogleich den lodernden Blick des Stadtvogts auf sich. »Nachdem wir ihn fanden, haben wir die Hallen und den Hof gründlich abgesucht, aber der Saukerl war schon verschwunden.«

»Wer es auch war, er muss wohl einen rechten Zorn auf den Meister Geschützgießer gehabt haben«, dachte Stolzhirsch laut und schlug mit den Händen schwer auf den Tisch. »Gab es einen, mit dem Euer Vater Streit hatte, Amelinde?« Mit einem Ruck schnellte er im Stuhl hoch und kam um den Tisch herum.

Amelinde zögerte plötzlich. Der Wilbrecht war es, da war sie sich sicher. Alles, was in letzter Zeit und bereits früher durch ihn an Schändlichem geschehen war, sprach doch dafür. Aber irgendwo in ihrem Kopf raunte eine gemeine, verwirrende Stimme, dass es auch ein anderer gewesen sein könnte, und sie würde jetzt einen Unschuldigen auf die Streckbank und an den Galgen bringen.

»Na, heraus mit der Sprache, hatte Euer Vater Feinde?«, fragte Stolzhirsch barsch.

Amelinde trieb es das Blut in die Wangen. Der Stadtvogt

hielt sie im Blick wie ein Raubvogel, und auch Eckehard starrte sie argwöhnisch an. »Da gibt es schon einen, Herr. Der Veit Wilbrecht ist Geselle in der Gießerei. Der hatte gestern Morgen einen bösen Streit mit meinem Vater und sollte ihm nimmer unter die Augen kommen. Darauf drohte er meinem Vater, dass er sein Tun noch bereuen würde«, kam es leise über ihre Lippen.

»Seit Wochen geht ein Mörder um in der Stadt, der geübt ist mit dem Messer. Mal ist das Opfer ein reicher Herr, mal ein braver Bürger, der vom Hurenhaus oder aus der Schenke kam. Und jetzt blieb euer Vater blutig auf dem Pflaster. Wilbrecht hatte für letztere Tat ein klares Motiv, und es würde mich nicht wundern, wenn er auch für die anderen Taten verantwortlich ist. Ja, so muss es gewesen sein!«, meinte Stolzhirsch beinahe schon polternd.

Er sah Amelinde scharf an. »Was habt Ihr denn?«

»Und wenn er es doch nicht war, der meinen Vater überfallen hat? Es hat doch keiner die Tat gesehen.« Ihre Wangen glühten. War sie denn närrisch geworden, Wilbrecht noch in Schutz zu nehmen? Einen ehrlosen und niederträchtigen Kerl, der nicht davor zurückgeschreckt war, sie schänden zu wollen, und der Eckehard fürs Leben grausam entstellt hatte.

»Herrgott, Jungfer«, rief der Stadtvogt unbeherrscht, »wenn der Kerl unschuldig ist, wird es der Henker schon herausfinden, da macht Euch keine Gedanken. Aber hier geht es um einen Anschlag auf die kaiserlichen Kanonen, die unter Eurem Vater gegossen werden und denen jetzt die starke Hand fehlt, solange der Löffler noch nicht nach Augsburg zurückgekehrt ist.« Zornig rötete sich sein Gesicht. »Sapperlot, diesen Kerl hat der Teufel geritten. Wehe ihm, wenn er mir gebracht wird!« Aufgebracht machte er ein paar Schritte durch den mit herrschaftlichen Möbeln ausgestatteten Raum. Das Kerzenlicht spiegelte sich golden in den aufwendig gearbeiteten Butzenscheiben, und in der Luft hing der Duft von gutem Bienenwachs.

»Und wie steht es jetzt in der Gießerei mit den Arbeiten?« Jäh wandte sich Stolzhirsch an Eckehard. »Liegt alles im Argen, oder sorgt ein geeigneter Mann dafür, dass die Feuer weiter brennen?«

»Der Leiprand ist der älteste Geselle und hat die meiste Erfahrung, Herr. Der sorgt dafür, dass die Arbeiten in der Gießerei weiter vorangehen. Und wenn es dem Rat gefällt, hat der Leiprand jetzt das Sagen im Gusshaus, bis der Meister wieder wohlauf ist.« Dass Gessel größere Stücke auf ihn selbst hielt als auf den fleißigen, aber nicht so geschickten Leiprand, behielt er natürlich für sich.

»Die Herren im Rat werde ich verständigen«, erklärte Stolzhirsch und machte eine herrische Geste. »Herrgott, die sollen zusehen, dass der Löffler endlich wieder nach Augsburg kommt und selbst ans Gießen der Kanonen für den Kaiser geht. Nach den üppigen Gulden dafür streckt er sich ja schließlich auch«, entfuhr es ihm aufgebracht. Wieder machte er ein paar gereizte Schritte, wandte sich dann aber plötzlich um und hatte ein dunkles Glühen in den Augen, als sei er des flüchtigen Gießergesellen bereits habhaft. »Vor allem aber muss der Mordbube her, damit der seine gerechte Strafe kriegt.« Der Patrizier eilte zur Tür, riss sie auf und bellte einen Befehl über den Gang, worauf rasch ein Mann seiner persönlichen Wache herbeieilte. Dem befahl er, unverzüglich die Häscher nach Veit Wilbrecht auszuschicken.

Für den Stadtvogt steht mit dem verschwundenen Gießer der Täter bereits fest, durchfuhr es Amelinde kalt. Sie hatte

Wilbrecht preisgegeben. Er widerte sie an, sie hasste ihn, aber … Ihr Herz begann zu rasen. *Herr im Himmel*, flehte sie, *wenn er unschuldig ist, lass ihn entkommen!* Wie betäubt stand sie da. Sie hatte das Gefühl, mit ihren letzten Gedanken ihren Vater verraten zu haben. Stolzhirsch verschwand in seinen privaten Räumen, Amelinde und Eckehard verließen das herrschaftliche Haus mit seinem Prunk und seiner Kälte unter den hohen Decken. Auch im Freien blies ein kalter Wind, und in der Dunkelheit lag nichts Tröstliches.

»Was sollte das?«, herrschte Eckehard sie an, der jäh stehen geblieben war und Amelinde an den Armen gepackt hatte. »Himmelherrgott, der Wilbrecht war's und kein anderer!«

Wütend wollte sie sich von ihm losreißen, aber ihr Versuch war jämmerlich kraftlos. Natürlich ahnte sie, was sie mit ihrem plötzlichen Zweifel an Wilbrechts Schuld bei Eckehard ausgelöst hatte, aber hätte sie nur endlich gewusst, wer ihren Vater überfallen hatte, sie hätte es ihm ins Gesicht geschleudert. Sie fühlte sich so hilflos und elend, dass sie kurz davorstand, entweder aufzuschreien oder loszuheulen. Der Vater rang mit dem Tod, der Lump, der ihm dies angetan hatte, war auf der Flucht. Und wenn sie den Häschern mit dem vom Hof gejagten Gießer einen Unschuldigen preisgegeben hatte, würde bald dessen Blut an ihren Händen kleben. Und wenn der Geselle nicht unschuldig war, dann auch. Aber dann widerfuhr ihm nur Gerechtigkeit für sein schändliches Handeln. Insbesondere dann, wenn ihr Vater den Anschlag nicht überleben würde … In ihrem Kopf begann es zu rauschen wie in einem Bienenstock. Ihr wurde schwarz vor den Augen. Blitzartig sackte sie zusammen.

Im letzten Moment konnte Eckehard sie auffangen und hob sie vor die Brust, in der sein Herz zu rasen begann. *Was in aller*

Welt ist mit Amelinde los? Im Licht einer Pechfackel an der Mauer war ihr Gesicht bleich, ihre Lippen blutleer. Mit raschen Schritten kehrte er in die Gießerei zurück und brachte sie in ihre Kammer, wo er sie sanft aufs Bett legte. Als er die Decke über sie ziehen wollte, flatterten ihre Lider. Sie stöhnte leicht auf. Eckehard beugte sich über sie. In dem Moment schlug sie die Augen auf. In ihnen lag für einen Moment noch Verwirrung, ehe sie ihn erkannte. Sie begann, leise zu lächeln.

»Nicht böse sein, Eckehard, vor lauter Sorge um den Vater geht's mir wie verrückt im Kopf herum«, flüsterte sie und hob die Finger zu seinem Gesicht.

»Ist schon gut, Amelinde, es wird sich alles finden. Ruh dich aus.« Eckehard ergriff ihre Hand und drückte sie gegen seine Wange.

»Mir geht's schon wieder gut.« Sie versuchte, sich aufzurichten, aber Eckehard hielt sie fest. »Lass mich, ich möchte zum Vater.«

»Dass du mir wieder umfällst. Damit hilfst du dem Meister nicht«, beschwor sie Eckehard. »Bleib liegen. Ich werde nach ihm sehen und zu dir zurückkommen.« Ihr Blick folgte ihm unruhig. »Ich beeile mich, Amelinde.«

*

Simpert Gessel litt unter seinen Wunden und dem aufgetretenen Fieber. Die Frauen wechselten sich an seinem Bett und mit seiner Versorgung ab. Elisa konnte dadurch nicht selbst zu denen gehen, die um Hilfe nach ihr schickten. Aber Amelinde wusste Rat. So wurde der Jackl zu einem fortwährenden Botengänger zwischen dem Gossenengel und den Hinfälligen, die ihre Unterstützung brauchten, wurde zum Überbringer von Arzneien und Maßnahmen zur Behandlung. Der Junge, der sich eine Fülle von Krankheitsbeschwerden anhören und scheußliche Wunden, faule, eitrige Zähne und übel riechenden Stuhl ansehen musste, war es nach Kurzem leid, fortwährend als Laufbursche und Mittler inzwischen durch alle Viertel der Stadt und zurück zum Katzenstadel zu jagen. Von manchen der Kranken erhielt er jedoch hin und wieder eine kleine Münze für seine Gefälligkeit, was seinem bislang schwachen Eifer einen völlig anderen Antrieb verlieh.

Täglich schickte der Rat den Weibel zum Katzenstadel, um nach den Arbeiten sehen und sich Bericht erstatten zu lassen. Der Leiprand als ältester Geselle bemühte sich redlich, aber Simpert Gessels jahrzehntelange Erfahrung als äußerst geschickter und findiger Gießer war wie eine klaffende Wunde, die bald geschlossen werden musste. So legten die Männer die Hämmer und Gerätschaften nicht bereits bei Einbruch der Dunkelheit aus den Händen, sondern arbeiteten bis tief in die Nacht. Und jeder hoffte, ihr Meister würde bald wieder mitten unter ihnen in den Hallen stehen und seine Befehle donnern, denn man wollte keinen fremden Herrn im Gusshaus. Weder den Löffler aus Tirol noch einen aus der Stadt selbst, den der Rat einsetzen würde, wenn der Weibel vermelden musste, dass es mit den kaiserlichen Kanonen nicht zum Besten stand.

Simpert Gessel ahnte von alledem nichts. Er wälzte sich in schlimmen Fieberträumen und ächzte unter seinen geröteten, geschwollenen Wunden. Obwohl Elisa von ihrem Vater wusste, dass sich diese allein durch die Verletzung des Fleisches entzünden konnten, plagten sie Gewissensbisse, ob sie nicht doch eine winzige Unreinheit in ihnen übersehen hatte. In regelmäßigen Abständen behandelte sie den Kranken mit Essenzen aus Ringelblume, Weide, Kamille und Arnika, wechselte die Verbände und flößte ihm Tee aus Schafgarbe und Lindenblüten ein. Als die Verletzungen zu eitern begannen, beschwichtigte sie die aufgelöste Freundin. »Diese stinkende Absonderung ist das, was im Fleisch selbst krank geworden ist und was vielleicht an Schmutz in der Wunde verblieb. Beides muss rasch aus dem Körper.« Elisas Erklärungen trösteten Amelinde nicht, beruhigten sie aber etwas.

Jeden Tag verlor der Geschützgießermeister mehr an Gewicht. Bald lagen seine Augen in tiefen, dunklen Höhlen. Scharf traten seine Wangenknochen aus dem schweißüberströmten Gesicht. Er stöhnte und schrie in seinen Qualen und Träumen, die ihm das verbliebene Leben aus dem erschöpften Leib pressen wollten. Amelinde litt mit ihm und schlief oft genug an seinem Lager ein, weil sie sich kein Ausruhen gönnte. Mit matten Blicken folgte sie stumm allem, was ihr Elisa zur Pflege des Vaters auftrug, und ging ihr zur Hand, wo sie konnte. Während Simpert Gessel in den Fieberschüben glühte, wurde sie immer blasser, bis Elisa und Elsbeth sie zwangen, mehr zu essen und sich mehr Schlaf zu gönnen. Nach der Sonntagnacht, die der Meister wie durch ein Wunder überstanden hatte, legte Elisa der Freundin die Hand auf den Arm. »Die kommende Nacht wird es entscheiden, ob dein Vater überlebt.«

Amelinde fuhr entsetzt auf. »Die letzte Nacht hat er kaum überstanden. Er hat doch keine Kraft mehr.«

»Er hat ein starkes Herz, und ich habe ihm Kräuter gegeben, um es stark zu halten.«

Amelinde war kurz in ihre Kammer gegangen. Elisa stellte sich in Gessels Stube ans Fenster und blickte in die Nacht. Ein heller Mond, an dem leichte Wolken wie Flügelschläge vorbeistrichen, stand über der Gießerei. *Wenn alles gut geht, bringen wir den Geschützgießermeister in dieser Nacht über den*

Berg, und in den folgenden Wochen wird er wieder der Herr sein im Gusshaus, dachte sie. Und sie selbst wären bald auf dem Weg nach Nürnberg und von dort weiter nach Antwerpen oder einer anderen Stadt, in der sie ein neues Leben beginnen wollten. Eine Stadt, in der niemand wusste, wer sie wirklich war. Elisa atmete schneller. Eine Stadt, in der es keinen Krimmel geben würde.

Gessel hinter ihr ächzte. Elisa flößte ihm etwas Schafgarbentee ein, der ihm bald darauf die ärgsten Schmerzen zu nehmen schien. Als sie ihm mit einem feuchten Tuch das Gesicht kühlte, stöhnte er unter der leichten Berührung, aber seine Zunge lechzte nach dem Nass und leckte die Feuchtigkeit von den Lippen. Elisa hob seinen Kopf leicht an und gab ihm ein wenig warmes Wasser zu trinken. Er trank besser als noch am Tag zuvor, aber er würde seine verbliebenen Kräfte brauchen, um diese Nacht zu überstehen. Wieder, wie so oft in den letzten Tagen, betete Elisa um den Beistand des Herrn und um das Leben des Mannes, der kein Unrechter war, wie man in der Stadt, besonders am Katzenstadel unter seinen Männern wusste.

Amelinde kehrte zurück. Sie hatte sich das verschwitzte Kleid abgestreift und sich mit kaltem Wasser gewaschen, eher bald schmerzhaft abgerieben, so frisch durchblutet leuchtete ihre Haut. In ihren Augen glänzte mit einem Mal eine Zuversicht, die sie niemals im Leben, nicht einmal, als sie an der Pest erkrankt war, verlassen hatte. Beinahe so, als hätte sich diese Hoffnung in ihr für diese Nacht aufgespart, in der sich entscheiden würde, ob ihr Vater am Leben blieb oder nicht. Die Elsbeth kam und brachte Speck, Brot und Gewürzwein. Nicht nur der Kranke würde einen weiteren Kampf auszufechten haben, auch sie mussten bei Kräften bleiben. Und die Nacht würde lang werden. In Elsbeths Gesicht waren scharfe Linien zu den vielen Furchen ihres bisherigen Lebens hinzugekommen, seit der Hausherr so daniederlag. Amelinde drückte ihre rauen, knotigen Hände. »Der Vater wird es schaffen, Elsbeth, wirst sehen. Bald tobt er wieder durch die Hallen und treibt die Leute an.« In ihren braunen Augen funkelte es. Aber darin glitzerten auch Tränen, die Elsbeth nicht verborgen blieben.

»Wenn der Herrgott es will ...« Elsbeth nickte und versuchte einen Anflug von Lächeln.

Elisa verschwand kurz in die große Stube mit ihrem Herdfeuer. Als sie wiederkam, hielt sie eine Schale in Händen. Unter dem Tuch war ein erwärmter Teig aus zerstoßenem Fünffingerkraut, Weizenmehl, Wasser und Öl, den sie mit Amelindes und Elsbeths Hilfe auf Hanftücher strich und dem Kranken um den Körper wickelte. So ging es, seit das starke Fieber bei Gessel aufgetreten war, zwei Mal am Tag und zwei Mal bei Nacht. Schließlich hob Amelinde den Kopf ihres Vaters sanft an. Elisa träufelte ihm ein wenig von der Galganttinktur in den Mund, die sein Herz stärken sollte. Mehr blieb vorerst nicht zu tun. Die Frauen warteten.

Während Elsbeth die Hände gefaltet hatte und betete, saß Amelinde bei ihrem Vater und kühlte ihm das heiße Gesicht. Elisa aber stand am Fenster und sah hinaus in die Nacht. Die Wolken waren dichter geworden und schoben sich rasch am Mond vorbei. Brachten für einen Lidschlag vollkommene Dunkelheit und zerfaserten wieder. Auf einmal entstand eine ungewöhnliche Silhouette. *Beinahe wie die eines heranschleichenden, wilden Tieres,* dachte Elisa verwundert. Da schoben sich die Wolken vollkommen über den Mond, und Schwärze fiel über den Hof wie ein Umhang. *Ein Unheil droht,* durchfuhr es Elisa. Sie erschauderte.

Für wenige Stunden war auch Elisa heimgekehrt, damit auch sie sich waschen und für die erwartete schwere Nacht rüsten konnte, und hatte danach ihren Buben im Arm gehalten, bis der wie ein Putto, pausbäckig und blondlockig, darin eingeschlafen war. Danach waren Matthias und sie mit einem Korb frischer Kräuter und Essenzen wieder zum Katzenstadel zurückgekehrt. Während Elisa in das Zimmer des Kranken hinaufstieg, wartete Matthias in der großen Stube. Als die Turmuhr zur elften Stunde schlug, stieß Eckehard die Tür auf und ließ sich erschöpft und schmutzig auf einen der Hocker am Tisch fallen. Hustend streifte er sich die Mütze vom Kopf und fuhr sich durchs verschwitzte Haar. »Wie geht's dem Meister?«, fragte er Matthias heiser und funkelte ihn gespannt aus seinem schwärzlichen Gesicht an.

»Seit Stunden unverändert. Mal packt ihn der Schüttelfrost, mal die Hitze des Fiebers«, antwortete Matthias ernst, schenkte einen Humpen mit Bier voll und schob ihn dem von Ruß und Rauch umwölkten Eckehard hin.

Der nickte ihm dankbar zu und trank den Krug beinahe in einem Zug leer. Er war erschöpft und von einer inneren Hitze, als könnte er an sich erloschene Kerzen und Talglichter aufs Neue entzünden. Noch hatte er Mühe, ein paar verständliche Worte aus seinem trockenen Hals zu bringen.

»Hat der Weibel was dahin verlauten lassen, dass man den Wilbrecht erwischt hätte?«, fragte Matthias.

Eckehard schüttelte den Kopf. »Nein, der bleibt wie vom Erdboden verschluckt. Vielleicht ist er ja schon aus der Stadt hinaus.« Er knüllte seine Mütze zusammen und wischte sich damit übers Gesicht. Ein paar hellere Stellen wurden unter der dunklen Haut sichtbar. »Wenn der Kerl ein reines Gewissen hätte, hätte er versucht, in einer der anderen Gießereien in

Augsburg unterzukommen«, knurrte Eckehard. »Aber kein Meister dort hat auch nur einen Hemdzipfel von dem verdammten Hund gesehen.« Er hob den Kopf und sah Matthias an. »Der Rat hat die Büttel in den anderen Gießereien in der Stadt nachfragen lassen und sie zu den Stadttoren geschickt. Aber auch den Wachen dort ist seit der Schandtat kein riesenhafter Kerl unter die Augen gekommen.« Er klang immer noch heiser, sammelte den Speichel und spuckte ihn in den Kübel neben seinen Füßen. »Ich bin mir sicher, der Hundsfott hockt in seinem Versteck und wartet ab, was geschieht. Und wenn die Ratsherren lange genug die Knechte nach ihm ausgeschickt haben und es irgendwann leid sind, kriecht der Lump aus seinem Loch und macht sich davon.«

Sie wurden jäh unterbrochen, als Elsbeth mit angstvollen, weit aufgerissenen Augen in die Stube stürzte. »Dem Meister geht es immer schlechter, das Fieber verbrennt ihn!«

Eckehard und Matthias waren gleichzeitig auf den Beinen und folgten der Magd rasch die Stiegen hinauf.

»Herr im Himmel …«, entfuhr es Eckehard, als er hinter Elsbeth in die Kammer trat, mitten hinein in das Stöhnen des Meisters, der sich krümmte, dann wieder hochschnellte und die Augen entsetzt aufriss, als täte er einen Blick in die Hölle. Während Matthias an der Tür stehen blieb, lehnte sich Eckehard an die Wand. *Jetzt ist es so weit, jetzt geht es um sein Leben!*, durchfuhr ihn ein eisiger Schauer. *Herrgott, gib ihm die Kraft, dass er diese Nacht übersteht!*

Gessels Gesicht glühte unter dem Schweiß. Wie von Teufeln gejagt warf er sich hin und her, ächzte, schrie immer wieder auf, und es schüttelte ihn, als hätte ihn eine unsichtbare gnadenlose Faust gepackt. Dann lag er plötzlich ruhig wie gefällt vom Hieb einer Axt, mit starren Gliedern und stierem Blick.

Unendlich langsam schlossen sich seine Augen. Elisa beugte sich über Gessel, drückte ein wenig sein Kinn nach unten und träufelte ihm ein Geringes der todbringenden, aber in der richtigen Menge angewandt heilkräftigen Tollkirsche in den Mund. Amelinde, die am Bett ihres Vaters saß, hatte eine Hand auf seiner Brust liegen. Sie betete voller Inbrunst und Anspannung, in der sie nichts mehr um sich herum wahrnahm. Ihre Augen brannten vor Müdigkeit und Angst. In der Kammer war es im Moment so still, dass nur die schweren Atemzüge des Kranken zu hören waren.

Die Lichter der Kerzen zuckten noch nach Stunden. Elsbeth kauerte auf einem Schemel und hielt ein kleines Kreuz in den knochigen Fingern, während sich ihre Lippen im lautlosen Gebet bewegten. Elisa hob nacheinander die heißen Lider des Kranken und prüfte die Pupillen, legte zwei Finger an sein Handgelenk und nickte schließlich kaum wahrnehmbar. Eckehard regte sich nicht. Auch seine Augen schmerzten, weil sie sich dem dringenden Schlaf widersetzten, aber sein unablässiger Blick lag auf Amelinde, um deren Wohlergehen er sich noch mehr sorgte als um das seines Meisters. Seit der gemeinen Tat an ihrem Vater hatte sie ihr Feuer und ihre Unbeschwertheit verloren, aß kaum noch etwas und musste sich zwingen, sich hin und wieder in ihrer Kammer hinzulegen.

Eckehards Herz schlug hart in seiner Brust, so sehr liebte er sie. Alles in ihm schrie danach, ihr beistehen zu wollen. Aber wie konnte er sie beschützen, wenn sein Gegner kein Geringerer als der Tod war? Der angehaltene Atem brannte in ihm. Er folgte seinen Empfindungen. Er stellte sich hinter Amelinde und legte ihr eine Hand auf die Schulter. Mit einem tiefen Seufzer lehnte sie ihren Kopf gegen ihn. Sie schloss die Augen.

Bei allen Heiligen, mochte der Meister auch künftig wieder toben und wie ein Sturm über ihn und die anderen Männer in der Gießerei kommen, aber es musste endlich vorbei damit sein, ihn so gepeinigt und mit dem Tod ringen zu sehen, dachte Eckehard und presste hart die Zähne aufeinander.

Die Stunden vergingen, in denen Gessel immer wieder von schwerem Fieber gepeinigt wurde. Aber die Anfälle wurden seltener. Nach dem letzten lag er schweißnass mit silbernen Tropfen in den dunklen Wimpern da. Sein schwacher Atem hob kaum merklich die Brust. Im Licht einer frisch entzündeten Kerze musterte ihn Elisa gespannt, öffnete schließlich sanft seine Lider, um erneut das Aussehen der Pupillen zu prüfen, und ließ eine Weile ihre Finger an seinem Handgelenk liegen. Der Pulsschlag ging gleichmäßig und nicht zu rasch. Vor Erleichterung schloss Elisa für einen kurzen Moment die Augen und zuckte erschreckt zusammen, als plötzlich eine Hand ihren Arm berührte. Es war Amelinde, die sie angstvoll anstarrte. »Was ist mit dem Vater?«

Elisa lächelte ihr zu und legte ihr die Hand auf die Schulter. »Dein Vater wird es schaffen, Amelinde. Er wird leben.«

Vor Aufregung hob und senkte sich Amelindes Brust. Ihre blassen Lippen begannen zu zittern. »Bist du dir sicher?«

Elisa nickte. »Dein Vater schläft jetzt, und es ist ein heilsamer Schlaf.«

Als im Osten der Morgen herankroch und erstes graues Zwielicht vor die Stadtmauern flutete, fuhr Elsbeths Kopf hoch, als hätte ein glühender Kienspan sie in den Rücken getroffen. Ihre zusammengekniffenen Augen richteten sich zuerst auf den Geschützgießermeister, dann auf Amelinde, die schlaftrunken beim Vater saß und dessen Hand nicht losließ. Gessel war blass, aber von Fieber war keine Spur mehr. Er atmete ruhig. Die Heilerin stand reglos am Fenster und sah hinaus. Die beiden Männer hatten sich vor Stunden Schemel geholt und an die Wand gestellt. Dort kauerten sie zusammengesunken in einem kaum angenehmen Schlaf. Elsbeth wusste, was sie zu tun hatte. Sie musste nach dem Herdfeuer sehen und einen kräftigen Brei für alle kochen. Lautlos erhob sie sich und verließ die Kammer.

Ein lautes Geräusch vom Hof her riss Eckehard aus dem Schlaf. Er hob den Kopf und begann, herzhaft zu gähnen. Mühsam öffnete er die Augen und ließ seine Blicke verwirrt durch den Raum wandern, ehe sie bei dem Kranken anlangten und dort verweilten, bis er begriff, warum er überhaupt in seiner Kammer war. Der Meister schien frei von Fieber und schlief ruhig. Einmal jedoch zuckten seine Finger, aber da war Amelindes Hand und umschloss sie sofort wie behütend. *Herr im Himmel, der Meister ist am Leben!*, dachte Eckehard. Ein tiefes, brennendes Gefühl durchwogte ihn. Draußen wurde es Morgen; so wie Gessel aussah, würde er auch am Leben bleiben! Eckehard wandte den Kopf und entdeckte Matthias neben sich. Die Beine lang gestreckt und den Kopf auf der Brust in einem Schlaf, der mindestens so geruhsam wie der des Meisters war. Aber er würde ein Fass Bier darauf wetten, dass dem der Rücken genauso schmerzte wie ihm der seine.

Elisa öffnete eines der Fenster. Frische Luft drang herein. Sie beugte sich hinaus und ließ sich von dem sanften, kühlen Wind umspielen. Müde und erschöpft war sie, aber glücklich, dass Amelindes Vater lebte. Der Mann würde zwar Wochen brauchen, bis er genügend zu Kräften gekommen war, aber dann, wenn der reife Sommer die Gassen und Straßen der Stadt zum Dampfen brachte, würde er wieder der Meister im Gusshaus sein. Ihre Augen wanderten über den Hof hin zu den

Umrissen der Hallen und Häuser der Geschützgießerei. Noch war die Dunkelheit der Nacht nicht ganz gewichen, zerriss aber langsam zu einem grauen Nebel. Irgendetwas war da bei einem der Gebäude, glaubte sie. Sie rieb sich die brennenden Augen. Es bewegte sich, blieb aber dennoch an einer Stelle. Als sie erkannte, was es war, packte sie das Entsetzen.

Kapitel 17

Montag, der 8. Juni, Anno Domini 1528

Veit Wilbrecht kauerte in seinem Versteck mitten im Georgsviertel, nahe der Geschützgießerei. Es war ein windiger Verschlag hinterm Haus eines Webers, der drinnen aufs Sterben wartete und sich die Seele aus dem Leib hustete. Im Haus gab es sonst nur noch die Magd. Eine dicke, schlampige Vettel, die es anscheinend nicht abwarten konnte, dass der Alte dahinschied, so wie sie mit ihm schimpfte und ihn in seinem Schmutz liegen ließ. *Ein ideales Versteck,* schoss es Veit Wilbrecht wieder durch den Kopf, während er den Weinschlauch nahm und gierig trank. Seit er den alten Gessel niedergestochen hatte, verbarg er sich hier. Er würde auch nicht warten, bis der Kranke verreckt war und das fette Weib sich in dem schäbigen Haus breitgemacht hatte. Die könnte er durchaus erschlagen und statt seiner in dem Verschlag verstecken. Schließlich wollte er noch eine wichtige Arbeit in der Gießerei tun und dann, wenn das nahe Wertachbrucker Tor geöffnet wurde, aus der Stadt flüchten.

Der Gießer presste das Gesicht gegen das faulige Holz und

starrte mit einem Auge durch einen Spalt in den Brettern. Keiner schob sich in den Durchlass zwischen den Handwerkerhäusern, der an seinem Versteck vorbeiführte. Dazu war er zu schmal und zu düster für ein bequemes Durchkommen, und aus den umstehenden Häusern landeten nicht erst bei Nacht die Abfälle und Fäkalien in ihm. Der Gestank hielt sich wie über einem großen Abtritt, Fliegenschwärme hingen wie dunkles, wehendes Tuch darüber. Wilbrecht streckte die Beine aus. Der Verschlag war gerade groß genug, um sich in der Nacht hinlegen zu können. Ohnehin würde es die letzte Nacht für ihn darin werden, denn noch vor dem Morgengrauen würde er in die Gießerei zurückkehren und vollenden, wonach die Rachegelüste in ihm verlangten, die nicht einmal der Anschlag auf Gessels Leben hatte stillen können. Der lebte angeblich noch, wie in den Gassen gemunkelt wurde, lag aber schwer darnieder, und keiner gab einen Pfifferling auf sein Leben.

Wie erschauernd es für ihn gewesen war, das warme, zuckende Fleisch des anderen zu spüren und sich dabei als Herr über Leben und Tod fühlen zu können. Was für eine Kraft war da in ihm gewesen. Einen Sturm hatte es entfacht. Er ächzte bei der Erinnerung und stemmte die Fäuste gegen den Lehmboden. Was war dagegen der Kanonenguss, selbst wenn gewaltige Geschütze wie die Scharfmetze darunter waren? Mit diesen Mauerbrechern und Todbringern hantierten in der Schlacht andere, nicht er. Ihr Beben spürte er nicht, wenn sie die Erde unter sich aufrissen. Und erlebte nicht mit, welch höllische Arbeit sie verrichteten. Wie unter Schmerzen presste er die Zähne aufeinander. Bei Gott, er konnte seinem Hass nicht Einhalt gebieten, und er wollte es auch nicht. Er war noch nicht fertig mit der Gießerei, auch wenn die halbe Stadt nach ihm suchte. Die Gassenknechte jagten ihn. Selbst diejenigen Büttel, die er bisher für seine Kumpane gehalten hatte, dieses verdammte Pack! Er leerte wie unter quälendem Durst den Weinschlauch. Die rote Flüssigkeit rann ihm in schweren Tropfen von den Mundwinkeln.

Frühzeitig vor dem Morgengrauen brach er auf. Obgleich in allen Vierteln Stadtknechte ausschwärmten, kam er ungesehen durch die Gassen. Er drückte sich in Hauseingänge und hinter Mauervorsprünge, und er lief weiter, wenn der Fackelschein der Häscher matter wurde. An der kleinen Pforte im gewaltigen Tor der Geschützgießerei zog er einen nachgemachten Schlüssel unterm Hemd hervor und drehte ihn behutsam im Schloss. Noch als junger Kerl hatte er sich den gefertigt und ihn gehütet wie einen Schatz, um nachts zur beliebigen Zeit auf das Gelände zurückkehren zu können. Denn wer verspätet gegen den verschlossenen Durchlass hämmerte und kleinlaut oder betrunken um Einlass begehrte, dem drohten eine gewaltige Standpauke und ein saftiges Strafgeld.

Vorsichtig drückte Wilbrecht die knarrende Tür auf und hielt inne. Der Mond stand hell am Himmel, allerdings zogen unaufhörlich Wolken darüber und verdunkelten immer wieder den Hof. Der lag vollkommen einsam, erkannte der Eindringling, als sich eine Wolke etwas auflöste. Als die nächste das Himmelslicht auslöschte, rannte er los. Bis hin zum letzten Gebäude, hinter dem man zur Heimlichkeit, dem Abtritt, kam. Die große Hütte hatte an der Rückseite eine einfache Holztür, die er ohne Mühe aufstemmte und ins Innere schlüpfte. Drinnen traf ihn die kalte, rauchschwere Luft wie eine Faust. Es war nichts Ungewohntes für ihn. Ebenso wenig der Bau, in dem er war, oder die anderen Hallen, durch die er gehen würde, bis er in die Gießerei mit ihren großen Öfen kam. Seit seiner Kindheit kannte er alle Wege darin, alle Unebenheiten in den Lehmböden, denen er ausgewichen war, auch im matten Dämmerschein nur weniger Fackeln und Lichter, auch im vollkommenen Dunkel.

In der nächsten Halle brannten Lichter. Bei einem der Brennöfen saß einer der Helfer mit dem Rücken zu ihm und hielt Wache, bohrte sich die Fingerknöchel in die Seiten, damit er nicht einschlief, sackte doch wieder nach vorne und fuhr wie unter einem Schlag zusammen, als Wilbrecht dann doch gegen einen über die Erde schrammenden Widerstand stieß. Wilbrecht fluchte unterdrückt, der andere Mann rieb sich nur fahrig über die Augen. Der Eindringling schlich weiter bis vor die große Halle, blieb aber in dem angrenzenden Bereich, der im Dunkeln lag. Vorsichtig spähte er um die Ecke. Ungetümen gleich erhoben sich im schwachen Licht die riesigen schwarzen Öfen. Sie hatten etwas so Beeindruckendes an sich, dass er auf sie starrte und sie seinen Blick festhielten, als hätte er sie nicht bereits Tausende Male gesehen.

In ihnen knackte und rumorte es, als säßen Teufel darin, die herauswollten. Oben auf den eisernen Sprossen über ihnen kauerte ein Heizknecht und fütterte einen von ihnen durch die Öffnung mit Holzscheiten mit einer Achtsamkeit, als wüsste er ganz genau von den Teufeln. Unten neben den Öfen, hinter den gewaltigen Blasebälgen, mühten sich zwei Helfer. Vor den Gucklöchern der schwarzen Monster bewegte sich wie lauernd der Schmelzmeister, starrte hinein in die höllische Glut und bellte seine Befehle. Wortfetzen wehten zu Wilbrecht herüber, der sich ruhig umsah. Ein Stück weit hinter ihm standen Fässer nebeneinander, wie sie immer dastanden und ihm jetzt gerade recht kamen.

Er wusste nur zu genau, dass in dieser Nacht nur wenige Männer in der Gießerei waren. Die ließen sich den guten blauen Montag nach einem Sonntag nicht nehmen. Der wurde ihnen auch zugestanden, denn wenn die Kerle nach den vielfältigen leiblichen Genüssen, zu denen bei nicht wenigen auch die Besuche bei den willigen Weibern in den Badhäusern zählten, ihre Kraft woanders gelassen hatten, taugte manch getane Arbeit nichts. Wilbrecht spähte vorsichtig zu den Flammöfen. Der Schmelzmeister war verschwunden, die beiden Helfer an den Blasebälgen aber schwitzten und ächzten weiter unter der gewaltigen Anstrengung. Für den Gesellen war der rechte Augenblick gekommen. Er griff nach einem der Hämmer an der Wand und schleuderte ihn durch den Raum.

Ein helles, metallenes Krachen ertönte, das bis zu den Öfen dringen sollte. Was Wilbrecht erwartet hatte, geschah. Einer der Helfer ließ von seiner Arbeit ab und kam nach kurzem Zögern rasch herüber, blieb vor dem dunklen Raum stehen und starrte angestrengt hinein, und sah … nichts. Langsam machte er einige tastende Schritte nach vorne, wurde jäh gepackt und in den Schatten gezogen. Wilbrecht schlug ihm die Faust gegen den Kopf. Der Mann sackte ächzend zusammen. Ohne ein Geräusch zu verursachen, schaffte ihn der Geselle hinter die Fässer. Dann lockte er noch den anderen von den Ungetümen fort, indem er dessen Namen in die Halle rief, als käme der Ruf von keinem anderen als vom Schmelzmeister.

Der Helfer gab verunsichert den Blasebalg frei. Er wischte sich übers schweißnasse Gesicht. Da wurde erneut sein Name gerufen. Er gab sich sichtlich einen Ruck und näherte sich stirnrunzelnd dem finsteren Nebenraum. Kaum machte er einen Schritt hinein, traf auch ihn Wilbrechts Fausthieb, und er stürzte wie ein gefällter Baum zu Boden. So blieb der arglose Heizknecht bei seiner gefährlichen Arbeit alleine bei den Flammöfen. Als er von den Stufen herunter war, drehte er erstaunt den Kopf nach den verschwundenen Kumpeln. Aber dann fiel sein Blick auf das spärlich gewordene Holz, und er ging eilig fort, um neues Futter für die Ungetüme herbeizuschaffen.

Der gierig getrunkene Wein im Versteck hatte Veit Wilbrecht erhitzt. Er war so erregt, dass er sich ein Auflachen nur mühsam verbeißen konnte. *Das wird ein besonderer Guss, Meister, einer, der Euch das Feuer in die Gebeine fahren lässt, wenn Ihr bis Tagesanbruch noch nicht verreckt seid.* Mit glühenden Augen dachte er an die Lehmgruben, in die man die Formen für die weiteren Kanonen des katholischen Kaisers eingebaut hatte. Wieder zehn für das große Schlachten, in dem sich die Feldschlangen durch Mauern und Menschenleiber fraßen und herausbrannten, was da im Reich des Monarchen noch an Unglauben und Aufruhr war. Diese Teufelsrohre würden misslingen, schwor er sich. Und das, was vom guten Ruf des Meisters Geschützgießer übrig blieb, war dem Hohn preisgegeben. Vorsichtig lugte der Geselle um die Mauer. Der Heizknecht war noch nicht zurückgekehrt. Jetzt musste er rasch handeln.

Wilbrecht lief zu den Schmelzöfen, stieß an dem einen die kleine Luke auf und starrte hinein. Die Flammen sprangen darin wie wilde Teufel. Ein fürchterliches Prasseln und Knacken wollte die steinerne Hülle zerbersten lassen. Die aufgeschichteten Bronzebarren waren bereits geschmolzen. Die Schmelze aber war noch nicht umgeschlagen und noch nicht von der Farbe, wie sie sein musste, wenn der Guss gelingen sollte. Aber nicht erst am nächsten Tag würde der Abstich getan sein und die Schmelze in die Dammgrube fließen, sondern gleich jetzt.

Wilbrecht gab einen unterdrückten Laut der Vorfreude von

sich, aber dann brodelte der Wein in seinen Gedärmen und stieß ihm plötzlich sauer auf. Der Rebensaft war mächtig geflossen in den vergangenen Tagen. Maßlos hatte er das Gesöff in sich hineingeschüttet und war nur nachts aus dem Verschlag gekrochen, um sich zu erleichtern und zu strecken. Jetzt presste er die Hände auf den Leib und unterdrückte ein Würgen. Wie so oft ging die Übelkeit schnell vorüber. Nichts hinderte ihn mehr daran zu tun, weswegen er ein letztes Mal zum Katzenstadel zurückgekehrt war. Entschlossen nahm er einen Hammer und schlug an einem der Flammöfen am Abstichloch den Zapfen heraus. Augenblicklich ergoss sich die Schmelze in die Rinnen und suchte sich ihren Weg.

Seine Augen brannten, wie sie immer gebrannt hatten in dieser erstickenden Höllenglut mit ihrem Lärm, ihrem metallischen Gestank, der alles unter den hohen Decken bis tief hinein in die Lungen der Männer mit seiner Schärfe ausfüllte. Schweiß rann ihm übers Gesicht. Er strich mit den Fingern darüber und schleuderte das salzige Nass auf die ihm nächste Rinne, wischte sich noch ein paar Mal über Stirn, Mundpartie und Hals und schnippte die Schweißperlen in die Glut. So kam, wenn auch nur gering, Luft in die Schmelze und half mit, den Guss zu zerstören. Mit lodernden Augen starrte er auf den Weg des flammenden Goldes in den Ableitungen, die sich verzweigten und auf die Dammgruben zuliefen. Als der erste gleißende Strom hinabstürzte, stieß er halb erstickt vor Erregung den Atem aus. Endlich, die Arbeit war getan, und das zerstörerische Werk würde sich unter dem festgestampften Lehm vollenden!

Irgendwo in den hinteren Hallen gab es ein Rufen, dem ein schwaches Echo folgte. Geräusche erklangen und verstummten wieder. Der Heizknecht war zurück, den Arm voll mit

Holzscheiten und im Gesicht ein unsägliches Staunen. Jäh blieb er stehen, als wäre er gegen ein Hindernis geprallt, und glotzte mit offenem Mund auf die mit flüssigem Metall gefüllten Rinnen. Überall das Glühen in den Vertiefungen des dunklen Bodens. Flammen stiegen auf, manche gefährlich nahe an dem Kerl, der da stand, einem Riesen im schwarzen Umhang, mit der Mütze tief im Gesicht und einem leisen, unheimlichen Lachen, dass es dem Heizknecht schaurig über den Rücken jagte. *Der Teufel!,* schoss es ihm durch den Kopf.

Plötzlich wogte die flüssige Bronze an einer Stelle der Kanäle darüber hinweg und leckte rasch über den Boden wie die Zunge einer Schlange. Der Unheimliche hob den Kopf, gerade rechtzeitig, um zu sehen, wie die Schmelze auf ein Fass zulief und in Windeseile an dem Holz hochschoss. Gleich darauf zerbarst es unter einem fürchterlichen Schlag und schleuderte Holzspäne, zischende Brocken und Funken umher. Der vermeintliche Fremde hatte sich hastig mit dem Mantel geschützt und riss ihn sich jetzt herunter, um damit die hochschlagenden Flammen zu ersticken. Er ächzte und fluchte. Die Mütze flog ihm vom Kopf. Er löschte ein Feuer, während die anderen um ihn immer höher aufloderten. Wie ein Tollwütiger drosch er mit dem Umhang um sich, doch jäh sprang die Glut auf ihn und fraß sich knisternd durch die Wolle.

Wilbrecht schleuderte den Mantel von sich und lief los. *Nur fort!,* schrie es in ihm. Da geriet er mit dem Fuß in eine der Rinnen und stürzte. Augenblicklich umhüllte die Schmelze sein Fleisch und schnitt es wie mit einem scharfen Messer vom Knochen. Ein entsetzlicher Schmerz machte den Gesellen schier rasend. Wie ein verwundetes Tier brüllte er auf. Irgendwie schaffte er es, wieder hochzukommen. Wimmernd zerrte er den verkohlten Fuß aus der Ableitung, doch er stolperte und schleifte den Stumpf über die Erde. Er kam bis zu den großen Öfen, bis die an den Beinen hochschlagenden Flammen gieriger wurden und über Gesäß und Rücken hinaufjagten. Hose und Hemd verbrannten zischend. Es stank nach Fleisch wie überm Spieß. Der große Mann machte noch ein paar taumelnde Schritte, dann kam er erneut zu Fall und schlug hart auf die Erde. Die Flammen waren auf einmal über ihm und hüllten ihn in einen Feuerschein, aus dem entsetzliche Schreie drangen.

Auch der Heizknecht brüllte. Der Hals war ihm beim Anblick des Geschehens wie zugeschnürt gewesen. Er hatte schon geglaubt, die Brust würde es ihm zerreißen. Die Schmelze lief in die Dammgruben, und weiter drüben fraß sich das entstandene Feuer immer weiter über Fässer, Holzregale mit Werkzeugen und über Veit Wilbrecht. Den Gießer hatte der Heizer endlich erkannt, als dem die Mütze herabgerutscht war. Den Lumpen, der den Meister niedergestochen hatte! Weitere Flammen züngelten hoch und bildeten Brandherde, die gierig nach Nahrung, ja bald faszinierend in ihrer zuckenden Wildheit, immer weiter durch die Halle tanzten. Der Heizknecht zitterte am ganzen Leib. Die Hölle war um ihn! Als käme er dadurch schneller davon, schleuderte er die Holzscheite von sich und stürzte zum Tor.

Elisa starrte ungläubig und entsetzt auf das nahe Gusshaus mit seinen vergitterten Fenstern und dem rot glühenden Flackern dahinter. Der tanzende Lichtschein bewegte sich hoch und zur Seite und ließ im nächsten Moment die erste der großen Scheiben bersten. Ein gewaltiger Knall erfüllte den herannahenden Morgen. Krachend schlug der Hocker gegen die Wand, als Eckehard aufsprang und zu Elisa stürzte. Was er sah, ließ ihn kreidebleich werden. »Mein Gott …«, stieß er fassungslos aus. Wie erstarrt beobachtete er mit weit geöffneten Augen, wie unten das Tor zur Gießerei aufgerissen wurde und zwei Männer daraus hervorstürzten. Einer trug einen reglosen Mann über der Schulter und stolperte wie benommen in den Hof. Der andere lief zur Sturmglocke. Er schlug sie heftig und schrie »Feuer!«.

Eckehard rannte aus der Stube die Treppen hinab. In den Häusern der Gesellen und Helfer waren die Ersten aus ihrem Schlaf geschreckt und stürzten auf den Hof. Sie hetzten wild durcheinander, brüllten und griffen nach den Wassereimern. Es dauerte, bis Ordnung in die Männer kam und die an den Notbrunnen gefüllten Kübel durch ihre Reihen liefen. Die Männer dort warfen die Eimer am Seil ins Wasser hinab und rissen sie mit all ihrer Kraft wieder in die Höhe. Weitere Fenster des Gusshauses barsten donnernd. Die Flammen schlugen aus den Öffnungen. Unaufhörlich wurde die große Feuerglocke auf dem Gelände geschlagen. Sie ließ die entsetzten Menschen in den umliegenden Gassen aus ihren Betten springen, ließ die Männer eilig in die Kleider fahren und aus dem Haus stürzen, hin zum Katzenstadel und zur Rauchsäule, die über der Geschützgießerei aufstieg.

Die Turmwächter im Georgsviertel und im Kreuzerviertel bliesen Alarm. Soldaten und Nachtwächter eilten zu den Hausleuten, um sie zu warnen. Auf dem Heilig-Kreuz-Turm und auf dem Wertachbrucker Tor wurden Laternen zur Warnung angefacht. Über der Gießerei war starker Rauch zu sehen und eine steile Lohe.

Der neue Morgen brach wütend und todbringend an. Die Menschen, die erst jetzt erwacht waren, stürzten in heilloser Aufregung aus ihren Häusern. An zahlreichen Gebäuden wurden in eisernen Schalen Lichter entzündet, um auf den Brand aufmerksam zu machen. Vor den Brunnen in den beiden angrenzenden Stadtvierteln bildeten sich weitere Menschenreihen, um die hölzernen und ledernen Feuereimer weiterzureichen. Viele fluchten, um ihre Angst aushalten zu können. Viele aber auch beteten still. *Herrgott, hilf!*

Vom Zeughaus, Heilig Kreuz und St. Georg wurden die dort bereitgehaltenen großen kupfernen Feuerkessel mit Wasser von scharenweisen Schrand- und Weinkarrern, Teyhel-Führern und Fuhrleuten herangeschafft, die allesamt im Dienste des Bauamts standen. *Herr im Himmel*, dachten viele, die das Niederbrennen des vorherigen Gusshauses noch in Erinnerung hatten, und ein Grauen wollte sich ihrer bemächtigen. Auch diese Hallen waren wieder größtenteils aus Holz errichtet worden. In ihnen lagerten schmelzende Metalle, von denen giftige Dämpfe aufsteigen konnten. Wieder konnte sich tödlicher Rauch über das Viertel und über die Stadt legen, wohin zu allem Überfluss der Wind wehte. Das Feuer konnte sich in höllischer Eile über das Gelände hinweg auf die am nächsten stehenden Häuser in der Gasse fressen und hin zum nahen Zeughaus mit den stolz aufgereihten Kanonen, den Hunderten von Katzen, mit denen sie gefüttert wurden, den Handbüchsen und Spießen. Weit schlimmer noch, den rasch Feuer fangenden Bottichen voller Öl und Pech, dem Schmeer, Firnis und Schwefel, und den Fässern voll Schießpulver.

Matthias stand in einer Reihe mit Gießern, Formern und Männern aus der Nachbarschaft und reichte, ja warf schier, mit rasendem Herzschlag und schweißdurchtränkt wie alle anderen, die Wassereimer weiter. Schwarz von Ruß, stürzte plötzlich Eckehard auf ihn zu, packte ihn am Hemd und riss ihn grob aus der Kette. »Schafft den Meister zu Euch nach Hause, Matthias. Wenn wir das Feuer nicht löschen können, ist hier alles verloren«, brüllte der Geselle in das Geschrei der Leute hinein, unter dem Tosen der Flammen und dem harten Bersten von Holz in seinem Rücken. Ohne eine Entgegnung abzuwarten, lief er zurück zu den Männern, die die Außenwand der Gießerei einreißen wollten, um ein Übergreifen auf die weiteren Gebäude zu verhindern.

Matthias bahnte sich gewaltsam einen Weg durch die Leute hin zu einem der Fuhrleute auf dem Kutschbock. »Ich brauche Eure Hilfe, Mann. Macht rasch und bringt den Wagen dort hinüber«, brüllte er und deutete auf Gessels Haus. »Wir müssen den Geschützgießermeister in Sicherheit bringen. Wenn die Feuer überspringen, ist hier die Hölle los!« Der Karrer nahm rasch die Zügel auf und trieb sein Pferd an. Vor der weit offen stehenden Tür sprang er vom Kutschbock und verschwand hinter Matthias im Haus, wo die Frauen in Gessels Stube ausharrten. »Rafft alle Decken zusammen, die ihr finden könnt, und dann runter zum Wagen«, schrie Matthias, »wir bringen Gessel zu uns.«

Amelinde und Elisa verstanden sofort. Sie hüllten den Kranken in eine der Decken, in der die beiden Männer ihn schließlich hochhoben und unter größter Mühe über die Stiegen ins Erdgeschoss hinab und auf die Ladefläche des Wagens brachten, auf der Elsbeth weitere Decken ausgebreitet hatte.

»Nimm mit, was dir das Wichtigste ist«, erinnerte Elisa ihre Freundin und packte selbst eilig ihre Sachen zusammen.

Falls es kein Zurückkommen mehr gibt, weil alles in Schutt und Asche liegt …, hämmerten die Gedanken in Amelinde. Sie lief in ihre Kammer und nahm nur weniges an sich. Dasselbe tat sie in der Stube des Vaters, der alles, was ihm von Wert war, in einem Kästchen aufbewahrte. Das klemmte sie sich unter den Arm und trug auf der anderen Seite ihre ans Herz gewachsene Habe und verließ das Haus. Sie verbot sich, darüber nachzudenken, was sie eben tat und warum sie es machte, und ob es ein Zurückkommen geben würde. Zuletzt kam Elsbeth, die das Herdfeuer gelöscht hatte und die Lichter im Haus, weil es schon genügend an Flammen auf dem Gelände gab, wie sie verbittert meinte. Matthias hob sie hinter den jungen Frauen auf den Wagen zu Gessel, der auf einem Berg weicher Decken lag und schlief, als ginge ihn die Hölle um sie nichts an. Und nicht nur Amelinde, in deren Schoß sein Kopf ruhte, war dankbar darüber.

In den Gassen um die Georgskirche kamen ihnen viele Menschen mit Wasserzubern entgegen, die zur Gießerei wollten, um zu helfen und zu verhindern, dass das Feuer übersprang und sich durch das Viertel zu ihnen fraß. Weitere Fuhrwerke mit großen gefüllten Feuerkesseln hatten denselben Weg. Es war ein Wunder, dass nicht alles an Mensch und Pferd und an Karren zu einem gewaltigen Pfropfen in der Gasse wurde und nichts mehr weiterging.

Simpert Gessel lag nicht lange danach im Bett der Eggenbergers, wo er von Elisa und Amelinde versorgt wurde. Er schlief nach wie vor, auch das Fieber war zurückgekehrt, aber diesmal war es nur ein leichtes Erwärmen der Haut, kein verderbliches Glühen mehr. Elsbeth machte ihm dennoch wieder kühlende Verbände. Der Meister hatte das Schlimmste überstanden, während es um seine Gießerei bedeutend schlechter stand, dachte sie in einer Mischung aus Erleichterung und Zorn.

Matthias warf sich ein grobes Gewand über und seine ledernen Handschuhe. Eilig machte er sich auf den Weg zurück zum Katzenstadel. Dort war mittlerweile der Spritzenwagen eingetroffen mit seinem kupfernen Zuber, der sechs Zentner und sechsundfünfzig Pfund wiegen sollte und in seinen gewaltigen Ausmaßen auch ganz danach aussah. Mit ihm waren in Feuersbrünsten erfahrene Männer gekommen, die die Leute anders aufstellten und mit harten Gesichtern Befehle brüllten und die sich schließlich so weit ans Gusshaus wagten, wie es zuvor nur wenige Männer um Eckehard getan hatten. Mit der gigantischen Feuerspritze, einem stattlichen Messingrohr, versuchten sie, der prasselnden Flammen Herr zu werden.

In ihrer Nähe harrten erschöpft die Männer aus, denen es mit Feuerleitern und Hacken gelungen war, eine der Wände zum Einsturz zu bringen und dem Hauptfeuer eine wichtige Nahrung zu entreißen. Die Brände dahinter sprangen jäh auf wie wilde Teufel, die hinauswollten, weil sich ihnen nun kein Widerstand mehr bot. Aber da empfing sie der gewaltige Schwall aus der Feuerspritze und gebot ihnen Einhalt.

Auf dem Hof hatten sich längst all jene Ballenbinder, Weinzieher, Kornmesser und Salzlader, die durch die städtische Verordnung dazu abgestellt waren, Wassereimer an Brandstellen zu schaffen, unter die vielen anderen Helfer gemischt und in die Reihen gestellt. Alle waren sie der Erschöpfung nahe. Plötzlich schlug eine gewaltige Flamme aus der durchbrochenen Decke des Gusshauses und stieg grell leuchtend und knisternd in den Morgenhimmel. Der hatte das Zwielicht hinter sich gelassen. Nun konnte wieder einer das Gesicht des anderen erkennen; in ein jedes hatten sich die deutlichen Spuren stundenlanger Quälerei und Angst gegraben. Als leichter Wind einsetzte und die Flammen von den weiteren Hallen und Gebäuden auf dem Gelände wegtrieb, ging ein stürmischer Aufschrei durch die angespannten Kehlen aller. Jetzt wurde das Feuer hin zur Straße getrieben und sprang auf ein Gebäude nahe an Gessels Haus über! Aus dem Aufschrei wurde ein wütendes Brüllen.

Der Himmel über der Gießerei und dem Katzenstadel bis weithin zu Sankt Georg und Heilig Kreuz war schmutzig grau vom Rauch. Ruß wehte in unzähligen schwarzen Flocken wie dunkler Schnee vom Himmel. Es stank nach verbranntem Holz und geschmolzenen Metallen und nahm einem den Atem. Eine elende Schärfe brannte in Augen und Hals und erzeugte quälenden Husten. Wer einen Fetzen hatte, tränkte ihn mit Wasser und hielt ihn sich vor Mund und Nase, damit er besser Luft bekam. Die Männer, bald stolpernd vor Mattheit, plagten sich ächzend an der Feuerspritze, schlugen trotz schmerzender Arme mit Hacken und Äxten gegen weitere Holzwände, rissen die gefallenen Bretter von den Brandherden fort und erstickten aufspringende Lohen.

Albrecht Stolzhirsch, der Stadtvogt, war herbeigeeilt und einige Mitglieder vom Rat, um das Unglück mit eigenen Augen sehen zu können. Die hohen Herren entsetzten sich und schimpften, und mancher Fluch kam ungehemmt über die Lippen. Wer auch immer unachtsam im Gusshaus gewesen war, musste her und seinen harten Lohn erhalten, drohten sie. Schließlich erfuhren sie, dass der schändliche Brandstifter der Gießergeselle war, nach dem die Stadtknechte ausgeschickt worden waren. Ebenjener, der auch Meister Gessel dem Tode nah in seinem Blut liegen gelassen hatte. Die Vertreter der Obrigkeit schwiegen sprachlos. Einige von ihnen blieben sogar lange Stunden und wurden Zeugen des unermüdlichen Einsatzes zahlloser Menschen, bis auf schier wundersame Weise auch das letzte Feuer erstickt werden konnte.

Das Gusshaus war zwar dem Erdboden gleichgemacht und mit ihm die angrenzende Halle und zwei Gebäude, zu denen der Wind das Feuer getrieben hatte, und es war beträchtlicher Schaden entstanden, doch der allmächtige Herr hatte das Gelände vor völliger Vernichtung bewahrt. Die Gesellen und Former und all jene Helfer, die noch nicht nach Hause zurückgekehrt waren, saßen erschöpft auf der Erde oder lehnten mit leeren Blicken an den verschont gebliebenen Gebäuden. Elsbeth war von der Gasse hinter Sankt Georg herübergekommen, um mit eigenen Augen zu sehen, was vom Haus des Meisters und seiner Gießerei und ihrer eigenen Heimstatt übrig geblieben war. Sie hatte sich in der rußigen Luft das Tuch vors Gesicht gerissen und fassungslos auf die Spuren der Vernichtung gestarrt. Unablässig liefen ihr Tränen herab, bis ihre Augen wie ausgetrocknet waren.

Eckehard ging vorsichtig über den nur langsam abkühlenden Lehmboden im ehemaligen Gusshaus und starrte hinüber zu den steinernen Öfen. Nie hatten sie den Himmel gesehen, jetzt stand er hässlich grau über ihnen, seit das Dach und die Kamine eingestürzt waren. Die Sicht hinüber in die zweite Halle, die das Feuer nicht mehr erreicht hatte, reichte weit. Dazwischen war alles niedergebrannt. Windböen erhoben sich und fegten über Verkohltes und Geschmolzenes. Sie fachten den beißenden Brandgeruch rasch wieder an. Eckehard atmete schwer hinter dem wassergetränkten Tuch und presste die Augen zusammen. Als er sie wieder öffnete, fiel sein Blick auf die Glockengrube. Sie lag verdeckt unter Teilen des herabgestürzten Daches.

Darunter war sein Meisterstück gefangen. Zerstört wie alles in den beiden Hallen, das den unsäglichen Flammen nicht hatte stand haltenkönnen. Die Hände geschützt von dicken, ledernen Handschuhen, prüfte er die über der Gussgrube liegenden angeschmorten Dachbalken und Bretter. Sie waren durcheinandergeworfen wie durch das unsinnige Spiel von Riesen. Die letzten Stunden und das Löschwasser hatten sie abgekühlt. So packte er ein Hindernis nach dem anderen und warf und drückte es zur Seite, um sich so einen Durchschlupf zu schaffen, für einen Kerl wie ihn, der in die dunkle Tiefe sah und wissen musste, was die Flammen dort unten angerichtet hatten. Ungeduldig entfachte er die Laterne und leuchtete in die Grube hinab. Sein Herz begann zu rasen. Da stand sie, die Form für seine Glocke, die Falsche Glocke! Sie schien unbeschädigt zu sein.

Seine Wut, sein Hoffen, seine Erschöpfung spielten ihm offenbar einen bösen Streich! Mit plötzlich zitternden Händen prüfte Eckehard einen starken Balken, der weniger angekokelt schien als die anderen. Er kam ihm fest genug vor. Entschlossen schob er ihn schräg in die Grube und die Laterne an den Rand und sprang in das große Loch, in dem das Löschwasser wadenhoch stand. Die gewaltige Feuerspritze des Anton Platner, dessen Meisterwerk, hatte das seine gerettet!, schoss es ihm durch den Kopf. Er streckte sich, ergriff das Licht und entriss die Falsche Glocke der Finsternis.

Mit flammendem Gesicht strich Eckehard über sie. Er rieb und klopfte und schlug hart gegen ihre Wände, er leuchtete ein paar Mal mit der Laterne über sie, als würde sie ihm doch noch irgendwann ihr boshaftes Geheimnis um eine starke Beschädigung preisgeben. Aber da war nichts. Sie war unversehrt! Geschützt in ihrer Grube unter herabstürzendem Gebälk und Teilen des Dachs, eingegossen von der Feuerspritze des begnadeten Friedberger Sauhunds. Es jagte Eckehard einen eisigen Schauer über den Rücken. Herr im Himmel, nichts in dieser Halle war geblieben außer den steinernen Öfen und der

Falschen Glocke, seinem Werk, aus dem alsbald die fertige Glocke entstehen sollte. Was für ein Wunder!

Als er wieder aus der Grube herausgeklettert war, folgte ihm einer der Heizknechte eine Zeit lang wie ein treuer Hund. Es war der, der Wache in der Nacht gehabt hatte und bei den Öfen war und der Augenzeuge dessen gewesen war, was den Stadtvogt und die mit ihm herangeeilten Herren Räte zu ungehemmtem Fluchen veranlasst hatte. Dass es der Wilbrecht gewesen war, der die Hölle entfacht hatte. »Komm mit …«, sagte der, als Eckehard endlich stehen blieb und dorthin sah, wo nichts mehr war und der Blick auf die verschonten Hallen und Gebäude fiel. Der magere, schwindsüchtige Kerl, dem die Arbeit in der Gießerei längst das Leben abschnürte, packte den Hünen am Arm und zog ihn mit sich, bis er von selbst mitkam. Nahe bei den Flammöfen blieb der Mann stehen und deutete auf einen unförmigen, verkohlten Haufen. Aus einem Gebälkteil, wie der Geselle aus der Ferne vermutet hatte, aber dann fraß sich sein Blick ungläubig daran fest. Hier an den Ungetümen also, wo er ihn fürs Leben gezeichnet hatte, lag Wilbrecht. Verkohlt, verformt, gebrochen wie ein Balken, den er nur mit dem Fuß anstoßen musste, um ihn zu Asche zerfallen zu lassen. Und Eckehard konnte nur dastehen und starren, bis ihm die Augen brannten. Aber er fühlte nichts.

*

Matthias betrat das Haus hinter der Georgskirche. Der Duft von warmem Brot schlug ihm entgegen und ein Gefühl von Vertrautheit und Behaglichkeit. Er dachte daran, wie gern er all die Jahre nach den täglichen Arbeiten im Handelshaus hierher zurückgekehrt war. Vor der Tür zur großen Stube hielt er nachdenklich inne. Ab heute war es nicht mehr sein Haus und das seiner Familie. Er hatte es verkaufen können. Zwar weit unter dem Preis, den er einst dafür bezahlt hatte, aber er hatte keine Wahl gehabt. Jetzt bot es ihnen immerhin ein Obdach, bis sie es heimlich verlassen würden. Er verdrängte seine düsteren Gedanken und stieß entschlossen die Tür zur Wohnstube auf. Elisa, die neben einem Kessel mit Eintopf einen Laib Brot auf den Tisch stellte, hob bei seinem Eintreten den Kopf. Über ihr erhitztes Gesicht glitt augenblicklich ein Lächeln. »Ah, Matthis, kommst gerade recht. Das Essen ist fertig.«

Matthias legte Schwert und Schaube ab und schob die Münzbeutel darunter. Dann ging er zu Elisa und zog sie in seine Arme. Ihre Küsse schmeckten nach Milch. »Sind wir alleine?«, fragte er leise.

»Amelinde ist oben bei ihrem Vater und Elsbeth am Katzenstadel, um nach dem Rechten zu sehen. Und Eckehard ist wie alle Tage bis spät in die Nacht in den Hallen.«

Matthias zog seine Frau zu seiner Schaube am Stuhl, unter der er die beiden gut gefüllten Geldkatzen hervorholte. Eine davon öffnete er und ließ einige Münzen auf den Tisch rollen. Elisa bekam große Augen. »Ich habe das Haus verkaufen können«, begann er mit gesenkter Stimme. »Im Handelshaus habe ich durch ein Gespräch des Pitzner mit seinem Schwager mitbekommen, dass der ein Haus hier oben im Viertel sucht. Ich habe mit ihm gesprochen. Unter vier Augen und im Wissen, dass der Mann rechtschaffen ist und schweigen kann. Der hatte gleich Interesse an unserem Haus bekundet. In der kurzen Zeit konnte er allerdings nur dreihundert Gulden aufbringen. Die weiteren zweihundert Gulden will er in einem Monat zusammenhaben. Wir sind uns dahin einig geworden, dass ich ihm mitteilen werde, wem er das Geld überbringen soll.« Er atmete hörbar aus. »Der Kauf ist unterschrieben und besiegelt.«

»Vertraust du ihm?«, fragte Elisa vollkommen überrascht.

»Haben wir eine Wahl?« Matthias nahm eine der Münzen auf und drehte sie zweifelnd zwischen den Fingern.

»Wir beide wollen mit unserem Jungen in Sicherheit leben können. Wenn du Krimmel hättest töten können, wären wir frei gewesen, aber sein Blut würde an uns kleben«, sagte Elisa und hielt seinem durchdringenden Blick stand. »Aber wenn Krimmel dich ums Leben gebracht hätte, wären Johannes und ich schutzlos zurückgeblieben und das Kind, das ich unter dem Herzen trage.« Sie begann beinahe schüchtern zu lächeln. »Wir hatten eine Wahl, Matthis, und wir haben uns dafür entschieden, keine Schuld auf uns zu laden. Sobald Amelindes Vater wieder zu Kräften gekommen ist, werden wir Augsburg verlassen.«

Matthias griff nach ihrer Hand und zog sie an sich. »Wir hätten längst fort sein sollen. Aber ohne dich würde der Geschützgießermeister wohl nicht mehr leben.«

»Sie brauchen uns auch jetzt noch, Matthis. Amelindes Vater muss unbedingt noch Ruhe haben und soll vom Lärmen der Arbeiter nichts mitbekommen, die die Reste seines Gusshauses forträumen.

»Du hast ja recht. Mir liegen Amelinde und der grummelnde, sture Dickschädel doch auch am Herzen. Der möchte in die Gießerei zurück, aber bei dem Anblick, der ihn dort erwartet, müsste man sich wieder Sorgen um ihn machen.«

Ein plötzliches Geräusch ließ beide herumfahren. Als Elisa die Tür öffnete und hinaussah, lag nur der leere Flur vor ihr. Aber dann sah sie Agnes mit einem Korb aus dem Garten kommen mit Johannes, der an ihrem Rockzipfel hing. Der

Junge hatte den Mund rot verschmiert und die kleinen Hamsterbacken voll wilder Erdbeeren. »Vom Westen zieht's dunkel her, und Wind kommt auf«, verriet Agnes kauend, die ganz offensichtlich auch von den Beeren im Garten genascht hatte.

Elisa schmunzelte, als sie auf die beiden Leckermäuler sah. »Agnes, bring der Amelinde und ihrem Vater was von dem Eintopf, und dann wasch den kleinen Dreckspatz hier.«

Agnes kicherte und ging schwungvoll weiter in die Stube. Der kleine Junge an ihrem Rocksaum zog wieder die Beine an und ließ sich glucksend von der Magd mitziehen.

Amelinde, die die Treppe in das obere Stockwerk hinaufgeschlichen war, lehnte mit klopfendem Herzen an der Wand. Sie hatte beileibe nicht lauschen wollen, aber als in der großen Stube ihr Name gefallen war, war sie wie angewurzelt vor der angelehnten Stubentür stehen geblieben. Was sie gehört hatte, ließ ihr Herz immer noch wild klopfen. Ohne den Mordanschlag auf ihren Vater hätten Elisa und Matthias bereits die Stadt verlassen und sich vor dem gefährlichen Kräuterer in Sicherheit gebracht, schoss es ihr durch den Kopf. Seit dem Schützenfest wusste sie ja durch ihre Freundin von dem Lumpen, der sie schon in Tübingen bedroht hatte, hatte es aber durch das schreckliche Geschehen um ihren Vater vollkommen vergessen. Und jetzt wollten sie noch so lange bleiben, bis er wieder einigermaßen auf den Beinen war. Tiefe Wärme für die beiden Menschen in der großen Stube flammte in Amelindes Herzen auf.

*

Als der Geschützgießermeister mehr als eine Woche nach dem Anschlag auf ihn auf einem mit Stroh und Decken ausgepolsterten Fuhrwerk zum Katzenstadel zurückgebracht wurde, starrte er sich schon nach der Heilig-Kreuz-Kirche die Augen nach *seiner* Gießerei aus. Mühte sich, dass er ohne größere Schmerzen an der Karrenwand zum Sitzen kam, und stemmte die starken Arme gegen das Rumpeln und Schaukeln des knarrenden Gefährts. Die Mauern der Gießerei verbargen, was er Augenblicke später unverhohlen erblicken musste, sobald sie durchs weit geöffnete Tor hindurch waren und auf den Hof fuhren. Das Gusshaus stand nicht mehr, aber die beiden riesigen schwarzen Öfen waren noch an ihrem Platz. Sie sahen aus wie Wächter in dunklen Rüstungen. Obgleich die Überreste der niedergebrannten Hallen und Häuser fortgeschafft worden waren und nicht lange nach dem Feuer starke Schauer über der Stadt niedergegangen waren, hing immer noch eine Spur durchdringenden Brandgeruchs in der Luft.

Gessel hatte die Augen aufgerissen, den Mund vor Entsetzen halb geöffnet. Langsam rutschte er ins Stroh zurück. In seiner Kehle musste es kratzen, als er sich auf der Seite liegend krümmte und unter einem quälenden Husten ausspuckte. »Bei allen Heiligen …«, kam es ihm über die trockenen Lippen.

Die Elsbeth rannte zum Wagen hin, als der über die großen Steine ratterte, und hielt die Hand an der hölzernen Wand, bis er vor dem Haus des Meisters zum Stehen kam. Sie sagte nichts, blickte Gessel nur an, der wie benommen im Stroh lag und bleich geworden war. Die Magd ging hinter den Männern her, die ihn in sein frisch gerichtetes Bett in seine Stube schafften, und stellte ihm einen Becher Wein hin, den er gierig trank, als hätte er tagelang gedürstet. »Das muss anders werden …«, sagte er rau. Tropfen vom Rebensaft hingen an seinen Lippen. »Morgen bin ich wieder in den Hallen, dann wird das Gusshaus neu gebaut, und dann stehen die schwarzen Monster nicht mehr da wie verbliebene Zähne im verfaulten Fleisch.« Er warf einen finsteren Blick auf Amelinde und Eckehard, dem ein Lodern in den Augen stand, als würde er gleich losspringen und die erste Mauer alleine hochziehen wollen. Dann ruckten seine flammenden Augen weiter zu Elsbeth, die mit dem Weinkrug dastand wie zum Angriff. »Her mit dem Krug, Elsbeth, schenk voll, und dann möchte ich genau wissen, was geschehen ist!«

*

Über dem Weinmarkt, der vornehmsten Straße der Stadt mit dem Siegelhaus und dem Weinstadel und mit prunkvollen Patrizierhäusern, zu denen auch die der Fugger gehörten, lag bereits am frühen Morgen Wärme. Erstes Tageslicht überzog die edlen Fassaden und den blassblauen, wolkenlosen Himmel. Matthias, der auf dem Weg zum Handelshaus war, hatte die Schaube längst abgestreift und sie sich über den Arm geworfen. Die Männer hingegen, die unter großen Mühen riesige Weinfässer vom Karren luden und in die Keller des Weinstadels rollten, schwitzten erkennbar mehr als er. Mägde aus den vornehmen Häusern entlang der Prachtstraße hasteten mit ihren Körben zu den verschiedenen Märkten in der Stadt. Im Turm der gewaltigen Ulrichskirche schlug es donnernd zur sechsten Stunde. Das schien die vielen Menschen, die bereits geschäftig unterwegs waren, noch anzutreiben.

Auch Matthias hatte seine Schritte beschleunigt, hielt aber augenblicklich inne, als er Krimmel entdeckte. Der lehnte am Handelshaus beim offen stehenden Tor für die Fuhrwerke und sah ihm mit einem spöttischen Lächeln entgegen. Der junge Patrizier fühlte sich, als habe er einen Faustschlag in den Magen erhalten. Misstrauisch starrte er auf den Schurken, der es sichtlich genoss, in ihm höchstes Erstaunen und Zorn hervorzurufen. Langsam ging er weiter, aber die Ader an seinem Hals schlug, als wollte sie jeden Moment zerplatzen. Es war nicht lange her, dass dieser Lump einen hohen Geldbetrag von ihm gefordert hatte, und jetzt war er dabei, ihm den Weg zu verstellen. Entschlossen ging er auf den Galgenstrick zu.

»Gott zum Gruße, werter Herr Eggenberger«, höhnte Krimmel und vollführte eine ehrerbietige Geste.

»Gott verdamm dich, du Lump«, stieß Matthias ohne jegliche Zurückhaltung aus. Er bedachte ihn mit vernichtenden Blicken.

Der lachte laut auf, dass es über die weite Straße schallte und selbst ein paar der schwer arbeitenden Männer bei den Weinfässern herübergaffen ließ. »Ei, werter Herr, nur immer geradeheraus, wenn's denn dem Wohlsein dient.« Der Schurke machte ein paar Schritte auf Matthias zu, wobei er die Hände lässig hinterm Hosenbund hielt. »Ihr freut Euch also nicht, mich wiederzusehen, obwohl ich an gewiss begieriger Stelle nichts über Eure werte Gattin verlauten ließ?«

Krimmels Spott ließ Matthias wutentbrannt die Zähne aufeinanderpressen. Seine Empfindungen und sein Verstand rangen miteinander und machten ihm das Atmen schwer. »Bei all dem Geld, das du dafür bekommen hast, sollte es dir nicht schwergefallen sein.«

Der Halunke kam so nahe an Matthias heran, dass dem die saure Ausdünstung eines berauschenden Gesöffs abstoßend in die Nase stieg. »Ihr verkennt mich, Herr Eggenberger.« Er breitete wie um Verständnis heischend die Arme aus und schüttelte den grauen, struppigen Kopf. »Euer Weib dauert mich ob ihrer wahren Herkunft … und das Kindlein, das ebenso ehrlos ist wie sie selbst.« Er musterte Matthias mit zunehmendem Ernst. »Und Ihr selbst? Haftet nicht inzwischen die Ehrlosigkeit auch an Euch, da Ihr mit einer Henkerstocher Leben und Lager teilt?«

»Was willst du?«, fragte Matthias hart, der die Fratze des Dreckskerls satt hatte.

»Oh, Ihr habt ja recht, Herr, Ihr müsst ins Kontor und Euren Dienst versehen, die vielen Münzen für die Kaufherren zählen und ihr Vermögen berechnen.« Er blinzelte listig, dann fiel ein böser Schatten über sein Gesicht. »Wie ich sagte, Euer Weib dauert mich, die liebreizende Henkersdirn. Wenn sie alles verlieren würde, woran ihr Herz hängt, wie traurig wäre das doch. Oder der kleine Junge seine Mutter nie mehr sehen würde.« Sein falsches Lächeln gefror, und in seinen Augen funkelte Grausamkeit. »Das Geld ist aufgebraucht …«

Fassungslosigkeit und Wut wollten Matthias übermannen. »Ich habe nicht mehr viel …«, presste er mühsam hervor.

Ihr lügt mir frech ins Gesicht, elender Patrizier, dachte Krimmel erbost und fingerte nach dem Schreiben unter seinem Wams, das ihn umgehend wieder in Vorfreude versetzte. »Immerhin ein Haus im Georgsviertel, das Euch gehört, Eggenberger. Wenn Ihr es verkauft, habt Ihr ein paar Hände voller Münzen.«

Was weiß der verdammte Hund?, schoss es Matthias durch den Kopf. Krimmel hielt ihm einen Bogen Papier hin, aber so, dass er ihn rasch zurücknehmen und unterm Wams verschwinden lassen konnte, sollte er auch nur danach fassen wollen. Matthias begann zu lesen. Er erkannte den Wortlaut und die Handschrift wieder. *Seine* Handschrift! Es war das Schreiben, das er Rupp an seinen alten Freund in Nürnberg zu treuen Händen übergeben hatte. Er wurde kalkweiß.

»Richtig, es ist Euer Schreiben an Euren Freund in Nürnberg, in dem Ihr ihm mitteilt, bald Augsburg zu verlassen, und ihn um kurzfristige Zuflucht und Hilfe bittet.«

Matthias wurde es so kalt, dass seine Lippen zu zittern begannen. Er fühlte sich verraten. *Es ist aussichtslos … wir sind diesem verfluchten Kerl auf Gedeih und Verderb ausgeliefert.*

»Ihr habt mich unterschätzt, Patrizier«, sagte der Schurke mit heiserem Spott. »Aber einen Krimmel unterschätzt man nicht!« Böse flackerten seine kleinen Augen. »Habe von Eurer ersten Gabe ein wenig an die Torwachen verteilt. Die sollten ein Auge auf einen Mann Eures Aussehens haben und auch auf ein schönes Weib und ein Kindlein, das Euch begleiten könnte.« Er zuckte mit den Schultern. »Und in der Tat sagte man mir dann am Wertachbrucker Tor, dass Ihr mit einem Boten da wart und es ganz wichtig hattet.« Er lächelte wie über eine fröhliche Weise. »War auch eine interessante Botschaft, die der Kerl dabeihatte. Findet Ihr nicht auch?«

Matthias wurde es eiskalt. Nichts war dem Dreckskerl verborgen geblieben. Nichts von alledem, was er unternommen hatte, um ihre Flucht aus Augsburg vorzubereiten!

»Was ist mit dem Reiter geschehen?«, fragte er hart. Er fühlte sich kaum mehr imstande, nicht nach seinem Schwert zu greifen.

Wieder zuckte Krimmel mit den Schultern. »Was geht's mich an. Die Büttel haben sich anscheinend um ihn gekümmert, den Fetzen hier allerdings mir gegeben.« Er grinste. »Ein wenig Entgegenkommen von Eurer Seite, Eggenberger, und weder mein Schreiben noch das Eure muss an den Rat gehen. Ihr habt ein ansehnliches Haus bei St. Georg, das sich sicher zu Geld machen lässt … und natürlich die Tiere, die Ihr beim Knöpflin stehen habt.« Er grinste überlegen und deutete auf

Matthias' Schwert. »Und die Klinge hier wird sicher auch einiges an guten Münzen erbringen.« Er besah sich seine Hände. Dunkle, schrundige Hände mit missgestalteten Fingern. »Ihr habt ein schönes Weib und einen munteren Knaben. Beider Wohlergehen ist es Euch sicher wert, dass Ihr mir noch zwei üppig gefüllte Börsen gebt.« Er sah Matthias scharf an. »In jede dieser Hände eine, Eggenberger, dann seid Ihr mich für immer los.«

Matthias stockte der Atem. »Wie viel?«, fragte er mit steinerner Miene.

Krimmels Augenbrauen zuckten hoch und verrieten seine aufgepeitschte Stimmung. »Tausend Gulden, Herr Eggenberger, ich will sie bis übermorgen haben! Kommt mir nicht mit Ausflüchten, denn als Hauptkassierer werdet Ihr doch sicher gut verdienen. Und die täglich eintreffenden Gelder für die mannigfachen Geschäfte Eurer Dienstherren wandern doch auch durch Eure Hände?« Er lachte böse. »Ihr werdet es schon schaffen, mir das Geld zu besorgen.«

Matthias war es, als würde sich eine Hand um seinen Hals legen und zudrücken. *Tausend Gulden!* Die hatte er nie und nimmer, nicht einmal nach dem Verkauf des Hauses, von dem der Halunke, wie es schien, nichts wusste, und die würde er auch nicht als Gegenwert für die Pferde und das Maultier oder sein hervorragendes Schwert bekommen. Und was ihnen an Erspartem geblieben war, genügte bei Weitem nicht, um dem Schurken wie gefordert die Münzbeutel voll zu machen. Das würde er allenfalls in einigen Tagen fertigbringen können, wenn es jemanden gab, der ihm Geld leihen würde, aber niemals bis in zwei Tagen. Ihm brach der Schweiß aus.

Krimmels eiskalter Blick durchbohrte ihn. »Denkt nicht an Flucht, *ehrenwerter* Herr Eggenberger, ich habe meine Augen und Ohren überall. Euer Weib wäre rasch entlarvt, die Soldaten hinter Euch her, und dann bezieht Ihr ein anderes Quartier als das bisherige schmucke Obdach hinterm erhabenen Gotteshaus. Hinein in die Eisen mit Euch, mit Eurer Henkersdirn und dem engelhaften Knäblein! Seid übermorgen kurz vor Mittag am Gallushaus vor der Stadtmauer. Ihr wisst schon …«, er begann zu grinsen, »bei den schamlosen Weibern, zu denen sich am Tag die brünstigen Kerle schleichen, die in der Nacht bei ihren langweiligen Weibern liegen müssen.« Leise lachend stieß sich der Halunke von der Mauer ab. »Trefft also die richtige Wahl, Eggenberger.« Er nickte Matthias verschwörerisch zu und machte sich gemütlich über den Weinmarkt davon.

Krimmel war fort. Matthias musste sich am Tor zum großen Hof festhalten, weil er wankte, als hätte ihm einer einen Hieb versetzt. Funken tanzten vor seinen Augen. *Herr im Himmel!* Er hatte das Geld nicht, und er würde die unverschämte Summe auch nicht binnen zwei Tagen zusammenbekommen. *Nicht auf ehrliche Weise immerhin,* dachte er bitter. Aber ebendarum schien es dem verfluchten Krimmel offenbar zu gehen, dass er seine Dienstherren bestahl! Bei Gott, dieser Dreckskerl hatte ihn wiederholt gedemütigt wie einen Knecht. Einen Mann von Stand, als den er sich selbst oft genug in den letzten Jahren nicht mehr gesehen hatte.

Er raffte all seine verbliebenen Kräfte zusammen, betrat das Handelshaus und ging zu seiner Schreibstube. Mitten am Tag also wollte der Sauhund das Geld, wenn auch an einem geheimen Platz vor der Stadt, zu dem sich nur aufmachte, wer etwas zu verbergen hatte, so wie es bei ihm und Krimmel der Fall war.

Rasch überprüfte er die aktuellen Geldeingänge, nahm die nötigen Eintragungen vor und erledigte, was buchhalterisch von Dringlichkeit war. Im Anschluss entschuldigte er sich mit einer unaufschiebbaren Angelegenheit bis zu späterer Stunde bei dem alten Grander, der als Einziger der drei Handelsherren anwesend und zwar verdutzt über seine ungewöhnliche Bitte war, ihn aber gehen ließ, weil ein Fehlen des Hauptkassierers bisher nicht vorgekommen war.

Eilig kehrte Matthias nach Hause zurück und schilderte Elisa, was geschehen war. Die wurde weiß wie die Wand.

»Wären wir vor Tagen aufgebrochen, wären wir schon über alle Berge«, sagte Matthias rau. Die Scham stieg in ihm auf. Bitterkeit lag über seinem Denken und Reden, denn der Meister Geschützgießer war dem Tode nah gewesen und Amelinde verzweifelt. Ohne Elisas Wissen um die Heilkunde und ihre aufopferungsvolle Pflege würde Simpert Gessel nicht mehr leben, war sich Matthias sicher. Aber was wäre das gewesen, dem schwer verletzten Mann nicht beizustehen und Amelinde und Eckehard nicht Obdach zu gewähren.

In Grund und Boden hätte er sich schämen müssen, gleich, wie weit weg von Augsburg sie inzwischen wären und auf welch sicherem Grund. Frei von Verrat und Verfolgung. Die Abscheu vor sich selbst hätte er überallhin mitgenommen, auch mit in dunkle Träume.

Sein Lächeln war bitter, aber langsam begann er, sich davon zu befreien. »Herr im Himmel, das war es doch wert, dem Geschützgießermeister das Leben zu retten und Amelinde und Eckehard zu helfen, auch wenn wir dadurch nicht davonkommen konnten.« Er sah Elisa beinahe herausfordernd an. »Ist es nicht so?«

Sie ging zu ihm hin. Ein Stück kleiner als ihr Mann, lehnte sie den Kopf an seine Schulter und sah zu ihm auf. »Wir wären im Leben nicht mehr froh geworden, wenn wir heimlich fort wären und Amelinde und ihrem Vater nicht geholfen hätten. Ich hätte nicht anders handeln können, Matthis, und du auch nicht. Das weiß ich.«

»Dann weißt du auch, dass ich alles versuchen werde, damit du und Johannes und unser Kind unter deinem Herzen in Sicherheit kommt, und dass uns die Häscher nicht draußen vor den Stadttoren erwischen. Wenn wir überhaupt so weit kommen.« Mit hartem Blick sah er an ihr vorbei. »Ich konnte doch nicht ahnen, dass dieser Lump den Torhüter am Wertachbrucker Tor bestochen hatte. Und wer weiß, ob er nicht an allen Stadttoren die Hauptleute bestochen hat.«

»Gut möglich, dass wir den Torwachen bereits vor Tagen in die Falle gelaufen wären«, sprach Elisa aus, was auch Matthias durch den Kopf gegangen war.

Er nickte und fuhr sich mit der Zunge aufgeregt über die Lippen. »Ja, gut möglich.« Er ballte die Hände zu Fäusten. »Ich traue diesem Kerl auch zu, dass er irgendwelche Schurken gedungen hat, um unser Haus zu beobachten und hinter uns herzuschleichen. Und wir keinen Schritt mehr tun können, ohne dass er es erfährt ...«

Bitterkeit überzog sein Gesicht. »Weiß Gott, was mit dem armen Rupp geschehen ist. Dessen Schicksal habe ich zu verantworten, Elisa«, stieß er erregt aus, ging rasch ans Fenster und wandte ihr den Rücken zu.

Elisa schwieg. Sie ahnte, wie es in Matthias jetzt aussah. Welche Vorwürfe er sich machte. Er hatte die Flucht für sie vorbereitet. Offenbar war dadurch ein Mensch zu Schaden gekommen. Leise trat sie hinter ihn und legte ihm die Hand auf den Rücken. »Der Herrgott weiß, dass es nicht deine Absicht war, einen Menschen in Gefahr zu bringen.« Sein Rücken straffte sich unter ihrer Hand. Als er sich ihr wieder zuwandte, lag tiefe Bekümmertheit in seinen braunen Augen. »*Ich* habe Krimmel unterschätzt, aber Rupp hat dafür bezahlt.«

Sein Gesichtsausdruck wurde hart, als sich ihm die Fratze Krimmels vor Augen schob. »Wenn uns nicht die Torwachen aufhalten, verrät uns der Schurke beim Rat, damit der die Soldaten nach uns ausschickt.«

»Meinst du wirklich, dass sie sich solche Mühe wegen uns machen würden? Wir sind doch keine Halsabschneider.«

»Du kannst dir gewiss sein, der Halunke dichtet uns mehr an, damit die Obrigkeit auch wirklich die Soldaten hinter uns herhetzt. Es gibt genügend Schandtaten in den Gassen, für die noch kein Lump gefunden wurde. Und manches Mal haben die Ratsherren die Soldaten nach den Entsprungenen ausgeschickt. Im letzten Jahr war es der entflohene Betrüger, den sie erst in den Lechauen erwischten und der in die Stadt zurückgeschafft wurde, um an den Galgen zu kommen.«

Elisa schauderte es. Sie dachte an den geschundenen Mann, der gefoltert und schließlich am Galgen gehängt worden war.

»Und nun?« Elisa hing mit bebenden Blicken an Matthias.

»Wir haben das Geld nicht und bringen es auch nicht bis zur geforderten Frist zusammen. Ich muss versuchen, es mir zu leihen.«

»Leihen? Wer sollte uns so viel Geld leihen?«, stieß Elisa erstaunt aus.

»Ein Mann, der das Wagnis und das Ungewöhnliche schätzt.«

»Konrad Rehlinger«, entfuhr es ihr. *Welche Karte im Spiel hat wohl auf ihn hingewiesen*, überlegte sie. *Ist er der Feind, der Helfer oder gar der Retter?* »Du gehst ein Risiko ein, Matthis. In seinem Zorn lässt er dich vielleicht geradewegs in die Eisen bringen.«

Nein, der würde mich eher vor die Stadttore bringen lassen und dann die Jagd auf mich eröffnen. Allerdings alleine, ohne Knechte und Soldaten, um sich dieses besondere Ereignis nicht aus der Hand nehmen zu lassen, dachte Matthias. Was würde es ihm dann nützen, ein hervorragender Läufer zu sein, wenn der andere ein ausgezeichneter Reiter und Armbrustschütze war. Ernst schüttelte er den Kopf. »Was auch geschieht, ich habe keine Wahl, Elisa. Ich weiß mir keinen anderen als den Rehlinger für solch ein Vorhaben.«

Die Unruhe packte ihn wieder und ließ ihn in der Stube herumgehen. »Ich muss den Krimmel hinhalten. Vielleicht kann ich ihn täuschen und dich und Johannes aus der Stadt schaffen, wenn ich ihm offen unter die Augen komme. Im Handelshaus bin und auf den Gassen, und es für den Lump oder einen seiner Kumpane so ausschauen könnte, als würdest du das Haus nicht mehr verlassen. Die Agnes könnte doch …« Er stockte und zermarterte sich wie seit Stunden den Kopf nach einer Idee, wie er Elisa und Johannes retten konnte, und hatte immerfort die wirren Geistesblüten eines Wahnsinnigen oder Narren. »Mag er doch denken, dass du seinetwegen nicht mehr aus dem Haus gehst und auch den Jungen nicht mehr in den Garten lässt. Das wäre doch verständlich.« Er starrte sie aufgewühlt an, aber da drückte sich Elisa an ihn und umschlang ihn fest.

Ihre Haut duftete rosig. Ihre Nähe, ihre Wärme, ihr Herzschlag bis zu seinem Gesicht herauf ließen ihn die Augen schließen. »Herrgott … du musst in Sicherheit sein, alles andere zählt nicht«, flüsterte er.

»Ohne dich möchte ich nirgends sein, Matthis.«

»Du musst auch an Johannes und unser Kind unter deinem Herzen denken«, beschwor er sie leise.

»Das tue ich, Matthis. Was auch geschieht, Gott wird uns nicht verlassen.« Ein Schauer lief ihr über den Rücken, weil sie sich darin so sicher war, obwohl sie sich seit ihrer Ankunft in Augsburg nie in größerer Gefahr befunden hatten.

Bevor Matthias das Haus verließ, ging er zu Johannes, der mit Agnes im Garten war und jauchzend den Schmetterlingen hinterherjagte. Matthias zog seinen kleinen Sohn an sich. Er drückte ihn an seine Brust und hielt ihn länger, als er es sonst tat. Der Atem des Kindes kitzelte sein Ohr. Johannes duftete nach Honig, nach Melisse und wilden Erdbeeren, die er gepflückt und gierig verschlungen hatte. Mit strahlenden blauen Augen sah ihn sein Junge an und streckte die winzige Hand aus, um Matthias mit einer Sanftheit über das Gesicht zu streicheln, die ihm bald Tränen in die Augen schießen ließ. Aber dann lächelte er, weil sein Kind zu lachen begann, gurrend und quietschend, beide Ärmchen vor das Gesicht nehmend, zwischen denen es glucksend hindurchblinzelte. Matthias hielt Johannes und lachte mit ihm, obwohl sich sein Magen verkrampfte und er Mühe hatte, den Jungen nicht wild an sich zu pressen.

Elisa stand ein wenig hinter ihnen. Auch sie lächelte, aber ihr schnürte es schier das Herz ab, und ihr war eisig vor Angst. *Matthias muss wiederkommen,* dachte sie flehend. *Er muss!* Die Karten hatten von Unheil gekündet, ja von großer Gefahr, für Matthias und sie selbst. Aber sie hatten auch von Hoffnung gesprochen.

Die Hitze hielt sich wie eine unsichtbare Wand zwischen den engen Gassen, als Matthias ins Handelshaus zurückkehrte. Er arbeitete bemüht konzentriert und sah immer wieder aus den offen stehenden Fenstern hinaus auf den weiten Hof und hin zu den Stallungen. Es wurde beinahe Abend, bis Konrad

Rehlinger in den Innenhof geritten kam und aus dem Sattel seines feurigen Rappen sprang.

Herr im Himmel, jetzt gilt es!, durchfuhr es Matthias, der mit einem letzten Blick auf den lichtdurchfluteten Raum mit seinen schweren Möbeln, den reichlich gefüllten Schränken, den Regalen und dem sich beständig haltenden Geruch nach warmem Wachs und Papier nach Schwert und Schaube griff. Ob er morgen noch hierher zurückkommen würde? Es war ihm gleich. Was auch geschehen würde, er hatte die Entscheidung getroffen, sich Konrad Rehlinger zu offenbaren. Er versuchte, die vernichtenden Gedanken loszuwerden, und gürtete das Schwert im Gehen. Je näher er dem Hof und den Stallungen kam, desto rascher flogen Bilder seines Lebens an ihm vorbei bis hin zu denen, als er am Neckarufer der anmutigen Elisa begegnet war. Von da an hatten seine Tage und Nächte eine Vollkommenheit erfahren, wie er sie zuvor nicht gekannt hatte. Von da an hatte er wahrhaftig geliebt.

Kapitel 18

Montag, der 15. Juni, Anno Domini 1528

Rehlinger war im Stall bei seinem Hengst, dem er das Geschirr abnahm. Der Patrizier trug einfache braune Hosen, Wams und Stiefel, die bis zu den Waden mit Erde und Dreck bespritzt waren. Als er jemanden kommen hörte, hob er den Kopf. »Ach, Ihr, Eggenberger, was wollt Ihr? Ihr seht aus, als hätten wir ein Verlustgeschäft gemacht.« Misstrauisch kniff er die Augen zusammen.

Matthias saß ein Kloß in der Kehle. *Herrgott, ich bitte dich!*, flehte er um Beistand. *Was auch geschieht, beschütze Elisa und die Kinder.* Ihm schlug das Herz bis zum Hals. »Vielleicht habt Ihr in der Tat ein Verlustgeschäft gemacht, Herr Rehlinger«, sagte er mit solch ernstem Unterton in der Stimme, dass Rehlinger aufhorchte, den Sattel packte und ihn schwungvoll über die nahe Holzwand hievte.

»Was wollt Ihr damit sagen, Eggenberger?«

»Ich muss dringend mit Euch reden, aber ohne dass uns jemand zuhört.«

Rehlinger ließ ihn nicht aus den Augen, während er langsam die ledernen Handschuhe abstreifte. »Dann freiheraus, Eggenberger, hier sind wir im Moment unter uns. Habe meinen Knecht hinausgeschickt, weil ich mein Pferd immer selbst versorge.«

Lange hatte Matthias sich überlegt, wie er beginnen sollte, wie er einem von ihm respektierten und geschätzten Mann erklären sollte, dass er ihn hintergangen hatte. *Jedenfalls ohne Umschweife,* dachte er sich, alles andere würde den ungeduldigen Mann noch wütender machen, als es ohnehin geschehen würde. »Ich habe Euch vor Jahren getäuscht, damit Ihr mich in Eure Dienste und die Eurer Mitgesellschafter nehmt«, sagte er geradeheraus.

Rehlingers Gesicht überzog Unglauben, dann verfinsterte es sich. »Mann, was redet Ihr da? Über was wollt Ihr mich getäuscht haben?«

»Über den Umstand, dass meine Gemahlin keine ehrbare Frau ist.« Matthias stand aufrecht und stolz wie der Adelige da. Er wich seinem bohrenden Blick nicht aus.

Der Ratsherr begann, ihn anzustarren wie einen Schwachsinnigen. Verräterisch zuckten seine Mundwinkel, als wisse er nicht, ob er auflachen oder losbrüllen sollte. »Wie meint Ihr das?«, knurrte Rehlinger.

»Ich habe mich mit einer Frau vermählt, die aus der Gesellschaft ausgestoßen ist, und ich habe dies dennoch getan, weil ich meine Frau mit meinem Herzen, meinen Sinnen und meinem Leib liebe wie nichts auf dieser Welt«, antwortete ihm Matthias in tiefster Überzeugung.

Obwohl zumeist schwer zu beeindrucken, war Konrad Rehlinger sprachlos geworden und blieb es jetzt für manchen Gedankengang, der ihm unglaublich, ja absurd erschien. Schließlich trat unverhohlener Spott in seine Miene. »Wenn Ihr mir sagen wollt, Ihr habt eine schöne Müllerstochter gefreit, die sich an der Seite ihres patrizischen Gemahls bislang mit der Ehrbarkeit einer immerhin Bürgerlichen schmückte …« Er machte eine geringschätzige Handbewegung. »Lasst es gut sein. Sollte es in der Stadt aufkommen, werden sich die zarter besaiteten Gemüter mit der Zeit schon wieder beruhigen.« Er schüttelte den Kopf. »Verdammt, Eggenberger, habt Ihr nicht beizeiten Euren Verstand gebrauchen können?«

»Das war keine Sache des Verstandes, Herr Rehlinger. Eine reine Herzenssache, die auch so blieb, als ich erfuhr, wer sie wirklich ist«, antwortete Matthias. »Meine Frau ist die Tochter des Tübinger Henkers«, fuhr er ruhig fort und ließ seine Blicke auch nicht vom Kaufherrn, dem jäh der Zorn ins Gesicht schoss und der den Atem in die Brust sog wie ein Erstickender.

Rehlingers dichte schwarze Brauen zogen sich wie eine Linie über der Nasenwurzel zusammen. »Gottverfluchter Hurensohn, eine Henkersdirn?« Er schlug die Faust gegen die Holzwand, dass der Rappe hinter ihm zu schnauben begann. In seinen Zügen lagen nun weder Spott noch Verärgerung, sondern einzig Grausamkeit. Er stellte sich so nahe vor Matthias, dass dieser die Schweißperlen auf Rehlingers Gesicht sehen konnte. »Ich sollte sogleich nach den Bütteln rufen und Euch in die Eisen schaffen lassen! Seit Jahren missbraucht Ihr das Bürgerrecht der Stadt für Euch und ein schändliches Weib.« Seine Bartspitzen zitterten vor Erregung. »Dass Ihr es dereinst gewagt habt, einen Fuß in ein Handelshaus von bestem Ruf zu setzen und Euch mir und meinen Kompagnons als Schreiber anzudienen«, sagte er gefährlich leise.

Matthias rechnete damit, dass ihn der Patrizier anspucken würde. Ihm war heiß und eiskalt zugleich. Er fühlte sich aller Kraft beraubt, gleichzeitig aber befreit von dieser elenden Täuschung, die ihm und Elisa den Schutz der Stadt und ein gewisses Ansehen verschafft hatten.

»Dass sich Eure Gemahlin in finstere Gassen aufmacht und dort die Luft mit Lumpenpack und Habenichtsen teilt, zeugt also nicht von ihrem mitleidigen Herzen, sondern entspricht ganz und gar ihrer zwielichtigen Herkunft!«, brüllte Rehlinger. Speicheltröpfchen blieben ihm im Bart hängen. Plötzlich machte er einen Schritt zurück und riss sein Schwert aus der an der Wand hängenden Scheide und stieß zu. Blitzschnell fuhr die Klingenspitze seinem Untergebenen auf Brusthöhe durch das Wams. Der aber stand nur reglos da und sah ihm mit undeutbarem Blick entgegen.

Matthias spürte die kalte, gnadenlose Klinge, aber keinen Schmerz, obwohl die Schwertspitze ihm eindeutig ins Fleisch gedrungen war. Offenbar hatte sie nur die Haut geritzt. Als ein leichtes Brennen einsetzte, war er sich sicher. Er blieb befremdend gelassen, als wäre alles so in Ordnung, wie es kommen würde. In den Augen des Patriziers und aller anderen, die davon erfahren würden, war er durch die Verbindung mit einer Ehrlosen womöglich selbst zu einem Unwürdigen geworden.

Was konnte ihm also Besseres widerfahren, als von einem so hochgestellten, angesehenen Mann wie dem Ratsherrn niedergemacht zu werden. Keiner würde dem mächtigen Dreizehnermitglied dafür einen Tadel aussprechen, keiner etwas anderes von dem Mann erwartet haben, den sein Hauptkassierer über Jahre getäuscht hatte. Matthias' Gedanken reihten sich nüchtern aneinander. Er stand da mit einem beinahe ergebenen Gesichtsausdruck, weil er nichts mehr und nichts weniger erwartete, als dass er nun gerichtet würde.

»Lasst das einfältige Lächeln!«, fuhr ihn Konrad Rehlinger über der Klinge seines Schwertes stattdessen grimmig an. »Verdammt, warum verteidigt Ihr Euch nicht?«

Matthias schüttelte wie benommen den Kopf. »Warum sollte ich? Ihr habt alles Recht, das Schwert gegen mich zu erheben.«

»Wollt Ihr nicht wenigstens etwas von Eurer Ehre retten?«, brüllte Rehlinger, nahm sein Schwert zurück und stieß es in die Scheide. »Ich hätte Euch auch fordern können.«

»Wäre das nicht unter Eurer Würde gewesen?«

Der Patrizier sah ihn lodernd an. »Dazu ist mir kaum einer anrüchig genug, Eggenberger. Wenn ich meine Rache will, bekomme ich sie auch. Dann fordere ich einen Patrizier genauso wie einen erbärmlichen Halunken.« Der Rappe in seinem Rücken schnaubte, weil er die Unruhe zwischen den Menschen spürte, und sein Herr drehte sich zu ihm und strich ihm beruhigend über den Hals. Aber nur kurz, dann ruckte Rehlinger wieder zu Matthias herum und runzelte die Stirn. »Ihr habt den Honold, den Grander und mich belogen und jeden anderen in der Stadt, der von Eurer Gattin glaubte, eine rechtschaffene Bürgersfrau vor sich zu haben. Ihr habt betrügerisch das Bürgerrecht der Stadt erhalten, das Ihr nie erlangt hättet, hätte man von der wahren Herkunft Eurer Frau gewusst. Und durch Eure unmögliche Verbindung habt Ihr womöglich dem Ruf meines Handelshauses geschadet, auch über Augsburgs Mauern hinaus.« Die Schärfe in seiner Stimme hatte wieder zugenommen. »Vor wenigen Wochen haben die Gerichtsherren einem Meineidigen die Zunge herausreißen und Finger abschneiden lassen, dessen Vergehen geringer war als das Eure!« Er konnte nicht mehr an sich halten und packte Matthias grob am Wams. »Verflucht, Eggenberger, macht das Maul auf, warum das Ganze?«

»Ich wollte mit meiner Frau unerkannt leben können. Sie bedeutet mir mehr als mein Leben«, brach es aus Matthias hervor, der sich nicht gegen den harten Griff des Patriziers wehrte. »In Augsburg hofften wir …«, wollte er fortfahren, aber Rehlinger schnitt ihm mit einer herrischen Geste das Wort ab.

»Nicht eine Geschichte von Ritterlichkeit und Liebe …«, höhnte der Adelige zornig funkelnd. »Die Zeiten der Minne sind längst vorüber. Also, warum kommt Ihr gerade *heute* damit zu mir?«

Matthias fuhr sich über die Augen, als wollte er seine Verwirrung damit fortwischen. »Natürlich, Ihr habt recht …« Er schluckte mühsam. »Ein Halsabschneider aus Tübingen ist hier in der Stadt aufgetaucht und hat meine Frau auf dem Markt erkannt.« Er hielt inne, aber Rehlinger entließ ihn aus seinem harten Griff und bedeutete ihm, mit seiner Erklärung fortzufahren, was Matthias auch tat. Der schilderte, was seit Krimmels Auftauchen in Augsburg geschehen war, bis hin zur ersten Gelderpressung.

»Das ist ein Sauhund«, stieß Rehlinger knurrend aus. »Eine Geldkatze voll Gulden. Mit Frau und Kind werdet Ihr kein großes Vermögen angehäuft haben, was?« Nach seinem Gesichtsausdruck erwartete er keine Antwort.

»Heute Morgen stand der Schurke am Weinmarkt vor mir und hat erneut Geld gefordert«, fuhr Matthias fort.

Der Patrizier scharrte mit dem Fuß im Stroh, ließ Matthias aber nicht aus seinem stechenden Blick. »Und?«

»Er will bis in zwei Tagen tausend Gulden.«

Rehlinger setzte zu einem spöttischen Grinsen an, aber dann schoss ihm jäh das Blut in die Wangen. »Euer Jahresgehalt ist ein Bruchteil davon«, sagte er gefährlich leise. Die Spitzen seines gepflegten Bartes zuckten. »Ich frage mich auf einmal, wer der Sauhund ist, Eggenberger«, sagte er mit lauerndem Unterton. »Wenn dieser Halunke nicht aufgetaucht wäre und auch sonst nie jemand Eure Frau erkannt hätte, wäret Ihr nie auf den Gedanken gekommen, die Wahrheit zu sagen. Aber so drückt Euch der Kerl buchstäblich die Luft zum Atmen ab, und Ihr kommt zu mir, weil Ihr die Gulden nicht habt.« Er atmete hörbar aus, als würde es ihm andernfalls die Brust sprengen.

Matthias sah ihn derart offen an, dass es ihm selbst schon unverschämt vorkam. »Genau so ist es. Bei einer überstürzten Flucht mit einer schwangeren Frau und einem kleinen Kind kämen wir nicht weit, wenn Krimmel seine Drohung wahr macht und dem Rat das vernichtende Schreiben in die Hände spielt. Dieser schickt uns dann Soldaten hinterher, wenn es ihm in dieser Angelegenheit beliebt.« Auch er atmete schwer. Die Blässe seines Gesichts war überdeutlich. »Ich sah keinen anderen Weg, als zu Euch zu kommen, Herr Rehlinger.«

»Ein gottverdammter Hundsfott seid Ihr, Eggenberger«, brüllte der Patrizier. Er machte ein paar Schritte über den breiten Gang und hieb mit der Faust gegen Holzwände. »Ich sollte

Euch wirklich den Gerichtsherren ausliefern!« Ungestüm riss er an seinem Wams und dem Hemd darunter, um sich Luft zu verschaffen. Mit harten Schritten kam er zu Matthias zurück und funkelte ihn glühend an. »Herrgott, Eggenberger, wenn Ihr mir doch zuwider wärt oder wirklich ein verfluchter Halunke, dann wäre es mir ein Vergnügen, Euch in den Kerker werfen zu lassen«, knurrte er. Er hustete, spuckte die Verbitterung und Enttäuschung über den jungen Patrizier auf den Steinboden. Mit groben Fingern fuhr er sich durch Haar und Bart und drehte an den Spitzen seiner Kinnzier, als brächte ihn das endlich auf den richtigen Gedanken. »Ihr seid ein kluger Kopf, wenn auch nicht in Herzensdingen. Ihr habt ein gewagtes Spiel gespielt, und Ihr habt verloren!«

Matthias stand immer noch aufrecht da, mit stolz erhobenem Kopf und offenen Gesichtszügen. Nur seine Augen sprachen von einer tiefen Verwundung. »Ich habe falsch gemacht, was ein Mann in seinem Leben nur falsch machen kann. Da sagt Ihr mir nichts Unwahres. Ich habe mich in eine wahrlich nicht standesgemäße Jungfer verliebt und sie zur Frau genommen. Und ich habe mich mit meinem Vater überworfen, der mich enterbte und es mir in verschiedenen Handelszentren unmöglich machte, weiter als Kaufherr aufzutreten.« Er presste die Lippen hart aufeinander und lenkte seinen Blick in die Ferne. »Ihr könnt mich für einen Dummkopf oder einen Lump halten, aber ich bereue es nicht, Elisa zur Frau genommen zu haben. Sie ist mir mehr wert als das, was ich hinter mir lassen musste. Darauf gebe ich Euch mein Wort!«

Keiner der Männer sagte etwas, nur ein paar der Rösser scharrten im Stroh. Wiehern kam aus den Pferchen. Konrad Rehlinger starrte seinen Handelsdiener schweigend an. »An wie viel Gulden fehlt es Euch?«

»Vierhundert Gulden«, antwortete Matthias ohne Umschweife. Er fühlte sich dabei schäbig.

»Lasst mich nachdenken, Eggenberger«, herrschte der Patrizier ihn an, drehte sich zu seinem Hengst um und rieb ihn mit Stroh ab. Er tat es schweigend und sorgsam, ohne sich ein einziges Mal zu Matthias umzudrehen. Er begann zu schwitzen und zermarterte sich den Schädel über den jungen Heißsporn, der sich auf den Gang zwischen den Pferchen zurückgezogen hatte, wo er in erstarrter Haltung ausharrte, als würde er einem unerbittlichen Urteil entgegensehen. Zum Donner, irgendwie hatte er einen Narren an dem Eggenberger gefressen, schoss es Rehlinger durch den Kopf. Der ließ Erinnerungen an ihn selbst aufkommen, obgleich er die Jahre seiner Jugend offenbar ausschweifender zugebracht hatte als der treue Narr hinter ihm. Dreinreden durfte ihm ohnehin keiner, weder in geschäftlichen Belangen noch in denen, die einen Mann und eine Frau zusammenbrachten. Viele hatten sich das Maul zerrissen, als er um Sybille gefreit hatte, und es hatte ihn nicht im Geringsten interessiert.

Endlich drehte sich der Ratsherr, nachdem er die Arbeit eines Stallknechts getan hatte, um und drückte das schmerzende Kreuz durch. »Ich werde Euch das Geld geben, Eggenberger«, begann er und wischte sich über die schweißnasse Stirn.

Matthias starrte ihn sprachlos an. Gerade der Mann, den er über Jahre getäuscht und sein Handelshaus womöglich in eine unangenehme Lage gebracht hatte, wollte ihm helfen. »Das vergesse ich Euch nie … ich stehe in Eurer Schuld, Herr Rehlinger!«

Der Patrizier sah ihn durchdringend an. »Das tut Ihr wahrhaftig, Eggenberger. Irgendwann tragt Ihr die Schuld auch bei mir ab.« Er räusperte sich und spuckte in die Ecke. »Aber nach dem letzten Treffen mit diesem Halunken seht zu, dass Ihr fortkommt und Euch Augsburg ein ferner Fleck wird.«

»Ohne Täuschung wird es nicht gelingen ...«, begann Matthias, den es nicht mehr an der Stelle hielt und der begann, unruhig umherzugehen. »Möglicherweise hat der Lump nicht nur den Torhüter am Wertachbrucker Tor bestochen, sondern auch die Wachen an den anderen Stadttoren.«

Rehlinger starrte ihn ungläubig an. »Ihr meint, an allen vierzehn Stadttoren?«

Matthias nickte ernsthaft, aber Rehlinger brach in ein kurzes, abgehacktes Lachen aus. »Ihr seid ein Schafskopf, Eggenberger. Glaubt Ihr denn wirklich, an allen Stadttoren halten ausschließlich Gauner Wache, oder dieser Krimmel war willens oder gar in der Lage, jedem Wächter ein angemessenes Schmiergeld zukommen zu lassen?«

»Der Kerl am Wertachbrucker Tor hat offenbar nur allzu willig die Hand aufgehalten. Selbst wenn rechtschaffene Männer ihren Dienst an den Toren versehen, dann gibt es doch auch andere, die bei Wachablösung an ihre Stelle treten. Für Krimmel bin ich eine Goldader. Solange seine Gier nicht gestillt ist, wird er alles versuchen, um uns nicht entkommen zu lassen. Um dies zu erreichen, könnte er durchaus die reichlichen Gulden eingesetzt haben, die er bisher von mir erpresst hat.«

Rehlingers Gesicht hatte sich zunehmend bewölkt. Finster blickte er unter den buschigen Augenbrauen hervor. »Herrgott, ich räume Euch diesen Lump nicht aus dem Weg, das ist Eure Sache!«, donnerte er. »Macht ihn meinetwegen nieder oder treibt Eure Narretei mit ihm, auf dass er Euch immer noch innerhalb der Stadt vermutet, auch wenn Ihr längst davongekommen seid. Aber verschwindet schnellstens aus Augsburg, wenn er das Geld hat«, knurrte er. »Wenn mein

Handelshaus ins Gerede kommt oder sein Ruf gar Schaden nimmt, dann gnade Euch Gott, Eggenberger. Ihr habt mein Wort, ich werde Euch irgendwann erwischen. Dann zahlt Ihr die Schuld mir gegenüber auf eine Weise, die Ihr Euch nicht vorstellen könnt«, sagte er leise und ungewöhnlich beherrscht, aber in seinen Blicken brannte ein gefährliches Feuer. Es dauerte, bis es erlosch und der Patrizier ins Grübeln verfiel. »Hört, verlasst die Stadt durchs Rote Tor im Süden. Ich kenne die Wache dort, das sind vernünftige Männer.« In seine Stimme mischte sich Spott. »Sollte der Torhüter allerdings den Anschein machen, bestochen worden zu sein, dann bietet das Doppelte.«

Irgendwo im Stroh raschelte es. Weiter hinten begannen Pferde zu wiehern. Beide Männer fuhren herum. Rehlinger ging mit raschen Schritten den Gang hinab und warf misstrauische Blicke in die Pferche, schien aber nichts Ungewöhnliches zu entdecken. »Wahrscheinlich eine Ratte...«, überlegte er laut, als er zu Matthias zurückkam. »Ihr kennt doch meinen Landsitz vor Landsberg?«

»Ja.«

»Dann schlagt Euch dorthin durch. Im Stall stehen ein paar gute Pferde.« Die Stimme des Patriziers wurde scharf. »Aber ich warne Euch, lasst die Hände von dem Apfelschimmel!«

Matthias traute seinen Ohren immer weniger. Ohnehin konnte er kaum glauben, dass ihm Konrad Rehlinger Hilfe zuteilwerden ließ. Als der ihn herrisch aufforderte, ihm ins Haus zu folgen, ließ der Druck um seine Brust langsam nach.

*

Zwei Tage später ...

Im Rücken der Kirche des heiligen Gallus erhob sich die alte Stadtmauer. Dahinter ging es steil den Berg hinab zum Lechkanal. Darüber auf der Hangkante erhob sich ein kleines, zweistöckiges Haus mit ansehnlicher Fassade, kleinen Fenstern und blühenden Sträuchern um die Mauern. Es lag wie verwunschen und die meiste Zeit des Tages ohne Sonnenlicht unter mächtigen Bäumen. Dass die kleine Pforte in der hohen Mauer gegenüber zumeist unverschlossen blieb, lag daran, dass es eines der Hurenhäuser außerhalb Augsburgs und trefflich besucht war. Hierher schlich, wer sich nicht zu den Hübschlerinnen in den einzelnen Vierteln wagte und glaubte, bei den Allermannsliebchen vom Gallushäusle eher unbeobachtet zum Zuge zu kommen.

Kurz vor der vereinbarten Zeit saß Krimmel bereits auf einem niedrigen Mauervorsprung ein gutes Stück von der Pforte entfernt und ließ die Beine baumeln. Die Mütze hatte er ein Stück weit ins Gesicht gezogen, gerade so, dass die kleinen, boshaften Augen noch darunter hervorblitzen konnten. Hätte er kein schmutziges, zerfurchtes Gesicht besessen und der Mund in dem Bartgestrüpp sich nicht zu einem falschen Lächeln verzogen, hätte man ihn für einen lustigen Gesellen halten können. Matthias hatte einen anderen Weg als den durch die kleine Pforte genommen und ging jetzt auf dem schmalen Pfad entlang der Mauer, der vom Steffinger Tor herüberführte. Der war nicht bequem, und bei einem Ausrutscher ging es steil hinab zum Fluss, aber so war er dort immerhin niemandem begegnet. Der Wind wehte Frauenlachen vom Gallushäusle herüber, dazwischen eine tiefe Männerstimme. Kurz darauf wurde eines der Fenster zugeworfen.

»Habt gut daran getan, pünktlich zu sein«, scherzte der Halsabschneider. »Die hübschen Weiber warten, und die

Münzen sind mir ausgegangen. Ihr habt doch hoffentlich wirklich tausend Gulden bei Euch, nicht dass ein oder zwei davon fehlen?« Krimmel schob grinsend die Kopfbedeckung aus der Stirn.

»Der Betrag stimmt genau«, antwortete Matthias kalt, der nur zu gut das Gewicht der Geldstücke in dem Bündel auf seinem Rücken spürte. »Verschwindest du jetzt aus der Stadt, oder kreuzt du wieder meinen Weg, wenn es dir an Zahlungsmitteln fehlt?«

Krimmel winkte ab. »Aber nicht doch, Herr Eggenberger. Bald geht es für mich hinaus aus der Stadt und weiter übers Land. Er legte eine der schmutzigen Hände auf seine Brust und deutete eine leichte Verbeugung an. »Seid gewiss, ich bin nicht mehr lange in Augsburg. Bei meiner Lumpenehre…« Seine Augen flackerten.

Er lügt nicht, schoss es Matthias durch den Kopf. So verrückt es ihm auch schien, aber er war sich sicher, dass Krimmel die Wahrheit sagte. Dieses eine Mal immerhin. Allerdings verließ er sich keinesfalls auf sein Empfinden. Er würde nicht weiter mit seiner Familie im Georgsviertel ausharren und darauf hoffen, dass der Mörder wirklich verschwand. Wenn am Morgen die Stadttore geöffnet wurden, würden er und Elisa Augsburg verlassen.

Krimmel schien auf einmal unruhig. Er sah an Matthias vorbei, den Hang hinab durch die Bäume in die Richtung, in der die Brücke den Fluss überspannte. Plötzlich sprang er von der Mauer. »Ihr tut jetzt genau, was ich sage«, befahl er scharf. »Ihr legt das Bündel auf die Erde und verschwindet. Und denkt nicht einmal daran, nach einer Eurer Waffen zu greifen.« Um seinen Worten Nachdruck zu verleihen, machte er eine blitzschnelle Bewegung und hielt auf einmal selbst ein Messer in der Hand.

Matthias stieß vor Überraschung zischend den Atem aus. Er war bei Weitem nicht so schnell mit dem Dolch, geschweige denn mit dem Schwert. Da Krimmel aber eher in abwehrbereiter Haltung dastand, entschloss er sich, vorerst nicht nach seiner Stichwaffe zu greifen. Langsam nahm er das Bündel vom Rücken, warf es dem Schurken vor die Füße und ließ ihn dabei keinen Moment aus den Augen.

»Und jetzt könnt Ihr Euch davonmachen, *Herr* Eggenberger. Die schwere Last habt Ihr los, jetzt geht's schneller nach Hause.« Krimmel machte keinerlei Anstalten, nach dem Ränzel greifen zu wollen, bewegte aber drohend das Messer. »Los, verschwindet!«

Matthias war nicht so einfältig, ihm den Rücken zuzukehren. Langsam ging er auf dem schmalen Weg an der Mauer rückwärts, blieb sorgsam und entfernte sich auf diese Weise immer weiter von dem Galgenstrick. Erst außerhalb der Wurfweite des Messers drehte er sich um und ging mit raschen Schritten davon.

Krimmel wartete, bis Eggenberger aus seinem Blickfeld war, dann sah er sich zum Gallushäusle um und zu der Pforte in der Mauer, aber nirgends war eine Menschenseele auszumachen. Schnell öffnete er das Ränzel. Er starrte gierig hinein. Gulden über Gulden, einer glänzender als der andere. Seine Hand fuhr zwischen das kühle, klimpernde Metall und schüttete es wie in kindlicher Begeisterung durcheinander. Er begann zu kichern. Eine Bewegung am Haus ließ ihn herumfahren. Die Tür öffnete sich, aber er zögerte nicht länger, tat es dem jungen Patrizier gleich und warf sich das Bündel über die Schulter. Rasch, aber nicht unvorsichtig stieg er den abschüssigen Hang bis zu einer hoch aufragenden mächtigen Eiche hinab. Bei deren Wurzeln, die sich wie gewaltige Beine über der Erde ausbreiteten, ließ er sich auf die Knie nieder und sah hoch zum Hurenhaus.

Dort blieb alles ruhig. Wer auch immer die Weiber verlassen hatte, war sicher schon durch die Pforte entschwunden. Krimmel beugte sich tiefer. Er fand unter der Wurzel das erst vor Kurzem entdeckte Erdloch und drückte den Sack mit den Münzen hinein. Wieder sah er sich misstrauisch nach allen Seiten hin um, aber da war kein lästiger Gaffer. Von einem Gestrüpp in der Nähe riss er einige Zweige ab, stopfte sie in den Hohlraum und legte noch einige davor. Nach getaner Arbeit starrte er wie gebannt auf sein Werk, weil sich dahinter ein höchst köstliches Geheimnis verbarg. Sein Leben würde fortan einen anderen Verlauf nehmen, war er sich gewiss. Er begann, unterdrückt zu glucksen, und biss sich in die Hand, damit es keiner hörte.

Fort, jetzt aber fort, schoss es ihm durch den Kopf. Beinahe hätte er vergessen, dass er noch eine wichtige Verabredung hatte. Sein Blick jagte hoch zur grauen Rückwand des Gallushäusles, das durch die Bäume schimmerte. Da waren die lockenden Weiber mit ihrem weichen Fleisch. Aber nicht duftig und rosig wie das einer anderen. Er musste sich beeilen! Die Gulden waren ihm sicher, der einfältige Gemahl hatte bezahlt. Jetzt war sein schönes Weib an der Reihe.

*

Im Garten des efeubewachsenen Hauses hinter der Georgskirche tollte Johannes und machte sich einen Spaß daraus, nur solche Blumen zu pflücken, auf denen gerade keine der emsig umherschwirrenden Bienen saß. Der kleine Junge musste schnell sein, weil auch auf diesen bunten Dolden die fleißigen Nektarsammlerinnen landen wollten. Er knickte den Stängel und jauchzte auf, wenn es ihm gelungen war. Der Strauß in seinen Händen wuchs, aber bald zog ihn wieder das muntere Treiben im Apfelbaum in Bann, in dem eine Meise ihr Nest hatte und eben wieder mit dem Schnabel voll zarter Fliegen zu ihren hungrigen Jungen flog. Der Blondschopf stand wie angewurzelt unter dem starken, hohen Ast. Den rosigen Mund hatte er vor Staunen leicht geöffnet und die hübschen Blumen völlig vergessen, die langsam seinen Fingern entglitten. Die Meisenjungen piepsten. Ihre kleinen Schnäbel erschienen golden wie die Sonne überm Nestrand.

Obgleich es erst Juni war, lag bereits sommerliche Hitze in der Luft. Angenehm war es nur unter den Bäumen und bei den Schatten spendenden Mauern. Elisa saß mitten im Gras. Sie genoss das zauberhafte Schauspiel der Meisenfütterung und den Anblick des kleinen, gebannten Zuschauers. Es gelang ihr nicht unbeschwert, da sich Matthias ein weiteres Mal Krimmel stellen musste, um dem Schurken zu üppiger Barschaft zu verhelfen. Wenn es auch am helllichten Tag geschah, aber die entlegene Gegend unterm Gallustörchen war anrüchig, nicht nur wegen der Hübschlerinnen. *Ein wenig vom Tag noch und eine Nacht,* dachte die Henkerstochter, *dann gehen wir von hier fort.* Traurigkeit wollte sie erfassen, doch schnell gab sie sich anderen Bildern hin, von einer noch unbekannten fernen Heimat und ihren behütet aufwachsenden, jauchzenden Kindern. Auf einmal flog die Tür zum Garten auf. Agnes erschien mit mürrischem Gesicht und der Hand im Rücken eines Jungen, den sie grob vor sich herschob. Es war Peter, in abgerissenen

Kleidern wie beim letzten Besuch, und auch wie damals mit unruhigem Blick.

Elisa erhob sich erstaunt und strich sich den Rock glatt.

»Grüß Euch Gott, Frau Eggenberger.« Peter trat vor sie hin und zog rasch die Mütze vom Kopf, worauf ein Meer dunkler, schmutziger Haare hervorflutete.

»Grüß dich Gott, Peter.« Elisa betrachtete den Jungen neugierig und legte unvermittelt die Stirn in Falten. »Ist was mit dem Bartl?«

»Nein, dem Nachtkönig geht's gut. Sein Bein ist gut verheilt, und er hat wieder einen schnellen Schritt, wenn er in die Schenke kommen will«, antwortete Peter und begann zu grinsen. Berührt stellte Elisa wieder einmal fest, wie hübsch der Junge trotz seines schmutzigen Gesichts war.

»Aber irgendjemand braucht wohl meine Hilfe?«

»Ein Knecht vom Müller von der Neumühle. Unten vor dem Steffinger Tor. Der … der hat mich aber nicht geschickt«, sagte Peter schnell und warf Elisa einen Blick zu, als hätte er nur widerwillig den Weg zu ihr herauf getan.

»Wer hat dich dann geschickt?«

»Der Schweiker selbst. Der weiß, dass Ihr zum Bartl kommt, wenn's dem schlecht geht, und er denkt, dass Ihr vielleicht auch nach seinem Mühlknecht schaut.« Sein Blick fiel auf einen Kanten frischen Brotes auf dem Tisch, und unwillkürlich bewegte sich sein kleiner Adamsapfel. Als er wieder zur Herrin des Hauses sah, zuckte er mit den Schultern. »Es sind eigentlich drei Kerle, die noch nicht lange in der Stadt sind. Sie haben Arbeit gesucht und sind bei dem Schweiker untergekommen. Der eine liegt jetzt aber im Stroh und hustet sich die Seele aus dem Leib.«

»Weißt du, was geschehen ist?«, fragte Elisa.

Der Junge schüttelte den Kopf. »Nichts weiß ich. Der Kerl ist einfach nur dünn wie ein Weidenschössling. Wenn der die schwere Arbeit in der Mühle nicht schafft, wundert es mich auch nicht.«

Agnes stand die bloße Ablehnung im Gesicht. Schon wieder verlangte einer der Tagelöhner oder Armen in der Stadt, über die die Siechtümer herfielen wie die Fliegen übers Schmalzbrot, nach Hilfe. Früher war sie stolz gewesen, wenn die Leute nach ihrer mitleidigen Herrin an der Tür gekratzt hatten, aber irgendwann waren es so viele geworden, dass diese jeden Tag und so manche Nacht in der Woche hatte außer Haus gehen müssen. Und jetzt, wo sie doch bald mit dem feinen Herrn und dem entzückenden Jungen, den Agnes liebte wie ihr eigenes Kind, die Stadt verlassen würde und sie selbst beim Geschützgießermeister und seiner Tochter unterkam, sollte sie schon wieder aus dem Haus. Ihre Wangen leuchteten vor Empörung.

Geh nicht!, durchjagte es Elisa. Beklemmung erfasste sie. Die Stimme in ihr konnte sie seit ihrer Kindheit wahrnehmen. Einmal riet sie, einmal warnte sie, immer war sie von höchster Bedeutung. Ohne auf Agnes oder den Jungen zu achten, wandte sich Elisa um und ließ ihre Blicke über den blühenden Garten wandern. Sie sah Johannes, wie er unterm Apfelbaum stand, noch immer auf das Vogelnest starrte und mittlerweile einen Daumen im Mund hatte. Sie schloss die Augen und besann sich auf den Knecht beim Neumüller. Nebel entstanden. Stille setzte ein, in der sie nicht einmal das aufgeregte Tschilpen der hungrigen Meisen um sich hörte.

Der Mann war krank und litt. Das Dunkle um ihn mochte der Tod sein, der nach ihm griff. Es schauderte sie nicht, hatte sie doch bereits Hunderte Tode erlebt. Gewaltsame durch ihren Vater auf der Richtstatt, und die vielen anderen, bei denen sie den kranken und verletzten Menschen nicht hatte helfen können. Sie horchte in sich hinein, aber da war nichts in ihrem Empfinden, was sie bewog, zu dem Kranken zu gehen. Im Gegenteil, nie im Leben hatte sie solche Gegenwehr verspürt. Es verwirrte sie und ließ sie mit sich ringen, aber ihr Verstand war stärker und gebot ihr zu gehen.

Von Husten war bei dem Tennenknecht die Rede gewesen. So kochte Elisa zwei Handvoll Zwiebeln glasig und weich. Sie packte sie in einer abgedeckten Schale mit den Arzneien in den Korb, den Peter aus freien Stücken trug, als wüsste er, dass der darin duftende Speck und das frische Brot für ihn bestimmt waren. Da es Tag war und nicht regnete und weil die Wege weder rutschig noch der steile Berg gefährlicher zu begehen war als sonst, ließen Elisa und er die Oberstadt deutlich rascher hinter sich als beim letzten Mal. Kurz hinterm Steffinger Tor und noch hoch über dem Fluss konnte man durch die Bäume hindurch bereits einen Teil der Mühle sehen, zu der Elisa und Peter wollten und von denen es viele an Lech und Wertach gab. Nach der Brücke hielten sie sich am Ufer. Hinter der nächsten Biegung tönte ihnen bereits das Wummern der schweren Wasserräder entgegen.

Die Mahlmühle war von beachtlicher Größe mit sechs Gängen. Das Mühlrad lief Tag und Nacht und zermalmte Korn, Weizen und Roggen. In der Tenne waren aber auch eine Malzstube und eine Wasch- und Backküche. Hinter dem gewaltigen Gebäude erhoben sich Ställe, Bretterhütten und eine Wagenhütte bis hin zur Sägemühle, hinter der ebenfalls Ställe und Schuppen errichtet worden waren. Hinter diesen wieder erstreckten sich weitläufige Gärten, Wiesen und gepflegte Kräuterrabatten wie grüne Inseln auf dunkler Erde.

Am Ufer stand ein Mann und sah gespannt zu ihnen herüber. Peter gab Elisa einen versteckten Wink. »Der Kerl arbeitet hier als Karrer. Er ist einer der beiden Kumpane von dem kranken Tennenknecht.« Er deutete auf eine der Bretterhütten hinter der Mahlmühle, in denen der Zumüller, die Mühlenknechte und die Karrer lebten. »Da drin liegt er.«

Im Inneren der kühlen, modrigen Hütte kletterte Peter über knarrende Stiegen bis unters Dach, wo sie den Kranken offenbar hingeschafft hatten. Elisa folgte ihm vorbei an geschlossenen Türen und vollkommener Stille dahinter. In einer Ecke auf altem Stroh lag ein Mann mit geschlossenen Augen im teigigen Gesicht, lichtem grauem Haar und kaum Fleisch auf den Knochen. Während Elisa ihn zu untersuchen begann, ächzte die Treppe erneut. Zwei Kerle kamen herauf. Einer der beiden war jener, der am Ufer gestanden und zu ihnen herübergegafft hatte. Sie besaßen ein wenig vertrauenerweckendes Äußeres und hatten beide einen verschlagenen Ausdruck im Gesicht. Dem einen fehlte wohl ein Auge, denn an dessen Stelle hatte er einen zerfransten ledernen Flecken darübergebunden. Während bei dem einen die Haare lang und strähnig waren, fehlten sie auf dem glänzenden Schädel des anderen ganz.

»Was ist mit dem Tennenknecht geschehen?«, fragte Elisa geradeheraus.

Der mit der Augenklappe stellte sich neben sie und blickte auf sie herab. »Was wohl, die schwere Arbeit in der Mühle halt. Der Husten ist jeden Tag elender geworden.« Der Kerl ging neben ihr in einer Wolke aus Schweiß und schlechtem Atem in die Hocke. Nicht der Gestank, sondern seine boshafte Ausstrahlung ließen sie kurz den Atem anhalten. »Seit ein paar Tagen wirft es ihn herum wie einen Fallsüchtigen.« Er drehte sich zu seinem Kumpan und lachte dumpf, der Kerl hinter ihm lachte auch.

Was für Freunde …, dachte Elisa angewidert und begann, Puls und Herzschlag des Mannes zu fühlen, die nicht kräftig waren, aber immerhin gleichmäßig. Ausgezehrt lag er da und hielt die Augen geschlossen. Sein Atem ging heiser, als sich sein Körper auf einmal verkrampfte und er gelben Schleim heraushustete.

»Ihr seid also die Eggenbergerin, die feine Frau aus der Oberstadt?«, meinte der andere Kerl in ihrem Rücken, aber sie gab keine Antwort.

Sie schickte Peter nach heißem Wasser und legte den Kopf auf die Brust des Kranken. Unter der dünnen Haut und den Knochen rasselte und rauschte es. Sie glaubte, den zähen Schleim darin sehen zu können, der hinauswollte, ihn zu ständigem Husten reizte und das Atmen mühsam machte. Von dem mitgeführten Wein gab sie eine kleine Menge in einen Becher und träufelte eine dickflüssige Tinktur aus Spitzwegerich, Huflattich, zerstoßener Alant-Wurzel und Anis dazu. Der Mann fieberte, war aber bei Bewusstsein. Sie hob vorsichtig seinen Kopf an und gab ihm schluckweise zu trinken. Er bemühte sich, flüssige Fäden liefen ihm von den Lippen, aber er nahm das meiste der heilenden Tinktur auf, bevor er erschöpft wieder die Augen schloss.

Peter brachte dampfendes Wasser in einem Holzkübel und stellte ihn neben Elisa, die kurz wartete und dann ein sauberes Tuch hineintauchte, es auswrang und die weichen Zwiebeln darin einschlug. Dieses scharf duftende und heilende Kissen legte sie dem Kranken auf die Brust und schlug ein weiteres Tuch darüber, um die Wärme für einige Zeit zu halten. Als sich die Henkerstochter erhob, musterte sie unverhohlen die beiden Kerle, die offenbar mehr an ihr als am Zustand ihres kranken Kumpans interessiert schienen. *Verlässlich ist doch keiner von diesen üblen Kerlen,* dachte sie und erwog, den Müller zu fragen, ob sich eine seiner Mägde um den Kranken kümmern könnte. Plötzlich gab sich einer der Gaffer einen Ruck, schnaubte vernehmlich und spuckte ins Stroh. »Und, wird er es schaffen?«

»Ja, das wird er«, sagte sie knapp. Mehr war sie auch nicht gewillt, den beiden Kerlen zu sagen. Sie gab Peter einen Wink, worauf dieser augenblicklich nach dem Korb griff. Langsam gingen sie die ächzende Stiege wieder hinab und verließen die Hütte. Einer der Mühlknechte konnte ihr sagen, wo sie den Herrn finden konnte.

Bei der Sägemühle kam er ihr mit schweren Schritten entgegen. Simprecht Schweiker war ein mittelgroßer, kräftiger Mann mit vollem Haar und Bart und einem bärbeißigen Gesichtsausdruck, den Elisa beim ersten Anschein als gut verborgene Friedfertigkeit abtat. Seine ruhigen, offenen Augen musterten sie neugierig.

»Ihr seid die, die man bei den Habenichtsen den Gossenengel nennt?«

Elisa nickte. »Euer Knecht wird wieder gesund, wenn Ihr ihn ein paar Tage frei von der Arbeit lasst und sich eine Eurer Mägde um ihn kümmern kann.«

Schweiker fuhr sich missmutig durch sein Bartgestrüpp. »Steht's so arg, dass er gleich Tage im Stroh bleiben muss?«

»Er hat einen bösen Husten, mit den Arbeiten in der Mühle wird's noch schlimmer. Der kommt nicht auf die Beine, wenn Ihr ihn morgen wieder zur Arbeit ruft.«

Der Neumiller, wie er auch genannt wurde, machte eine unwirsche Handbewegung, aber Elisa konnte dennoch erreichen, dass eine seiner Mägde immerhin zeitweise nach dem Tennenknecht sehen durfte und ihm von den Arzneien geben, die sie für ihn dalassen würde. Auch warme Zwiebelauflagen sollte die machen und dem Kranken schluckweise warmen Zwiebelsud verabreichen, frisches Stroh und Decken bringen und den Mann waschen. Simprecht Schweiker brummte immer unwilliger. Langsam bildeten seine buschigen Augenbrauen eine dunkle Linie über der Nasenwurzel. »Herrgott, meine Mühle ist keine Herberge, dass sich die Weibsleute um einen Kerl wie um einen hohen Gast mühen«, knurrte er.

»Wenn sich keiner um ihn kümmert und sein Husten noch böser wird, wird er dahinsiechen«, erklärte ihm die Henkerstochter ruhig. Sie hielt seinem lodernden Blick stand.

Schweiker, der im Grunde kein Unrechter war, streckte sich, brummte und nickte schließlich mit dem schweren Schädel. »Meinetwegen, dann soll's so geschehen, wie Ihr meint. Der Kerl soll ja wieder auf die Füße kommen. Und die Anna ist eine, die sich mit Kranken nicht dumm anstellt.«

»Vergelt's Euch Gott, Neumiller«, sagte Elisa und lächelte dem Mühlenbesitzer zu.

*

Bei allen Teufeln, sie ist wirklich zu dem kranken Tennenknecht gegangen!, frohlockte Krimmel stumm, der hoch überm Fluss an der Stadtmauer lehnte und auf die ferne Brücke starrte. Da kam die schöne Henkerstochter. Vor aller Augen ein Frauenzimmer in schlichter Kleidung und einer eng sitzenden Haube, unter der sie das leuchtende Haar verbarg. Krimmel schnaufte schneller. Endlich kam sie allein, und keiner der räudigen Schatten wie in den Nächten, in denen sie zu den Siechenden eilte, kam flink wie eine Ratte hinter ihr her. Mit einem von den verdammten Kerlen hätte er es vielleicht aufnehmen können, aber da diese immer zu zweit hinter ihr herschlichen, hätte er womöglich den Kürzeren gezogen. Deshalb war es Zeit geworden für den helllichten Tag.

Mit schnellen Schritten überquerte Elisa die Brücke und stieg bergan über die breiten Steine und tiefen Rinnen zum Steffinger Tor. Den Weg nahmen auch die Karrer mit ihren Fuhrwerken, die von den Mühlen kamen. Mit den prall gefüllten Säcken voll gemahlenem Getreide ging es beschwerlich hinauf in die Oberstadt und danach wieder zurück. Auf halbem Weg wechselte die Henkerstochter den Korb von einem Arm zum anderen, obwohl er leichter geworden war, denn der Speck und das Brot waren bei dem Jungen geblieben, der die Lebensmittel wie einen Schatz unter das schmutzige Hemd gepackt und an sich gedrückt hatte. Ihr Blick fiel auf den Fluss und seine sattgrünen Ufer. Auf einmal stutzte sie. Da war einer zwischen den hohen Gräsern, der sich rasch duckte, als sie in seine Richtung sah. Wollte er sich vor ihr verbergen, oder war das einer, hinter dem die Büttel her waren?, schoss es ihr durch den Kopf. Sein Gesicht hatte sie unter dem Kapuzenmantel nicht sehen können, aber in seiner Statur war etwas, das ihr vertraut vorkam. *Immerhin ist es nicht Krimmel, der ist kleiner und anders gebaut als der Kerl im Uferbewuchs!* Sie ging weiter, zögerte aber kurz vor dem Steffinger Tor.

Jetzt bleibt sie stehen und überlegt, ob sie den kürzeren Weg nach Hause nehmen soll oder den bequemeren, jagte es durch Krimmels Kopf. Sein Herz schlug schneller. *Jetzt gilt es. Nimm den richtigen Weg, Täubchen!,* lockte er stumm und drängte sich mit dem Rücken in eine Mauernische, lugte aber mit einem Auge auf den Pfad. *Wenn sie durchs Tor geht, ist sie für mich verloren.* Krimmel zitterte vor Erwartung und Begierde. Er biss sich in die Finger, um nicht laut aufzuheulen. Aber dann kam sie. Nahm den schmalen Weg entlang der Mauer. Der Schurke stöhnte vor Anspannung. Er dachte an Tübingen und an die Nacht, in der er das junge Weibsbild beinahe besessen hätte. Dieses rosige, duftende Fleisch. Wieder erbebte er unter dem wohligen Schauer der Erinnerung.

Elisa bewegte sich sicher auf dem Weg, obgleich er schmal war. Sie hielt den Korb vor sich und konnte schon das Galushäusle zwischen den fernen Bäumen ausmachen. Unten auf der Brücke rumpelte erneut ein Karren geräuschvoll über die Bohlen. Als sie eine Bewegung zwischen den Bäumen sah, beschlich sie ein ungutes Gefühl. Sie ging schneller. Vielleicht war es der Kerl vom Ufer? Im gleichen Moment schoss eine Faust hinter dem nächsten Mauervorsprung heraus und schlug ihr gegen den Kopf, sodass sie halb benommen zusammensackte. Hart stürzte sie auf die Erde, wurde aber grob gepackt und wieder auf die Beine gerissen. Eine Hand presste sich ihr auf den Mund, die andere schlang sich um ihre Mitte und zerrte sie mit sich. Ihre Füße schleiften über Gras und Erde.

Elisa hatte Blitze vor den Augen. Ihre Stirn pochte schmerzhaft. Einer, den sie nicht sehen konnte, schleppte sie mit großer Kraft zwischen den Bäumen ein Stück weit den Hang hinab, warf sie hinter Sträuchern zu Boden und war sogleich über ihr. Sie wollte sich wehren, wollte schreien, aber da lagen schon wieder seine harten Finger auf ihrem Mund und ihrer Nase. Sie bekam kaum Luft. Ihr Herz raste.

»Willst einfach so an mir vorbei und mir keinen herzlichen Gruß sagen«, schnarrte eine widerliche Stimme über ihr.

Krimmel!, durchfuhr es Elisa voller Entsetzen. Sie blinzelte immer noch etwas benommen vom Schlag, aber langsam schälte sich sein hässliches Gesicht aus den Schleiern vor ihren Augen. Seine Fratze mit den kleinen, bösen Augen und dem Spott auf den Lippen. Überraschend nahm er die Hand von ihrem Mund, und sie atmete erst einmal tief ein.

»Endlich sind wir beide alleine, und niemand stört uns.« Er kicherte. »Lass uns doch da weitermachen, wo wir in Tübingen unterbrochen wurden.« Dass sie schwieg und sich bisher ruhig verhielt, machte ihn misstrauisch. »Denkst wohl, dass du entkommen kannst. Hast sicher noch dein Messer im Mieder wie früher.« Seine Hand fuhr unter sein schmutziges Hemd. Kurz darauf blitzte eine Klinge zwischen seinen Fingern. Ein rascher Schnitt genügte, um den Stoff vor ihrer Brust zu durchtrennen und nach dem Dolch zwischen dem festen Leinen und dem feinen Untergewand zu greifen. Mit einem heiseren Lachen packte er ihn und schleuderte ihn fort. Dann starrte er sie mit einem gierigen Blick an. Er schlitzte den Stoff weiter auf und entblößte eine ihrer Brüste. Unvermittelt ächzte er.

»Bald holt dich einer, Krimmel, dem kommst nicht aus. Da hilft dir kein Sack Münzen und kein Messer«, zischte Elisa und blickte ihn lodernd an.

Für einen Moment wurde der Lump trotz seines schmutzigen Gesichtes aschfahl. Ein Grausen grub sich in seine Züge. Rasch aber kehrte die Häme in seine Mundwinkel zurück. »Schrei nur, Henkerstöchterlein. Wenn hier beim Hurenhaus Weiber schreien, wundert sich keiner«, flüsterte er. Sein heißer Atem schlug ihr entgegen. Angewidert schloss sie die Augen, nahm alle Kraft zusammen und versuchte, ihn mit einem raschen Ruck von sich zu stoßen. Sie überraschte ihn mit ihrer Gegenwehr, es gelang ihr, immerhin einen Arm unter ihm hervorzuziehen und gegen seine Messerhand zu schlagen. Die Stichwaffe flog ihm zwar nicht aus den Fingern, wurde aber gegen seine Brust geworfen und zerschnitt dort das Hemd. Blut quoll jedoch nicht hervor.

»Miststück«, zischte Krimmel wütend und schlug ihr ins Gesicht. Er drückte ihr die Klinge an die Kehle. »Wenn du dich weiter wehrst, Henkerstochter, schlitze ich dich auf!« In seinen Augen stand grausame Entschlossenheit. Langsam glitt seine Hand zwischen ihr zerschnittenes Hemd. Seine Finger wanderten über ihre bloße Haut und umfassten eine ihrer Brüste. Vor Zorn und Abscheu atmete Elisa schneller. »Sag nur, wie du es gern hast, Allermannsliebchen. Bist mir in Tübingen entkommen, aber hier darfst mir gern zu Willen sein.« Er riss weiter an dem Stoff und fuhr erneut mit der Hand darunter. »Ha, dein Herz klopft wie eine Trommel.« Er grunzte und machte sich schwerer auf ihr.

Seine Nähe widerte Elisa so an, dass ihr beinahe übel wurde. Sie glaubte, sich übergeben zu müssen. *Ich werde dich töten, du Schwein!* In höchster Verzweiflung und Wut schrie sie auf. Das dunkle, gnadenlose Blut der Dallmann-Sippe rauschte in ihr hoch. Jenes, das die Männer unter ihnen zu Scharfrichtern gemacht hatte und sich auch den Frauen weitervererbte, unter denen allerdings welche waren, die mit ihrem Wissen um Heilkräuter den Menschen zu helfen versuchten, statt ihnen Qualen oder den Tod zu bringen. Die Adern an Elisas Schläfen schwollen an. Ihr Atem ging keuchend. Plötzlich trat ihr ein blutroter Nebel vor die Augen. Trotz des Messers an ihrer Kehle packte sie das Handgelenk des Halunken und versuchte, ihn von sich wegzudrücken.

»Verfluchtes Weib, ich stech dich ab!«, brüllte Krimmel, entwand sich ihrer Umklammerung und riss das Messer hoch.

Als Elisa die blitzende Klinge über ihrem Herzen sah, erstarrte sie. Im selben Moment schnellte eine Gestalt von der Seite heran, riss Krimmel von ihr herunter und schleuderte ihn in das dornige Gebüsch. Vor Wut kreischte der Lump auf wie ein abgestochenes Tier und kroch auf allen vieren wieder daraus hervor. Sein Gegner hielt plötzlich einen Ast in der Hand. Bevor der Schurke noch den Kopf heben konnte, schlug er diesem damit auf den Schädel. Krimmel fiel blutend in die stachligen Zweige zurück und blieb reglos liegen. Die Henkerstochter ließ den Fremden, den sie bereits am Lechufer gesehen hatte, nicht aus den Augen. Es war der Mann im Kapuzenmantel! Die Kopfbedeckung zog er sich rasch tiefer in die Stirn, als er sich kurz zu ihr umwandte und seine Hand vor Mund und Nase hielt, damit sie kaum etwas von seinem Gesicht sehen konnte.

Ein schönes Weibsbild war sie! Acht Heller hatte sie ihm für die Alraune gegeben, die er vor Krimmel hatte verbergen können. Sein elender Herr würde Gift und Galle speien, dass er das Frauenzimmer nicht hatte schänden können, dachte Krimmels Knecht spöttisch.

Sie hatte ihn nicht erkannt.

Elisa strich sich die wirren Haare zurück, die unter dem gelösten Gebende hervorquollen. Langsam kam sie auf die Knie und richtete sich völlig auf. Mit einer Hand hielt sie den aufgeschlitzten Stoff vor ihrer nackten Brust zusammen. Sie sah von dem hingestreckten Krimmel, der sich immer noch nicht rührte, zu dem Mann im Umhang. Unter dem Schutz der Kapuze funkelten seine Augen, aber sie konnte sie nicht wirklich sehen. »Ich danke Euch. Wer Ihr auch seid, vergelt's Euch Gott, dass Ihr mich gerettet habt«, stieß sie noch immer aufgewühlt aus.

Der Unbekannte zögerte einen Moment, ehe er zwischen den Bäumen hindurch den steilen Hang mit erstaunlicher Gewandtheit hinabsprang wie ein Eichhörnchen. Forschend sah ihm Elisa hinterher, bis Krimmel hinter ihr ächzte und sich zu regen begann. Rasch bückte sie sich und hob sein Messer auf, bevor sie sich entschlossen vor seine Füße stellte. In ungewöhnlicher Gelassenheit wartete sie sogar ab, bis er mühsam den Kopf mit der klaffenden, blutenden Wunde hob und sie mit blutunterlaufenen Augen anstierte. Wenn sie jetzt das Messer nahm und ihm ins Herz stieß, wären Matthias und sie der großen Gefahr, in der sie seit seinem Auftauchen schwebten, endlich ledig. Sie müssten nicht einmal die Stadt verlassen und fliehen. Allerdings war da noch dieses Schreiben, von dem Krimmel gesprochen hatte und das ihnen die Vernichtung bringen konnte, sobald es Krimmels Handlanger dem Rat aushändigen würde. Doch schwerer noch wog die Vorstellung, dass dadurch das Blut dieses Teufels an ihren Händen klebte. Der Gedanke daran ließ sie schier würgen. Nichts, aber auch gar nichts, was mit diesem Unhold zu tun hatte, sollte jemals noch mit ihr in Berührung kommen!

Obgleich ihm jede Bewegung seines geschundenen Schädels starke Schmerzen bereiten musste, wand sich Krimmel weiter hoch und stützte sich auf einen Arm. Er war zäh und angefüllt mit Wut. Speichel tropfte ihm von den Lippen. »Elende Hure, dich krieg ich noch. Dich anstelle deines verfluchten Vaters«, knurrte er, bevor ihm wieder die Sinne schwanden und er nach hinten auf die Erde zurückfiel. Elisa betrachtete ihn kalt. Nein, sie musste ihn nicht töten. Ganz gleich, was sie tat oder nicht tat und was mit ihr und Matthias in den letzten Stunden bis zu ihrer Flucht aus Augsburg auch geschehen würde, der Tod wartete bereits auf Krimmel! Sie nahm ihn wahr, *spürte* ihn, ein Stück weit entfernt bei den uralten Linden. Das war kein Schatten zwischen den mächtigen Stämmen, das war *er*.

Als Matthias heimkam, hatte sich Elisa längst gründlich gewaschen, ihre Abschürfungen versorgt und das Kleid und Untergewand genäht. Sie hatte ihre Gelassenheit wiedergefunden und war zu dem, was sie tun würde, tief entschlossen. Natürlich war Matthias' Blick sofort auf ihre immer noch gerötete und geschwollene Wange und die Beule an der Stirn gefallen. Aufgebracht wollte er wissen, was geschehen war.

»Morgen früh, wenn die Stadttore geöffnet werden, verlassen wir Augsburg«, sagte sie ruhig und sah Matthias dabei fest an.

»Ja, so Gott will und dieser …«, er bemühte sich sichtlich, Krimmel entsprechend seines Charakters zu würdigen, »dieser elende Dreckskerl uns keine Falle stellt.« Ungeduldig schüttelte er den Kopf. Seine Stimme wurde zwingend. »Was ist geschehen?«

Elisa schilderte ihm so gefasst, wie sie konnte, wie sie zu ihren Blessuren gekommen war. Sie hielt seine Hände fest, als er kalkweiß und schließlich flammend rot wurde und es ihm die Luft abzuschnüren drohte. Mit rasenden Blicken musterte er sie ein weiteres Mal und strich sanft über ihr Gesicht, ehe er sie in seine Arme zog. Er presste sie an sich und stöhnte in ihrem Rücken wie gequält auf. »Würde er jetzt vor mir stehen, würde ich ihn töten. Ganz gleich, was mit mir oder dir darauf geschehen würde.«

»Ja, ich weiß, aber er wäre es nicht wert. Er hat mich verletzt, aber nicht geschafft, mir wirklich wehzutun. Ein anderer kam ihm dazwischen und hat mich gerettet.«

»Wer?«, stieß Matthias aufgeregt aus.

»Ich weiß es nicht. Er trug einen Kapuzenmantel und verbarg sein Gesicht vor mir. Er schlug Krimmel zu Boden und ist dann verschwunden.«

»Vielleicht einer der Männer, die dir nachts gefolgt sind, wenn du zu den Kranken gegangen bist?«, dachte er laut, aber Elisa schüttelte entschieden den Kopf.

»Nein, ich bin mir sicher, dass er nicht zu diesen Leuten gehört. Er ist keiner, der sich anderen anschließt. Er ist …« Sie brach ab. Matthias wusste, was sie sagen und doch nicht aussprechen wollte. Sie wusste nicht, *wer* dieser Mann war, sie *spürte* aber, *was* er war. »Er ist gefährlich, aber er hat mich gerettet.« Sie schmiegte sich an Matthias' Brust, dieser legte den Arm um sie. *Der Unbekannte ist der Gehängte aus dem Kartenbild!,* dachte sie und schloss die Augen.

»Krimmel ist nicht tot, sondern nur schwer angeschlagen und damit gefährlicher denn je. In seinem Hass kann es durchaus möglich sein, dass er uns verraten hat und bereits die Stadtknechte nach uns ausgeschickt sind«, murmelte Matthias. Er drückte seine Frau fester an sich.

»Ich glaube nicht, Matthis. Als er wehrlos auf der Erde lag und ich mit dem Messer vor ihm stand, hat er mir gedroht, dass er mich noch kriegen würde. Er hat sich so angehört, als würde er sein böses Spiel mit uns noch weiter treiben wollen.« Ihr lief ein Schauer über den Rücken.

»Noch mehr an erzwungenen Münzen? Oder etwas ganz anderes? Es war schon niederträchtig genug von ihm, mich hinter das einsam gelegene Gallushaus zu bestellen und kurze Zeit später ebendort meine Frau zu überfallen und sie schänden zu wollen«, presste er hervor und ging erregt durch den Raum. Er dachte nach und fuhr sich fortwährend durch den Bart. Endlich stieß er ein abgehacktes, heiseres Lachen aus, als wäre ihm ein derart ungeheuerlicher Gedanke gekommen, den er nur als toll bezeichnen konnte. »Und was ist, wenn Krimmel den Müller gegen entsprechende Münzen überzeugt hat, dich zu seinem kranken Knecht zu rufen? Inzwischen weiß der Sauhund sehr wohl, dass dir am Tag niemand folgt, um ein Auge auf dich zu haben. Und den heutigen Weg hatte er dir ja gewissermaßen vorgegeben. Einzig beim Steffinger Tor hattest du die Wahl, und er musste hoffen, dass du den kürzeren Weg durchs Gallustörchen nimmst.« Matthias war kalt bei der Vorstellung, dass es sich genau so abgespielt haben mochte.

Auch Elisa war es kalt geworden. »Du hast wohl recht, aber ich glaube nicht, dass es der Neumiller war, den er mit Münzen gelockt hat, sondern die beiden Karrer, die mir vorkamen, als wäre es ihnen vollkommen gleichgültig, was aus ihrem kranken Kumpan wird. Das sind Kerle übelster Sorte.«

»Die Gulden mir abpressen und dir Gewalt antun wollen!«, stieß Matthias bitter aus. »Bald glaube ich, ich habe diesen Lump noch unterschätzt. Gebe Gott, dass er seine Wunden noch leckt, bis wir weit fort sind von Augsburg!«

Kapitel 19

Donnerstag, der 18. Juni, Anno Domini 1528, früher Morgen

Im Morgengrauen verließ Matthias das efeuumrankte Haus. Wie in den letzten Jahren nahm er den Weg an der Domstadt und dem Rathaus vorbei bis hin zum Weinmarkt und seinen vornehmen Patrizierhäusern. Am Handelshaus schritt er rasch durchs offen stehende Tor in den weiten Hof und ins erste Gebäude über den langen Flur entlang der Schreibstuben. Vor dem Geschäftszimmer, in dem er zuletzt tätig gewesen war, hielt er kurz inne, bevor er die vielen Stufen zu der kleinen Pforte hinabstieg, die in eine weniger belebte Gasse führte. Jetzt trug er ein einfaches Barett und die Schaube, darunter verborgen in einem um Arm und Schulter geschlungenen Bündel Johannes. Der lag eingerollt wie eine Katze noch in den munteren Träumen der Nacht und gab manchmal leise Seufzer von sich, als sein Vater den Weg ins Ulrichsviertel fortsetzte.

Hin und wieder blieb Matthias stehen. Er drängte sich an Hausmauern und blickte sich forschend nach möglichen Verfolgern um. Von den Handwerkern, Knechten oder gar den Mägden, die wie er zu dieser frühen Stunde unterwegs waren, schien ihm allerdings keiner ein Scherge von Krimmel zu sein. Unbewusst atmete er auf, verließ sich aber nicht auf den bloßen Anschein und blieb achtsam. Ein kurzes Stück ging er nach dem Langhaus des Münsters zu St. Ulrich den steilen Milchberg hinab, bog in die nächste Gasse und schlüpfte bald danach in die im tiefen Schlaf liegende Kirchgasse. Bis auf eine schwarz-weiße Katze am letzten Haus, die ihm maunzend einen Teil des Weges folgte und dann wieder kehrtmachte, als wüsste sie genau, wohin sie gehörte.

Auch Elisa hatte am Morgen kurz vor Matthias das Haus verlassen. Sie hatte es in den Kleidern einer Magd getan, mit einem großen Korb für Besorgungen. Wie fröstelnd vor Müdigkeit hatte sie das Tuch enger um die Schultern gezogen und kaum den Kopf gehoben. Sie hatte auch keinen Blick zurück auf das Haus und den Garten hinter der Mauer geworfen, in dem die Pflanzen verwildern würden. Ihr Herz jedoch hatte aufgeregt geschlagen, ihre Augen hatten gebrannt, denn es war ein Abschied für immer gewesen. Am Abend zuvor hatte sie auch Amelinde besucht und ihr unter Tränen Lebewohl gesagt, aber nur ihr, auch wenn sie den großen Kerl, der ihr Liebster war, gern mochte. Sie war sich sicher, Amelinde würde es Eckehard eines Tages erklären können, weshalb Matthias und sie ohne eine letzte Begegnung Augsburg verlassen hatten.

Als Elisa das Rote Tor mit seinem spitzen Turm, den vier Erkertürmchen und den vergoldeten Schmuckknöpfen darauf erreichte, überzog das Morgenlicht eben den hoch aufragenden steinernen Bau mit einem rosigen Schimmer. Händler auf dem Weg in die Berge, ins Tirolische und nach Venetien warteten hoch zu Ross neben ihren schwer beladenen Fuhrwerken. Spielleute und Gaukler hockten auf einem Karren mit Plane, bunten Bändern und Glöckchen daran und ließen die Beine baumeln. Einer von ihnen zupfte gelangweilt auf einer Laute. Der Gestank von dampfenden Pferdeäpfeln und Urin lag in der Luft. Elisa stellte sich in eine Mauernische und beobachtete mit halb gesenktem Kopf die Umgebung. Immer mehr Menschen strömten heran und sammelten sich, von den Torwachen mürrisch beäugt, in der Nähe des großen Stadttores. Endlich konnte die Henkerstochter auch Matthias kommen sehen. Mit eiligem Schritt, eine Hand unter der Schaube und suchendem Blick, ging er eben am Heilig-Geist-Spital vorbei. Als er sie entdeckte, blitzte es in seinen Augen auf, und er bahnte sich entschlossen einen Weg durch die Wartenden mitten auf der Gasse.

Matthias hatte Elisa erreicht, aber der erleichterte Ausdruck auf ihrem Gesicht wich plötzlich Entsetzen. Ihr Blick flog an ihm vorbei. Er schnellte herum und war wie vom Donner gerührt, als er Krimmel mit Häme in der hässlichen Fratze herankommen sah.

»Das kann nicht sein …«, stieß Elisa fassungslos aus, wankte und griff rasch nach Matthias' Arm.

Der Teufel treibt sein gemeines Spiel mit uns!, schoss es dem jungen Patrizier durch den Kopf. Der hatte ihnen den Galgenstrick hinterhergeschickt und sie nicht unerkannt entwischen lassen. Mit einer Hand stützte er Elisa, mit der anderen hielt er sein sich regendes Kind. Sie starrte auf Krimmel wie auf einen Geist. Der hatte sich den verletzten Schädel unter der Mütze notdürftig mit einem dreckigen Fetzen verbunden. Herausfordernd schob der Schurke die Finger hinter den Hosenbund. Er sah verächtlich von Matthias zu Elisa und wieder zurück.

»Wollt Euch wohl davonschleichen? Rasch hinaus aus Augsburg, ehe es mir einfallen sollte, dem Rat ein bedeutsames Schriftstück zukommen zu lassen, was?« Neugierig musterte er die Henkerstochter. Hatte sie ihrem feinen Gemahl offenbart, welch ungewollter Leidenschaft sie entronnen war? Sein Blick flog zu dem Stutzer. In dessen Augen konnte er lesen, dass er es wusste. Die blanke Verachtung und der Hass darin galten ihm. Unter der Schaube regte sich Johannes und schob mit einem leisen Quietschen die Ärmchen zwischen dem Tuch hervor. »Ah, das Balg habt Ihr auch dabei. Da muss ich ja denken, dass Ihr Euch aus dem Staub machen wollt.«

»Denk doch, was du willst, du Lump«, entfuhr es Matthias zornig, der sich endlich wieder gefangen hatte. »Du hast dein Geld, also lass uns in Ruhe!« Er spürte Elisas harten Griff um seinen Arm, stemmte sich aber dagegen.

Hinter ihnen kam Bewegung in die wartenden Leute. Schwere Riegel quietschten erbärmlich und wurden zurückgeworfen. Ein durchdringendes Knarren ertönte, als die beiden Flügel des mächtigen Tores aufschwangen. Frischer Wind von außerhalb der Stadtmauern drang in die Gasse und kühlte die Gesichter der Menschen. Die Knechte auf den Kutschböcken begannen, mit der Zunge zu schnalzen und zu locken. Sie trieben die Pferde und Maultiere an.

Krimmels Gesicht bewölkte sich. Sein falsches Lächeln erstarb. »Wehe Euch, wenn Ihr jetzt zum Tor geht. Gegen die Wachen habt Ihr nichts auszurichten, wenn ich denen verrate, wer Euer Weib ist. Die Hex ist rascher im Kerker, als Ihr kniefällig an der Tür der Gerichtsherren kratzen könnt.«

»Wenn ich dir nicht vorher dein dreckiges Maul stopfe«, knurrte Matthias.

Krimmel machte eine blitzschnelle Bewegung, die ihm ein Messer in die Hand zauberte, und drückte dessen lange, spitze Klinge dem jungen Patrizier gegen die Brust. Krimmels Augen loderten, aber seine Finger rührten sich nicht. »Wie gern würd ich Euch das anmaßende Lebenslicht ausblasen, Eggenberger, und dann zusehen, wie das Weibsbild hier trauernd um Euch im Kerker schmachtet, bis sie auf die Richtstatt geschafft wird.« Er bleckte die braunen Zahnstummel. »So eine Hex brennt lichterloh … das wär ein Anblick.« Leise und böse begann er zu lachen. »Ihr habt die Wahl … kehrt heim oder folgt den anderen durchs Tor.«

Matthias schnürte es schier die Kehle zu. Noch ein einziges niederträchtiges Wort über Elisa oder eine weitere Demütigung, und er würde sich nicht mehr zurückhalten können. Wenn er sich nur vorstellte, dass dieser Sauhund seine dreckigen Finger an seiner Frau gehabt hatte, wurde es ihm blutrot vor Augen. Schweiß perlte ihm auf der Stirn. Die Lippen zitterten vor mühsamer Beherrschung. *Bei Gott, lass nicht zu, dass ich mich trotz seines Messers auf den Kerl stürze und Elisa und Johannes damit in höchste Gefahr bringe!* Unter der Schaube legte er den Arm beschützend über Johannes.

»Wir kehren nach Hause zurück. Aber wage es nie wieder,

meine Frau zu berühren, oder du gehst mit uns ins Verderben. Das schwöre ich bei allem, was mir heilig ist!«, zischte Matthias hasserfüllt.

Die verschlagenen Augen des Halunken wurden zu schmalen Schlitzen, als forschten sie aus, wie ernst es dem jungen Patrizier damit war, sich zu fügen. Auch wenn es ihn in den Fingern juckte, das Blut des anderen hervorquellen zu sehen, aber er musste sich gedulden. Sein listiges, ergötzliches Vorhaben war schließlich noch nicht zu Ende gebracht. Langsam zog er die Klinge von der Brust des Stutzers zurück. »Ihr tut gut daran, nicht den Draufgänger spielen zu wollen. Seid versichert, ich habe meine Augen und Ohren überall. Ich erfahre es, wenn Ihr brav in Eurer Schreibstube seid oder wenn Euer tugendhaftes Weib zu einem Mühlknecht an den Lech hinuntersteigt, um ihm Arzneien zu bringen.« Sein Lächeln wurde teuflisch. »Mir bleibt es auch nicht verborgen, wenn Ihr mit dem feinen Herrn Rehlinger beratschlagt, wie Ihr am frühen Morgen durch das Rote Tor aus der Stadt fliehen wollt.«

Matthias wurde aschfahl. Der Halunke war ihnen also gar nicht von ihrem Haus aus gefolgt, sondern sie waren verraten worden! Ihm war, als lege sich eine eiserne Hand um sein Herz. Seine Gedanken überschlugen sich. Rehlinger und er waren belauscht worden; eine andere Möglichkeit gab es nicht. Ein Fremder allerdings wäre auf dem Hof oder bei den Pferden aufgefallen und hätte einen der wachsamen Knechte auf den Plan gerufen. Demnach konnte es nur einer sein, der kein Misstrauen erregte, weil er in den Diensten der Handelsherren stand. Matthias fühlte sich benommen wie nach einem Hieb und starrte auf den weit geöffneten Durchlass. Ein schweres Fuhrwerk rumpelte hinaus, während eine Gruppe Reiter zur selben Zeit in die Stadt hineinwollte. Ein kurzer Aufruhr entstand zwischen den massigen Torflügeln. Dahinter lagen die Freiheit und endloses, grünes Land. Matthias zwang sich, alle ohnmächtige Wut, alle Verzweiflung und diesen bitteren Geschmack von Ausgeliefertsein in seinem Inneren zurückzudrängen, und sah wieder zu Krimmel.

»Wagt es nicht noch einmal, Euch einem der Stadttore zu nähern«, drohte Krimmel. Er sah von dem jungen Patrizier zur Henkerstochter, die bleich neben ihrem Mann stand und die Hand vor dem Mieder hatte, als verstecke sie darunter ein weiteres Mal ein Messer. Das Luder sah ihn mit einem eisigen Blick an. *Bald ist es mit dir vorbei, du Hure,* dachte er und wollte auflachen, aber irgendetwas, ob der Ausdruck in ihrem Gesicht oder das, was von ihr ausging, hielt ihn zurück. Er ging zur nahen Schenke und lehnte sich dort gegen die Mauer. Gelassen zog er ein Stück Holz aus dem Hemd und begann zu schnitzen.

Spöttisch starrte Krimmel zu ihnen herüber. Fuhrwerke rollten an Elisa und Matthias vorbei, hinaus aus der Stadt. Die Gleichmut im Gesicht ihres Mannes weckte Sorge in ihr. Sie legte Matthias die Hand auf den Arm.

»Lass uns gehen, Matthis.«

»Wohin?«, fragte er kalt, während sein Kopf herumfuhr.

»Nach Hause.«

»Das Haus hinter der Georgskirche? Heute Abend kommt der Pitzner und nimmt es in Besitz«, sagte er bitter.

»Matthis«, flüsterte sie zärtlich. »Uns wird etwas einfallen. Vielleicht gestattet uns der Pitzner, dass wir noch ein paar Tage bleiben können.«

Matthias suchte ihren Blick, als hätten ihre Worte etwas in ihm ausgelöst. Dabei lag eine gefährliche Entschlossenheit in seinen Augen. »Hör mir gut zu, Elisa, nimm Johannes und geh rasch durch das Tor. Du wirst es schaffen, zu Rehlingers Anwesen zu kommen. Dort nimm dir ein Pferd und bring dich und unser Kind in Sicherheit«, flüsterte er eindringlich. »In der Zwischenzeit kümmere ich mich um Krimmel.« Er stand kurz davor, sich in höchste Gefahr zu begeben.

Elisas Finger gruben sich vor Schreck in seinen Arm. »Ich werde nicht ohne dich Augsburg verlassen.«

»Ein Kampf lenkt die Wachen ab, und du kommst ungesehen aus der Stadt«, stieß Matthias erregt aus. Er hob seinen Sohn aus dem Bündel. Der kleine Junge gähnte und begann zu brabbeln. Matthias drückte ihn an sich und fuhr ihm über den zerzausten blonden Schopf. Über sein Köpfchen hinweg sah er zu Elisa. »Ihr werdet es schaffen. Ich werde versuchen, nachzukommen und euch zu finden.«

Sie legte ihre Hände um sein Gesicht und zwang ihn, sie anzusehen. »Krimmel wird dich töten. Er hat das Messer bereits in der Hand und wird dir keine Gelegenheit geben, die Waffe zu ziehen.« Inständig hoffte sie, ihre Worte würden zu ihm durchdringen. »Und wenn du tot oder verletzt bist, wird sein nächster Weg hin zum Rathaus sein, um mich der Obrigkeit auszuliefern.«

Leidenschaftlich wollte er einwenden, dass es vorbei sein musste mit der Drohung, mit der Demütigung und der Gefahr für Elisa und Johannes durch den Mörder und dass er längst hätte versuchen sollen, Krimmel zu töten, doch er wusste nur zu genau, dass Elisa recht hatte. Sein Herz raste. Seine Lippen zitterten vor Anspannung. Hin- und hergerissen zwischen Gefühl und Vernunft, streckte er ihr den Jungen hin, vermochte aber nicht, ihn freizugeben. »Bevor heute die Tore geschlossen werden, verlassen wir Augsburg. Wie mein werter Dienstherr sagte … sollte der Lump in der Tat an sämtlichen

Einlässen die Wachen bestochen haben, müsste ich den Kerlen halt das Doppelte bieten.« Spott legte sich in seine ernst gewordenen Züge, ehe seine Gefühle zu Elisa sie wieder weicher werden ließen.

»Wir haben alles versucht, Liebste, in bestem Willen uns mit dem Schurken verständigt und ihm ein Vermögen überlassen, aber er will uns vernichtet sehen. Es ist nur eine Frage der Zeit, wann er das schändliche Schreiben der Obrigkeit zukommen lässt.« Er stockte, schluckte mühsam. »Du bist mir mehr als mein Leben, und sollte dir etwas geschehen …«, begann er heiser und zog den Jungen zurück an seine Brust. »Es muss vorbei sein, Elisa. Ehe der Sauhund die Schlinge um unseren Hals vollkommen zuzieht, müssen wir einen letzten Versuch wagen, um aus der Stadt zu fliehen.« Er nahm ihre Hand. »Komm, wir gehen nach Hause.«

Als sie den Weg in die Stadt zurück nahmen, spürten sie die brennenden Blicke ihres Beobachters im Rücken.

*

Krimmel stieß sich von der groben Mauer der Schenke ab. Wenn sein Plan gelingen wollte, musste er rasch fort! Auf krummen, aber starken Beinen eilte er durchs Lechviertel. Wie ein Verwirrter murmelte er vor sich hin, aber das war er beileibe nicht. Er flüsterte nur, umhüllte Wort für Wort mit dunkler Vorfreude, wozu ihn sein böses Herz verleitete, und schritt unweigerlich immer schneller aus. Mittlerweile kroch die Sonne übers Pflaster und legte ihr Licht wärmend auf die Dächer, auf die schmucklosen Fassaden in der Unterstadt. Noch ehe sich allzu viel Volk eingefunden hatte, erreichte der Schurke das Markttreiben vor dem Rathaus und Perlachturm. Er ließ seine kleinen, verschlagenen Augen umherwandern. Er suchte nach einem Scholar, oft Schüler oder Studenten, die des Lesens und Schreibens kundig waren und sich mit Federkiel und Tintenfass auf den Märkten ihr tägliches Essen und eine Unterkunft verdienten.

Der Halunke entdeckte zwei kümmerliche Gestalten auf niedrigen Stühlchen, die kleine Holzladen vor sich hatten und bereits emsig die Feder gebrauchten, während ihre Auftraggeber ihnen neugierig über die Schulter gafften. Ein dritter Scholar war gerade damit fertig, sein Schreibzeug herzurichten und einen Bogen Papier auf ein hölzernes Tischchen zu spannen, als ein fetter Kaufherr im kostbaren Wams daherschritt und neben dem jungen Kerl stehen blieb. Krimmel fluchte. Bis er an der Reihe war, würde noch einige Zeit vergehen. So lange wollte er nicht warten. Auch störten ihn mittlerweile das lebhafte Treiben und das Geschrei der Bauern, Handwerker und Krämer, die danach getrachtet hatten, einen guten Platz zu erhaschen, und nun lauthals ihre Erzeugnisse anpriesen. In der Nähe gackerten aufgeregt Hühner in Käfigen. Das Gezänk der beiden Bauernweiber daneben unterschied sich kaum davon.

Krimmel wollte sein Glück woanders versuchen und beeilte sich, auf den Markt in der Judengasse zu kommen, auf dem es deutlich ruhiger zuging als auf dem großen vor dem Rathaus. Die Blicke des Galgenstricks flogen über all die Schlosser und Eisenkramer, die Anbieter von Backwaren und Lebzeltereien, Käse, Milch und Kerzen hinweg und blitzten auf, als er einen untätigen Schreiber hinter seinem Holztischchen entdeckte. Der saß unweit des alten Weibes, das Kräuter zum Ausbrennen anbot, und hatte offenbar Mühe, sich nicht dem Schlaf zu ergeben. In einem fort sackte sein flachsblonder Kopf auf die

Brust. Nach kurzem Verharren riss er ihn wieder hoch und blickte mit bleischweren Lidern um sich.

»He, Schreiber, hab Arbeit für dich«, blaffte ihn Krimmel an.

Der Scholar fuhr erschrocken hoch. Sein Magen knurrte. Er brauchte dringend Münzen für Essen und Unterkunft für die Nacht, aber als er dem Fremden ins Gesicht sah, konnte er sein Unbehagen über den schmierigen Kerl nicht gänzlich verbergen. »Wonach verlangt Ihr, *Herr*«, fragte er unsicher.

»Du sollst mir ein Schreiben aufsetzen, was sonst.«

Der Student, ein mageres Bürschlein, zuckte unwillkürlich zurück. Der zornige Tonfall des Hässlichen hatte bewirkt, dass er schlagartig wach geworden war. Er setzte sich auf, griff nach einem Bogen Papier und legte ihn auf das Tischchen vor sich. Mit geübten Fingern öffnete er ein Fläschchen mit Tinte und tauchte den frisch gespitzten Gänsefederkiel hinein. Schließlich sah er zu dem grässlichen Kerl auf, der sich ein Stück weit zu ihm beugte, als wollte er ihm ein Geheimnis verraten.

»Hör gut zu. Was ich dir jetzt sage, geht niemanden was an. Ist das klar?«, knurrte Krimmel.

Der Scholar nickte und hielt die Luft an, weil der Kerl neben ihm stank, als hätte er noch nie Bekanntschaft mit Wasser gemacht.

»Schreib …!«, befahl Krimmel. Er begann mit gesenkter Stimme zu diktieren, was ihm Rachsucht, niedere Beweggründe und sein schändliches Wesen eingaben und was ihn mit böser Freude erfüllte.

Den Studenten packten bald mit jedem neuen Wort Widerwillen und Angst, aber er wusste, dass er dem Kerl nicht mehr auskommen konnte. Der wollte sein Schriftstück, ob von ihm oder einem anderen, ob durch Gewalt oder für klingende

Münzen. Der hatte sich dem Teufel verschrieben. Nicht dieses arme Weibsbild, das er beschuldigte, war der Scholar überzeugt. Er fuhr fort, die einzelnen Buchstaben sorgsam zu Papier zu bringen, damit das Zittern seiner Finger nicht auffiel. Endlich schien der Lump zu Ende gekommen zu sein, denn er schwieg und blitzte ihn ungeduldig an.

»Gib her!«, rief Krimmel und riss dem hageren Burschen das Papier unter dem letzten Schwung der Feder fort. Wie gehetzt überflog er die aneinandergefügten Zeichen auf dem Bogen, aber da er weder lesen noch schreiben konnte, betrachtete er voller Misstrauen die verschiedenartigen Zeichen zwischen seinen Fingern. »Du hast Wort für Wort das geschrieben, was ich dir gesagt habe?«, fragte er drohend, worauf der Angesprochene eilfertig nickte und blass wurde.

Scheinbar zufrieden rollte Krimmel das Schriftstück zusammen und schob es unter sein Hemd. Er griff hinter den Gürtel und warf dem Studenten eine Münze in den Schoß. Plötzlich packte er den Mann und zog ihn zu sich heran. »Wenn ich erfahre, dass du auch nur über ein einziges Wort in dem Schreiben das Maul aufgemacht hast, finde ich dich. Und dann …« Er fuhr sich mit dem Finger in eindeutiger Geste über die Kehle. Dem Burschen brach der Schweiß aus.

Krimmel stieß ihn nach hinten und verschwand. Sein Weg führte ihn zum Rathaus. Der Scholar fiel unsanft auf die harten Steine und mit ihm krachend das Tischchen. Das alte Weib in seiner Nähe, das eingenickt war, fuhr erschrocken auf und beschimpfte ihn. Noch ehe sich der unglückliche Bursche wieder aufgerappelt hatte und von der Tinte zu retten versuchte, was bislang nicht in den Dreck gesickert war, stellte sich breitbeinig ein anderer vor ihn hin, dessen Hosen zwar deutlich reinlicher als die des Lumpen waren, aber nach ihrer schlichten Beschaffenheit auch nicht die eines angesehenen Bürgers oder gar eines Mannes von Stand sein konnten. Der Student hob vorsichtig den Kopf. In seinen Zügen lag Misstrauen. Der Mann, der vor ihm stand, war kein boshafter Kerl wie der Halsabschneider, aber auch einer, der die Hände hinterm Gürtel hatte und ihn mit dunklen Blicken durchbohrte, als hätte er soeben dessen Todesurteil aufgesetzt.

»Was solltet Ihr für den Kerl zu Papier bringen?«, fragte Schwegler ruppig.

Verwirrt starrte ihn der Student an, richtete sich aber langsam auf.

»Los, redet, oder hat es Euch die Sprache verschlagen!?«

»Das … das kann ich nicht sagen«, stieß der Bursche stockend aus. Seine bleichen Wangen röteten sich.

»Könnt Ihr nicht?« Schwegler blickte mit zunehmend dunkler werdenden Augen auf den mageren Burschen. »Der Kerl ist ein Galgenstrick, der bei nächster Gelegenheit in die Eisen wandert und Ihr mit ihm, wenn Ihr nicht sofort das Maul aufmacht.« Der erste Kerkeraufseher stellte sich dem Schreiber mitten in den Weg.

»Wer … wer seid Ihr?«, fragte der Scholar, dem erneut der Schweiß ausbrach.

»Einer, der's Sagen im Kerker hat und Euch von den Häschern jagen lassen kann, bis Ihr Blut spuckt, Bürschlein«, sagte Schwegler so gelassen, dass es dem anderen Schauer über den Rücken jagte.

»Der schneidet mir den Hals ab, wenn ich den Mund aufmache«, stieß der Student verzweifelt aus. Seine vor Schreck geweiteten Augen unterstrichen eindrucksvoll, dass er nicht log.

»Dafür lasse ich Euch von Meister Hans auf die Streckbank werfen«, sagte der Kerkeraufseher kalt.

Den Scholar schien das Fieber zu packen. Sein schweißnasses Gesicht befiel eine ungesunde Röte. Er begann zu zittern, als er sich gegen die Mauer in seinem Rücken presste. »Ich habe doch nichts getan.«

»Ihr macht gemeinsame Sache mit dem Halunken, widersetzt Euch der Obrigkeit!«, knurrte Schwegler. »In diesem Fall *mir* …«

Der Bursche wurde aschfahl, als er erkannte, dass es keinen Ausweg für ihn gab. »Der Kerl wollte, dass ich ein Schreiben an den ehrbaren Rat der Stadt verfasse«, kam es über seine blutleeren Lippen.

Schweglers Augen wurden groß. »Mann, lasst Euch nicht alles aus der Nase ziehen«, donnerte er. »Was steht in dem Schriftstück?«

»Äh … die Frau eines Patriziers, die als Heilerin zu den Armen geht, soll … soll eine …« Er stockte. Es wollte ihm kaum über die Lippen, was er hatte schreiben müssen.

Der Kerkeraufseher war mit einem Satz bei ihm und hieb die Faust neben seinen Kopf an die Mauer. »Was?«

»Diese Frau soll eine Henkerstochter und eine Hexe sein…«, flüsterte der Scholar. Schweißtropfen hingen in seinen fahlen Wimpern. »… die Schadenszauber an Menschen treibe, wodurch einige ernstlich krank und einer ums Leben gebracht wurde.«

Schwegler verlor sämtliche Farbe. »Eine Henkersdirn und eine Hexe?«, presste er hervor. Ohne dass er es merkte, wankte er einen Schritt zurück und fuhr sich mit der Hand über die Stirn, als fiebere er. Wortlos ging er davon. Beim Marktbrunnen vor dem Perlachturm tauchte er erst das glühende Gesicht, dann den Schädel ins Wasser, bis ihm die Luft knapp wurde. Er wiederholte die Prozedur, bis er wieder einen klaren Gedanken fassen konnte. *Ich hätte den Sauhund längst auf die Seite schaffen sollen,* dachte er. Er hatte gezögert, weil er genug hatte von all den Morden und Grausamkeiten in den Bauernkriegen, in denen auch er selbst sich die Hände mit Blut und Elend beschmutzt hatte. So oft, dass es für ein Leben reichte. Nun war es gleich, ob er dem Halunken das Lebenslicht ausblies oder ihn laufenließ, denn der hatte sein Schandmaul bereits aufgerissen.

Schwegler fluchte. Was hatte den Saukerl nur dazu gebracht, solche Lügen über die sanftmütige Frau zu verbreiten? War es, weil er das schöne Weibsbild nicht haben konnte? Hinter ihr her gewesen war er ja wie der Teufel hinter der Seele. In mancher Nacht war er dem Gossenengel wie ein Schatten gefolgt, bis kräftige, unerbittliche Kerle wie die Kotschaufler vor ihm aufgetaucht waren und ihm deutlich gemacht hatten, dass er es zuerst mit ihnen zu tun bekommen würde, bevor er seine dreckigen Finger nach der Eggenbergerin ausstrecken konnte.

Beunruhigt starrte der Kerkeraufseher hinüber zum Rathaus, aber er konnte den Halunken nicht entdecken. Was keinesfalls bedeutete, dass der Lump den schändlichen Fetzen nicht längst einem Weibel gegeben hatte. Misstrauen und Wut gegen Elisa Eggenberger würden rasch ihre vernichtende Wirkung entfalten. Sein Herz schlug schnell, als vom Eisenberg ein Trupp Büttel heraufeilte und mit blitzenden Hellebarden durch die schreiend auseinanderlaufenden Menschen stürmte. Sie nahmen die Richtung zu den Kornschrannen. Nicht hinauf ins Georgsviertel. Schwegler machte sich eilends auf, um die schöne Patrizierfrau zu warnen.

Er erreichte das efeuumrankte Haus hinter der Georgskirche. Alles lag ruhig. Ein paar Mal schlug er gegen die schwere Tür und horchte. Weder wurde sie geöffnet, noch rührte sich dahinter etwas. Immer mehr gewann er den Eindruck, dass das Haus nicht nur vorübergehend verlassen war. Ein Schauer überlief ihn bei der Vorstellung, dass die Büttel bereits da gewesen waren und die Heilerin fortgebracht hatten. Mit lodernden Augen begann er, auf die Fenster zu starren, als würde sich dort zu guter Letzt doch noch etwas tun, aber dann musste er erkennen, dass er ein ausgemachter Schwachkopf war. Herrgott, durchfuhr es ihn spöttisch, welcher der Knechte, die er kannte, schloss nach der Einholung eines Verdächtigen achtsam Tür und Tor?

Vielleicht beschloss der Lump ja, den Schandbrief nicht aus den Händen zu geben, dachte er. Wenn doch, würden die Stadtknechte nach Elisa Eggenberger ausgeschickt werden. Er wollte ihr eine Warnung zukommen lassen. Wie diese aussehen sollte, kam ihm blitzartig, als sein Blick erneut auf die Tür zum Garten fiel. Rasch verschaffte er sich Zugang und fand, wonach er suchte. Ungelenk formte er, was ihm vorschwebte und befremdend genug erscheinen würde. Er legte das seltsame Gebilde vor den Eingang zum Haus.

*

Der Unratsammler saß entspannt vor seiner Hütte, streckte die Beine aus und wärmte sich im ersten Licht der Sonne. Vom Lech her war das fröhliche Rufen von Kindern zu hören, die im Wasser tollten und mit zugespitzten Zweigen nach Fischen und Krebsen stocherten. Über die schmale Gasse kam Peter mit vor Aufregung roten Flecken im Gesicht herangesprungen. »Der Tennenknecht ist … ist dahin!«, rief er keuchend vom schnellen Laufen. Er blieb mit hängenden Schultern und Armen vor Bartl stehen. »Hörst, Nachtkönig, der Knecht, zu dem ich gestern die Eggenbergerin gebracht habe, liegt mit weit aufgerissenen Augen tot im Stroh.«

Bartl ließ die böse Überraschung flinker als beabsichtigt hochfahren. Schon schoss ihm ein scharfer Schmerz in die Knochen. Ächzend krümmte er sich und richtete sich mühsam vollends auf. »Bei allen Teufeln, was redest denn da?« Er packte den Jungen vorne am Hemd und zog ihn grob zu sich heran.

»Aber wenn ich's doch sag«, rief Peter. »Einer seiner Kumpane hat ihn tot unterm Dach gefunden.«

Bartl strich sich mit dunkler werdenden Blicken durch das Bartgestrüpp am Kinn. Endlich ließ er den Jungen los, der verdrießlich die Lippen schürzte und ein paar Mal mit der Hand übers Hemd fuhr, als würde es dadurch glatter oder sauberer werden.

»Das geht nicht mit rechten Dingen zu«, war sich der Unratsammler sicher und spuckte aus. »Nie und nimmer. Gestern war's ein mühsamer, beharrlicher Husten, aber immerhin bloß ein Husten, und heut ist der Knecht dran verreckt?« Er starrte den Jungen an, als läge in dessen weit aufgerissenen Augen die Antwort.

»Vielleicht ist ja wirklich …« Peter stockte. Er wurde blass. Sein Adamsapfel sprang auf und nieder, als bereitete es ihm Mühe, weiterzusprechen. »Kann's nicht sein, dass Zauberei mit im Spiel ist?« Rasch machte der Junge zwei Schritte nach hinten, als würde er die schmerzhafte Handschrift des Nachtkönigs sehr wohl kennen.

Der Bartl versuchte ihm zwar keine schallende Ohrfeige zu

versetzen, verzog aber augenblicklich grimmig das Gesicht. »Vermaledeiter Rotzlöffel, bist närrisch geworden?«

»Das ist nicht von mir«, fuhr Peter zornig auf. »Die beiden Karrer haben's gesagt, als sich der Müller den Toten angeschaut hat. Auf der letzten Stiege unterm Dach war ich gestanden. Ich hab alles gehört und … und auch manches gesehen. Von schädlichen Kräutern war die Rede, die man neben dem Tennenknecht gefunden hat, von schaurigen Beschwörungsformeln und stinkendem Feuer, mit dem die Eggenbergerin gewirkt haben soll. Ganz so wie eine … eine Hex.« Gleich riss er abwehrend die Hände hoch, aber der Bartl machte keine Bewegung, als wollte er sich auf ihn stürzen. »Das mit der Hex hat einer der Karrer gesagt. Der Neumiller hat große Augen gekriegt und ist von dem Toten zurück, als würde der jeden Moment auffahren und ihn packen.«

Der Nachtkönig stand erstarrt da, als hätte ihm einer einen Schlag auf den Kopf versetzt. Auf einmal wurde er glühend rot im Gesicht. Er brüllte, als wäre er wieder in die Grube zu den Kadavern gestürzt und ein Teil der stinkenden, faulenden Fuhre auf ihn, um ihm schier das Bein abzuschlagen. Da er nicht wusste, wohin mit seiner Wut, trat er gegen einen Eimer in der Nähe, der über die Erde sprang und krachend an der Hausmauer zerbarst. »Das ist eine verfluchte Teufelei, da verwette ich meinen Kopf drauf.« Grollend ging er in dem kleinen Hof herum, der zu der schäbigen Hütte und dem windschiefen Stall gehörte. »Heimtückisch ausgemacht, das sag ich dir.« Wieder spuckte er auf die Erde. Er rieb sich grob über die Stirn, als wollte er die richtigen Gedanken herbeizwingen. »Du musst schleunigst zur Eggenbergerin laufen und sie warnen«, fuhr er jäh auf und stürzte zu Peter. Er war flinker als der im Zurückweichen und riss den Burschen ein weiteres Mal am

Hemd zu sich heran. »Hör, der Rat wird die Büttel nach der Heilerin ausschicken, aber du musst vor denen bei ihr sein!«

Der Junge hing wie willenlos in Bartls hartem Griff, aber plötzlich stemmte er sich gegen dessen zwingende Hand. »Die werden bestimmt schon geholt.«

»Red nicht, nimm lieber die Beine in die Hände und lauf wie um dein Leben«, knurrte der Nachtkönig.

Peter riss entsetzt die Augen auf. »Aber wenn sie wirklich eine Hexe ist …«

Wütend schleuderte ihn Bartl von sich, worauf der Junge hart auf dem Hosenboden landete. Tränen liefen ihm übers Gesicht, als er sich wieder aufrappelte.

Der Nachtkönig stellte sich mit geballten Fäusten vor ihn hin. »Die Eggenbergerin ist keine Hexe«, donnerte er. »Aber sie versteht was von Kräutern und vom Heilen, sie hat ein mildes Herz. Wenn sie es nicht hätte, wäre sie nie zu dir oder deiner Mutter oder dem elenden Pack hier ins Viertel gekommen, um uns zu helfen, und auch nicht zu mir, dem Unratsammler.«

Peter war nicht überzeugt davon, aber er hatte Angst vor Bartl und vor dem, was die Eggenbergerin vielleicht doch war, aber weil er ahnte, was der Nachtkönig mit ihm anstellen würde, wenn er seinem Befehl jetzt nicht folgte, wischte er sich mit dem Handrücken den Rotz von der Nase und kam langsam näher. »Ich mach's ja, ich lauf hoch zu der Heilerin«, murrte er, »aber wenn sie mir was anhängt, bist du schuld!« Rasch langte er in den Eimer mit Zwiebeln neben der Tür, griff sich eine und schob sie sich unters Hemd. Die sollte nämlich vor Hexen schützen.

*

Matthias und Elisas Weg führte sie am mächtigen Liebfrauendom vorbei, und aus einem tiefen Bedürfnis heraus betraten sie das Gotteshaus. Luft, schwer von Weihrauch, von dem Talg und dem Wachs Hunderter Kerzen, hüllte sie ein.

Vor der Madonna kniete Elisa mit dem Kind nieder. Johannes staunte über die unzähligen tanzenden Lichter und den Goldglanz, den sie über die Heiligen und den Gekreuzigten legten und der sie in berückende Erhabenheit hüllte. Mit leicht geöffneten Lippen und rosigen Wangen sah er aus wie die Engel hoch über dem Altar.

Elisa betete. Sie ahnte, sie *wusste,* dass sie es nicht mehr schaffen würden, aus der Stadt zu kommen. Für sie und Matthias war der Zeitpunkt gekommen, sich ihrem Schicksal zu stellen. Als sie mit innigem Gebet schloss und sich zu ihrem Mann wandte, stand der an einer der Säulen und starrte verträumt in weite Ferne. Ein gedämpfter Schein des goldenen Lichts lag auf dem ernsten, gut aussehenden Gesicht und dem kastanienbraunen Haar. Seine stolzen Züge waren wie in Stein gemeißelt, das Kinn entschlossen, und über den wohlgeformten Lippen wuchs ein gepflegter Bart. Immerfort hätte sie ihn so ansehen können. *Ich liebe dich, Matthis …*

Als sie nach bald zwei Stunden in die Gasse zu ihrem Haus bogen, hatten die dortigen Handwerker längst ihre Arbeit aufgenommen. Ihr Haus allerdings lag still da. Elisa zögerte, auf die Türe zuzugehen. Ihr Blick fiel auf ein seltsam geformtes Gebilde aus dünnen Zweigen auf den Stufen. Sie hob es auf. Erstaunt drehte sie sich damit zu Matthias. »Das ist eine Warnung«, sagte sie. Ihr Herz schlug schneller. Ihre Finger wanderten über das offenbar in aller Eile gefertigte Symbol, das aussah, als wäre jemand darauf getreten. »Es sieht aus wie

Kettenglieder«, stieß sie auf einmal aus. Ihr Kopf fuhr hoch. Feuer brannte in ihren Augen.

Matthias wandte sich um. Seine Blicke jagten über die Gasse. Aber die lag einsam da. »Wir sollten schleunigst fort von hier«, sagte er unruhig. Er sah, wie Elisa die Hand gegen die schwere Türe drückte, die knarrend aufging, obwohl sie bei ihrem Fortgang verschlossen worden war. Würzige, kühle Luft drang heraus.

Eine unheilvolle Ahnung ließ Matthias nach Elisas Arm greifen, doch im selben Moment wurde die Tür von innen aufgerissen. Ein Gemisch aus wütenden Gesichtern, Gebrüll und dem leuchtenden Rot von Wams und Hosen der Stadtknechte stürzte hervor. Der junge Patrizier konnte seine Frau mit dem Kind auf dem Arm gerade noch hinter sich ziehen, schaffte es aber nicht mehr, nach dem Schwert zu greifen. Abwehrend riss er die Arme hoch, wurde von der Meute herumgerissen und erhielt gleich darauf einen fürchterlichen Schlag gegen den Hinterkopf, der ihn bewusstlos auf die Erde stürzen ließ.

*

Als Matthias die Augen aufschlug, wusste er im ersten Moment nicht, wo er war. In seinem Schädel hämmerte es. Er vernahm sein eigenes Ächzen quälend in den Ohren. Sanfte Hände begannen, seinen Kopf anzuheben und ein wohltuend kühles Tuch auf die Stelle zu legen, die ihn selbst bei der achtsamen Berührung mit einer Woge von Schmerz überflutete. Verwirrt schloss er die Augen, fuhr aber wie unter einem Guss eisigen Wassers auf, als er sich erinnerte, was geschehen war. »Elisa!«, stieß er heiser hervor. Er versuchte, sich aufzurichten, aber das Rauschen in seinem Kopf nahm ihm beinahe das Bewusstsein.

»Langsam, Herr, bleibt lieber liegen. Die Wunde blutet immer noch«, hörte er eine vertraute Stimme und hielt inne.

»Agnes?«

»Ja, Herr, ich bin es.«

»Hilf mir auf, Agnes«, drängte Matthias und drehte sich langsam auf die Knie. Dabei überkam ihn Übelkeit. Er fürchtete, sich übergeben zu müssen. Er wartete eine Zeit lang, versuchte, ruhiger zu atmen, und kam mithilfe seiner Magd wieder auf die Beine. Er schwankte. Wieder durchjagte ihn ein Schmerz, als fahre ihm ein Messer in den Kopf. Gequält stöhnte er auf. Agnes half ihm und führte ihn zum Tisch, auf den er sich stützte. Es dauerte, bis das heftige Pochen in seinem Schädel nachließ und die blutroten Schleier vor seinen Augen zerfaserten. Eine namenlose Furcht um Elisa und Johannes packte ihn. »Was ist mit meiner Frau und unserem Jungen?«

»Johannes ist im Garten«, beeilte sich Agnes zu sagen, bevor sich ihr ein Kloß in die Kehle schob. »Aber die Herrin...« Ihr Schluchzen kam jäh und mit ihm ein hervorschießender Tränenstrom, »die Büttel haben sie mitgenommen.« Sie hob eine Falte ihres Rocks an und vergrub ihr Gesicht darin.

Matthias fühlte sich, als würde ihm eine Faust in den Magen gerammt werden. Seine Beine wollten ihm versagen. Er klammerte sich am Tisch fest. »In den Eisen«, stieß er verzweifelt und vor Angst um Elisa aus. Ihm war, als würde ihm das Herz herausgerissen. »Krimmel!« Er spie den Namen buchstäblich hervor und presste die Hände auf die Tischplatte, als müsste er all seinen Hass auf den elenden Verräter in das Holz treiben. Ein tiefes, gequältes Ächzen entrang sich seiner Brust. Seine Gedanken überschlugen sich. Er hatte alles falsch gemacht. Er hätte dem Lump bei ihrem ersten Treffen den Garaus machen sollen. Es immerhin versuchen und nicht darauf hoffen, der Kerl würde bei all den erhaltenen Münzen auch wirklich das Maul halten.

»Agnes«, stieß er dunkel aus, wandte sich um und suchte sie mit seinen fiebrigen Blicken. »Ich bitte dich, nimm dich meines Jungen an, bis ich ihn hole.«

»Werdet Ihr dann fortgehen von Augsburg?«, fragte die Magd mit großen, unruhigen Augen.

Matthias nickte, was er im nächsten Augenblick bereute, als ihm neuerlich ein scharfer Stich durch den Kopf fuhr.

»Dann nehmt mich mit, Herr. Ich bitt Euch. Lasst mich nicht in Augsburg zurück«, bat sie. Ihre Augen füllten sich mit Tränen.

Den jungen Patrizier packte das Erstaunen. »Das ... das kann ich nicht, Agnes, es wäre viel zu gefährlich für dich.«

»Weil die Herrin die Tochter eines Henkers ist und ... und eine Zauberin?«

Matthias verschlug es die Sprache. Er wurde kalkweiß und spürte, wie er erneut schwankte. Schwer lehnte er sich an den Tisch in seinem Rücken. »Woher weißt du ...?«

In Agnes' Augen lag Aufregung, aber keine Furcht. »Die Wannerin von gegenüber hat mich von meiner Tante geholt, weil Ihr wie tot auf der Gasse gelegen habt, und die hat mir gesagt, was die Büttel gebrüllt haben.« Wieder schoss das Blut in ihre vollen Wangen. »Dass die Elisa Eggenberger eine Henkerstochter wär und eine ... eine Hex.«

Matthias konnte nicht anders, als ihr die Wahrheit zu sagen. Selbst auf die Gefahr hin, im nächsten Moment von seiner Magd nur noch den Rockzipfel zu sehen. »Bei meiner Seele und bei allem, was mir lieb und wertvoll ist, schwöre ich dir, meine Frau ist keine Zauberin.« Obgleich es ihm schier die Kehle zuschnürte, sprach er fest und ruhig weiter. »Aber es stimmt, dass sie die Tochter eines Henkers ist.« Nun schließlich würde sie schreiend davonlaufen oder bis in den hintersten Winkel der Stube zurückweichen, das Kreuz vor der Brust schlagen und alle Heiligen anrufen, um ihn zu bannen, dachte Matthias. Aber der junge Patrizier kannte seine Magd schlecht.

»Das weiß ich schon lange, Herr«, sagte Agnes. »Ich hab mal gehört, wie die Herrin zu Euch von ihrem Vater gesprochen hat ... vom Tübinger Scharfrichter.« Sie wurde blutrot vor Scham, weil es jetzt heraus war, dass sie ab und an lauschte und das Ohr eng an der Stubentür gehabt hatte. »Aber dass sie eine Hexe wäre, glaub ich nicht. Allezeit macht sie sich zu den Siechenden auf und hat für jeden ein Lächeln, ein gutes Wort und keinen Griesgram im Gesicht wie andere Weiber. Und der Bub ist ein Engel. Wie käme denn eine Hexe zu solch einem Kind? Herr, nehmt mich mit, wenn Ihr den Johannes holt. Ich verspreche Euch, weiter fleißig zu sein. Ihr braucht doch jemanden für das Kind, wenn die Herrin ...« Sie stockte jäh und senkte den Kopf, weil sie den Mund wieder nicht hatte halten können.

Wenn Elisa verloren war und er mit Johannes die Stadt verlassen würde ... Agnes sprach aus, worüber er sich weitere Gedanken aus dem Kopf reißen wollte. Matthias griff nach einigen Gulden in seiner Geldkatze und drückte sie der treuen Magd in die Hand. »Hier, Agnes, für dich und meinen Sohn, damit ihr eine Zeit lang ein Auskommen habt. Auch wenn ihr in der Geschützgießerei euer Obdach habt.«

Sie lächelte, obwohl es ihr schwerfiel. »Das reicht für eine lange Zeit, Herr. Ich werd es gut verwahren.«

Matthias fuhr sich mit der Hand übers Gesicht und an den

Hinterkopf. Die Wunden hatten aufgehört zu bluten. Entschlossen streifte er sich sein Barett über, gürtete sich mit dem Schwert, das auf dem Boden gelegen hatte, und warf sich die eingerissene Schaube über. »Gott schütze dich, Agnes«, brachte er rau hervor. Er schwor sich, die Treue und das Mitgefühl des einfachen Mädchens nicht zu vergessen. Dann ging er in den Garten zu Johannes.

Kapitel 20

Donnerstag, der 18. Juni, Anno Domini 1528, vormittags

Gassenknechte hatten Elisa in ihre Mitte genommen und trieben sie vorwärts. Das Gebende hatte sie verloren, das zerzauste Haar hing ihr hüftlang über die Schultern. Immer wieder stießen ihr die Häscher in den Rücken, damit sie mit den rasch ausschreitenden Männern Schritt hielt, was mit den gebundenen Händen nicht einfach war. Die vorneweg laufenden Knechte trieben mit ihren Hellebarden die gaffenden Leute auseinander. Dass ein Weib gefangen genommen worden war, veranlasste einige der Gaffer entlang der Gassen zu hämischen Rufen. Elisa erlebte es wie in einem dunklen Traum. Ihre Gedanken galten ihrem Kind und Matthias. Ihr Herz bebte, weil sie nicht wusste, wie es beiden ging.

In den Gefängnissen am Eisenberg wurde sie in einen feuchten, kalten Kerker gebracht, der für sie ein Lager aus faulem Stroh bereithielt und den sie mit flink umherhuschenden Ratten teilte. Nach einer Weile wurde sie durch einen im Halbdunkel liegenden Gang und eine schwere Eisentür ins Rathaus geschafft und dort etliche Stufen hinauf, bis sie vor der Amtsstube des Bürgermeisters waren. Als die hohe Tür aufgestoßen wurde, packte der Kerkeraufseher sie am Arm und zog sie mit sich in einen lichtdurchfluteten Raum. Ihre an Dunkelheit gewöhnten Augen pressten sich im ersten Moment schmerzhaft zusammen. Als sie sie blinzelnd wieder öffnete, schälte sich aus Umrissen ein Mann, der hinter einem gewaltigen Schreibtisch in einem hochlehnigen Stuhl saß und sie gespannt musterte. Sein Haar und sein Bart, in dem graue Strähnen schimmerten, waren von einem matten Braun.

Hieronymus Imhofer, Stadtpfleger zu Augsburg, vermochte es auch nach langem Schweigen nicht, die Gefangene und die ihr vorgeworfenen Taten mit der Frau eines Patriziers in Einklang zu bringen, die Elisa Eggenberger nun einmal war. Die junge Frau stand aufrecht mit erhobenem Kopf vor ihm. Ihr weizenblondes hüftlanges Haar war gelöst und leicht verworren. Sie trug die schlichten Kleider einer Dienstmagd, aber es war die Klarheit ihrer blauen Augen, die ihn beirrte. Endlich räusperte er sich und ergriff das Wort. »Seid Ihr Elisa Eggenberger, die Gemahlin des Hauptkassierers Matthias Eggenberger, der in Diensten der hochwohlgeborenen Herren Rehlinger, Grander und Honold steht?«

»Ja, die bin ich«, antwortete Elisa mit fester Stimme, obgleich ihr schrecklich zumute war. Immer noch stand sie unter dem lähmenden Bann des bösen Geschehens, das Krimmel entfacht hatte. Der Lump hatte seine Drohung wahr gemacht und sie der Obrigkeit ausgeliefert, dachte sie in einem fort erschöpft. Mehr aber noch drohte sie die Ungewissheit über das Schicksal ihres Mannes und Kindes zu zermürben. Matthias war von den Bütteln niedergeschlagen worden, ihr kleiner

Junge hatte geschrien und geweint und hatte verstört an der Seite des reglosen Vaters gekauert.

»Gegen Euch wurden schwere Vorwürfe erhoben, Elisa Eggenberger«, begann Hieronymus Imhofer. Seine buschigen Augenbrauen zogen sich über der Nasenwurzel zusammen. In einer Hand hielt er einen entrollten Bogen Papier. Er schlug mit der anderen Hand darauf. »Hierin werdet Ihr beschuldigt, keine ehrsame Bürgersfrau zu sein, sondern …«, er stockte. Die Enthüllung in dem ihm vom Weibel gebrachten Schriftstück schien ihm unglaublich, ja ungeheuerlich. »Es heißt, Ihr wäret die Tochter eines Henkers!«

Elisa wich dem stechenden Blick des Bürgermeisters nicht aus, aber ihr Atem beschleunigte sich. »Ja«, sagte sie ruhiger, als sie war. Nun war es heraus. Sie hatte ihren unreinen Stand eingestanden, nichts blieb von der achtbaren Gemahlin des jungen Eggenberger und ihrem mildtätigen Herz für Arme und Kranke und für die Elenden im Kerker. Sie erkannte es, als es im Gesicht Imhofers verächtlich aufzuckte.

Hieronymus Imhofer hielt es nicht mehr auf seinem Stuhl. Er kam rasch auf die Gefangene zu, wobei er sich mit einer Hand den weißen Kragen über Hemd und Wams lockerte, als würde ihm die Luft knapp. »Hört, Ihr werdet beschuldigt, am gestrigen Tag einen erkrankten Tennenknecht in der Neumühle vor dem Steffinger Tor durch Hexenwerk ums Leben gebracht zu haben.« Seine Stimme wurde gefährlich leise. »Es gibt Zeugen, die gesehen haben, wie Ihr den Hinfälligen mit Beschwörungsformeln belegt und mit gelbem und schwarzem Rauch gewirkt habt und ihm eine dunkle, stinkende Flüssigkeit verabreicht, auf dass er sich auf dem Lager herumwarf wie ein Fallsüchtiger, bis er mit einem schweren Atem liegen blieb.«

Elisa erbleichte. Lüge und Schurkerei gingen auf sie nieder wie ein Unwetter. Eine düstere Ahnung, dass erneut der elende Krimmel der Urheber des Ganzen war, wollte ihr die Kehle zuschnüren. »Das ist eine Lüge!«, sagte sie fest. »Der Mühlknecht hatte starkes Fieber und einen schweren Husten, aber er war nicht auf den Tod krank. Ich verabreichte ihm Heilmittel und legte ihm erwärmte Zwiebeln auf die Brust, die den Schleim lösen sollten. Und ich bat den Müller, dass sich eine seiner Mägde um den Mann kümmern dürfe.« Sie schwieg kurz, bevor sie ruhig fortfuhr: »Ich schwöre bei der Heiligen Jungfrau, dass ich niemals Hexenwerk betrieben habe!«

»Wie erklärt Ihr Euch dann, dass der Knecht am Morgen tot und mit verrenkten Gliedern von seinen Kumpanen gefunden wurde?«

Dadurch, dass Krimmel offenbar die beiden zwielichtigen Karrer gedungen hat, den armen Knecht ums Leben zu bringen und mir die Schuld daran anzulasten, um mich als Hexe in den Kerker und schließlich auf den Scheiterhaufen schaffen zu lassen, dachte sie. Ein böses Feuer brannte in ihr, das von dem dunklen Blut ihrer Sippe stammte und sie davor bewahrte, zusammenzubrechen. »Ich habe mich des kranken Tennenknechts angenommen, um ihn wieder gesund zu machen und nicht, um ihm den Tod zu bringen, hoher Herr!«, sagte sie standhaft. Sie schien trotz Blässe gefasst.

»So habt Ihr auch niemals bei anderen Siechenden mit Schadenzauber gewirkt, um sie an Leib und Seele zu schädigen?«, fragte der Stadtpfleger lauernd.

»Niemals, hoher Herr.«

»Sagt, warum tragt Ihr dann die Kleider einer Magd und nicht die Euren?« Imhofer deutete auf ihr verblasstes Mieder und den schlichten Rock.

Elisa schwieg. Wenn sie den Fluchtversuch gestand, würde der Verhörherr es auf gefährlich andere Weise deuten. Der Bürgermeister ließ ihr keine Zeit, die rechten Worte zu finden.

»Heraus mit der Sprache! Warum habt Ihr Eure Kleider in einem Korb gehabt und darin eingenäht Münzen, magische Karten und die Überreste eines Hexenkrauts, einer Alraune?«, sagte er mit erhobener Stimme. Er gestikulierte gereizt mit der Hand. Dass die Eggenbergerin immer noch schwieg, deutete er als ein stilles, schmerzliches Eingeständnis ihrer Schuld. Drohend richtete er den rechten Zeigefinger auf die Gefangene. »Ich sage es freiheraus, Elisa Eggenberger, Ihr wolltet heute Morgen aus der Stadt entfliehen. Mit Mann und Kind. Auch dafür gibt es Zeugen, die der Rat bald befragen wird, wie er auch die beiden Karrer und den Müller der Neumühle zu den gesamten Vorwürfen anhören wird.« Er räusperte sich geräuschvoll. »Sobald wir Eures verschwundenen Mannes habhaft sind, werden wir auch ihn befragen!«

Matthias ist entkommen!, durchjagte es Elisa heiß und zutiefst erleichtert. Seit er nach den Schlägen der Büttel reglos und blutend auf der Gasse liegen geblieben war und man sie an ihm und dem vor Angst weinenden Kind vorbeigetrieben hatte, flehte sie zum Allmächtigen und der lieben Frau im Himmel, dass Matthias lebte und sich und Johannes hatte in Sicherheit bringen können.

Hieronymus Imhofer bedachte die Henkerstochter mit einem finsteren Blick. »Ihr werdet ins Verlies zurückgebracht. Dort bleibt Ihr bis zu Eurer weiteren Befragung.« Er gab dem Eisenmeister einen Wink, worauf dieser vortrat, Elisa packte und sie mit sich zog.

In dem von Pechfackeln beleuchteten Gang hielt der Aufseher die Henkerstochter vor dem letzten Kerker zurück.

Schroff wies er einen der Büttel an, die schwere Tür zu öffnen. Faule, kühle Luft drang heraus und tiefes Dunkel, in das Schwegler seine Gefangene schob. Er folgte ihr mit einer Fackel. Er steckte diese in eine der eisernen Halterungen an der Mauer und warf hinter sich die niedrige Tür des Verlieses zu. Von draußen war kurz ein Kratzen am Holz und hämisches Gelächter zu hören, doch bald war Ruhe. Während der große, schlanke Mann der Henkerstochter die Fesseln von den Händen löste, sah er sie durchdringend an. Elisa wich seinem Blick nicht aus, sagte aber kein Wort. Den Strick schob er, wie er es immer tat, hinter den breiten Gürtel. Er wandte sich von ihr ab und ging zu den im Stroh liegenden eisernen Fußketten, denen er mit der Stiefelspitze einen harten Tritt versetzte, worauf sie klirrend über den Boden schrammten.

Als sich der Eisenmeister wieder zu seiner Gefangenen drehte, lag ein undeutbarer Ausdruck in seinem Gesicht. »Ihr seid also die Tochter eines Henkers«, sagte er mit tiefer Stimme.

Elisa stand ruhig vor ihm, aber die Kälte kroch über den nackten Steinboden ihre Beine herauf und ließ sie frösteln. Draußen in der Freiheit schien die Sonne und wärmte die Menschen und Tiere und legte ihr Licht selbst auf die schäbigsten Häuser, dachte sie. Sie zog ihr Tuch enger um die Schultern. »Ja. Mein Vater ist der Tübinger Henker.«

Wie ein Schlag traf ihn ihre Gefasstheit. Er konnte nicht anders, als seine Blicke über sie wandern zu lassen. Die von ihm bewunderte Elisa Eggenberger war kein ehrbares Weib, deren Ruf der Lump von Kräuterer nur hatte beschmutzen wollen, sondern so nichtswürdig wie er selbst. Auf einen Sockel hatte er sie gehoben, die hochherzige, schöne Frau, die einen wie ihn nie erwählt hätte. In einer Mischung aus Enttäuschung und

Wut kam er auf sie zu und packte sie grob an den Armen. »Also eine Henkersdirn seid Ihr und wisst deshalb so viel über Kräuter und Heilmittel und wie mit einem Kranken umzugehen ist.«

Nie hatte er Elisa Eggenberger zuvor berührt, doch jetzt flammte Leidenschaft in ihm auf, und er zwang sie zu sich heran. Herrgott, sie war schön und stark. Und ehrlos wie er. Er konnte über ihre Täuschung fluchen oder sie für heuchlerisch halten, mit ihrer Mildtätigkeit und Herzenswärme jedoch, die er oft genug in ihrem Umgang mit den Eingekerkerten erlebt hatte, stand sie hoch über ihm. Er zitterte vor Anspannung, die Falten in seinem Gesicht traten schärfer hervor. So fest, wie er sie hielt, tat er ihr weh, aber es kam kein Laut über ihre Lippen. Mit einem Mal ließ er sie los. Er machte einen ungeschickten Schritt nach hinten, und in sein verkrüppeltes Bein fuhr ein stechender Schmerz, der ihn zusammenfahren ließ.

»Warum habt Ihr alle belogen, Ihr und Euer Mann?«, fragte er, obwohl es nicht viele Antworten darauf geben konnte.

Sie sah ihn lange an. In ihren klaren Augen lagen weder Furcht noch Scheu. »Weil wir nicht voneinander lassen können, der Matthias und ich. Wir mussten fort aus Tübingen.« Sie atmete tief aus. »Augsburg ist eine große Stadt, und wir hofften, hier mit unserem …«, sie stockte und wurde auf einmal rot, »mit unseren Kindern in Frieden leben zu können.«

Schwegler richtete sich überrascht auf und starrte auf ihren Leib, der sich unter dem engen Mieder und dem weiten Rock noch nicht auffallend wölbte. »Ihr seid guter Hoffnung?«

»Ja«, antwortete sie leise und legte ihre Hände wie behütend auf den Bauch. »Im Herbst wird es auf die Welt kommen.« Sie glaubte augenblicklich zu wissen, was er zu denken schien. In ihrem Zustand der Kälte, Nässe und den Ratten im Kerker ausgesetzt zu sein, inmitten von Schmutz und Moder, und im Verdacht stehend, Hexenwerk betrieben zu haben.

»Wisst Ihr etwas von meinem Mann oder Kind?«, fragte Elisa.

Der erste Aufseher schüttelte den Kopf. »Nicht mehr als jene, die hinter ihm her sind.« Er verlagerte sein ganzes Gewicht auf das steife Bein, weil es ihn noch immer schmerzte. »Warum hat der schäbige Kräuterhändler, und der war es doch wohl, diesen Schandbrief schreiben lassen?«

Elisa war erstaunt, dass der Eisenmeister von Krimmel zu wissen schien. »Dieser Schurke hegt einen tiefen Hass gegen meinen Vater, der ihn einst bei sich in der Fragstatt hatte und ihn die härteste Folter hatte erfahren lassen. Doch bevor er den Beutelschneider und Mörder an den Galgen bringen konnte, hatte der entfliehen können. Seitdem hielt sich Krimmel immer wieder in Tübingen auf, raubte aus, mordete und trieb sein höhnisches Spiel mit dem Scharfrichter.« Elisa lächelte still, als sie ihren Vater vor Augen hatte. »Dallmann ist ein Bär von einem Mann, der mit einer Hand den Hals eines Menschen brechen kann. Und er ist schlau und wachsam. Krimmel wagte es nicht einmal, ihn hinterrücks zu überfallen. Als ich dem elenden Lump hier auf dem Markt über den Weg lief, wusste er, wie er sich rächen konnte.«

Schwegler begriff, verzog verächtlich das Gesicht und spuckte aus. Er starrte auf die dunklen Flecken neben seinen Stiefeln. »Was ist geschehen, seit er hier ist?«

Elisa schilderte es ihm. Von der ersten Begegnung des Schurken auf dem Markt bis zur letzten noch vor Stunden am südlichen Stadttor. »Krimmel will mich im Folterkeller wissen … und brennen sehen«, schloss sie mit leichtem Zittern in der

Stimme. »Aber ich bin keine Hexe. So wenig, wie Ihr der Beelzebub seid, Schwegler.«

Der erste Kerkeraufseher sah sie durchdringend an. »Das weiß ich, aber die Gerichtsherren werden nicht glauben, dass Ihr keine Teufelsbuhle seid. Denen wart Ihr schon lange ein Dorn im Auge als Weib eines Patriziers, das sich mit Habenichtsen und Galgenstricken abgibt. Die werden sich mit Feuereifer auf Euch stürzen, um Euch auf die Richtstatt bringen zu können.«

Meine Hoffnung liegt beim Allmächtigen, durchfuhr es Elisa. Sie senkte den Kopf. Der Herrgott hatte ihr bereits einmal einen Retter in tiefer Not gesandt, als Krimmel sie hatte schänden und vielleicht auch töten wollen. Als sie den Kopf wieder hob, sah sie Schwegler offen an. Er war nicht der *Gehängte,* der Mann, der sie beim Gallushäusle gerettet hatte. Der bald wie ein Eichhörnchen den steilen Berg zum Fluss hinabgesprungen und weitaus geschmeidiger in den Bewegungen gewesen war als der hagere Mann vor ihr. Auch wenn der Eisenmeister an manchen Tagen nur leicht humpelte, weil der Schmerz im Bein erträglich war und genug an Wärme und Leben darin, aber er war nicht der Fremde. Schwegler war jener Mann, der im Kartenbild als ein wahrer Freund galt.

»Ihr wart bei unserem Haus und wolltet mich warnen«, sagte sie ruhig und voll Überzeugung.

Der Kerkeraufseher antwortete nicht, sondern deutete auf die Fackel. »Die lass ich Euch und bring später noch Decken und eine Laterne. Und frisches Stroh lass ich auch herschaffen. Bis Ihr …« Er stockte. »Der Herrgott hat's in der Hand, was kommen wird«, fuhr er stattdessen schroff fort, weil er erkannte, dass sie unter Mieder und Rock und dem einfachen Hemd darunter fror und er nur wenig tun konnte, um ihr Dasein in diesem elenden Loch erträglicher zu machen. An der niedrigen Öffnung drehte er sich nochmals zu seiner Gefangenen um, um etwas zu sagen, aber dann schwieg er, duckte sich und schob sich hinaus. Krachend schloss sich die Verliestür hinter ihm.

*

Im feudalen Stadthaus Konrad Rehlingers, dem nicht minder prächtigen Rathaus gegenüber, war Matthias in einen hellen, erlesen ausgestatteten Raum geführt und aufgefordert worden, auf den Hausherrn zu warten. Der junge Patrizier erkannte einzelne Stücke an kostbarem, fremdländischem Mobiliar wieder, die der Kaufherr einst aus dem verschwenderisch sinnenfreudigen Venedig hatte kommen lassen. Allerdings berührte ihn der Anblick der aufwendig gearbeiteten Einzelstücke im Gegensatz zu seiner sonstigen Begeisterung daran nicht im Geringsten, denn seit Elisas Verhaftung fühlte er sich wie in fiebriger Benommenheit. Unruhig ging er durch den Raum. Seine Hand lag auf dem Schwertgriff, als gebe der ihm Halt, wo ihm der Boden unter den Füßen wegbrechen wollte.

Er musste nicht lange warten, bis er rasch herankommende Schritte hörte und kurz darauf ungestüm die Tür aufgerissen wurde. Mit wehender Schaube und zornigem Gesicht stürmte Konrad Rehlinger herein. »Verdammt, Eggenberger, Ihr solltet mir doch nicht mehr unter die Augen kommen!« Der hohe Ratsherr schäumte, aber als er seinen ehemaligen Hauptkassierer näher musterte, beherrschte er sich. Der junge Mann, der vor ihm stand, war kreidebleich. Auch schien er in der kurzen Zeit, in der sie sich nicht mehr gesehen hatten, an Gewicht verloren zu haben, denn die verschmutzten, eingerissenen Kleider saßen nun weniger gut. Sein Gesicht wies blutverkrustete Schrammen auf, das Haar fiel ihm wirr in die Stirn. Unter den matt gewordenen Augen lagen dunkle Ringe.

Matthias beugte den Kopf und grüßte seinen ehemaligen Dienstherrn respektvoll. Sogar seine Stimme hatte den kraftvollen, selbstbewussten Ton verloren, mit dem er den Handelsherrn so manches Mal gereizt oder gar herausgefordert hatte. »Verzeiht, Herr Rehlinger, dass ich Euch ein weiteres Mal belästige und gar in Euren privaten Räumen, aber meine Frau wurde verhaftet!« In seinen Augen flackerte es fiebrig. »Ich erbitte Eure Hilfe.«

»Herrgott, ich glaubte, Ihr wäret längst aus der Stadt?«

»Wir sind verraten worden!«

»Was sagt Ihr da?«, stieß Rehlinger ungläubig aus.

Matthias schilderte in knappen Worten, was seit ihrer letzten Zusammenkunft geschehen war. Konrad Rehlinger hatte sich in seiner Erregtheit erst gar nicht gesetzt, sondern stand mit dem Rücken an einem der Fenster. Als die Rede auf den unbekannten Lauscher kam, der Krimmel das vertrauliche Gespräch im Stall zwischen ihm und dem Handelsherrn zugetragen hatte, wurde der Patrizier zornrot im Gesicht. Ächzend griff er nach der Karaffe auf dem Tisch und schleuderte sie gegen die Wand, wo sie krachend zerbarst und die rote Flüssigkeit in verschieden breiten Linien herabrann. »Also hat das Geräusch im Stall doch eine Ratte verursacht«, knurrte Rehlinger, »allerdings eine zweibeinige. Was bedeutet, dass meine Herren Kompagnons und ich einen infamen Zuträger im Handelshaus sitzen haben.« Mit loderndem Blick starrte er ins Leere.

»Wisst Ihr, wessen sie genau beschuldigt wird?«, fragte der Patrizier nach einer Weile.

»Nein … ich kann mir nur denken, dass dieser Krimmel sein schändliches Schriftstück dem Rat hat zukommen lassen.« Ein Zittern durchlief den jungen Mann. Er wankte, hielt sich aber rasch an dem Lehnstuhl neben sich fest. »Der Schurke hat gedroht, Elisa der Zauberei zu bezichtigen, und solch eine Anschuldigung kann zu Gift in den Herzen der Menschen werden, die meiner Frau bisher wohlgesinnt waren. Besonders, wenn sich herausstellt, dass sie die Tochter eines Henkers ist.«

»Wenn es keine Beweise für Hexenwerk gibt, bringt sich der Lump mit seinen Verleumdungen nur selbst in die Eisen«, erklärte der Ratsherr barsch.

»Denkt Ihr, Herr Rehlinger?« Matthias sah ihn zweifelnd an.

Der Patrizier wollte auffahren, fragte aber stattdessen scharf: »Wann habt Ihr das letzte Mal etwas gegessen oder getrunken?«

Matthias schien irritiert. Verwirrt schüttelte er den Kopf. »Ich weiß es nicht …«

Mit schroffer Geste unterbrach ihn Konrad Rehlinger. »Herrgott, wenn Ihr mir hier vor Schwäche umfallt, ist weder Euch noch Eurer Frau gedient, Eggenberger. Reißt Euch also zusammen. Setzt Euch an den Tisch und esst was«, sagte er herrisch, wandte sich umgehend zur Tür und brüllte nach einem der Diener. Es dauerte nicht lange, bis Essen und Wein aufgetragen wurden, aber Matthias aß nur wenig vom Brot und trank ausschließlich Wasser.

Auch dem Handelsherrn war der Mund trocken geworden. Ein bitterer Geschmack lag ihm auf der Zunge. Sein Blick flog hin zum Tisch, auf dem eine neue, gut gefüllte Weinkaraffe stand, und er schenkte sich großzügig ein. Das erste Glas stürzte er in einem Zug hinunter. Von dem zweiten nahm er nur einen Schluck. »An der Verhaftung Eurer Frau können wir nichts ändern, aber ich rate Euch, verschwindet aus der Stadt, bevor die Büttel auch nach Euch ausgeschickt werden.«

Matthias sprang auf. »Wenn Ihr denkt, ich lasse meine Frau im Stich, so irrt Ihr Euch«, rief er aufgewühlt. »Ihr dürft gewiss sein, Herr Rehlinger, ich werde tun, was ich kann, um Elisa zu retten, auch wenn es mein Leben kosten sollte!« Er hatte mit Ernst und Inbrunst gesprochen und richtete sich stolz vollends auf. »Im Angesicht des herbeigeholten Schurken werden die Strafherren doch wohl erkennen, wie viel Glauben sie seinen Anschuldigungen schenken können.« Seine Stimme bekam einen beißenden Tonfall. »Und wenn nicht, trete ich vor die hohen Herren hin und nehme alle Schuld auf mich.«

»Schweigt, Eggenberger«, brüllte Rehlinger, »Ihr hört Euch an wie ein Narr! Der Lump hat nicht gelogen, wenn er behauptet, dass Eure Frau eine Ausgestoßene ist. Und Euch haftet als ihrem Gemahl nach Ansicht gewiss einiger meiner werten Herren Ratskollegen längst der Ruf des Unredlichen an. Habt Ihr vergessen, dass Ihr Euch durch Lüge das Bürgerrecht erschlichen habt und eine ausgezeichnete Stellung in meinem Handelshaus?«

Matthias verlor an Farbe, von der er ohnehin nicht mehr viel gehabt hatte. Seine Wangenknochen traten hart hervor.

»Also haltet Euch vor Augen, welcher Aussage meine werten Kollegen möglicherweise mehr Wahrheitsgehalt zugestehen; der Euren oder der eines Mannes, von dem man nur weiß, dass er ein unbescholtener Kleinhändler ist, der Eure Frau aus Tübingen kennt. Als Tochter des dortigen Scharfrichters wohlgemerkt.« Der Handelsherr trat vor ihn hin und legte ihm die Hand auf die Schulter. »Herrgott, Eggenberger, bedenkt doch, auf welche Weise auch immer der Schurke Eure Frau übel beleumdet, es kann geschehen, dass Ihr mit ins Verderben gerissen werdet.«

Fiebriger Glanz trat in Matthias' Augen, und Schweiß benetzte seine Stirn. »Mag es das werden, aber Elisa muss leben!«

Wütend wandte sich Rehlinger ab, den Unverstand und Waghalsigkeit des jungen Patriziers aufs Neue reizten. »Wenn Ihr ins Verderben rennen wollt, dann tut es meinethalben«, knurrte er, »aber bringt vorher Euer Kind in Sicherheit.« Mit unruhigen Schritten ging er durch den Raum. »Nutzt Euren verbliebenen Rest an Verstand und verbergt Euch, bis ich Euch einen Boten schicke. Es kann nicht mehr lange dauern, bis mir als Mitglied des Rats und als einer der Betroffenen in dieser unleidigen Angelegenheit Nachricht zugeht und ich erfahre, welche Anschuldigungen gegen Eure Frau erhoben wurden.«

Matthias wollte etwas sagen, aber Rehlinger unterbrach ihn mit herrischer Geste. »Im Augenblick kann ich nicht mehr für Euch tun, Eggenberger. Wo kann ich Euch finden?«

Matthias wusste selbst nicht, wo er die nächsten Tage und Nächte zubringen würde. Er dachte an Agnes und seinen Sohn. Er erwog, diese keinesfalls der Gefahr auszusetzen, etwaige Verfolger zur Geschützgießerei zu führen. »Immer zur elften Stunde werde ich mich bei der Mühle vom Kresslesmüller einfinden«, erklärte er nach kurzem Überlegen. Auch der Patrizier schien den Platz für gut gewählt zu halten, von dem mehrere Gassen in das Labyrinth des Lechviertels und ins Jakoberviertel führten und dazu taugen sollten, hinterherjagenden Bütteln zu entkommen, denn er nickte einvernehmlich.

»Gut, dann soll es so sein. Aber ich warne Euch, Eggenberger, was auch geschieht, hütet Euch davor, mein Stadthaus oder das Handelshaus noch einmal zu betreten, solange ich es Euch nicht ausdrücklich gestatte.« Er stieß einen tiefen Atemzug aus. »Ich werde genug damit zu tun haben, durch diese ganze vermaledeite Geschichte Schaden am Ruf des Geschäftshauses abzuwenden.« Sein Mund verzog sich zu einem bösen Grinsen. »Manche meiner Feinde warten nur darauf. Aber sie sollen sich nicht zu früh freuen!«

Wieder auf der Straße, trieb es Matthias nicht in ein Versteck, wie ihm Rehlinger geraten hatte, sondern geradewegs zum Gefängnis. Den steilen Eisenberg hinab und bis zu dem hohen Torbogen, der in ein Geviert aus drückend grauen, wuchtigen Häusern führte. In einem Teil davon lagen die Unterkünfte der Stadtknechte, Proviantlager, Küche und Waffenkammer und vieles mehr. In dem großen steinernen Bau direkt hinter dem Rathaus waren die Verliese. Gegenüber dem Durchlass blieb Matthias stehen und starrte auf die schwer bewaffneten Wachen zu beiden Seiten. Sein Atem ging schneller. Er musste Elisa sehen und mit ihr reden. Er musste wissen, ob es ihr gut ging. Entschlossen schritt er hinüber und sprach einen der finster dreinblickenden Stadtknechte an. Der warf einen überheblichen Blick auf den Patrizier, deutete aber dann mit der Hand auf einen Mann am Eingang zu den Verliesen. »Geht zum ersten Aufseher, Herr, der hat in den Eisen das Wort.«

Matthias betrat den gepflasterten Hof. An der offenen eisernen Tür zu den Kerkern lehnte ein Mann, hochgewachsen wie er, aber älter. Vom kantigen Schädel stand borstiges, graues Haar ab. Die gefurchten Züge in dem Gesicht verschmolzen mit Narben und verliehen ihm Unnahbarkeit. In seinen wintergrauen Augen hingegen glaubte der junge Patrizier eine Andeutung von Freundlichkeit zu erkennen, wie es ihm für einen Eisenmeister nicht möglich schien. Als der Mann Matthias entdeckte, sah er ihn ungläubig an. Mit raschen Schritten, die ein Humpeln nur leicht verrieten, kam der Stadtknecht auf ihn zu.

»Verdammt, Eggenberger, welcher Teufel treibt Euch her? Verschwindet von hier«, fuhr er Matthias zu dessen höchstem Erstaunen an. »Der Rat hat die Büttel nach Euch ausgeschickt. Sie wollen Euch zu Eurer Frau befragen.«

»Ich bitte Euch, lasst mich zu ihr!«, beschwor ihn Matthias hitzig. Seine Angst um Elisa entflammte in ihm den leidenschaftlichen und gefährlichen Drang, sie befreien zu wollen. Seine Hand legte sich wie von selbst auf den Schwertgriff.

Schwegler hatte es bemerkt und begann, spöttisch zu lächeln. »Ihr könnt ja versuchen, mich entzweizuhauen, Eggenberger, aber Hunderte von Bütteln werdet Ihr nicht bezwingen. Die hacken Euch in Stücke, wenn Ihr hier das Schwert zieht.«

Innerer Aufruhr ließ den jungen Patrizier heftig atmen, aber die Worte des Kerkeraufsehers schienen ihn wieder zur Vernunft zu bringen. Immerhin nahm er die Finger von der Waffe. »Ich … ich bitte Euch, lasst mich zu meiner Frau. Ich muss wissen, wie es ihr geht«, presste er hervor.

»Ihr solltet schnellstens verschwinden und Euch am helllichten Tag nicht mehr auf die Gasse wagen. Oder denkt Ihr, weil Ihr hier tolldreist zu den Gefängnissen spaziert, erkennt keiner der Knechte in Euch den ehemaligen Hauptkassierer des Rehlingers?« Schwegler musterte ihn scharf. »Wie ich die Ratsherren kenne, lassen die bald noch mehr heranschaffen als Euch. Eure Magd, Euer Kind und, falls Ihr welche hattet, Hühner und Schweine …« Seine Züge blieben ernst. »Schließlich wird Eure Frau der Hexerei beschuldigt. Hört, Eggenberger, Eure Frau hat frisches Stroh und Decken, sie bekommt genug zu essen und sauberes Wasser. Dafür sorge ich. Wie es aber in ihr selbst aussieht, das ist ihre Sache. Ihr werdet wohl am besten wissen, *wer* oder *was* sie ist.«

Matthias schien es, als würde ihn der raue Kerl nicht verhöhnen, sondern die Wahrheit sagen, was ihm ungeheuerlich vorkam bei einem Mann, der eine unselige Arbeit im Kerker tat. Er tastete unterm Wams nach seiner Börse und zog sie ein Stück weit hervor, als ihn Schwegler hart am Arm packte. »Lasst das«, zischte er zornig, »ich brauche Eure Münzen nicht. Euer Weib hat viel Gutes getan in der Stadt. Was ich für sie tun kann, werde ich tun. Aber wenn die Gerichtsherren sie auf die Richtstatt schaffen lassen, hilft ihr nichts mehr. Seht lieber zu, dass Ihr und Euer Kind schleunigst verschwindet, als hätte Euch die Hölle verschluckt.«

Matthias nickte. »Ich danke Euch«, stieß er heiser aus. »Würdet Ihr meiner Frau bitte sagen, dass …« *Dass ich sie liebe, ihr kleiner Sohn um sie weint und ich alles versuchen werde, um sie zu retten …*, wollte er hervorpressen, brachte aber kein Wort heraus.

Schwegler musterte ihn mit seinen offenen, klaren Augen. »Ich sage ihr, dass Ihr da wart. Das Weitere wird sie ja wissen«, sagte er schroff und wandte sich ab.

Draußen vor dem Torbogen zum Gefängnis drückte sich ein Junge herum. Hielt sich mal auf der einen Seite der Gasse, dann wieder auf der anderen, um nach den Leuten zu sehen, die den Eisenberg herunterkamen. Der, den er suchte, war allerdings nicht dabei. Peter hatte keine Lust mehr, sich nach dem Eggenberger die Augen auszugucken, aber der Bartl würde ihn wieder zu den Kerkern heraufschicken. So blieb er gleich da. Gelangweilt schob er die Hände hinter den Hosenbund und trat mit den Schuhen gegen trockenen Hühnerkot, worauf der über die Steine sprang. Als endlich einer von den Gefängnissen kam, der es sein konnte, ging ein Ruck durch den Jungen. Neugierig musterte er den Träger eines Baretts und einer leicht verschmutzten, eingerissenen Schaube. So wie ihn der Nachtkönig beschrieben hatte, konnte es der Mann der Heilerin sein, dachte er und folgte ihm unauffällig. Der Mann ging nicht rasch davon, eher nachdenklich und unschlüssig. Nach kurzer Zeit blieb er stehen, um sich wie ermattet gegen die Klostermauer von Maria Stern zu lehnen.

Peter schob sich die Mütze in den Nacken, rückte die beiden Zwiebeln unterm Hemd in eine Lage, in der sie ihn weniger drückten, und atmete tief durch. Er ging zu dem Mann, blieb aber einige Schritte von ihm entfernt stehen. »Seid Ihr der Herr Eggenberger?«, wollte er nicht allzu laut wissen.

Matthias war im ersten Moment verwirrt darüber, angesprochen zu werden. Er senkte den Blick. Immerhin schien es keiner zu sein, der ihm Übles wollte, dachte er und musterte den schmutzigen Jungen, der streng nach Zwiebeln roch und auf Abstand zu ihm blieb. »Wer will denn etwas von dem genannten Eggenberger?«, fragte er dennoch misstrauisch.

»Der Bartl will was von ihm.«

»Der Bartl?«

»Der Nachtkönig … Eure Frau kennt ihn«, sagte Peter ungeduldig.

Matthias stieß sich erregt von der Mauer ab. »Was will der Nachtkönig von mir?«, fragte er mit gesenkter Stimme.

»Aha, dann seid Ihr also der Gemahl der Zau… der Heilerin«, verbesserte er sich schnell und warf unsicher gewordene Blicke auf sein Gegenüber. Unauffällig machte er zwei Schritte nach hinten.

»Der bin ich, aber red schon, was will dieser Bartl?«

»Ich soll Euch sagen, Ihr könnt bei ihm unterkommen, wenn Ihr Euch vor den Häschern verkriechen müsst.«

Matthias verschlug es die Sprache. Der ehrlose Unratsammler bot ihm Hilfe an! Die Nachricht über Elisas Einholung hatte sich offenbar rasch in den Gassen und Vierteln verbreitet und auch unter den Leuten, denen seine Frau viel Gutes getan hatte. Er wusste nur zu gut, dass er sich schleunigst aus dem Tageslicht verdrücken sollte und nicht hier beim Gefängnis stehen, als würde er nur auf seine Verhaftung warten. Er musste ein Schafskopf sein, wenn er die Hilfe dieses Bartl ablehnen würde, denn bei einem der Ausgestoßenen in dessen schäbiger Behausung würden die Stadtknechte den einstigen Hauptkassierer Konrad Rehlingers wohl kaum vermuten!

»Dann komm«, forderte Matthias den Jungen auf, »lass uns zum Nachtkönig gehen.«

*

Bartl hatte dem Mann der gefangenen Heilerin die schief in den Angeln hängende Tür seiner Behausung geöffnet und ihn ins Innere gelassen. Er hatte sogar rechtzeitig für eine bessere Decke auf der Erde gesorgt, auf der sein Gast schlafen konnte. Der Eggenberger hatte anfangs nicht viel gesprochen und den Eindruck gemacht, sich unbehaglich zu fühlen, was er aus dessen Sicht auch verstand. Aber irgendwann hatte er dann doch zu reden begonnen und ihm gedankt.

»Ihr bringt Euch meinetwegen in Gefahr«, sagte Matthias, der auf einer einigermaßen sauberen Decke saß und mit dem Rücken an der Wand hinter ihm lehnte.

»Das hat sich Euer Weib auch, als es nachts zu mir und den

anderen Habenichtsen ins Jakoberviertel gekommen ist, um nach uns zu sehen, damit wir nicht elendig verrecken.«

Matthias nickte leicht. »Ich weiß nicht, wie lange ich Euch mit meiner Anwesenheit belästigen muss.«

Bartl sah ihn mit einer Mischung aus Erstaunen und Belustigung an. »Nun, wir werden es schon eine Zeit lang miteinander aushalten, Herr Eggenberger.« Er hustete und zog geräuschvoll Schleim in der Nase hoch. »Nachts seid Ihr allein. Da habt Ihr mein prachtvolles Obdach für Euch, während ich meine Runden mit dem Gaul mache und mir vergnügt auf den Schenkel klopfe, wenn ich sehe, wie diese Schwachköpfe von Bütteln Euch vergeblich suchen.« Er lachte heiser.

»Euer Wort in Gottes Ohr«, murmelte Matthias, der sich der Erheiterung des Nachtkönigs nicht anschließen konnte.

Der Unratsammler schenkte ihm von seinem Wein nach, von dem er bereits selbst reichlich genossen hatte und der nicht der schlechteste war. »Übrigens, der erste Aufseher oben in den Kerkern, das ist ein feiner Kerl. Das ist ein Kumpan von mir, den ich seit den Bauernkriegen kenne.« Mit einer Hand fuhr er sich nachdenklich über den verschmutzten Fetzen um seinen Hals. »Der ist keiner, der unentschlossen ist. Der weiß, was er tut.« Sein Blick war glasig. »Der sorgt dafür, dass es Eurem Weib in ihrem dreckigen Kerkerloch an nichts fehlt.« Er trank wieder und schluckte gurgelnd. »Der hält viel von dem Gossenengel, auch wenn sie eine Henkersdirn ist.«

Matthias konnte seine Überraschung kaum verbergen. Die beiden derben Kerle kannten sich, waren offenbar sogar Kumpane und seiner Frau auf gewisse Weise ergeben. Bis der Nachtkönig aufbrach, schwiegen sie, dann stand auch er auf. »Wundert Euch nicht, Bartl«, sagte er freiheraus, »wenn ich mich jede Nacht aufmache und vielleicht erst nach Euch hierher zurückkehre. Es gibt da noch einen, der mir hilft. Falls er mir Wichtiges zu berichten hat, will ich abendlich zur elften Stunde bei der Kresslesmühle sein, wo er mich treffen könnte.«

»Ist Eure Angelegenheit, Eggenberger«, brummte Bartl, der kurz darauf verschwand.

Matthias ließ sich wieder auf seiner Decke nieder, fand aber keine Ruhe. Irgendwann ging er in die Nacht hinaus und starrte mit brennenden Augen in den Himmel. Er dachte an Elisa. Als es Zeit war, machte er sich ins Lechviertel auf, hin zur Kresslesmühle. Der letzte Schlag der Turmuhr war nicht lange verebbt, als ein großer Mann in Umhang und einer trüben Laterne aus einer der dunklen Gassen auftauchte und rasch auf ihn zukam. Es verwunderte Matthias nicht, in dem Mann Elias Wynzel zu erkennen, den wohl getreuesten Diener seines Herrn. Der Mann war groß und kräftig. Wache Augen blickten dem jungen Patrizier entgegen, als der Knecht die Mütze ein wenig nach hinten schob. »Gott zum Gruß, Herr Eggenberger.«

»Gott zum Gruß, Elias. Mit welchen Nachrichten schickt Euch der werte Herr Rehlinger her?«, fragte Matthias unumwunden, der nicht bereits in der ersten Nacht, in der er sich vor den Gassenleuten zu verbergen suchte, mit einem Boten des Patriziers gerechnet hatte und nun entsprechend unruhig war.

»Ihr sollt schleunigst zu ihm ins Stadthaus kommen, aber über die hintere schmale Gasse und durch die kleine Pforte, die Euch bekannt ist. Ihr sollt mich nicht nach dem Anlass befragen, den Euch mein Herr selbst nennen will, Herr Eggenberger«, fügte Wynzel bestimmt hinzu. Es schien Matthias, als läge eine Spur von Belustigung in seinem Tonfall.

»Gut, dann sollten wir gehen.« Beunruhigt durch die Mitteilung, stellte er erst nach einigen Schritten fest, dass ihm Wynzel nicht folgte. »Was ist mit Euch, Elias?«

»Mein Herr erteilte mir zwei Befehle. Der andere lautet, Euren Sohn und Eure Magd in sein Stadthaus zu bringen.«

*

Am frühen Morgen des nächsten Tages legte Schwegler der Henkerstochter erneut die Handfesseln an, um sie zum Verhör zu bringen. »Euer Mann und Euer Kind sind beim Rehlinger, der ihnen Unterschlupf gewährt«, raunte er ihr zu und schob sie vor sich aus dem Verlies. Elisa spürte unendliche Erleichterung. Nach Langem flutete wieder Wärme durch ihren Körper. Sie wurde in ein Kellergewölbe gebracht, in dem an den rohen Mauern Fackeln in eisernen Halterungen steckten und Pfannen mit Talglichtern an Ketten von der Decke hingen. Ein einfacher Tisch und eine Bank standen an einer Wand. Der hinter einem hohen Pult nahe bei einem der flackernden Lichter stehende Gerichtsschreiber legte mit langen, dünnen Fingern fein säuberlich die Bogen Papier für das Verhörprotokoll aufeinander. Sein Gesicht war ausdruckslos.

Die Verhörherren hatten bereits ihren Platz auf den Stühlen eingenommen. Mang Seitz, dunkelhaarig, schlank und von mittlerer Größe, besaß die Züge eines beherrschten Mannes von scharfem Verstand und war Mitglied der mächtigen Dreizehner. Neben ihm saß der hochgewachsene, hagere Hainrich Reimlinger mit schlohweißem Haar und harten Linien im Gesicht. Der Angehörige des stolzen Stadtadels, der eifrig am katholischen Glauben festhielt, trug schwarze Kleidung und eine schwarze, eng sitzende Kappe. Er stand in hohem Alter und führte ein strenges, bedürfnisloses Leben. Er verkörperte darin ganz das Gegenteil zu dem jungen Adeligen Ulrich Landolf neben sich. Der war ein schlanker, stutzerhaft erscheinender Mann in einem leuchtend grünen Wams und grünen Hosen. Sein Barett war ausladend. Es saß schräg auf dunkelblonden, schulterlangen Haaren, und lange Federn schwangen daran. Der Letzte der Verhörherren war ein feister, kleiner Mann mit rundem, beinahe kahlem Schädel, listigen Augen unter schweren Lidern und einem fleischigen Mund, der stets zu lächeln schien. Utz Techssel, gerade erst dreißig Jahre alt geworden, war Zunftmeister der Plattner.

Als die Gefangene gebracht wurde, fuhren die Blicke aller rasch zu der Frau, die der Eisenmeister in die Mitte des Gewölbes führte, wo er die Fesseln von ihren Handgelenken löste. Die Blonde hatte ihr langes Haar zu einem Zopf geflochten und offenbar versucht, trotz des Schmutzes und der Feuchtigkeit im Kerker ihr Kleid, so gut es ging, sauber zu halten. Man sah ihr die Kerkerhaft noch nicht an, dachte der junge Landolf.

Mit unverhohlener Neugier musterten die Verhörherren die Gemahlin eines Patriziers, gegen die schwerste Vorwürfe erhoben worden waren. Beschuldigungen, die auch ihren Gatten in ein zweifelhaftes Licht bringen würden, wenn sie sich denn als wahr herausstellten. Auf einem Stuhl am Tisch mit dem Rücken zur Mauer saß Konrad Rehlinger, der es sich nicht hatte nehmen lassen, bei einem der Verhöre der Gefangenen anwesend zu sein. Er war barhäuptig, in einen dunklen Mantel gehüllt und hielt die Arme vor der Brust verschränkt.

Als ihn Elisa entdeckte, zuckte sie unweigerlich zusammen. *Mein Gott, nicht er!*, dachte sie, weil sie seine Anwesenheit wegen der großen Schuld, in der sie und Matthias bei ihm standen, als bedrückend empfand. Als ihr Blick erneut auf ihn fiel, verriet nichts in seinem Gesicht, was er denken mochte.

»Seid Ihr Elisa Eggenberger?«, begann Mang Seitz das Verhör mit dunkler, klangvoller Stimme.

»Ja, die bin ich«, antwortete die Henkerstochter ruhig.

»Dann hört, was Euch vorgeworfen wird.« Seitz förderte aus einem seiner Schaubenärmel einen Bogen Papier zutage, den er beinahe würdevoll entrollte.

Er begann, dessen Inhalt zu verlesen: *»Elisa Eggenberger, Gemahlin des Patriziers Matthias Eggenberger, als Hauptkassierer in Diensten stehend bei den werten Handelsherren Rehlinger, Grander und Honold, wird beschuldigt, als Tochter eines Henkers verborgen gehalten zu haben ihren unehrenhaften Stand und sich daselbst in der Stadt bekannt gemacht zu haben als Gattin des vorgenannten Patriziers Matthias Eggenberger, im Weiteren als Heilerin mit allerlei Wissen um die Wirkung von Kräutern und Heilmitteln, vermittels dessen sie Eingang fand in die Häuser Gebrechlicher und Hinfälliger. So habe sie bei dem erkrankten Tennenknecht des Müllers der Neumühle, genannt Neumiller, mit Tinkturen und Kräutern abscheulichen Ursprungs gewirkt und mittels Zaubersprüchen und Handauflegen, gelbem und schwarzem Hexenrauch, eine grausame Untat der Hexerei begangen, wegen welcher das Leben des Mühlknechts elendiglich endete. Im Geheimen habe sie hernach versucht, in den Kleidern einer Magd aus der Stadt zu entfliehen, und dabei verborgen gehalten lästerliche Karten und eine Alraune, allhier bekannt als Zauberpflanze. So die genannte Elisa Eggenberger ist angeklagt der Hexerei und mittels Schadenszauber den Tod eines Knechts herbeigeführt zu haben.«*

Mang Seitz sah auf. Er musterte die kalkweiße, aber gefasst

erscheinende Henkerstochter mit einem undeutbaren Blick. »Nun, Ihr habt gehört, welche schweren Vorwürfe gegen Euch vorgebracht werden. Was sagt Ihr dazu?«

»Es ist richtig, dass ich die Tochter eines Henkers bin. Aber ich schwöre bei der Heiligen Jungfrau, dass ich niemals Hexenwerk betrieben habe. Dem Knecht habe ich kein Leid zugefügt. Der Mann war nicht auf den Tod erkrankt, und mit den Heilmitteln, die ich ihm gab und für ihn daließ, hätte er wieder gesund werden können.«

»Warum hat er dann tot im Stroh gelegen?«, wollte Techssel hämisch wissen. Er rückte mit dem dicken Bauch ein wenig im Stuhl vor.

Es waren die beiden Karrer, die ihn auf Geheiß Krimmels umgebracht haben, hätte sie zur Antwort geben können, schwieg aber darüber. »Ich weiß es nicht.«

»Der gerufene Medicus hat neben dem Toten in dem von Euch zurückgelassenen Kästchen Pflanzenteile von Stechapfel und Bilsenkraut gefunden«, sagte Mang Seitz.

Fassungslos atmete Elisa schneller. »Diese Pflanzen sind nicht von mir.«

»Verfluchte Hexenkräuter ... nenn sie nur beim Namen, Weib«, fuhr Reimlinger auf.

»Wir haben die beiden Zeugen von der Neumühle im Rat angehört, die ihre Beschuldigungen gegen Euch wiederholten. Unter Eid sagten sie aus, dass Ihr, als Ihr Euch alleine und unbeobachtet mit dem Kranken wähntet, beschwörende Zauberformeln gemurmelt hättet, auf dass gelber und schwarzer Rauch aufgestiegen sei, und dass Ihr dem Hinfälligen immer wieder die Hände aufgelegt und ihm von einer dunklen, stinkenden Tinktur zu trinken gegeben hättet, worauf dieser in Zuckungen verfallen wäre«, fuhr Mang Seitz tonlos fort.

Elisa wurde aschfahl. »Das ist eine Lüge!«, erhob sie das erste Mal ihre Stimme. *Herrgott, hilf in dieser boshaften Verschwörung gegen mich!*, flehte sie.

»Wenn du nur darauf bedacht warst, den Kranken zu helfen, weshalb war dann eine teuflische Alraune in dein Kleid eingenäht, Hexe?«, fragte der weißhaarige Patrizier lauernd.

»Die Alraune nimmt den Schmerz und schenkt einem Kranken heilenden Schlaf.« *Das müsstet Ihr doch wissen, hoher Herr,* dachte sie mit rasendem Herzen.

»Ja, fürwahr, Teufelsbuhle, der Tennenknecht hat jetzt genug davon! Der kann schlafen für sein ganzes restliches Leben, das er ohne dein Zutun gehabt hätte«, spottete Techssel und stieß ein dümmliches Lachen aus.

»Und wen willst du mit diesem Teufelskraut geheilt haben, Weib?«, fragte Reimlinger lauernd.

»Nicht gesund gemacht, Herr, aber dem Sohn vom Kresslesmüller erleichterte sie das Leben mit der Schüttellähmung.«

Reimlingers Gesichtszüge verzerrten sich böse. »Ich glaube dir kein einziges Wort, Weibsbild! Das Schreiben entlarvt dich als Henkerstochter und Hexe. Und wer eine Alraune versteckt und mit teuflischen Karten die dunklen Kräfte anruft, treibt Hexenwerk. Hergemacht haben aus Tübingen wirst dich, weil man dich wegen der unwürdigen Verbindung zu deinem patrizischen Buhlen wohl aus der Stadt gejagt hat. Und in Augsburg bist daherspaziert wie ein tugendhaftes Weib«, brüllte er zornig.

Mang Seitz schloss kurz die Augen, legte die gespreizten Finger aneinander und stützte damit nachdenklich das Kinn. »Warum wart Ihr nach dem, was uns das Schreiben auch verrät, gerade in den letzten Wochen in der Hauptsache des

Nachts unterwegs zu den Kranken, wenn Euer Tun nichts Schändliches an sich hatte?«

Elisa richtete sich gefasst auf. »Ihr werten Herren«, begann sie ruhig, »dieses Schreiben kommt aus den Händen eines Mannes mit dem Namen Krimmel. Er ist ein Mörder, den mein Vater bereits in Tübingen an den Galgen zu bringen versuchte, was ihm jedoch nicht gelang. Hier in Augsburg hat er mich wiedererkannt und mir gedroht. Er sinnt auf Rache. Um von ihm unentdeckt zu bleiben, bin ich vorwiegend nachts zu den Kranken gegangen, die mich rufen ließen.«

»Warum sollten wir annehmen, dieser Krimmel wäre ein Bösewicht und würde dich zu Unrecht beschuldigen? Du gibst ja selbst zu, eine Henkersdirn zu sein.« In Reimlingers Augen funkelte es drohend. »Die beiden Karrer haben unter Eid bezeugt, dass du bei dem Kranken mit Hexenkräutern, bösen Schwüren und Rauch gewirkt hast. Desgleichen ist es keine Lüge, dass der Tennenknecht tot auf dem Krankenlager geblieben ist, nachdem du bei ihm warst, Weib.« Sein teigiges Gesicht wurde zornrot, Speichelbläschen hatten sich in den Mundwinkeln gesammelt. »Das ist allein dein übles Werk, du Unholdin!« Er warf finstere Blicke auf sie, dann überließ er sie mit einer hingeworfenen Geste den anderen Verhörherren.

»Warum wolltet Ihr in den Kleidern einer Magd mit Mann und Kind fliehen?«, fragte Mang Seitz, ohne dass er die Stimme erhob.

»Weil uns dieser Krimmel bedroht hat und wir uns nicht mehr sicher fühlten in Augsburg.«

»War es nicht eher, weil du den Tennenknecht mit Schadenzauber ums Leben gebracht hast?«, fuhr der trotz der Kühle im Gewölbe schwitzende Techssel dazwischen.

»Ich bin eine Henkerstochter, aber ich bin keine Hexe; wo

ich konnte, versuchte ich, den Menschen zu helfen, und nicht, ihnen zu schaden!« Die letzten Worte sprach sie mit solcher Klarheit und Entschiedenheit, dass sie Mang Seitz damit für einen Augenblick für sich einnahm. Aber das Mitglied des Geheimen Rats folgte stets nüchtern seiner Vernunft und war auf die strenge Ausübung der Gesetze in der freien Reichsstadt bedacht, als dass er sich länger als einen Moment dazu hinreißen ließ, der Gefangenen möglicherweise zu glauben. Dazu sprachen die bisherigen Umstände eines Verbrechens der Hexerei zu eindeutig gegen die Angeklagte.

Hainrich Reimlinger beugte sich in seinem Stuhl etwas vor. »Gestehe endlich, Hexe«, sagte er scharf, »wann ist der Teufel zu dir gekommen?«

»Der Teufel ist niemals zu mir gekommen!«, antwortete Elisa im stillen Zorn.

»Lüge!« Das Gesicht des greisen Patriziers war zu einer boshaften steinernen Maske geworden. »In welcher Aufmachung ist der Leibhaftige vor dich hingetreten?«

Elisa schwieg. Ihr war eiskalt bis tief ins Herz hinein.

»Wann hast du den Pakt mit dem Leibhaftigen geschlossen, elendes Weib?«

»Ich habe keinen Pakt mit dem Teufel geschlossen«, stieß Elisa aufgewühlt aus. Es war das erste Mal, dass sie leicht wankte, so sehr erschütterten sie die Beschuldigungen. Und nicht der in ihrer Nähe stehende Henker, sondern der Eisenmeister kam heran und ergriff sie am Arm, damit sie nicht stürzte.

»Kam er denn als stattlicher junger Mann oder als ein hochmütig daherschreitender Lästerer in reifem Alter, mit dunklem Haar und dunklen Augen, auf das spuckend, was der wahre alte Glauben lehrt?« Nicht von ungefähr schnellte Reimlingers boshafter Blick hinüber zu Konrad Rehlinger, der reglos an der Mauer gelehnt hatte, jetzt aber wie unter einem Schlag nach vorne ruckte, das Gesicht hassverzerrt.

Reimlinger sah wieder zur Angeklagten hin. »Henkersdirn, wann bist du bei dem Leibhaftigen gelegen, um den Pakt mit ihm zu vollziehen?«

»Niemals! Der Teufel ist nie zu mir gekommen.«

»Verstocktes Weibsbild, denk nicht, dass wir die Male der Buhlschaft nicht finden werden«, drohte Reimlinger.

»Stellen wir ihr doch gleich den rechten Ernst an die Seite, dann macht sie den Mund schon auf!«, rief der kleine Plattnermeister mit sich überschlagender Stimme von seinem Platz her. Sein runder Schädel war inzwischen hitzig rot. Fortwährend leckte er sich den salzigen Schweiß von der Oberlippe.

»Zügelt Euch, werter Meister Techssel«, sagte Mang Seitz. »Noch kann es sich die Angeklagte überlegen, ob sie uns die schändlichen Taten nicht freiwillig gestehen will.« Er wandte sich an die Henkerstochter. »Wo sind Euer Mann und Euer Kind?«

»So Gott will, in Sicherheit!«

»Ihr weigert Euch also zu sagen, wo sie sind?«, fragte Mang Seitz.

Elisa schwieg, worauf sich Reimlinger und Techssel mit bösen Worten und Spott entrüsteten, während Landolf nur einen gelangweilten Gesichtsausdruck zeigte.

»Hört, Elisa Eggenberger, besinnt Euch auf die Wahrheit. Gesteht freiwillig das Hexereiverbrechen, oder Ihr zwingt uns, dass wir Euch der peinlichen Befragung unterziehen müssen«, mahnte sie Mang Seitz.

»Was ich sagte, ist die Wahrheit, Ihr Herren. Ich bin keine

Hexe, und ich habe niemals einem Menschen Schaden zugefügt«, erklärte die Henkerstochter bleich, aber gefasst.

Reimlinger ruckte angewidert mit dem Kopf, weil er die Lügerei der Malefizperson satt hatte. Finster deutete er mit dem Zeigefinger auf sie. »Keine einzige Träne hast du während der Befragung vergossen, Hexe. Ich sage dir, das ist mehr als genug Beweis dafür, dass du dich dem Teufel verschrieben hast!«

In den trostlosen Stunden bis zum nächsten Morgen fand Elisa kaum Schlaf. Sie wusste, was sie erwartete, und erschauderte. Sie fuhr sich mit den Fingern durchs Haar und zog es wie einen Schleier über ihr Gesicht. *Es wird wieder wachsen,* tröstete sie sich, denn das, was ihr sonst noch widerfahren würde, war weitaus schlimmer. Ihr wurde eiskalt. Sie schlang die Arme schützend um den Körper. Eine Weile lag sie mit geschlossenen Augen im Stroh und unter den Decken, bevor sich ihre Hände auf den Bauch schoben, um ihr Kind darunter zu wärmen. Eines Tages würde sie sich dem Urteil des Allerhöchsten über ihre Handlungen im Leben bedingungslos unterwerfen müssen, insbesondere über ihre frevlerische Verbindung zu einem Mann von Stand. Dann, wenn sie ihre Seele dem Herrgott empfahl und sich seiner Gnade und Barmherzigkeit anheimgab. Aber noch atmete sie und spürte die große Liebe zu Matthias und Johannes in sich. Sie wusste, dass auch sie von beiden geliebt wurde. Dieser Gedanke erfüllte sie mit Wärme und Hoffnung und vermochte es sogar, ihr ein sanftes Lächeln auf die Lippen zu legen.

*

Dass es Morgen wurde, konnte sie in ihrem dunklen Verlies

nicht sehen, auch nicht spüren, ob die Sonne bereits warm und tröstlich schien. Sie trank ein wenig von dem Wein, den ihr Schwegler gebracht hatte, und aß etwas Brot. Als der erste Kerkeraufseher kam, um sie zu holen, traf sie sein undeutbarer Blick aus wintergrauen Augen. »Ihr wisst, ich muss Euch zum Scharfrichter bringen. Der will Euch die Geräte zeigen.« Langsam zog er die Fesseln hinter dem Gürtel hervor.

Elisa nickte und schloss die Augen. Sie wusste, was ihr jetzt bevorstand. Wusste es von ihrem Vater, der auch Frauen in der Fragstatt gehabt hatte, die der Hexerei beschuldigt worden waren. *Vertraue auf den Herrn und seine liebe Mutter,* dachte sie wie fiebernd. Als sie die Augen wieder öffnete, streckte sie dem Eisenmeister schweigend die Hände hin.

Der Ort der Tortur war ein kühles Gewölbe, das von Fackeln an den Mauern ausgeleuchtet wurde. Die Luft war modrig. In einer Glutpfanne auf dem Boden glühten Zangen. Ketten hingen von der Decke und an den Wänden. Der Scharfrichter, ein Mann wenig größer als sie selbst, breitschultrig und stark, mit rohem Gesichtsausdruck und Augen von undeutbarer Farbe unter schweren Lidern, wartete, bis Schwegler sie in die Mitte des Gewölbes geführt und ihre Fesseln gelöst hatte. Als der Eisenmeister zurücktrat, kam Meister Hans an die Gefangene heran und blieb dicht hinter ihr stehen.

Wieder waren den vier Gerichtsherren Stühle hingestellt worden, auf denen sie bereits Platz genommen hatten. Konrad Rehlinger war dieses Mal nicht erschienen, worüber Elisa tief erleichtert war.

»Elisa Eggenberger, habt Ihr Euch seit der gestrigen Befragung besonnen?«, fragte Mang Seitz ruhig.

»Beim Allmächtigen und der lieben Frau im Himmel bezeuge ich, dass ich weder dem Tennenknecht noch sonst einem

Menschen jemals Schaden zugefügt habe und nichts an Zaubereien unternommen, welcher Art auch immer ich beschuldigt werde. Wenn ich jetzt anderes sagen würde, auch im Angesicht der Marterwerkzeuge, wäre das die Unwahrheit. In dem Schreiben steht nur eine einzige Wahrheit, dass ich eine Henkerstochter bin.« Sie sagte es mit klarer Stimme und blieb in der aufrechten Haltung, die ihr nur ein reines Gewissen und eine redliche Gesinnung verleihen konnten.

Hainrich Reimlinger verlor die Geduld. Er hatte schlecht geschlafen, und seine Knochen schmerzten mehr als an anderen Tagen. In dem grauen, gefurchten Gesicht lag offene Verachtung. »Los, Henker, zeig dem verstockten Weib die Instrumente, die sie schnell zur Wahrheit bringen werden!«, befahl er.

Der bullige Mann packte Elisa grob am Arm und riss sie zu sich herum. Er zerrte sie mit sich über einen dunklen, an vielen Stellen bräunlich schimmernden Steinboden, von dem die Henkerstochter erschauernd annahm, es wäre das vergossene Blut aufgerissener, zerstoßener und aufs Schlimmste gequälter Leiber. Niemand um sie, weder die Verhörherren noch der Scharfrichter noch der ausdruckslose Schreiber hinter seinem Pult, schienen zu fühlen, was Elisa fühlte. Namenlose Qual, namenlose Furcht und eine boshafte Dunkelheit, die mit der Anwesenheit von Menschen aufzuleben schien, die es sich zur Aufgabe gemacht hatten, mit allen Mitteln eine trügerische Wahrheit zu erlangen, die die Gefolterten unter schlimmsten Schmerzen hinausgebrüllt hatten. Ohne dass sie es merkte, liefen der Henkerstochter die Tränen übers Gesicht. Was hatten all diese Menschen erdulden müssen!

Schreckensbilder entstanden vor Elisas Augen, die aus den Schatten ringsum kamen und hinter den zuckenden Fackellichtern hervorkrochen wie dämonische Fratzen. Wispern erfüllte die eisige Luft, ein fernes Wimmern, entsetzliche Schreie, die sie quälend vereinnahmten, sodass sie für Momente nicht bemerkte, wie der Scharfrichter sie zu dem Bock mit der Daumenschraube zog, ihre Hand nahm und den Daumen in eine Zwinge spannte, sie aber nicht enger zog. »Weib, damit zerquetsche ich dir bald die Finger«, raunte er ihr zu. Er zerrte sie weiter, er zeigte ihr die Fuß- und Beinschrauben und erklärte ihr ausführlich deren Gebrauch. Dann brachte er sie zu der schräg gegen eine der Mauern gerichteten Streckleiter, über die die Gefangenen mit gefesselten Händen und Gewichten an den Füßen aufgezogen wurden.

Schweigend verfolgten die Verhörherren, wie der Scharfrichter der Angeklagten die Folterwerkzeuge zeigte und in gleichförmigem Tonfall über sie sprach, als erklärte er ihr die tägliche handwerksmäßige Verrichtung. Als Meister Hans mit seinen Ausführungen zu Ende gekommen war, ertönte Reimlingers harte Stimme im Kellergewölbe. »Hast du dich besonnen, Teufelsbuhle, oder willst du immer noch nicht gestehen?«

»Ihr hohen Herren, ich bin unschuldig«, gab sie ihm und den anderen Gerichtsherren zur Antwort, was Reimlinger noch mehr aufbrachte und ihn erstickte Laute ausstoßen ließ. »Henker, reiß dem verfluchten Weib die Kleider herunter, und wir werden sehen, wo sie die Zeichen der Buhlschaft mit dem Leibhaftigen trägt!«

Der Scharfrichter wollte die Hand an Elisa legen, aber Mang Seitz gebot ihm Einhalt. »Zieht Euch aus, Angeklagte, damit Euch der Henker nach Hexenmalen untersuchen kann.«

Elisa schien erstarrt, aber dann begann sie, das Mieder aufzuschnüren. Ihre Finger zitterten. Mit bleichem Gesicht streifte sie es ab, auch den Rock und ließ beides zu Boden fallen, bis sie in einem milchweißen bodenlangen Hemd dastand und die Konturen ihres Leibes im zuckenden Fackellicht hindurchschimmerten. Sie zögerte, sich weiter zu entkleiden, aber Reimlinger gab dem Henker ein herrisches Zeichen, worauf dieser rasch zulangte und ihr das Hemd herunterriss. Ein makelloser, weißer Frauenkörper enthüllte sich vor den Gerichtsherren und dem Schreiber. Der feiste Techssel stieß ein dumpfes Ächzen aus, der junge Landolf starrte auf die nackte Frau, als hätte er noch keine gesehen. Auch der alte Reimlinger und Mang Seitz konnten den Blick nicht von der Angeklagten losreißen, aber sie taten es, weil sie auf den deutlich gewölbten Leib einer Schwangeren blickten.

»Ihr seid guter Hoffnung …«, stieß Mang Seitz überrascht aus. Augenblicklich wog er ab, wie weit sie mit der Hexenprobe gehen durften, um das Kind nicht zu gefährden. Die Gefangene den Torturen zu unterwerfen, war ihnen jedenfalls erst erlaubt, wenn das Kind geboren war. »Wann ist es so weit?«, fragte er knapp.

»Im Herbst … zur Erntedankzeit«, antwortete die Henkerstochter leise.

»Deshalb kann sie trotzdem peinlich befragt werden«, stieß Techssel dumpf aus. »Ihr Daumenschrauben oder Fußschrauben anzulegen, kann dem Kind nicht schaden. Mit dem Aufziehen können wir noch warten.« Er konnte den Blick nicht von der nackten Gefangenen wenden.

»Werte Kollegen«, ließ sich erstmalig der junge Landolf vernehmen, worauf sich ihm die anderen Verhörherren erstaunt zuwandten. »Die Schuld der Angeklagten ist doch durch die eidliche Aussage der beiden Karrer erwiesen. Was brauchen wir da noch eine peinliche Befragung?«

»Was redet Ihr da, Landolf?«, fuhr Reimlinger empört zu

ihm herum, was ihm im Rücken schmerzhaft stach. »Wir wollen die schändliche Tat von der Hexe selbst hören. Sie soll uns endlich die Wahrheit sagen. Und wenn sie sich weigert, wird der Henker sie davon zu überzeugen wissen, den Mund aufzumachen«, presste er mit verzerrten Zügen hervor.

Landolf schwieg fortan, zog aber die Schaube enger um sich, weil er fror und ihm die ganze langwierige Prozedur zu viel war. Die Schuld der Frau stand durch die Aussage der beiden Karrer fest, was sollten dann weitere Befragungen in eisigen Gewölben und modrig stinkenden Mauern, dachte er. Längst wünschte er sich wieder hinaus an die warme Sonne auf den Markt vor dem Rathaus. Mitten hinein in den Geruch von fetten Würsten und glänzendem Speck, von denen er sich von der Magd einiges bringen lassen würde, denn obwohl es noch früh am Morgen war, nagte bereits der Hunger in ihm.

»Fahr fort, Meister Hans, damit wir endlich sehen, wo die Unholdin die Teufelsmale hat«, stieß Reimlinger ungeduldig aus.

Der Henker zog sein Messer und begann, Elisa die Haare abzuschneiden. Es war ein widerliches, schmerzhaftes Rupfen, weil die Klinge nicht scharf genug war und der Mann grob zu Werk ging. Auch unter den Armen und über dem Schamhügel wurde die Henkerstochter rasiert, auf dass kein Hexenmal verborgen bleiben konnte. Danach begann der Scharfrichter mit stierem Blick und geübten Fingern, den nackten Körper abzusuchen. Auf dem Rücken zwischen den Schulterblättern fand er einen Leberfleck und in der rechten Leiste ein helles, birnenförmiges Mal. Winzige Leberflecke zogen sich auch in einem kleinen Kreis über den Oberschenkel, worauf der Henker ein zufriedenes Brummen von sich gab und sich den Verhörherren zuwandte. »Das Weibsbild hat ein paar deutliche Hexenzeichen, werte Herren.«

Techssel erhob sich mühsam vom Stuhl, kam dann aber auf krummen Beinen rasch näher, um die Veränderungen auf dem Leib der Teufelsbuhle selbst in Augenschein nehmen zu können. Auch der junge Landolf und Mang Seitz kamen hinzu, nur der alte Reimlinger, dessen Gesicht siegesgewiss glühte, blieb auf seinem Platz, als stoße ihn der nackte Frauenkörper ab.

»Bei allen Heiligen«, stieß Techssel aus, als er die auffällige Form der Leberflecke auf dem Oberschenkel der Gefangenen sah, »die Hexe ist vom Leibhaftigen geküsst worden und nicht umgekehrt.«

Der Henker zog einen Hexenstecher hervor, ähnlich einem Messer mit schmalem Griff und langer, spitzer Klinge, mit der er in die Leberflecke stach und in den hellen Fleck, worauf Elisa zusammenzuckte. Sie stöhnte auf, unterdrückte aber einen Schrei. Unablässig liefen Tränen aus ihren Augen. Aus allen Wunden quoll Blut hervor, bis auf die fast weiße Stelle in der rechten Leiste. Der Scharfrichter wollte nochmals zustechen, aber da befahl ihm Mang Seitz: »Lass ab, Henker, es ist genug!«

»Die Stelle über der Scham hat nicht geblutet, da hat der Teufel sein Zeichen hinterlassen!«, stieß Techssel wie fiebernd aus und zog ein Tuch unterm Wams hervor, mit dem er sich über das schweißglänzende Gesicht wischte.

Elisa hatte fortwährend gebetet, während schreckliche Kälte sie durchströmte und Scham. Der Schmerz war brennend und breitete sich langsam über den ganzen Körper aus. Aber endlich ließ der Henker ab von ihr.

»Gib der Angeklagten das Hemd zurück, Scharfrichter«,

befahl Mang Seitz, worauf Meister Hans das zerrissene Unterkleid vom Boden hob und es der Henkerstochter hinstreckte. Rock und Mieder blieben auf der Erde. Er machte auch keine Anstalten, beides aufheben und ihr reichen zu wollen. So gut es ihr möglich war, bedeckte Elisa ihren Körper. Sie fror und konnte ein Zittern nicht verbergen.

»Ich bestehe darauf, dass eine Hebamme zu dem Weib ins Verlies kommt und feststellt, ob die Unholdin auch wirklich schwanger ist«, forderte Reimlinger mit kalter Stimme.

Elisa wurde in den Kerker zurückgebracht. Auf dem Weg dorthin strauchelte sie. Schwegler griff rasch zu, damit sie nicht stürzte. Nach wenigen Schritten aber streifte sie seine Hände ab, richtete sich vollends auf und ging entschlossen weiter. Später brachte ihr der Eisenmeister Wasser und Brot sowie einen kleinen Krug mit Wein und stellte alles auf den Boden neben die Henkerstochter, die sich im Stroh nicht regte und zusammengekauert unter den Decken lag. Erst, als das Kind sich in ihr rührte, fuhren Elisas Finger sanft über den Bauch, gegen den das winzige Menschenwesen in ihr getreten hatte. *Für dich muss ich stark bleiben, muss ich leben, solange es geht …*, dachte sie. Wieder liefen ihr Tränen übers Gesicht.

*

Im ehrwürdigen Rathaus zu Augsburg fand eine Ratsversammlung statt, in der die durch den Gerichtsschreiber verfassten Verhörprotokolle vom Stadtpfleger Georg Vetter verlesen wurden. Als dessen Stimme nach geraumer Zeit verstummte, begann leises Murmeln, bis Hieronymus Imhofer um Schweigen bat. »Wertes Kollegium«, sagte er, »ein Urteil über die Angeklagte wird nicht in Kürze gesprochen werden können, da die Gefangene nach der Untersuchung durch eine Hebamme in der Tat guter Hoffnung ist.« Jetzt erhob sich erst recht ein Raunen unter den Herren und einzelne laute Stimmen, die wenig freundliche Worte fanden.

»Herrgott, dann gibt's keinen raschen Tod auf dem Scheiterhaufen. Aber wenn die Hexe lange im Kerker bleibt, erhebt sich noch das liederliche Gesindel, das sich täglich am Eisenberg einfindet«, entfuhr es Bertold Stozzer, Zunftmeister der Goldschmiede, einem Mann in den Fünfzigern von mittlerer Größe, kräftiger Gestalt und mit wallendem grauen Haar bis auf die Schultern. »Wir sollten nicht vergessen, dass all die Habenichtse, denen das Weibsbild wie auch immer zu Gefallen war, die Mehrzahl der Stadtbevölkerung stellt.«

Utz Techssel, der sich ein ums andere Mal auf der Bank vorbeugte, wieder zurückwarf und erregt mit den Händen fuchtelte, fuhr polternd von seinem Platz auf. »Auch ich habe bereits vernommen, wie es rumort in den dreckigen Gassen und sich Gesindel zusammenschließt, als wollte es bald gegen die Kerkermauern anstürmen und die Zauberin befreien.«

»Die Gefangene befreien?«, rief Ulrich Landolf ungläubig, dem es unangenehm war, seinen Platz neben dem beleibten Techssel zu haben, der nicht still sitzen konnte und immer wieder schnaubte, weil ihm die Luft wegblieb.

»Freilich, Herr Landolf, weil das Malefizweib diesen Schwachköpfigen das Gehirn bei ihren nächtlichen Besuchen vollends verhext hat; sie glauben, mit der Eggenbergerin wäre aus der Gosse ein Engel zu ihnen gekommen und würde Wunder an ihnen wirken«, giftete der alte Reimlinger. Dabei mahlte er aufgeregt mit den Kiefern.

»Immerhin hat Euch diese Frau nach einem schweren Sturz das Leben erhalten, als Ihr im Frühling dem Tode nah wart…«, erinnerte ihn Konrad Rehlinger mit durchdringender Stimme. Damit tat er kund, was kaum einer in der Stadt wusste, offenbar auch keiner der Ratsherren, und wovon er nicht gesprochen hätte, wenn er nicht ein rachedurstiger Mann wäre. »Wäre sie für Euch da bereits eine Hexe gewesen, Reimlinger, wäret Ihr längst tot!«

Reimlinger starrte den Handelsherrn an, als hätte der ihm einen Schlag versetzt. Augenblicklich wurde das Gesicht des greisen Patriziers blutleer. Das einzig Lebendige in seinen wie zu Stein erstarrten Zügen blieben die schmutzig grauen Augen, aus denen Rehlinger nun funkelnder Hass entgegensprang. Ein tiefes Ächzen entrang sich der Brust unter dem schwarzen Wams. Der hagere Mann fuhr sich mit der Hand dorthin und verzerrte das Gesicht, als würde ihm die Luft knapp. Einer vom alten Stadtadel wie er selbst, der neben ihm saß und das Erbleichen seines Nachbarn mit Besorgnis verfolgte, sprang auf und rief nach einem Diener um Wasser.

Aber da erhob sich Reimlinger wie ein drohender Schatten aus dem Nebel und machte einige mühsame Schritte in den Saal, wo er stehen blieb. Er atmete laut und schwer. Er hob langsam den Arm, um mit der Hand und schließlich mit dem ausgestreckten Finger auf Rehlinger zu deuten. »Das… das ist eine infame Lüge, lutherischer Ketzer! Dafür werdet Ihr …« Er brach jäh ab, weil ihm die Sinne schwinden wollten und Diener herbeieilten, um ihn zu stützen. Die hochgewachsene Gestalt sackte etwas zusammen, aber dann fing sich Reimlinger wieder und konnte langsam aus dem Saal gebracht werden.

Keiner der Herren sprach. In den Zügen vieler stand auf vielfältige Weise das namenlose Erstaunen über den ungeheuerlichen Umstand, dass ebenjener der Richter, der besonders gegen die Heilerin hetzte und höhnte, sie rasch brennen sehen wollte, ihr offenbar das Leben zu verdanken hatte. Die Schmach des greisen Stadtadeligen hing noch greifbar in der Gerichtsstube, als Diepold Wennck, ein kräftiger Mann mit wachen Augen, widerspenstigem Bart und ebensolchen Locken rund um den breiten Schädel, seines Zeichens Fassbinder, der Erste war, der seine Sprache wiederfand. »Werte Herren, auch meiner guten Frau hat, als sie nach der Geburt unseres Letztgeborenen bald auf den Tod im Kindbett lag, die Heilerin das Leben erhalten. Von anderen in der Zunft weiß ich, dass die Elisa Eggenberger in den ordentlichen Haushalten gern gesehen war, dass sie gesegnet gewirkt hat und dass nie etwas von ihr ausging, das mit bösem Wirken einhergegangen wäre.« Er hatte mit fester Stimme gesprochen und bei einigen der Räte beifällige Bekundungen hervorgerufen. Die meisten aber schienen noch unter dem Eindruck des Geschehens zu stehen und hatten erregt mit ihrem Nachbarn zu flüstern begonnen.

»Floss denn Blut, als man die Male der Angeklagten mit dem Hexenstecher untersucht hat?«, wollte einer der Herren wissen, der ungeduldig auf den Weitergang der Ratsversammlung wartete.

Imhofer griff rasch nach den Urgichten, als wäre er dankbar für die Frage des Ratsherrn, und suchte jenes Verhörprotokoll heraus, in dem der Scharfrichter der Verhafteten die Folterwerkzeuge gezeigt, ihr deren Anwendung erklärt und danach die Gefangene rasiert und auf Teufelsmale hin untersucht hatte. Endlich hatte er die entsprechende Stelle gefunden. Er las sie noch einmal laut vor: *… die Angeklagte wird aller Kleidung entledigt und ihr Haar abgeschnitten, auch das am Körper, und der Körper nach Hexenmalen abgesucht. Die vorhandenen Leberflecke werden mit dem Hexenstecher angestochen, worauf Blut fließt. Aus dem hellen birnenförmigen Makel über* *der Scham fließt kein Blut.* Dass die Gefangene dabei geweint hatte, war lediglich am Rand in wenig gründlicher Schrift vermerkt worden.

»Ihr böses Gewissen hat ihr falsche Tränen in die Augen getrieben«, rief Techssel und rückte schwungvoll auf seinem Platz vor. »Ich war doch dabei. Das Hexenmal über ihrer Scham war auffallend und hat nicht geblutet. Ich sage Euch, Ihr Herren, da hat der Leibhaftige sein Zeichen an dem Weib hinterlassen, nachdem er sie besessen hatte!«

»Man weiß doch, dass sich der Teufel gern die schönen Weiber aussucht und nicht nur die missgestalteten. Und junge Frauen, keine alten, zahnlosen, die einem jede Freude nehmen.« Der Blick des Goldschmiedemeisters Stozzer verlor sich auf einmal im Tanz des Lichts in den Butzenscheiben, durch die das Sonnenlicht fiel, als denke er an jemand anderen und nicht an die Eggenbergerin im Kerker.

»Weiß man inzwischen etwas von dem Mann und dem Kind der Hexe?«, wollte der Plattnermeister wissen, der sich mit einem Tuch Luft zufächelte.

»Nein, werter Meister Techssel, dieser Matthias Eggenberger ist verschwunden, als hätte sich die Hölle unter ihm aufgetan«, antwortete ihm Hieronymus Imhofer von der langen Bank vor den hohen Fenstern her, von denen er einige hatte öffnen lassen, weil die Hitze im Saal bereits drückend geworden war. Immerhin ging leichter Wind, der hin und wieder einen kühlenden Luftzug in die Ratsstube wehte. »Scharen von Bütteln schwärmen jede Nacht seit der Einholung der Eggenbergerin in den Gassen der Stadt nach ihrem Mann aus, aber nicht einmal ein Schatten ist von ihm auszumachen.«

Lange war Konrad Rehlinger dem Verlauf der Ratssitzung schweigend gefolgt, hatte aufmerksam zugehört, als die Verhörprotokolle verlesen wurden, und hatte sich seine Gedanken gemacht. *Elisa Eggenberger ist verloren,* dachte er. Das war sie allerdings bereits seit dem Augenblick, als der Schandbrief des Schurken Krimmel in die Hände der Obrigkeit gelangt war und ihr der Tod des Tennenknechts durch Schadenszauber angelastet wurde. Entschlossen erhob er sich vom Platz. »Werte Herren Kollegen, gestattet mir, dass ich einiges ausführe.« Gemessenen Schrittes begab er sich mitten in den holzvertäfelten, lichtdurchfluteten Raum und ließ seinen Blick über bald jeden der ihm gespannt entgegenblickenden Räte wandern.

Wie stets geschmackvoll gekleidet, trug der Handelsherr an diesem Tag ein blaues Wams mit goldenen Fäden darin, blaue Hosen und Stiefel aus feinstem Leder, wie sie kaum ein anderer trug, der die modischen Bärenklauenschuhe bevorzugte. Alle Blicke richteten sich auf ihn. Manche fragten sich, was nach der Bloßstellung des greisen Reimlingers noch über Rehlingers Lippen kommen mochte. Jedenfalls hatte das Mitglied der mächtigen Dreizehner als einer der unmittelbar Betroffenen in dieser schändlichen Angelegenheit auch allen Anlass dazu, sich zu Wort zu melden, denn es war die Gemahlin seines Hauptkassierers, die eines Hexenverbrechens angeklagt war.

»Werte Herren, ich bin überzeugt davon, dass mein Hauptkassierer nicht in einen teuflischen Abgrund gefahren ist«, begann er. In seinem beherrschten Gesicht loderten einzig seine tiefbraunen Augen. »Dazu fehlt ihm schlichtweg die Eignung.« Er schwieg kurz. »Matthias Eggenberger hat in den Jahren seiner Tätigkeit für meine Teilhaber und mich stets zur vollsten Zufriedenheit gearbeitet. Ich bin davon überzeugt, dass er Augsburg längst verlassen hat. Was er sich auch aufgebaut hat, ist durch die Verhaftung seiner Frau in die Brüche gegangen.« Er stieß ein dezentes Räuspern aus. »Ich könnte auch sagen, mein Hauptkassierer hat mir die Mühe erspart und sich mir vom Hals geschafft. Seid versichert, Ihr Herren, ich war auf das Äußerste erbost, als ich die Wahrheit über den unreinen Stand seiner Gemahlin erfuhr.«

Er warf den Blick zu den offenen Fenstern und hielt eine kurze Weile inne. »Gleichwohl möchte ich sagen, er war ein Narr. Ein Narr deshalb, weil er dereinst Herz und Kopf an eine ehrlose Jungfer verlor und dafür seinen guten Ruf, sein reiches Erbe und seine erfolgreiche Stellung als Handelsherr in Tübingen und Venedig aufgab.« Rehlinger setzte ein nachsichtiges Lächeln auf. »Weit unter seinem Stand trat er in meine Dienste und die meiner Kompagnons und hat es an Sorgfalt in seiner Tätigkeit niemals fehlen lassen. Bei meinem Wort, Ihr werten Herren, ich hatte nie einen besseren Hauptkassierer!« Er machte ein paar Schritte, unter denen er sich nachdenklich über den Bart und die langen, nach unten gerichteten Spitzen fuhr.

»Was den Umstand anlangt, dass er sich das Bürgerrecht dieser Stadt erschlichen hat, um mit einer unehrenhaften Frau hier im Geheimen leben zu können, dafür wäre er auch in meinen Augen als Ratsmitglied, wären wir seiner habhaft, auf das Schärfste zu bestrafen. Als Handelsherr jedoch, und das erkläre ich ausdrücklich, betrachte ich mich nicht als betrogen.« Konrad Rehlinger atmete tief durch, als müsste er seiner starken Brust Entspannung gönnen.

»Bleibt die Frage, wegen der wir uns überhaupt heute hier versammelt haben. Ist Elisa Eggenberger eine Hexe? Wir haben sämtliche Verhörprotokolle gehört, wir wissen, dass die Angeklagte bis zum heutigen Tag entschieden leugnet, jemals Hexenwerk betrieben zu haben. Da wir sie nicht der Tortur unterwerfen können, bleiben die Aussagen der beiden Karrer. Wir hatten sie hier vor uns, Männer aus dem einfachen Stand, die nach einer Weile anstatt aus eigenem Bekunden nur noch auf Nachfragen in der Lage waren zu schildern, was sich in der entscheidenden Nacht in der Neumühle zugetragen hat. Erinnert Euch, werte Herren Kollegen, wie sie bald in Nöte gerieten, als sie eindringlicher befragt wurden, und sich immer wieder in Widersprüche verwickelten.« Die beiden Mühlknechte waren übles Gesindel, wie er auf den ersten Blick erkannt hatte, als sie vor den Rat mussten. Scharf hatte er ihre peinliche Befragung gefordert, da sie ihm als Schurken und nicht als glaubwürdige Zeugen erschienen waren, und hatte damit einen Sturm der Entrüstung unter den Ratsmitgliedern entfacht.

»Die beiden Karrer haben einen Eid auf ihre Aussage geschworen, Rehlinger. Denkt Ihr, nur weil sie gemeine Knechte sind, müssen wir davon ausgehen, dass sie die Unwahrheit gesagt haben?«, fuhr Hans Seckler, der für dieses Jahr gewählte Oberrichter des Stadtgerichts, heftig auf.

»Elisa Eggenberger ist wie die beiden Knechte aus dem gemeinen Stand, geschätzter Herr Seckler. Warum sollten ihre Schilderung um den kranken Knecht und ihr Beharren auf Unschuld weniger glaubhaft sein als das, was uns die Männer erzählten, die sie eines schweren Verbrechens beschuldigen?«, erklärte das Mitglied der Dreizehner mit Bestimmtheit.

Seckler, groß und beleibt, mit lichtem, strähnigem Haar auf dem birnenförmigen Kopf, blies empört die schwammigen Backen auf. »Die Beweise, die gegen die Henkerstochter vorliegen, sind eindeutig, Rehlinger! Verschließt Euch nicht den zahlreichen Umständen, die dafürsprechen, dass sie das schändliche Verbrechen begangen hat.«

Empörte Rufe etlicher Räte, die die Verhaftete längst als Hexe verdammten und dem vorsitzenden Richter recht gaben, erhoben sich. Imhofer sprang auf; er hatte Mühe, die Ratsversammlung wieder in geordnete Bahnen zu lenken.

»Wir kennen die beiden Karrer nicht. Wir wissen nichts über ihren Leumund«, bemerkte Rehlinger unverdrossen noch in die letzten abflauenden Unmutsbekundungen hinein. »Aber wir wissen um den Ruf der Elisa Eggenberger.« Drohend flackerte sein Blick und schien alle bannen zu wollen, die ihm ins Wort fallen wollten. »Auch wenn wir nun erfuhren, dass sie eine Henkerstochter ist, kennen wir die Gemahlin meines Hauptkassierers seit Jahren als eine tugendhafte, mildtätige Frau, die sich beileibe nicht zu schade dafür war, zu den Armen und Kranken zu gehen und zu helfen. Niemals in dieser Zeit hat auch nur einer von uns vernommen, dass sie dabei Menschen an Leib oder Seele geschadet hätte, dass sie Unwetter über die Reichsstadt hat kommen lassen, oder den Blitz in die Kornhäuser oder Salzstadel einschlagen.« Rehlingers Stimme war nun schneidend. »Einige unter den ehrbaren Herren hier könnten bestätigen, wie die Heilerin gewirkt hat, wenn sie sich denn hinstellen wollten und es öffentlich machen!« Der Patrizier war zornrot geworden und musste sich bezwingen, um nicht loszubrüllen.

»Mir scheint, die Hexe hat ihn auch schon verzaubert, weil er sie so verteidigt«, schoss es giftig über die fleischigen Lippen des Plattnermeisters, worauf Rehlinger seinen Kopf zu ihm wandte und ihn finster anstarrte.

»Wagt es nicht, mir zu unterstellen, ich wäre nicht mehr Herr meiner Sinne, Techssel!«, donnerte er.

Utz Techssel wurde klein auf seinem Platz, kleiner noch, als er ohnehin war, und zog den Kopf ein, dass es aussah, als säße ein dicker Kohlkopf mitten auf der ausladenden weißen Halskrause.

»Bei meiner Ehre«, fuhr Rehlinger mit leicht zitternden Bartspitzen fort, »ist hier noch einer der Herren, der mir dasselbe ins Gesicht sagen will?«

Im Saal wurde es totenstill. Nun gab es auch kein Hüsteln mehr. Rehlingers Drohung war zu deutlich. Man hatte an seinem Ansehen gekratzt, was kein Mann in der Reichsstadt, selbst keiner von hohem Stand wie er selbst, wagen sollte. Mitglieder seiner äußerst wohlhabenden Familie stellten seit Jahrzehnten die Bürgermeister und besetzten die höchsten Ämter in Augsburg. Das Geschlecht der Rehlinger besaß einen ausgezeichneten Ruf als ehrenwerte und erfolgreiche Kaufherren in den deutschen Handelsstädten, aber auch auf den lebhaften Märkten in Antwerpen, London und Venedig.

Manche der hohen Herren hatten sogar den Atem angehalten und entließen ihn jetzt mit einem leisen Zischen. Sie würden es nicht sein, die sich einen Konrad Rehlinger zum Feind machten. Hieronymus Imhofer erhob sich von der Bank, nahm den Rücken aus dem luftigen Bereich am Fenster und breitete vor dem stolzen Patrizier, aber auch den anderen Ratsherren beschwichtigend die Arme aus. »Ihr Herren, ich bitte Euch um Fassung«, bat er und forderte den in der Mitte des Saales stehenden Mann auf, mit dem fortzufahren, was er noch hatte ausführen wollen.

Der Patrizier tat es mit scharfer Stimme und flammendem Blick, der einen jeden der Ratsmitglieder davon abhielt, gerade jene Frage zu stellen, warum er denn eine Frau verteidigte, die als Zauberin galt. So blieb es sein Geheimnis, und manch einer, der den Handelsherrn seit Langem kannte, schrieb es dessen Leidenschaft für schöne Frauen zu. Nicht wenige dachten dabei an seine zweite Gemahlin, die unnahbar erscheinende rotblonde Sybille mit dem auffallenden Teint von frisch gefallenem Schnee. In erster Ehe war sie mit Jakob Fugger vermählt gewesen, aber nach Gerüchten seit ihrer Jugendblüte in Leidenschaft dem Rehlinger zugewandt. Es gab sogar einige unter den hohen Herren, die seiner Waghalsigkeit, sich für die Frau des Mannes zu verwenden, der ihn seit Jahren über den unredlichen Stand seiner Gemahlin getäuscht hatte, Respekt zollten.

Insgeheim gaben einige der Herren aus dem Kreis der Mehrer, der Kaufmannschaft und der gemeinen Bürgerschaft dem Patrizier recht, die sich die anmutige, sanfte Elisa Eggenberger so gar nicht als Teufelsbuhle vorstellen konnten, die mit wirrem Haar und zotigen Reden auf einer Ofengabel oder einem Besen zu einem der dämonischen Tanzplätze ritt.

Konrad Rehlinger erklärte, dass er die Angeklagte für unschuldig halte und dass man noch ein weiteres Mal die beiden Augenzeugen heranschaffen und zu der schändlichen Tat befragen sollte. Beim geringsten Zweifel an der Wahrhaftigkeit ihrer Aussagen sollten sie selbst der Hexenprobe und bei entsprechenden Resultaten daraus den Torturen unterzogen werden. Im Stillen stimmten die Herren ihm zu. Aber sie schwiegen.

Der Oberrichter Hans Seckler und alle anderen Ratsherren bis auf zwei wiesen Konrad Rehlingers Ersuchen entschieden zurück. Der Patrizier nahm mit erhobenem Haupt und entschlossenen Zügen wieder seinen Platz ein. Einem wachsamen Beobachter mochte es vorkommen, als hätte der Dreizehner im Stillen eine ungewöhnliche Entscheidung getroffen.

Mang Seitz hatte die ganze Zeit über mit aneinandergelegten Fingern und halb geschlossenen Augen wie in tiefem Nachsinnen verharrt. Langsam hob er den Kopf. Nun war er es, der um das Wort für eine längere Ausführung bat, was ihm auch gestattet wurde.

»Nun«, begann er mit dunkler, aber angenehmer Stimme, »nicht jeder Mann weiß, was seine Frau tut, wenn er außer Hauses ist. Was ihm durchaus oft genug bedeutsam wäre.« Sogleich erntete er Lacher aus den Reihen jener, die sich im ehelichen Stand befanden, und das waren die meisten der hohen Herren.

»Mag dieser Matthias Eggenberger auch ein Mann sein, der mit einer gewissen Blindheit seiner Gemahlin gegenüber geschlagen war und es offenbar nicht verstand oder es auch bewusst unterließ, sie in ihrem Tun in die gebotenen Schranken zu weisen. Mein werter Herr Kollege Rehlinger führt selbst an, dass sein Hauptkassierer wohl ein verliebter Narr war.« Mang Seitz hatte, was selten genug vorkam, den Ansatz eines feinen Lächelns auf den Lippen. »Aber es könnte auch durchaus sein, dass Elisa Eggenberger zwei Gesichter hat. Das eine davon zeigte sie als tugendhafte Gemahlin und mildtätige Heilerin in der Stadt, das andere hielt sie verborgen und enthüllte es ohne ihre Absicht den Augenzeugen, wie wir deren Aussagen zweifelsfrei entnehmen können. Den beiden Karrern ist zu verdanken, dass wir nun wissen, was die Angeklagte wahrhaftig ist.« Er stockte, legte die Hände aneinander und fuhr mit betonter Stimme fort: »Eine Hexe!«

Ein tiefes Raunen erhob sich in den Reihen der Räte. »Meine werten Herren Kollegen«, fuhr er fort, »dass wir die Angeklagte nicht den Torturen unterwerfen können, um die Wahrheit aus ihrem eigenen Mund zu erfahren, verhindert das unschuldige Kind in ihrem Leib. Aber es hindert uns nicht daran, dass wir in Kürze ein Urteil über Elisa Eggenberger sprechen können. Nach der geltenden Rechtsordnung bedarf es für einen eindeutigen Schuldnachweis eines Hexenverbrechens entweder des freiwilligen Geständnisses des Angeklagten oder der Aussage von wenigstens zwei Zeugen der Schandtat. In diesem Fall liegen uns die nachvollziehbaren, vereidigten Bekundungen der beiden Karrer in der Neumühle vor, die die Beschuldigte bei ihrer abscheulichen Tat beobachteten. Nach der Art und Weise, wie der Kranke zu Tode kam, bleibt nur ein Verbrechen der Hexerei durch Schadenzauber. Wie meine werten Kollegen und ich selbst aus eigenem Vernehmen wissen, begab sich die Angeklagte seit ihrem Niederlassen in der Stadt aufgrund der von ihr benannten heilerischen Fähigkeiten zu Siechenden und zu in unwürdigen Zuständen hausenden Habenichtsen. Auch zu jenen Elenden in den Kerkern, deren Nähe zu suchen keiner ehrbaren Frau geraten sein sollte. Uns liegen die Aussagen redlicher Bürger vor, die die Heilerin in den Kleidern eines einfachen Weibes und keinesfalls in solchen, die ihrem vermeintlichen Stand einer Bürgerin oder gar Gemahlin eines Patriziers entsprachen, weit nach Sonnenuntergang in den Straßen der Oberstadt erkannten, aber auch in den Gassen, die in die Unterstadt führten. Nicht zuletzt haben wir das Geständnis der Angeklagten, dass sie unreinen Standes ist und als Gemahlin eines Patriziers Anteil hatte am Bürgerrecht in dieser Stadt, wie sie es bei Kenntnis über ihre unehrliche Herkunft nicht erlangt hätte.«

Er schwieg eine kurze Weile, in der nicht einmal das leiseste Hüsteln zu hören war. »Wir haben die schriftliche Aussage eines Zeugen, den wir zwar nicht vor dem Rat hören konnten, der jedoch durch einen Schreiber hat bekunden lassen, dass die hier bekannte Elisa Eggenberger die Tochter des Tübinger Henkers ist und mittels ihrer heilerischen Fähigkeiten magische Übeltaten bereits ausgeübt hat und weiter ausübt. Aus dem Mund der Angeklagten selbst haben wir in den Verhören erfahren, dass sie die Tochter eines Henkers ist. Wir haben die vereidigten Aussagen von der Torwache am südlichen Stadttor, wie die Beschuldigte in den Kleidern einer einfachen Frau den Versuch unternommen hat, mit Mann und Kind die Stadt zu verlassen. Dabei hielt sie in ihrem Rock eine als Zauberpflanze bekannte Alraune und magische Karten verborgen, die wiederum für Unheil bringende Praktiken sprechen. Ich möchte betonen, dieses Vorhaben, aus Augsburg zu entfliehen, hat die Angeklagte als wahr bekundet.«

Er schwieg wieder, legte beide Hände vor die Brust und ließ den Blick aus wachen, braunen Augen langsam über die ihm am nächsten sitzenden Ratsherren schweifen.

»Werte Herren Kollegen, wir wissen nach der erfolgten *territio verbalis,* dass die Angeklagte über mindestens ein Hexenmal verfügt, das sich dazu noch an bedeutsamer Stelle über der Scham befindet. Ich denke also, dass die Schuld der Angeklagten zweifelsfrei und ausreichend bewiesen ist, sodass es deshalb zu einem zeitigen Urteilsspruch kommen kann. Ich rate auch dazu, denn ohne eine baldige Verurteilung steht zu befürchten, dass die Unzufriedenheit im gemeinen Volk zu Tumulten führen könnte. Wenn es allerdings beizeiten ein klares Urteil gibt und man die Verurteilte im Verlies gut hält, bis das Kind geboren ist, hält das die Leute still und vollzieht möglicherweise den Wandel in ihnen, dass Elisa Eggenberger Gerechtigkeit widerfahren ist.«

Wieder ging ein Raunen durch den Saal. Was Mang Seitz ausgesprochen hatte, fand große Anerkennung und Zustimmung. Seinen Ausführungen war es zu verdanken, dass bereits am nächsten Morgen der peinliche Rechtstag einberufen wurde und ein Urteil über die Angeklagte gesprochen werden sollte, bevor sich noch mehr unzufriedenes Volk zum Eisenberg aufmachte. Die Luft war heiß und stickig geworden. Die Diener füllten in einem fort die Gläser gegen dürstende, raue Kehlen. Als es unerträglich schwül im Saal wurde und keiner der hohen Herren noch etwas beizutragen hatte, weil alles gesagt war, und ein jeder endlich hinauswollte in den luftigen Tag, endete die Ratsversammlung.

Montag, der 22. Juni, Anno Domini 1528

In der Schenke beim Grozkopf im Lechviertel saß Eckehard nach einem späten Feierabend inmitten von Handwerksgesellen und ließ sich das Dünnbier schmecken. Der Geselle stieß mit den Männern am Tisch an, das volle Bier schwappte schäumend aus den Humpen. Er genoss die freien Stunden nach harter Arbeit in fröhlicher Runde mit Bechern und gab so manch anrüchiges Erlebnis aus seiner Zeit der Wanderschaft zum Besten, was beileibe nicht für Amelindes Ohren bestimmt gewesen wäre. Die Männer klopften sich grölend auf die Schenkel. Einer nach dem anderen warf eine Begebenheit aus seiner Zeit als Geselle in der Ferne hinterher. Weiter hinten hatte sich einer auf den Tisch geschwungen und stimmte eine lustige Weise an, ein anderer begann, ihn munter auf der Laute zu begleiten. Die Zecher hatten rot glänzende Gesichter, ihre Körper dampften von Bier und Schweiß, und die Luft war zum Schneiden dick.

»Bist … bist du nicht der Gießergeselle vom Ka… Katzenstadel, der beim Rehlinger auf dem Schieß…fest den Vogel von der Stange g'holt hat?«, lallte einer, der schon zu viel vom Bier erwischt hatte, herantorkelte und sich neben Eckehard auf den Tisch stützte.

Eckehard warf den Kopf herum. Er musterte den Störenfried unwillig. Der Saufbold war ihm nicht bekannt, machte ihm aber auch nicht den Eindruck, auf Streit aus zu sein. »Was willst denn, Kerl?«, fragte er knapp.

Der andere lachte heiser auf. »Hast schon gehört, dei… deinen Freund, den Hauptka…kassierer vom reichen Rehlinger, den suchen die … die Büttel. Dessen bildsauberes Weibs…bild haben's schon eingeholt und in den Kerker ge…schafft, und jetzt ist er dran.«

Auf einen Schlag war sämtliche Heiterkeit in Eckehard ausgelöscht. Mit zusammengekniffenen Augen musterte er den fremden Kerl, als könne er dadurch einen Funken Wahrheit in dessen ungeheuerlichem Gefasel ausmachen. »Was redest denn da für einen Schmarren?«, stieß er grob aus, ruckte schwungvoll von der Bank hoch, wobei er gegen den Mann neben ihm stieß, der sich gerade noch auf seiner Sitzgelegenheit halten konnte, und stellte sich herausfordernd hin.

»Es … ist aber wahr. Die haben die … die Eggenbergerin eingeholt, weil's eine Henkerstochter und eine Hex wär. Einer der Mühlknechte beim Neumiller ist tot, bei dem sie war und ihn …«, er stockte, stieß dann aber ein heiseres Lachen aus, »kuriert hat.« Er grinste spöttisch und blinzelte aus vor Suff glänzenden Augen. »Hast ja einen schö… schönen Freund.«

Mit einem Mal war Eckehard ernüchtert, als hätte er keine stattliche Anzahl an Humpen geleert. Aller Lärm in der Zechstube war für ihn zu einem fernen, dumpfen Rauschen geworden. Ungläubig starrte er auf den Besoffenen, bevor er ihn am dreckigen Hemd packte und zu sich herzog. »Sag, von wem hast du das Geschwätz?«

»Auf den … Gassen geht's rum.« Der Mann hing hilflos im Griff des hünenhaften Gesellen und hob einen Arm, beschrieb einen fahrigen Kreis und deutete schließlich mit der Hand hinter sich. »Die Bü… Büttel su… suchen nach dem Eggenberger.«

Eckehard ließ los, und der Saufbold fiel hart zu Boden. Der Gießer griff nach seiner Mütze und seinem Umhang. Er rammte sich einen Weg durch die volle Schenke und jene Kerle, die ihm im Weg standen, stieß die schwere Tür auf und lief in die Nacht.

Zurück in der Gießerei, konnte er nicht schlafen. Er war immer daran, trotz der späten Stunde an Amelindes Kammertür zu kratzen. Was das Schandmaul in der Schenke von sich gegeben hatte, brodelte wie unverdünnter Wein in ihm.

Als endlich der Tag graute, konnte er es kaum erwarten, bis Amelinde die Stiegen herunterkam. Er ging unruhig im Raum herum. Elsbeth, die am Herd werkelte und ihre Ruhe haben wollte, störte dies. »Warst zu lange in der Schenke, und jetzt hämmert dir der Schädel?«, fragte sie mürrisch. Sie warf ihm einen ungnädigen Blick zu.

»Wenn's nur das wäre, Elsbeth«, stieß er rau aus und wanderte weiter durch die Stube.

Endlich kam Amelinde. Er war mit raschen Schritten bei ihr und zog sie stürmisch ins Freie. Die Elsbeth starrte beiden mit offenem Mund hinterher.

»Was ist denn?«, fragte Amelinde mit einem unsicheren Lächeln, als sie die Aufregung in Eckehards blassem, übermüdetem Gesicht erkannte.

»Da geht was in den Gassen rum über die Elisa und den Matthias …« Er stockte und stieß den heißen Atem aus. »Denk doch, es heißt, die Büttel wären hinter Matthias her, und die

Elisa wäre von den Knechten ins Gefängnis gebracht worden, weil sie eine … eine Henkerstochter und eine Hexe wäre.« Er schluckte schwer, so mühsam waren ihm die Sätze über die Lippen gekommen.

Amelinde wurde aschfahl. Kalt wurde es in ihr, schrecklich kalt. Ihre ehrlose Freundin war keine Müllerstocher oder aus dem Hause eines Töpfers, wie sie gedacht hatte. Aber sie hatte nie gefragt. Was Eckehard sagte, war so unfassbar, dass sie zu zittern begann.

»Meinst du, das stimmt?«, fragte er leise, als könnte ihnen ein Umstehender die böse Wahrheit hinbrüllen.

Amelinde schüttelte wie abwehrend den Kopf. Tränen liefen ihr über's zur Seite gewandte Gesicht. »Eine Henkerstochter…«, flüsterte sie für sich, bis Eckehard sie an den Händen ergriff und sie durch den Tonfall in seiner Stimme zwang, ihn anzusehen.

»Sag doch, hast du was gehört?«

»Nein, habe ich nicht, aber …«

»Was?«

»Es ist die Wahrheit, dass Elisa von unehrlichem Stand ist«, presste sie mühsam hervor. Sie schaffte es noch nicht, ihn anzusehen. Erst als sie spürte, wie der Druck seiner Hände um ihre schmerzhaft wurde, setzte sie sich seinem Blick aus. Eckehard war kalkweiß geworden. Die Narben in seinem Gesicht glühten hässlich. Ein elender Schmerz lag in seinen Augen, der ihr ins Herz schnitt. »Elisa hat sich mir auf dem Schießfest anvertraut, als ich …« Sie stockte, verdrängte, was sie in Krimmels Karren getan hatte. »Sie hat mir aber nicht gesagt, dass sie die Tochter eines Henkers ist.«

»So ist es wahr«, stieß Eckehard wie erstarrt aus. »Und Matthias muss wissen, wer sie ist.« Er ließ Amelinde los und drehte sich von ihr fort. Sein Kopf sackte auf die Brust, und er atmete mühsam, als bekäme er kaum Luft. Als er sich wieder zu der jungen Frau wandte, waren seine Züge hart geworden. »Und ich dachte, Matthias wäre mein Freund und Elisa eine rechtschaffene Frau mit einem mitleidigen Herzen für die Kranken«, sagte er bitter.

»Matthias *ist* dein Freund«, verteidigte sie, was in Eckehard zerbrechen wollte. »In allem, was an Schlimmem in der letzten Zeit geschehen ist, hat er zu uns gestanden.« Sie sah ihn offen an. »Und Elisa tut, was sie tun muss und wozu sich nicht einmal gemeine Bader herablassen.«

Der Geselle riss zornig die Augen auf. »Ich kann den Mann einer Henkersdirn nicht meinen Freund nennen.«

Amelinde schwieg. Sie war verwirrt und fassungslos, und sie spürte Eckehards Enttäuschung wie eine dunkle Wolke, die sie in seine Wut mit hineinziehen wollte.

»Sie haben uns getäuscht, haben uns belogen«, sagte er kalt.

Das hatten sie, aber in Amelinde änderte es nichts daran, dass sie ihr wertvoll und wichtig waren und sie sie dennoch mochte, stellte sie erstaunt und mit tiefer Wärme im Herzen fest. Elisa war ihre innige Freundin. »Was hätten sie denn tun sollen? Wenn wir es gewusst hätten, dass …«

Grimm flackerte in Eckehards kalten Zügen. »Ja, genau, dann hätten wir nichts mehr mit ihnen zu tun haben wollen«, vollendete er.

»Du willst nichts mehr mit ihnen zu tun haben?«, fragte sie unglücklich. Sie ging einen Schritt auf ihn zu.

»Soll ich meinen Kopf riskieren für jemanden, der sich Freund nennt und dann ehrlos handelt? Wenn Elisa eine Hexe ist, ist sie genau da, wo sie hingehört.«

Amelinde fuhr zurück, als hätte er sie geschlagen. »Sie ist

nie und nimmer eine Hexe. Das ist bösartiges Geschwätz. Hast du vergessen, dass sie meinem Vater das Leben gerettet hat? Elisa und Matthias haben uns aufgenommen und uns Obdach gegeben. Und im Handelshaus des Rehlingers war es Matthias, der dich aus einer gefährlichen Lage gerettet hat«, erinnerte sie ihn unter aufsteigendem Zorn.

Eckehard stand da wie eine Säule. »Das hätte er nicht tun müssen«, stieß er ungerührt aus.

Wut flammte über Amelindes Wangen. Sie wollte ihm gebührend antworten, als ein Junge in den Hof gelaufen kam. Als er sie erblickte, kam er in ihre Richtung. »Gott zum Gruß, ich suche den Gießergesellen Eckehard«, rief er. Er schnaufte recht, weil er offenbar gerannt war. Er blickte den vor ihm stehenden Hünen an und erstarrte schier vor Ehrfurcht beim Anblick seiner Größe und der starken Muskeln, die sich deutlich unterm Hemd abzeichneten.

»Das bin ich«, sagte Eckehard mürrisch. »Was willst denn?«

»Ich hab hier eine Nachricht für Euch von einem Mann aus dem Stadthaus des hohen Herrn Rehlinger.« Er streckte Eckehard ein gerolltes Papier hin, das ihm dieser unwillig aus der Hand riss.

»Wer schickt dich?«, fragte er misstrauisch.

Der Junge zuckte gleichgültig mit den Schultern. »Einer im Haus vom hohen Herrn Rehlinger halt.« Er wusste seinen Namen nicht, konnte ihn aber beschreiben.

Matthias!, dachte Eckehard zornig. Er wollte auffahren, aber da machte der Junge kehrt und verschwand, als wäre er froh gewesen, seine Botschaft endlich überbracht zu haben. Eckehard aber starrte verächtlich auf das Papier in seinen Fingern, als wäre es ein übler Trunk im Becher. Er zögerte, ging daran, es zu entrollen, aber dann fluchte er und zerriss es. Die

Fetzen schleuderte er von sich. Als er den Kopf hob, suchte er Amelindes Blick. Die Enttäuschung in seinen matt gewordenen Augen galt diesmal ihr. »Obwohl du gewusst hast, dass Elisa eine ehrlose Frau ist, hast du mir nichts davon gesagt.«

Hinter einem Tränenschleier sah Amelinde ihm nach, sah ihn aufrecht über den Hof gehen und in eine der Hallen, in der er jetzt die meiste Zeit bis spät in die Nacht arbeitete. Eine Zeit lang stand sie wie betäubt da, beugte sich dann aber hinunter und sammelte die Schnipsel ein, um sie wie ein kostbares Gut in ihrer Hand zu bergen. Rasch ging sie damit ins Haus zurück und in ihre Kammer. Mit zitternden Fingern begann sie, die zerrissenen Teile auf dem kleinen Tisch auszubreiten und zusammenzufügen. Es waren kaum leserliche, flüchtig geschriebene Worte. Sie erkannte eine Nachricht von Matthias, der sie offenbar in aller Eile und in einem schlimmen Gemütszustand hingeworfen hatte. Ein verzweifelter Hilferuf, der Eckehard, dem Freund, galt. Tränen fielen auf die schwarze Tinte und verwischten einzelne Buchstaben. Amelinde schlug sich die Hände vors Gesicht.

Eckehard hatte sich in der Gießerei ein Stück Eisen vorgenommen, um es zu bearbeiten. Alle Enttäuschung und allen Zorn schlug er in das grobe Stück, bis es eine abstoßende Form erlangt hatte. Mit finsteren Blicken betrachtete er es und schleuderte es gegen die Mauer. Mit schweren Schritten ging er ins Freie. Dort blieb er aber nicht lange. Er ging in die Halle zurück, in der er bis in die Nacht schuftete. Als er schließlich in die Dunkelheit trat, lag eine ungewöhnliche Stille über der Gießerei. Er stellte sich mitten auf den Hof und betrachtete erschöpft von der Arbeit und seinen düsteren Gedanken die Sterne.

Die letzten Stunden hatte er damit zugebracht, sich zermürbende Gedanken über Freundschaft und Verrat zu machen und darüber, was mit einem geschah, der seinen eigenen Stand verriet und sich gegen die Regeln der Gesellschaft auflehnte. Bei allen möglichst zuversichtlichen Gedanken konnte er sich dennoch kein gutes Ende denken. Der Herrgott stellte nicht umsonst jeden auf seinen Platz, die Wohlhabenden in die prachtvollen Straßen der Oberstadt und die einfachen Leute zwischen die schäumenden, stinkenden Lechkanäle der Unterstadt. So hatte es schon die alte Religion gesagt und jetzt auch die neue, also musste es wohl so sein.

Irgendwann wanderte sein Blick zu Amelindes Fenster, hinter dem kein Licht brannte. So dunkel war es auch in seinem Herzen, dachte er und spürte, wie er sich nach dem Mädchen dort oben sehnte. Je länger er an sie dachte, desto heißer stieg das Blut in ihm auf. Er musste mit Amelinde reden, musste wissen, ob sie ihm noch gut war. Leise stieg er im großen Haus die knarrenden Stiegen hinauf und fluchte still über das verursachte Geräusch. Vor Amelindes Kammertür lauschte er, hörte aber nur seinen pochenden Herzschlag. Hinter dieser einfachen Holztür war sein Mädchen, schlief sie, träumte vielleicht sogar unruhig über den unseligen Streit mit ihm. Das hatte er nicht gewollt. Wenn er jetzt an der Tür schabte, würde sie vielleicht erwachen, aber wohl kaum öffnen. Vorsichtig drückte er dagegen und stieß den Atem erleichtert aus, weil Amelinde die Tür nicht verschlossen hatte.

Langsam schob er sich in die dunkle Kammer, in der sich nichts regte. Er musste ein Licht entfachen und ging so leise, wie er konnte, in die Stube, die er mit einem anderen Gesellen teilte, der mit ihm im Haus des Meisters wohnte, und holte eine Laterne. In Amelindes Kammer entzündete er die Kerze darin und leuchtete umher. Der Atem stockte ihm. Amelindes Bett war leer. Auf dem Tisch fielen ihm die Papierschnipsel auf, die zusammengefügt worden waren. Schlagartig wurde ihm der Mund trocken. Eine dunkle Ahnung stieg in ihm auf. Er begann zu lesen. Hitze flammte in ihm auf. Es war Matthias' Hilferuf, und Amelinde war ihm offenbar gefolgt!

Mit finsterer Entschlossenheit, sie zurückzuholen, kehrte er, von den anderen, bereits schlafenden Gesellen unbemerkt, in seine Kammer zurück. Er griff sich sein Messer, das er hinter dem Hosenbund verstaute, schob sich die Mütze auf den Kopf und schlüpfte in seinen Umhang. Er lief, bis ihm die Brust und die Seiten schmerzten, und nahm Wege, die ihn rasch zu Rehlingers Stadthaus unterm Bogen bringen sollten. Aufgewühlt trieb es ihn durch die Gassen. Er machte sich Sorgen um Amelinde und hoffte, dass es ihr gut ging. Immer noch fühlte er ihren todtraurigen Blick auf sich liegen, weil er nichts mehr von Matthias und Elisa hatte wissen wollen. Aber konnte sie denn nicht verstehen, dass er tief enttäuscht durch das Verhalten der beiden Freunde war?

Dass er den Matthias immer noch gern mochte wie einen Freund, den er nie gehabt hatte, einen, der ihm wahrhaftig geholfen hatte, als es brenzlig um ihn wurde, machte die Sache nicht leichter. Machte es weiß Gott nicht leichter, an ihn und seine Frau keinen Gedanken mehr zu verschwenden. *Herrgott, die Elisa hat dem Meister doch das Leben gerettet,* dachte er verwirrt. Wenn er leugnen würde, nicht mit gewissem Stolz erfüllt gewesen zu sein, dass er einen Patrizier seinen Freund genannt hatte, wäre er ein verdammt feiger Hund. Er spuckte aus, weil es ihm schier den Hals zuschnürte.

In dem prachtvollen Haus Konrad Rehlingers unter dem Bogen, unweit vom Rathaus, brannten noch einzelne warme

Lichter hinter den Fenstern. Entschlossen klopfte Eckehard an das große, schwere Tor, das ihm erst nach einiger Zeit von einem grauhaarigen, in dunkle Kleider gehüllten Diener geöffnet wurde. Der Mann trug eine Laterne bei sich und musterte mit wachen Augen den späten Besucher. »Was wollt Ihr?«, fragte er scharf.

»Ich möchte den Mann sprechen, der Gast des hohen Herrn Rehlinger ist, und auch die junge Frau, die heute hierhergekommen ist«, sagte Eckehard bestimmt.

»Der werte Herr Rehlinger beherbergt derzeit keinen Gast in seinem Haus«, kam die knappe Antwort.

Eckehard fühlte Hitze in sich aufsteigen. »Jener Mann ließ mir aber eine Nachricht zukommen, dass er sich hier in Herrn Rehlingers Stadthaus aufhält«, erklärte er ernst.

Der Mann schien kurz nachzudenken. »Seid Ihr der Geselle Eckehard aus der Geschützgießerei?«

Eckehard nickte erstaunt. »Ja. Warum fragt Ihr?«

»Weil mir eine Nachricht für Euch aufgetragen wurde für den Fall, dass Ihr hier vor dem Tor erscheinen würdet.« Er räusperte sich. »Der Mann, von dem Ihr offenbar sprecht, hat das Haus bereits verlassen. Mein werter Herr ist heute Nacht mit beladenem Fuhrwerk ebenfalls aufgebrochen, weil er in aller Frühe die Stadt verlassen und zu seinem Landgut reisen will. In seiner Begleitung befanden sich zwei junge Frauen und ein kleiner Junge. Mein Herr lässt Euch ausrichten, dass die eine der beiden jungen Frauen nach Toröffnung unter dem Schutz zweier Begleiter zum Katzenstadel zurückkehren wird.«

Amelinde! Eckehard stieß einen dumpfen Laut aus. Was zur Hölle ging hier vor? Der Patrizier und Matthias waren offenbar nicht untätig geblieben. Es erschien ihm ohnehin immer noch unglaublich, dass Konrad Rehlinger, der schließlich Mitglied der mächtigen Dreizehner war, seinen von den Bütteln gesuchten Untergebenen heimlich in seinem Haus versteckte, wovon auch Matthias in seiner Nachricht an ihn geschrieben hatte. Immerhin schien es Amelinde gut zu gehen, auch wenn er ihre Rolle in dieser seltsamen Geschichte nicht verstand. Im Grunde verstand er überhaupt nicht, was der Handelsherr und vielleicht auch Matthias beabsichtigten. Aber daran konnte er ja etwas ändern. Er musste nur dem kleinen Tross folgen. »Zu welchem Stadttor wollte Euer Herr Rehlinger?«

»Zum Roten Tor.«

Dienstag, der 23. Juni, Anno Domini 1528 – Blutgerichtstag

Bereits am Morgen waren im Rathaus die ersten Gesuche mit der untertänigen Bitte um Gnade für die Eggenbergerin eingetroffen. Vor der Sitzung des Halsgerichts, in der ein Urteil über die Angeklagte ergehen würde, konnten nämlich noch, wie es Brauch war, Fürbitten für die Gefangene eingegeben werden, die bei der Urteilssprechung Gehör finden sollten. Auf den Schreibtischen der beiden Stadtpfleger wuchsen die Stapel mit diesen Gesuchen, als hätten all jene der Tagelöhner und Habenichtse, denen der Gossenengel jemals geholfen hatte, nur auf diesen einen Zeitpunkt gewartet. Selbst gesiegelte Pergamentrollen ehrsamer Bürger aus den Zünften befanden sich darunter, die auch nach der Verhaftung der Heilerin nicht an ihrem untadeligen Ruf zweifelten. Viele der Gnadengesuche waren ungelenk geschrieben, und statt des Namens war nur ein Kreuz gemacht worden.

Obgleich bereits gemeines Volk vor den Kerkern die Freilassung der Eggenbergerin gefordert hatte, waren Hieronymus Imhofer und Georg Vetter über die beträchtliche Anzahl der Bittgesuche aufs Höchste erstaunt. Eine der sorgsam aufgesetzten Bittschriften hatten sie ganz obenauf gelegt, weil sie von Konrad Rehlinger war. Sie war die einzige Fürbitte aus den Reihen der Ratsherren.

Der Himmel war wolkenverhangen. Erste Regentropfen fielen, als die Ratsmitglieder zum peinlichen Rechtstag ins Rathaus eilten. Im Gespräch untereinander betraten die für das stattfindende Blutgericht erforderlichen vierundzwanzig Ratsherren die weiträumige, mit edlem Holz vertäfelte Gerichtsstube und nahmen ihre Plätze ein. Stadtvogt Albrecht Stolzhirsch hielt den Gerichtsstab als Zeichen der richterlichen Gewalt in der Hand, verfügte jedoch in seiner Stellung als Gerichtshalter wie der desgleichen anwesende bischöfliche Burggraf lediglich über zeremonielle Macht. Den beiden hohen Herren war es verwehrt, am Urteilsspruch teilzuhaben. Unter dem Vorsitz des Oberrichters Hans Seckler setzte sich das Blutgericht aus Richtern zusammen, die aus dem Kreis der Herren, der Mehrer, der Kaufmannschaft und der gemeinen Bürgerschaft stammten.

Die Gerichtsverhandlung begann mit der Feststellung der Anwesenheit der ehrenwerten Ratsherren, was der Gerichtsschreiber sorgsam protokollierte. Es folgte die Verlesung aller Verhörprotokolle aus den gütlichen Befragungen der Angeklagten. Imhofer und Vetter hatten die Truhe mit den Fürbitten für die Beschuldigte öffnen lassen und den über die hohe Anzahl überraschten Richtern die Inhalte der Gnadengesuche, jedenfalls einiger davon, bekannt gemacht. Sie ermöglichten es jedem der Herren, der selbst Einsicht nehmen wollte, das Überbringen durch einen der bereitstehenden Weibel.

Schließlich war es an Albrecht Stolzhirsch in seiner Stellung als Gerichtshalter, an die beiden Stadtpfleger die Frage zu richten, ob die angeklagte Hexe aufgrund der vorliegenden schweren Untaten ihr Leben verwirkt hätte, was Hieronymus Imhofer und Georg Vetter jeweils mit lauter Stimme bejahten. Sodann war jeder der Laienrichter aufgerufen, sein Urteil gegen die Malefizperson bekannt zu geben. Wenig Erstaunen erhob sich hierbei unter den Anwesenden, dass es neben zwei anderen Gerichtsherren ausgerechnet Konrad Rehlinger war, der für einen Freispruch der Angeklagten plädierte.

Die Mehrheit der hohen Herren war sich einig, dass die Unholdin angesichts der schweren und grausamen Untat, die sie begangen hatte, vier Wochen nach der Geburt ihres Kindes auf dem Scheiterhaufen verbrannt werden sollte. Einige Stimmen erhoben sich dagegen, dies bei lebendigem Leib zu tun, da sie befürchteten, die Verbrecherin könnte wegen der großen Qualen im Feuer lästerlich gegen den Allmächtigen werden oder der Hoffnungslosigkeit anheimfallen, und so besprachen sich die beiden Stadtpfleger leise, wie die Schuldige zu Tode gebracht werden sollte. Einmal schüttelte Vetter wie verneinend den Kopf, dann wieder Imhofer, aber zu guter Letzt verständigten sie sich darauf, dass die Verbrecherin mit trockener Hand hinzurichten war, was bedeutete, dass sie an den Galgen kommen und ihr Leib erst nach ihrem Hinscheiden auf dem Scheiterhaufen verbrannt werden sollte. Von einer Verschärfung des Urteils, nach der die Hexe auf dem Weg zur Richtstätte mit glühenden Zangen zu zwicken war, wurde gnadenhalber abgesehen.

Noch in derselben Stunde wurde der Verurteilten in der Stube des Eisenmeisters der Urteilsspruch bekannt gemacht. Elisa, die ein grobes Hemd trug und auf nackten Füßen stand, hielt sich aufrecht und gefasst. Das Gesicht und die Stimme des Mannes, der ihr den Richterspruch verkündete, zerflossen für sie in einem Nebel. Das Einzige, was sie wahrnahm, war die ihr gewährte Gnade, ihr Kind nach der Geburt noch vier Wochen in den Armen halten zu dürfen.

Kapitel 21

Dienstag, der 23. Juni, Anno Domini 1528

In Konrad Rehlingers Stadthaus unterm Bogen wartete Matthias ungeduldig auf den Hausherrn und das Urteil, das über Elisa gesprochen worden war. Immer wieder durchmaß er mit unruhigen Schritten den Raum, blieb aber von den Fenstern fern, an denen er sich nicht sehen lassen durfte und zu denen es ihn doch immer wieder hinzog, weil er von dort aus hinüberblicken konnte auf das Rathaus, hinter dem sich die Gefängnisse erstreckten. In denen seine Elisa gefangen war! In den letzten Nächten hatte er kaum geschlafen, denn seit ihn Elias Wynzel in Konrad Rehlingers Haus geschickt hatte, wusste er von den Anschuldigungen gegen seine Frau, als Hexe durch Schadenszauber einen kranken Mühlknecht ums Leben gebracht zu haben.

Er war über diese elenden Beschuldigungen derart fassungslos und wütend gewesen, dass der Hausherr Mühe gehabt hatte, ihn daran zu hindern, in die Nacht hinauszustürzen, um nach Krimmel und den beiden gedungenen Zeugen zu suchen. Das Wissen, nichts tun zu können, hatte Matthias schier wahnsinnig werden lassen. Die scharfen, bald drohenden Worte des Patriziers hatten ihn nur mühsam zur Vernunft gebracht. Erst als Agnes mit seinem Sohn ins Zimmer gekommen war und der Kleine sich überglücklich in die Arme des Vaters geworfen hatte, war eine Veränderung in Matthias vorgegangen, und er hatte Johannes nicht mehr auslassen wollen.

Endlich kam Konrad Rehlinger. Matthias hörte dessen herrischen Schritt auf dem hallenden Gang. Kurz danach wurde die Tür aufgerissen. Der Ratsherr stürmte herein. Mit einem grimmigen Glühen in den Zügen warf er die Schaube über den nächsten Stuhl. Er griff sich einen Weinkelch, den er bis zum Rand füllte. Er schenkte auch einen zweiten Kelch voll, den er Matthias reichte. »Keine langen Worte, Eggenberger, trinkt das und hört mir zu!« Sein Tonfall duldete keinen Widerspruch.

Matthias trank nur wenig von dem schweren Wein, bevor er den Becher wieder beiseite stellte.

»Eure Frau ist zum Tod am Galgen verurteilt worden. Danach soll ihr Leib auf dem Scheiterhaufen verbrannt werden.«

Matthias wurde aschfahl. Beileibe hatte er vom Halsgericht kein anderes Urteil für seine Frau als den Tod erwartet, aber als er es jetzt aus dem Mund eines der Richter hörte, wurde ihm schwarz vor den Augen.

»Das Urteil wird allerdings erst vollstreckt, wenn Eure Frau das Kind geboren hat.« Rehlinger sah ihn mit hartem Blick an. »Aber das wisst Ihr.«

»War denn jeder im Rat von ihrer Schuld überzeugt?«, fragte Matthias rau.

»Die meisten. Von denen, die es wohl nicht waren, hielten bis auf zwei Richter alle das Maul, um nicht zu gefährden, dass bereits jetzt ein Urteil gesprochen wird.« Er nahm einen üppigen Schluck vom schweren Wein. »Der Pöbel begehrt auf, seit Eure Frau im Kerker sitzt, Eggenberger. Für die Habenichtse ist sie wahrhaftig ein Engel der Gosse. Sie hat sich zu ihnen in deren Siechtum und Elend aufgemacht, und kein anderer. Das vergessen sie nicht. Es rumort in den Gassen und Vierteln, in denen sie hausen. Wenn man Eure Frau bis zur Geburt des Kindes ohne einen Urteilsspruch im Gefängnis gelassen hätte, hätte allerhand geschehen können.«

»Die Leute hätten meinen können, die Richter sind sich der Schuld der Gefangenen nicht sicher. Und die Stadt braucht keinen Aufstand des gemeinen Volkes. Meint Ihr das, Herr Rehlinger?«

»Die Gefahr bleibt dennoch, dass sich der Mob vor dem Rathaus sammelt«, sagte Rehlinger dumpf, während er sich an eines der Fenster stellte und hinausstarrte. Als er sich Matthias wieder zuwandte, war das Feuer in seine Augen zurückgekehrt. »Hört, Eggenberger, das spielt jetzt keine Rolle mehr. Das Urteil ist gesprochen. Eure Frau bleibt im Kerker, bis das Kind geboren ist. Diese Zeit werden wir zu nutzen wissen.«

Matthias starrte an Rehlingers Kopf vorbei durch die Butzenscheiben. Seine Wangenknochen traten hart hervor, weil er sich vorstellte, wie die Frau, die er liebte, mit dem ungeborenen Kind im Leib in einem kalten, dreckigen Verlies ausharren musste. »Keinen weiteren Tag mehr möchte ich Elisa in diesem Loch lassen!«, stieß er im gleichen Maß verzweifelt wie zornig aus.

Rehlinger packte Matthias an der Schulter. Unter schmerzhaftem Druck zwang er ihn, ihn anzusehen. »Verflucht, Eggenberger, habt Ihr nicht gehört? Wir werden die Zeit nutzen, wir werden überlegen, wie wir Eure Frau befreien können!«

Als käme er erst jetzt wieder zu sich, fuhr sich Matthias übers Gesicht. »Ihr wagt alles, wagt Euer Ansehen, wenn Ihr uns helft, Herr Rehlinger.«

»Das tue ich, seit Ihr mir die Wahrheit über Eure Frau gesagt habt und ich Euch nicht vor mein Schwert gefordert habe, verdammter Kerl!«, donnerte der Ratsherr. Er schenkte sich den Weinkelch ein weiteres Mal voll und stürzte den Inhalt gierig hinunter. »Hört, es gibt noch einen anderen Grund, warum ich Euch entgegen meiner ursprünglichen Absicht Obdach in meinem Haus gewährt habe.« Den Ratsherrn schien ein gewisser Eifer gepackt zu haben. »Ihr seid ein wacher Kopf, und ich habe Verwendung für Euch.« Er beobachtete das jähe Erstaunen in Eggenbergers Zügen mit Befriedigung.

»Einer unserer Handelsvertreter in Venedig wird sich im nächsten Jahr auf sein Altenteil zurückziehen, was bedeutet, dass wir einen neuen Mann brauchen, der uns geeignet genug für diese verantwortungsvolle Aufgabe erscheint.«

Die Stellung eines Handelsvertreters in Venedig! Matthias wurde es heiß.

»Aus diesem Grund will ich Euch heraushaben aus Augsburg. Verborgen in einem leeren Fass auf einem Fuhrwerk, das mit reichlich Mobiliar als der letzten Lieferung aus der Levante auf meinen Landsitz geht.«

»Ihr habt bereits Pläne geschmiedet?«, fragte Matthias verblüfft.

»Ich bin keiner, der ein Vorhaben auf die lange Bank schiebt, Eggenberger. Das solltet Ihr wissen.«

Sie wurden unterbrochen, als ein Diener dem Hausherrn flüsternd einen Besuch meldete. Rehlinger schien verblüfft und zornig. Als Matthias den Raum verlassen wollte, hielt er ihn hart am Arm zurück. »Wartet, Eggenberger, der Besuch gilt nicht mir, er ist für Euch. Wer weiß, dass Ihr hier seid?«, fragte er scharf.

»Einem Freund von mir habe ich Nachricht zukommen lassen, der mein volles Vertrauen hat.« Matthias wich dem erbosten Blick des Hausherrn nicht aus.

»Ihr seid ein verdammter Hitzkopf«, knurrte Rehlinger und fuhr herum, als die Tür ein weiteres Mal geöffnet wurde. Dem Diener folgte eine anmutige junge Frau in untadelig weißem Hemd, das über dem knapp sitzenden Mieder hervorschaute, und einem dunkelbraunen Rock, dessen Farbe gut zu ihren dunkel glühenden Augen passte. Der Hausherr betrachtete sie mit Wohlwollen.

»Amelinde!«, stieß Matthias überrascht aus. Mit raschen Schritten ging er auf die Geschützgießerstochter zu.

»Eckehard hat deine Nachricht erhalten«, sagte die junge Frau mit vor Aufregung roten Wangen. Nun erst entdeckte sie den Patrizier. Erschrocken machte sie einen tiefen Knicks. Das Glühen in ihrem Gesicht verstärkte sich. »Verzeiht, Herr, dass ich Euch nicht bemerkt habe.«

Rehlinger wandte sich an Matthias. »Ein Freund?«, bemerkte er anzüglich.

»Amelinde ist die Tochter des städtischen Geschützgießermeisters am Katzenstadel. Und der Mann, dem sie …«, er räusperte sich, »dem sie gut ist, ist mein Freund. Er heißt Eckehard und ist einer von Gessels Gesellen.«

Konrad Rehlinger zog die Augenbrauen hoch. »Ihr erstaunt mich, Eggenberger, Ihr pflegt Freundschaft mit einem Gesellen?« Sein Spott war beabsichtigt und boshaft, er musste bewirken, dass sich Matthias jäh seiner unehrlichen Frau erinnerte.

Der junge Patrizier wurde blass. Er blieb ruhig, aber das Aufbegehren in seinen Blicken konnte er nicht verbergen. »Eckehard ist ein rechtschaffener Mann. Einer, den ich mit

Stolz meinen Freund nenne«, entgegnete er. Die Geschützgießerstochter neben ihm reckte sich ein wenig höher auf.

Rehlinger lachte leise. »Was führt Euch her, Amelinde Gessel?«

Die junge Frau ließ ihre Blicke zwischen den beiden Männern hin- und herschnellen. *Um Matthias beizustehen, wenn schon Eckehard nichts mehr von ihm wissen will,* hätte sie sagen können, aber sie brachte es nicht über die Lippen. »Vielleicht kann ich etwas tun, das dir oder Elisa hilft«, antwortete sie stattdessen dem Mann neben sich, ohne den Ratsherrn im Geringsten zu beachten.

Matthias lächelte still. »Ich danke dir, Amelinde.« Er hob den Kopf und sah zur Tür, aber der, auf den er gehofft hatte, würde wohl nicht kommen. Er konnte es verstehen.

Als der Hausherr sein Erstaunen über den unerwarteten Besuch überwunden hatte, fand er zu der Galanterie zurück, die ihm beileibe nicht fremd war. Er bot der äußerst reizvollen, jungen Frau Wein an, den sie allerdings dankend ablehnte, während sie seiner höflichen Einladung nachkam und Platz nahm. Amelinde wählte einen der prächtigen und bequem erscheinenden Stühle und versank beinahe in der samtweichen Sitzfläche. Nur mit Mühe konnte sie ein kurzes Auflachen unterdrücken. Das Gespräch war noch nicht wieder in Gang gekommen, als der Diener seinem Herrn mit leiser Stimme einen weiteren Gast meldete, worauf der an Farbe verlor, als hätte er eine schlimme Nachricht erhalten. Doch dann stellte Rehlinger den Weinkelch schwungvoll auf das kleine Tischchen zurück. Blutrote Rinnsale ergossen sich über die erlesene Platte.

»Draußen wartet der erste Kerkeraufseher und bittet darum, dass ich ihn anhöre«, sagte er, wobei er dem völlig verblüfften Eggenberger einen bedeutsamen Blick zuwarf. »Ist das auch ein *Freund* von Euch?«

Matthias überhörte die Bosheit in der Frage geflissentlich. »Seid versichert, ich habe keine Ahnung, warum …«

Rehlinger schnitt ihm mit einer barschen Geste das Wort ab. »Warten wir ab, was uns dieser Mensch zu sagen hat.«

Matthias und Amelinde gingen rasch in den Nebenraum, während der Hausherr seinem Diener befahl, den Besucher zu ihm zu führen. Kurz darauf erschien der Eisenmeister, der den Patrizier respektvoll grüßte und den Kopf vor ihm neigte, dann aber schwieg, bis ihm der Ratsherr bedeutete, sprechen zu dürfen.

»Erste Scharen von einfachen Leuten sind zu den Kerkern gezogen und haben eine Begnadigung der Elisa Eggenberger gefordert, Herr. Sie wurden mittlerweile von den Stadtknechten vertrieben. Die werten Herren Bürgermeister erwägen, mehr Wachen vor den Gefängnissen aufziehen zu lassen.«

»Herrgott, was geht da vor?«, schnaubte der Patrizier. Er ging aufgebracht durch den Raum, bis er den Kopf herumwarf und Schwegler herausfordernd anstarrte. »Und warum kommst du damit ausgerechnet zu mir, Eisenmeister?«

»Hoher Herr, ich hatte den Eindruck, Ihr wäret nicht versessen darauf, Elisa Eggenberger brennen zu sehen.«

Misstrauen umwölkte Rehlingers Gesicht. Er fasste den Aufseher näher ins Auge. »Mann, sprich schon! Was führst du im Schilde?«

»Ich weiß, dass Ihr Matthias Eggenberger unter Eurem Dach verbergt, und vermute, dass Ihr ihn heimlich aus der Stadt schaffen wollt, mit ihm möglicherweise auch seine Frau.« Er stockte nur kurz, als warte er auf die Wirkung seiner ungeheuren Behauptung. »Ich weiß einen Weg, wie wir die

Verurteilte aus dem Gefängnis bringen können«, sagte er ruhig. In den grauen Augen flackerte es nicht einmal. »Aber es muss noch heute Nacht geschehen, bevor die Soldaten aufziehen.«

In dem Ratsherrn schoss die Hitze hoch. »Warte!«, gebot er herrisch, weil er bemerkte, dass der Kerkeraufseher noch etwas sagen wollte, und verließ den Raum. Es dauerte nicht lange, bis er in Begleitung der Geschützgießerstochter und seines ehemaligen Hauptkassierers zurückkehrte. »Schwegler, wiederhole, was du mir gesagt hast!«

Der Mann schien in keinster Weise über die Anwesenheit der beiden Hinzugekommenen überrascht zu sein. Er neigte leicht den Kopf vor dem jungen Patrizier und Amelinde Gessel, verzog aber keine Miene. Dann tat er, wie ihm Konrad Rehlinger befohlen hatte. In Eggenbergers Gesicht konnte er die heftigen Gefühle beobachten. »Herr, falls ich mich täusche und Ihr keinesfalls erwägt, die Gefangene zu befreien, könnt Ihr mich natürlich in die Eisen schaffen lassen«, meinte Schwegler spöttisch lächelnd.

Der mächtige Dreizehner gab ihm keine Antwort. Er musterte den Mann unverhohlen, aber seinen Blicken war nicht zu entnehmen, was er dachte. »Woher weißt du, dass Eggenberger hier bei mir ist?«

»Ich bin Eurem Hauptkassierer vor einigen Nächten gefolgt, als er von der Kresslesmühle aus in Euer Stadthaus kam«, log er. Er unterließ es geflissentlich, auch nur ein Wort über den Nachtkönig zu verlieren oder über den Jungen, der in Bartls Auftrag hinter Matthias Eggenberger hergeschlichen war.

Rehlinger glaubte ihm kein Wort, aber in der Kürze der Zeit, die ihnen blieb, hatte er nicht die Möglichkeit, die Wahrheit herauszufinden. »Kerl, warum soll ich dir trauen? Vielleicht gibt es ja jemanden, der dich bestochen hat und eine Intrige gegen mich führt«, knurrte er drohend.

»Warum wollt Ihr dabei helfen, meine Frau zu befreien?«, mischte sich Matthias respektlos ein, der Schwegler und seine Absichten für aufrichtig hielt.

Der Kerkeraufseher wandte ihm den Blick zu. »Einige meiner Kumpane würden ohne Eure Frau nicht mehr leben«, sagte er ruhig. »Und sie ist keine Hexe.«

Konrad Rehlinger betrachtete den Mann lange. Schweigen breitete sich im Raum aus. Nur Eggenbergers aufgewühltes Atmen war zu hören. Schließlich griff der Patrizier nach seinem Weinkelch und trank. Als er ihn wieder absetzte, strich er sich langsam über seinen gepflegten Bart. »Ich warne dich, Eisenmeister, wenn das eine Falle ist, lasse ich dich bei lebendigem Leib im Kessel sieden! Dazu wird meine Macht in jedem Falle noch ausreichen.« Seine Augen loderten dunkel. Dem Aufseher musste es deutlich sein, dass Rehlinger zu dem Gesagten stehen würde, als hätte er ihm ein heiliges Versprechen gegeben. »Also, lass hören, Schwegler!«

*

Bis er eine gute Weile nach Mitternacht Rehlingers Stadthaus verlassen würde, legte sich Matthias angekleidet aufs Bett und hielt seinen Sohn in der Armbeuge. Dessen kleiner Körper duftete warm und vertraut. Johannes schlief mit dem Daumen im Mund, an dem er immer wieder saugte. Winzige Speichelbläschen liefen ihm dabei über die rosigen Lippen. Unter den Lidern bewegten sich die Augäpfel im lebhaften Traum. Matthias fuhr ihm sanft übers Haar. Über das blonde, glänzende

Haar, wie es seine Mutter besaß. Es war das Erste gewesen, das ihm an Elisa aufgefallen war. Damals in Tübingen im Frühling, als sich die Menschen nach Wärme und Licht und der Leichtigkeit in allem Sein gesehnt hatten. Matthias schloss die Augen und erinnerte sich …

*

Tübingen, im Mai, Anno Domini 1525

Sie hatte ihm sofort gefallen. Mit ihrem weizenblonden Haar und dem weißen, anmutigen Gesicht leuchtete sie unter den anderen Frauen. Sie besaß einen aufrechten, feinen Gang, als wüsste sie, dass sie so völlig anders war als die Frauenspersonen in ihrer Umgebung und im hektischen Treiben des Marktes. Anders als die fülligen, derben Marktweiber, zarter als manche der hübschen Mägde der Herrschaften mit ihren roten Wangen und dem kecken Blitzen in den Augen. Auffallender als die herausgeputzten Bürgersfrauen, obwohl sie nur einen einfachen grauen Rock trug, ein graues Mieder und ein grobes Hemd darunter. Ein paar der Mägde machten ihr zum Erstaunen des jungen Patriziers rasch Platz und begannen, hinter ihrem Rücken zu tuscheln. Als sich die Blonde umdrehte und sie mit einem klaren, ruhigen Blick ansah, wurden sie puterrot, als hätte sie deren Gedanken aufgefangen.

Matthias Eggenberger lehnte an einem Holzkarren und beobachtete das schöne Mädchen, das mit einem gut gefüllten Korb seinen Weg nahm. Er war selten in diesem Viertel der Stadt unterwegs, das ihm keinen besonderen Reiz zu haben schien, wenn er von der anmutigen Unbekannten absah. Der junge Patrizier strich sich vergnügt über den gepflegten Oberlippenbart. Was für ein hübsches Mädchen. Wahrscheinlich war sie eine Hübschlerin, kam es ihm in den Sinn. Augenblicklich verspürte er Enttäuschung, obwohl sie ihn nichts anging. Nicht umsonst waren die anderen Frauen zur Seite gewichen, nicht umsonst hatten die beiden Mägde hinter ihrem Rücken geflüstert, dachte er. Eine Liebesdienerin also!

Leicht missmutig stieß er sich vom Karren ab. Er sah sie nicht mehr. Der goldene Schimmer ihres langen Haares, das sie mit einem blauen Band locker umschlungen hatte, war in der Menge verschwunden. Sie ging ihn wirklich nichts an. Dennoch fühlte er staunend eine kurze unglaubliche Leere in sich. Dabei hatte er sich nie Gedanken darüber gemacht, wie er sich seine künftige Ehefrau vorstellte. Bisher hatte sein Leben daraus bestanden, mit seinem Vater ein gut gehendes Tuchgeschäft zu führen und diesem irgendwann auf seinem Sitz im Rat nachzufolgen. Aber eine Frau? Blond, schwarz, rot oder eher brünett? Mit kleinen Apfelbrüsten oder prallen Busen mit duftenden rosigen Zitzen?

Der Gergel, sein bester Freund, wusste, was er wollte. Dralle und vor allem erfahrene Frauenzimmer. Unwillkürlich schmunzelte Eggenberger. Er hatte seine Papiere im Kopf, die Buchhaltung des Kontors, das Tuchmaß im Württembergischen wie in Venetien, das Walken, Färben und Krempeln. Den glatten Barchent, hautfarbenen Samt, und dass er längstens dem Tuchscherer zwei Ballen des dunklen Tuchs aus Lucca zukommen lassen musste, und keinen Gedanken dafür, wie er einen seidigen Stoff vom nackten Leib eines verführerischen Weibes ziehen konnte. Die Jungfer ging ihm nicht aus dem Sinn oder die Hübschlerin. Weiß Gott auch, ein Weib war sie, dass ihm Hören und Sehen verging!

Am Ufer des Neckars sah er sie wieder. Diesmal war das

blaue Band fest in ihr Haar geknotet. Sie saß am Ufer und hantierte geschickt mit einer Angel. Er hätte sie beinahe übersehen, als er am Fluss entlangritt und seinen Blick nachdenklich auf dem ruhig dahinfließenden Wasser liegen hatte. Eben löste sie geschickt einen Fisch vom Haken und ließ ihn in einen Holzeimer rutschen. Zwischen hohem Gras und Schilf hielt er sein Pferd zurück und beobachtete sie durch eine kleine Schneise. Geschickt spießte sie einen Wurm auf den frei gewordenen Haken, band eine kleine Feder daran und warf die Rute aus. Dann saß sie still da. Ihr blonder Schopf leuchtete golden in der Sonne. Der Tuchhändler hätte ewig so im Sattel sitzen und schauen und sich nur an ihrer Anwesenheit erfreuen können, aber dann schnaubte sein gelangweilter Fuchs. Der blonde Schopf fuhr flink herum. Ein helles Gesicht schob sich aus Gras und Schilf hervor. Unruhe flackerte in den blauen Augen.

»Keine Angst, Jungfer«, rief der junge Kaufherr fröhlich. Er neigte leicht den Kopf vor ihr, »ich wollte dich nicht erschrecken. Ich ritt hier gedankenverloren und sah auf den Fluss.«

»Das solltet Ihr nicht, Herr, unaufmerksam am Fluss reiten!« Ihre Stimme war klar, ihr Blick lag unverwandt auf ihm. »Der Weg ist schlecht. Der Regen heut Nacht hat ihn für Reiter gefährlich gemacht.«

Eggenberger staunte. Der Boden nahe am Ufer war tatsächlich schlammig. Er hatte gar nicht darauf geachtet. Ohne Zögern sprang er vom Pferd und kam durch das Schilf. Sogleich sank er mit seinen prächtigen Stiefeln ein. Er lachte über sein Missgeschick. »Du bist viel leichter, Jungfer, du schwebst förmlich über der aufgeweichten Erde.« Es gab ein schmatzendes Geräusch, bis er bei ihr auf festerem Grund stand.

Das Mädchen war längst aufgesprungen und hielt die Rute

fest in der Hand. Eggenberger stellte nach gewisser Zeit fest, dass er sie einfach nur ansah. Klare Augen hatte sie. So rein wie der Himmel nach einem Regen, wenn sich die Sonne wieder zeigte. Er musste etwas sagen, sonst würde er wie ein Hanswurst dastehen, dachte er. »Ich danke dir für die Warnung, Jungfer. Ich hätte nicht auf den Weg aufgepasst. Das wäre ein schlechter Lohn, drei Tage durchgeritten, Wegelagerern und aufrührerischen Bauern verborgen geblieben, und dann doch kurz vor der Heimkunft sich den Hals gebrochen.« Er lachte wieder und entblößte dabei weiße, vollständige Zahnreihen unter dem gepflegten braunen Bart. Seine kastanienbraunen Augen funkelten vor Übermut.

»Dann seid Ihr ein Träumer, Herr.« Die vollen Lippen des Mädchens zeigten einen Ansatz von Lächeln.

Röte stieg ihm ins Gesicht. Eggenberger ärgerte sich darüber. »Manches Mal, was fürs Geschäft nicht gut ist.« Wieder starrte er sie an, weil er nicht anders konnte. Sein Herzschlag beschleunigte sich. Er fürchtete, sie könnte es hören. Er war ein Idiot, erkannte er.

»Ich hab Euch schon mal gesehen, Herr. Vor ein paar Tagen auf dem großen Markt.«

Mit diesen Worten und ihrem nachsichtigen Lächeln rettete sie ihn. Sie verschaffte ihm Zeit. Er fühlte sich wirklich wie ein Idiot. Das Blau in ihren Augen war dunkler geworden. Er nickte, denn natürlich erinnerte er sich an ihre erste Begegnung, wobei er geglaubt hatte, sie hätte ihn gar nicht bemerkt.

»Ihr habt am Karren des Ochsenbauern gelehnt und mir nachgegafft, Herr.«

Er musste schlucken und verschluckte sich beinahe. *Sie ist die reine Unschuld,* schoss es ihm durch den Kopf. Deutlich erkannte er, dass sie ihn weder beleidigen noch herausfordern wollte. »Du bist schön, schön wie ein Engel«, platzte es aus ihm heraus.

In ihren Augen lag Erstaunen. Und wie sie sich so ansahen und kein Wort mehr wechselten, überzog sich auch endlich ihr Gesicht mit Röte.

Unentschlossen spielten seine Finger mit einem Bartende. Wenn er sie jetzt küsste, wozu er kein Recht hatte, würde sie ihn dann ohrfeigen oder ihm von selbst die Lippen öffnen? Wieder hörte er sich hirnverbrannt schwärmerische Worte sagen, bei denen sein Freund Gergel losgeprustet hätte.

»Du … du bist wunderschön.«

Sein Engel weilte doch länger auf Erden, als er vermutet hatte. »Das hat mir schon mancher Mann gesagt«, meinte sie ruhig und blickte auf ihre nackten Füße, die weiß unter der lehmigen Erde herausleuchteten.

Er stockte und betrachtete sie verblüfft. »Und was sind das für Männer, die deine Schönheit rühmen, Jungfer, und deine Gleichgültigkeit ernten?«

»Andere als Ihr, Herr.« Sie hob den Kopf und sah ihn ernst an.

Eggenberger schwieg. Er wusste nicht, was er sagen sollte. War sie etwa doch eine der Frauen, die sich feilbot? Enttäuscht presste er die Lippen zusammen, weil die Eifersucht in ihm zu nagen begann. »Bist du eine Hübschlerin?«

Sie schüttelte stumm den Kopf. Sie schien nicht einmal empört, was er gehofft hatte. Dennoch atmete er erleichtert aus. »Aber dann, wenn du nicht …« Er stockte. »Warum bist du hier, so weit weg von der Stadt? Ich meine, wer könnte dir helfen, wenn du …«

»Aber Herr, denkt doch, der Unrat, die Abdeckereien so

nahe an der Stadt.« Sie sah ihn durchdringend an. »Außerdem bin ich gern allein. Auch hier am Fluss.«

»Wer bist du?«, fragte er plötzlich mit befehlendem Unterton.

Da schoss es ihr blutrot ins Gesicht. Flammen jagten ihr über den Hals und loderten auch in ihren Augen. Sie antwortete nicht, machte sogar einen Schritt zurück. »Niemand, der Euch interessieren könnt, Herr.« Ihre Stimme war auf einmal kalt. Jäh drehte sie sich um. Sie rannte auf nackten, erdbraunen Füßen ins Schilf, das sich wie ein Vorhang hinter ihr schloss.

Er wollte ihr folgen, kam aber schnell wieder auf schlammigen Grund. Eine Zeit lang stand er nachdenklich am Fluss und sah zu, wie er sich langsam vorbeischob. Irgendwann blickte er aufs Schilf, aber es bewegte sich nicht. Erst als leichter Wind aufkam, neigten sich die im Abendlicht golden werdenden Halme.

Der Tuchhändler fragte seinen Freund Gergel, der häufig die Hübschlerinnen besuchte, nach den Frauen in den verschiedenen Häusern, aber die blonde Schönheit war nicht darunter. Gergel stieß seinen Freund grinsend an. »Bist auf den Geschmack gekommen, was?«

Eggenberger sagte nichts darauf, aber seiner Miene war anzusehen, was er dachte.

»Na, macht nichts, du musst nicht drüber reden. Ich frag einfach mal den Henschler, den Frauenwirt, der muss es wissen. Der hat die drei Häuser für die Hübschlerinnen gepachtet. Der muss wissen, welcher Rock wo die Männer bedient.« Gergel schnaufte, dann nahm er wieder einen kräftigen Schluck Bier. Er strich sich den Schaum vom Mund. »Hat sie denn am Kleid eine grüne Verbrämung?« Er sah seinen Freund listig an.

»Die hat eine jede von denen, jede Hübschlerin. Das müssen sie tragen.«

Eggenberger schüttelte den Kopf. »Nein, ich glaube auch nicht, dass sie eine von denen ist. Sie ist auch nicht herausgeputzt.« In seinen Augen funkelte es, als er am Gergel vorbei auf einen Buschen Sommerblumen sah, den die Wirtin im Holzeimer hatte. »Hat sie nicht nötig mit ihren samtblauen Augen, mit den weichen Lippen, ihrem Haar und diesen duftigen, verspielten Locken, ganz wie flüssiges Gold.«

Gergel sah seinen Freund von der Seite an. Er begann zu grinsen. »Na, bist ja verliebt wie ein strammer Lanzenstecher.«

Eggenberger fuhr auf. »Lass das, ich meine es ernst, sie ist… ist was Besonderes!« Böse Blitze gingen auf Gergel nieder. »Du würdest nicht mal einen Blick von ihr kriegen.«

Gergel stand plötzlich auf. Er schob die Hände in den Hosenbund. »Fängst bald noch an, Verse zu ersinnen, was?«

Wütend sprang Eggenberger von seinem Hocker hoch, der nach hinten krachte. »Ach, blöder Schwätzer.« Er machte eine abfällige Geste und wollte gehen.

Schnell hielt ihn Gergel am Arm zurück. »Ja, wart doch. Wenn sie wie ein Engel ausschaut, wird sie wohl zur Messe gehen. Oder bist du anderer Meinung?«

Eggenberger hielt mitten im Schritt inne, aber es dauerte, bis er sich zu seinem Freund umdrehte.

»Wenn du sie auf dem Markt gesehen hast, wird sie hier im Viertel auch leben. Dann geht sie auch hier zur Messe.« Triumphierend grinste der Gergel von einem Ohr zum anderen. »Einen Versuch ist es doch wert, oder?«

Der junge Patrizier betrat sonntags darauf die Kirche am Holzmarkt. Länger schon hatte er keine feierliche Messe mehr besucht. Als er jetzt durch das Portal trat, schlug ihm unerwartet herb der schwere Duft von altem Weihrauch und Unmengen erkalteten Wachses entgegen. Durch die Fenster fiel kaum Licht. Die Propheten umhüllte kein überirdisch leuchtender Schein, eher zogen dunkle Wolken vom Westen heran. Als Eggenberger die Münzgasse heraufgekommen war, hatte es in der Ferne bereits gedonnert.

Der Kaufherr wunderte sich über die Üppigkeit der kostbaren goldgelben Bienenwachskerzen. Wie das goldene Haar der Jungfer, die er suchte, dachte er unweigerlich. Dann dachte er wie ein Händler, der er war. Bei dieser Anzahl teurer Bienenwachskerzen hatte es entweder massenhaft Stiftungen gegeben, oder die Strafen für Verfehlungen durch Zünftemitglieder hatten sich drastisch erhöht, und statt Geld war in kostbarem Wachs beglichen worden. Eggenberger schmunzelte, verzog dann aber etwas das Gesicht. Der saure, leicht faulige Geruch stammte ganz deutlich nicht vom Bienenwachs, sondern von den erheblich billigeren tierischen Talglichtern. Von denen gab es ebenfalls reichlich zwischen den Säulen und dort, wo deren matte Lichter keine Heiligen ins himmlische Licht zu tauchen hatten. Er legte den Kopf in den Nacken. Das Kerzenlicht erhellte den weiten, hohen Raum. Unter den gotischen Spitzbogen aber blieb es dunkel.

Weit vorne unter seinesgleichen wurde dem jungen Patrizier Platz gemacht. Männer in edlem Tuch und dunkel glänzendem Samt drängten sich zusammen. Zum Einzug erhoben sich geübte Stimmen zum Gesang. Eggenberger schwieg, drehte aber den Kopf und ließ seine Blicke über die links in der Kirche sitzenden Frauen wandern. Auch hier gab es viel edles Tuch und Samt, dazu noch funkelndes Geschmeide. Aber seine unbekannte Schöne schimmerte nicht unter den herausgeputzten, in die Jahre gekommenen Patrizierinnen oder unter manch ganz hübscher, junger Frau hervor.

Sein Engel saß für ihn weiter hinten, unter den Frauen im Volk, dachte Eggenberger. In einfacher, aber sauberer Kleidung und noch enger beieinander, weil für die vielen einfachen Leute kaum Platz war. Wieder wurde gesungen. Die Männer um ihn erhoben ihre Stimmen, unweigerlich sang Eggenberger mit. Als der Priester das Gebet sprach, überlegte er sich, ob er die Schöne, falls er sie entdeckte, nach der Messe ansprechen sollte. Wahrscheinlich aber war sie nicht alleine gekommen, und er hätte gar nicht die Möglichkeit, mit ihr zu reden. Aber er würde sie sehen, und sie würde erkennen können, dass er ernsthaft an ihr interessiert war.

Was für ein Wahnsinn, dachte Eggenberger. Er war ein Patrizier und sie scheinbar eine Magd. Es wäre eine unmögliche Verbindung, für die die Gesellschaft nur Hohn und Spott übrighätte. Als erneut Gesänge einsetzten, stellte er fest, dass er die Lesung völlig verpasst hatte. Das Abendmahl ließ er aus, da er nicht zu dieser Kirchengemeinde gehörte. Während die Bürgersfrauen im Strom an seiner Bank vorbeizogen, starrte er mit brennenden Augen auf sie, obwohl er doch wusste, dass seine Schöne nicht in ihren Reihen sein konnte. Schließlich würde keine von ihnen jemals fernab der Stadt mit bloßen Füßen am Neckar stehen und Fische fangen.

Er merkte, wie er langsam unruhig wurde und seine Augen zu fiebern begannen. Jetzt zogen die Frauen aus dem einfachen Volk nach vorne zum Altar. Jetzt musste sie dabei sein. Frauen in grobleinenen Kleidern kamen, mit weißen, grauen oder cremefarbenen Hauben und Gebenden; in braunen und grünen Miedern und mit strahlend weißen Hemden darunter, in denen vor allem die jungen Frauen Blumen stecken hatten.

Unter all den blonden Jungfern erkannte Eggenberger seine Gesuchte nicht, und für die dunkelhaarigen und rötlich schimmernden hatte er kaum einen Blick übrig.

Wahrhaft enttäuscht ließ er sich matt in seiner Bank zurückfallen. Entweder war sie nicht zur Messe gegangen oder lebte doch nicht in den Gassen um die Jakobuskirche, nahe am Neckar. Warum sollte er also warten, wo doch die eine, die er gesucht hatte, nicht gekommen war, dachte er schließlich und stand auf, obgleich die Messe noch nicht vorüber war. Als er seinen Blick über die Sitzenden schweifen ließ, entdeckte er in den Reihen der Männer den Perner, einen der Ratsherren, der ihm einen knappen Gruß entbot, und den Gergel, der ihm verschwörerisch zuzwinkerte. Eggenbergers Blick wanderte unverhohlen bis in den hintersten Bereich der Kirche und streifte über die letzten Bänke nahe an der hölzernen Tür.

Da saß ein hünenhaft erscheinender Mann in blutroter Kleidung. Eine eisige Hand streifte Eggenbergers Nacken, denn er wusste, wer das war. Der Henker! Und neben ihm, zart und anmutig, den goldblonden Kopf gesenkt und die Hände im Schoß ihrer sauberen, schlichten Kleider, saß sie, saß seine unbekannte Schöne! Eggenberger wurde aschfahl. Dann erfüllte ein Rauschen und Raunen die Kirche, als sich die Menschen erhoben und der Segen gesprochen wurde. Er dachte, die Luft würde ihm abgeschnürt und die Beine unterm Körper weggezogen werden. Aber dann verließ er die Bank. Er ging als Einziger der noch ausharrenden Menschen in Richtung der Kirchentür. Missbilligende Blicke wurden ihm zugeworfen, aber keiner sagte etwas, denn er war einer der Herrschaft. Einer, der es sich herausnehmen durfte, gegen manche Regel zu verstoßen.

An der letzten Bank stockte Eggenbergers Fuß. Dicht an der

Wand standen auch sie jetzt beim Segen, der Henker und seine Tochter. Eggenberger sah beide an, starrte schließlich das Mädchen an. Sie bemerkte es nicht sofort, aber dann schien sie seine entsetzten Blicke zu spüren. Sie wandte den Kopf in seine Richtung. Als sie ihn erkannte, wurden ihre Augen dunkel und leer vor grauenhafter Scham. Sie verlor alle Farbe, war bleich wie eine, aus der alles Leben gewichen war. Da bewegten sich Finger ihrer Hand wie ein zarter Flügelschlag, wie ein Windhauch, der nur ihm galt. Kraftlos sanken sie zurück, und plötzlich schienen ihre Beine nachzugeben, denn sie wankte und stürzte gegen ihren Vater, der mit harter, schneller Hand zugriff.

Eggenberger presste die Augen zusammen. Fort, nur fort! Er ging schnell durch das Portal nach draußen. Ein Wolkenbruch stürzte auf ihn herab, und ein gewaltiger Donner rollte über die Gasse. Es war ihm völlig gleich, nur fort!

Kapitel 22

Mittwoch, der 24. Juni, Anno Domini 1528, früher Morgen

Unter dem Torbogen zum Kloster Maria Stern drückten sich zwei Männer in Umhängen und mit über den Kopf gezogenen Kapuzen in den Schatten und spähten hinüber zu den Kerkern. Im Licht von Pechfackeln kam eine Schar Büttel heran, bog dann aber ein gutes Stück vor ihnen zum Eisenberg ab und verschwand um das erste der zu den Gefängnissen gehörenden Häuser. *Gott im Himmel,* flehte Matthias, *beschütze Elisa und diesen verwegenen Kerkerknecht, der sie aus dem*

Verlies schaffen will! Matthias presste sich aufgewühlt gegen die Mauer an seiner Seite. Als die Turmuhr von Maria Stern zur fünften Stunde schlug, lösten er und Bartl sich aus dem Dunkel. Sie schlichen über die Gasse. An der Wegbiegung spähten sie zum Eisenberg hin und erkannten im Licht der fernen Pechfackeln die Wachen mit ihren funkelnden Spießen.

Zwischen ihnen hindurch trat noch keiner auf die Gasse, der in Begleitung eines Zweiten gewesen wäre und in ihre Richtung hätte gehen wollen, aber Matthias zog es zum Eisenberg hin. »Himmelherrgott, nicht weiter!«, zischte Bartl in seinem Rücken und hielt ihn grob an der Schulter zurück. »Wir sollen nach der nächsten Biegung auf sie warten und nicht bei den verfluchten Knechten«, schimpfte er leise, packte zu und lenkte den jungen Hitzkopf hin zum nächsten Haus, wo sie gerade noch Deckung fanden, ehe das Band der Wolken vor dem Mond zerriss und sein Licht wie aus einer Laterne aufs Pflaster fiel.

»Was ist, wenn der Kerkeraufseher unsere Hilfe braucht?«, flüsterte Matthias.

»Wenn der Hilfe braucht, braucht's gar nichts mehr, dann wird es für uns alle eng auf der Richtstatt, Eggenberger«, raunte der Nachtkönig und spähte um die Mauer. Jäh packte ihn ein Hustenreiz, aber er presste den Mund in seinen Ärmel und erstickte ihn. »Jetzt wär ein Bier gut für die trockene Kehle!«

Ein Fass davon würde er ihm hinstellen, wenn alles gut ginge, dachte Matthias, der den Blick nicht von den Wachen am Durchlass zum Hof wenden konnte. Es ging schon auf das Morgengrauen zu, und die Tore würden geöffnet werden; es wurde an der Zeit, dass der Kerkeraufseher auf die Gasse trat, und mit ihm Elisa. Sein Herzschlag erhöhte sich.

*

In der Stube der Wachhabenden saßen um den grob gezimmerten Tisch Stadtknechte. Sie becherten und grölten. Krummbiegel saß unter ihnen. Er setzte seinen Humpen Dünnbier erst ab, als dieser geleert war. Schwegler lehnte an der Wand mit seinem Krug vor der Brust. Der Kerkermeister griff sich im Sitzen in die Hose und kratzte sich ausgiebig, erhob sich schließlich ächzend und stieß seinen Hocker nach hinten weg. »Hört, ihr Saufbolde, ich muss raus in die Nacht und mir die Beine vertreten«, donnerte er, wobei er seinen schmerzenden Rücken streckte.

»Jaja, nach den Sternen glotzen und dann rüber zu den lüsternen Hübschlerinnen …«, krakeelte ein besoffener Büttel, zu dem der Kerkermeister augenblicklich herumfuhr, ihn grob am Hemd packte und vom Stuhl hochriss.

»Dir geb ich's gleich, du Hundsfott, über mich machst dich nicht lustig!« Krummbiegel schleuderte den jungen Kerl gegen die Mauer, worauf der Knecht vor Schmerz aufbrüllte und auf den harten Boden stürzte. Als der Kerkermeister drohend auf ihn zukam, um ihm auf die Finger zu treten, zog er schnell die Hände unter die Brust. »Vergebt, Herr, habt Erbarmen … die Weiber sehen mich doch gar nicht an, die wollen nur g'standene Männer, wie Ihr einer seid.« In Erwartung von Schlägen zog er den Kopf ein wie ein getretener Hund. Krummbiegel blieb dampfend vor Zorn vor ihm stehen. »Elende Ratte, dir werde ich dein dreckiges Maul noch mal mit Gerberlauge auswaschen!« Er trat seinem Büttel erbarmungslos in die Seite, der aufbrüllte und schließlich zu wimmern begann.

Krummbiegel winkte Schwegler herrisch zu sich heran und legte ihm wie einem Kumpan den Arm um die Schulter. Gemeinsam verließen sie den Raum und gingen über den Gang. »Hör, Schwegler, ich muss zu der roten Therese drüben beim Frauenwirt. Bin nicht lang fort.«

»Denk dran, dir einen frischen Schlauch Bier mitzubringen«, erinnerte ihn Schwegler, der wusste, wie durstig der Kerkermeister war, wenn er von den Dirnen kam. »Das Gesöff hier ist schon schal.«

Krummbiegel begann, übers schweißnasse Gesicht zu grinsen. Seine Augen unter den schweren Lidern funkelten gierig. Speichel sammelte sich in seinen Mundwinkeln. »Ich sorg schon für mich, du Sauhund«, stieß er mit heißem Atem aus.

»Dann sorg auch dafür, dass die Liesel frei ist, bis ich rüberkomme«, sagte Schwegler und legte ihm seinerseits schwer die Hand auf die Schulter.

»Verfluchter Sauhund, dich juckt's wohl auch gewaltig«, grunzte Krummbiegel, stieß Schweglers Arm grob von sich und stampfte auf leicht wankenden Beinen davon.

Als der erste Aufseher in die Wachstube zurückkam, hockten zwei der Knechte schnarchend auf ihren Schemeln. Die anderen waren verschwunden. Sie verrichteten mehr oder weniger geflissentlich ihren Dienst, wie er von den Kerlen wusste. Entschlossen griff sich Schwegler eine der brennenden Laternen. Rasch ging er zu einem der Verliese, einem erbärmlichen Loch nah am Aufgang, in dem sich der Gefangene kaum ausstrecken konnte. Gegenwärtig jedoch schmachtete keine bejammernswerte Kreatur darin. Dort wollte er für eine Weile die befreite Henkerstochter verbergen, von dort sollte es rasch die steilen Stufen hinaufgehen, hinaus aus dem Gefängnis und über den Hof, wo hinter dem Tor die Nacht auf sie wartete.

Schwegler streckte die Laterne hinein und begann, unterm stinkenden Stroh zu tasten, bis er auf das Bündel stieß, das er dort vor Kurzem versteckt hatte. Er packte es, spähte achtsam über den langen, fackelbeleuchteten Gang, der zu seiner Zufriedenheit immer noch einsam dalag, und machte sich zum letzten Verlies und seiner Gefangenen darin auf. Entfernt hörte er Gelächter der Büttel, aber hinter den Kerkertüren war es still wie in Gräbern.

Schwegler öffnete das Verlies der Henkerstochter. Er hob die Laterne. Die Gefangene lag im Stroh unter der Decke, die er ihr gebracht hatte. Die junge Frau hatte offenbar nicht geschlafen und hob nun langsam den Kopf, als der Aufseher in ihre Richtung leuchtete. Er spuckte aus und ging entschlossen zu ihr hin. »Macht rasch und zieht das hier an«, gebot er, dabei warf er ihr ein Bündel zu.

Nach kurzem Zögern schob Elisa die Decke zurück und schälte sich aus dem Stroh. Sie ergriff das Knäuel, wickelte es aus und hielt zu guter Letzt Wams und Hosen eines Stadtknechts in Händen. »Warum helft Ihr mir, Schwegler?«, fragte sie vollkommen überrascht und gespannt. Ihr Herz raste, weil die Freiheit möglich war, weil sie vielleicht gar Matthias und ihr Kind wiedersehen würde.

»Ihr seid keine Hexe! Für eine Henkerstochter, die mit ihrer Gabe Kranken und Elenden geholfen hat, sollte kein Scheiterhaufen brennen«, sagte er beinahe mürrisch.

Während sich Elisa ihrer Kleider entledigte und in Wams und Hosen eines Büttels schlüpfte, stopfte der Aufseher die Decke so mit Stroh aus, dass es aussah, als schliefe die Gefangene fest eingehüllt darin. An manchen Stellen ließ er auch

Stoff unter der Bedeckung hervorschauen. Mit zusammengekniffenen Augen musterte er schließlich seine Gefangene in den etwas zu weiten Hosen und dem Wams, das vollkommen ihre Weiblichkeit und das Kind unter ihrem Herzen verbarg. Das kurz geschorene Haar verschwand unter der Mütze beinahe. Wenn dem falschen Büttel keiner direkt ins Gesicht sah, dachte er, musste die Täuschung gelingen und die Frau darunter verborgen bleiben.

»Kommt mit mir«, forderte er Elisa auf und trat vor ihr aus dem Verlies. Im finsteren Gang hing immer noch vollkommene Dunkelheit. Schwegler bedeutete der Henkerstochter mit einem Wink, ihm zu folgen.

Vor dem elenden Kerkerloch blieb der Aufseher stehen, öffnete es und wandte sich an Elisa. »Kriecht hinein, ich werde nicht lange fortbleiben«, befahl er rau und schloss hinter der in die faulig stinkende Schwärze kriechenden Henkerstochter die schwere Holztür.

In der Wachstube schnarchten die beiden Knechte immer noch, aufs Höchste misstönend, auf ihren Schemeln. Schwegler griff nach seinem Humpen. Er trank den letzten, abgestandenen Schluck Bier. Über die steinernen Stufen waren laute Schritte und schweres Schnaufen zu hören, dem ein Schlurfen über den steinernen Boden folgte. Krummbiegel kehrte zurück. Nach Schweiß stinkend, mit glänzendem, feuerrotem Schädel hatte er in der Tat einen frischen Bierschlauch unter den Arm geklemmt. »War alles ruhig, auch hinten bei der Hexe?«, fragte er und stellte sich breitbeinig vor Schwegler hin.

Sein oberster Knecht nickte. »Alles ruhig, als wären alle verreckt in den Verliesen.« Krummbiegel quiekte vergnügt auf und setzte den Schlauch an die Lippen. Er trank und schmatzte, das Gebräu lief ihm über beide Mundwinkel herab. Als er nicht mehr konnte und grunzend nach Luft rang, begann er, böse auf die beiden schnarchenden Büttel zu schielen. »Verflixt, das faule Pack macht einen Lärm …« Er ging zu einem der beiden Knechte und trat ihm den Hocker unterm Hintern weg, worauf der Mann auf den Boden stürzte, aufbrüllte und entsetzt die Augen aufriss. Mit schmerzverzerrtem Gesicht rappelte er sich wieder hoch, unterdrückte aber jeden Laut.

»Ist gerade jemand bei der Liesel?«, fragte Schwegler mit einem Ton in der Stimme, der den Kerkermeister auflachen ließ.

»Herrgott, bist so brünstig, dass es kaum mehr erwarten kannst?«

»Ich war schon länger nicht mehr drüben bei den Weibern.« Und bei der Liesel, die warm und fleischig war, die das Maul halten konnte über die Zeit, die er bei ihr war, und gerade über die Zeit, in der er nicht bei ihr liegen würde, dachte er.

Krummbiegel ließ sich auf einen Schemel fallen. »Hoffentlich hast es dann nicht verlernt, du Saukerl. Wenn doch, dann holst mich, dann zeig ich dir, wie's geht.« Er wieherte wieder los und klopfte sich vergnügt auf den dicken Oberschenkel. »Nachher schick mir den Würz her, der soll die Runde für dich machen, bis wieder da bist.«

»Es kann aber dauern, vielleicht hab ich es ja doch verlernt…«, sagte Schwegler spöttisch, nahm den Schlüsselbund vom Gürtel und hängte ihn wieder an den rostigen Nagel.

»Du Hurenbock, vor Sonnenaufgang bist da, oder ich schick die Büttel nach dir aus«, johlte der Kerkermeister mit schwer werdender Zunge.

Schwegler griff sich eine Laterne. Er suchte den Würz, brüllte nach ihm im hallenden Gang und hörte schließlich ein klägliches Stöhnen aus dem Seitengang, wo der Abtritt lag.

Dort fand er den großen, fetten Knecht auf dem Steinboden kauernd, der nach Pisse und Erbrochenem stank. Im Schein des hochgehobenen Lichts war er grün im Gesicht. *Herrgott, so geht's auch,* überlegte Schwegler rasch, *den Kerl auf den Hof und an die Luft bringen und dann einen Gang durch die Pforte machen.* »Du sollst dich beim Krummbiegel melden«, schnauzte er ihn grob an.

»Der verdammte Eintopf und der Speck …«, jammerte der Knecht, brachte aber nicht mehr hervor, weil in ihm wieder ein übler Schmerz aufstieg und er sich mit verzerrtem Gesicht den Leib hielt.

»Ich hol einen, dann bringen wir dich rauf an die Luft. Dann geht's dir bald besser«, schlug ihm Schwegler vor, verschwand eilig und holte die Henkerstochter aus ihrem Versteck. »Rasch«, gebot er und half ihr durch den niedrigen Durchlass, »einem der Wächter geht's nicht gut. Wir schaffen ihn auf den Hof und machen uns davon.«

»Sie werden Euch jagen und aufhängen«, stieß Elisa aus. Sie legte ihm die Hand auf den Arm, als wollte sie ihn zurückhalten. Aber die Gelegenheit dazu war verstrichen, seit er mit dem Gewand eines Knechts in ihr Verlies gekommen war.

Seine Augen loderten in der matten Dunkelheit. Er ließ ein leises Lachen hören. »Weil ich bei den Hübschlerinnen war, während Ihr … *ausgefahren* seid?«

Ausfahren wie eine Hexe … Elisa durchjagte ein heißer Schauer, aber sie schwieg. Sie folgte Schwegler schleunigst bis zu dem immer noch auf der Erde kauernden Würz, einem Bullen von Mann, den sie gemeinsam auf die Beine stellten und mühsam ins Freie schafften.

»Sieh zu, dass dir bald besser ist, der Krummbiegel hat nach dir geschickt«, knurrte Schwegler und hieb dem Knecht schwer auf die Schulter. Dann winkte er den in der Nähe zusammenstehenden Bütteln. »Habt ein Auge auf den Würz, der kotzt sich die Seele aus dem Leib.« Er machte ein paar wankende Schritte. Dann legte er Elisa den Arm wie einem Kumpan um die Schulter, eher wohl, um sich zu stützen, und zog sie mit sich, immer weiter auf die Pforte zu. Die Wachposten dort grinsten, als der betrunken scheinende erste Aufseher unsicher zwischen ihnen hindurchging. »Wohin denn noch so spät, Herr?«, fragte einer von ihnen mit kaum unterdrücktem Spott.

»In ein warmes, weiches Bett, in dem ich schon erwartet werde, du Hundsfott.«

Gemeinsam zogen sie über das nächtliche Pflaster. Sie schwenkten vor den Mauern zum Sternkloster nach rechts in die Gasse und dort an den beiden Schatten vorbei, die ihnen in geringem Abstand zu folgen begannen. Schwegler hielt Elisa fest im Griff und ließ sie nicht langsamer werden. Die Henkerstochter setzte auch keinen Widerstand dagegen, aber im Augenwinkel näherte sich ihr beständig einer der beiden Schatten. Ihr Herz begann zu brennen. Sie hatte ihn hinterm Hauseck gleich erkannt und alle Beherrschung aufgewandt, nicht seinen Namen zu rufen: *Matthias!* Er lebte und war frei. So würde es sicherlich auch ihrem kleinen Jungen gut gehen. Vor Erleichterung und Freude hob und senkte sich ihr Brustkorb schneller. Ein Stück weit noch lenkte der Aufseher sie, bis sich neben ihnen ein schmaler Durchgang zwischen zwei Häusern auftat. Dorthin schob er sie und gab sie plötzlich frei. Matthias, der längst herangekommen war und seine Frau unter dem groben Gewand eines Büttels und der etwas zu großen Mütze erkannt hatte, schlang die Arme um sie und zog sie ganz in den Durchschlupf.

»Gab es irgendwelche Schwierigkeiten?«, raunte der Nachtkönig, der sich neben Schwegler gegen die Hausmauer gelehnt hatte.

»Keine … muss aber vor Sonnenaufgang zurück sein, sonst wird Krummbiegel ungemütlich.«

»Wie, ungemütlich?«

»Die nächsten Bierschläuche gehen dann alle auf meine Rechnung«, antwortete Schwegler trocken.

Bartl lachte unterdrückt, aber dann versetzte er dem Mann neben sich einen derben Stoß. »Über die Gasse vom Lech her kommen welche.«

Der Aufseher starrte in die Schwärze überm fernen Pflaster, über die in der Tat harte Schritte einer ganzen Schar erst kaum, dann immer deutlicher zu hören waren. Fackellicht begann die Dunkelheit zu zerreißen. Ohne ein weiteres Wort löschte Schwegler das kleine Licht in der Laterne, packte den Nachtkönig und zog ihn mit sich in den Durchlass. »Keinen Laut jetzt«, zischte er Matthias und Elisa hinter sich zu. »Da kommen andere Kerle als die Saufköpfe und Hurenböcke, die gerade bei den Gefängnissen Wache halten.«

Nicht zu früh hatte er sich mit Bartl in das enge Versteck zu den beiden anderen geschoben, denn rasch war der Trupp Gassenknechte heran. Mit Pechfackeln, Laternen und entschlossenen Schritten. Nahe kamen sie an den Verborgenen vorbei. So nahe, dass der Kerkeraufseher mühelos ein paar der Kerle erkennen konnte. Das waren hartgesottene, unbarmherzige Stadtknechte, die der Rat und der Stadtvogt für besondere Aufgaben auswählten, wusste Schwegler. Er lächelte grimmig.

»Wir müssen weiter!«, drängte er, als die Schar verschwunden war. Er schob sich hinaus in die Gasse und eilte voran.

Dicht hinter ihm der Unratsammler und Matthias, der fest die Hand seiner Frau neben sich umschloss. In der warmen Nacht wehte vom nahen Fluss fauler Gestank herüber, der stärker wurde, als sie über eine der vielen Brücken im Lechviertel liefen, unter denen das schwere Wasser hindurchrauschte. Sie überquerten den mittleren Lech und näherten sich dem südlichen Stadttor immer mehr. Bis auf ein paar späte Zecher, die aus den Schenken kamen und ihnen torkelnd über den Weg liefen, begegnete ihnen niemand. Dass ihnen allerdings zwei Schatten folgten, die immer näher kamen, fiel dem scharfäugigen Kerkeraufseher erst nach der Schlossermauer auf.

Als Bartl ächzend stehen blieb, weil ihm das Schnaufen schwerfiel und ihm die Knochen schmerzten, starrte Schwegler in die Nacht. Misstrauisch hielt er seinen Blick länger auf die hinter ihnen liegende Gasse gerichtet, weil er glaubte, eine Bewegung ausgemacht zu haben. Um sicher zu sein, wartete er eine Zeit lang ab. »Zwei Kerle verfolgen uns«, sagte er schließlich kalt.

»Büttel?«, stieß Matthias hitzig aus, der herumfuhr und unwillkürlich nach dem Messer hinterm Gürtel griff.

Beinahe bedächtig schüttelte Schwegler den Kopf. »Nein, keine Gassenknechte.«

»Wer beim Arsch des Teufels denn dann?«, stieß Bartl mürrisch aus. Er hatte Mühe, die Stimme gesenkt zu halten.

Der erste Aufseher starrte glühend in die Nacht. Der Unratsammler hatte nicht ganz unrecht, überlegte er. Sein Blut begann, heiß zu werden. Wenn ihn seine Augen und sein Gefühl nicht ganz täuschten, schlich da hinten einer, der dem Beelzebub die Hand reichen konnte und den er längst über die Klinge hätte springen lassen sollen. Sein Entschluss stand rasch fest. »Also gut …«, knurrte er und wandte sich an Matthias,

»seht zu, dass Ihr mit Eurer Frau und dem Nachtkönig fortkommt und das Stadttor erreicht. Ich werde hier auf die beiden Kerle warten.«

»Schwegler, mach's Maul auf«, zischte Bartl heiser und packte seinen Freund am Hemd, »wer ist hinter uns her?«

»Der Gleiche, der oft genug hinter Euch her war, Gossenengel, wenn Ihr Euch nachts zu den Kranken aufgemacht habt.«

Elisa entfuhr ein überraschter Laut, ihre Hand krallte sich in Matthias' Arm. »Seid Ihr sicher, Schwegler?«

Der nickte, was kaum zu erkennen war. »In dem spärlichen Licht, das aus dem letzten Haus an der Schlossermauer leuchtet, habe ich seine Fratze gesehen.«

Elisa erschauerte, Matthias jedoch fühlte einen verderblichen Hass in sich aufsteigen. Wie kam dieser elende Schurke auf ihre Fährte? Sein Herzschlag beschleunigte sich. »Ich werde auf die beiden Kerle warten, Schwegler«, stieß er wie fiebrig aus, »Euch aber bitte ich, gemeinsam mit dem Nachtkönig meine Frau zu beschützen und sie in Rehlingers Obhut zu geben.« Der Kerkeraufseher wollte etwas sagen, aber Matthias schnitt ihm das Wort ab. »Krimmel gehört mir. Mir alleine!« Er streckte die Hand aus und legte sie dem Eisenmeister schwer auf den Arm. »Wenn einer die Gassen und Winkel in der Stadt hervorragend kennt, vor allem bei Nacht, dann seid Ihr es und der Unratsammler, also haltet meine Frau weiter unter Eurem Schutz und bringt sie zum Roten Tor. Darum bitte ich Euch«, beschwor ihn Matthias.

Elisa presste sich an ihren Mann. »Tu es nicht, Matthis, der ist ein Teufel!«

Matthias legte seine Arme um sie und drückte sein Gesicht an das ihre. »Ich werde nachkommen, Liebste, vertrau mir«, flüsterte er. Er konnte seinen Herzschlag wie ein Rauschen in den Ohren vernehmen. Bei Gott, er würde versuchen, den Teufel so lange aufzuhalten, wie es ihm möglich war!

Elisa versuchte, in seinen Augen zu lesen, aber dafür war es zu dunkel. In seiner Stimme wenigstens lag dieses Versprechen, das er nur halten konnte, wenn er am Leben blieb. Sie fuhr ihm mit den Fingern übers Gesicht. »Ich liebe dich, Matthis!« Sie spürte die Wärme seiner Haut unterm Hemd und den Schlag seines Herzens. Seine Brust hob und senkte sich rasch. Immer hätte sie so eng an ihn geschmiegt bleiben wollen. Aber dann durchzuckte sie der Gedanke an Krimmel. Der machte sie rasend, rasend vor Angst um ihren Geliebten und vor Zorn auf den Mörder. Niemals würde sich Matthias davon abbringen lassen, Krimmel vor die Waffe zu fordern. Zu viel an Demütigung und Schurkerei hatte er in den letzten Wochen durch den Lump erfahren müssen.

»Johannes wartet auf dich, Liebste«, flüsterte Matthias, mahnte sie und presste sie dennoch fest an sich.

Elisa schloss die Augen. Die Zeit drängte sich zwischen sie und wollte sie auseinanderreißen, denn Konrad Rehlinger hielt mit ihrem kleinen Jungen und Agnes beim Roten Tor aus, um sie heimlich aus der Stadt zu bringen. Unter Küssen und heißen Tränen hatte Matthias es ihr in dem schmalen Durchlass gesagt.

»Ich komme bald nach, Elisa«, sagte Matthias rau und küsste sie leidenschaftlich. Plötzlich gab er sie frei und schob sie zu Schwegler, der den Arm wie eine Fessel um sie legte. »Habt meinen tiefen Dank für alles, was Ihr für uns getan habt, werter Eisenmeister und werter Nachtkönig«, presste Matthias mit dunkler Stimme hervor, neigte leicht den Kopf vor den beiden Männern und ging rasch davon.

*

Erstes Zwielicht schob sich im Osten über die Stadtmauern, als Schwegler und der Nachtkönig mit der ihnen anvertrauten jungen Frau das südliche Tor erreichten. Bald schon hatte der Kerkeraufseher den starken Arm von ihr nehmen können, weil sie selbst weiterwollte zu ihrem Kind. »Seid gewiss, ich vertraue Matthias«, hatte sie gesagt, aber sonst kein einziges Wort mehr gesprochen. Die Tränen hatten die beiden Männer nicht sehen können, auch wenn sie ahnten, wie sich die Henkerstochter fühlte.

Die Umrisse des gewaltigen Tores erhoben sich vor ihnen und reckten sich in die noch währende Nacht. Erleichtert stieß Bartl einen Fluch aus und rieb sich den schmerzenden Rücken. »Herrgott, sollte Euch gar nicht gehen lassen«, sagte er leise zu Elisa, die zwischen ihm und Schwegler ging, »ohne Euch hat bestimmt bald mein letztes Stündlein geschlagen.«

»Eher, wenn ich bleibe, Bartl«, flüsterte ihm die junge Frau zu.

Im Licht der Fackeln an den Mauern, am Torhaus und an der schäbigen Schenke harrten schon einige aus, die in aller Herrgottsfrühe aus der Stadt hinauswollten. Händler und Kleinkrämer mit ihren Waren und solche, bei denen die Karren und Kraxen leer waren, die in ihre Dörfer zurückwollten. Auch ein Meldereiter aus der Bischofspfalz war unter den Wartenden. Sein Pferd tänzelte unruhig unter ihm, weil er selbst wohl unruhig war, was sein Tier spürte. In das Raunen der Stimmen mischten sich vereinzeltes Lachen und das Schnauben der Gäule.

»In den Saurengreinswinkel, los!«, flüsterte Schwegler, packte Elisas Arm und zog sie mit sich in eine schräg einmündende Gasse. Bartl sah sich nach allen Seiten um, aber keiner der heranschlendernden Menschen schien ihnen folgen zu wollen. Sie ließen den Schein der Fackeln hinter sich und tauchten wieder in die Dunkelheit, aus der sie gekommen waren. Schon bald darauf wehte ihnen die Ausdünstung von Pferden entgegen. Als sie eine weitere Gasse hinter sich ließen, erreichten sie einen kleinen Platz, auf dem ein Fuhrwerk stand und die entzündete Laterne daran sie mit ihrem warmen Licht empfing. Zwei starke Rösser waren angeschirrt. Ein Kerl, groß wie ein Bär, prüfte das Zaumzeug. Bei ihrem Herannahen fuhr er herum.

Elias Wynzel warf den Neuankömmlingen misstrauische Blicke zu, schien aber zu der Feststellung zu kommen, dass sie die erwarteten Leute waren, und widmete sich schweigend wieder seiner Aufgabe. Auf dem Wagen standen riesige Fässer und allerlei Aufgetürmtes dazwischen. Der Eisenmeister nahm an, dass sich die Gemahlin des Rehlingers an dem Krempel unter den Abdeckungen aufs Höchste erfreuen würde. Den Patrizier, ihren Komplizen, was ihm immer noch höchst ungewöhnlich vorkam, entdeckte er erst, als er am Wagen vorbei war. Offenbar hatte Konrad Rehlinger an der Mauer in seinem Rücken gelehnt, denn jetzt stieß sich der Mann in dem bodenlangen Umhang davon ab und kam entschlossen ins spärliche Licht.

»Ausgezeichnet, Eisenmeister, du triffst zur rechten Zeit ein. Ich sehe zwei Büttel und vermutlich den Nachtkönig.« Seine Augen funkelten, aber dann sah er an den Genannten vorbei. »Einer fehlt jedoch. Was ist mit meinem Hauptkassierer?«

»Wir wurden verfolgt, Herr, Matthias Eggenberger blieb zurück, um Krimmel und seinen Knecht aufzuhalten«, antwortete Schwegler rau.

Rehlingers Gesicht verzerrte sich. »Ah, dann kann ich ihm nur wünschen, dass er geübt ist mit Schwert und Messer«, knurrte er missmutig. »Wie kann dieser Krimmel überhaupt von unserem Vorhaben wissen?«

»Von uns hat jeder das Maul gehalten, Herr«, stieß Schwegler dumpf aus. »Weiß Gott, welcher Teufel den Schurken auf unsere Spur gebracht hat.«

»Wenn er nur keinen der Gassenknechte auf unsere Spur bringt …«, zischte der Patrizier und wandte sich an Elisa, die ein wenig die Mütze aus der Stirn schob. »Geht es Euch gut?«, fragte er. Seine Stimme hatte jegliche Schärfe verloren.

»Ja, Herr.« Sie legte die Hände aneinander. »Habt Dank für alles, was Ihr für meinen Mann und mich getan habt und für unser Kind, Herr Rehlinger.«

»Euer Mann steht deswegen tief in meiner Schuld«, antwortete ihr der Ratsherr schroff. »Deswegen sollte er sich davor hüten, sich von den beiden Lumpen umbringen zu lassen. Meine Pläne mit ihm sind auf längere Zeit ausgelegt. Bis er mir den letzten Heller zurückgezahlt hat, hat er womöglich das erste graue Haar in seinem Bart.«

Und Ihr werdet dann weißhaarig sein, aber für Euer Alter noch erstaunlich kräftig, durchströmte Elisa eine Ahnung. Sie konnte in diesem fernen Schemen auch Matthias' Gegenwart wahrnehmen, und sie spürte, dass es mehr war als bloße Hoffnung. »Werter Herr, bitte sagt mir, wo mein Kind ist.«

»Geht hinter dem Karren vorbei zu der kleinen Mauernische, da ist Euer Junge bei Eurer Magd.«

Mit bebendem Herzen folgte sie Rehlingers Worten. Sie hatte Mühe, entlang der Mauern etwas auszumachen, denn das Versteck war gut gewählt. Doch dann sah sie die Umrisse einer Gestalt, die sich im Dunkeln regte und auf sie zukam.

»Elisa«, kam es heiser durch die Nacht. Erschüttert erkannte sie Amelinde, die die wenigen Schritte zu ihr hin machte und stürmisch die Arme um sie schlang. »Bei der Heiligen Jungfrau, bin ich froh, dass du wieder frei bist.« Die Freundin lachte und weinte, und Elisa ging es nicht anders. Als sie beide ein wenig zu Atem gekommen waren, nahmen sie sich bei den Händen und stellten sich ins matte Licht am Karren.

»Dass du da bist, obwohl ich dir und Eckehard nicht die Wahrheit gesagt habe über mich …« Wieder liefen Elisa Tränen übers Gesicht.

»Lass …«, wiegelte Amelinde ab, die über Elisas Aussehen bestürzt war und hoffte, das Kind unter ihrem Herzen würde leben können. Selbst im schmeichelnden Laternenlicht sah sie doch, was ihrer Freundin widerfahren war. Deren wunderschönes, langes Haar war geschoren worden und nun schmutzig und struppig wie das eines Gassenjungen. Nach den entsetzlichen Tagen und Nächten im Kerker war sie elend schmal geworden, was auch die weiten Hosen und das Hemd eines Büttels nicht verbergen konnten. Eine schreckliche Blässe lag auf ihrem Gesicht, leichte Falten hatten sich in Stirn und Wangen gegraben. Aber auf wunderbare Weise waren in ihren Augen das tiefe Blau und die Klarheit unauslöschlich geblieben.

Plötzlich verstärkte sich Elisas Händedruck. »Matthias ist nicht bei uns«, stieß sie aufgewühlt aus, »er ist zurückgeblieben, weil wir verfolgt wurden.«

»Was?« Amelinde wurde es eiskalt. »Waren Stadtknechte hinter Euch her?«

»Nein, Krimmel und sein Knecht.«

»Mein Gott, dieser Teufel«, flüsterte Amelinde entsetzt, denn dieser Schurke erschien ihr heimtückischer und gefährlicher als die Häscher. Wie sollte Matthias nur mit zwei Kerlen von dieser üblen Sorte fertig werden, dachte sie, hütete sich aber davor, auch nur ein Wort darüber zu verlieren. Sie wollte die Freundin weiß Gott nicht noch tiefer in Verzweiflung stürzen. »Er wird es schaffen … der Herrgott wird ihn beschützen«, presste sie stattdessen hervor und flehte den Allerhöchsten an, dass er es tun möge. Doch wenn es dem beherzten Mann ihrer Freundin auch gelingen sollte, diesem hässlichen Kräuterer und seinem schändlichen Helfer den Garaus zu machen, waren immer noch überall in der Stadt die Büttel unterwegs, um nach ihm wie die Jäger hinterm Wild her zu sein. Ihr war vor Aufregung kalt, aber ihr Gesicht glühte.

Hinter einem Tränenschleier entdeckte die Henkerstochter ihre Magd, die mit dem schlafenden Jungen im Arm herangekommen war. Elisas Herz presste sich vor Sehnsucht nach ihrem lange vermissten Kind zusammen. Sie hob Johannes aus Agnes' Armen und bettete ihn an ihre Brust. Nur mühsam bezwang sie ein Schluchzen. Eine Welle der Liebe überflutete sie, und sie küsste ihren kleinen Sohn immer und immer wieder.

»Bei Gott, Agnes, warum bist du hier? Wenn dich die Leut oder die Häscher mit mir sehen, kommst in Verruf, oder … in Gefahr. Du musst doch längst wissen, dass ich eine Henkerstochter bin«, brachte Elisa beinahe vorwurfsvoll hervor, als sie es schaffte, von ihrem Jungen aufzusehen.

»Der Herr hat gesagt, dass ich mit Euch kommen kann«, antwortete die Magd trotzig.

»Matthias?« Elisa war sprachlos. Sie verstand nicht, wie ihr Mann auf so einen vermessenen Gedanken kommen und das brave, unschuldige Mädchen in Gefahr bringen konnte. »Aber Agnes, wir können dich nicht mitnehmen. Auf unserer Flucht kann alles Mögliche geschehen; wenn uns die Knechte erwischen, kommst du mit uns in die Eisen.«

»Ich kann aber doch nicht bleiben, hab doch keinen.« Sie begann zu schluchzen und verbarg ihr Gesicht in den Händen.

Liebe, treue Agnes, dachte Elisa, *du bist mir wie ein Schicksalswink, weil du jetzt da bist. Du liebst unseren Johannes wie dein eigenes Kind und wirst gut für ihn sorgen. Denn ich kann nicht fort von Matthias.* Sie wollte es ihr sagen, sie bitten, und auch Amelinde bitten, der Agnes und ihrem Kind beizustehen, als Konrad Rehlinger mit raschen Schritten herankam. Die Nacht wich. Auch ohne den matten Lichtschein der Laterne war die Anspannung in seinem Gesicht zu erkennen.

»Steigt jetzt in die Fässer, im Osten wird es schon hell«, befahl er und bedeutete seinem Knecht Elias, vom Kutschbock zu steigen und den Frauen auf den Wagen zu helfen.

»Ich kann nicht fort, Herr Rehlinger, nicht ohne meinen Mann«, erklärte Elisa fest und drückte das schlafende Kind an sich, als müsste sie es verteidigen.

»Habt Ihr den Verstand verloren?«, fuhr der Patrizier zornig auf und war nahe daran, sie zu packen und gewaltsam auf das Fuhrwerk zu schaffen. »Herrgott, Elisa Eggenberger, Euch bleibt keine Wahl. Wenn Ihr hierbleibt, kommt Ihr wieder in die Eisen. Ihr werdet ein erbärmliches Dasein fristen, bis Ihr das Kind unter Eurem Herzen geboren habt und man Euch auf die Richtstatt schafft.« Die Henkerstochter starrte ihn nur schweigend an. Er hatte nicht den Eindruck, sie würde sich von seinen Worten überzeugen lassen. Mit einem Mal stellte er sich nahe vor sie. Sein Atem war heiß und seine Stimme herrisch. »Womöglich gibt Euer Mann gerade sein Leben für Euch und das Kind, damit Ihr fliehen könnt. Damit etwas bleibt von seinem Leben, seinen Hoffnungen und seiner …«, er zögerte, als wollte ihm das noch Ungesagte nicht so recht über die stolzen, oftmals boshaften Lippen, »seiner Liebe zu Euch.« Elisa sah, wie sein Mund zuckte. »Denkt an Euren Mann und steigt jetzt in eines der Fässer«, raunte er eindringlich.

Elisa schloss die Augen. Der Atem ihres schlafenden Jungen strich über ihre Hand. Seine kleinen Beine zuckten ein wenig in ihren Armen, weil er im Traum den Schmetterlingen hinterherjagte oder einer pfeilschnellen Katze. Mit einem Mal zerrissen Nebel in ihren Empfindungen; sie konnte Matthias mit grauen Haaren, grauem Bart und dem Leuchten von Herbstlicht in seinen kastanienbraunen Augen sehen. Erstaunt entdeckte sie ihn in einem blühenden Garten an einer niedrigen Mauer hoch über einem See, dessen fernes Ufer nicht auszumachen war.

Eines der Pferde wieherte unruhig, als wüsste es, dass es bald hinaus ging aus der Stadt, hinein in weites, grünes Land, in dem es ausgreifen konnte. Elisa schrak aus ihren Ahnungen. Sie hob den Kopf und nickte Konrad Rehlinger zu, der mit den unnachgiebigen Augen eines Raubvogels auf sie herabspähte. »Meine Magd und ich werden in die Fässer steigen, Herr.« Sie wandte sich an das erstaunte Mädchen und legte ihr Johannes wieder in die Arme. »In Gottes Namen komm mit, Agnes, bist mir ja doch über die Zeit wie eine kleine Schwester ans Herz gewachsen. Magst unser Schicksal teilen, wenn du es so willst.

Helfe Gott, dass es ein gutes für dich ist.« Sie lächelte ihr zu. Die Augen der Jungfer füllten sich mit Tränen.

Mittlerweile kroch die Morgendämmerung immer rascher über die Stadt und hob den dunklen Mantel der Nacht von den Dächern und Türmen.

Elisa ging zum Unratsammler, der müde am Karren lehnte, aber die Umgebung dennoch nicht aus den Augen ließ. »Bartl«, begann sie, »hab Dank für alles, was du für mich getan hast. Gott schütze dich und deine Knochen.«

Der Nachtkönig stieß sich vom Wagen ab, streckte sich und spuckte zur Seite hin aus, um sprechen zu können. »Ich wünsch Euch, dass der Herrgott auf Euch schaut, Gossenengel. Seht zu, dass Ihr jetzt aus der Stadt kommt.« Er wischte sich die schmutzige Hand an der Hose ab, die nicht weniger schmutzig war, und streckte sie ihr hin. »Ich danke Euch. Ohne Euch käme ich nicht mehr auf den Karren, und es wäre schon längst aus mit mir.«

Elisa umfasste seine Hand mit beiden Händen, schwieg aber. Als sie zu Amelinde ging, wusste sie nicht, was sie sagen sollte, doch die Freundin versuchte, es ihnen beiden leichter zu machen. »Der Rehlinger steht vorne am Wagen und schaut, als wollte er dich gleich verschlingen, Elisa«, flüsterte die Geschützgießerstochter. »Aber er hat recht, die Sonne steigt schon über den Lech. Ihr müsst fort!« Ihre Augen füllten sich wieder mit Tränen. Sie bemühte sich zu lächeln, aber ihre Lippen zuckten. »Gott segne dich und die Deinen und … und schenke euch ein gutes und langes Leben.«

»Lebe wohl, meine liebe Amelinde. Gottes Segen für dich, Eckehard und deinen Vater.« Mehr konnte Elisa nicht mehr sagen, weil es ihr war, als würde ihr die Kehle abgeschnürt werden, und so hielt sie die Freundin fest umarmt. Sie drückte ihr heißes Gesicht an Amelindes.

Als der Eisenmeister aus der Gasse zurückkam, die zum Stadttor hinführte, musste er erkennen, dass seine Schutzbefohlene immer noch nicht auf dem Fuhrwerk war. Ärgerlich verzog er das Gesicht. »Himmel, Arsch und Zwirn, diese Weibsleut«, fluchte er leise, ging entschlossen auf die beiden Frauen zu, packte ohne ein Wort die Henkerstochter um die Mitte und zog sie zum Karren, wo er sie zwischen die Fässer hob. »Zeit wird's, das Tor ist gerade geöffnet worden. Der Patrizier wird ums Verrecken nicht darauf warten wollen, bis ihm ein neugieriger Trupp Häscher in die Weinfässer gafft«, schnauzte Schwegler. Mit ansehnlicher Kraft zog er sich selbst an der Wagenwand hoch und schwang sich trotz seines steifen Beines behände auf die Ladefläche. Mit gleicher Entschlossenheit nahm er Elisa auf die Arme und ließ sie in einen der offenen leeren Bottiche gleiten. Kurz danach reichte er ihr den kleinen Jungen hinein, der über einen erstaunlich tiefen Schlaf verfügte und lediglich wie eine Katze schnurrte, als die Hände wechselten, die ihn hielten.

Schwegler hievte den Deckel aufs Fass, drückte ihn fest und zog zu guter Letzt Agnes auf den Karren, die Elias Wynzel ihm entgegenstemmte. Auch die aufgeregte, rotbackige Magd war rasch in ihrem bauchigen Versteck. Das dritte Fass blieb leer. Der Kerkeraufseher schlug missmutig mit der Faust dagegen, weil er den jungen Patrizier schätzen gelernt hatte und es schade um ihn war. *Weiß Gott*, dachte er, *vielleicht bringt der Eggenberger es ja zustande, im Kampf gegen die beiden Lumpen zu bestehen und sie dorthin zu befördern, wo sie hingehören. Direkt zum Teufel, dem sie ihre Seelen längst verschrieben haben.* Was auch geschehen würde, er würde davon hören. Entweder brachten es die ausschwärmenden Knechte von den Gassen herein, oder einer der geschwätzigen Leute in allen Vierteln der Stadt trug es bis zu den Gefängnissen. Oder gar der Bartl machte einen Fund, Bartl, der einen menschlichen von einem tierischen Kadaver durchaus zu unterscheiden vermochte.

Konrad Rehlinger hatte sich in den Sattel gezogen und lenkte seinen hochbeinigen Rappen neben den Wagen. Er musste den Kopf ein wenig in den Nacken legen, um dem ersten Kerkeraufseher ins Gesicht sehen zu können. »Ich gehe davon aus, dass du und der Nachtkönig die Geschützgießerstochter wohlbehalten zum Katzenstadel zurückbringt?« Der Nachdruck in seiner Stimme war unüberhörbar.

»Das lag in unserer Absicht, Herr.« In Schweglers Augen funkelte eine Spur von Hohn.

»Dann seht zu, dass ihr fortkommt, und hofft, dass es keinen Verdacht gegen euch gibt, sonst kann es euch rasch den Kopf kosten.« Unter einem spöttischen Lächeln hieb der Patrizier seinem Pferd die Fersen in die Flanken und ritt durch die Gasse davon. Hinter ihm ruckte der Karren an und folgte rumpelnd über das grobe Pflaster. Schwegler sprang von der Ladefläche. Er stellte sich neben Bartl und die junge Frau, die sich die Hände vor den Mund hielt. Über die Stadtmauern erhob sich vollends die Sonne und erreichte das Rote Tor. Sie überzog die Kugeln auf den Turmspitzen mit gleißendem Gold.

Mochte Krummbiegel fluchen und ihn von den Bütteln einholen lassen, aber bis Sonnenaufgang war der erste Kerkeraufseher wahrhaftig nicht zurück im Gefängnis und in der Wachstube. Mit der Mütze tief im Gesicht, angetan mit einem Mantel, schob sich Schwegler ins Frauenhaus im Lechviertel, als das Tageslicht schon eine gute Weile über der Gasse stand.

Die Liesel hob den Kopf. Sie blinzelte verschlafen, als er zu ihr ins warme Bett kroch. Die dralle Dirne schimpfte und fluchte, dass er sich erst jetzt sehen ließ, aber dann genoss sie seine stürmische, fast grobe Umarmung, als müsste er eine aufgestaute Lust und Anspannung endlich loswerden. Bald danach schnarchte sie wieder, und Schwegler griff nach dem Weinschlauch, um sein letztes verbliebenes Verlangen an diesem Morgen zu stillen. Er trank ausgiebig und genussvoll, bis ihm die Augen zufielen und er mit dem leeren Schlauch auf der Brust einschlief.

*

Matthias stand eng am letzten Haus in der Gasse. Er schloss kurz die Augen, als könnte er dadurch das Gehör schärfen. Einen Atemzug später war er sich sicher, dass jemand kam, und dass es nicht nur einer war, der über das Pflaster schlich. Unwillkürlich beschleunigte sich sein Herzschlag. Er entschied, das Schwert vorerst in der Scheide zu lassen, dessen blitzende Klinge ihn verraten konnte, und griff nach dem Messer. Die Wolken rissen auf. Im Mondlicht konnte er zwei Gestalten sehen, die über die Gasse kamen. Der eine war von durchschnittlicher Größe und krummbeinig, der andere hochgewachsen und schmal. *Krimmel und sein Knecht!* Der Eisenmeister musste Augen wie ein Adler haben, dass er über die große Entfernung in einem ihrer Verfolger den Mörder aus Tübingen ausgemacht hatte, dachte Matthias anerkennend und schob sich rasch, aber leise in den Hauseingang in seinem Rücken.

Es dauerte nicht lange, bis die beiden Kerle an ihm vorüberkamen. Er ließ sie noch einige Schritte machen, dann löste er leise seinen Umhang und ließ ihn zu Boden gleiten. Er trat auf die Gasse. Sein Herz raste und pumpte ihm das heiße Blut durch den Körper. Unwillkürlich sprangen seine Gedanken zu Elisa. Er dachte daran, dass sie es unter der Obhut der beiden achtbaren, wackeren Männer bis zum südlichen Stadttor schaffen würde. Ihre Flucht würde gelingen. Sie musste gelingen! Er schickte ein Stoßgebet zum Himmel, empfahl dem Allerhöchsten seine Seele und pfiff einmal kurz durch die Zähne. Augenblicklich fuhren die beiden Lumpen herum. Deutlich sah Matthias im Mondlicht Krimmels Messer aufblitzen. Sein Knecht indessen bevorzugte einen Knüppel und hielt ihn federnd in der Hand wie einer, der sich darauf freute, zuschlagen zu können.

Krimmel brach vor lauter Überraschung in ein abgehacktes Lachen aus. »Tausend Teufel auch ... Ihr, Eggenberger? Nicht der humpelnde Kerkerknecht und nicht der nach Aas stinkende Nachtkönig, der sich mir in den Weg stellt. Ihr glaubt gar nicht, wie gut mir das passt!« Mit der Hand, in der er das Messer hielt, rieb er sich unterm Kinn wie einer, der böse Gedanken hatte. »Solltet Ihr nicht bei Eurem Weibsbild sein, um es zu beschützen? Den schmächtigen Büttel, von dessen Seite Ihr die ganze Zeit über nicht gewichen seid?«, höhnte er laut.

»Mach dir keine Gedanken um meine Frau«, rief ihm Matthias eisig zu. »Mach dir lieber Gedanken um dich!« Er mahlte mit den Zähnen, weil ihn das Wissen des Galgenstricks über seine entflohene Frau wie ein Fausthieb getroffen hatte. »Woher weißt du, dass meine Frau in den Kleidern eines Häschers steckt?«

Das leise, hämische Lachen Krimmels hob an. Er deutete auf den jungen Kerl neben sich. »Dieses hässliche Wiesel hier hat Euch vor Tagen bei den Kerkern gesehen und nicht mehr aus den Augen gelassen. Er ist zwar ein Schwachkopf, aber flink und hartnäckig. Und Ihr wart so freundlich, ihn zu dem reichen Pfeffersack zu führen, bei dem Ihr untergeschlüpft seid. Als dann noch der verkrüppelte Kerkerknecht ums Haus des feinen Handelsherrn schlich und gar eingelassen wurde, war mir klar, dass hier abgefeimte Pläne geschmiedet wurden.« Er spuckte aus und fuhr sich mit dem Handrücken über den Mund. »Beim Leibhaftigen, da dachte ich mir, was könntet Ihr denn anderes vorhaben, als die Hexe zu befreien!« Er lachte heiser auf und schlug sich auf den Schenkel. »Ein hoher Ratsherr, der Buhle der Henkersdirn und schändliches Lumpenpack. Schier unglaublich, diese Gleichgesinnten, findet Ihr nicht auch?«

Matthias wurde es blutrot vor Augen. Der Sauhund hatte alles gewusst! Dass sie nicht alle längst in den Verliesen saßen, verdankten sie offenbar nur dem Umstand, dass dieser Teufel noch weitere böse Absichten verfolgte. Für einen Moment war er vor Fassungslosigkeit wie blind und taub, aber dann packte er sein Messer mit der linken Hand und zog mit der rechten Hand sein Schwert aus der Scheide.

Krimmel beobachtete es mit einem Grinsen. Er ließ das Messer geschickt von Finger zu Finger wandern und sah dabei unauffällig aus den Augenwinkeln zu seinem Knecht, der sich Schritt um Schritt von seinem Herrn entfernt hatte, um den Gegner von der Seite anzugreifen. »Der Rehlinger hat einen Karren beladen lassen, mit dem er wohl hinauswill zu seinem Landgut. Ist das nicht eine Zufälligkeit, dass Eure Magd mit auf dem Wagen saß, die Euren Jungen im Arm hielt?« Er gluckste vergnügt. »Ihr seht, ich musste mich nur noch vor den Gefängnissen auf die Lauer legen und abwarten. Und siehe da, heute Nacht war es dann so weit, und mir blieb die Wahl, Euch allesamt an die Stadtknechte zu verraten oder …« Wieder lachte er heiser, »… oder die Henkerstochter entfliehen zu lassen.« Er machte eine gönnerhafte Handbewegung. »Ich sag's Euch, Eggenberger, ich war nahe dran, die Büttel auf Euch zu hetzen.«

»Und was hat dich Schurken daran gehindert?«, presste Matthias mühsam hervor.

Krimmel kam wieder einen Schritt näher. »Ahnt Ihr das wirklich nicht, Eggenberger?« Seine Stimme hatte einen grausamen Klang angenommen. »An der Zeit ist es, Euch den Garaus zu machen, Euch feinem Stutzer das stolze Herz herauszuschneiden. Wenn Ihr im Verlies verfault, bringt mich das um das Vergnügen, Euch eigenhändig ums Leben zu bringen.«

Matthias blieb ruhig, obgleich ihm das Blut hätte gefrieren können. Der Galgenstrick tat nicht nur so, als würde er das Messer gut zu führen wissen, er war sich sicher, dass der ein teuflischer Meister darin war. Er selbst schätzte sich bei Weitem nicht so schnell und geschickt mit der Klinge ein wie den elenden Kerl. Auf seinen Handelsreisen hatte er manchen Überfall abwehren müssen, um sein Leben zu verteidigen, ob mit dem Messer, dem Schwert oder auch einem rasch ergriffenen Knüppel, aber manches Mal war es ihm nur mit Mühe gelungen. Er schluckte. Entweder kämpfte er gegen Krimmel wie ein Lump ohne jede Regel und ohne jede Ehre mit allen Mitteln, oder er war von vornherein verloren.

»Eggenberger, meine Klinge ist frisch geschärft!«, rief Krimmel und winkte ihm höhnisch mit dem Messer zu. »Wollen wir? Ach ja, eins noch. Wenn ich Euch aufgeschlitzt habe, werde ich die Stadt verlassen und mich um Euer Weib kümmern. Die will doch sicher zu ihrem Balg auf dem Karren des

Rehlingers!« Er grinste. Im Mondlicht glitzerten die Speichelfäden an den braunen Zahnstummeln.

In Matthias' Kopf knisterte es vor Hass. Aber es hämmerte auch in ihm, sich nicht weiter herausfordern und zu unbedachten Handlungen hinreißen zu lassen. Krimmel wollte seinen Tod. Er schwor sich, es ihm so schwer wie möglich damit zu machen. Noch ein letztes Mal bat er den Allerhöchsten um Schutz und Entkommen für seine geliebte Frau und seinen Jungen. Er spürte, was auch geschehen würde, er war mit sich im Reinen.

Krimmel bewegte sich langsam auf ihn zu, während dessen hochgewachsener Bursche sich immer weiter zur Seite bewegte und vielleicht irgendwann in Matthias' Rücken sein würde. So weit wollte er es allerdings nicht kommen lassen. Deshalb handelte er augenblicklich.

Blitzartig sprang er vor und stieß dem jungen Kerl die Schwertspitze in den Arm, der eher mit einem Angriff gegen seinen Herrn als gegen sich gerechnet hatte, aber dennoch aus gutem Grund aufbrüllte. Blut schoss aus der Wunde und dem schmutzigen Ärmel. Es tropfte dunkel aufs Pflaster. Der Bursche ließ den Knüppel fallen und presste die frei gewordene Hand auf die getroffene Stelle. Matthias achtete nicht weiter auf ihn, denn Krimmel hatte seine Verblüffung über den Angriff auf den Jungen überwunden und war auf ihn losgesprungen. Leicht gebückt und deutlich schneller, als man bei seiner krummen Gestalt vermutet hätte. Matthias warf sich schnellstens zu ihm herum und sah Krimmels Hand mit der Klinge heransausen. Gekonnt wehrte er sie mit seinem venezianischen Dolch ab, wobei keinem der beiden Kämpfer die Waffe aus den Fingern geschleudert wurde.

Der Schurke stieß einen überraschten Laut aus, als hätte er

dem Patrizier nicht zugetraut, mit einem Messer umgehen zu können. Rasch wich er zurück, denn sein Gegner hieb blitzschnell mit dem Schwert nach und verfehlte ihn nur knapp. Mit einem unheilvollen Grinsen leckte sich Krimmel über die wulstigen Lippen. Er würde es nicht noch mal riskieren, so nahe an den eitlen Hundsfott heranzukommen. Noch nicht … Mit flinker Bewegung hatte er ein weiteres Messer hinterm Gürtel hervorgerissen, warf es in der Hand herum und schleuderte es gegen Eggenberger.

Matthias machte einen jähen Sprung, als Krimmel das Messer gegen ihn schleuderte, dennoch traf ihn die Klinge. *Immerhin nur in den Arm,* dachte er grimmig. Im ersten Moment spürte er keinen Schmerz, riss die Waffe heraus und schob sie hinter seinen Gürtel. Der Schurke ließ ihm keine Atempause und warf sich ihm entgegen, doch im selben Moment schoben sich wieder Wolken vor den Mond. Schlagartig wurde es wieder vollkommene Nacht. Instinktiv bückte sich Matthias und hielt mit beiden Händen sein Schwert in die Richtung, aus der der Lump kommen musste. Noch vor dem Körper warf sich ihm wütender Atem entgegen und schwere Schritte, dann wurde er brutal gerammt und nach hinten aufs Pflaster geschleudert. Gleichzeitig aber erklang ein beinahe tierischer Schrei in der Dunkelheit, weil er den Sauhund irgendwie erwischt hatte. Voll boshafter Schadenfreude presste er die Zähne aufeinander.

Hart prallte Matthias mit dem Hinterkopf auf die Steine, verlor sein Messer und krümmte sich unweigerlich in Schutzhaltung zusammen. Plötzlich bekam er einen weiteren heftigen Schlag gegen den Kopf, der ihm fast die Besinnung raubte. Er keuchte, rollte auf den Rücken zurück und riss das Schwert wie zum Angriff hoch. Wütend dachte er, ob der Lump in der anhaltenden Schwärze etwa mehr sehen konnte als er. Seine Brust hob und senkte sich rasch. Er schwitzte, und als er sich über die Zunge leckte, schmeckte er das Salz darauf. Auch in seinen Wimpern hingen salzige Perlen. Sie trübten seine Sicht, von der er ohnehin keine hatte, als er zum Himmel hinaufstarrte.

Noch immer bedeckten Wolken den Mond. Sie ließen nicht einmal einen Fetzen an Helligkeit hindurch. Still war es um ihn, gefährlich still. Weder von Krimmel noch von seinem Knecht war etwas zu hören. Das beunruhigte ihn aufs Höchste. Auch wenn es ihm schwerfiel, hielt er die Luft an und lauschte. Jeden Moment erwartete er die erneute Wucht des stinkenden Kerls, der ihm die Kehle oder die Brust aufschlitzen wollte. Lautlos und langsam hatte er ein Bein vor den Bauch gezogen, damit es den Kerl wie eine Ramme traf, wenn er sich in der Dunkelheit auf ihn werfen wollte. So dumm schätzte er Krimmel allerdings nicht ein. Da vernahm er ein leises, raschelndes Geräusch und schließlich eines, als schleiche sich eine Ratte heran.

Matthias' Augen brannten vor Schweiß und Anspannung. Da endlich zerfaserte wieder der Wolkenmantel vor dem Mond. Licht fiel in die dunkle Gasse und entriss ihr eine menschliche Gestalt. Es war Krimmel, der auf allen vieren herangekrochen war und keinen Moment zögerte, ihm den stinkenden Fetzen, der sein Hemd war und das er ausgezogen hatte, ins Gesicht zu schleudern. Heftig atmend stemmte Matthias weiter das Schwert nach oben, packte den Lumpen und warf ihn von sich, erhielt aber im selben Augenblick einen heftigen Schlag gegen die Schwerthand, der ihm die Waffe aus den Fingern schleuderte. Vor Schmerz stieß er einen unterdrückten Laut aus. Entsetzt erkannte er die blitzende Klinge über sich. Abwehrend schossen seine Hände nach oben. Sie erwischten den herabsausenden Arm, aber der andere fuhr pfeilschnell auf ihn herunter. Ein rasender Schmerz durchzuckte sein getroffenes Gesicht. Warme Flüssigkeit spritzte ihm aus Nase und Lippe. Unsägliche Wut durchjagte ihn, und er legte alle Kraft hinein, den Kerl von sich herunterzubekommen.

Matthias hatte die Handgelenke des Schurken gepackt. Der ächzte und zerrte, um sie wieder freizubekommen. Der Speichel triefte ihm aus dem offenen Mund. Der junge Patrizier merkte, wie ihm die Kräfte langsam schwanden. Seine Verwundung am Arm brannte immer heftiger, und in die aufgerissene Stelle am Hinterkopf rieb das grobe Pflaster. Ungewollt stiegen ihm Tränen in die Augen. Mit dem Schweiß darin verschwamm seine Sicht. Dem Halunken schien es nicht anders zu gehen, denn Matthias spürte weniger Widerstand, aber die Täuschung war heimtückisch, und der junge Patrizier erkannte es sofort. Ein jäher Ruck Krimmels sprengte seine Umklammerung. Der Lump schaffte es, seine Messerhand herauszuwinden und ihm die Klinge in die Brust zu stoßen. Triumphierend johlte der Halunke auf. Unter dem gemeinen Schmerz, der sein Fleisch durchschnitt, wurde es Matthias schwarz vor den Augen.

Gib nicht auf!, donnerte es in seinem Schädel und brachte ihn dazu, die Fäuste nach oben zu dreschen. Er traf das Gesicht des Halunken und hörte Knochen brechen. Ein gequältes Jaulen entrang sich der verzerrten Fratze, aber dann schlossen sich die gekrümmten Finger des Schurken wie eine eiserne Fessel um seinen Hals. Sie drückten unbarmherzig zu. Rasch wurde Matthias die Luft knapp. Er stieß ein Röcheln aus. Mit beiden Händen riss und zerrte er an Krimmels Fingern, um sie von seiner Kehle zu bekommen. *Herr im Himmel, hilf*, schrie es in ihm. Er schaffte es, nochmals die Hand zur Faust zu ballen und dem elenden Kerl ins Gesicht zu dreschen, aber der knurrte nur höhnisch über die lächerliche Abwehr seines Gegners.

Der Schmerz um seinen Hals und in seiner Brust vereinigte sich, und schwarze Schlieren schoben sich vor Matthias' verzweifelt aufgerissene Augen. *Elisa!*, rief er lautlos und sah sie vor sich. Sie vor Augen zu haben, wenn es jetzt aus mit ihm war, tröstete ihn, wie ihn nichts anderes hätte trösten können, nun, da er aufgeben wollte. Doch mit demselben Gedanken schoss ihm blitzartig ein anderer durch den Kopf: *Krimmels Messer!* Mit dem letzten inneren Aufbäumen gegen das Sterben rang seine linke Hand weiter darum, dem höllischen Schmerz und dem Luftmangel unter den Fingern des Halunken zu entkommen, die andere aber schob sich hinter seinen Gürtel, umschloss den Griff der Stichwaffe und hob sie am ausgestreckten Arm des Schurken vorbei, dem der teuflische Triumph über seinen unterliegenden Gegner in den Augen loderte und der nichts anderes mehr wahrzunehmen schien.

Mit der ihm verbliebenen Kraft stieß Matthias die Klinge in die Masse aus Haar, Knochen und Fleisch. Er bohrte sie, so tief er konnte, hinein. Blut spritzte heraus. Es hüllte den Schädel des Lumpen rasch in ein rotes Tuch. Krimmel brüllte auf wie ein abgestochenes Tier, kippte zur Seite und stürzte hart aufs Pflaster. Dort begann er zu zucken wie einer, der die Fallsucht hatte. In einem hohen Ton schrie er so jämmerlich auf, dass es alle Leute in den Häusern ringsum augenblicklich aus dem Schlaf reißen musste. Endlich röchelte er nur noch, bis auch der letzte dieser schweren Atemzüge stockte. Dann war es vorbei. Der Tübinger Mörder lag mit starr aufgerissenen Augen da, in die das Mondlicht einen dunklen Glanz warf.

Matthias konnte nicht glauben, dass es vorbei war. Nach Wochen der Angst um Elisa und um sein Kind, nach Demütigungen, Hohn und großer Gefahr. Unter Schmerzen, halb benommen, rappelte er sich auf die Knie, griff sich das Messer, das Krimmel fallen gelassen hatte, und richtete sich mühsam ganz auf. Schwankend stand er da und rieb sich vorsichtig die Kehle, die ihm beinahe eingedrückt worden war. Schmerz hüllte ihn ein, aber er schloss nur kurz die Augen. Schließlich stand da noch einer drüben am nächsten Haus und wusste wohl noch nicht, ob er abhauen oder auf ihn losstürmen sollte. Der große, schmale Bursche hielt sich den verletzten Arm, presste die blutigen Finger immer noch darauf und starrte unverwandt zu ihm herüber. Seine Züge konnte Matthias trotz des Mondlichts nicht genau erkennen.

Krimmels Knecht überraschte ihn. Trotz seiner Verletzung hätte er eingreifen und seinem Herrn zur Hand gehen können. Warum er es nicht getan hatte, beunruhigte Matthias beinahe. Mindestens so, wie er sich eingestand, dem Burschen wohl sein Leben zu verdanken. Jedenfalls atmete er auf, als sich der Kerl plötzlich von der Mauer abstieß und verschwand, denn er fühlte sich leer und bleischwer, beileibe nicht stark genug für eine weitere Auseinandersetzung. Immerhin schlug sein Herz schneller, als er sein Schwert in der Gasse liegen sah. Mit raschen Schritten ging er hin und hob es auf.

Wieder schoben sich Wolken über den Mond und schnitten jäh das Licht vom Himmel. Die Gasse versank erneut in Dunkelheit, die im Osten bereits fahl wirkte. Matthias dankte seiner Vorsichtsmaßnahme, ein bäuerliches, dickes Hemd angelegt zu haben, das aus Krimmels Stich einen zwar schmerzhaften, aber keinen tödlichen hatte werden lassen. Dennoch musste er sich an die Mauer lehnen. Er schloss erschöpft die

Augen. Nicht zu lange ausharren, ermahnte er sich, er musste hin zum südlichen Stadttor. Nach einigen Atemzügen brach er auf. Vorbei an den Lechkanälen mit ihren rauschend schäumenden Wassern. Vorbei an den Häusern der Gerber und Weber, der Müller, Schmiede und Schlosser. In der Luft hing der faule Gestank von Abfällen. Trotz Schwäche zwang er sich zur Eile, weil das Zwielicht zunahm und Konturen aus dem Dunkel schälte.

Mägde mit Eimern liefen mit flatternden Röcken an ihm vorüber. Ein Saufbold auf den Stufen eines Hauses hatte die Beine lang gestreckt und rappelte sich mühsam auf. Er grölte mit schwerer, alkoholseliger Stimme und versuchte, nach den Frauen zu greifen, die ihm erschrocken auswichen und ihn derb beschimpften. Der Trunkene torkelte auf die Gasse und breitete die Arme aus, um den Nächsten, vielleicht einen Saufbruder wie er selbst, zu umarmen. Matthias versuchte, an ihm vorbeizukommen, aber der Kerl war trotz seines Zustandes erstaunlich schnell und packte ihn am Hemd. »He, komm, Bruder, trink mit mir … noch was in der … Schenke ums Eck«, lallte er. Saurer Atem wehte Matthias entgegen.

Der schlug die Hand des Besoffenen wütend fort und wollte endlich an ihm vorbei, aber dieser stellte sich schwankend vor ihn hin und glotzte ihn unter schweren Augenlidern an. Mit einem Mal verzerrten sich seine Züge, und er fuhr entsetzt zurück. »Der Teufel!«, stieß er heiser aus und stürzte nach hinten, wobei er einen Knecht anrempelte, der ihn fluchend am Hemd packte. »Der Teufel …«, quäkte der Saufbold wieder, zappelte unter der starken Hand des weitaus größeren, kräftigen Mannes mit fuchsroten Haaren. Er deutete mit dem Arm auf Matthias, der sich rasch davonmachte. *Krimmels Blut, und mein eigenes,* schoss es dem jungen Patrizier durch den Kopf. Verdammt noch mal, daran hatte er nicht gedacht. Der Morgen hatte eine Helligkeit, die er jetzt verwünschte, in die Gassen gebracht. Sie entriss ihn seiner Deckung. Sein schmutziges, blutverschmiertes Gesicht und das blutbefleckte Wams mussten ihn wahrhaft wie den Leibhaftigen erscheinen lassen.

Matthias blieb kurz stehen. Er sah hinter sich. Offenbar war seinetwegen Aufruhr entstanden, und der Rotschopf versuchte sogar, hinter ihm herzukommen. Der Schweiß brach ihm aus, aber auch so ging es ihm nicht gut. Die Wunden schmerzten, und sein Schädel pochte immer noch böse von Krimmels Schlag. Er bog in die nächste Gasse, um seinem Verfolger zu entkommen, erblickte stattdessen aber an deren Ende eine Schar von Bütteln in rot-weiß-grünen Waffenröcken. Jäh hielt er inne und blickte sich suchend um. Sein Blick fiel auf eine der kleinen Brücken über die Lechkanäle. Er lief hin und überquerte sie rasch. Einer rief drohend hinter ihm her, vermutlich der Fuchsrote, bis es immer mehr Stimmen wurden und schließlich ein wildes Geschrei entstand. Er sah sich nicht mehr um, sondern begann zu rennen.

In der Nähe des Vogeltors blickte sich Matthias ein weiteres Mal gehetzt um. Aufgeregt stellte er fest, dass er die Büttel nicht hatte abschütteln können. Leute gafften in seine Richtung, auch die Wachen beim Stadttor. Er lief weiter, aber das Gebrüll der Häscher hinter ihm kam immer näher. Er verlor beständig an Kraft. Sein Kopf fuhr herum, weil er nicht wusste, wohin er sich wenden sollte. Der Schreck jagte ihm in die Glieder, als er eine weitere Gruppe Kerle mit glänzenden Spießen und Helmen zur anderen Böschung des seitlich von ihm rauschenden Lechkanals heranstürmen sah. Offensichtlich wollten sie ihm den Weg abschneiden; sie spähten bereits nach der nächsten Brücke, die sie zu ihm herüberbringen könnte.

Herr im Himmel, wohin nur?, zermarterte sich Matthias das Gehirn. Jedenfalls nicht weiter in Richtung des Roten Tores mit einer wütenden Schar Häscher im Gefolge. Darin war er sich sicher. Zwar war er mit Konrad Rehlinger übereingekommen, dass dieser mit den unter seinem Schutz stehenden Frauen und dem Kind unter allen Umständen gleich bei Öffnen des Tores die Stadt verließ, aber er wusste ja nicht, ob dies dem Patrizier auch möglich gewesen war. Wie es auch sein mochte, überlegte er, er musste die Aufmerksamkeit auf sich gerichtet halten und die Stadtknechte vom südlichen Tor weglotsen. Das Lechviertel mit seinen zahlreichen, kleinen Gassen kam ihm dabei entgegen. Er lief immer tiefer hinein und drückte sich schließlich schwer atmend an die Mauern einer Schmiede.

Kapitel 23

Mittwoch, der 24. Juni, Anno Domini 1528, morgens

Ein wenig Sonnenlicht fiel in das enge Labyrinth der Unterstadt, aber auch ferner Donner war zu hören. Rasch zog sich Matthias das blutige Hemd aus, knüllte es zusammen und stopfte es hinter eine offenbar bereitgestellte Milchkanne neben seinem Fuß. Danach rieb er mit dem Ärmel über sein Gesicht, um es einigermaßen von dem getrockneten Blut zu reinigen, hatte aber nicht den Eindruck, dass es viel half. Als er weiterging, senkte er immer wieder den Kopf, wenn ihm Leute entgegenkamen. Beim Schwalllech, unweit des Klosters St. Ursula, bog er in eine Gasse, die zur Oberstadt hinaufführte, als er plötzlich hinter sich wieder herrisches Rufen hörte. Erschrocken fuhr er herum. Mit ungläubigem Entsetzen musste er feststellen, dass erneut Stadtknechte hinter ihm waren. Rasch ging er weiter; er wich entgegenkommenden Krämern mit ihren Waren aus und einem Knecht, der einen schwer beladenen Karren hinter sich herzog. Von dem rutschte ein Ballen Stroh. Einem blitzartigen Gedanken folgend, packte er ihn und hievte ihn sich auf die Schulter.

Als er die Hälfte der Gasse hinter sich gebracht hatte, sah er vorsichtig auf. Er entdeckte nahe vor sich zwei Büttel, die zu beiden Seiten auf dem Pflaster standen und die Leute beobachteten. Dass sie ihn suchten, den blutbefleckten Teufel, daran zweifelte Matthias nicht im Geringsten. Zurück konnte er nicht, da verteilten sich seine Verfolger schon über den Weg. So blieb ihm nur, sein Glück mit den beiden Wachen vor ihm zu versuchen. Wieder brach ihm der Schweiß aus. Er begann, sich fahrig mit der freien Hand übers Gesicht zu wischen, konnte aber nicht wissen, dass das salzige Nass den Schmutz und das getrocknete Blut noch erschreckender vermischte und seine weißen Augäpfel unheimlich leuchten ließ. Mit eingezogenem Kopf ging er weiter und folgte dichtauf zwei Knechten, die wie er schwer trugen und es eilig hatten.

Da erschallte der harte Befehl, stehen zu bleiben, der ganz offenkundig ihm und den Männern vor ihm galt. Matthias krümmte den Rücken noch ein wenig mehr, zog den Strohballen näher an seinen Kopf und wartete ab. Auf einmal sah er die Hosenbeine eines der Wachposten vor sich und das dunkle Holz des Spießes, den der in der Hand hielt. »Heda, Kerl, zeig dein Gesicht!« Der scharfe Befehl traf ihn wie ein Fausthieb. Seine Gedanken überschlugen sich, sein Herz raste. Wenn er jetzt den Kopf hob, war es aus, hämmerte es in ihm. Er musste fort! Ohne die Folgen seines Handelns zu überlegen, schleuderte er den Strohballen auf den Büttel und lief davon. Wütendes Geschrei und Flüche folgten ihm, und harte Stiefeltritte, die über das Pflaster hinter ihm herjagten.

Matthias rannte, wich entgegenkommenden Leuten aus und wischte, weil er nicht anders konnte, dicht an einem großen Haufen aus Dreck vorbei, was ihm zum Verhängnis wurde. Er glitt auf einem Teil des schmierigen Unrats aus und stürzte zu Boden. Schmerz durchjagte ihn, aber rasch rappelte er sich wieder hoch. Er riss sein Schwert heraus. Eine Handvoll Gassenknechte hatte sich vor ihm aufgebaut. Aus den groben Gesichtern der Kerle sprangen Hohn und Vorfreude. Ihre Hellebarden mit den eisernen Spitzen, die einem grausam den Leib aufreißen konnten, waren gegen ihn gerichtet. »Nimm die Waffe herunter, Kerl, oder wir spießen dich auf!«, drohte der, der ihr Anführer zu sein schien, einer mit Schmerbauch und einem Spitzbart am Doppelkinn und einem bösen, listigen Lächeln in den eng zusammenstehenden Augen.

Matthias jagte es Schmerzwellen durch den Körper. Die Wunden an Arm und Brust waren wieder aufgebrochen, und Blut tropfte zwischen dem zerrissenen Stoff hervor. Sein Schädel hämmerte. Auch vom Hinterkopf rann ihm Blut in den Nacken. Er merkte, wie er immer mehr Kraft verlor und wankte, und hielt mit aller Macht die aufkommende Schwäche zurück. Es war vermessen zu denken, mit den fünf Kerlen fertig werden zu können, doch er wusste, wenn er an eine Niederlage denken würde, wäre er von vorneherein verloren. Zu den Häschern waren weitere gestoßen, die langsam den Kreis um ihn schlossen. Neugierige Gaffer schoben sich in die Rücken der Wächter, um besser sehen zu können.

»Siehst aus wie der Galgenstrick, den wir suchen. Der sich in den letzten Wochen nachts in den Gassen herumgetrieben und ein paar vornehme Herren ums Leben gebracht hat. Hinterrücks totgeschlagen wie tolle Hunde oder die Kehle aufgeschlitzt«, sagte der Büttel mit dem Doppelkinn, der als Einziger keinen Spieß in Händen hielt und stattdessen sein Schwert gezogen hatte.

Matthias kam es wie Hohn vor, dass gerade ihm das Totschlagen angelastet werden sollte, was ganz und gar Krimmels Handschrift tragen konnte. »Euren Mörder müsst Ihr schon woanders suchen, ich war's nicht!«, presste er zornig hervor.

»Freilich nicht, so wie du aussiehst, du Sauhund«, warf ihm der Feiste hin. »Kommst grade aus der Badstube und warst gleich mit den Kleidern im Zuber.« Er brach in höhnisches Lachen aus, die Kerle um ihn fielen lauthals in seine plumpe Heiterkeit ein.

»Wenn mir einer ans Leben will, kriegt er es nicht umsonst«, knurrte Matthias und drehte sich leicht mit dem Schwert, weil die Häscher immer näher kamen.

»Du Lump, leg das Schwert weg, oder wir spießen dich auf! Ich sag's nicht noch mal.«

»Dann bringt Ihr den Henker um seine Arbeit«, entfuhr es Matthias herausfordernd, den ein gefährliches Fieber erfasst hatte.

»Mein Wort drauf, wir werden schon noch was für den Scharfrichter übrig lassen, du Saukerl. Bei dem wirst gesprächig werden, wie du es nie in deinem elenden Leben warst. Gestern haben wir wieder einen aus dem Lech gezogen, dem war die Klinge fein säuberlich von einem Ohr bis zum anderen durch die Kehle gezogen. Sah nicht sehr fein aus. Aber du wirst ja wissen, wie deine Arbeit verrichtest.« Ein gemeiner Zug legte sich auf das Gesicht des Spitzbartträgers. »Hast dem hohen Herrn Rehlinger wohl seinen wichtigsten Mann im Handelshaus genommen. Das wird dem nicht gefallen.«

Matthias verschlug es die Sprache. Sprach der Gassenknecht etwa vom Wimmer, dem er stets ein Dorn im Auge gewesen war? »Wisst Ihr seinen Namen?«

»Seinen Namen?« Der Stadtknecht betrachtete seinen Gegner mit zusammengekniffenen Augen. »Bist du toll geworden? Abgestochen hast den armen Kerl wie ein Schwein und jetzt willst wissen, wen du ins Wasser geworfen hast?!«

»Seinen Namen!«, drängte Matthias, dem sich die Lanzenspitzen immer weiter näherten.

Den schien der Dicke nicht zu wissen. Aufkommender Zorn ließ ihm den Schädel glühen. »Herrgott, einer der Leute vom Rehlinger war's halt. Einer mit grauem Schopf und einer hässlichen Warze unterm Auge. Aber die wirst ja gesehen haben, wenn ihn nicht hinterrücks überfallen hast.«

Der Wimmer hatte einen solchen Auswuchs im Gesicht gehabt, wusste Matthias. Der Name des streitbaren Mannes schoss ihm in den Kopf. Womöglich war der die Ratte gewesen, die ihn und Rehlinger im Stall belauscht und an Krimmel verraten hatte. Und der hatte auf seine Weise die Zusammenarbeit mit dem Zuträger beendet, nachdem er ihn nicht mehr für seine dreckigen Dienste benötigt hatte. Doch ob es so gewesen war, würde ihm keiner sagen können. Matthias hätte wie irre auflachen mögen, so aberwitzig und böse war das Geschehene – und seine eigene Lage. Mit dem Schwert konnte er gegen die langen Waffen der Büttel nichts ausrichten. Wenn die Kerle wollten, könnten sie ihn aufspießen wie eine lästige Fliege. Es erstaunte ihn, dass sie es nicht längst getan hatten.

Wenn er noch den leisesten Versuch machen wollte, fortzukommen, musste er endlich handeln! Vor ihm stand der Ring aus Gassenknechten, hinter ihm erhob sich der aufgetürmte Unrat, der ihm allerdings die einzige Fluchtmöglichkeit bot, falls sich dahinter nicht bereits weitere Verfolger aufgestellt hatten. Ohne weiter zu überlegen, warf sich Matthias herum, nahm alle verbliebene Kraft zusammen und sprang auf den übel stinkenden Haufen. Seine Füße sanken sogleich in dem weichen, matschigen Berg ein, aber er bohrte sein Schwert in die Masse – und traf auf Widerstand. Heftig atmend zog er sich hoch. Er bekam einen Fuß frei, dann auch den anderen, als ihn ein harter Stoß im Rücken traf und seinen Sprung nach vorne unbeabsichtigt beschleunigte. Der warf ihn schier einer Schar unbewaffneter, aufschreiender Gaffer entgegen, die auseinandersprangen, als er blutbesudelt auf sie zustürzte.

Drohendes Geschrei und Fluchen setzten hinter ihm ein. Matthias rannte, so schnell er konnte. Der Hieb in den Rücken begann höllisch zu brennen. Er spürte warme Nässe durchs Hemd dringen. Einer der Verfolger kam immer näher. Er hörte bereits die hallenden Schritte auf den Steinen dicht hinter sich, als er einem neugierig mitten auf der Gasse stehenden Knecht einen Sack aus den Armen riss, sich damit umdrehte und ihn auf den Büttel warf, der ihn beinahe erreicht hatte. Der Kerl brüllte vor Überraschung auf, wehrte das schwere Geschoss ab und verlor dabei den Spieß, den Matthias geistesgegenwärtig packte und an sich riss. Er hetzte weiter, die Leute, die ihm entgegenkamen, sprangen erschrocken zur Seite.

Vor Matthias tauchte plötzlich eine Schar weiterer Büttel auf, die vom Ende der Gasse herbeieilten. Dem Verfolgten lief der Schweiß in die Augen. Er fuhr sich mit dem Ärmel übers Gesicht. Die knappe Luft brannte ihm in der Kehle. Er würde nicht entkommen!, schoss es ihm durch den Kopf, aber er würde es den Sauhunden so schwer wie möglich machen.

Nach ein paar Atemzügen waren die Büttel da! Er stellte sich mit dem Rücken zum nahen Lechkanal, von dem ihm vorerst keine Gefahr zu drohen schien. Sein Schwert steckte im Haufen aus Unrat, aber sein Spieß immerhin reichte an die der Häscher heran, von denen einer sich hervorwagte und ihn angriff. Mit einem raschen Vorstoß schlug er dem großen Kerl die Waffe aus den Händen, wobei er ihn am Arm traf und der Mann vor Schmerz aufschrie. Seine Kumpane drangen augenblicklich wie eine rote Woge auf Matthias ein, der mit seiner Hellebarde die gefährlichen Waffen abwehrte, so gut es ging. Aber lange würde er der Übermacht nicht mehr standhalten. Die Wunden brannten. Sie schmerzten und fraßen an seinen ohnehin geschwächten Kräften.

Wie im Wahn kämpfte Matthias. Er war auf einmal wie in blinde Raserei versetzt und sah unzählige Arme, Körper und verzerrte Gesichter auf sich zukommen, hörte Schreien und Fluchen und sah doch immer nur die bösartige Fratze Krimmels vor sich. Wurde er diesen elenden Dreckskerl denn nie los?! Wenn einer nach hinten stürzte, schoss ein anderer Krimmel an diesem vorbei und griff ihn an. Wie ein boshafter, heimtückischer Quälgeist aus der Hölle. Dann hatte er plötzlich Elisas Gesicht vor Augen und das seines kleinen Sohnes, für die er wie in einem einzigen strahlenden Funken das alle Grenzen sprengende Gefühl der Liebe empfand. Vor Sehnsucht nach ihnen hätte er aufschreien können. Was er für ihre Flucht tun konnte, würde er tun. Er musste nur lange genug durchhalten!

Ein brutaler Hieb mit dem Spieß traf ihn an der Seite. Vor Schmerz fuhr er zusammen, fingerte mit zusammengebissenen Zähnen nach dem Messer in seinem Gürtel, zog es heraus und schleuderte es gegen den vordersten der Büttel, die brüllend auf ihn zustürmten. Es bohrte sich tief in den Hals des Mannes, dem es jäh die Beine wegzog. Gehetzt machte Matthias einen Schritt zurück, um den wild vorstoßenden Lanzenspitzen zu entkommen. Da sah er mit brennenden Augen, wie hinter den Stadtknechten einer heranritt. Ein Reiter im langen Mantel mit einer Armbrust im Arm, mit der er auf ihn zielte. Trotz des fiebrigen Wahns wusste Matthias, dass er dem Armbrustbolzen nicht entkommen würde. Er war ein guter Läufer, und er war schnell, aber nicht im Ausweichen. Und der eiserne Stachel war Hunderte Male schneller. *Herr im Himmel, beschütze Elisa und Johannes!*, schrie es in ihm, als auch die tödlich blitzenden Hellebarden auf ihn zustießen. Ein Eisschauer jagte ihm über den Rücken, weil es jetzt ans Sterben ging.

Plötzlich war ein dunkler Riese wie aus dem Nichts vor ihm, der seine Gegner zur Seite geschleudert hatte, als wären sie keine kräftigen Kerle mit todbringenden Waffen. Das Ungetüm packte ihn und nahm ihn in einen eisernen Griff, dem er sich, erschöpft und verletzt, wie er war, niemals hätte entwinden können.

Das Nächste, was er wahrnahm, war kaltes Wasser, das über seinem Kopf zusammenschlug. Im ersten Moment war er wie erstarrt unter der entsetzlichen Erkenntnis, dass er keinen Grund mehr unter den Füßen hatte und keine Luft mehr bekam, denn er konnte nicht schwimmen. Aber dann begann er, wild zu zappeln, und versuchte, wieder an die Oberfläche zu kommen. In Todesangst presste er die Lippen aufeinander.

Nach einer Zeit, die Matthias unendlich schien, stieß sein Kopf aus dem Wasser, und er sog gierig Luft ein. Allerdings war er kein Fisch, eher ein Stein, den es in der wilden Strömung wieder nach unten zog. Abfälle und Tierkadaver glitten schleimig an ihm vorbei. Verzweifelt ruderte er mit den Armen, um nicht mehr unterzugehen, kam aber mit dem Kopf immer wieder unter Wasser. Unwillkürlich hielt er die Luft an, bis er glaubte, ihm platze der Schädel. In seinen Ohren dröhnte das Gurgeln des Flusses. Beinahe tröstlich, wenn es das letzte Geräusch war, das er in seinem Leben hören würde, flackerten irgendwo Fetzen seiner Gedanken. Da stieß er hart mit dem Kopf gegen einen massiven Widerstand und wurde in tiefe Schwärze gerissen.

*

Auf dem Weg durchs Lechviertel trieb Eckehard die anhaltende Unruhe vorwärts. Warum hatte sich Amelinde mit dem Rehlinger und anderen Leuten zu einem der Stadttore aufgemacht?, überlegte er. Und wo war Matthias? Herrgott, er stellte fest, dass er sich nicht nur bedrückte Gedanken um seine Liebste machte. Er stand auch vor der Vollendung der Glocke und wollte die Meisterprüfung ablegen. Und er wollte Amelinde zur Frau nehmen. Wenn bekannt werden würde, dass sein Freund der Mann einer Henkerstochter war, konnte er sehr schnell selbst in den Verdacht der Ehrlosigkeit kommen. Er würde aus dem Kreis der Gießer ausgestoßen werden, Gessel würde ihn niemals als Schwiegersohn wollen. Das war die eine Seite, dachte er düster und wich stinkendem Unrat aus. Die andere Seite hämmerte in seinem Schädel und in seiner Brust, weil sie sich nicht mehr unterdrücken lassen wollte. Matthias war sein Freund und blieb es, obwohl er geglaubt hatte, ihn verachten und hassen zu müssen.

Eckehard hing seinen trübsinnigen Gedanken nach. Dabei hatte er nicht bemerkt, wie sich die Nacht zwischen den Gassen im Lechviertel verkrochen und einem Morgen Platz gemacht hatte, der wie ein leichter gewobener Mantel war. Wind kam auf und fegte über das Pflaster. Im Westen war es gewitterdunkel. Blitze rissen feurig den Himmel auf. Vom Schwalllech beim Kloster St. Ursula drang das Geschrei aufgebrachter Leute über die Gasse bis zu ihm. Er ging neugierig in diese Richtung. Eine Gruppe von Gaffern stand mit dem Rücken zu ihm. Davor hatten sich im Halbkreis Stadtknechte bedrohlich um einen einzelnen Mann aufgebaut. Eckehard bedauerte den armen Hund, der wohl bald in Ketten liegen würde, wenn ihm nicht schon hier der Garaus gemacht wurde. Über den Köpfen der Leute hinweg konnte er erkennen, dass der Kerl ein dunkles Wams und dunkle Hosen trug. Dennoch waren die bräunlichen Flecken darauf gut zu erkennen. Blut, das noch nicht lange getrocknet war, vermutete Eckehard gelassen.

Auch das Gesicht des Mannes war blutbespritzt und, wie das eines Galgenstricks, schwärzlich. Plötzlich fühlte sich der Gießer, als hätte ihn einer der noch fernen Blitze getroffen. *Bei allen Heiligen, das ist ja Matthias!*, hämmerte es in ihm. Verdammt, was war da geschehen, dass sich der in solch eine gefährliche Lage gebracht hatte. Die Büttel drängten den Freund immer weiter vor ihren Spießen zum Fluss. Beim Geräusch schlagender Hufe auf dem Pflaster riss Eckehard den Kopf herum. Ein Reiter war herangekommen und hielt eine Armbrust in Händen. Die verfluchte Waffe war bereits gespannt!

Ein gewaltiger Blitz zerriss den Himmel über der Unterstadt, ein Donner folgte, der die Erde unter den Leuten erzittern ließ. Manche der Weiber schrien auf und sahen zu, dass sie von der Gasse fortkamen. Der Wind zerrte wild an ihren Röcken. Der Mantel des hochgewachsenen Reiters flatterte über die Kruppe seines Pferdes. Eckehards Blicke fraßen sich an Matthias und den vorrückenden Bütteln fest. Verdammt, der vermeintliche Galgenstrick da vorne war doch sein Freund! Er konnte doch nicht dastehen und zusehen, wie er getötet wurde? Die Zeit hämmerte wild in seinem Kopf und herrschte ihn an, als hätte sie eine zornige Stimme. Sein Atem ging schnell, er schwitzte. In einem einzigen Gedanken durchjagte es Eckehard, dass Amelinde doch sein Weib hätte werden sollen und dem Freund der Armbrustbolzen jeden Moment den Körper zerreißen würde. Das war also Freundschaft, wenn sie nicht leeres Geschwätz war, höhnte es in ihm, während er sich die Mütze tiefer ins Gesicht zog und losstürmte.

Eckehard rammte brutal durch die Gaffer vor sich, sprang auf die Büttel zu und packte die ersten beiden mit seinen Pranken. Wild stieß er sie zur Seite. Sein Umhang umwehte ihn. Kaum durch den Halbkreis der Häscher hindurch, war er bei Matthias und zerrte ihn grob mit sich. Der nahe Lechkanal rauschte. Die Vorstellung war widerlich und verrückt, aber entschlossen stieß er den Freund in das trübe Wasser und sprang hinterher. Er tauchte unter, stieß wieder an die gurgelnde, schäumende Oberfläche und holte tief Luft. Matthias tauchte vor ihm auf, prustete und schlug mit den Armen panisch um sich. *Herrgott, er kann nicht schwimmen!*, schoss es Eckehard durch den Kopf. Wie es so viele nicht konnten, gleich ob Männer oder Frauen, ob von hohem Stand oder aus dem einfachen Volk.

Die Strömung riss Matthias mit sich und warf ihn mit dem Kopf gegen einen auf dem Wasser tanzenden Bottich. Wie von unsichtbarer Hand gepackt, wurde er unter Wasser gerissen. Mit aller Kraft stieß sich Eckehard durch das schwere, dunkle Rauschen, um ihn zu erreichen. Aber dann sah er ihn nicht mehr vor sich. Seine Brust krampfte sich zusammen. *Herr im Himmel … das nicht!* Da war der dunkle Schopf auf einmal wieder vor ihm. Mit der nächsten Welle kam er endlich nahe an den Freund heran und packte ihn. Erste Tropfen fielen, schmeckten rein und süß, als Eckehard sie von den Lippen leckte. Mit seinem Rücken fing er die Schläge gegen die harten, scharfen Ufer ab, während er den wie leblos Erscheinenden um den Brustkorb hielt und sich mühte, seinen Kopf über Wasser zu halten.

Die schmucklosen Fassaden der Handwerkerhäuser zogen rasch an ihnen vorbei. Verzerrt klang das Lärmen ihrer unterschiedlichen Arbeiten aus den Werkstätten.

Eckehard bekam wieder einen Schwall der stinkenden Brühe in den Mund. Unweigerlich schluckte er, obwohl es ihn anwiderte. Seine Kehle brannte immer heftiger. Urplötzlich brachen die Schleusen des Himmels auf. Schwere Tropfen klatschten ihm ins Gesicht. In kürzester Zeit schwoll der Fluss in seinem Kanalbett an und trieb die beiden Männer zwischen Wellen vor sich her, gefährlich nahe an gewaltigen Mühlrädern vorbei und knapp, wie Eckehard schien, unter unzähligen Brücken hindurch. Am Jakobsviertel vorbei ging es reißend hinaus aus der Stadt, vorbei an stinkenden Bleichen. Außerhalb der starken Mauern fegte ein harter Sturmwind über das Wasser, warf es wie eine dunkle Wand auf und drückte Eckehard und den Mann in seinem Arm immer wieder unter die Oberfläche. Das Wasser wurde noch wilder, als der Lauf in den grün schäumenden, freien Fluss mündete. Eckehard konnte kaum noch etwas sehen und rang mühsam nach Luft. Überall war aufgetürmtes Wasser. Von seiner enormen Kraft war nicht viel übrig geblieben. Er biss sich die Lippen blutig, um sich gegen Wind und Wasser zu stemmen und gegen den verfluchten Gedanken, Matthias loszulassen.

Aus dem dunklen Himmel zuckte Blitz auf Blitz. Drohender Donner rollte über das Land. Am linken Ufer hatte sich eines der Fischerboote in einem im Wasser schaukelnden Geäst verfangen. Geistesgegenwärtig nutzte Eckehard die Strömung und schaufelte mit der freien Hand, um zu dem Boot zu kommen. Alle verbliebene Kraft legte er hinein, ächzte, presste die Augen zusammen und spuckte mindestens so viel Wasser aus, wie er wieder zu schlucken bekam. Der breite Fluss trug ihn. Beinahe wäre er an dem Kahn vorbeigeschossen, aber da packte er zu und ließ nicht mehr los. Das Wasser bäumte sich hinter ihm auf und übergoss ihn mit Rauschen und seiner Wildheit. Die Muskeln und Sehnen an seinem Arm waren eisenhart. Ein grausamer Schmerz brannte durch sein Fleisch. Er spürte, wie sich seine Finger lösten. *Herrgott, hilf!*, flehte Eckehard in Gedanken und stemmte sich gegen die Gewalt des Wassers. Weder hatte er die Kraft, Matthias mit einer Hand über den Bootsrand zu hieven, noch, sich bis um den Bug herum auf die wasserabgewandte Seite zu hangeln, wo er Land unter seinen Füßen finden würde.

Einem grellen Blitz, der den Himmel zerriss und selbst einen Kerl wie Eckehard das Fürchten lehren konnte, folgte ein schwerer Donner, der die aufgepeitschte Luft erzittern ließ. Im gewaltigen Geäst, das das Boot hielt, knackte es. Eckehards Blut kochte. Der Fluss stemmte sich immer unnachgiebiger gegen die Äste in seinem Wasser und grub sich in das aufgerissene Holz. Wieder brach es an einer Stelle. Der Kahn wurde von der mächtigen Faust des Flusses herumgeschwenkt und mit ihm die beiden Männer, die sich an ihn klammerten.

Plötzlich bekam Eckehard Grund unter die Füße. Der Kahn wurde angehoben und fing für Augenblicke die Gewalt des Flusses auf. Der Geselle handelte sofort. Er ließ das Holz los, packte mit beiden Händen Matthias und wuchtete ihn ins

Boot. Und sich selbst hinterher. Mit einem letzten hässlichen Kratzen riss sich der Kahn aus den starken Ästen, wurde von der Strömung gepackt und hinaus auf den Lech gerissen.

Wie zwei Tote lagen die Männer in dem Kahn, den der Fluss wie eine Nussschale auf seinen gläsernen Wellenkämmen vor sich hertrieb. Eckehard besaß nicht einmal mehr die Kraft, die Augen zu öffnen. In seinem hämmernden Schädel zuckten Gedanken auf, wie rasch sie nun von der Stadt fortgeschwemmt werden würden, von Blitz und Donner und von dem ertränkenden Regen. Endlich bekam er wieder genügend Luft. Er sog sie anfangs gierig, dann ruhig und tief ein. Irgendwann musste er sogar eingeschlafen sein, wachte dann aber durch einen Ruck auf und zog sich mühsam am Bootsrand hoch. Von seinen dunkelblonden Locken tropfte ihm das Flusswasser ins Gesicht. Mattheit hielt ihn immer noch umfangen und eine Gleichgültigkeit gegenüber allem. Das Leben dort draußen außerhalb des schaukelnden Kahns interessierte ihn nicht. Noch nicht. Eckehard ließ sich wieder auf den Rücken fallen und schloss die Augen.

Irgendwann brach die Sonne wärmend und tröstlich hinter milchig weißen Wolken hervor und legte einen feinen Nebel über das Land. Die Erde dampfte würzig und herb. Eckehard fuhr aus einem schlafähnlichen Taumel hoch. Im ersten Moment wusste er nicht, wo er war. Grelles Licht stach ihm in die Augen, als er sie öffnen wollte, und er schirmte sie rasch mit der Hand ab. Vorsichtig blinzelnd setzte er sich auf. Erstaunt stellte er fest, dass der Kahn ans Ufer getrieben worden war und auf Sand und Steinen festsaß. Was hinter der Böschung lag, konnte er nicht sehen. Auf der gegenüberliegenden Seite erstreckte sich Wald.

Matthias bewegte sich immer noch nicht. Er lag auf dem

Rücken, das bleiche Gesicht dem Himmel zugewandt. Der Fluss hatte das Blut aus seinen Zügen gewaschen, aber nicht die dunklen Flecken auf Hemd und Hose. Die Nase war gebrochen, die aufgerissene Oberlippe geschwollen. Eckehard beugte sich zu ihm und rüttelte ihn an der Schulter. Er schob seine Hand auf die Stelle, unter der sein Herz sein musste. Angespannt wartete er, aber dann spürte er das leichte Pochen. »Herrgott, ich danke dir, du hast uns beide gerettet!«, murmelte er und schlug das zerrissene Hemd weiter zurück. Unversehrt war der Matthias also nicht aus dem Kreis der verdammten Büttel herausgekommen, dachte Eckehard, als er die Verletzungen sah.

Wie es weitergehen sollte, wusste er nicht. Ob die Stadtknechte hinter ihnen her waren? Er glaubte nicht, erkannt worden zu sein. Große Kerle gab es einige in der Stadt, und er hatte einen Umhang und eine Mütze getragen, die jetzt irgendwo im Fluss schwammen. Als er seine Blase erleichtern musste, stieg er aus dem Kahn und stellte sich ans Wasser. Er wollte wissen, wo sie waren, wenn sich das überhaupt feststellen ließ, und kletterte die Böschung hoch. Weites Land mit Feldern und Wiesen erstreckte sich vor ihm. Dunkelgrüne Wälder in der Ferne, soweit er sehen konnte, aber kein Dorf. Als er zum Boot zurückkam, lag Matthias verkrümmt auf der Seite und übergab sich unter einem quälenden Würgen, hustete, rang nach Luft und übergab sich erneut. Er erbrach das dreckige Lechwasser aus der Unterstadt und blieb eine Zeit lang wie benommen auf der Stelle, als hätte ihn das Auflehnen seines Körpers alle Kraft gekostet. Als sich Matthias auf die Beine mühte und wieder zusammensacken wollte, griff Eckehard ihm unter den Arm und half ihm, aus dem Boot zu steigen. Auf der Erde brach Matthias wieder zusammen. Eckehard sah die aufgerissene, wieder blutende Stelle am Hinterkopf des geschwächten Mannes und ging neben ihm in die Hocke.

Matthias hob langsam den Kopf mit den Schrunden und Schrammen im Gesicht. Er rang sich zu einem schiefen Grinsen durch, schwieg aber. Ein paar Mal blinzelte er wie benommen. Bleich und blutleer bis in die Lippen war er, aber langsam begann sich sein matter Blick zu klären, der sich an Eckehard festbrannte. »Bist du ein Geist, oder bist du es wirklich?«

»Ich sollte dir in den Arsch treten, dann würdest du es merken. Aber das hebe ich mir für später auf«, knurrte Eckehard, dessen Blick eine Spur von Nachsicht verriet.

Matthias verzog den Mund zu einem angedeuteten Lächeln. »Hast ja alles Recht dazu, Eckehard.«

»Ja, das sehe ich auch so.«

Matthias setzte sich neben seinen Freund und begann zu erzählen, was sich in der Nacht und am frühen Morgen zugetragen hatte. Dem großen, starken Gesellen trieb es mit einem Schlag das Blut aus dem Gesicht. »Dann müsste Amelinde ja längst in der Gießerei zurück sein?«, brach es erregt aus ihm hervor.

»Wenn alles gut gegangen ist …«

»Und du denkst, auf einen Kerkeraufseher ist Verlass?«

»Ohne ihn wäre Elisa immer noch im Kerker«, sagte Matthias rau. »Bei Gott, ich hoffe, sie sind bereits weit weg von Augsburg.«

Unvermittelt legte ihm Eckehard den Arm auf die Schulter. »Dein Rehlinger ist ein ausgefuchster Sauhund. Wenn einer es schafft, dann doch er. Kein Stadtknecht wird wagen, ihm in die Fässer zu schauen oder vor den Toren seines Landsitzes zu stehen.«

Matthias wusste, dass er recht hatte. Er legte den Kopf zurück und blinzelte kurz in die Sonne. »Sie müssten längst dort sein.«

»Ja. Und wir sollten zusehen, auch dorthin zu kommen«, sagte Eckehard entschlossen und richtete sich auf.

»Du willst mir weiter helfen?«, fragte Matthias ungläubig. Er erhob sich ebenfalls, wenngleich auch mühsamer. Als er stand, wankte er leicht, schaffte es aber, sich auf den Beinen zu halten.

Eckehard zuckte mit den Schultern. »Ich gehe davon aus, dass mein Mädchen dort ist, wo sie hingehört. In der Sicherheit der Gießerei. Aber du kommst alleine keine Stunde weit. So, wie sie dich zugerichtet haben. Dieser Halsabschneider und die Büttel.« Er begann, spöttisch zu lächeln. »Auch die Abkühlung im Fluss, die ich dir verschafft habe, hat ja wohl nicht zu einer raschen Genesung beigetragen.«

Matthias erwiderte sein Lächeln, obwohl ihm immer noch Übelkeit im Leib brannte und er sich fühlte, als schaffte er es nicht einmal die Böschung hoch. Auf einmal begann er, wie vor Kälte zu zittern, obgleich die Sonne immer heißer schien. Weit im Osten zerrissen immer noch feurige Blitze die dunklen Wolken, als käme das Unwetter nicht über die fernen Hügel. »Warum bist du überhaupt hier?«, fragte er mit heiserer Stimme, als schnüre ihm etwas die Kehle zu.

Eckehard sah ihn durchdringend an. In seinem Blick lag Härte, aber auch eine Spur von Wärme. »Weil wir Freunde sind, Matthias! Im Handelshaus hast auch nicht lange gefragt, ob ich ein Lump bin oder nicht, als ich blutig und schmutzig mit dem Vorderlader in den Hof kam.« Seine Narben brannten und waren feuriger als das vor Erregung rot gewordene Gesicht. »Hast mich damals schon richtig eingeschätzt, dass ich kein Unrechter bin.« Ihn hielt es nicht mehr an seinem Platz. Er wühlte mit lebhaften Schritten den Sand auf. »Herrgott, ich hab mindestens so an mich wie an dich gedacht. Ich hätte *mich* verraten, wenn ich zugesehen hätte, wie dich die Büttel am Lech abstechen«, stieß er mit unterdrücktem Zorn aus. »Sollen die Leute sich ruhig das Maul zerreißen über mich oder über die Elisa und dich, weil man uns immer mal zusammen gesehen hat. Wenn einer über mich richtet, ist es irgendwann der Herrgott und nicht eines der Schandmäuler in den Gassen!« Er dampfte unter der Hitze, und weil er sich in Zorn geredet hatte. Er drehte den Kopf zur Seite und spuckte aus, weil er einen üblen Geschmack von faulem Flusswasser auf der Zunge schmeckte.

Matthias war bei Eckehards Worten das Blut ins Gesicht geschossen. Er wusste nicht, was er sagen sollte. Er verdankte dem treuen Gesellen das Leben, der keine Rücksicht auf das seine genommen hatte und der ein Gottvertrauen in seine weitere Zukunft in der Stadt haben musste. »Denkst du nicht, dass einer dich erkannt hat?«, gab Matthias zu bedenken.

Eckehard fuhr sich mit den Fingern durch die längst getrockneten struppigen Haare. »Ich glaube nicht, dass mich einer am Lech erkannt hat, als ich dich packte und ins Wasser riss.« Er lachte unvermittelt auf. In seinen Augen glomm ein übermütiges Feuer. »Die Gaffer und Knechte wussten gar nicht, wie ihnen geschieht, so schnell kam ich über sie.«

»Danke, Eckehard«, sagte Matthias mit klarer Stimme und streckte ihm die Hand hin.

Eckehard starrte ihn an, schlug dann aber kraftvoll ein.

»Ich weiß nicht, was ich sagen soll.«

»Dann sag ich dir was. Wir sollten von hier verschwinden!«, antwortete Eckehard schroffer, als er beabsichtigt hatte.

»Auch wenn der Rat nicht jedem entflohenen Schurken Soldaten hinterherhetzt, aber vielleicht machen sie bei dir ja eine Ausnahme.« Er grinste spöttisch. »Der Rehlinger ist ja nicht zugegen, der seine werten Kollegen Ratsherren vielleicht davon abbringen würde.«

»Vielleicht denken sie ja, wir wären beide im reißenden Lech ersoffen.«

Das brachte Eckehard auf einen Gedanken. Er stieß den Kahn vom Ufer ab. Der Fluss griff gleich nach ihm und trieb ihn mit sich. »Besser so«, meinte der Geselle.

Sie stiegen über die Böschung nach oben und machten sich auf den Weg durch das weite grüne Umland mit seinen ausgedehnten Flussauen, Wiesen, Äckern und fernen Wäldern. Sie wanderten, bis die Sonne hoch am Himmel stand und sie unter einer Baumgruppe ausruhen konnten. Ein leichter Wind rauschte in den Blättern der Bäume. Matthias ging es nicht gut. Er versuchte, seine Schwäche und die Schmerzen seiner Wunden zu unterdrücken. Er hatte erbärmlich zu frieren begonnen, weil er Fieber bekommen hatte, und fluchte innerlich. Sein Gesicht leuchtete in ungesunder Röte. Unruhiges Funkeln lag in seinen Augen. Mochte es sein, dass er ständig an Elisa denken musste, jedenfalls wollte er die Zeit nutzen, um dem Freund zu erzählen, worüber er nie mit ihm hatte sprechen können, ohne Elisas Herkunft zu verraten. Nichts ließ Matthias aus, vom ersten Blick auf Elisa dereinst in Tübingen im Markttreiben bis zur letzten Nacht, in der Krimmels elendes Leben endete. Er sprach mit heißem, manchmal schnellem Atem, dann wieder abgehackt, weil ihm die Worte fehlten oder ihn die Schmerzen unterjochen wollten.

Es hatte herausgemusst, auch wenn es ihm inzwischen elend ging und Hitze und Eisschauer abwechselnd über seinen Körper jagten. Eckehard hatte ungläubig schweigend zugehört und still geflucht, als er sich Krimmel und sein Tun lebhaft vorstellte.

Als sich helle Wolken über die Sonne schoben und die Hitze erträglicher machten, brachen sie wieder auf. An Bächen stillten sie ihren Durst und sammelten Beeren, die sie hungrig verschlangen. Matthias schaffte es nicht mehr, mit Eckehard Schritt zu halten, der ihn schließlich am Arm packte, als er zu stürzen drohte. »Herrgott, wir brauchen einen Karren, auf den du dich legen kannst.«

»Geht schon wieder«, antwortete Matthias ruppig und schüttelte Eckehards Hand ab, streckte den Rücken durch und ging weiter, als hätte er neue Kräfte erlangt.

Eckehard wusste, dass es beileibe nicht so war, und spähte ungeduldig auf den Weg, über den lange kein Karren kam. Endlich aber, als der Tag weiter vorangeschritten war, näherten sie sich einer Stelle, an der Händler mit gut beladenen Fuhrwerken Rast machten. Es waren Bauern, die auf die Märkte in Augsburg und Landsberg wollten und sich zu einem kleinen Wagenzug zusammengeschlossen hatten, um schutzbewehrter gegen räuberisches Gesindel zu sein, während sie durch die rauen, einsamen Gegenden entlang des wild strömenden Lechs fuhren.

Einer der Händler sah den beiden Männern misstrauisch entgegen. Eckehard, den ihm fremden, großen Kerl in seinen schmutzigen Kleidern und mit seinem wirren, struppigen Haar hätte er keinen Fuß über seine Schwelle setzen lassen. Dazu war er hässlich und hatte ein narbiges Gesicht, aber seine Augen waren klar und von einer Offenheit, die ihm bei einem üblen Kerl bisher nicht untergekommen war. »Wir sind von Gesindel überfallen worden, mein Freund hier ist schwer verletzt. Würdet Ihr uns auf dem Karren mitnehmen?«, fragte Eckehard.

Der bullige Mann hatte sich erhoben. Er knurrte und warf finstere Blicke zwischen den beiden Männern hin und her, offenbar, um zu prüfen, ob man ihnen trauen könne. Dann strich er sich über den mächtigen Bart, winkte schließlich einem Jungen und flüsterte kurz mit ihm. Er rannte von Wagen zu Wagen und sprach mit jedem der dort sitzenden Männer. Als er zu dem Bulligen zurückkehrte und wieder mit ihm flüsterte, nickte der schließlich. »Meinethalben, Ihr könnt mitkommen. Die anderen sind auch damit einverstanden. Kannst auch bei den Karren helfen, wenn die Pferde und Maultiere auf dem aufgeweichten, schlammigen Weg bocken oder eine kräftige Hand brauchen.«

Eckehard nickte erleichtert. »Ich danke Euch, Meister, wenn Ihr meine Hilfe braucht, bin ich zur Stelle.«

Der Bullige machte eine schroffe Handbewegung, die Eckehard aufforderte, seinen verletzten Kumpan auf seinen Wagen zu laden. »Mach aber rasch, wir müssen jetzt aufbrechen, vor Sonnenuntergang müssen wir nach Landsberg hinein!«

Das ist uns gerade recht, dachte Eckehard, schob ohne ein weiteres Wort seinen Arm unter Matthias' Schulter und verfrachtete ihn hinten auf das Fuhrwerk zwischen abgedeckten Ballen und Säcken. Er bettete ihn so, dass er mit dem vor Fieber glühenden Gesicht im Schatten einer der großen Kisten zum Liegen kam. Er selbst schwang sich hinter die letzte Kiste, lehnte sich mit dem Rücken dagegen und ließ die Beine vom Wagen baumeln.

Matthias hob irgendwann mühsam den Kopf, der ihm wie eine eigene Last vorkommen musste. »Das verdammte Fieber …«, stieß er leise aus und hatte Mühe, Eckehard zu erkennen, der sich zu ihm schob. »Meinst du, dass wir es vor Sonnenuntergang schaffen?«, fragte er mühsam, weil ihm die Zunge am trockenen Gaumen klebte.

»Immerhin bis Landsberg, den Rest schaffen wir in der Nacht«, raunte ihm Eckehard zu.

Bis zum Beginn der Dämmerung hatten sie es tatsächlich ohne jeglichen Zwischenfall bis nahe vor das Landsberger Stadttor geschafft. Sie verließen den Wagenzug. Im Westen sank die blutrote Sonne immer tiefer, als wollte sie dort am Horizont alles verbrennen, was sich ihr auf ihrem Weg in die Nacht widersetzen wollte. Auf ihrem weiteren Weg, der sie immer weiter weg von Landsberg führte, verlangsamten sich Matthias' Schritte immer mehr. Schließlich begann er zu taumeln. Rasch packte Eckehard mit festem Griff zu, sonst wäre sein Freund gestürzt.

»Wir müssen nach Süden«, sagte Matthias keuchend. »Ich war nie dort, aber Rehlinger hat mir einmal davon erzählt.« Er deutete mit der Hand in die Richtung, in der am Tag bei entsprechender Sicht die gewaltigen Berge zu sehen gewesen wären. »In südlicher Richtung etwa zwei Meilen nahe am Lech.« Mit brennenden Augen starrte er dorthin. Ein Sehnen erfüllte mit einem Mal sein Innerstes, wie er es seit Jahren nicht mehr empfunden hatte. Er dachte an den uralten Handelsweg nach Venedig, den einst die Römer gewaltsam der Natur abgerungen hatten, dachte an Venedig mit seinen blitzenden, gurgelnden Kanälen und den Booten bis hin zu den großen Handelsschiffen, die aus der Levante kamen und erlesene Waren und Gewürze aus der fremden, fernen Welt mit sich brachten.

Plötzlich hatte er den Geruch aus diesen schweren Säcken mit ihren goldfarbenen, braunen oder grünen Spezereien in der Nase, spürte zwischen den prüfenden Fingern die Gewürzknospen wie kleine Perlen. Er vernahm den vielstimmigen Klang der Marktschreier, Händler und der Teeverkäufer, spürte den warmen Wind des Südens im Gesicht und im Haar, der vom offenen Meer hereinkam über den weiten Platz San Marco hinweg mit diesem Geruch nach Freiheit und Abenteuerlust.

Jäh wurde er aus seinen Träumen gerissen, die ihn im Fieber nicht mehr auslassen wollten, als er zusammenbrach. Eckehard packte ihn und verhinderte, dass er hart auf die Erde stürzte. Langsam zog er ihn vom Weg und ließ ihn behutsam ins Gras hinab. Unter großer Mühe öffnete Matthias die schwer gewordenen Augenlider und sah das Gesicht des Freundes nahe vor dem seinen. »Es wird Zeit, dass wir beim Rehlinger ankommen. Dir geht's dreckig, und deine Wunden sind entzündet. Du brauchst Pflege, sonst ist es schneller mit dir aus, als du noch denken kannst.«

»Bist richtiggehend aufmunternd, Eckehard«, brachte Matthias mühsam hervor. »Vielleicht eine oder zwei Stunden noch, dann müssten wir dort sein.« Eine Zeit lang blieb er liegen, um wieder zu Kräften zu kommen, dann half ihm der Freund wieder auf die Beine. »Am Weg stehen einige mächtige Eichen. Von dort führt in östliche Richtung ein schmalerer Weg hin zu dem Anwesen.« Und auf einmal ging er los, als wäre er unverletzt, als hätte er nicht Blut verloren und dreckiges Lechwasser geschluckt. Eckehard ging neben ihm in der warmen Nacht unter dem Quaken der Frösche in irgendwelchen Tümpeln auf den dunklen Wiesen. Aus der blauen Nacht wurde eine schwarze. Erst, als die Wolkenbänke zerrissen, schenkte ihnen der Mond sein sanftes, tröstliches Licht. Matthias wurde mit zunehmender Zeit wieder langsamer. Schließlich war er kaum noch bei sich. Er stolperte vorwärts, auch wenn der Weg eben verlief. Immer wieder und ohne dass er es wohl merkte, stöhnte er vor Schmerzen und unter der quälenden Hitze des Fiebers.

Auch seine Wunden mussten schmerzen und brennen, dachte sich Eckehard. Er war gewappnet, jeden Moment zuzupacken und Matthias erneut vor einem Sturz zu bewahren. Sein Freund hielt sich wacker, dachte er beeindruckt. Tatsächlich zollte er ihm Respekt: Matthias gab nicht auf, obgleich er sich dereinst mit dem reichen Vater überworfen hatte, selbst vermögend, angesehen und als Kaufmann erfolgreich gewesen war, obwohl er einen glänzenden Aufstieg vor sich gehabt hätte und obwohl er letztlich alles aufgegeben hatte, um eine unstandesgemäße Frau zu ehelichen. Eine *Henkerstochter!* Von der er all die Jahre nicht hatte lassen wollen, von der er auch mit ihrer Verurteilung nicht ließ und sich stattdessen lieber dem Verderben auslieferte, als sein unmögliches Handeln zu bereuen. Matthias, der so verdammt stur war oder verliebt, oder derart voller Hoffnung darauf, dass es noch ein gemeinsames Leben mit Elisa geben könnte, wie es nur ein Narr sein konnte!

Aber Matthias war kein Narr! Eckehard hatte genügend Zeit gehabt, den jungen Patrizier kennenzulernen. Der ging schlicht seinen eigenen Weg, weil er eine ehrlose Frau liebte. Ja. Nichts mehr und nichts weniger tat sein Freund! Wie er selbst Amelinde liebte und dabei das große Glück hatte, dass sie beide in ihrem Stand gleich waren und sie sich in den Augen der Leute deshalb weder schändlich verhielten noch ihnen Strafe oder gar der Tod drohte. Was ihn zu der Überlegung trieb, was er wohl getan hätte, wenn Amelinde die Tochter eines Henkers wäre.

Da packte Matthias ein schlimmes Zittern, und er hörte sein schweres Atmen. »Herrgott, ich glaube, ich schaff's nicht…«

»Red nicht«, knurrte Eckehard. »Lange kann es doch nicht mehr hin sein bis zum Rehlinger. Dort ist deine Frau, und es gibt keine bessere Heilerin als die Elisa!«

»Meinst du wirklich, dass sie es geschafft haben?« Matthias' Stimme kam heiser aus der Nacht. Seit langen Stunden marterten ihn immer dieselben Gedanken und nagten an seiner Kraft, von der er kaum noch hatte.

»Glaubst du wirklich, dass ausgeschickte Soldaten es wagen, den Rehlinger aufzuhalten?«, fragte Eckehard aufbrausend.

Seine Worte schienen bei Matthias auf fruchtbaren Boden gefallen zu sein. Eckehard konnte seine Gesichtszüge nicht sehen, aber seine Stimme klang immerhin wieder etwas hoffnungsvoller. »Recht hast. Der Rehlinger kann fuchsteufelswild werden.« Plötzlich stöhnte Matthias, als hätte er starke Schmerzen. Er krümmte sich zusammen. Eckehard packte zu, bevor sein Freund nach vorne stürzte, und ließ ihn vorsichtig auf die Erde nieder, wo er ohne Regung liegen blieb. Eckehard kniete sich neben ihn und rief seinen Namen. Matthias gab keinen Laut von sich, aber sein leichter Atem war unter der Hand wahrzunehmen. *Verdammt, jetzt wird es Zeit, dass sich Elisa seiner annimmt!*, dachte er panisch. Der Schweiß brach ihm aus. Daran, dass die Flucht gescheitert sein konnte, wollte er gar nicht denken. Er hob Matthias an, legte sich ihn über die Schulter und ging entschlossen in die Nacht.

Endlich, als der Wind stärker wurde und sein heißes Gesicht kühlte, ragten vor ihm im Halbdunkel die Umrisse mächtiger Baumstämme am Wegesrand auf. In den hohen Kronen rauschte und knackte es. Im Mondlicht glaubte er, den helleren Streifen eines nach Osten abzweigenden Weges zu erkennen.

Sein Herz schlug schneller, als er weiterging und tatsächlich einen Weg ausmachte. Angestrengt spähte er in die Richtung, in der das Anwesen des Patriziers liegen musste. Anfangs erkannte Eckehard nichts, aber dann war es ihm, als flackere dort ein winziger goldener Funke in der Dunkelheit auf. *Halte durch, Matthias!*, dachte er und ging rasch weiter.

Kapitel 24

Mittwoch, der 24. Juni, Anno Domini 1528, abends

Elisa saß an Johannes' Bett. Sie sah bei mildem Kerzenschein auf ihr schlafendes Kind. Der ruhige Atem des kleinen Jungen tröstete sie, da sie ohnehin nicht schlafen konnte. Ihr Herz brannte und sehnte sich nach Matthias. Immer wieder stand sie auf und ging ans Fenster, um in die Nacht zu sehen. Bald, nachdem sie die Stadt verlassen hatten, waren sie in ein schweres Gewitter gekommen. Bis das Ärgste vorüber war, waren sie in den schützenden Fässern geblieben. Johannes hatte bei dem Getöse geweint, Elisa hatte ihn schwer trösten können, doch sobald nur noch sanfter Regen vom Himmel fiel, hatten Rehlinger und sein Knecht die Frauen und das Kind aus ihren Verstecken gehoben. Die schier grenzenlose Freiheit um sie und das weite, nach Regen duftende Grün hatten mit einem Schlag erstaunliche Kräfte in Elisa geweckt.

Der Patrizier hatte den kleinen Jungen mit seltsamen Blicken angesehen und ihn schließlich mit Elisas Einverständnis vor sich in den Sattel gehoben. Die starke Hand unter dem ledernen Handschuh hatte sich schützend um den Körper des

Kindes gelegt. Johannes hatte wohlig gelacht und gegluckst und mit seinen himmelblauen Augen zu dem hohen Herrn aufgesehen. Und Rehlinger hatte die buschigen Augenbrauen zusammengezogen und ebenso gelacht. Als Vater von vier Söhnen und vier Töchtern aus seiner ersten Ehe wusste er wohl, was kleine Jungen in Begeisterung versetzen konnte. Im Laufe des Nachmittags hatten sie sein einsam liegendes Anwesen erschöpft, aber glücklich erreicht, ohne dass sie von Soldaten verfolgt worden waren.

Eine Magd hatte ein Zimmer für die Frauen und das Kind gerichtet. Sie hatte ihnen Speisen und Wein gebracht. Elisa hatte den Patrizier darum gebeten, im Zimmer essen zu können, denn sie wollte ihn nicht in die missliche Lage bringen, mit einer Ehrlosen am Tisch sitzen zu müssen. Konrad Rehlinger war darauf eingegangen. Sein scharfer Blick hatte ihr verraten, dass sie ihm durch ihr Verhalten und ihren Wunsch einen gewissen Respekt abgerungen hatte. Agnes hatte sich bald hingelegt, auch Johannes war todmüde gewesen und schon fast während des Essens eingeschlafen. Nach dem letzten Bissen hatte Elisa ihr Kind aufgenommen. Sie hatte Johannes auf das weiche, nach Flieder duftende, breite Bett gelegt und eine Decke über ihn gebreitet.

Nun saß sie an seiner Seite. Sie lauschte auf die Geräusche im Haus. Da waren vereinzelte Schritte auf knarrendem Holz, die wieder verklangen. Irgendwo ein helles, kurzes Lachen, offenbar von einer der Mägde. Agnes lag unter ihren weichen Decken und schnarchte leise. Elisa erhob sich wieder. Leise ging sie zum Fenster. Vor dem großen, prächtigen Haus hatte Rehlinger einige Pechfackeln in eisernen Ständern aufstellen und entzünden lassen gleich einem ungewöhnlichen Willkommen seinem ehemaligen Hauptkassierer gegenüber, der ihn doch in eine der gefährlichsten Lagen seines Lebens gebracht hatte. Der Mond schien, warf sein Licht aber nicht wie Hunderte Fackeln aus. So blieb eine matte Dunkelheit über der Zufahrt, dem Weg für die Fuhrwerke, die feurigen Pferde Konrad Rehlingers und dem jetzt in der Remise stehenden Pferdeschlitten seiner Gemahlin, mit dem sie im Winter über die vereisten Wege zu gleiten pflegte. Und über den Matthias kommen würde, wenn auch ihm die Flucht gelungen war. Wenn er Krimmel hatte töten können.

Vor Sehnsucht und Angst um Matthias zog sich Elisas Herz schmerzhaft zusammen. Was nützten ihr all ihr Wissen und ihre Erfahrungen, ihre Abgeklärtheit in gefährlichen Situationen, die sie schon oft in ihrem Leben überstanden hatte, wenn sie jetzt vor Angst um Matthias beinahe verrückt wurde, überlegte sie bitter. Schließlich sagten ihr doch ihre tiefen Empfindungen, dass er lebte und dass er kommen würde! Entschlossen verließ sie das Zimmer. Nichts hielt sie mehr in dem großen Haus, den stillen Räumen, den warm flackernden Kerzen und Öllichtern. Sie waren zahlreich entzündet worden, als sollten sie Hoffnung verbreiten. Ihr Sehnen nach Matthias war so übermächtig wie ein weit hallender Ruf. Wenn er lebte und auf dem Weg zu ihr war, würde er bald kommen. Sie trug ein einfaches Unterhemd, darüber Mieder und Rock einer Magd, das Gewand, das man ihr gebracht hatte, um aus Hosen und Hemd eines Stadtknechts zu kommen. Die Schuhe aber hatte sie im Zimmer zurückgelassen und lief jetzt auf nackten Füßen über feuchtes Gras.

Rasch lag das prächtige Haus hinter Elisa. Die Sträucher zu beiden Seiten des Weges wurden dichter. Mächtige, uralte Bäume ragten über sie hinaus und bildeten in dem warmen Wind einen eigenen rauschenden Himmel über ihr. Die Henkerstochter fühlte sich in ihre Kindheit und Jugend in den Wäldern um Tübingen zurückversetzt. Sie brauchte kein Licht, fand den Weg durch einen Wald auch in der Nacht. Sie kannte den Klang seiner eigenen geheimnisvollen Melodie in diesen stillen Stunden, wenn die Welt um sie den Atem anhielt, lauschte fasziniert auf den Ruf des Kauzes und auf das Knacken eines auf der Erde liegenden Zweigs, über den ein Tier gesprungen war. Ein Bach plätscherte leise ein Stück weit von ihr entfernt. Der Waldboden roch herb.

Vorsichtig tastete sie sich an dem flachen Dornengestrüpp vorbei. Ein Trieb verfing sich in ihrem Rock, den sie achtsam löste. Sie lief weiter, lief zurück auf den Weg. Da war der Flügelschlag eines aus dem Schlaf geschreckten Vogels nicht weit von ihr. Und sie war es nicht, die ihn ausgelöst hatte! Jäh blieb sie stehen und sah in die Richtung, schloss die Augen und *hörte* mit ihren Sinnen, *hörte* endlich mit ihrem Herzen. Schritte waren zu hören, die kräftiger wurden, je näher sie kamen. Jemand ging rasch, jemand, der schwer wog – oder eine Last trug.

Elisas Herzschlag jagte hoch. Der da kam, war nicht Matthias. Es war nicht *sein* Schritt. Sie schob sich hinter einen Baum am Weg, als sie eine Bewegung in der Dunkelheit wahrnahm. Er kam! Er kam geradewegs auf das Haus des Patriziers zu, er schlich sich nicht wie ein Lump heran. Es war ein großer Mann, der aus der Nacht kam und einen Menschen auf seinen breiten Schultern trug. Elisa erschauerte unter dem Wissen, wen der Hüne da brachte.

»Eckehard«, rief sie mit fester Stimme und sprang nahe vor ihm auf den Weg. Der Riese blieb stehen. Er zischte alle Überraschung und allen Schreck, der ihm in die Glieder gefahren war, durch die aufeinandergepressten Lippen.

»Elisa?«, fragte er ungläubig und rau. Dann wusste er, dass sie es war, die mit einem leisen Schrei die letzten Schritte auf ihn und seine menschliche Last zustürzte. Schemenhaft erkannte er ihr helles Haar, das man ihr schmählich geschoren hatte, und ein Leuchten in den Augen, die wie Juwelen funkelten.

Elisa packte ihn an den Armen, aber dann umfasste sie liebevoll Matthias' Kopf und strich ihm übers Haar und das glühende Gesicht. »*Du* bringst Matthias!«, stieß sie mit bebender Stimme aus. Zu fragen, was geschehen war, dazu blieb später noch Zeit. Jetzt musste dem geliebten Mann rasch geholfen werden.

Erst weit nach Mitternacht kam Matthias wieder zu sich. Elisa hatte seine Wunden versorgt, ihn gewaschen und ihm ein sauberes Hemd übergestreift. Er lag in einem Bett, in dem das Stroh unter den feinen Laken frisch und würzig roch. Benommen drehte er den Kopf hin und her, bis sich seine Blicke klärten und er Elisas Gesicht über sich sah. Im ersten Moment wollte er auffahren, aber die entschlossene Hand seiner Frau drückte ihn rasch in das Kissen zurück. »Bleib liegen, Matthis, es ist alles gut. Johannes, Agnes und ich sind unversehrt, und Konrad Rehlinger ist ein echter Ehrenmann.« Ihr Gesicht leuchtete wie die wärmende Frühlingssonne. Sie beugte sich über ihn und flüsterte ihm ins Ohr: »Einer, der einem armen Weib mit ihren Bälgern am Rock reichlich Münzen gibt, um über den Winter zu kommen.«

Dann küsste sie ihn, legte sich zu ihm und schmiegte ihre Wange an seine. Still lagen sie nebeneinander. Elisa spürte, wie ihm Tränen übers Gesicht liefen. Seine Lippen unter dem nicht mehr so gepflegten Bart pressten sich hart aufeinander. Sanft strich sie mit den Fingern über seine Wange und ließ sie schließlich darauf liegen. »Ich liebe dich, Matthis«, sagte sie leise. »Jetzt bist du wieder bei mir und unserem Jungen. Jetzt wird alles gut.«

Er wollte etwas sagen, von der Jagd auf sie, wenn die Räte doch Soldaten nach ihnen ausschickten, und dass der Weg über die Berge voller Gefahren und Entbehrungen war und auch Venedig eine Stadt mit düsteren Schatten sein konnte. Aber er schwieg. Er schloss wieder die Augen und genoss es, seine geliebte Frau bei sich zu haben. Er atmete ihren Duft der Sehnsucht nach einem freien Leben, ja ihren Duft nach Lebenshunger, den manchmal kein noch so anstrengender Tag hatte stillen können, und nach Blüten, als hätte sie ein Bad genommen. Er suchte ihre Hand und hielt sie fest, als wollte er sie nie wieder loslassen.

»An dem Tag, an dem du mir am Neckar begegnet bist, war mir klar, was ich in meinem Leben wirklich brauche«, sagte er. Kraft und Hoffnung kehrten in seine Stimme zurück. Seine braunen Augen schimmerten im Licht der Öllampen wie glänzende Kastanien. Beinahe flüsternd erzählte er ihr, was seit ihrer Trennung in Augsburgs Gassen geschehen war. »Ohne Eckehard wäre ich tot«, schloss er und nahm einen Schluck Wasser. »Er hat mir nicht nur am Lech das Leben gerettet.«

Gefahr in dunklen Wassern!, durchjagte es Elisa. Ihr rann ein Schauer über den Rücken.

Matthias fühlte sich weitaus besser als unterwegs, als er glaubte, keinen einzigen Schritt mehr tun zu können. Seine Wunden brannten, aber die Schmerzen waren erträglich. Das Fieber wollte ihn immerhin nicht mehr verbrennen. Langsam richtete er sich auf und schob die Beine aus dem Bett. Schwindel erfasste ihn, aber der ging vorüber, und er stand auf. Ein sauberes Hemd lag auf einem Stuhl bereit, dazu ein braunes Wams, gleichfarbene Hosen und feste Stiefel mit fester Sohle aus gutem Leder. Ein langer, wärmender Mantel war über die hohe Lehne geworfen. Auf einem kleinen Tisch daneben lag ein Barett mit Federn. Wie für eine lange Reise, dachte Matthias. Er fühlte Beschämung, weil sich Konrad Rehlinger auch diesmal wieder als großzügig erwies. Er kleidete sich an und fühlte sich trotz anhaltender Schwäche gut. »Agnes hat offenbar genau die richtigen Tinkturen und Salben mitgenommen«, stellte er mit einem leisen Lächeln fest.

»Für große und kleine Verletzungen, und natürlich für Fieber. Selbst für unfreiwilliges Schlucken von Gerberlauge«, antwortete ihm Elisa mit einem munteren Blitzen in den Augen.

Bald danach brachte ihn ein Diener zu Konrad Rehlinger, der trotz der späten Stunde in tadellosen Kleidern hinter einem mächtigen Tisch saß und im Licht von Kerzen Papiere ordnete. Als er bei Matthias' Eintreten den Kopf hob, blickte er seinem ehemaligen Hauptkassierer neugierig entgegen. »Eggenberger, Ihr seht ja beinahe wieder manierlich aus.« Mit einem Ruck stieß er den Stuhl nach hinten, erhob sich und ging zu einem kleinen Tisch, auf dem eine Weinkaraffe stand. Er füllte einen der blitzenden Kelche, den er Matthias reichte. »Hier, trinkt, und bekommt wieder Farbe! Seid gewiss, ich bin froh, dass Ihr wieder auf den Beinen seid.«

Matthias folgte ihm bereitwillig. Der Wein ließ ihn eine wohlige Wärme in seinen Gliedern spüren und belebte ihn schon nach Kurzem. Als er das Glas absetzte, hingen blutrote Tropfen in seinem Oberlippenbart, die er sich mit dem Handrücken fortstrich.

Der Ratsherr musterte ihn aufmerksam. »Während Ihr langsam wieder ins Leben zurückgekehrt seid, hat mir Euer Freund, der Gießergeselle, von Eurem Abenteuer erzählt. Fürwahr, es war mehr als tollkühn, sich mit einem Trupp von Stadtknechten anzulegen.«

»Sie ließen mir keine Wahl, Herr Rehlinger, sie hatten mich in die Enge getrieben.«

»Dass Ihr noch am Leben seid, ist ein Wunder.«

»Ohne Eckehard wäre ich es auch nicht. Er hat sein Leben gewagt, um meines zu retten.« Er presste das Glas in seiner Hand so stark, dass sich sein Gastgeber sicher war, es würde jeden Moment zerspringen. Aber es hielt. Matthias leerte es begierig wie ein Verdurstender. Im stillen Einverständnis schenkte ihm der Handelsherr nach.

»Und dieser Krimmel ist tot?«

Matthias nickte. »Ja«, sagte er knapp und machte den Eindruck, kein weiteres Wort über den Halunken verlieren zu wollen. »Denkt Ihr, der Geschützgießergeselle begibt sich in Gefahr, wenn er nach Augsburg zurückkehrt?«

Konrad Rehlinger überlegte, winkte schließlich entschieden ab. »Nein, das denke ich nicht. Euer Freund trug doch, wie er mir sagte, eine Mütze tief im Gesicht und einen langen Umhang. So wenig, wie man Euch unter Schmutz und Blut in dem Aufruhr am Lech erkannt haben wird, so wenig wird man auch den Kerl erkannt haben, der wie der Blitz auftauchte und mit Euch im reißenden Wasser verschwand. Wie so oft wird es unter den Leuten ein Geschrei nach den Bütteln und dem Scharfrichter geben, aber wenn man der beiden im Fluss verschwundenen Bösewichter nicht habhaft wird, ereifern sich die gleichen Unruhestifter bald wegen anderer übler Geschichten, und Ihr seid rasch vergessen.«

So überzeugt wie der Handelsherr war Matthias nicht, der

sich ernsthafte Sorgen um das Wohlergehen seines Freundes machte. Wenn der hünenhafte Geselle am Lech erkannt worden war, würde er sich mit seiner Rückkehr nach Augsburg in höchste Gefahr bringen. Und wie er den Sturschädel kannte, würde der sich keinesfalls davon abbringen lassen, in die Gießerei, vor allem aber zu Amelinde zurückzukehren.

Rehlinger sah seinem Gegenüber die nagenden Zweifel unschwer an. »Lasst das nur meine Sorge sein, was mit Eurem Freund wird«, sagte er mit gewohnt beherrschender Stimme. »Ich werde ein Auge auf ihn haben.«

Besser beide, dachte Matthias im Stillen, der sein Glas leerte, diesmal jedoch nicht nachgeschenkt haben wollte. Sein Gastgeber schien seine Aufmerksamkeit bereits auf andere Dinge gerichtet zu haben, denn auch er stellte sein Glas auf den Tisch zurück und griff zwischen ausgebreitete Schriftstücke. Entschlossen wandte er sich zu Matthias um. Er reichte ihm Papiere, die mit seinem Siegel versehen waren.

»Hier, Eggenberger, darin steht alles, was Ihr für unser Warenlager in Venedig wissen müsst. Mein treuer Usterspach wird Euch unter die Fittiche nehmen. Der Mann ist hervorragend, der beste Handelsvertreter, den wir im Fondaco dei Tedeschi jemals hatten, aber er ist in die Jahre gekommen und möchte sich in absehbarer Zeit aufs Altenteil zurückziehen.« Eifer hatte ihn gepackt. Er schlug seinem Untergebenen gedankenlos auf die verletzte Schulter. Matthias presste die Zähne zusammen. »Werdet wieder zu dem, der Ihr wart, Eggenberger.« Ein herausforderndes Lächeln ließ seine Augen blitzen. »Ein Handelsherr!«

»Ich werde mein Bestes geben, Herr Rehlinger«, sagte Matthias, dem es unter den Worten des Handelsherrn im Herzen glühte. Was in seinen Kräften stand, würde er geben, um das in ihn gesetzte Vertrauen des großzügigen Mannes nicht noch einmal zu enttäuschen.

»Natürlich werdet Ihr das, sonst fordere ich Euch vor meine Klinge!«, sagte dieser hart. In seinen Zügen lag keine Spur von Nachsicht. Wieder ging er zum Tisch, nahm eine lederne Dokumentenhülle auf und streckte sie Matthias hin. »Dieses hier gebt Usterspach. Achtet darauf wie auf Euren Augapfel, Eggenberger. Es sind höchst wichtige Anweisungen für meinen Handelsvertreter.«

Matthias nickte. »Das werde ich.«

»Bevor die Stürme über das Meer kommen, werde ich noch einmal nach Venedig reisen. Bis dahin solltet Ihr Usterspachs Platz einnehmen können.« Er ging zu einer der schweren Truhen an der Wand, hob den Deckel an und holte einen von Leinen umwundenen länglichen Gegenstand heraus, mit dem er zu Matthias zurückkehrte. »Ihr habt Euer Schwert eingebüßt, Eggenberger, nehmt dieses dafür.«

Matthias wurde blass. Er griff danach, schlug achtsam die Umhüllung zurück und legte ein Schwert in einer aufwendig gearbeiteten, kunstvoll verzierten Scheide frei. Es verschlug ihm die Sprache, und er schluckte mühsam, als er die Waffe hervorzog und sie eingehend betrachtete. Sie war hervorragend geschmiedet, frisch geschliffen und lag ihm ausgezeichnet in der Hand, als wäre sie allein für ihn gefertigt worden. »Ich kann dieses Schwert nicht annehmen, Herr Rehlinger, es ist zu kostbar«, stieß er endlich aus und schob entschlossen die Klinge in die Scheide zurück.

»Und ob Ihr könnt! Oder wollt Ihr Euch samt Eurem Weib und Kind in den Bergen gegen übles Gesindel, Wölfe und Bären mit einem Knüppel verteidigen?«, fuhr ihn der Patrizier schroff an.

Matthias hatte Mühe zu sprechen. »Ihr beschämt mich, Herr Rehlinger.«

»Blödsinn, Eggenberger!« Das Gesicht des Ratsherrn wurde flammend rot. »Seid gewiss, Ihr werdet hart für mich arbeiten und gerade ein solches Gehalt erhalten, dass Ihr mit Eurer Familie davon leben könnt. Was Ihr nicht ausbezahlt bekommt, sehe ich als Begleichung Eurer Schuld mir gegenüber an. Aber ich rede hier nur von den Ausgaben für Pferde, Proviant und Eure Ausstattung in Venedig.« Mit ungestümen Schritten ging er durch den Raum, ehe er scharfe Blicke auf seinen künftigen Handelsvertreter warf. »Das andere zwischen mir und Euch, Euer Verrat, ist davon unberührt und soll fortan vergessen sein.« Mit der Zunge fuhr er über die wohlgeformten Lippen. »Steht in Zukunft treu zu mir, Eggenberger!«

Matthias spürte, wie das Fieber in ihm wieder stärker wurde. Schweißperlen benetzten sein Gesicht. Herrgott, was er diesem Mann schuldete! Sein Leben, das seiner geliebten Frau und ihres unschuldigen Kindes, ihr gemeinsames Leben in Freiheit. Und der forderte im Grunde nur seine Treue dafür. »Das werde ich, Herr Rehlinger. Habt meinen tiefen Dank für alles. In meinem bisherigen Leben habe ich keinen Mann wie Euch getroffen. Nicht einmal in Venedig, das Anziehungspunkt für ehrenwerte und stolze Männer wie Euresgleichen zu sein scheint.« Unwillkürlich reckte er sich weiter auf. »Aus freien Stücken verpflichte ich mich Euch, nicht etwa durch die Schuld, in die ich mich Euch gegenüber gebracht habe. Bei meinem Leben, Herr Rehlinger, Ihr habt mein Wort, dass ich Euch ein treuer Gefolgsmann sein werde!« Voller Ehrerbietung neigte er den Kopf vor dem Handelsherrn.

Der schwieg. Er musterte den jungen Mann mit widerstrebendem Wohlgefallen. Einen Heißsporn, der nach den Abenteuern eines Lebens und nach der Liebe einer Frau eiferte. Ein kluger, ungestümer Hitzkopf, den die Ordnungen im gesellschaftlichen Leben kaum zu bändigen wussten. »Sehr bedauerlich, dass Ihr nicht gegen mich in die Schranken geritten seid, Eggenberger.«

Im Osten war es bereits hell, als Rehlingers Knechte gesattelte Pferde und ein Maultier mit Proviant auf den weiten Hof führten. Ein Zelter für die Frauen war darunter, ein Schimmel mit ruhigem Passgang und von sanftem Gemüt. Für Matthias hatte der Hausherr einen feurigen Fuchs ausgewählt, dessen muntere Augen im Morgengrauen flackerten. Schläfrig klammerte sich Agnes an Elisa, hinter der sie im Sattel saß, aber gleichzeitig schlug ihr Herz vor Aufregung, weil sie selten zuvor Augsburgs Mauern verlassen hatte und eine lange, gefahrvolle Reise vor ihnen lag. Konrad Rehlinger lehnte an der Wand neben dem prächtigen Eingangstor, hatte die Arme vor der Brust verschränkt und ließ seine Blicke ruhig über das Geschehen wandern.

Eckehard stand bei Matthias, der sein Pferd am Zügel hielt. Auch dem Gesellen war das hinter ihnen liegende, gefährliche Abenteuer deutlich anzusehen. Unter der noch anhaltenden Erschöpfung waren seine Züge hart und scharf. Die blutverkrusteten Schrammen in den Narben und auf der unverletzten Gesichtshälfte verliehen ihm ein gefährliches Aussehen, obgleich er sich fühlte, als könnte er so schnell kein Geschütz mehr stemmen.

»Du kehrst heute in die Stadt zurück?«, fragte Matthias, obgleich er die Antwort längst kannte.

»In der Gießerei brauchen sie mich«, sagte Eckehard rau.

Damit meinte er im Grunde eine hübsche, junge Frau mit dunklem Haar und dem Temperament ihres Vaters.

Matthias nickte und streckte ihm die Hand hin. »Ich danke dir, Eckehard, ohne dich wäre ich nicht hier«, sagte er mit belegter Stimme.

»Jaja«, wiegelte der Geselle ab, der die Hand seines Freundes ergriff und sie entschlossen drückte. »Lass dich lieber nicht erwischen auf dem weiteren Weg. Ich habe doch nicht meinen Kopf riskiert, dass sie dich dann doch noch an irgendeinen Galgen hängen«, knurrte Eckehard.

Matthias lächelte. »Aber nicht doch, wenn sie mich kriegen, schlagen sie mir doch, als Zugeständnis an den Patrizier in mir, den Kopf ab.«

Eckehard spuckte zur Seite hin aus. »Verdammt, kommt doch auf dasselbe raus, oder?« Er begann, grimmig zu lachen, doch plötzlich zog er Matthias kurz an seine breite Brust. Die beiden Männer konnten kaum unterschiedlicher sein, aber sie waren dennoch – oder vielleicht auch gerade deswegen – Freunde.

Als der Riese den kleineren Mann freigab, legte ihm Matthias die Hand auf die Schulter. »Pass auf dich und Amelinde auf, Eckehard. Gott segne euch beide.« Trotz der wieder stärker werdenden Schmerzen zog er sich rasch in den Sattel seines Fuchses und lenkte ihn zu dem Zelter. Elisa hob ihm Johannes hin, der hinter dem starken Arm seines Vaters reiten sollte.

Die beiden Freunde sahen sich ein letztes Mal an, dann drehte Matthias den Kopf zu Konrad Rehlinger, dessen Blick ihm entgegenschlug wie der eines spähenden Raubvogels. Er neigte kurz den Kopf vor ihm. Der Patrizier erwiderte das mit einem knappen Nicken. Dann hieb Matthias seinem Pferd die Stiefelfersen in die Seiten, worauf es in leichten Schritt fiel. Der

Zelter folgte ihm. Bald erklang heller Hufschlag auf dem Weg aus Steinen und Erde. Im Osten ging die Sonne auf.

*

Eckehard kam am nächsten Morgen inmitten einer Schar von Händlern und hinter einigen Berittenen durchs Gögginger Tor in die Stadt. Vor seinem Aufbruch waren dem Gesellen im Haus seines patrizischen Gastgebers die Kleider gewaschen und getrocknet worden. Rehlinger hatte ihm bringen lassen, was er brauchte, um unauffällig in die Stadt zurückkehren zu können. An den Mauern des Frauenhauses unweit des westlichen Stadttores lehnten zwei Dirnen in der frühen Sonne. Ihre Gesichter waren hübsch, aber ihre Augen waren glanzlos, und die feinen, harten Linien in ihren Zügen würden wohl fürs Leben bleiben. Offen musterten sie Eckehard, den hochgewachsenen, starken Kerl mit seiner gut gefüllten Kraxe auf dem Buckel, der unförmigen Kappe und dem Leibrock, wie Bauern ihn trugen. Der war durchaus eines von diesen Mannsbildern, die mit ihren Waren rasch auf den Markt wollten und dann, bevor sie die Stadt wieder verließen, mit klimpernden Münzen im Beutel flugs zu ihnen ins Haus schlüpften.

Dich sehen wir wieder, schienen sie zu denken, dich Kerl mit den zwei Gesichtern: dem hässlichen wie dem eines Unholds und dem eines ansprechenden Mannes, bei dem die jungen Frauen erröteten, wenn er sie nur ansah. Im Augenblick wandte er ihnen das Letztere von beiden zu. Er begann, unverschämt zu grinsen.

Mit in die Stirn gezogener Kappe ging Eckehard rasch die altbekannten Wege durch schmutzige, schmale Gassen und über die breite Handelsstraße an der Domstadt vorbei, über die wieder schwer beladene Fuhrwerke rollten. Als er zum hundertsten Mal seit der vorletzten Nacht an Amelinde dachte, durchflutete es ihn heiß. Er war ein verliebter Narr wie Matthias, den die Liebe zu einem Schafskopf mit Hang zu törichtem, gefährlichem Handeln gemacht hatte, dachte er. Herrgott, wenn Amelinde nichts mehr von ihm wissen wollte, wenn sie ihn nicht mehr liebte? Mit eiligen Schritten trieb es ihn voran.

Am Katzenstadel herrschte wie in den Tagen seit dem Brand reges Treiben. Die Männer, die die Ratsherren mit dem Aufbau der zerstörten Hallen beauftragt hatten, belebten den weiten Hof der Gießerei, um die Reste der Häuser und Hallen fortzuschaffen. Zwischen den Arbeitern hindurch schob sich Eckehard auf Gessels Haus zu und trat in die große Wohnstube, in der ihm die Elsbeth an der Feuerstelle den Rücken zukehrte. Als sie sein Eintreten hörte, drehte sie sich um. Augenblicklich schossen Erleichterung und Freude in ihr abgehärmtes Gesicht, dann aber zogen sich ihre Brauen erbost über der Nasenwurzel zusammen. »Saubub, wo warst denn?«, schimpfte sie und hob den Besen, mit dem sie die herabgefallene Glut vorm Ofen hatte beiseitekehren wollen. »Der Meister hat sich die Lunge nach dir rausgebrüllt.«

»Dann geht's ihm recht gut, wie mir scheint«, grinste Eckehard. Er kam unerschrocken näher. Vor Elsbeth ließ er den großen Korb von seinem Rücken rutschen und stellte ihn ihr vor die Füße. Als er das grobe Tuch wegnahm, riss er selbst die Augen auf bei dem, was ihm der Patrizier in den Korb hatte packen lassen. Gleich obenauf sprangen ihm und der Magd ein paar fette, rote Würste ins Auge. »Herr im Himmel ...«, stieß er aus und bemerkte, wie ihm das Wasser im Mund zusam menlief. Elsbeth starrte ihn sprachlos an, was selten genug bei ihr vorkam, und stellte den Besen zur Seite.

»Bei meiner Seel', was ist in dich gefahren, Bub?«, fragte sie verwirrt, aber Eckehard streckte die langen Arme in die Höhe, dehnte und streckte sich, und rieb sich den Nacken, obwohl ihm der schwere Korb keine wirkliche Last gewesen war.

»Glaub es oder glaub es nicht, Elsbeth, es ist ein Geschenk von einem vornehmen Herrn, dem ich einen Gefallen tat. Aber das Maul muss ich drüber halten.« Er sah sie ernsthaft an. »Also frag nicht weiter.«

»Einem hohen Herrn?« Elsbeth riss fassungslos die Augen auf.

Eckehard nickte stumm, während er bedeutsam den Zeigefinger auf die Lippen legte. »Wo ist denn Amelinde?«, fragte er endlich, weil er es vor Unruhe nicht mehr aushielt.

Elsbeth wischte sich die Hände sorgsam am Kleid ab, damit sie den Korb mit sauberen Fingern erforschen konnte. »Wo wird sie wohl sein, Saubub?«, murrte sie. »An der Mauer natürlich. Und schwarz wie die Nacht ist sie, weil sie mit den Männern ständig zwischen den Trümmern ist, damit bald wieder überall gearbeitet werden kann.«

Eckehard war schon über die Schwelle hinaus, als sie ihm noch etwas hinterherrief, das er nicht mehr verstand. Er flog schier über den Hof, hinter die Häuser des Geländes zur Stadtmauer, an dem der winzige Garten seiner Liebsten wie ein ausgebreitetes grünes Tuch lag. Das kleine, niedere Tor quietschte wie stets, wenn es geöffnet wurde, aber er war drin, bevor Amelinde noch den Kopf heben und ihn erkennen konnte. In der Tat war sie rußbedeckt und schmutzig; es gab kaum eine helle Stelle in ihrem Gesicht. Die grobe Kleidung, die sie trug, war rauchdunkel und glänzte ölig. Sie stank, als wäre sie direkt aus den kalten Öfen gekrochen. Aber sie schnellte von der Bank hoch, als hätte sie eine Biene gestochen, und stürzte auf Eckehard zu, dem das Herz raste. Eisschauer und Flammen zugleich rasten ihm über den Rücken, als er sie wieder in den Armen halten konnte.

»Eckehard!« Mit aller Macht drängte sie sich an seine Brust und weinte ungehemmt. Ihr Körper wurde so geschüttelt, dass Eckehard Mühe hatte, sie zu beruhigen. »Dass du wieder da bist!«, schluchzte sie. In den letzten beiden Tagen hatte sie ihn verwünscht und dann wieder den Herrgott angefleht, das große, geliebte Mannsbild unversehrt wieder zu ihr zurückzubringen. Längst hatte sie ihm vergeben, dass er den Freunden nicht hatte verzeihen und beistehen können. Er hatte halt nicht anders gekonnt. Hatte ihnen nicht mit seinem Gewissen beistehen können.

»Wo warst du denn?« Sie hob das von Tränen und Schmutz verschmierte Gesicht zu ihm. Plötzlich packte sie ihn am Hemd und schüttelte ihn grob. »Wehe, du warst die ganze Zeit über in einer Schenke und hast dich volllaufen lassen! Den Kopf hab ich mir darüber zermartert, wo du bist und ob es dir gut geht.« Der Gessel'sche Zorn loderte unter dem Dreck in ihrem Gesicht auf. Ihre Augen glühten dunkel wie Kohlen. »Himmelherrgott, ich bin fast gestorben vor Angst um dich!«

Eckehard fühlte sich wohl wie selten. Amelinde liebte ihn also immer noch! Sein Herz jauchzte. »Dann bist du mir noch gut?«, fragte er rau, weil er es einfach hören musste.

Ihre unruhigen Augen jagten über sein Gesicht mit den noch frischen Schrammen. »Du Schafskopf, wie kannst du nur denken, dass ich dich nicht mehr lieb haben könnte?«

»Weil … weil ich Elisa und Matthias nicht verzeihen wollte.« Er biss sich auf die Lippen. »Weißt, es hat gedauert, bis ich mit mir ins Reine gekommen bin, bis ich wusste, was ich tun musste.«

»Was meinst du?«, fragte sie fieberhaft.

»Dass ich die beiden nicht im Stich lassen konnte«, antwortete er leise, zog sie auf die kleine Bank und setzte sich neben ihren Füßen auf die Erde. Er erzählte ihr, was geschehen war, seit er sie wütend verlassen hatte. Amelindes Staunen wurde immer größer. Ihr hübscher Mund stand leicht offen. Rasch schnellte er hoch und drückte ihr einen Kuss darauf.

Amelinde schlug ihm mit den Fäusten gegen die Arme. »Ihr seid beide verrückt, du und der Matthias! Der Herrgott hat offenbar einen Narren an euch beiden gefressen, dass er euch das Leben gerettet hat.« Ihre Augen füllten sich wieder mit Tränen, aber es waren Tränen der unsagbaren Erleichterung. »Bist dem Matthias ja dann doch noch ein Freund gewesen.« Sie presste ihre Hand gegen den Mund und drückte ihr Gesicht gegen seines. Lange saßen sie so, bis sich Amelinde wieder beruhigt hatte. »Und jetzt?« Sie hob den Kopf und schniefte.

»Jetzt gehe ich zu deinem Vater, bevor er mich dorthin wünscht, wo es noch heißer ist als bei den schwarzen Öfen«, sagte er gut gelaunt, stand auf und zog sie von der Bank, um sie zu küssen.

Sonntag, der 23. August, Anno Domini 1528

Konrad Rehlinger sollte recht behalten. Wochen nach dem Geschehen und der in der Stadt verbreiteten Ansicht, dass die Hexe Elisa Eggenberger wohl auf dem Besen aus dem Kerker »ausgefahren« sei, da ihr spurloses Verschwinden nicht zu erklären war, hielt sich in den Gassen kaum noch die Mär von den beiden Teufeln, die ihr noch in derselben Nacht nachgefolgt waren. Bei einem starken Unwetter und Blitzen, die den Himmel aufrissen, unten am reißenden Lech, als die Stadtknechte den einen blutverschmierten Unhold schon nicht mehr ausließen und der andere wie der Leibhaftige zwischen den Häusern herausgefahren war. Ein riesiger Kerl in schwarzen Kleidern, mit flammendem Gesicht, dem kein Spieß und kein Armbrustbolzen in den Körper fahren konnte, weil er nichts Irdisches an sich hatte. Dann waren beide in den Lech gesprungen, es hatte gezischt, und eine Rauchwolke war aufgestiegen, als wären sie direkt in die Hölle gefahren.

Auf dem Klostergrund von St. Ursula am Schwalllech und am Lechufer war eine große Menschenmenge versammelt, die das Aufziehen der neuen Glocke für den Turm atemlos beobachtet hatten. Alle Leute aus der Geschützgießerei am Katzenstadel waren gekommen bis auf jene, die an den Öfen Wache halten mussten, und bis auf die Heizknechte. Die ansässigen Handwerker waren da, die Mägde und Knechte aus den Häusern der besseren Bürger im Lech- und Ulrichsviertel, auch von den Bürgern selbst einige, und viel einfaches Volk aus den schmucklosen, elenden Häusern an den Kanälen. Aber auch ein paar der Domherren aus der Bischofsstadt waren gekommen, auch einige patrizische Anhänger des alten Glaubens, weil die Glocke eine katholische war. Dass der lutherische Konrad Rehlinger gekommen war, brachte eine gewisse Würze in das Spektakel und ließ ein überraschtes Raunen in den Reihen der Schaulustigen aufkommen.

Konrad Rehlinger saß in dunkelgrünem Wams, Hosen und geputzten, glänzenden Stiefeln auf seinem feurigen Rappen. Unter dem Barett mit den Gänsefedern ließ das Sonnenlicht sein dunkles Haar kupfern leuchten. Prächtig war sein Osmanenbart. In seinem lebhaften Blick lag unverhohlen Neugier

Simpert Gessel, der wieder auf starken Beinen stand, konnte die Arbeiten in der neu errichteten Gusshalle wieder selbst anleiten und überwachen. Er riss die Augen auf, als der Patrizier ihm und seiner Tochter mit einem angedeuteten Lächeln unter leichtem Neigen seines Kopfes einen Gruß zukommen ließ. Der Geschützgießer packte die neben ihm stehende Amelinde verblüfft am Arm. »Bei meiner Seel', der hohe Herr hat mit seinem Gruß uns gemeint.« Misstrauisch geworden, senkte er die Stimme, obwohl der Ratsherr ein gutes Stück von ihnen entfernt gelassen im Sattel seines Pferdes saß. »Der ist ein Lutherischer. Was will der hier?«, zischte er Amelinde zu.

»Wahrscheinlich kam er nur eben des Weges und will sehen, was den Auflauf hier verursacht, Vater«, antwortete sie, obgleich sie es ein wenig besser zu wissen glaubte. Ihre Wangen begannen zu glühen.

Gessel verzog das Gesicht, als hätte er in faules Brot gebissen. »Der hohe Ratsherr hier unten im dreckigen, lauten Handwerkerviertel?«

Amelinde erwiderte nichts darauf, aber ihre unauffälligen Blicke wanderten immer wieder zu dem reichen Handelsherrn hinüber.

Die Glocke war in dem Glockenstuhl aus kernigem, trockenem Eichenholz aufgehängt worden. Die Klöppel waren bereits in ihr angebracht.

Aus einer der Öffnungen im Turm gab einer der Männer, die die Glocke im Glockenstuhl montiert hatten, endlich ein Zeichen. Unten in der Menschenmenge wurden aus dem anhaltenden Raunen einzelne erwartungsvolle Rufe.

Eckehard erschien in der offenen Pforte zum Turm. Er kam rasch über die Brücke und stellte sich neben Amelinde und ihren Vater. Sein Gesicht war heiß vor Erregung. Schweiß stand ihm auf der Stirn. Seine Augen flackerten vor Ungeduld und Anspannung. Heimlich streckte ihm Amelinde hinter einer Falte ihres Kleides ihre Hand hin. Eckehard umfasste sie dankbar. Die Dominikanerinnen standen im Kreis vor dem Kloster und blickten, wie es ein jeder zu dieser Stunde tat, erwartungsvoll nach oben zum Turm und in den strahlend blauen Himmel darüber, an dem sich kaum Wolken zeigten. Eine heiße Sonne warf ihr Licht ins Lechviertel. Amelinde trug ihr bestes Kleid aus leuchtend grünem Barchent mit goldfarbenen Verzierungen an den schmalen, zu den Händen hin weit werdenden Ärmeln. Im gelösten dunklen Haar trug sie einen Reif aus frisch geöffneten Knospen kleiner roter Wildrosen.

»Das hübsche Weibsbild sieht wie eine Braut aus«, flüsterte Bartl dem neben ihm stehenden Kerkeraufseher zu.

»Das wird sie wohl auch bald sein«, gab der leise zurück.

Ein Schwarm Vögel flog über die Kirche, den Turm und weiter hinein in die Unterstadt. Da erklang ein Ton, der die warme Luft vibrieren ließ. Jäh schwiegen die Menschen. Ein klarer, heller und doch mächtiger Glockenschlag, der mit den Vögeln über das Häusermeer hinwegwogte und einen Schauer durch die Reihen der Leute gehen ließ. Wieder erhob er sich, noch mächtiger und beeindruckender. Amelinde hielt gebannt die Luft an. Die Hand ihres Liebsten drückte sie beinahe schmerzhaft, als wollte er sie nie wieder auslassen, drückte sie und gab sie dann doch frei. Amelinde konnte in dem erhitzten Gesicht ihres Liebsten Beseligung und Stolz lesen. Jubel brandete unter den staunenden und begeisterten Menschen auf, selbst die Dominikanerinnen lachten und umarmten sich gegenseitig.

»Herrgott, Junge, dein Meisterstück ist dir gelungen«,

brummte Simpert Gessel beeindruckt und schlug seinem künftigen Schwiegersohn die Hand auf die Schulter.

Eckehard konnte immer noch nichts sagen, schluckte nur mühsam und nickte immer wieder zu den Glückwünschen, die er erhielt. Zu den, wie es ihm schien, Hunderten von Händen, die ihm auf Schultern und Rücken hieben. Immer noch im Taumel des Glücks, starrte er wieder und wieder zum Glockenturm hin, in dem seine Glocke ihre herrliche Stimme weit über die Unterstadt hinaus erschallen ließ. Da blinzelte er auf einmal wie nach tiefem Schlaf. Er fuhr sich übers Gesicht und lachte lauthals los, weil endlich alle Anspannung und Mühen und nicht zuletzt alle Gefahren der letzten Wochen von ihm abgefallen waren. Er sah zu Amelinde, legte die Arme um ihre Mitte und zog sie an sich. Sie lächelte. Ihre braunen Augen blitzten feurig. Ohne einen weiteren Gedanken drückte er sie an sich und küsste sie leidenschaftlich. Der Jubel, der immer noch anhielt, brandete aufs Neue auf. Er galt jetzt einzig dem Glockengießer und der hübschen Tochter des Meisters.

Meister Gessel sprengte es vor Stolz auf Eckehard bald die Brust, aber als dann auch noch der mächtige Ratsherr seinen Rappen zu ihnen lenkte und Eckehard respektvoll zunickte, der darauf ehrerbietig den Kopf neigte, wurde es dem Geschützgießermeister unheimlich.

Schließlich nahm der Patrizier die Zügel kurz, wendete sein Tier und ließ dabei die Blicke über die begeisterte Menge gleiten. Ganz vorne zwischen den Leuten entdeckte er den ersten Kerkeraufseher und neben ihm den Nachtkönig. Er unterdrückte ein Schmunzeln, wenn auch nicht das Auflodern in seinen Augen. Konrad Rehlingers Blick verweilte länger auf dem Stadtknecht, als interessiere ihn etwas an diesem. Und der hatte es bemerkt, er stellte sich ihm offen, mit einem gelassenen

Zug um den Mund. Da war es für einen Lidschlag, als schenke ihm der Patrizier ein herausforderndes Lächeln. Natürlich schien es nur so, weil es nicht sein konnte, dass ein so hoher Herr einen Ehrlosen mit Aufmerksamkeit bedachte. Und außerdem läutete donnernd und klar die mächtige Glocke. Das rief bei so manchem Menschen einen seligen Schauer hervor, manches Mal auch ein für andere unergründliches Lächeln.

Epilog

Tübingen, Herbst Anno Domini 1528

Der Oktoberwind zerrte goldene und rostbraune Blätter von den Bäumen, ließ sie über die Gassen Tübingens tanzen und fegte sie schließlich über die Stadtmauern hinunter zum Neckar. Der Sommer war dahin, aber noch lag eine milde Wärme in der Luft. Auf dem verwilderten Teil des Friedhofs, wo die ungetauften Kindlein und die Ehrlosen verscharrt waren, stand an einem der von Gras und Efeu bewachsenen Erdhügel ein hünenhafter Mann mit schulterlangem, blondem Haar, mit silbernen Strähnen darin. Es war Dallmann, der Henker. Der Mann hielt den Kopf gesenkt und die Hände gefaltet. Die Katharina lag hier in der dunklen Erde, die Schwester des Halsabschneiders Krimmel, den er nie erwischt hatte. Manches Mal kam er her, weil er eine Schuld hatte bei ihr. Anders als bei den vielen, die er peinigen und zu Tode bringen musste.

In dieser unseligen Nacht am Neckar, als ihm ihr mörderischer Bruder wieder einmal entkommen war, hatte er ihre

Schreie am vom Regen angeschwollenen Fluss gehört. Er hatte am Ufer gestanden und atemlos in die Nacht gestarrt. Der Neckar war wild und schäumend gewesen, als ein Körper in den dunklen Wellen auf ihn zugeschossen war. Er hatte sich ins Wasser gestürzt, ihn erreicht und halten können. Langes Haar war wie ein nasser Schleier unter seinen Händen gewesen. Er hatte gewusst, es war das arme Luder. Der Fluss hatte sie beide fortgerafft, war über ihnen zusammengestürzt und hatte sie gurgelnd auf seinen Grund gedrückt. Nach einer schwerelosen Zeit hatte er sie wieder hinaufgehoben in eine Nacht zu Luft und Leben, hinein in eine donnernde Woge, die seinen mächtigen Rücken zerschneiden wollte … und die Katharina mit unendlicher Gewalt aus seinen Händen gerissen hatte.

Tage später hatte er die Tote am Ufer gefunden. Das Kleid in Fetzen, das Gesicht zerstört. Aber das Haar war wie das seiner Tochter lang und blond gewesen. Als er sie in den Armen gehalten hatte, war auch gleich die Lüge da gewesen, und er hatte den zerschlagenen Körper als sein eigenes Fleisch und Blut eingefordert. Er hatte das Allermannsliebchen als seine Tochter Elisa ausgegeben, um sie zu schützen und den jungen Patrizier, mit dem sie fortgegangen war.

Dallmann beugte sich hinunter. Er legte den mitgebrachten Strauß aus Wiesenblumen auf den Grashügel, unter dem das arme Luder schlief.

Dann ging er.